Die Autorin

Bestsellerautorin Jackie Collins, Schwester von »Denver-Clan«-Biest Joan, veröffentlichte bereits folgende Bücher im Wilhelm Heyne Verlag:

»Die Stute« (01/5492), »Die Welt ist voller liebeshungriger Frauen« (01/5713), »Die Welt ist voller liebeshungriger Männer« (01/5807), »Sex ist ihre Waffe« (01/5869), »Ekstasen« (01/5956), »Das Luder« (01/6041), »Die Sünderinnen« (01/6352), »Die Frauen von Hollywood« (01/6904), »Die Männer von Hollywood« (01/7982), »Lucky Boss« (01/7706), »Rock Star« (01/8242), »Lady Panther« (01/9070) und »American Stars« (01/9787).

JACKIE COLLINS

DIE ERBEN VON HOLLYWOOD

Roman

Aus dem Amerikanischen
von Marcel Bieger

Deutsche Erstausgabe

WILHELM HEYNE VERLAG
MÜNCHEN

HEYNE ALLGEMEINE REIHE
Nr. 01/10315

Titel der Originalausgabe
HOLLYWOOD KIDS
erschienen 1994 by Macmillan

Umwelthinweis:
Dieses Buch wurde auf
chlor- und säurefreiem Papier gedruckt.

2. Auflage

Redaktion: Birgit Groll

Printed in Germany 1997
Umschlagillustration: IFA-Bilderteam/TPL, Taufkirchen
Umschlaggestaltung: Atelier Ingrid Schütz, München
Satz: Pinkuin Satz- und Datentechnik, Berlin
Druck und Bindung: Elsnerdruck, Berlin

ISBN 3-453-12485-5

*Für meine beste Freundin – Du weißt, wer gemeint ist.
Liebe und Freundschaft auf immer.*

Der Mann verließ das Gefängnis am Dienstag morgen und war angefüllt mit dem aufgestauten Haß, den er sieben Jahre lang unter Kontrolle hatte halten müssen.

Er war sechsunddreißig und sah eher älter als jünger aus: ein blasses, schmales Gesicht, schräge schiefergraue Augen und eine auffällige Narbe quer über die rechte Wange – ein Andenken an seine Haftzeit. Der Mann war ein Meter siebzig groß und einmal schmächtig gewesen. Doch im Knast hatte er Zeit gefunden, an sich zu arbeiten, und heute besaß er stahlharte Muskeln und einen breiten Oberkörper.

Im Gefängnis hatte er einiges gelernt – vor allem, daß es immer auf die Abwehr ankam. Wenn man sich nicht verteidigen konnte, wer würde einem dann zu Hilfe kommen?

Die Antwort war einfach: Niemand.

Sieben Jahre Gefängnis waren eine lange Zeit; sieben Jahre reichten aus, auch den geistig Gesündesten in den Wahnsinn zu treiben. Ganz zu schweigen davon, wenn man schon vorher verrückt gewesen war. Und man durfte sich nie gehen lassen, weil diese Arschlöcher es nicht wert waren, die Wahrheit zu erfahren. Die Wahrheit ging keinen etwas an. Nur ihn allein. Und jeder, der versuchte, sie von ihm herauszubekommen, würde das bitter bereuen.

Die Freiheit war für ihn die große Unbekannte. Sie winkte ihm zu und lockte ihn, die Dinge zu tun, von denen er in den langen Jahren hinter Gittern nur hatte träumen dürfen.

Ganz oben auf seiner Liste standen die Frauen. Die gesichtslosen Huren, die nur auf dieser Erde waren, um seine Wünsche zu erfüllen.

Der Mann benutzte sie ohne Rücksicht. Schließlich bezahlte er ihnen mehr Geld, als sie wert waren, um die Sachen zu machen, von denen sie sowieso nie genug bekommen konnten. Egal ob man sie bezahlte oder nicht, Frauen waren ja doch alle nur Nutten – das hatte ihm sein Vater beigebracht.

Als er diesen Appetit gestillt hatte, nahm er sich wieder die Liste vor und studierte sie sorgfältig.

Diese Aufstellung, sauber niedergeschrieben auf einem Blatt linierten Papier, war das einzige, was in seinem Leben positiv genannt werden konnte. Ohne diese Liste hätte er nicht weitermachen können. Dann hätte er aufgegeben und sich wie sein erster Zellengenosse aufgehängt.

Das Blatt Papier gab ihm Stärke und eine echte Aufgabe.

Wenn diese Wichser in Hollywood glaubten, sie würden ihn nie wiedersehen, dann hatten sie sich getäuscht.

Sogar schwer getäuscht.

Kapitel 1

»Was für ein toller Streifen!«

»Ein höchst bemerkenswertes Werk!«

»Jordan, alter Freund, du hast es mal wieder geschafft!«

Die Glückwünsche kamen rasch und begeistert. Jordan Levitt und seine Frau Kim, die beiden waren seit sechs Monaten verheiratet, genossen die aufmunternden Worte, während sie vor der massiven Tür ihres Hauses in Bel Air standen und ihre Gäste verabschiedeten.

Die wöchentlichen Dinner und privaten Filmvorführungen bei den Levitts waren ein gesellschaftliches Ereignis – und heute abend mehr denn je, weil Jordan, ein alter Filmproduzent, seinen jüngsten Streifen vorgestellt hatte.

Kim drückte den Arm ihres Mannes und sah liebevoll zu ihm hinauf. Sie war eine weiche, hübsche Frau mit wogendem hellbraunen Haar und gewinnenden Zügen. Mit ihren zweiundzwanzig Jahren war sie jünger als Levitts einzige Tochter. »Sie waren hingerissen«, flüsterte Kim aufgeregt. »Und mir ist es nicht anders gegangen. Ach, Jordan, du bist ein richtiges Genie.«

Levitt lächelte zu seiner neuen Braut hinab. Er war ein eindrucksvoller, kräftiger Mann, über ein Meter achtzig groß, und besaß volles graues Haar und ein sonnengebräuntes Gesicht, in dem sich tiefe Falten eingegraben hatten. Sein zweiundsechzigster Geburtstag stand bevor, und wie Clint Eastwood gewann er im Alter. »Wer weiß, ob der Film ein Erfolg wird?« entgegnete er bescheiden.

»Ich weiß es!« rief sie, ohne auch nur für einen Moment den Blick von ihm zu wenden. »Das wird todsicher ein Hit!«

Er legte einen Arm um seine Frau und kehrte mit ihr ins Haus zurück. »Es kommt nicht darauf an, was unsere Gäste von dem Film halten«, erklärte er. »Das Publikum trifft seine eigenen Entscheidungen.«

»Du bist nicht nur ein Genie, sondern auch weise«, murmelte Kim und legte den Kopf schief, um ihm ins Gesicht blicken zu können. »Ich wünschte, ich hätte die Zeit, all das aufzuschreiben, was du sagst. Es hört sich nämlich immer so intelligent und gescheit an.«

Jordan lächelte immer noch. Mit einer Frau wie Kim, die sein Ego so zu streicheln verstand, würde ihm das Lachen auch nie vergehen.

»Was für ein Mist!«

»Furchtbar langweilig.«

»Jordan hat den Streifen wirklich in den Sand gesetzt.«

So redeten die Gäste miteinander, als sie ihre Wagen auf der Auffahrt des Levitt-Anwesens erreichten.

Sharleen Wynn Brooks ließ sich dabei am lautesten vernehmen. Die üppige fünfunddreißigjährige rothaarige Filmschauspielerin schien mit ganz besonderem Vergnügen den Film ihres ehemaligen Geliebten Jordan zerpflükken zu wollen, und das Szene für Szene.

Ihr gegenwärtiger Ehemann Mac Brooks, Regisseur und Oscar-Preisträger, lachte, als er hinter dem Lenkrad ihres gelben Rolls Corniche Platz nahm. Mit seinen dreiundvierzig Jahren sah man ihm an, daß es in seinem Leben Höhen und Tiefen gegeben hatte, aber er wirkte immer noch sehr anziehend mit seinem lockigen braunen Haar. Die gebrochene Nase verriet allerlei über seine Vergangenheit – vor allem über die lange zurückliegende Zeit, als er in Brooklyn Amateurboxer gewesen war. »Komm schon, Schatz, sag mir, was du wirklich von Jordans Film hältst«, drängte er und tätschelte liebevoll ihr Knie. »Und nimm kein Blatt vor den Mund.«

Sharleen mußte kichern. »Ich weiß vor allem, daß er dich wieder braucht, Liebling.«

»Nichts da«, entgegnete Mac rasch. »Jordan will alles und jeden kontrollieren. Entweder wird etwas auf seine Weise gemacht oder gar nicht. Nachdem wir zusammen *The Contract* gedreht haben, habe ich mir geschworen, nie wieder mit ihm zu arbeiten!«

»Dafür hast du aber für *The Contract* deinen Oscar gewonnen«, hielt sie dagegen. »Und mich zum erstenmal gesehen.«

»Ich kann mich dunkel erinnern ...«

Sie mußte wieder kichern. »Du bist ein Ekel.«

»Wenn mein Gedächtnis mich nicht im Stich läßt, hast du mich damals keines zweiten Blickes gewürdigt, weil du viel zu sehr mit diesem muskelbepackten Hohlkopf beschäftigt warst, der dir jeden Tag wie ein Schoßhündchen auf den Set gefolgt ist.«

»Das war mein Fitness-Trainer«, entgegnete sie.

»Du denkst wohl, ich glaube auch noch an den Weihnachtsmann!« rief er.

»Und drei Jahre später haben wir wieder zusammen gearbeitet und uns dabei ineinander verliebt.« Sie seufzte. »Ist das nicht romantisch?«

»Ja, natürlich.«

Während sie sich vom Haus entfernten, kuschelte Sharleen sich an ihn, nahm seine Hand und schob sie unter ihren teuren Valentino-Rock.

Auf der sich windenden Auffahrt wären sie fast mit einem heranbrausenden weißen Porsche zusammengestoßen, der von der Straße kam. Jordanna saß am Steuer, Levitts vierundzwanzigjährige Tochter.

Die junge Frau hieb einmal auf die Hupe und kam dann mit quietschenden Reifen längs des Rolls zum Stehen. Sie ließ das Seitenfenster herab, schüttelte ihr langes dunkles Haar und fragte: »Hab' ich die Vorführung verpaßt?«

»Was glaubst du denn?« entgegnete Mac und zog verstohlen die Hand unter dem Rock seiner Frau hervor.

Jordanna verzog das Gesicht. »Ist mein alter Herr jetzt sauer?«

»Er wird schon drüber hinwegkommen.«

Die junge Frau grinste ihn an. Als sie noch ein Teenager und er erst sechsunddreißig gewesen war, hatten sie eine Affäre gehabt, und heute waren sie immer noch gute Freunde, aber nicht mehr. »Freut mich zu hören«, sagte sie und fügte leise hinzu: »Oder auch nicht.«

Sharleen winkte ihr zu. Sie mochte Jordanna nicht besonders und hatte damit auch nie hinterm Berg gehalten. »Hallo, meine Liebe«, sagte sie frostig.

Die Ablehnung war beiderseitig. »Hi, Shar«, grüßte die junge Frau zurück und fragte sich zum wiederholten Mal, was ein so cooler Typ wie Mac an einer so aufgedonnerten und aufgequollenen Schauspielerin fand.

»Dein Vater hat sich ziemlich über dich aufgeregt.«

»Ich bibbere jetzt schon, Shar.«

Sharleen spähte in den Porsche. »Wer ist denn dein Freund da, Liebes?«

Das sah Sharleen ähnlich, daß ihr gleich der Typ auffiel, der neben ihr auf dem Beifahrersitz hockte. Jordanna wußte nicht, wie er hieß, und sein Name war ihr auch ziemlich egal. In der Nacht sahen sie ja doch alle gleich aus, die Midnight-Cowboys, die ihr Leben ausmachten.

»Man sieht sich!« rief die junge Frau, gab Gas und jagte den Porsche die Auffahrt hinauf.

»Das Mädchen macht nichts als Ärger«, bemerkte Sharleen und bildete beim Lippennachziehen einen Schmollmund. »Jordan würde sich selbst einen Gefallen tun, wenn er die Kleine vor die Tür setzte.«

»Jetzt sei doch nicht so giftig«, tadelte Mac sie milde. »Sie wird sicher irgendwann erwachsen.«

»Himmel noch mal, Jordanna ist schon vierundzwanzig. In ihrem Alter hatte ich bereits mein erstes Kind.« Sie rückte ihm wieder näher und ließ die Finger über seinen Oberschenkel wandern.

Mac stellte sich innerlich schon darauf ein, was jetzt kommen würde – der Höhepunkt dieses Abends. Sharleen stand auf Sex im Wagen, und er war der letzte, der sich darüber beschweren würde. Auf diese Weise blieb auch nach vier Jahren noch viel Glut in ihrer Ehe.

Kaum berührte sie ihn, bekam er schon eine Erektion. Sharleen schaffte das jedes Mal. Sie war eine äußerst begabte Frau, und damit bezog er sich nicht unbedingt auf ihre Schauspielkunst.

Er hatte sie während Dreharbeiten kennengelernt. Mit

Sharleen einen Film zu machen, war eine Erfahrung der ganz besonderen Art. Mac hatte ein paarmal mit ihr geschlafen, und schon stand fest, daß sie heiraten würden.

Die Monogamie war eine ganz neue Erfahrung für Mac Brooks. Bevor er Sharleen kennengelernt hatte, war er mit allen seinen Darstellerinnen ins Bett gehüpft. Doch nun hielt ihn seine ungemein sexy Frau viel zu sehr auf Trab, als daß er noch Affären haben konnte.

»Oh, ich sehe, Little Big Man wartet auf seine Spezialbehandlung«, flüsterte Sharleen und zog mit geschickten Fingern den Reißverschluß herunter.

Jetzt stand der Teil an, der Mac am besten gefiel. Mit einer Mammut-Erektion auf einer engen Straße durch dunkle Hügel fahren. Zu versuchen, sich zu konzentrieren. Und zu hoffen, daß sie nicht einem Streifenwagen begegneten. Oder einer Bande von Car-Jackern, die sich Skimasken übergezogen hatten. All das steigerte seine Erregung nur noch.

Sharleen beugte sich über seinen Schoß und fing an, mit der Zungenspitze seine Eichel zu lecken, sie hierhin und dorthin wandern zu lassen. Nachdem sein Glied wie eine Eins stand, lehnte sie sich zurück und knöpfte ihre Seidenbluse auf, unter der sich ein schwarzer Spitzen-BH zeigte.

Mac richtete ein Auge auf die Straße und das andere auf sie. »Zieh ihn aus, Schatz«, murmelte er mit heiserer Stimme.

»Soll ich wirklich?« reizte sie ihn.

»Tu es«, drängte er gepreßt, weil der Druck in ihm übermächtig wurde.

»Hm …«

»Mach es!«

Sie zog die Bluse aus und öffnete den BH. Sharleen besaß die tollsten Brüste von ganz Hollywood. Ohne irgendwelche Unterstützung durch die Schönheitschirurgie standen sie groß und fest, gekrönt von zwei appetitanregenden harten Brustwarzen.

»Oh Gott!« stöhnte Mac und steuerte den Wagen an den Straßenrand.

Sharleen genoß es, ihn aufzuheizen. »Gott brauchen wir jetzt nicht«, murmelte sie mit rauchiger Stimme.

»War das nicht gerade Sharleen Wynn?« fragte der Midnight-Cowboy mit unüberhörbarer Ehrfurcht in der Stimme.

»Hm«, machte Jordanna vieldeutig und hielt den Wagen ruckartig am oberen Ende der Auffahrt an.

»Sharleen Wynn, die Schauspielerin«, wiederholte er und sah mit seinem langen, fettigen Haar, den schäbigen Kleidern und der billigen Sonnenbrille aus dem Supermarkt aus wie ein zugedröhnter Drummer aus einer Grunge-Band.

»Es überrascht mich, daß du überhaupt weißt, wer Sharleen Wynn ist«, sagte Jordanna und stieg aus dem Porsche.

»Aber klar kenne ich die«, entgegnete er etwas indigniert. »Mein Dad hatte die *Playboy*-Ausgabe mit ihr auf dem Cover. Hat sie monatelang unter seinem Bett versteckt.«

»Was für ein Glückspilz.«

»Sie hat stramme Titten.«

»Was interessierst du dich für ihre, wenn du meine haben kannst?« sagte sie keck und preßte ihren Busen gegen seine Brust. Er verstand die Andeutung und fing an, sie ausgiebig zu küssen.

Jordanna sagte sich, daß dieser Midnight-Cowboy nicht ohne war. »Komm mit«, forderte sie ihn auf und zog ihn auf den Weg, der zum Gästehaus führte.

»Gehen wir denn nicht rein?« fragte er unverhohlen enttäuscht.

»Mein Apartment liegt hinter dem Haus.« Sie lachte. »Glaub mir, da hinten macht's mehr Spaß.«

»Wenn du es sagst.« Er packte sie am Hintern.

»Dann sei jetzt ein lieber Junge und folge mir zu einer unvergeßlichen Nacht.«

»Ich bin dicht hinter dir.«

Da könnte ich drauf wetten, daß du dir das nicht zweimal überlegst, dachte sie. *Eine hübsche junge Frau. Dazu ein tolles*

Geschoß von einem Wagen und eine echte Prachtvilla. Was kann er dabei schon verlieren?

Sie hatte ihn auf einer Promo-Party für eine neue Scheibe aufgegabelt. Seine schwarze Jeans hatte sie angezogen. Knochige Jungs in engsitzenden Jeans hatten etwas an sich, bei dem sie einfach nicht widerstehen konnte. Sie erinnerten Jordanna an den Tag vor vierzehn Jahren, an dem sie eines der Sets ihres Vaters besucht und dort Teddy Costa kennengelernt hatte – einen heißen, jungen Schauspieler mit dem knackigsten Hintern in der ganzen Branche. Der Gedanke an Teddy hat sie während ihrer ganzen Pubertät begleitet, bis sie, mittlerweile fünfzehn, ihn in seinem Wohnwagen aufgesucht und dort verführt hatte. Teddy spielte damals gerade wieder in einem Film von Jordan mit.

Costa hatte ihr die Jungfräulichkeit genommen und sich nie wieder bei ihr gemeldet. Tja, wer konnte je behaupten, daß das Leben immer fair war?

Jordanna war ein Meter fünfundsiebzig groß und nicht im klassischen Sinne schön. Aber sie besaß eine Ausstrahlung von Willensstärke und Ungezähmtheit, die Männer sehr anziehend fanden. Ihre Augen waren dunkel und konnten recht durchdringend schauen, und die feine Biegung ihrer Brauen war für viele so etwas wie eine Herausforderung. Ihre Nase war etwas zu lang, um perfekt zu wirken, aber die hohen Wangenknochen glichen im dem ovalen Gesicht manches wieder aus. Auf ihre von Natur aus vollen und sinnlichen Lippen konnte sie stolz sein. Ihre Kinnlinie war scharf geschnitten, und die sonnengebräunte Haut verlieh ihren Zügen etwas Weiches. Das rabenschwarze Haar ging ihr bis zu den Schultern, und sie ließ es meist lose hängen. Jordanna besaß einen athletischen, schlanken und biegsamen Körper. Sie wirkte eher wie eine Europäerin als eine Amerikanerin, und das hatte sie von der Familie ihrer Mutter geerbt. Die schöne Lillianne war halb Französin und halb Brasilianerin gewesen – eine tödliche Mischung.

»Du hast einen tollen Arsch«, sagte ihr heutiger Lover.

Was für ein Romantiker! Sie hoffte, er würde wenigstens

wissen, wie er sich im Bett anzustellen habe. Viele von den Midnight-Cowboys bekamen ihn oft genug nicht mehr hoch. Zeig ihnen ein Kondom, und mit einem Mal ist ihre Lust wie weggeblasen.

Für eine junge Single-Frau war es in den Neunzigern nicht leicht in L. A. Aber das war Single-Frauen wohl schon immer und überall so gegangen.

Männer. Entweder waren sie schwul, oder sie standen auf abartige Sachen, oder sie betrogen ihre Ehefrau, oder sie waren Muttersöhnchen oder Spinner, Drogenabhängige, Lügner, Zuhälter oder Schauspieler. Oh ja, Schauspieler, das waren die allerschlimmsten.

Jordanna brauchte nur den Namen Jordan Levitt fallenzulassen, und sie konnte jeden abschleppen. Nur hatte sie überhaupt keine Lust, sich mit einem Schauspieler einzulassen. Egozentrische Größenwahnsinnige. Ich, ich, ich, war alles, was man von ihnen zu hören bekam. Mein Leben. Mein gutes Aussehen. Meine Karriere.

Sie stieß die Tür zu ihrer Wohnung auf, und der Midnight-Cowboy folgte ihr ins Chaos. Jordanna war eben nicht die Ordentlichste auf der Welt. Na und, schließlich wollte sie mit ihrem Apartment nicht in *Schöner Wohnen* abgebildet werden.

Ihr Lover war scharf und wollte zur Sache kommen. Ihre hausfraulichen Fähigkeiten interessierten ihn nicht im mindesten. Er packte sie, preßte sie an sich und küßte sie zweimal, während seine rauhen Hände unter ihrem T-Shirt auf Erkundung gingen.

Das Telefon läutete, und der Anrufbeantworter sprang an. Jordannas mechanisch verzerrte Stimme erfüllte den Raum: »Yo, verschwende nicht meine Zeit. Wenn du was zu sagen hast, dann jetzt raus damit.«

Die Anlage piepte, und ihr Vater war zu vernehmen: »Hallo, Vögelchen. Du hast meinen Film verpaßt. Allen hat er gefallen. Wo bist du gewesen?«

Ich war unterwegs, mir was für die Nacht zu suchen, Daddy. Und nenn mich nicht immer ›Vögelchen‹. Du weißt, wie ich das hasse, fast so sehr wie deine neueste Frau. Gott! Hat das Alter dich schon senil gemacht? Sie ist die furchtbarste von allen, mit denen du je vor den Traualtar getreten bist. Ein falsches Flittchen, das dir mit ihrem Gesäusel den Kopf verdreht.

»He ...«, entfuhr es dem Midnight-Cowboy, als sie sich von ihm entfernte. Er hatte gerade versucht, ihren Reißverschluß zu öffnen.

Jordanna hatte alles Interesse an ihm verloren. »Es ist vorbei«, sagte sie nur und stieß seine Hände fort.

Er glaubte, seinen Ohren nicht trauen zu dürfen. »Was ist vorbei?« fragte er knurrig.

»Unsere unvergeßliche Nacht«, sagte sie und wollte ihn nur noch loswerden.

»Jetzt warte aber mal einen Moment ...«, begann er.

Sie riß die Tür auf. »Raus«, befahl sie ihm.

Er blinzelte zweimal. »Willst du mich verarschen?«

»Ich kann Karate und trage den schwarzen Gürtel«, log sie und spannte die Muskeln. »Möchtest du eine Kostprobe?«

Er wollte lieber kein Risiko eingehen. »Wie soll ich denn von hier nach Hause kommen?« fing er an zu jammern.

»Da fällt dir sicher was ein.« Sie schob ihn nach draußen.

Gott, wie sie Jammerlappen haßte! Warum konnte sich ihr nicht einmal jemand widersetzen? In ihrem Leben hatte es nur einen Mann gegeben, der das vermocht hatte. Leider war er tot. Jamie, ihr lieber Bruder. Der einzige Mensch, der sie je verstanden hatte, weil sie beide so viel miteinander durchgemacht hatten. Als Kinder von Eltern groß zu werden, die gefeierte Filmgrößen waren, war kein Zuckerschlecken gewesen, aber wenigstens hatten Jordanna und ihr Bruder einander gehabt – bis Jamie sich eines Tages entschlossen hatte, ohne auf Wiedersehen zu sagen, aus dem Leben zu scheiden. Im Alter von zwanzig Jahren war er in New York aus dem Fenster eines Wolkenkratzers gesprungen. Jordanna war damals sechzehn gewesen.

Bis zum heutigen Tag brachte sie es nicht über sich, an seinen Selbstmord zu denken.

Jamie war nicht der einzige, der vorzeitig gestorben war. Da hatte es auch Fran gegeben, ihre beste Freundin und

Tochter eines erstrangigen Comedy-Stars. Fran und Jordanna waren wie Schwestern miteinander aufgewachsen, und sie waren sich stets von Herzen zugetan gewesen – bis auf den Umstand, daß sie über alles und jeden gestritten hatten, besonders über Männer. Fran hatte sich irgendwann mit drei italienischen Hohlköpfen zusammengetan, deren Lieblingsbeschäftigung darin bestand, sie nacheinander zu vögeln. Zwei von ihnen waren Schauspieler, die es noch nicht weiter als zu winzigen Rollen gebracht hatten, und der dritte wollte Sänger werden. Fran, die in der Regel zu stoned war, um noch einen klaren Gedanken fassen zu können, fand es cool, es mit allen dreien zu treiben. Die Jungs hingegen hielten sie für ein geborenes Flittchen, und das brachte Jordanna auf die Palme, weil sie erkannte, daß ihre beste Freundin auf dem besten Weg war, in der Gosse zu landen.

»Warum machst du das eigentlich? Was bringt dir das?« fuhr sie Fran zornig an.

»Liebe, Aufmerksamkeit und sensationellen Sex.«

»Das kannst du deiner Oma erzählen.«

»Was ist denn mit dir, Jordanna? Bist du etwa eifersüchtig?«

Aber klar bin ich auf drei nichtsnutzige Trottel eifersüchtig, die dich bei jeder Gelegenheit flachlegen.

An ihrem siebzehnten Geburtstag nahm Fran dann eine Überdosis.

Zuerst hatte Jordanna das nicht glauben können. Sie fühlte sich wie betäubt, und nichts auf der Welt schien mehr von Bedeutung zu sein. Dann war sie aus dieser Erstarrung erwacht und hatte nur noch an Rache denken können. Jordanna ›borgte‹ sich die Pistole ihres Vaters aus, fand die drei jungen Burschen in deren angesagtem Club und tat vor ihnen so, als sei sie eine weitere verwöhnte reiche Göre, die scharf auf sie sei. Bei ihrem überentwickelten Ego fielen sie darauf rein und nahmen Jordanna mit in ihre Wohnung. Dort zog sie die Pistole, erzählte ihnen von Frans Selbstmord, machte ihnen angst und drohte, sie zu erschießen. Als sie die Jungs bis zum äußersten gedemütigt hatte, waren sie überhaupt nicht mehr cool, sondern nur noch drei nervöse Blödmänner, die so rasch keinen mehr hochbekommen würden.

Das Schlimme mit den Männern war, daß die meisten von ihnen keinen Mumm in den Knochen hatten. Die einzige Ausnahme bildete ihr Vater. Jordan Levitt hatte genug Mumm für eine ganze Armee.

Manchmal dachte Jordanna an Fran und ihren Bruder. Genau so, wie ihr manchmal auch ihre Mutter wieder in den Sinn kam. Die bezaubernde Schauspielerin, die man in eine Heilanstalt gesperrt hatte, als ihre Tochter gerade erst sechs Jahre alt gewesen war. Nach ein paar Wochen dort hatte die ebenso zerbrechliche wie berühmte Lillianne sich die Pulsadern aufgeschnitten und war einen einsamen und wenig angenehmen Tod gestorben.

Daddy hatte drei Monate um sie getrauert, ehe er mit der ersten seiner vier weiteren Frauen vor den Traualtar getreten war. Kim war die fünfte und bislang letzte in der Reihe. Warum mußte Jordan sich immer wieder verehelichen?

Was war denn daran falsch, für eine Weile als Junggeselle zu leben?

Jordanna seufzte. Wenn er tun und lassen konnte, was er wollte, dann konnte sie das auch. Punktum. Nichts und niemand sollte sie daran hindern.

Sie fragte sich, ob sie ihn zurückrufen sollte, entschied sich dann aber dagegen. Jordanna wußte genau, was er ihr sagen würde: *Geht's dir gut, Vögelchen? Brauchst du Geld? Wann sehen wir dich?*

Und darauf gab sie stets die gleichen Antworten: *Ja, Daddy. Nein, Daddy. Bald, Daddy.*

Er liebte sie, wenn auch auf seine Weise.

Sie klammerte sich an das Wissen, daß er sie liebte.

Wenn dem nicht so gewesen wäre, hätte sie gar nichts mehr gehabt.

Sharleen kam mit einem durchdringenden Schrei zum Höhepunkt. Mac war verwundert, daß die Bewohner des Hauses, vor dem er geparkt hatte, nicht herausgelaufen kamen, um nachzusehen, was hier los war. Eine tolle Überraschung erwartete sie hier: Eine halbnackte Filmschauspielerin und ein weltbekannter Regisseur … der *Enquirer* würde ein Vermögen für ein Foto zahlen.

Sharleen zog sich an, während Mac wieder hinter dem Lenkrad Platz nahm. Wenig später befanden sie sich auf dem Weg nach Pacific Palisades, wo sie ein großes Haus zusammen mit ihrer sechzehnjährigen Tochter und seinen Zwillingssöhnen teilten. Alle Kinder stammten aus früheren Ehen.

Sobald sie den Sunset Boulevard erreichten, gab Mac Gas und behielt ständig den Rückspiegel im Auge, um festzustellen, ob sie verfolgt wurden. Er dachte oft an Verbrechen. Vor zwei Monaten war in irgendeinem unterirdischen Parkhaus ein großer, abgemagerter Kokser vor ihn gesprungen, hatte ihm eine Pistole in den Bauch gedrückt und die Herausgabe seiner goldenen Rolex verlangt. Mac hatte sie wortlos abgestreift und sie dem Mann gegeben. Kaum war der Räuber verschwunden, bedauerte Brooks es, sich nicht gewehrt zu haben.

Er würde es Sharleen gegenüber nie zugeben, aber seit dem Überfall fühlte er sich nur noch wie ein halber Mann. Wann immer er seinen Freunden davon erzählte, tat er immer so, als nehme er die Sache auf die leichte Schulter. Doch tief in seinem Innern machte es ihn ganz krank, dem Räuber keine Prügel verabreicht zu haben. Seitdem trug er eine unregistrierte Schußwaffe bei sich, und wehe dem, der versuchen sollte, sie ihm abzunehmen.

Damals in Brooklyn hatte er sich nie etwas gefallen lassen. War es denn möglich, daß zwanzig Jahre Hollywood ihn so hatten verweichlichen lassen?

Manchmal dachte Brooks, sein ganzes Leben sei ein Traum. Vom Amateurboxer in Brooklyn zum Oscarpreisträger und Regisseur in Hollywood. Ein beachtlicher Karrieresprung. Auch wenn ein paar Freunde dabei mitgeholfen hatten.

Brooks dachte nicht gern an die alte Zeit zurück. Er hatte seine Vergangenheit begraben und wollte sie nie mehr ausbuddeln. Das letztemal, als er einem seiner Freunde aus früheren Tagen einen Gefallen getan hatte, war daraus ein Desaster entstanden. Von da an hatte niemand mehr etwas von ihm bekommen. Mac hatte einige Perfektion entwikkelt, wenn es darum ging, die eigenen Anfänge zu vertuschen. Wenn die Wahrheit ans Tageslicht käme, würde das in der ganzen Branche ein mittleres Erdbeben auslösen.

Seit dem Überfall verspürte Brooks den starken Wunsch, den gelben Rolls loszuwerden und gegen einen weniger auffälligen Wagen einzutauschen. Dummerweise war Sharleen strikt dagegen. Solche Statussymbole waren ihr viel zu wichtig, und für sie sagte der Rolls in dieser Hinsicht einiges aus.

Als sie sich dem Haus näherten, fielen ihm gleich die Blaulichter von zwei Streifenwagen auf. »Gottverdammt noch mal«, murmelte er, denn in Gegenwart von Polizisten fühlte er sich stets unwohl, ein Überbleibsel aus seiner Zeit in Brooklyn.

»Was ist denn?« fragte Sharleen.

»Die Polizei ist bei uns.«

»Warum das denn?« wollte sie wissen und griff nach ihrer Puderdose.

»Wenn ich das wüßte, würde ich es dir bestimmt sagen«, entgegnete er kurz angebunden.

Sie überprüfte ihr perfektes Make-up in einem kleinen Spiegel und trug mehr Lippenstift auf. »Dann finde es doch heraus.«

So atemberaubend schön und sexy sie auch sein mochte, manchmal ging Sharleen ihm gehörig auf die Nerven. »Täubchen«, sagte er und bemühte sich, nicht zu barsch zu klingen, »genau das habe ich jetzt vor.«

Kapitel 2

Michael Scorsini kam Freitag nacht total erledigt, mit den Nerven am Ende und bereit, ganz von vorn anzufangen, in L. A. an. Er hatte endgültig mit New York gebrochen.

Sein einziger Koffer war bei dem Flug verlorengegangen, und den Mitarbeitern der Fluglinie schien das völlig gleichgültig zu sein. Schließlich wurde es Michael zu dumm. Er hielt ihnen seine Polizeimarke unter die Nase und erklärte, daß er sie alle festnehmen würde, wenn sein Koffer nicht binnen kurzem wieder auftauche.

Das versetzte die Leute auf wundersame Weise in Bewegung. Sie spürten sein Gepäck in Chicago auf und versicherten ihm, das gute Stück würde morgen persönlich bei ihm abgeliefert.

Großartig. Also konnte er jetzt mindestens zwölf Stunden seine Sachen nicht wechseln. Aber warum das diesen Leuten auch noch erklären?

Michael Scorsini war über ein Meter achtzig groß und hatte die olivfarbene Haut seiner sizilianischen Vorfahren geerbt. Er besaß einen athletischen Körperbau, pechschwarzes Haar, wachsame dunkle Augen und eine gerade Nase. Michael war ein gutaussehender Mann, von dem etwas Dunkles, Gefährliches ausging. Eine Mischung, der kaum eine Frau widerstehen konnte.

Die Weiblichkeit flog geradezu auf ihn, und das hatte ihn immer schon mißtrauisch gemacht. Waren sie nur wegen seines Aussehens hinter ihm her, oder mochten sie ihn auch als Menschen?

Er fand nie eine Antwort auf diese Frage – wahrscheinlich würde er sie auch nie erhalten. Und wie die Dinge bei ihm standen, mußte die Frau erst noch geboren werden, die ihn verstehen konnte.

Michael sah sich auf dem Flughafen um. Sein Freund und ehemaliger Partner, Quincy Robbins, sollte ihn eigentlich hier abholen, aber von ihm war weit und breit nichts zu entdecken. Dabei gehörte Quincy nicht zu den Menschen, die man leicht übersah. Er war groß und schwarz und wirkte wie ein ehemaliger Footballspieler, der seit seinem Abschied ein oder zwei Pfund zuviel zugelegt hat. Michael fand ein Münztelefon und rief Quincys Frau Amber an, die ihm mitteilte, daß ihr Mann mit seinem Wagen auf dem Freeway eine Panne habe und nicht zum Flughafen kommen könne.

»Macht nichts, dann nehme ich eben ein Taxi«, sagte er ihr.

»Beeil dich«, forderte Amber ihn auf.

Aber gern. Wer hatte schon Lust, stundenlang auf einem Airport herumzuhängen.

Draußen vor der Halle winkte er ein Taxi heran, nannte dem iranischen Fahrer sein Ziel, lehnte sich zurück, zündete sich eine Zigarette an und versuchte, endlich zur Ruhe zu kommen.

Wer hätte je gedacht, daß Michael Scorsini ausgerechnet nach L. A. ziehen würde? Er selbst ganz gewiß nicht. Und auch nicht Rita, seine Ex-Frau – Mann, würde das ein Schock für sie werden!

Während der letzten sechs Monate hatten sich seine Lebensumstände grundlegend gewandelt. Eben noch hatte er in New York gelebt, seine Arbeit getan, sein Kind vermißt und sich ansonsten ganz okay gefühlt. Und kurz darauf wurde er angeschossen – von einer verdammten Kugel erwischt –, und das bei einer Drogen-Razzia, bei der wirklich alles schiefgegangen war. Einige Tage lang hatte sein Leben am seidenen Faden gehangen, weil die Kugel sein Herz nur knapp verfehlt hatte.

Aber eben doch verfehlt. So hatten die Ärzte sie entfernen können, und er durfte weiterleben. Rita hatte sich nicht einmal die Mühe gemacht, ihn anzurufen.

Kaum war er wieder auf den Beinen gewesen, hatte er Bilanz gezogen. Michael hatte eine Tochter, die er kaum zu sehen bekam, weil seine Ex mit ihr nach L. A. gezogen war. Er hatte ein paar flüchtige Affären, von denen keine einer weiteren Erwähnung wert war. Seine Familie wohnte in Brooklyn, aber man sah sich nur selten – was gar nicht so schlecht war, denn wenn sie alle zusammentrafen, kam dabei nicht mehr zustande, als sich gegenseitig anzuschreien.

Michael war jetzt achtunddreißig und fühlte deutlich, daß es Zeit für ihn wurde, ein neues Leben zu beginnen. So stellte er bei seinem Police Department den Antrag, sich für ein Jahr beurlauben zu lassen. Er glaubte, das sei genug Zeit, seinen Kopf wieder klar zu bekommen und sich zu überlegen, ob er weiterhin Detective sein wollte. Weil er bei der Razzia lebensgefährlich verletzt worden war, genehmigte man ihm die zwölf Monate.

Quincy lebte schon seit drei Jahren in Los Angeles. Er hatte sich als Privatdetektiv niedergelassen und bedrängte Michael immer wieder, sich mit ihm zusammenzutun.

Scorsini hatte stets abgelehnt, weil er der festen Überzeugung war, daß New York City die einzige Stadt war, in der es sich aushalten ließ. Aber nach der Kugel konnte er nicht rasch genug von dort fortkommen. Für L. A. sprach außerdem, daß er seiner vierjährigen Tochter Bella nahe sein konnte, die er nicht mehr zu Gesicht bekommen hatte, seit Rita mit ihr vor fast einem Jahr ohne großen Abschied an die Westküste umgezogen war.

Rita erwartete eine Riesenüberraschung, denn Bellas Vater würde von nun an im Leben des Mädchens wieder eine große Rolle spielen – und außerdem hatte er mit der Mutter ein Hühnchen zu rupfen, ob ihr das nun paßte oder nicht.

Amber Robbins öffnete die Tür ihres bescheidenen Hauses mit einem Baby auf dem Arm, einem Kleinkind am Schürzenzipfel und mit einem breiten, freundlichen Lachen. Sie war eine hübsche Schwarze mit blendend weißen Zähnen und etwas zuviel Fleisch auf den Knochen ihres ein Meter sechzig großen Körpers. Quincy hatte sie über eine Partnerschaftsvermittlung kennengelernt, bei der er sich aufgrund einer Wette angemeldet hatte. Er schwor heute noch, daß er die fünfundsiebzig Dollar für die Gebühr nicht klüger hätte ausgeben können – auch wenn seine Familie nicht gerade begeistert davon war, daß Amber früher als exotische Tänzerin gearbeitet hatte. Quincy hatte dieses Problem gelöst, indem er mit ihr nach Kalifornien gezogen war.

»Ich bin jetzt siebenundvierzig«, hatte er Michael damals erklärt, »und meine Mama behandelt mich immer noch wie ein Kind.«

»Michael!« rief Amber, und ihre Freude war so groß wie

ihr Lachen. Sie strahlte eine starke Wärme aus, und man fühlte sich in ihrer Nähe immer wohl.

»Nun sieh sich mal einer die kleine Momma an«, grinste er und umarmte sie.

»Ich habe ein paar Pfündchen zugenommen«, gab sie reumütig zu, genoß es, von ihm gedrückt zu werden, und schob ihn dann ins Haus.

»Steht dir aber gut.« Er reichte ihr eine schwarze Einkaufstüte.

»Du warst immer schon ein Lügner, aber ein netter«, lachte sie, öffnete die Tüte und zog einen Riesenpanda und einen Knuddelteddybär heraus. »Für mich?« fragte sie in gespielter Überraschung.

»Äh, eigentlich mehr für die Kinder.«

Sie küßte ihn auf die Wange. »Du hättest dir nicht solche Umstände machen müssen, Mike, aber trotzdem danke.«

Das Baby fing an zu weinen, und der Kleine zerrte ungeduldig an der Schürze.

Michael trat einen Schritt zurück und hob eine Braue. »Schon zwei, Amber? Du konntest es wohl nicht abwarten, was?«

Sie errötete. »Was soll ich schon groß sagen? Mein Mann ist ein Tier, und ich liebe ihn dafür.«

»Ja, stimmt, er war immer schon eine Bestie«, stimmte Michael zu. »Wo steckt der Verbrecher eigentlich?«

Amber legte den Säugling in die Wiege und antwortete ihm über die Schulter: »Er hat eben angerufen. Der Wagen muß abgeschleppt werden.«

»Ich wette, das versetzt ihn in Begeisterungsstürme.« Michael bahnte sich seinen Weg durch das überfüllte Wohnzimmer und wäre beinahe über ein Stofftier gestolpert, das mitten auf dem Boden lag.

Amber eilte in die Küche, und der Zweijährige trottete ihr hinterher. »Du kennst doch unseren Quincy, immer Hummeln im Hintern.«

»Und ob ich Q kenne!« lachte er und machte sich ebenfalls auf den Weg in die Küche.

Sie setzte den Kleinen in seinen Hochstuhl und drehte

sich zu ihrem Gast um. »Aber du siehst wirklich großartig aus, Mike. Ich hatte schon halb damit gerechnet ...«

»Ein Wrack zu sehen?«

»Na ja, mit der Verletzung und so ...« Amber holte ein Fläschchen Babykost aus dem Kühlschrank.

Michael lief in der Küche auf und ab. »Mir geht es eigentlich ziemlich gut«, versicherte er ihr. »Und jetzt, wo ich bei euch bin, geht es mir geradezu fantastisch.«

»Fein«, sagte sie und löffelte Apfelbrei in den offenen Mund ihres Kindes. »Wir möchten nämlich, daß du dich hier wohl fühlst.«

»Das werde ich schon, keine Bange.«

»Tut mir leid, aber wir können dir nur die Couch anbieten.«

»Ich habe einige meiner angenehmsten Stunden auf einer Couch verbracht.«

»Ich will nichts von deinem Sexleben hören«, schimpfte sie schmunzelnd.

»Tja, weißt du, im Augenblick ist es so gut wie nicht vorhanden. Ich bin mit der Hoffnung gekommen, du hättest eine Freundin, die genauso aussieht wie du.«

»Schmeichler! Aber ich höre es trotzdem gern.«

»Ich sage nur die Wahrheit.«

»Die gute Nachricht ist, du kannst so lange bleiben, wie du willst. Du weißt ja, daß Quincy dich wie einen Bruder liebt.«

»Ja«, sagte er und kratzte sich am stoppeligen Kinn. »Mir geht es mit ihm genauso.«

Michael mußte für einen Moment an seinen Freund denken. Quincy war immer ehrlich gewesen und ein ganz besonderer Mensch, der ihm eine Menge beigebracht hatte. Quincy war ihm oft wie ein älterer Bruder erschienen und hatte einen beruhigenden Einfluß auf ihn: Michael neigte zu Wildheit und konnte sein Temperament nicht immer im Zaum halten. Seit er mit dem Trinken aufgehört hatte, war es damit etwas besser geworden, und die schlimme Schußverletzung hätte noch ganz andere als ihn zur Besinnung gebracht. Trotzdem tat es ihm gut, wieder einen Ersatzbruder zu haben, der hier und da ein Auge auf ihn haben konnte. Das traf ganz besonders zu, weil sein wirklicher Bruder, Sal, ein übler Bursche und Taugenichts war. Wenn er ihn nie mehr wiedergesehen hätte, wäre er darüber nicht sonderlich traurig gewesen. Sal war verlogen, ein Betrüger und stand mit der Unterwelt in Verbindung. Trotzdem glaubte ihre Mutter Virginia immer noch, Sal scheine die Sonne aus dem fetten Hintern. Als die beiden noch zu Hause gewohnt hatten, war Sal immer ihr Liebling gewesen und Michael derjenige, der den ganzen Ärger abbekommen hatte. Am Vater konnte sie den nicht auslassen, denn der feige Hurensohn machte sich regelmäßig aus dem Staub, wenn es dicke Luft gab – und daran herrschte im Hause Scorsini kein Mangel.

Als er zehn gewesen war, hatte ihr Vater sich auf Nimmerwiedersehen verabschiedet und war bei Nacht und Nebel abgehauen, ohne ihnen Geld oder eine Adresse zurückzulassen, unter der man ihn erreichen konnte. Virginia war gezwungen gewesen, zwei Jobs anzunehmen, um ihre Familie halbwegs über die Runden zu bringen.

Sie benötigte zwei Jahre, um ihrem abgängigen Mann auf die Spur zu kommen. Doch da war schon der Mann eingezogen, der Michaels Stiefvater werden sollte – Eddie Rowlinski –, und hatte das Regiment übernommen.

Eddie war ein echter Schweinehund, ein Lastwagenfahrer, der Alkohol beförderte, und er pflegte aus Lust und Laune Virginia und die Kinder zu verdreschen. Er war ein wahrer Riese, hatte Hände wie Bratpfannen und neigte zum Jähzorn. Außerdem trank er viel.

Eddie hatte sich besonders Michael öfters vorgenommen, bis der Junge im Alter von sechzehn eines Nachts ausgerissen war. Er lief davon, gab ein falsches Alter an und bekam in New Jersey einen Job als Barkeeper. Erst nach achtzehn Monaten kehrte er nach Hause zurück. Und da war er schon ausgewachsen, stark und durchtrainiert gewesen.

Kurz darauf hatte Eddie wieder einmal zu tief in die Flasche geschaut und nahm den Gürtel von der Hose, um damit auf den Jungen loszugehen.

Michael hatte ihm die Nase gebrochen, und von da an ließ der Stiefvater ihn in Ruhe.

Ein paar Monate später wurde Michael an der Police Academy aufgenommen, was Eddie wirklich wütend machte, gar nicht erst zu reden von Sal; beide betrachteten Polizisten nämlich als niederste aller Lebensformen. Tja, Pech für die zwei. Die Ausbildung erfüllte den jungen Mann mit dem Gefühl, etwas zu sein und seinen Daseinszweck gefunden zu haben. Er schloß mit der höchstmöglichen Punktzahl ab und wurde rasch befördert. Und schließlich war aus ihm, sehr zum Verdruß von Sal und Eddie, einer der erfolgreichsten Detectives geworden.

Die Erinnerungen an den Stiefvater waren alles andere als erfreulich, und auch heute dachte Michael nicht gern an ihn zurück.

Warum sich also überhaupt die Mühe machen? Er würde sich ja doch nur wieder ärgern. Sich Eddie ins Gedächtnis zurückzurufen, war fast so schlimm, wie an Dean zu denken, seinen leiblichen Vater, der vor über zwanzig Jahren nach Florida abgehauen war und dort mit einer neuen Frau und einer neuen Familie lebte.

Seit Dean sie verlassen hatte, war es Michael zweimal gelungen, ihn zu treffen. Beide Begegnungen waren nur kurz gewesen. Er hatte sie initiiert, weil es für ihn wichtig war, seinen richtigen Vater besser kennenzulernen. Aber das war ihm nicht vergönnt. Dean Scorsini machte es ihm schmerzlich deutlich, daß er an der Familie, die er zurückgelassen hatte, nicht mehr interessiert war. Er behandelte seinen Sohn wie einen Fremden, und nach dem zweiten Treffen entschied Michael, es kein drittes Mal mehr zu versuchen.

So konnte es einem im Leben ergehen. Ein Vater, der sich nicht um einen kümmerte. Eine Mutter, die dazu nicht fähig war. Und ein Stiefvater, bei dem es sich um einen sadistischen Mistkerl handelte. Aber er hatte es überlebt.

Wenn auch gerade eben so.

»Willst du ein Bier?« fragte Amber und wischte einen Klecks Apfelmus vom Kinn ihres Sohnes.

»Hast du ein alkoholfreies?« sagte er und wünschte, er könnte sich jetzt eine Dose eiskalten Biers genehmigen und sie in drei Zügen leeren.

»Oh, tut mir leid, habe ich ganz vergessen«, entgegnete sie rasch. »Quincy hat mir erzählt, daß du jetzt bei diesen ... äh, bei den Anonymen Alkoholikern mitmachst.«

»Ich mache bei ihrem Programm mit. In zwölf Schritten zu Frieden und Gelassenheit.«

Amber verstand nicht, wovon er da redete, und das begriff auch kaum einer, der diese Kur nicht mitgemacht hatte. Das Programm hatte sein Leben gerettet, und zwar lange bevor die Kugel ihn getroffen hatte. Seine Ehe hatte es allerdings nicht retten können – das war wohl auch vollkommen unmöglich gewesen.

»Quincy läuft bestimmt rasch zum Laden, wenn er wieder hier ist«, sagte Amber.

»Kein Problem. Ich nehme ein Seven-Up.«

»Light?«

»Nöh. Ich lebe gern gefährlich und werde mich an ein normales wagen.«

»Dann bedien dich.« Sie zeigte auf den Kühlschrank.

»Weißt du was, ich glaube, ich rauche lieber eine«, erklärte er.

Amber zeigte auf die Hintertür. »Aber bitte draußen, Mike. Das macht dir doch hoffentlich nichts aus, oder? Quincy und ich haben es nämlich beide aufgegeben.«

»Welchem Laster frönt ihr denn dann?« lächelte er.

»Das geht dich nichts an«, lächelte sie zurück.

Er trat hinaus in den hinteren Garten, spazierte herum und ging in Gedanken die Dinge durch, die er zu erledigen hatte. Ganz oben auf seiner Liste stand: Wohnung. Er hatte nämlich nicht vor, allzu viele Nächte auf der Couch der Robbins' zu verbringen. Außerdem sagte er sich, daß es nicht klug wäre, Rita gegenüberzutreten, solange er noch keine feste Bleibe hatte. Wenn er zu ihr ging, sollte sie wissen, daß er bereit war, Bella regelmäßig zu sehen, und er hoffte, daß sie ihm so nicht allzu viele Scherereien machen konnte.

Rita war schon etwas ganz Besonderes. Er hatte sie geheiratet, weil sie schwanger gewesen war. Zum erstenmal in seinem Leben hatte er das Richtige getan.

Von wegen, das Richtige. Kaum hatte Rita entbunden, verwandelte sie sich in eine zänkische Frau, die ihm an allem die Schuld gab, angefangen von ihrer verlorenen Showgirl-Figur – womit sie schon falsch lag, denn sie sah immer noch sensationell aus – bis zu ihrer Karriere, die sie nun in den Wind schreiben könne. Was für eine verdammte Karriere hatte ihr eigentlich offengestanden?

Als Sal sie ihm vorgestellt hatte, war sie Kellnerin gewesen, aber wie viele hübsche Frauen jagte auch sie dem Traum hinterher, eines Tages Schauspielerin oder Model zu sein. Als ihr dann bewußt wurde, daß das Baby sie ans Haus fesselte, wurde sie unglaublich wütend. »Ich habe überhaupt keine Freiheit mehr«, beschwerte sie sich regelmäßig bei ihm. »Ich ersticke hier noch!«

Michael konnte nicht verstehen, warum sie ständig so keifte, denn eigentlich besaß sie doch eine Menge Freiheiten. Wenn er am Wochenende keinen Dienst hatte, saß er zu Hause und paßte auf das Kleine auf, während sie mit ihren gestylten Freundinnen die Malls und andere Einkaufszentren plünderte und viel zuviel von seinem hartverdienten Geld ausgab.

Rita schien geradezu süchtig danach zu sein, mit der Kreditkarte loszuziehen. Wenn dann am Monatsende die Rechnungen eintrudelten, trieb ihn das, was sie schon wieder ausgegeben hatte, in den Wahnsinn. »Wie viele Paar Schuhe kannst du eigentlich tragen?« fragte er fassungslos.

»So viele wie ich will«, antwortete sie streitlustig.

Rita war mit ihrem flammend roten Haar und dem dazu passenden Temperament ein echter Blickfang. Das Flirten war ihr angeboren, und sie fand stets rasch heraus, welche Knöpfe sie bei ihrem Gegenüber drücken mußte. Bei ihm hatte das auch funktioniert, vor allem in der ersten Zeit, als er noch geglaubt hatte, in sie verliebt zu sein.

Nach vier Jahren Ehe hätte sie mit dem gesamten Team

der New York Yankees ins Bett steigen können – nichts hätte ihn weniger interessiert.

Als Rita die Stadt verlassen hatte, war er erleichtert gewesen, bis auf den Umstand, daß er Bella nicht einmal mehr an den Wochenenden sehen konnte. Zuerst hatte er sein kleines Mädchen jeden Sonntag angerufen, aber nach seiner Schußverletzung brach diese Kommunikation zusammen, und wenn er danach bei Rita anläutete, bekam er nur den Anrufbeantworter zu hören.

Er fühlte sich schuldig, aber zur Hölle, er würde es wieder gutmachen. Schließlich hatte er seine Bella nicht verlassen wie sein Vater ihn. Michael und seine Tochter würden von nun an eine Menge Zeit miteinander verbringen, und wenn das Rita nicht paßte, war das eben ihr Pech, denn sie würde es akzeptieren müssen.

Er liebte seine Tochter sehr und war fest entschlossen, endlich damit anzufangen, ein guter Vater zu sein. Es war höchste Zeit dafür.

Kapitel 3

Kennedy Chase war fünfunddreißig Jahre alt und konnte ihre Miete nicht bezahlen. Nun, theoretisch konnte sie es wohl, sie hatte Rücklagen: ein kleines Aktienpaket, einige gut angelegte Schatzbriefe und ein bescheidenes Haus in Connecticut. Aber unglücklicherweise hatte sie die goldene Regel, niemals ihre Ersparnisse anzugreifen, und daran hielt sie sich eisern.

Ihr kleines Mietproblem hatte zur Folge, daß sie etwas tun mußte, was sie immer vermeiden wollte. Sie mußte ein Prominenten-Interview führen.

Oh Gott, nein! Sie haßte den Gedanken, sich mit einem dieser Egomanen zusammenzusetzen, die sich für etwas Besonderes hielten, nur weil Gott ihnen einige gute Gene und außergewöhnliche Chancen gewährt hatte.

Ihr Mangel an Einkommen war auf einen übereifrigen

literarischen Agenten zurückzuführen, der sie gedrängt hatte, zu schreiben und alle anderen Angebote abzulehnen. So hatte sie sich in den letzten drei Monaten emsig an einem Roman über Liebe, Sex und Beziehungen in den Neunzigern versucht. Kennedy hatte dreihundert Seiten geschrieben – und die meisten wieder zerrissen. Schließlich kam sie zu dem Schluß, daß Belletristik nicht ihr Genre war. Wenn sie ein Buch schreiben wollte, mußte es auf klaren Fakten beruhen, weil nur die Wahrheit eine Grundlage bilden konnte.

Einmal zu dieser Erkenntnis gelangt, bestand die Notwendigkeit, sich Zeit zu verschaffen. Die einzige Lösung, die ihr einfiel, war das Angebot des Herausgebers vom *Style Wars* Magazin, Mason Rich, anzunehmen, mit dem er sie seit einiger Zeit lockte. Mason wünschte sich sechs Prominenten-Interviews von ihr, sowie sechs Artikel über jedes beliebige Thema, das sie gerne machen wollte. Als Gegenleistung winkte ihr ein fetter Honorar-Scheck für das ganze nächste Jahr.

Seit zwei Wochen dachte sie darüber nach. Wenn sie Masons Angebot annahm, brauchte sie sich in nächster Zeit keine Gedanken um die Bezahlung ihrer Rechnungen zu machen, und das wäre eine enorme Erleichterung.

Ruf ihn an, drängelte ihre innere Stimme.

Morgen.

Nicht morgen. Heute.

Sie atmete tief durch, griff zum Telefon und wählte das New Yorker Büro von *Style Wars* an. »Mason?« sagte sie hastig, bevor sie ihre Meinung ändern konnte.

»K. C., meine Lieblingsautorin«, antwortete Mason erfreut. Er war ein weißer, heterosexueller, verheirateter Mann von achtundvierzig Jahren mit dem starken Wunsch, sie in sein Bett zu locken. Bisher war es Kennedy gelungen, ihr Verhältnis auf einer rein geschäftlichen Ebene zu halten, aber es war nicht einfach gewesen. Verheiratete Männer waren meistens die hartnäckigsten. Sie holte nochmals tief Luft. »Also los, führ mich zur Schlachtbank.«

»Wie meinst du das?«

»Mason, ich bin ganz und gar dein.«

Er lachte leise. »K. C., ich wüßte nicht, was mich glücklicher machen könnte. Ich buche einen Erste-Klasse-Flug bei American und die Orient-Suite im St. Regis. Wir werden ein unvergeßliches Wochenende haben.«

Sie seufzte. »Sehr witzig, Mason. Du weißt genau, was ich meine.«

»Du ahnst nicht, was du verpaßt,« antwortete er kläglich.

»Schick mir bitte einen Vorschuß, bevor sie mich aus der Wohnung werfen. Und gib mir den Namen meines ersten Opfers, damit ich vorher genug Zeit habe, mich zu übergeben.«

»Willkommen an Bord.«

»Ich werde auf dem gesamten Weg zur Bank Hallelujah singen.«

Die Entscheidung war getroffen. Es gab kein Zurück mehr, sie arbeitete für *Style Wars,* das führende Blatt durch die Wirklichkeit für die Intellektuellen unter Hollywoods Machern, beziehungsweise durch das, was sie dafür hielten. Die Hollywood-Gemeinde verschlang jeden Monat ihr Abo-Exemplar – *Hey, ich habe* Style Wars *gelesen, ich habe geistig was drauf.*

In Wahrheit handelte es sich bei der Postille um gar kein so schlechtes Magazin – verglichen mit den Frauenzeitschriften und den Tittenmagazinen für Männer, war es eine wahre Fundgrube an Informationen. Neben den Prominenten-Interviews, Kritiken, Modelberichten und Avantgarde-Fotografien gab es üblicherweise einen großen Beitrag, der es Wert war, gelesen zu werden – irgendein größerer Skandal, in den die Reichen und Berüchtigten verwickelt waren.

Das war es, was sie reizte. Als Mason ihr den Handel das erstemal vorgeschlagen hatte, versicherte er ihr, daß sie über alles schreiben könne, was sie interessierte, und der Gedanke gefiel ihr. Investigativer Journalismus war ihre Stärke. Sie hatte bereits alle Facetten bearbeitet – vom Anita-Hill-Washington-Debakel über politische Intrigen, den Krieg im Iran und einige saftige Wall-Street-Schwindel.

Normalerweise liebte es Kennedy, dort zu sein, wo die Action stattfand. Ihr Motto hieß: »Mit dem Stifte in der Hand, kommst du durch das ganze Land.« Aber vor sechs Monaten war ihr Vater erkrankt, und sie hatte sich entschlossen, an einem Ort zu bleiben, und das Unvermeidliche abzuwarten. Ihr Vater war achtundfünfzig gewesen und focht einen bewundernswerten Kampf gegen den Lungenkrebs. Drei Jahre zuvor war ihre Mutter gestorben. Der Verlust war niederschmetternd gewesen, obwohl Kennedy bereits den Umgang mit Trauer kennengelernt hatte. Ihr Mann war nach zwölf gemeinsamen Jahren das Opfer eines Terroristen-Anschlags geworden.

Phil war ein wunderbarer, geistreicher und attraktiver Mann gewesen. Sie hatten sich am College kennen- und liebengelernt, gemeinsam die Welt bereist und nach sechs fantastischen Jahren an Bord eines Bootes, mitten in einem krokodilverseuchten Fluß in Afrika, geheiratet. Sie suchten beide das Abenteuer, waren wie Junkies, die dem ultimativen Kick nachjagen. Wenn irgendwo auf der Welt etwas passierte, mußten sie dorthin. Phil war ein brillanter Fotograf, der nüchterne, ehrliche Fotos schoß. Kennedy schrieb die Texte zu seinen aufsehenerregenden Bildern. Sie waren ein hervorragendes Team, das bei Zeitschriften und Zeitungen sehr gefragt war.

Phil war in Irland umgekommen, als er über den Bürgerkrieg berichtete. Normalerweise wäre sie bei ihm gewesen. Da sie aber im dritten Monat schwanger war und bereits zwei Fehlgeburten hinter sich hatte, hatte ihr Arzt darauf bestanden, daß sie zu Hause blieb und sich wenigstens dieses Mal schonen solle. Sie verlor das Baby trotzdem.

Nach Phils Tod schien ihr Leben eine Weile stillzustehen. Sie hockte beinahe ein Jahr in ihrem gemeinsamen Haus in Connecticut und versuchte, mit dem ungeheuren Kummer fertig zu werden. Manchmal dachte sie über Selbstmord nach, aber sie wußte, daß Phil das als feigen

Ausweg angesehen hätte. Er hätte erwartet, daß sie all die Dinge tun würde, die sie gemeinsam geplant hatten, und sie wußte, daß sie ihn nicht enttäuschen durfte. So nahm sie schließlich jedes bißchen Kraft, das sie aufbringen konnte, zusammen und stellte sich wieder dem Leben. Aber sie mußte erkennen, daß alleine reisen nicht dasselbe bedeutete. Es war schwierig, gefährlich und einsam.

Endlich entschloß sie sich, irgendwo ein Zuhause zu finden. Nicht in Connecticut, denn dort waren zu viele Erinnerungen lebendig, aber in Los Angeles, wo sie in der Nähe ihrer Eltern sein konnte. Kurz nachdem sie nach L. A. gezogen war, erkrankte ihre Mutter und starb. Dann war ihr Vater an der Reihe.

Kennedy bedauerte ihren Anruf bei Mason nicht. Tatsächlich erregte sie der Gedanke, ein Jahr lang an dieselbe Zeitung gebunden zu sein. Die sechs Prominenten-Interviews stellten nur einen kleinen Schönheitsfehler dar, mit dem sie fertig werden würde. Der Gedanke an die Artikel aber brachte ihr Blut in Wallung.

Phil hätte bestimmt tausendundeine Idee gehabt, wenn er da gewesen wäre. Aber das ging leider nicht. Phil war abgereist. Hatte sie verlassen. Es war nicht seine Schuld, aber manchmal, spät in der Nacht, wenn sie wachlag und nachdachte, machte sie ihm dennoch Vorwürfe. *Warum war er nach Irland gegangen? Warum hatte er sie allein gelassen?*

Kein Mann, den sie kennenlernte, konnte sich mit Phil messen. Ihre beste Freundin, Rosa Alvarez, versicherte ihr, daß eine Menge guter Männer frei herumliefe, aber Kennedy hatte noch keinen davon gefunden, obwohl sie sich hin und wieder verabredete. Jedesmal haßte sie die gezwungene Konversation und die unvermeidlichen Gute-Nacht-Küsse vor der Haustür. »Ich bin zu alt und zu klug für diesen Mist«, teilte sie Rosa überdrüssig mit, die die üble Angewohnheit hatte, sie an den Mann bringen zu wollen.

Rosa war eine Hispano-Schönheit von vierzig Jahren und die Co-Moderatorin der Nachrichtensendung einer lokalen Fernsehstation. Sie war eine Power-Frau, die sich weigerte, sich mit dem nicht vorhandenen Liebesleben ihrer Freundin abzufinden. »Du bist fünf Jahre jünger als ich, Kennedy«, erklärte sie geradeheraus. »Ich lasse es nicht zu, daß du alleine zu Hause sitzt. Es gibt da draußen jemanden für dich, und ich werde ihn finden.«

»Fantastisch«, antwortete Kennedy trocken, »ich kann es kaum abwarten, daß du mit diesem Alptraummann aufkreuzt.« Sie wußte, daß sie anziehend auf das andere Geschlecht wirkte. Männer warfen einen Blick auf sie, und schon war ihr Interesse erwacht. Sie war groß, über ein Meter siebzig, und wohlgeformt, obwohl sie immer versuchte, ihre Rundungen zu verbergen. Ihre honigblonden Haare waren schulterlang, und ihre grünen Augen hatten einen verblüffend direkten Blick. Ihre Schönheit paarte sich mit Intelligenz und Geschmack.

Seit Phils Tod hatte sie nur eine halbwegs ernste Beziehung gehabt. Irgendwie war sie – gegen besseres Wissen – in eine Beziehung mit einem von Rosas Kollegen geraten, ein Kevin-Costner-Typ, der den Wetterbericht moderierte.

Er war zwei Jahre jünger als sie und nicht gerade der Hellste. Der Sex war in Ordnung, aber nach sechs Monaten kam ihr der Verdacht, daß er nicht treu war, und das war ihr Anlaß genug, ihm den Laufpaß zu geben.

Es war nicht leicht, ihn loszuwerden. Vor drei Monaten hatten sie sich getrennt, und er rief immer noch alle paar Wochen an und bettelte um eine zweite Chance. Sie wußte, daß sie das nie tun würde. Der Zölibat war eindeutig vorzuziehen.

Kapitel 4

Bobby Rush joggte jeden Tag. Er stand um fünf Uhr morgens auf, streifte Shorts und T-Shirt über, zog seine gut eingelaufenen Nikes an und lief los, egal ob bei Regen oder Sonnenschein. Nicht, daß es im sonnigen Kalifornien viel regnete, meist war es eher zu heiß. Seit er von New York nach L. A. zurückgekehrt war, hatte er einige Schwierigkeiten gehabt, sich wieder an die konstante Hitze zu gewöhnen.

Mit seinen zweiunddreißig Jahren besaß Bobby eine jungenhafte Attraktivität. Er trug sein aschblondes Haar etwas länger und hatte wasserblaue Augen. Sein Aussehen und sein Talent hatte er von Jerry Rush geerbt, seinem berühmten Filmstar-Vater. Gott sei Dank hatte er nicht seinen Charakter geerbt, denn Jerry war ein Frauenheld, ein Tyrann und Alkoholiker.

Jetzt endlich, nach Jahren, in denen er immer nur Jerry Rushs Sohn gewesen war, hatte Bobby seinen eigenen Erfolgsfilm. Einen gottverdammten Kassenknüller! Plötzlich wurde er als der Star der Familie angesehen, und Jerry wurde als Bobby Rushs Vater vorgestellt! Was für ein wahnsinniger Triumph!

Seine beiden älteren Stiefbrüder, Len und Stan, waren darüber wenig begeistert. Es war schon schlimm genug, daß sie ihr Leben lang als Jerry Rushs Söhne bezeichnet wurden. Jetzt mußten sie auch noch damit fertig werden, als Bobby Rushs Brüder vorgestellt zu werden. Das schmerzte, insbesondere, da sie sich ebenfalls als Schauspieler versucht hatten, allerdings ohne Erfolg. Lan und Stan waren Jerrys Söhne aus erster Ehe. Ihre Mutter hatte nach der Scheidung einen Herzspezialisten geheiratet und führte ein beschauliches Leben in Arizona.

Len war Trinker, Stan kokste. Jerry unterstützte sie nach wie vor, obwohl sie beide verheiratet waren und eigene Kinder hatten.

Bobby hatte seit fünf Jahren kein Wort mehr mit seinem Vater gesprochen. Sie hatten sich furchtbar gestritten, bevor er nach New York gezogen war, und danach keinen Kontakt mehr zueinander gehabt. Jetzt war er zurück, sein Film ein Erfolg und Darla, seine schwedische Stiefmutter, hatte ein Versöhnungsessen für die kommende Woche arrangiert.

Bobby lief auf der Trainingsbahn der UCLA. Er hatte ein kleines Haus in den Hollywood Hills gemietet, aber bald erkannt, daß joggen dort oben die reine Plage war. Am ersten Tag lief er bereits Madonna und ihren Leibwächtern in die Arme. Joggen war aber nicht als gesellschaftliches Ereignis gedacht, sondern als anstrengende, schweißtreibende und harte Arbeit.

Er hielt sich erst seit einigen Wochen in L. A. auf, die angefüllt waren mit endlosen Besprechungen, dem Einrichten eines neuen Produktionsbüros in den Orpheus-Studios, Konferenzen mit Autoren über den Film, den er plante, und dem Einzug in das Haus, so daß für nichts anderes Zeit geblieben war. Er hatte noch nicht einmal seine Brüder angerufen, geschweige denn, jemand anderes.

Darla hatte ihn erwischt, weil sie die größte Betriebsnudel der Stadt war. Sie kannte jeden und alles, und jetzt, wo er Erfolg hatte, war sie besonders begierig darauf, die Wiedervereinigung von Vater und Sohn zu inszenieren.

Jerry Rush. Eine Ikone. Eine Legende. Ganz oben, zusammen mit Burt und Kirk und Greg, den großen Stars der Fünfziger und Sechziger. Jerry war einer der größten gewesen, ein Action- und Abenteuer-Held, als Action noch hieß, die bösen Jungs zu erledigen und Abenteuer, die Hauptdarstellerin zu küssen. Jetzt erschien Jerry nur noch selten in einem Film, es sei denn in einer Charakterrolle, obwohl er immer noch verdammt gut aussah, vor allem dank eines taktvollen Schönheitschirurgen, der seine Anziehungskraft über die Jahre gerettet hatte. Aber Jerry näherte sich den Siebzig, nicht unbedingt ein ideales Alter für Leinwand-Helden.

Bobby war gespannt darauf, was sein Vater wohl zu seinem überraschenden Erfolg zu sagen hatte. Ihr Verhältnis war schon immer schwierig gewesen. Die herabsetzende Behandlung, die er während seiner Kindheit und Jugend erfahren hatte, hätte einen Schwächeren sicher zugrunde gerichtet. Seine Brüder hatten es nie geschafft, sie waren für immer in Jerrys übergroßem Schatten gefangen.

Bobbys früheste Erinnerungen waren furchtbar.

Seine erste Schwimmstunde: Jerry hatte ihn am tiefen

Ende des Pools ins Wasser geworfen und ihm seelenruhig dabei zugesehen, wie er um sein Leben kämpfte.

Sein erster Schultag: Jerry hatte ihn begleitet und war herumstolziert wie ein Gockel. Er stellte sich allen Lehrern vor, gab Autogramme und stellte sicher, daß jeder wußte, wessen Sohn der kleine Bobby war.

Sein erster Ball: Jerry hatte Bobbys Verabredung auf den Mund geküßt, und sie hatte mit glänzenden Augen den ganzen Abend nichts anderes getan, als darüber zu reden, wie wunderbar sein Vater sei.

Seine erste Verlobte: Jerry hatte sie zwei Monate lang gebumst, bis Bobby sie eines Tages zusammen erwischte. Jerry hatte nur gelacht. »Sie war eine Schlampe«, hatte er gesagt. »Sei froh, daß du das noch rechtzeitig genug gemerkt hast.«

Nach diesem Vorfall wußte Bobby, daß das Leben mit seinem Vater ein Krieg war, und um den zu gewinnen, mußte er so wachsam und verschlagen sein wie ein richtiger Feind.

Jerry wollte, daß er ein College in Kalifornien besuchte, aber mit der Unterstützung seiner leidgeprüften Mutter gelang es dem Jungen, nach New York zu entkommen. Dort verbrachte er achtzehn Monate an der NYU, bevor er sein Studium abbrach, um eine Schauspielkarriere zu beginnen. Sein Vater war damit nicht einverstanden und strich ihm die finanzielle Unterstützung. Das war in Ordnung, denn Bobby wollte sie nicht. Nachts arbeitete er als Kellner und tagsüber in einer Soap-Opera. Das war eine gute Übung gewesen.

Zwei Jahre später kehrte er nach L. A. zurück, als seine Mutter an Krebs starb. Am Tag der Beerdigung nahm Jerry ihn beiseite und bat ihn zu bleiben. »Ich bin einsam«, sagte er und zeigte damit eine nie vermutete Verletzlichkeit. »Deine Brüder sind verheiratet, und dies ist ein verdammt großes Haus. Warum kommst du nicht zurück, Bobby? Leiste einem alten Mann Gesellschaft.«

Wider besseren Wissens hatte Bobby eingewilligt. Böser Fehler. Denn als er sich seines Sohnes sicher war, hatte sich

Jerry wieder in ein Monster verwandelt, das alle seine Freundinnen anmachte und ihn wie ein kleines Kind behandelte. Bobby wurde schmerzlich bewußt, daß die liebste Freizeitbeschäftigung seines Vaters darin bestand, seinen Sohn niederzumachen.

Als Darla in Jerrys Leben trat, gelang es Bobby zu entkommen. Er blieb in L. A. und mietete eine Wohnung in Sherman Oaks. Er bekam einige kleine Rollen in Fernsehfilmen, dann in einer weiteren Soap-Opera und begann sich des öfteren mit Mädchen zu verabreden, die er niemals seinem Daddy vorstellte.

Nachdem Jerry und Darla geheiratet hatten, versuchte sie, aus ihnen eine große, glückliche Familie zu machen.

Es funktionierte nicht.

Weihnachten 1989 hatten Jerry und Bobby ihre berüchtigte Auseinandersetzung. Im Familienbesitz Bedford Drive fand eine große Party statt. Jerry bot alles auf, sparte an nichts. Der Garten wurde mit Zeltplanen überdacht, der Swimming-Pool mit einem Tanzboden bedeckt, und es wimmelte von verkleideten Nikoläusen und Wahrsagerinnen. Eine siebenköpfige Band sorgte für die musikalische Unterhaltung. Fünfzehn riesige Tische wurden mit Platzkarten versehen und boten den einhundertzwanzig Gästen Platz. Darla organisierte alles, während Jerry alles Lob für die gelungene Feier einheimste.

Bobby bewunderte Darla voller Neid, denn der eisernen schwedischen Lady gelang, was schon viele Frauen vergeblich versucht hatten: Sie hielt Jerry annähernd unter Kontrolle. Bei dieser speziellen Feierlichkeit hätte allerdings niemand Jerry unter Kontrolle halten können. Zuviel Bourbon und ein neuer Film, der gerade verheißungsvoll anlief, ließen ihn selbstgefälliger denn je herumstolzieren.

Bobby hatte den Fehler begangen, seine momentane Freundin mitzubringen, Linda, eine zierliche Blondine mit dem obligatorischen Kalifornien-Körper und überwältigend großen blauen Augen. Selbstverständlich versuchte Jerry, bei ihr zu landen, sobald sie angekommen waren. Linda blieb Herrin der Lage, aber einige Zeit später grabschte ein betrunkener Jerry nach ihr, als sie die Toilette verließ, preßte seine Lippen auf ihre und fummelte mit schwitzigen Händen an ihrem Dekolleté herum. Da sie eine wirkliche Unschuld vom Lande – aus Minnesota – war, reagierte sie mit völliger Bestürzung. Sie gab Jerry eine Ohrfeige und rannte zu Bobby, um ihm den Vorfall zu schildern.

Bobby faßte die Gelegenheit beim Schopf, um Jerrys schlechtes Benehmen endlich einmal in die Schranken zu verweisen. Als sein Vater auftauchte, stellte er sich ihm in den Weg und forderte mit leiser, ärgerlicher Stimme: »Linda verdient eine Entschuldigung.«

»Was?« Jerry stand leicht schwankend vor ihm, wobei sein Glas überschwappte.

Bobby hatte nicht die Absicht, nachzugeben. »Sag, daß es dir leid tut, du alter, geiler Bock.«

Jerry lachte bösartig. »Mich bei *ihr* entschuldigen, du machst Witze.«

Einmal im Leben blieb Bobby seinem Vater gegenüber standhaft. »Tu es«, preßte er hervor.

Eine angespannte Stille erfüllte den Raum, obwohl jeder der Anwesenden versuchte, so zu tun, als bemerke er die Auseinandersetzung nicht.

»Jetzt mach mal halblang, Sohn. Siehst du denn nicht, daß sie ein Flittchen ist?« sagte Jerry mit schwerer Zunge. »Du hast einen sicheren Instinkt für Schlampen, Bobby. Mußt aufhören, deinen Schwanz dein verfluchtes Hirn regieren zu lassen. Werd' wie ich, bring ein wenig Klasse in dein Leben.«

Bobbys Verstand wurde in diesem Moment jedoch von solch einem dunklen und überwältigenden Zorn überflutet, daß er ihn nicht mehr kontrollieren konnte. Er schlug Jerry nieder, so daß dieser auf seinem gottverdammten Arsch landete. Dann schnappte er sich Linda und machte, daß er wegkam.

Eine Woche später war er auf dem Weg nach New York und widmete sich der Aufgabe, seine Karriere in Gang zu bringen.

Schon bald mußte er erkennen, daß niemand sich ein

Bein ausriß, um Jerry Rushs Sohn einen Job zu geben. Aber er war entschlossen, seinen Weg zu gehen, und so tat er sich mit ein paar Freunden vom College zusammen, und sie fingen gemeinsam an, die Dinge in Gang zu bringen – mit dem Ziel, Low-Budget-Filme zu produzieren.

Sie waren ein hart arbeitendes Team mit einem guten Blick für die finanzielle Seite. Bobbys Zimmerkamerad, Gary Mann, machte den Line Producer und besorgte die Finanzierung, während Tyrone Houston, ein ehemaliger College-Football-Star, die eigentliche Produktion übernahm. Bobby kümmerte sich um die Besetzung und war Executive Producer oder Aufnahmeleiter, wobei er alle Details überblickte.

Glücklicherweise fügte sich alles gut zusammen, und sie hatten großen Spaß bei ihren Projekten. Gary war ein Charmeur, der alles leicht zu nehmen schien. Hinter seiner warmen Persönlichkeit verbarg sich aber ein Hirn wie eine Rechenmaschine. Tyrone war ausgesprochen gutaussehend, schwarz und athletisch. Nebenher war er aber auch ein exzellenter Produzent, der selbst aus den unmöglichsten Geschäften etwas herausholte.

Das Ganze war harte, mörderische Arbeit mit Siebzehnstundentagen, aber sie zahlten sich aus. Sie brachten zwei Filme mit fast nicht existierendem Budget zustande, und als diese tatsächlich Geld einspielten, gelang es ihnen, richtige Geldgeber zu interessieren. Daraufhin produzierten sie *Hard Tears,* eine erotische Liebesgeschichte zwischen einem Polizisten und einem Callgirl. Der Film wurde ein Riesenerfolg, und plötzlich war Bobby Rush ein Star mit einem größeren Vertrag bei Orpheus, und er hatte zudem sichergestellt, daß auch Gary und Tyrone daran beteiligt waren. Jetzt hatten sie eine Menge Orpheus-Geld, mit dem sie genau das tun konnten, was sie wollten. Das Problem war nur, das richtige Projekt auszuwählen. Ein Erfolg war ein Erfolg, aber Bobby wußte nur zu gut, daß sein zweiter großer Film von entscheidender Bedeutung war. Er hatte einige Eisen im Feuer, und gerade jetzt stand er vor der Entscheidung, welcher Film denn nun verwirklicht werden sollte.

»Hi, Bobby.« Ein hübsches Mädchen in abgeschnittenen Jeans und einem T-Shirt, das ihr am Körper klebte, winkte ihm zu, als sie an ihm vorbeijoggte.

Seit kurzem grüßte ihn jedermann. Er schien über Nacht zu öffentlichem Eigentum geworden zu sein. All die Soap-Operas hatten nichts bewirkt – ein einziger Film-Hit jedoch alles. Automatisch winkte er zurück, obwohl er nicht den blassesten Schimmer hatte, wer sie war. Er lief etwas schneller. Der Rausch, nicht mehr länger nur Jerry Rushs Sohn zu sein, war unbeschreiblich. Niemand könnte das je nachempfinden, der nicht das gleiche wie er durchgemacht hatte.

Aufwachsen als Kind berühmter Eltern.

Ein Leben lang behindert.

Und er hatte diese Behinderung genommen und zertreten. Jetzt war er auf der Gewinnerseite.

Der Mann betrat einen Raum in einem großen, fast leeren Haus am Benedict-Canyon. Es gehörte seinem Onkel, der im Osten lebte und es von Zeit zu Zeit Verwandten und Freunden zur Verfügung stellte. In den vierziger Jahren wurde das Haus von einem legendären, blonden Filmstar bewohnt, die ihren Liebhaber mit einem Fleischermesser umgebracht und sich dann im großen, düsteren Wohnzimmer am Querbalken aufgehängt hatte.

Eldessa, eine alte Schwarze, die sich um das Haus kümmerte, hatte ihm die Geschichte gleich am ersten Tag erzählt. Der Mann hatte dem senilen alten Weib ungeduldig zugehört. Als sie fertig war, hatte er ihr befohlen, ihn niemals wieder anzusprechen und auf gar keinen Fall jemals sein Zimmer zu betreten. Um absolut sicherzugehen, bestellte er einen Schlosser und ließ etliche Spezial-Schlösser anbringen. Niemand durfte je in seine Privatsphäre eindringen.

Der Mann zog ein, weil es bequem war. Seine Familie wollte ihn nicht in New York haben, das hatte sie ihm gründlich klargemacht. Aber sie konnten ihn nicht gänzlich fallen lassen – er war von ihrem Blut, und so waren sie verpflichtet, sich um ihn zu kümmern. Sie gaben ihm also ein Zimmer im Haus seines Onkels und ein kärgliches Taschengeld.

Ob sie wohl tatsächlich annahmen, ihn für immer los zu sein?

Niemals, eher fröre die Hölle zu.

Aber im Moment kam es ihm sehr entgegen. Er mußte einige Dinge erledigen, bevor er sich mit seiner Familie beschäftigte.

Der Mann hatte eine Liste – eine lange Liste. Und er wußte genau, wie er jeden einzelnen Punkt darauf erledigen würde.

Vergeltung.

Rache.

Diese Arschlöcher umbringen, die ihn verraten hatten. Jeden einzelnen von ihnen.

Bald würde er beginnen …

Kapitel 5

Homebase Central war der angesagteste Club in L. A. Er lag am Ende des Silverlake und gehörte Melinda Woodson, einer sauertöpfischen Gelegenheits-Schauspielerin, sowie Arnie Isaac, einem ehemaligen Kinderstar, der sich aufs Koks-Dealen verlegt hatte. Beide waren eng mit dem Filmstar Charlie Dollar befreundet, der das Geld gegeben hatte, um den Club einzurichten. Es war eine Art Versicherung für Charlie, damit er immer einen Ort hatte, an dem er herumhängen konnte. Außerdem war er es leid, daß seine Freunde bei ihm zu Hause den ganzen Tag Gras rauchten, Koks schnupften und seinen Schnaps soffen, und so hatte er beschlossen, ihnen eine Beschäftigung zu besorgen.

Charlie Dollar war nicht gerade das, was man als Filmidol bezeichnen konnte. Er war übergewichtig, dreiundfünfzig Jahre alt und wurde langsam kahl. Aber wenn Charlie lächelte, bekam die Welt sofort ein freundlicheres Gesicht und jedes weibliche Wesen in seinem Umkreis feuchte Höschen, da er diesen Naturburschen-Charme besaß, der auf Männlein wie Weiblein unwiderstehlich wirkte. Das war es auch, was jeden seiner Filme zu einem Kassenknüller machte, zusammen mit seiner einzigartigen Präsenz und seiner unkonventionellen Spielweise. Charlie konnte eine Rolle nehmen und so lange formen, bis sie ihm wie angegossen saß. Manche behaupteten, Charlie sei ein Genie, während andere darauf bestanden, das da oben sei nur der gute alte Charlie Dollar, der sich über jeden lustig machte, der ihm seine Aufmerksamkeit schenkte.

Niemand kannte Charlies wahre Geschichte, obwohl eine Menge Gerüchte kursierten. Gefängnis, Drogen-Exzesse, ein traumatischer Dienst in Vietnam. Er tauchte als ausgebrannter Fünfunddreißigjähriger in einem Untergrund-Film auf, in dem er den durchgeknallten Manager einer Heavy Metal-Gruppe spielte. Nach dieser einen brillanten, wahnsinnigen Vorstellung blickte er nie wieder zurück.

Charlie war der Held des bekifften, berauschten Amerika. Er genoß den Ruhm, ohne sich das anmerken zu lassen. Das machte das Leben einfacher. Schließlich mußte ein Mann so tun, als hätte er wenigstens *einige* moralische Grundsätze.

Aufgrund von Charlies Beteiligung war das Homebase Central sofort ein Erfolg. Es war *der* Ort, um Leute zu sehen und selber gesehen zu werden. Die aufgedrehten jungen Leute der Filmbranche pilgerten jeden Freitag- und Samstagabend im Bewußtsein ins Homebase Central, daß es gut fürs Geschäft war und sie entweder ein solches abschließen oder etwas fürs Bett finden würden. Agenten, Schauspieler, Produzenten und Manager – das war die Klientel des Clubs.

Etwas fürs Bett zu finden war wirklich nicht schwer. Es wimmelte von schönen Mädchen mit hungrigen Blicken und einem Talent dafür, die wirklich Mächtigen herauszupicken. Und Charlie saß immer an seinem Stammplatz und überblickte die Szene mit dem Ausdruck eines zufriedenen Katers.

Jordanna kam am späten Samstag abend in den Club. Sie kannte jeden, und jeder kannte sie. Schließlich war sie ein Hollywood-Kid, eine der Auserwählten. Sie hatte einen lebenden berühmten Vater und eine verstorbene berühmte Mutter. Sie gehörte sozusagen zum Hollywood-Adel.

Arnie Isaac, der gerne den jovialen Gastgeber spielte, begrüßte sie mit einem freundlichen: »Hallo, Levitt, gut siehst du aus.« Arnie war hager und hatte einen wuchernden Bart. Er lebte in dem Glauben, unwiderstehlich auf Frauen zu wirken. Völlig danebengegriffen.

Zu Jordannas großem Mißbehagen versuchte Arnie ständig, sie anzumachen. Und das, obwohl sie ihm unmißverständlich klargemacht hatte, daß sie ihn nicht ausstehen konnte. Der einzige Weg, sich ihn vom Hals zu halten, war, für ihn unsichtbar zu bleiben.

»Hi, Arnie«, sagte sie und ging schnell an ihm vorbei zu einer Gruppe ihrer Freunde, den anderen Hollywood-Kids. Sie waren alle versammelt. Cheryl Landers, ein zynischer Rotschopf mit langen Beinen und einem Blick, der besagte, daß ihr keiner etwas vormachen konnte; was niemanden verwunderte, da ihr Vater, Ethan, ein größeres Studio besaß und ihre Mutter Estelle – eine heimliche Trinkerin in der Abgeschiedenheit ihres Bel-Air-Apartments – die Hohepriesterin der guten Gesellschaft von L. A. war.

Neben Cheryl saß Grant Lennon jr., der lasterhafte Sohn von Grant Lennon, einer ungemein attraktiven Hollywood-Ikone. Der junge Mann arbeitete als Agent bei International Artist Agents und sah sich selbst als den Frauenhelden der Stadt, aber Jordanna hegte den Verdacht, daß er nicht so oft erfolgreich war wie sein ›allzeitbereiter‹ Vater, weshalb er ständig unter enormem Druck stand.

Dann war da noch Marjory Sanderson, die verträumte Tochter eines milliardenschweren Fernseh-Magnaten. Marjory war fürchterlich dünn, hatte lange strähnige Haare und ein hageres Gesicht. Sie erholte sich gerade von einer Magersucht und verbrachte die meisten Nachmittage auf der Couch eines Psychiaters.

Und schließlich war da noch Shep Worth, der einzige Sohn eines alternden Sex-Symbols. Shep sah aus wie eine kleinere Version seiner berühmten Mutter, Taureen Worth. Diese Frau verfügte über einen Körper, der sich immer noch sehen lassen konnte, und über eine lange Liste von Ex-Ehemännern.

Die Gruppe war gemeinsam aufgewachsen und teilte die Erfahrung, alles zu reichlich und zu früh bekommen zu haben. Einen Porsche mit sechzehn. Säckeweise Kreditkarten. Ferien in Europa. Die besten Tische in den besten Restaurants. Und immer wieder verschwenderische Parties.

Jordanna ließ sich auf einen Stuhl fallen. »Ich brauche einen Drink«, stellte sie fest, griff sich eine Handvoll Tortilla-Chips und stopfte sie sich in den Mund.

»Harter Tag?«, fragte Cheryl.

»Es ist verdammt anstrengend, nichts zu tun«, bemerkte Jordanna lakonisch.

Cheryl lachte humorlos. »Wem sagst du das«, antwortete sie trocken und wußte genau, was Jordanna meinte. Cheryl war mit siebzehn von zu Hause ausgezogen und hatte den Neid all ihrer Freunde erregt, weil ihre Eltern sie mit einem Apartment in Westwood, einem neuen BMW und unbegrenztem Kredit ausgestattet hatten. Sie waren genauso erfreut gewesen, die Tochter loszuwerden, wie sie selbst, das Familienanwesen zu verlassen. Seitdem hatte Cheryl versucht, ihr Leben in den Griff zu bekommen, allerdings mit wenig Erfolg. Sie hatte bislang nichts vorzuweisen. Dadurch, daß sie Ethans und Estelles Tochter war, wurden unerfüllbare Ansprüche an sie gestellt. Also kümmerte sie sich nicht weiter darum.

Cheryl war attraktiv, ohne wirklich schön zu sein. Wenn sie keine Hollywood-Prinzessin gewesen wäre, hätte man sie sogar als ungeheuer attraktiv bezeichnet. Aber in einer Stadt voll mit außergewöhnlichen Schönheiten nahm sie auf einer Skala von eins bis zehn nur eine sechs ein. Überall sonst wäre sie eine zehn gewesen. Cheryl hatte entdeckt, daß es einer gewissen Gewöhnung bedurfte, mit Jordanna befreundet zu sein. Sie hatten sich nie sehr nahegestanden, aber nach Frans Selbstmord hatten sie sich in ihrem Kummer vereint, da sie beide enge Freundinnen des Mädchens gewesen waren. Zuerst hatte Cheryl Jordanna nicht ausstehen können und das kühle, böse Mädchen mit dem wilden Ruf als ausgesprochene Plage betrachtet. Aber nachdem sie sich näher kennengelernt hatten, war ihr klar geworden, daß Jordanna – wie sie selbst – aus einer wohlhabenden, nicht funktionierenden Familie stammte und versuchte, so gut wie möglich zu überleben.

Sie fingen an, gemeinsam auszugehen, und nahmen nach und nach Shep, Grant und Marjory in ihren Kreis auf. Bald waren sie als die ›Hollywood-Fünf‹ bekannt. Das kam ihnen sehr entgegen, da sie alle die gleiche Last drückte: Eltern, die vollauf damit beschäftigt waren, reich, berühmt und erfolgreich zu sein und keine Zeit für ihre Kinder zu haben.

»Ich schlage vor, du versuchst eine Margarita«, sagte Cheryl, ohne aufzusehen. »Drei von diesen kleinen Freudenspendern, und du weißt nicht einmal mehr, daß du dich auf diesem Planeten befindest!«

»Du versuchst eine Margarita, und ich versuche die Blonde in dem knappen Top«, sagte Grant, während er sich erhob. Er war groß und schlaksig mit einem langen Gesicht, buschigen Augenbrauen und braunem Haar, das er zu einem Pferdeschwanz zusammengefaßt hatte. Er war gutaussehend, aber nicht so sehr wie sein berühmter Vater – ein Umstand, der ihn verständlicherweise verdroß.

Jordanna warf einen Blick auf seine zukünftige Eroberung. Sie verabscheute das, was sie die ›Flittchen-Armee‹ nannte. Regelmäßig überflutete sie das Homebase Central, ganz in enges Spantex gehüllt, mit aufgetakelter Frisur und aufgeworfenen Lippen, jede von ihnen leicht zu haben und dumm wie Bohnenstroh. »Wie ihr Jungs bei denen einen hochkriegt, ist mir ein Rätsel«, seufzte sie. »Habt ihr schon mal davon gehört, daß man sich auch miteinander unterhalten kann?«

»Mach mal halblang, Jordanna. Sei ehrlich«, antwortete Grant, während er sich auf die Eroberung vorbereitete. »Ich möchte bei *deinem* Bettgeflüster mal Mäuschen spielen.«

»Leck mich, Grant«, entgegnete sie gelangweilt.

Shep mischte sich ein. Er hatte von der Sonne gebleichtes, blondes Haar und eine kleine, gutgeformte Figur.

»Ja, Jordy«, bestätigte er anklagend, »du tust dasselbe wie Grant: gabelst dir einen für die Nacht auf, und ein paar Stunden später heißt es auf Wiedersehen, ruf mich nicht an, ich rufe dich an.«

»Wenigstens haben meine keine Plastiktitten«, gab Jordanna zickig zurück. »Und sie zeigen nicht alles in den Zeitungen herum, ein Bein hoch in der Luft und darunter die Botschaft, daß sie die Tiere lieben und den brennenden Wunsch verspüren, die Welt zu retten.«

»Ich persönlich habe mich für den Zölibat entschieden«, verkündete Cheryl. »Entweder das, oder ich versuch's als Lesbe. Diese ganze AIDS-Sache macht mir genug angst, meine Höschen anzubehalten!«

»Darf ich zusehen?« fragte Grant lüstern.

»Mach bloß, daß du wegkommst«, antwortete Cheryl genervt, »du bist ein echter Perversling.«

Grant legte ihr die Hand auf die Schulter. »Und du bist verrückt danach.«

»Da träumst du doch von.«

Grant ging rasch auf Miß Top zu, die mit einer Gruppe ähnlich aussehender Freundinnen an der überfüllten Bar lauerte.

»Oh Gott, ich hoffe nur, daß er sie nicht zu uns rüberbringt«, ächzte Jordanna.

»Beachte sie gar nicht. Das merkt die sowieso nicht«, giftete Cheryl und vernichtete ihre vierte Margarita. »Sie ist diese Sorte Mädchen, die nur auf die Männer achtet.«

»Ich kann diese Möchtegern-Starlets nicht ausstehen«, nörgelte Jordanna. »Die glauben doch tatsächlich, wenn sie mit jemandem schlafen, der auch nur entfernt mit der Filmindustrie zu tun hat, wird er ihnen prompt eine Rolle beschaffen. Jeder weiß doch, daß die einzige Rolle, die sie kriegen, nur etwas mit deren Eiern zu tun hat!«

»Wie vulgär!« rief Shep in gespieltem Entsetzen.

»Aber wahr«, entgegnete Cheryl.

»Sie sind so blöd!« fügte Jordanna hinzu.

»Nicht jeder kann so ein Einstein sein wie du«, spottete Shep.

Jordanna ging auf ihn los. »Warum so zickig heute abend? Hast du deine Periode?«

»Was willst du *damit* sagen?« empörte sich Shep und wurde rot. Shep war schwul, aber er glaubte immer noch, keiner ahne etwas davon. Alle wußten es, hielten aber den Mund.

»Der ist immer so«, murmelte Cheryl mit dem Ergebnis, daß Shep sie ebenfalls fassungslos anstarrte.

Selbstverständlich konnte Grant nicht widerstehen und brachte die Blonde mit dem Traumkörper an ihren Tisch. Sie hatte diesen verklärten Blick, als hätte sie gerade für das Aufklapp-Poster posiert und ihre Brüste, ihre schneeweißen Zähne und leicht vorstehenden Augen der Welt offenbart.

»Das ist Sissy«, stellte Grant sie vor und legte dabei besitzergreifend einen Arm um ihre bloße Schulter.

Sissy konzentrierte sich sofort auf Shep, der noch besser aussah als Grant. »Hallo«, sagte sie mit piepsiger Stimme. »Und wen genau lerne ich hier kennen?«

Na klasse, dachte Jordanna. Die hier wollte erst einmal wissen, was es einbringen könnte, bevor sie loslegte.

»Shep Worth«, ertönte es gezwungen.

»Und das sind Jordanna, Cheryl und Marjory«, fügte Grant hinzu, wie immer der höfliche Gastgeber.

»Wir sind eine Gesangsgruppe«, bemerkte Jordanna trocken.

»Wirklich?« Sissy war beeindruckt. »Und wo tretet ihr auf?«

Shep prustete los.

»Hat sie etwas Komisches gesagt?« schnappte Grant.

»Die sagen alle etwas Komisches«, murmelte Cheryl.

Grant nahm Sissy am Arm. »Komm, laß uns tanzen.«

Sie war enttäuscht. »Setzen wir uns denn nicht zu deinen Freunden?«

»Später«, murmelte er und zog sie zur kleinen, überfüllten Tanzfläche, wo die schmelzende Stimme von Whitney Houston den Raum erfüllte.

Jordanna kniff die Augen zusammen. »Glaubt ihr, Grant benutzt Kondome?«

»Er müßte verrückt sein, wenn nicht«, antwortete Cheryl. »Der schläft mindestens mit zwei verschiedenen Frauen pro Woche.«

Jordanna trommelte mit den Fingernägeln auf die Tischplatte. »Ach, ist doch immer dasselbe Macho-Getue«, sagte sie wissend. »Was sie auch erzählen mögen, Männer wollen *keine* Kondome. Sie denken, das mache sie lendenlahm.«

»Ich hoffe, du wirst mir jetzt nicht erzählen, daß du sie mit dieser Scheiße davonkommen läßt«, tadelte Cheryl streng.

»Sehe ich wie ein Idiot aus?« gab Jordanna zurück und strich ihr langes, dunkles Haar nach hinten. »Ich kaufe die Dinger en gros und hebe sie in der Keksdose auf. Die bekommen sehr früh einen Wink mit dem Zaunpfahl, und wenn sie den nicht verstehen, fliegen sie auf der Stelle raus.«

Ach ja? Wem wollte sie etwas vormachen? Letzten Monat hatte sie sich zweimal auf ungeschützten Sex eingelassen, weil sie nicht mehr Herr ihrer Sinne gewesen war. Ständig befand sie sich auf selbstzerstörerischen Trips. Alkohol, Drogen, hemmungsloser Sex, anonyme Partner. Immer, wenn sie wieder zu sich kam, schwor sie, so etwas nie wieder zu tun. Und jedesmal passierte erneut etwas, das sie ihre guten Vorsätze vergessen ließ.

Ehefrau Nummer fünf war verantwortlich für ihren letzten Ausfall. Jordanna mußte aufhören, sich so viele Gedanken über Daddy zu machen. Sie war ihm offensichtlich völlig egal. Die Wahrheit war, daß sie genau wußte, wie nötig es war, die Kontrolle über sich zu bekommen und dieses Gefühl abzustellen. Niemand anders konnte ihr das abnehmen. Im Moment war sie von den Drogen weg. Kein Gras. Kein Kokain. Keine verrückten Nächte. Sie räumte ihr Leben auf, und das war ein gutes Gefühl.

»Ich habe schon wieder eine Morddrohung bekommen«, bemerkte Marjory. Es war das erste, was sie seit einer Stunde sagte.

Jordanna beugte sich vor: »Eine was?«

»Ich kriege seit einiger Zeit diese Briefe«, bekannte Marjory.

»Welche Art Briefe?« fragte Cheryl.

Marjory war sofort verschlossen. »Ich will nicht darüber reden.«

»Soweit kommt das noch«, beharrte Cheryl und winkte der gutaussehenden Kellnerin für einen weiteren Drink.

Marjory dämpfte ihre Stimme. »Er schreibt, daß er mir die Kehle aufschlitzen wird.«

»Um Gottes Willen!« schrie Jordanna auf. »Hast du das FBI schon informiert?«

Marjory blickte finster drein. »Ich hab's niemandem gesagt.«

»Nicht mal deinem Vater?« fragte Shep nach.

»Der ist viel zu beschäftigt.«

Das konnten alle nachfühlen. Jordanna stopfte sich mehr Tortilla-Chips in den Mund und wollte wissen, wie viele Briefe Marjory bekommen hatte.

Aber sie hatte keine Lust mehr, über dieses Thema zu reden und schloß es mit der Bemerkung ab: »Ich bin sicher, daß sich da jemand einen Scherz erlaubt.«

»Einen ziemlich kranken Scherz«, kommentierte Cheryl. »Gib die Briefe besser deinem alten Herrn, damit er sie mal von seinen Sicherheitsleuten überprüfen läßt.«

»Ja, das mache ich«, versprach Marjory, »wenn ihr meint, daß ich das tun sollte.«

»*Natürlich* solltest du das tun«, bekräftigte Jordanna entschieden.

Arnie näherte sich mit unübersehbarer Gier ihrem Tisch. »Hi, Levitt«, sagte er und nannte sie beim Nachnamen, was sie jedesmal irritierte.

Sie starrte ihn mit ihrem unverhohlenen »*Mich bumst du nicht*«-Blick an. »Was willst du, Arnie?« fragte sie schroff und war nur noch von dem Wunsch besessen, er möge sie endlich in Ruhe lassen.

Als Besitzer des tollsten Clubs in der Stadt war er daran gewöhnt, daß ihm die meisten Frauen ganz nach Belieben zur Verfügung standen. Die Tatsache, daß Jordanna nicht dazu gehörte, machte ihn wahnsinnig. »Charlie schmeißt 'ne kleine Party zu Hause, nachdem wir geschlossen haben. Lust, hinzugehen?«

»Mit dir?«

»Ja, mit mir.«

»Nimm's nicht persönlich, Arnie, aber ich habe dir schon mal gesagt, daß ich nicht das geringste Interesse an Verabredungen mit dir habe.«

»Das wäre keine Verabredung.«

»Ach was. Was wäre es dann?«

Sein Blick verdüsterte sich. »Was ist dein Problem, Levitt?«

Sie sah ihm direkt in die Augen. »Ich will dich nicht bumsen, Arnie. Es ist *dein* Problem, nicht *meines*.«

»Du bist eine richtige Schlampe, Levitt.«

»Nein, ich bin nur ehrlich. Ist doch mal 'ne nette Abwechslung für dich, oder nicht?«

Arnies Begierde kühlte kein bißchen ab. »Nun reg dich nicht künstlich auf. Wer weiß, wir beide könnten das Traumpaar unserer Generation werden, die Natalie und der R. J. der Neunziger.«

»Du bist voller Scheiße«, stellte sie kurz angebunden fest.

»Das ist es, was ich so an dir liebe, Levitt, deine vornehme Zurückhaltung.«

»Oh Mann, danke. Es ist schön, zu wissen, daß ich gemocht werde.«

»Gebt Ruhe, ihr zwei«, unterbrach Cheryl gähnend. »Langsam hört ihr euch an wie ein altes Ehepaar.«

Jordanna sprang auf. »Das reicht. Ich verschwinde.«

»Wo willst du hin?« fragte Arnie enttäuscht.

»Die Konkurrenz ansehen.«

»Hier gibt's keine Konkurrenz«, prahlte Arnie.

»Ich geb' dir Bescheid«, sagte sie spröde.

Auf dem Weg zur Tür fing sie einen Blick von einem zugedröhnten Charlie Dollar ein. Er war alt genug, um ihr Vater zu sein, aber immer noch sehr sexy. Sie fragte sich, wie er wohl im Bett sein mochte. Was man darüber zu hören bekam, war sehr unterschiedlich.

Draußen auf dem Parkplatz stand ihr Porsche direkt vor der Tür. Sie gab immer fürstliche Trinkgelder. Das hatte sie von Daddy gelernt. »Du gibst zwar einen glatten Tausender pro Jahr mehr aus, aber der zahlt sich aus.« Weise Worte vom tollen Jordan Levitt. Und er war toll, wenn er wollte. Wenn er Zeit hatte. Wenn, wer immer die aktuelle Ehefrau war, diese seine Gedanken nicht vollkommen mit Beschlag belegte. Nein, Korrektur, nicht seinen Kopf, sondern seinen Schwanz. So ist das Leben. Jordan Levitt wurde von der großen Erektion beherrscht.

In Hollywood aufzuwachsen – und zuzusehen, wie Daddy flachgelegt wird. Was für eine Erziehung!

Jordanna hatte eine Menge solcher Erinnerungen. Eine der lebendigsten war, wie sie ihren Vater im Swimmingpool – der zu diesem Zeitpunkt gerade abgelassen war – entdeckte, als er es gerade einer üppigen Filmdiva besorgte, während ihre jeweiligen Ehepartner an einer rauschenden Party teilnahmen, die im Innern des Hauses stattfand. Jordanna hatte das gesamte Spektakel von ihrem Fenster aus beobachtet. Sie hatte nie jemanden erzählt – außer Jannie –, daß sie es gewesen war, die das Flutlicht am Pool eingeschaltet hatte, das dann den nackten Arsch ihres Vaters und die riesigen wackelnden Brüste des Filmstars anstrahlte. Ehefrau Nummer drei war kurz darauf verschwunden. Jordanna war mit sich zufrieden. Mission abgeschlossen.

Sie fuhr mit dem Porsche davon und legte einige kurze Abstecher in den Clubs ein, wo etwas los sein könnte. Unglücklicherweise hatte Arnie recht: Das Homebase Central war der einzige Ort, an dem die Action abging.

Um zwei Uhr nachts war sie zu Hause. Alleine. Ein weiterer strahlender Abend in der Stadt der Engel.

Bald würde sie jemanden treffen, der dieses dumpfe Pochen der Einsamkeit, das sie Tag und Nacht erfüllte, zum Verstummen brachte. Jemanden, der sie verstehen und lieben würde. Bald.

Vielleicht …

Kapitel 6

Fünf Tage auf Quincys und Ambers Couch waren fünf Tage zuviel. Michael hatte Rückenschmerzen und einen permanenten Kopfschmerz, weil der Säugling fortwährend schrie und das Kleinkind zu allem Übel von morgens bis abends quengelte.

»Wie hältst du das nur aus?« fragte er Quincy, während sie langsam die Wohnstraßen von Beverly Hills entlangfuhren. Quincy unternahm offensichtlich mit ihm die große Sightseeing-Tour.

»Das nennt sich Ehe, schon vergessen?« antwortete Quincy und grinste.

Oh ja, und ob er sich erinnerte. Rita, die jedesmal mekkerte, wenn Bella sie mitten in der Nacht weckte. Der Geruch von schmutzigen Windeln. Spielzeug und Babysachen über den ganzen Boden verstreut. Der Kühlschrank vollgestopft mit Babynahrung. Erinnerungen ...

»Ich muß aus deiner Bude raus«, beklagte er sich und dachte, je früher, desto besser. Er hatte sich bereits einige Wohnungen angesehen. Unglücklicherweise waren die, die ihm gefielen, zu teuer und der Rest Schrott.

»Warum?« wollte Quincy wissen. »Amber liebt dich, und ich komme halbwegs damit klar, dich in meiner Nähe zu haben. Es ist wie in alten Zeiten, nur daß wir nicht mehr unser Leben riskieren, um irgendwelchen Abschaum zu jagen.«

»Das ist wahr«, antwortete Michael. Er betrachtete die riesigen schmiedeeisernen Tore, die gepflegten Rasen, die exotischen Pflanzen und die getrimmten Palmen. »Hey, Q, dieser Ort ist so unwirklich. Leben manche Leute wirklich so?«

Quincy lächelte. Er war ein großer Mann, an dessen Taille sich ein leichtes Übergewicht abzuzeichnen begann, mit kleinen Augen, buschigem Haar und großen Händen und Füßen. Er hatte die Angewohnheit, mit den Händen in der Luft herumzufuchteln, wenn er sich aufregte. »Du hast es schon oft im Film gesehen, jetzt gewöhn dich an das Original«, erklärte er mit weitausholenden Gesten. »Die Typen haben 'ne Menge Kies, und es macht ihnen nichts aus, es auszugeben.«

»Wer? Filmstars?«

»Ne ... einige vielleicht. Aber es sind all diese Hollywood-Produzenten und Macher, die den Rahm von jedem Film, mit dem sie zu tun haben, abschöpfen. Die Kerle sehen zu, daß sie im großen Geld schwimmen. Sie nennen das ›kreative Buchführung‹.«

»Was bist du – Hollywood-Experte?« fragte Michael lachend und kratzte sich am Kinn.

Quincy nickte wissend. »Ich arbeite für einige dieser hohen Tiere in den großen Studios.«

»Wirklich? Irgend etwas Interessantes dabei?«

»Nichts, verglichen mit unserer Zeit in New York. Aber wenigstens trage ich nicht mehr meine Haut zu Markte bei dem Versuch, irgend so einen verfickten Taugenichts mit einer verdammten Vorliebe für Crack und einem nervösen Zeigefinger festzunageln. Hier draußen ist Schickeria angesagt, aber ich werde erstklassig bezahlt. Ich sage dir, Michael, steig bei mir ein, und wir beide räumen eine Menge Kohle ab.«

Nicht wirklich überzeugt fragte Michael: »Wird das nicht auf die Dauer langweilig? Immerzu Sonne, die Leute wünschen dir einen schönen Tag, jedermann lächelt ...«

»Du vergißt die Krawalle«, unterbrach Quincy ihn, »und die Autodiebstähle, Erdbeben, Erdrutsche, Feuer, Schießereien und Überschwemmungen. Es gibt hier nicht nur den Sunset Boulevard und die großen Anwesen.«

Michael zündete sich eine Zigarette an und sagte: »Das ist nett, Q, aber nach einer Weile würde ich die Straßen vermissen. Verstehst du, was ich damit meine?«

»Aber wenn du hierbleibst, bist du in der Nähe deiner Tochter.«

»Ich habe sie gestern angerufen«, entgegnete er und nahm einen tiefen Zug. »Dieselbe alte Geschichte. Alles was ich erreiche, ist dieser verblödete Anrufbeantworter.«

»Schnei doch einfach mal rein und überrasch sie. Du mußt enorme Sehnsucht nach der kleinen Bella haben.«

»Die habe ich, aber ich muß sicher sein können, daß Rita weiß, daß ich zu bleiben gedenke. Ich brauche eine eigene Wohnung, damit ich mein Kind fürs Wochenende zu mir holen kann. Wir müssen uns erst wieder kennenlernen.«

»Warum bringst du sie nicht mit zu uns? Amber wäre begeistert, sie hat sich in ein regelrechtes Muttertier verwandelt.«

»Du führst mich in Versuchung.«

»Paß auf«, sagte Quincy kurzentschlossen. »Wenn du mir versprichst, Amber nichts zu verraten – denn sie nennt mich in letzter Zeit des öfteren Dickerchen –, hol' ich uns eine Pizza, und dann statten wir Rita einen kleinen Überraschungsbesuch ab. Was hältst du davon?«

»Weißt du was«, sagte Michael und nickte langsam, »das ist gar keine schlechte Idee.«

»Bobby Rush«, erklärte Mason, und seine Stimme wurde von einem Krachen begleitet, während sie die Distanz von New York bis nach Kalifornien überwinden mußte.

»Meinst du nicht *Jerry* Rush!« fragte Kennedy und klemmte den Hörer unters Kinn, während sie nach Notizblock und Stift griff.

»Jerry ist out. Bobby ist in.«

Sie haßte es, nachfragen zu müssen, aber sie hatte wirklich keine Ahnung: »Wer *ist* Bobby Rush?«

Mason grunzte mißbilligend. »Manchmal überraschst du mich.«

»Ich habe nie von ihm gehört.«

»Um Himmels Willen, K. C., halte dich mal auf dem laufenden, oder ich muß annehmen, daß es ein schierer Fehler war, dich zu engagieren.«

Sie malte ein Strichmännchen auf den Notizblock und versah es mit kleinen, spitzen Hörnern. »Filmstars sind nicht gerade mein Spezialgebiet, und ich nehme an, daß es sich um einen solchen handelt.«

»Er ist Jerrys Sohn und sehr erfolgreich. Er hat *Hard*

Tears gemacht – der Streifen hat gerade die Hundert-Millionen-Dollar-Marke überschritten –, und er zieht sich auf der Leinwand aus. Das müßte dir doch gefallen, wenn die Sache mal umgekehrt läuft. Ich schlage vor, du siehst dir den Film an. In der Zwischenzeit schicken wir dir Archivmaterial und einen Lebenslauf.«

»Wie aufregend«, bemerkte sie trocken.

»Ich will etwas Provokantes. Das wird ein Aufmacher. Mach ihn zu einer männlichen Sharon Stone.«

»Warum, zeigt er seine Pussy?«

»Werd nicht ordinär.«

»Ich hatte auf Clint Eastwood, Charlie Dollar oder Jack Nicholson gehofft.«

»Du magst die Alten, was?«

»Ich mag sie, wenn sie Verstand haben.«

»Den hat er auch.«

»Wer bist du, sein PR-Mann?«

»Wiedersehen«, sagte Mason und legte auf.

Kennedy rief Rosa beim Sender an. »Wer ist Bobby Rush?«

»Netter Hintern«, antwortete Rosa. »Warum?«

»Ich habe noch nie von ihm gehört«, mußte sie ein weiteres Mal eingestehen.

»Das würde ich nicht an die große Glocke hängen, er ist nämlich ziemlich berühmt.«

»Ich glaube, ich fange besser an, mir *E. T.* anzusehen und *People* zu lesen.«

»Wie wäre es ab und zu mit einem Kinobesuch?«

»Erschieß mich, aber ich ziehe es vor, PBS zu sehen.«

»Bobby Rush ist *sehr* sexy. Die Gerüchte besagen, daß er wie ein Kaninchen rammelt und nicht vor eineinhalb Stunden kommt.«

»Hört sich nach deinem Typ an, Rosa.«

»Ich bin mit meinem Basketball-Spieler vollauf zufrieden, danke. Er ist zwar noch jung, aber er hat Stehvermögen und äh … auch noch andere interessante Eigenschaften. Ich bin allerdings zu sehr Dame, um darauf näher einzugehen.«

»Tatsächlich?«

Rosa kicherte. »Okay, okay, er ist wie ein Bulle ausgestattet, und ich glaube, ich bin verliebt.«

»Schon weich?«

Sie lachten beide. Rosas Liebesleben war beachtlich, und sie benutzte Männer für Sex so, wie Männer üblicherweise Frauen gebrauchten, und es funktionierte immer, weil sie ihre Gefühle aus dem Spiel ließ.

»Warum stellst du Fragen über Bobby Rush?« wollte Rosa neugierig wissen.

Kennedy seufzte: »Weil Mason, in seiner unendlichen Weisheit, eine Titelgeschichte von mir über diesen Knaben will, von dem ich noch nie etwas gehört habe.«

»Dann sieh dir schnell den Film an, und melde dich noch mal bei mir. Ich habe das unbestimmte Gefühl, daß dir gefallen wird, was du siehst.«

»Ich laß es dich wissen.«

Eine Stunde später saß sie im dunklen Kino und betrachtete Bobby Rushs Darstellungskünste. Er war mit Sicherheit aus dem Stoff, aus dem man Filmstars macht – mit seiner guten Figur, dem aschblonden Haar und diesen unglaublich blauen Augen. Sein Körper war auch sehenswert, und er zeigte ihn regelmäßig vor, eine Art Richard Gere der Neunziger. Einmal gab es sogar eine kurze Frontaleinstellung; sehr kurz, aber sie war das Hinschauen wert.

Männliches Flittchen? notierte sie mit einem Fragezeichen. Schön, aber doof? Wenn er sich so verhielt, konnte sie ihn ohne große Anstrengungen in der Luft zerreißen.

Warum sollte ich das tun? fragte sie sich.

Weil ich keine Lust habe, den üblichen schwärmerischen Schmus weiblicher Interviews zu schreiben.

Sie rief Mason an: »Schick mir alles über ihn *und* den Vater.«

»Das soll keine Vater/Sohn-Geschichte werden«, warnte Mason. »Seine Presseleute waren in dieser Beziehung absolut unnachgiebig.« Pause. »Aber mach, was du willst – Hauptsache provokativ.«

»Genau das habe ich vor.«

Die Sunset View Hollywood Apartments hatten absolut nichts von dem Glanz, den ihr Name nahelegte. Es gab keinen Sonnenuntergang, weil sie in die falsche Richtung zeigten, und es gab absolut keinen Ausblick. Die kleine Ansammlung heruntergekommener Apartments lag in einer schäbigen Seitenstraße des Hollywood Boulevard.

»Scheiße!« schimpfte Michael, als Quincy das Auto parkte. »Rita hat mir erzählt, sie und Bella wohnten in einer anständigen Gegend. Das hier ist ein Rattenloch.«

»Vielleicht ist es drinnen besser«, entgegnete Quincy, der ewige Optimist.

»Vielleicht auch nicht«, hielt Michael grimmig dagegen und beobachtete einige Penner, die sich, umringt von Einkaufswagen voller Tüten mit ihrer Habe, vor einem Hauseingang herumdrückten.

»Laß es uns mal ansehen«, schlug Quincy vor.

Sie stiegen aus und wichen einem betrunkenen Stadtstreicher aus, der leise vor sich hin sang und dabei schwankte.

»Kein Kind von mir lebt hier!« rief Michael aus und rannte die Vordertreppe hinauf. »Dafür bezahle ich keine Alimente.«

»Beruhige dich«, beschwichtigte Quincy ihn, »du hast Rita eine ganze Weile nicht gesehen, fang nicht gleich mit Gebrüll an. Hör erst einmal, was sie zu sagen hat.«

»Es ist mir scheißegal, was sie zu sagen hat«, sagte Michael zornig, und damit war es ihm ernst. Quincy konnte versuchen, ihn zu beruhigen, so viel er wollte, aber seine Tochter würde auf keinen Fall in dieser Müllhalde bleiben.

Er drückte den Klingelknopf, der mit Rita Polone bezeichnet war. Das hätte er sich denken können, daß sie ihren wundervollen Mädchennamen benutzte. Scorsini war ihr nicht gut genug, Rita wollte etwas Besseres. Sie war nach Hollywood gekommen, um Glamour zu finden, und wo war sie gelandet?

Sein andauerndes Klingeln blieb ohne Reaktion, also klingelte er beim Nachbarn.

Kurz darauf erschien ein Kopf in einem der oberen Fenster und eine ältere, fette Frau mit zuviel Make-up und einem rosafarbenen Reif im Haar krächzte unfreundlich: »Wenn Sie etwas verkaufen, ich kaufe nichts. Wenn sie etwas kaufen wollen, ich bin seit fünf Jahren nicht mehr im Geschäft, und warum diese blödsinnigen Scheiß-Magazine meine Adresse noch immer veröffentlichen, ist nicht mein Problem.«

Michael trat ein paar Schritte zurück und sah am Gebäude hinauf. »Ich suche Rita Polone«, rief er.

»Wen?« kreischte die Frau und hielt eine Hand hinters Ohr.

»Rita Polone. Sie lebt mit ihrer kleinen Tochter in der Wohnung unter Ihnen.«

»Ach, *die*«, schnaubte sie. »Diese rothaarige Schlampe. Keine Ahnung, wo die ist. Ist mir auch egal.« Damit verschwand sie und schlug das Fenster zu.

»Nette Nachbarn«, bemerkte Quincy fröhlich.

»Mein Gott!« fluchte Michael und wurde von Minute zu Minute frustrierter.

Quincy versuchte ihn zu beruhigen. »Vielleicht sollten wir besser zurückkommen, wenn sie zu Hause ist«, schlug er vor.

»Vielleicht sollten wir das besser nicht«, gab Michael scharf zurück. »Mach die Tür auf, ich möchte mich etwas umsehen.«

Quincy zog eine Grimasse. »Das ist schwerer Einbruch, Mike. Du kennst Ritas Temperament. Ich möchte nicht hier sein, wenn es ausbricht.«

Michael warf ihm einen hämischen Blick zu. »Was ist mit dir in Kalifornien passiert, Q? Bist du weich geworden?«

»Hey, hey«, antwortete Quincy und fing an, wild zu gestikulieren. »Ich muß mich innerhalb der gesetzlichen Grenzen bewegen, sonst bin ich meine Lizenz los.«

»Scheiß auf das Gesetz, und scheiß auf deine Lizenz. Ich will da rein.«

»Verdammt«, murrte Quincy. »Ich hatte fast vergessen, wie anstrengend es ist, mit dir zu arbeiten.«

»Gehen wir«, sagte Michael ungeduldig und schnippte mit den Fingern.

»Verdammt«, wiederholte Quincy, bevor er mit Hilfe seiner Geschicklichkeit und seiner Sears-Kreditkarte Ritas Tür öffnete.

Das erste, was sie wahrnahmen, war der Geruch: eine Kombination von abgestandener Luft, verdorbenem Essen und Feuchtigkeit. »Mein Gott!« entfuhr es Michael, als er sich seinen Weg bahnte. »Was stinkt hier so?«

Hinter der Tür lag ein Haufen ungeöffneter Post verstreut, Prospekte, Briefe, Reklamezettel und viele Werbesendungen; doch als Michael sich bückte, um sie durchzusehen, fand er zu seiner Verblüffung auch seine beiden letzten Unterhalts-Schecks, die sich noch immer im Umschlag befanden.

»Es tut mir leid, das sagen zu müssen«, stellte Quincy fest, während er durch den muffigen Flur ging, »aber ich habe den starken Verdacht, die beiden wohnen nicht mehr hier.«

Kapitel 7

»Ich steige ins Gewerbe ein«, verkündete Cheryl über einen Cappuccino und ein Blätterteigteilchen hinweg und beobachtete vorsichtig die Reaktion ihrer Freundin.

Jordanna hob ihre pechschwarzen Augenbrauen und starrte sie ungläubig an. »Wie bitte?«

Sie saßen an einem Außentisch des Chin Chin auf dem Sunset Plaza und betrachteten die Horden der europäischen Völkerwanderung, die an ihnen vorüberzogen.

»Kein Straßen-Strich natürlich«, erklärte Cheryl sachlich. »Höhere Töchter, die riesige Mengen Geld dafür scheffeln, daß sie etwas tun, was sie üblicherweise umsonst machen. Callgirls, um genau zu sein.«

Jordanna runzelte die Stirn. Sie war an Cheryls verrückte Ideen gewöhnt, aber das hier war absurd. »Hast du jetzt völlig den Bezug zur Realität verloren?«

»Ich habe schon immer gedacht, ich würde eine gute Geschäftsfrau abgeben«, stellte Cheryl gleichmütig fest. »Und jetzt habe ich meine Chance bekommen. Donna Laceys Vater hat sie nach London zurückbeordert, und sie hat mich gefragt, ob ich ihr Geschäft übernehmen kann, während sie fort ist.«

»Und was genau ist ihr Geschäft?«

»Ist das dein Ernst? Du mußt von Donna gehört haben. Sie ist die Tochter von diesem englischen Regisseur, die verschiedene Studios regelmäßig mit Mädchen versorgt. Zu ihren Kunden gehören Agenten, Studio-Angestellte und einige Filmstars.«

Jordanna nippte an ihrem Cappuccino und sagte ohne großes Interesse: »Ich glaube, ich habe sie schon mal im Homebase gesehen, als sie talentierte Mädchen suchte. Ich wußte nicht, daß sie eine Freundin von dir ist.«

»Wir haben denselben Seelenklempner und sind dadurch ins Gespräch gekommen.«

»Ach so.«

Cheryl wollte unbedingt Jordannas Einsicht, daß es sich hier um ein normales Geschäft handelte, in das sie ohne Daddys Hilfe einsteigen konnte. Sie mußte sich von ihrer Familie absetzen und zeigen, daß sie eine eigene Identität besaß. »Fakt ist, daß Donna ihrem Geschäft nachgehen kann, weil sie das Vertrauen von einflußreichen Männern hat. Donna hat Beziehungen – wie ich. Deshalb hat sie gedacht, daß ich genau die richtige Person bin, ihr Geschäft zu übernehmen.«

»Du Glückliche.«

Cheryl beschloß, den Sarkasmus in Jordannas Stimme zu ignorieren. »Weißt du, Männer sind alle gleich«, erklärte sie, sich in Begeisterung redend. »Sie haben entweder die typische Ehefrau, die kein Interesse mehr an Sex hat. Oder die schicke kleine Schönheitskönigin, mit der sich jeder Mann gerne schmückt und die nach einem Jahr Ehe bequemerweise vergißt, wie man bläst! Sex und Ehe schließen einander aus, daher blüht und gedeiht Donnas Gewerbe. Diese Männer *wollen* dafür bezahlen.«

»Warum?« fragte Jordanna leicht verwirrt.

»Aus dem gleichen Grund, warum sie die teuersten Autos, Häuser und Kleider kaufen. Geld verschafft Status. Sie wollen keine billige Straßenhure, sie wollen das erstklassige neuste Model, kaum gebraucht, *sehr* kostspielig.«

»Jetzt hast du deinen Verstand endgültig verloren, Cheryl«, erklärte Jordanna kopfschüttelnd. »Warum willst du dich da reinhängen?«

»Für ein bißchen Aufregung.«

»Oh, die brauchst du wohl genauso, wie du dringend Geld brauchst. Deinem Vater gehört ein Studio, mein Gott, du kannst alles haben, was du willst.«

Cheryl sah sie mit funkelnden Augen an. »Ich möchte einmal etwas alleine und ohne die Hilfe von meiner Familie auf die Beine stellen. Im Moment ist mein einziger Anspruch auf Berühmtheit die Tatsache, daß ich in der Highschool mal mit Eric Menendez ausgegangen bin. Hier bekomme ich endlich meine Chance.«

Jordanna schnaufte spöttisch: »Eine Wahnsinnschance. Callgirls vermitteln.«

»Mach es doch nicht so runter«, verteidigte Cheryl sich.

»Die verdienen jedesmal fünfzehnhundert, und ich bekomme vierzig Prozent. Natürlich muß ich zehn für Donna zurücklegen, aber das ist in Ordnung. Es bleibt immer noch eine Menge übrig.«

»Du wirst eine Puffmutter, Cheryl. Du könntest wegen Zuhälterei verhaftet werden – heißt das nicht so?«

»Du hast zu viele von diesen Filmen deines Vaters gesehen. Sie können mir nichts anhaben. Ich gehöre zum Hollywood-Adel.«

»Ach, wirklich?«

Ein gutaussehender, blonder Kerl in einem windschnittigen Cabrio fuhr vorbei. Er hupte und winkte ihnen zu. Automatisch winkte Jordanna zurück.

Cheryl setzte sich gerade hin. »Wer ist das?« fragte sie.

»Woher soll ich das wissen? Ist mir übrigens auch ziemlich egal.«

»Nun komm schon, sei ein bißchen kooperativer, er könnte ein zukünftiger Kunde sein.«

Jordanna starrte sie verwundert an. »Du meinst das wirklich ernst, nicht wahr?«

Cheryl nickte, und ihre goldenen Ohrringe funkelten in der Nachmittagssonne. »Darauf kannst du wetten. Es ist jedenfalls besser, als die Zeit totzuschlagen. Ich meine, sieh uns an, was *machen* wir aus unserem Leben?«

Unglücklicherweise war das ein Punkt für Cheryl. Jordanna war bewußt, daß ihr bisheriges Leben eine einzige Party gewesen war: die Highschool, zwei Jahre College, sechs Monate in Paris, wo sie die Sprache lernte und eine heiße Affäre mit einem zwanzig Jahre älteren, verheirateten französischen Filmstar hatte. Und schließlich ihre Rückkehr nach Hause, wo sie ins Gästehaus ihres Vaters eingezogen war, dort herumlungerte und sich der großzügigen monatlichen Zuwendung sicher sein konnte. Cheryl hatte recht, was machten sie aus ihrem Leben?

Oft dachte sie darüber nach, daß sie vielleicht glücklicher wäre, wenn sie etwas Interessantes fände, womit sie sich beschäftigen könnte. Aber was? Einige Jahre hatte sie Schauspielerin werden wollen, jeder hatte ihr gesagt, daß sie das Aussehen dazu habe, und es bestand durchaus die Möglichkeit, daß sie etwas vom Talent ihrer Mutter geerbt hatte. Versuchsweise unterbreitete sie den Gedanken ihrem Vater, der ihr ins Gesicht lachte. »Vergiß das, Vögelchen. Du hast keine Ahnung, was für ein hartes Geschäft das ist, insbesondere für Schauspielerinnen.« Er versuchte sie zu überzeugen, daß man als Tochter von Jordan und Lillianne Levitt viel zu hohe Erwartungen an sie stellen würde. Die Leute würden von ihr erwarten, daß sie über Wasser lief – und mehr. Leider war sie gezwungen, ihm zuzustimmen, obwohl sie heimlich immer noch den Wunsch hegte, zu spielen.

Sie zog einige andere Karrieren in Betracht, aber keine hatte sie wirklich begeistern können, und so war sie, wie Cheryl, dazu übergegangen, mit ihren Freunden zu essen, einzukaufen, auszugehen und Drogen zu nehmen. Bald wurde das zu ihrem gewohnten Lebensstil, ohne daß es sie glücklich machte, geschweige denn ihren Vater. In dem Sommer nach Frans Selbstmord hatte er sich mit Ethan Landers zusammengesetzt, und die beiden Männer hatten beschlossen, daß ihre mißratenen Töchter dringend etwas anderes als Partys brauchten, um ihre Zeit zu verbringen.

Also hatten sie sie als Set-Assistentinnen in *The Contract* angestellt, einem Film, den Jordan gerade für Ethans Studio produzierte.

Jordanna und Cheryl hatten jede Minute gehaßt, obwohl es Jordanna gelungen war, eine Affäre mit dem Regisseur Mac Brooks anzufangen, und das war wirklich eine Erfahrung wert gewesen.

Zur Zeit war sie sich sehr wohl bewußt, daß sie sich an einem Scheideweg befand, aber eins war sicher. Sie würde keine »Madame« werden wie Cheryl, die trotz allem jetzt über ihren Cappuccino gebeugt sehr selbstzufrieden wirkte.

»Ich habe eine brillante Idee«, rief Cheryl aufgeregt aus.

»Was?« fragte Jordanna, die Cheryls brillante Ideen immer mißtrauisch machten.

»Du!« antwortete Cheryl mit glänzenden Augen. »Du wirst Unmengen Geld scheffeln!«

»Womit?«

»Du könntest eins von meinen Mädchen werden.«

»Ich *liebe* deinen kranken Sinn für Humor. Noch mehr brillante Ideen?«

»Es ist mir ernst.«

»Hör auf Cheryl, okay? Ich habe nicht vor, eins deiner Mädchen zu werden. Und um ganz ehrlich zu sein, ich werde mich auf keinen Fall in deine blöde Geschichte verwickeln lassen.«

»Das wird dir noch leid tun«, spottete Cheryl, »Donna hat mir ihr kleines schwarzes Buch überlassen, und es ist voll mit wichtigen Namen. Bist du denn überhaupt nicht neugierig?«

»Kein bißchen.«

»Das Buch ist eine Menge wert, und ich habe es.«

»Da kannst du dich wirklich glücklich schätzen«, bemerkte Jordanna ohne das geringste Interesse an dem Verzeichnis.

»Ich weiß alles über die wichtigen Leute in dieser Stadt«, fuhr Cheryl genüßlich fort. »Was sie anmacht – und was sie abturnt. Welche Art Mädchen sie bevorzugen und welche sie schon gehabt haben. All ihre kleinen Vorlieben. Es ist ziemlich aufregend zu entdecken, worauf die Leute so stehen.«

»Ich bin überzeugt davon, daß es so ist«, sagte Jordanna und überlegte, ob Cheryl jetzt vollständig übergeschnappt war. »Ich hatte immer schon den Verdacht, daß Voyeurismus dein Ding ist.«

»Donna hat mich gut über alles informiert. Sie hat viele Mädchen, die für sie arbeiten, und wenn sie neue braucht, geht sie einfach auf einen kleinen Rekrutrierungs-Bummel.«

»Hört sich an wie bei der Armee.«

Cheryl war nicht zu bremsen. »Sie findet sie auf dem Rodeo-Drive oder in Melrose, in Fitneß-Clubs, in Restaurants, auf Partys. Donna sagt, überall wimmelt es von umwerfenden Mädchen, und das Geld lockt sie alle. Ich meine, wir reden hier vom wirklich großen Geld. Einmal hat sie ein Mädchen gefunden, das den Schmuck bei Pepes bewunderte, und einen Tag später saß sie in einem Privatjet nach Paris, mit fünftausend Dollar in der Tasche, für einen Tag Arbeit. Niemand schlägt so einfach einen Extratausender oder zwei aus. Und außerdem gehen diese Mädchen noch auf die tollsten Reisen, wie die eine von Pepe, die zu guter letzt noch einen außergewöhnlich reichen Araber geheiratet hat.«

Jordanna konnte immer noch nicht glauben, daß Cheryl das alles wirklich ernst meinte. Sie hatte schon einige verrückte Sachen gemacht, aber das war wirklich der Gipfel. »Ich bin entzückt, daß du deine Berufung gefunden hast«, sagte sie kühl. »Aber das ist etwas, was ich wirklich absolut niemals in Betracht ziehen würde.«

»Du bist eine Memme.«

»Wie ist es mit *dir*«, fragte Jordanna provozierend. »Willst *du* dich denn für den richtigen Preis selber mit ins Angebot aufnehmen?«

»*Bitte!*« antwortete Cheryl verächtlich. »Das haben Puffmütter nicht nötig.«

»Das hätte ich nicht gedacht«, murmelte Jordanna, schnippte nach der Rechnung und beobachtete den gutaussehenden Kellner, der sie eilig brachte.

Noch ein arbeitsloser Schauspieler. Ihre Schwäche. Vergeblich grübelte sie, ob sie schon einmal etwas mit ihm gehabt hatte. Vielleicht unter Drogeneinfluß.

»Du würdest es genießen, ein Callgirl zu sein«, fuhr Cheryl ungerührt fort. »Denk an den Reiz des Verbotenen!«

Jordanna schüttelte den Kopf. »Ich habe dich noch nie so aufgedreht gesehen.«

»Paß nur auf«, stellte Cheryl glücklich fest, »eines Tages werde ich größer sein, als mein Daddy es je gewesen ist.«

Sharleen und Mac hatten seit fast einer Woche kaum noch miteinander gesprochen, genauer gesagt seit sie von Jordan Levitts Vorführung nach Hause zurückgekehrt waren und die Polizei vor ihrer Haustür vorgefunden hatten.

Sharleen machte Macs Söhne für den Vorfall verantwortlich. Mac war seinerseits überzeugt davon, daß Sharleens sechzehnjährige Tochter Schuld daran war. Welcher ihrer Sprößlinge letztendlich die Verantwortung trug, machte eigentlich keinen großen Unterschied. Tatsache war, daß eine Drogenrazzia in ihrem Haus stattgefunden hatte. Und nun fühlte sich Sharleen gedemütigt. »Ich werde durch alle Boulevardblätter gezerrt werden«, jammerte sie.

»Das wäre nicht das erste Mal«, erinnerte Mac sie an die Zeit, in der sie als die ›andere Frau‹ in seiner publicityträchtigen Scheidung bezeichnet worden war. Damals war er mit Willa, der Tochter des berühmten Regisseurs William Davidoss, verheiratet gewesen. Willa hatte ihm zum Erfolg verholfen. Er hatte in New York als dritter Assistent in einem der Filme ihres Vaters angefangen. Es endete damit, daß er nach Kalifornien zog und die Tochter heiratete. Zwei Jahre später drehte er, mit etwas Hilfe von William, seinen ersten eigenen Film.

Als er und Willa sich trennten, liefen die Boulevardzeitungen Amok, weil irgendein Plappermaul ihnen seine Affäre mit Sharleen gesteckt hatte. Monatelang mußten sie mit den grellen Schlagzeilen leben, bis seine Scheidung von Willa rechtskräftig war und er Sharleen heiraten konnte. Gott sei Dank hatten sie nicht in seinem Vorleben rumgeschnüffelt, obwohl er seine Spuren sehr gut verwischt hatte und es daher sehr schwierig gewesen wäre, etwas herauszufinden.

Sharleen war nicht zu beschwichtigen. »Damals ist damals, und heute ist heute. Ich habe einen Ruf zu verlieren«, rief sie eingeschnappt.

Wenn Sharleen solche Dinge sagte, war er sich nie sicher, was sie damit genau meinte. Sharleen war ein Filmstar, verdammt noch mal. Von Filmstars wurde ein bestimmter Ruf *erwartet*!

»Beruhige dich«, sagte er ihr, während er versuchte herauszufinden, was in seinem Haus vorgefallen war. Kyle und Daniel, seine Söhne, gaben sich wortkarg. Suzy, Sharleens Tochter, schmollte. Alle drei schwiegen zu dem Thema, wer den Dealer eingeladen hatte, ein reiches Früchtchen in den Zwanzigern.

»Er ist der Freund eines Freundes«, gab Kyle schließlich zu. »Wir hatten keine Ahnung, daß er dealt.«

Na klar. Sie hatten keine Ahnung. Bis zu dem Zeitpunkt, an dem der Junge von einem Undercover-Polizisten, der sich als ausgeflippter Oberschüler getarnt hatte, verhaftet wurde, nachdem er gerade ein Gramm Kokain an Suzys beste Freundin, einen engelsgesichtigen blonden Teenager, verkauft hatte.

»Es ist alles deine Schuld«, teilte Sharleen Mac mit.

»Und warum ist es meine Schuld?« fragte er geduldig.

»Weil du die beiden Jungs vorziehst. Du läßt ihnen alles durchgehen.«

»Es war Suzys Freundin, die das Koks gekauft hat«, stellte er richtig.

»So ist es recht, lenk nur vom Thema ab.«

Weil Sharleen darauf bestand, hatte er die Jungs für mehrere Wochen auf Besuch zu ihrer Mutter geschickt. Was für eine Strafe: auf Hawaii surfen und braun werden.

Seine Ex-Frau war, kurz nachdem die Scheidung ausgesprochen worden war, auf die größte der Inseln gezogen. Ihr Vater hatte sichergestellt, daß sie einen extrem scharfen Anwalt nahm, der eine enorm günstige finanzielle Regelung für sie herausschlug. Diese bestand in der Hauptsache aus hohen Unterhaltszahlungen, die bis zu ihrer Wiederverheiratung fällig waren. Zusätzlich Alimente für die Jungen, bis sie das College abgeschlossen hatten.

Als wenn Willa seine Zahlungen nötig gehabt hätte. Bei dem, was sie aus Fonds und sonstigen Beteiligungen erhielt, schwamm sie in Geld. Da konnte er lange warten, bis sie sich wiederverheiratete. Er war angeschmiert. Kaum waren die finanziellen Arrangements getroffen, war ihre Freundin bei ihr eingezogen, eine plumpe Rothaarige mit verhängtem Blick und zärtlichen Händen. Die ehemalige Mrs. Mac Brooks war eine Lesbe, und es gab nichts, was er tun konnte, außer den Umstand zu akzeptieren, daß er bis an sein Lebensende viel Geld würde bezahlen müssen.

Er hatte das Sorgerecht für die Jungs zugesprochen bekommen. Dessen ungeachtet ließ sich Sharleen gegenüber jedem, der zuhörte, lang und breit darüber aus, daß die beiden nur ihre Stiefsöhne waren.

Mac war mit der Situation überhaupt nicht zufrieden. Geschieden zu werden, war eine Sache. Aber geschieden zu werden und seine Ehefrau dann mit einer anderen Frau zusammenleben zu sehen, war zutiefst ehrenrührig. Besonders, da er für ihr warmes kleines Liebesnest aufkommen mußte. Irgendwie hatte er das Gefühl, daß Willas sexuelle Wendung etwas mit ihm zu tun hatte, und das war wenig schmeichelhaft. Hatte er sie nicht befriedigt? War er vielleicht kein so toller Liebhaber, wie die Frauen ihm immer wieder versicherten?

»Baby, du bist der Beste«, gurrte Sharleen regelmäßig. Sie konnte eine sehr intelligente Frau sein, wenn sie wollte.

Kyle und Daniel waren also nach Hawaii verbannt und Suzy wurde strikt untersagt, ihre engelsgesichtige Freundin jemals wiederzusehen. Damit war der Fall abgeschlossen. Mac konnte sich wieder auf sein nächstes Projekt konzentrieren.

Er traf sich zum Mittagessen mit Bobby Rush, um über ein Script zu reden, das Bobby ihm geschickt hatte. *Thriller-Eyes* war wirklich interessant: ein psychosexuelles Stück voller Spannung um einen Helden und einen Bösewicht. Das Besondere daran war, daß es sich bei der Schurkin um eine ebenso hübsche wie geistesgestörte junge Frau handelte, was das Publikum aber erst am Schluß des Films erfuhr.

Mac mochte das Stück sehr, aber er war sich noch nicht sicher, was seine Zusammenarbeit mit Bobby Rush betraf. Wenn er seinem Vater auch nur im Geringsten ähnlich war, hatte sich Mac mit ihm die Pest am Arsch eingehandelt.

»Hast du schon von Cheryls neuestem Spleen gehört?« fragte Jordanna Shep, als sie auf der Terrasse seines Vier-Zimmer-Hauses in den Hollywood-Hills saßen, das seine Mutter ihm in einem Anflug von Großzügigkeit gekauft hatte.

»Diese Callgirl-Sache?« sagte Shep.

Jordanna hob die Augenbrauen. »Ist sie verrückt, oder was?«

»Wir wissen doch alle, daß sie verrückt ist«, stellte Shep lakonisch fest.

»Das ist mir schon klar«, antwortete Jordanna. »Aber dieses Mal ist sie *wirklich* ausgeklinkt.«

Shep füllte Jordannas Glas mit Eistee. »Sie hat mir erzählt, wenn sie mit den Mädchen Erfolg hat, will sie einen Service für die Ehefrauen gründen.«

Jordanna erstickte fast an ihrem Tee. »Was?«

»Gutgebaute Kerle für gelangweilte Frauen.«

»Das ist nicht ihr Ernst!« rief Jordanna und brach in Gelächter aus.

»Das ist ihr sehr ernst. Sie hat mich sogar schon gefragt, ob ich nicht Interesse hätte einzusteigen.«

»Komm schon, Shep!«

»Ganz ehrlich.«

»Ich weiß wirklich nicht, warum mich das noch überrascht. Sie hat auch versucht, mich anzuwerben. Meinte, ich würde bei ihr eine Menge Kohle machen.«

»Das würdest du bestimmt.«

Die beiden sahen sich an und brachen endgültig vor Lachen zusammen.

»Kannst du dir das vorstellen?« kreischte Jordanna.

»Ich würde zu gerne das Gesicht von Daddys Freunden sehen, wenn ich in einem knappen schwarzen Seidenbody und mit einer Peitsche in der Hand vor ihrer Tür stehen würde. Das könnte sie für den Rest ihres Lebens von jedem Bedürfnis nach Sex befreien.«

»Nicht unbedingt. Denk an den Reiz des Verbotenen bei der ganzen Sache.«

»Du bist abgrundtief verdorben, Shep.«

»Das sagt man mir immer wieder«, antwortete er keck und strich eine blonde Locke aus der Stirn.

»Grant wäre ideal, wenn Cheryl einen männlichen Service gründet«, überlegte Jordanna. »Ist der Schwanz aktiv, kommt die Freude tief.«

»Ideal«, stimmte Shep zu. »Meine Mutter hat schon immer ein Auge auf ihn geworfen. Ich bin sicher, wenn sie dafür bezahlen könnte, hätte sie nicht solche Gewissensbisse.«

»Hat sie jemals versucht, ihn in ihr Bett zu kriegen?«

»Als wir fünfzehn waren, hat sie ihm eines Tages nach der Schule ein eindeutiges Angebot gemacht. Davon habe ich dir doch erzählt, oder?«

»Nein, ganz bestimmt nicht. Was hat er gemacht?«

»Er hat sich drei Jahre lang geweigert, unser Haus zu betreten!«

»Grant muß vor Schreck zur Salzsäule erstarrt sein. Deine Mutter ist so … besitzergreifend.«

»Und bedürftig.«

»Wirklich?«

»Es gibt niemand Bedürftigeren als ein alterndes Sexsymbol.«

»Arme Taureen ...«

»Ihre Ehemänner werden jünger, sie wird älter, und es gibt so gut wie keine Filmangebote mehr.«

»Es ist so traurig.«

»Im Moment tut sie das Unaussprechliche mit einem ehemaligen Barkeeper, der glaubt, der James Dean der Neunziger zu sein.«

»Wie alt ist er?«

»Kaum älter als ich.«

»Nun ja ... wenn es sie glücklich macht.« Sie nippte an ihrem Tee. »Wie ist denn im Moment dein Verhältnis zu ihr?«

»Nach zehn Jahren Therapie lerne ich langsam, sie so zu akzeptieren, wie sie ist.«

»Und akzeptiert sie dich?«

Shep sah weg und gab keine Antwort.

Jordanna war klug genug, nicht weiter in ihn zu dringen. Eltern. Wer würde sie je verstehen können? Und wer wollte das überhaupt? Sie hatte Jahre mit und ohne Therapie verbracht, bis sie eines Tages beschlossen hatte, daß sie keine Hilfe brauchte und alleine mit ihren Problemen fertig werden konnte.

Werde ich das? fragte sie sich besorgt.

Ja, entschied sie. Ich habe zumindest einen Anfang gemacht.

Bobby Rush saß an Tisch Nummer sieben im Le Dome und beobachtete seine Umgebung. Es war ein guter Tag – ein Power-Tag. Viele Leute hatten schon an seinem Tisch haltgemacht, während er auf Mac Brooks wartete. Irgend eine innere Stimme sagte ihm, daß er der Filmstar war und nicht derjenige sein sollte, der wartete. Aber egal, er hatte sein Ego noch unter Kontrolle und konnte mit so etwas umgehen.

»Bobby!« Taureen Worth legte auf dem Weg zur Toilette eine dramatische Pause ein. Sie wurde von zwei kleinen, eifrigen Agenten begleitet. Für eine Frau Anfang Fünfzig sah sie umwerfend aus in dem hautengen, weißen Montana-Anzug und den Walter-Steiger-Stöckelschuhen.

Bobby sprang auf und erwiderte ihren enthusiastischen Gruß, obwohl er bei ihrem letzten Zusammentreffen nur zwei Sätze in einem ihrer Filme hatte und sie seine Anwesenheit so gut wie gar nicht registriert hatte. »Sie sehen fantastisch aus«, sagte er in einem angemessenem Tonfall von Aufrichtigkeit. Er hatte schon früh gelernt, daß man den Frauen in Hollywood immer Komplimente machte und die einem das immer glaubten, egal ob man es ehrlich gemeint hatte oder nicht.

»Ich fühle mich wie ein altes Weib!« entgegnete Taureen, obwohl sie sich der Tatsache vollkommen bewußt war, wie gut sie aussah. Und das sollte sie auch, schließlich arbeitete sie hart daran: Liposuktion, Gesichts-Peelings, Kollageninjektionen, quälende Körperertüchtigung. Sie hatte noch keinen Schönheitschirurgen bemüht – noch nicht. »Ich habe ohne Pause gearbeitet. Sie wissen wie anstrengend *das* ist.«

Bobby nickte und fragte sich, woran sie wohl arbeitete.

»Ich bin so *stolz* auf Sie!« rief Taureen aus und zeigte ihr wölfisches Grinsen; viel Zähne und gekräuselte scharlachrote Lippen. »Zu wissen, daß *ich* Sie entdeckt habe!«

Wovon sprach diese Frau?

»Also Bobby«, sagte sie und beugte sich über den Tisch, damit ihm nichts von ihrem beeindruckenden Markenzeichen, dem tiefen Dekolleté, entging, »wenn Sie den nächsten Film besetzen, vergessen Sie nicht, daß ich Ihnen zu Ihrem ersten Durchbruch verholfen habe. Ich fände es wunderbar, wieder mit Ihnen zusammenzuarbeiten.«

Er nickte wiederum, was wohl auch alles war, was von ihm erwartet wurde. Die zwei Agenten retteten ihn, indem sie wieder auftauchten. Taureen stellte sie nicht vor. Sie spitzte die Lippen und küßte ihn zum Abschied, wobei sie zwei klebrige Lippenstiftabdrücke auf seinen Wangen hinterließ. »Auf Wiedersehen, Darling.« Bedeutungsschwangere Pause. »Sie sehen so … sexy aus.«

Das macht nur der Filmerfolg, wollte er sagen, das zieht immer wieder.

Taureen rauschte in den anderen Raum und hinterließ eine Wolke von Moschusduft.

Was für eine Stadt! Wenn du oben bist, dann ganz oben. Und wenn du unten bist, dann heißt es, stirb, du Arschloch. Noch nicht mal dein Killer will mit dir ein Wort wechseln.

Mac Brooks kam an den Tisch geeilt und entschuldigte sich tausendmal. »Ärger mit meinen Kindern«, sagte er bedauernd. »Wenn Sie Single sind, bleiben Sie es. Die Ehe führt zu Kindern, und dann ist das normale Leben, wie Sie es kennen, vorbei. Ich brauche einen Drink.« Er zog die Nase kraus. »Sie benutzen aber ein merkwürdiges Aftershave.«

»Taureen Worth.«

»Macht sie jetzt auf Elizabeth Taylor?«

Bobby lachte. »Noch nicht. Sie kam nur an meinen Tisch. Ich bin sicher, Sie wird sofort wieder heranstürzen, wenn sie merkt, daß Sie hier sind.«

»Sie haben von Taureen und mir gehört? Es war nur einer dieser Dreharbeiten-Ficks – Sie wissen, wie das ist. Sechs Wochen voll Leidenschaft, und danach erinnern Sie sich nicht mal mehr an den Namen des anderen. Sie ist die schlechteste Schauspielerin, mit der ich je gearbeitet habe. Nie wieder!«

Bobby entschied sich für den höflichen Weg: »Es ist ein Vergnügen, Sie endlich kennenzulernen, Mac. Ich bewundere jeden Ihrer Filme, besonders *The Contract*.«

Mac bedeutete dem Kellner, daß er wirklich dringend einen Drink brauchte und daß ein Scotch on the rocks jetzt genau richtig wäre. »Das kann ich nur erwidern, Bobby. Ich habe die Studiofassung von *Hard Tears* gesehen; ausgezeichnete Arbeit. Als Schauspieler haben Sie eine interessante Art, die Dinge darzustellen. Sie haben so eine gewisse Schärfe. Ich mag das, hält das Publikum bei der Stange.«

Bobby fühlte sich aufs Angenehmste geschmeichelt.

»Danke«, sagte er bescheiden.

»Ich habe schon einmal mit Ihrem Vater gearbeitet.«

»Sie Glücklicher.«

Gut, dachte Mac, damit wäre *dieser* Punkt wohl geklärt.

Bobby kam zur Sache: »Also, hatten Sie Zeit, sich das Drehbuch zu Gemüte zu führen?«

»Ich habe es gelesen, und es hat mir gefallen. Deshalb bin ich hier.«

»Sind Sie interessiert?«

Mac schmunzelte. »Sie halten wohl nichts davon, Zeit zu vergeuden?«

Bobby antwortete nicht sofort. Er hatte dieses Treffen in den letzten Tagen immer wieder im Kopf durchspielt. Mac Brooks hatte eine gute Nase, aber er hatte schon einige Jahre keinen Kassenknüller mehr gedreht. Es bedeutete also ein Risiko, ihn zu nehmen. Aber trotzdem war Bobby sicher, daß Mac der perfekte Regisseur für seinen Film war, vorausgesetzt, sie kamen miteinander klar.

»Wissen Sie was, Mac«, sagte er langsam und wählte seine Worte sehr sorgfältig, »in der Vergangenheit *habe* ich eine Menge Zeit vergeudet, und jetzt will ich ganz nach oben.« Er blickte den Oskarpreisträger fest an, und seine blauen Augen funkelten intensiv. »Ich brauche eine schnelle Antwort, also lassen wir den ganzen Mist beiseite. Sind Sie dabei oder nicht?«

Kapitel 8

»Was ist passiert?« fragte Amber, als Michael und Quincy geräuschvoll ins Haus platzten.

»Nichts Gutes«, antwortete Quincy und zog sie schnell zur Seite, während Michael aufs Telefon zuschoß. »Rita ist nicht in ihrem Apartment, weder sie noch Bella.«

»Sind sie in Urlaub?« wollte Amber wissen. Sie fragte sich, warum die beiden so aufgeregt waren.

Quincy zuckte die Achseln und ging in die Küche. »Da habe ich meine Zweifel. Die Wohnung ist total vernachlässigt. Sie sieht so aus, als ob seit Monaten niemand mehr dort wohnt.«

Amber folgte ihm. »Also ist sie ausgezogen.«

»Das glaube ich nicht«, antwortete Quincy und griff automatisch nach der Keksdose. »All ihre Sachen sind noch dort. Kleider, Spielzeug, alles.«

Sie schlug ihm den Keks aus der Hand. »Nein«, sagte sie streng.

»Amber!« bettelte er. »Ich verhungere, Frau!«

»Du wirst zu fett«, beharrte sie.

»Einen Keks nur«, quengelte er und schlängelte seinen Arm um ihre Taille. »Komm schon, Mama, ein kleiner Keks für einen hungrigen Mann.«

Sie überhörte es. »Was ist mit ihrem Make-up?« fragte sie.

»Was hat das denn damit zu tun?«

»Wenn sie es mitgenommen hat, bedeutet das, daß alles in Ordnung ist.«

Weibliche Logik. Quincy schüttelte den Kopf. »Keine Ahnung. Sie hat aber die Unterhaltsschecks der letzten zwei Monate nicht mitgenommen. Sie stecken immer noch in den Umschlägen.«

»Was sagt Michael dazu?«

»Was soll er sagen? Er versucht gerade, ihre Tante in New York zu erreichen. Sie ist Ritas einzige Verwandte. Er hofft, daß sie weiß, wo die beiden sind.«

»Ich rate dir, überprüf ihr Make-up«, wiederholte Amber und nickte weise. »Keine Frau geht für länger als einen Tag aus dem Haus, ohne ihr Make-up mitzunehmen.«

»Ja, ja, machen wir. Wir kehren zum Apartment zurück, um uns dort mit ein paar Polizisten zu treffen, die ich kenne. Ich werde versuchen, sie zu überreden, eine Vermißtenanzeige aufzugeben.«

Michael schleuderte den Hörer auf die Gabel und stürmte in die Küche. »Ich brauche einen Drink«, stellte er mit grimmigem Gesichtsausdruck fest.

»Das ist genau das, was du jetzt nicht brauchst«, wandte Quincy ein, der sich sehr gut an die schlimmen Zeiten seines Freundes erinnerte.

Michael brachte ein verlegenes Lachen zustande. »Ich habe gesagt, ich *brauche* einen, ich habe nicht gesagt, daß ich einen trinken werde.« Er öffnete den Kühlschrank, griff sich ein Seven-Up und nahm einen großen Schluck. »Bei ihrer Tante geht keiner ran.«

»Ich habe so ein Gefühl, daß es den beiden gut geht«, versuchte Amber, ihn zu beruhigen.

Oh ja, als ob sie das wüßte, dachte Michael. Wenn seinem Kind irgend etwas zugestoßen sein sollte …

Nein. Er konnte noch nicht einmal an so etwas denken.

Michael würde jeden umbringen, der Bella etwas angetan hätte – würde, ohne eine Sekunde zu zögern, sein verfluchtes Hirn wegblasen.

Schuldgefühle machten ihm schwer zu schaffen. Er hätte merken müssen, daß etwas nicht stimmte, als er immer nur diesen Anrufbeantworter an der Strippe hatte. Schließlich war er Detektiv, verdammt noch mal, er hätte sofort nachsehen müssen, als er in L.A. eingetroffen war, statt fast eine ganze Woche zu vertrödeln.

Er nahm zwei weitere Schluck Seven-Up und knallte die Dose auf die Anrichte. »Auf, Q, laß uns zurückfahren, ich möchte mit der Frau im oberen Apartment reden. Vielleicht erinnert sie sich an etwas.« Quincy küßte Amber schnell auf die Wange und folgte ihm. »Wir sind weg. Bis später, Schatz.«

»Lily«, sagte die fette Frau, leicht lispelnd. »Mein Name ist Lily Langolla.« Sie bot wahrhaftig einen bemerkenswerten Anblick in ihrem fleckigen, gelben Kaftan, den flauschigen blauen Pantoffeln und dem rosa Reifen, der keck auf ihrem krausen, blonden Haar thronte.

Diesmal hatte sie die beiden schließlich in ihr Apartment eingelassen. Michael hatte seine Dienstmarke gezeigt, und sie hatte auf der Stelle geöffnet.

»Also, Lily«, sagte Quincy mit freundlicher, leiser Stimme. »Wann haben Sie Rita Polone zuletzt gesehen?«

»Ich pflege den Leuten nicht hinterherzuschnüffeln«, antwortete Lily entrüstet. Sie wuchtete ihren massigen Körper auf eine rote Couch, deren Polsterung an sechs verschiedenen Stellen zum Vorschein kam.

»Niemand hat behauptet, daß Sie den Leuten nachschnüffeln, nur weil Sie wissen, was vor sich geht«, fuhr Quincy besänftigend fort.

Michael starrte aus dem Fenster. Soweit er das beurteilen konnte, hatte die Frau hier einen Logenplatz für alles, was auf der Straße passierte. Wenn irgend etwas Außergewöhnliches stattgefunden haben sollte, mußte sie es bemerkt haben.

Er drehte sich zu ihr um. »Lily«, sagte er leise, »warum haben Sie sie eine Schlampe genannt?«

»Das ist ja wohl nicht gegen das Gesetz, oder?« antwortete Lily erbost.

Er benutzte seinen Charme und warf ihr einen direkten Blick aus dunklen Augen zu. »Nein, ich bin sicher, daß eine kluge Frau wie Sie nie etwas gegen das Gesetz tun würde.«

Sein heißer Blick hatte den gewünschten Erfolg. Lily schob den Reifen im Haar zurecht, da sie sich offensichtlich bewußt wurde, daß sie sich eventuell nicht gerade von ihrer besten Seite präsentierte.

Michael wußte, daß er gewonnen hatte. Schnell fing er an, sie mit Fragen zu bombardieren, um sie zu überrumpeln. »War sie laut, Lily? Ständig unterwegs? Hatte sie viele Besucher?«

»Stimmt«, bestätigte Lily.

»Was stimmt?«

Lily war nervös, aber jetzt bedacht darauf, ihnen zu gefallen. »Männer. Die sind bei ihr ein und aus gegangen.«

Er fühlte, wie sein Magen sich verkrampfte. Eine Ahnung von einer nahenden Katastrophe, die sich wie ein Messer in seine Eingeweide bohrte. »Wie viele Männer, Lily?« fragte er und versuchte unter großer Anstrengung, seine Stimme ruhig zu halten, da er genau wußte, worauf sie anspielte. »Einer pro Nacht? Zwei?«

»Langsam, Mike, nun denk doch nicht gleich ...«, begann Quincy.

Michael brachte ihn mit einem Blick zum Schweigen.

Lily kniff die Augen zusammen und überlegte einen Moment. »Zuerst waren da mehrere verschiedene, die sich Tag und Nacht die Klinke in die Hand gaben«, sagte sie und fummelte an dem Reifen im Haar. »Danach kam nur noch einer. Einige Wochen lang besuchte er sie regelmäßig. Dann kam er eines abends und nahm sie mit. Seitdem habe ich sie nicht mehr gesehen.«

»Hatte sie ihr kleines Mädchen dabei?« fragte Michael leise.

»Vielleicht.«

»Was, zum Teufel, soll das heißen, vielleicht«, schrie Michael los, da er die Fassung verlor. »War sie dabei, oder nicht?«

»Okay, okay«, ging Quincy besänftigend dazwischen, weil Lily erschrocken zurückfuhr. »Wir wollen doch nett und freundlich bleiben. Lily tut ihr Bestes, nicht wahr, meine Liebe?«

Lily war erschüttert. Sie zeigte mit einem Finger, an dem ein billiger Ring steckte, auf Michael und fragte: »Was ist denn in *den* gefahren?«

»Es ist sein Kind, Lily«, erklärte Quincy. »Sie können sicher nachfühlen, warum er so aufgebracht ist, nicht wahr?«

»Sind Sie *sicher*, daß er ein Bulle ist?« Lily spähte mißtrauisch in Michaels Richtung.

»Genau wie ich«, log Quincy leichthin. »Also weiter, Lily, versuchen wir doch, Ihrem Gedächtnis noch ein bißchen mehr auf die Sprünge zu helfen.«

Während Kennedy über Bobby Rushs Archivmaterial brütete, kam sie zu dem Schluß, daß er mit Sicherheit so besessen von seiner Arbeit war, weil er darum kämpfte, das Handikap eines berühmten Vaters zu überwinden. Ihr fiel auf, daß er offensichtlich immer die gleichen Antworten parat hatte, wenn das Thema auf Jerry Rush kam.

Mein Vater ist ein wunderbarer Schauspieler.
Wir sind sehr verschieden.
Jerry hat mir nie geholfen.

Ja, ich habe alle seine Filme gesehen. Alle im Rush-Haushalt mußten sie sich ansehen.
Wir sind uns nicht im geringsten ähnlich.
Ich weiß nicht, ob Jerry Hard Tears *gesehen hat oder nicht.*
Nein. Es gibt keine Pläne, zusammen zu drehen

Hm, dachte Kennedy, ich frage mich, was ein Psychiater wohl zu Bobbys vielsagenden Bemerkungen sagen würde.

Es wäre vielleicht keine schlechte Idee, seine Antworten mit Kommentaren eines Top-Psychiaters zu versehen. Das könnte interessant werden.

Gerade, als sie mit Bobbys Presseagentin telefonieren wollte, rief Rosa an. »Schätzchen, du mußt mir einen Riesengefallen tun«, bat Rosa außer Atem.

Kennedy stöhnte. »Hüte dich vor Freunden, die dich um einen Gefallen bitten.« Sie fragte sich, was die Fernsehmoderatorin dieses Mal wollte.

Rosa raspelte Süßholz. »Sei doch nicht so, Süße, ich *brauche* dich wirklich.«

»Wozu?«

»Dinner.«

»Warum?« fragte sie mißtrauisch.

»Weil Ferdys bester Freund aus Atlanta uns gerade besucht und wir mit dir zu Abend essen wollen.«

»Rosa«, entgegnete Kennedy geduldig, »Ferdy ist ein schwarzer fünfundzwanzigjähriger Basketball-Star, und obwohl ich dich sehr gerne habe, weigere ich mich, mit seinem besten Freund zu Abend zu essen. Kindesmißbrauch ist wirklich nicht mein Ding.«

»Ich habe Ferdy schon versprochen, daß du kommst.«

»Das war sehr dumm von dir.«

»Er wird denken, daß du Vorurteile hast, wenn du nicht kommst.«

»Das ist lächerlich.«

»Dann beweise es.«

»Nein, Rosa, ich will das nicht.«

»Bitte, bitte, bitte!!! Ich bitte dich auch nie wieder um etwas!«

Eine eindeutige Lüge, aber Kennedys Widerstand erlahmte. »Na gut«, gab sie nach, wohl wissend, daß sie einen Fehler beging.

»Du bist die Beste!« frohlockte Rosa. »The Ivy. Acht Uhr. Zieh dich sexy an – er ist das erste Mal in L. A.«

»Rosa …«

Zu spät. Ihre Freundin hatte schon eingehängt. Oh, Gott! Warum hatte sie nur zugestimmt? *Wahrscheinlich, weil ich mich einsam fühle, ha!* Sie war niemals einsam. Kennedy liebte es, die Zeit nur mit sich selbst zu verbringen. Lange Spaziergänge am Strand, lesen, mit ihrer 1986er Corvette den Pacific Coast Highway entlangfahren. Es machte ihr noch nicht einmal etwas aus, alleine in einem Restaurant zu essen, etwas, daß die meisten Leute unter keinen Umständen tun würden.

Na gut. Dinner um acht und Schluß.

Sie rief Bobby Rushs Pressesprecherin an. Die Zeitschrift hatte das Interview bereits festgemacht. Elspeth, seine Pressesprecherin, hatte die Bedingungen klargestellt. Jetzt mußte Kennedy nur noch Zeit und Ort aushandeln.

Elspeth sprach in kurzen, scharfen Sätzen: »Frühstück. The Four Seasons. Freitag. Er hat nur eine Stunde Zeit.«

»Nein«, entgegnete Kennedy freundlich. »Das hier wird eine große Sache – eine Titelstory. Ich brauche einen Tag mit ihm. Ein paar Stunden für das Interview, die restliche Zeit begleite ich ihn und halte mich im Hintergrund.«

»Das klappt nie«, sagte Elspeth schnippisch.

»Ich denke, Sie werden es schon noch sehen«, antwortete Kennedy ruhig. »Ich bin sicher, wir haben alle das gleiche Ziel – ausführliche Berichterstattung über ihren Klienten. Das kann ich nur, wenn ich genug Zeit mit ihm verbringe. Rufen Sie mich zurück.«

Klick. Sie hängte ein, bevor die Frau anfangen konnte, mit ihr zu streiten.

Ferdys Freund, Nix, war ein ein Meter neunzig großer, schokoladenfarbener Muskelberg. Er hatte kurzes Haar, Augen wie ein Hundebaby und ein bezauberndes Lächeln.

Nix sprach redegewandt und intelligent. Er war höflich und charmant. Sie hatten einen wundervollen Abend mit Rosa und Ferdy, und nach dem Dinner wies Nix alle Einwände Ferdys zurück und übernahm die Rechnung. Kennedy war beeindruckt. Umso mehr, als er darauf bestand, ihr mit seinem Mietwagen nach Hause zu folgen, um sicherzustellen, daß sie gut ankam.

Aus einem Impuls heraus lud sie ihn auf einen Kaffee ein, und sie unterhielten sich zwei Stunden lang, bevor sie im Bett landeten. Sie hatte das nicht erwartet und ganz sicher nicht beabsichtigt. Er war zehn Jahre jünger als sie und wahrscheinlich der aufmerksamste Liebhaber, den sie je gehabt hatte, mit Ausnahme ihres Mannes natürlich. Sie fühlte sich völlig ausgepumpt.

»Ich bin Basketball-Spieler«, erklärte er mit einem breiten Grinsen, als sie ihn nach diesem außergewöhnlichen Können fragte. »Wir haben eine ausgezeichnete Geist-Körper-Koordination.«

»Das kann ich nur bestätigen«, sagte sie. Sie schwebte nach zwei fantastischen Orgasmen wie auf Wolken. Die Sache mit dem Wetterfrosch war seit drei Monaten vorbei, und Nix war zur richtigen Zeit am richtigen Ort mit dem richtigen Angebot erschienen. Er hatte sogar seinen eigenen Vorrat an Kondomen dabei.

Er drehte sie um und fing an, ihren Rücken mit seiner langen Zunge zu streicheln – federleichte Berührungen, die sie augenblicklich in den Wahnsinn trieben.

»Nicht noch einmal«, murmelte sie träge, »ich habe nicht deine Kondition.«

»Oh doch, hast du«, lachte er und schlang seine Beine um sie, so daß sie seinen harten Schwanz fühlen konnte, der sich gegen ihren Rücken preßte.

Er hatte recht. Ihre Kondition verbesserte sich schlagartig. Als seine Hände ihre Brüste umfaßten und mit den Brustwarzen spielten, rollte sie in Ekstase herum, genauso bereit wie er.

Nix war ein Techniker. Orgasmus Nummer drei, und sie schnurrte wie eine Katze.

Schließlich schliefen sie ein, und als das Telefon sie am nächsten Morgen weckte, war er fort. Kennedy tastete nach dem Hörer und murmelte ein schläfriges ›Hallo‹.

»Nun?« wollte Rosa wissen, begierig auf jedes Detail.

»Nun, was?« sagte sie und streckte sich behaglich.

»Einzelheiten, Kennedy. Die Details machen mich immer an.«

»Ich habe schon vor Jahren aufgehört, nach dem Küssen alles brühwarm weiterzuerzählen.«

»Du bist langweilig«, beschwerte Rosa sich schmollend.

Kennedy lachte verschwörerisch. »Das ist nicht gerade das, was Nix sagt.«

»Also *ist* er geblieben!« rief Rosa triumphierend. »Ist er noch da?«

»Ich erzähle es dir später«, vertröstete sie die Freundin und legte auf. Sie ging ins Badezimmer und fand eine Nachricht von Nix am Spiegel über dem Waschbecken: VIELEN DANK FÜR EINEN UNVERGESSLICHEN TRIP NACH L. A. DARF ICH NÄCHSTES MAL WIEDER ANRUFEN?

Sie mußte lächeln. Ein unvergeßlicher Trip, wirklich; für sie beide. Aber nein, es würde keine Wiederholungen geben. Es war ein One-night-stand, nicht mehr – und nicht weniger.

Fünfzehn Minuten und eine lange, heiße Dusche später rief sie Bobby Rushs Presseagentin an.

»Freitag«, sagte Elspeth, schnippisch wie immer. »Wir treffen uns in seinem Büro im Studio um zehn.«

»Und bekomme ich den Tag?«

»Er ist sehr beschäftigt, aber wenn Sie mir versprechen, im Hintergrund zu bleiben ...«

»Wenn ich das Interview gemacht habe, wird er nicht einmal mehr bemerken, daß ich da bin.«

Sicher, Lady. Wenn du das glaubst, glaubst du alles!

Der Mann mietete unter falschem Namen ein schwarzes Auto. Nichts Auffälliges, an das man sich später erinnern würde. Einfach nur ein schwarzer Ford, der ihm komplette Anonymität gewährte.

Er hielt bei Sears an und kaufte bar eine schwarze Hose, ein dunkles, langärmliges Hemd und schwarze Laufschuhe. Jetzt noch eine Sonnenbrille. Seine Eitelkeit verlangte nach dem Besten. Er brachte es nicht fertig, eine Sears-Brille zu kaufen und entschied sich letztendlich für eine Armani, die er bei Fred Segal in Santa Monica kaufte.

Als er nach Hause kam und die Tür sorgfältig hinter sich verschlossen hatte, probierte er die Sachen an und war mit seinem Aussehen zufrieden.

Seit er aus dem Gefängnis entlassen worden war, ließ er sich die Haare wachsen. Sorgfältig kämmte er sie mit Gel nach hinten und hielt sie mit einem Gummiband zusammen. Danach betrachtete er sich lange im Spiegel, übte einige Karate-Stellungen, setzte die Sonnenbrille einige Male auf und ab und kam zu dem Ergebnis, daß er seinem Film-Idol – Steven Seagal – mehr als nur oberflächlich ähnlich sah. Er hatte Steven Seagals Filme im Gefängnis wieder und wieder angesehen, besonders den einen über Vergeltung.

Steven Seagal war ein Mann, der es verstand, eine Rechnung zu begleichen.

Manchmal erwachte er mitten in der Nacht und sah ihr Gesicht vor sich. Diese nächtlichen Stunden luden ihn auf, erfüllten ihn mit lustvollen Erinnerungen, bis er gezwungen war, die Spannung mit Hilfe seiner Hand abzubauen.

Er haßte sie für das, was sie ihm angetan hatte.

Er liebte sie, würde sie immer lieben.

Der Mann verließ sein Zimmer und verschloß es hinter sich.

Das schwarze Dienstmädchen hatte ebenfalls ein Zimmer auf dem Grundstück. Er hatte den Verdacht, daß sie ihm nachspionierte. Wenn sie damit nicht aufhörte, war er gezwungen, sie auf seine Liste zu setzen.

Sein Mietwagen war am Ende der Einfahrt geparkt. Ohne daß es jemand bemerkte, wechselte er die Nummernschilder aus und setzte sich hinters Steuer.

Es war eine lange Fahrt nach Agoura Hills, und er wollte nicht zu spät kommen.

Kapitel 9

Sie saßen nebeneinander im Schönheitssalon. Cheryl ließ sich mit Wachs die Beine enthaaren, während Jordanna eine Maniküre bekam. Es war ein wöchentliches Ritual, das unbedingt eingehalten werden mußte.

»Ich werde eine Party geben«, verkündete Cheryl und fügte beiläufig hinzu: »Du kannst auch kommen, wenn du willst.«

»Was für eine Party«, fragte Jordanna mißtrauisch. Es war fast eine Woche her, seit Cheryl ihre Pläne bekannt gegeben hatte, eine Hollywood-Madame zu werden, und keiner ihrer Freunde hatte seitdem etwas von ihr gehört.

»Ein kleines Treffen, das meine Mädchen mit einschließt, sowie eine Menge potentieller Kunden«, antwortete Cheryl hochtrabend. »Ich habe die ganze Woche am Telefon gehangen.«

»Danke für die Einladung, aber ich glaube nicht, daß ich komme.«

»Grant kommt auch.«

»Darauf möchte ich wetten.«

»Ich wünschte, du würdest mich in dieser Sache unterstützen.«

»Warum? Wir haben zu unserer Zeit eine Menge verrückten Mist gebaut, aber das schlägt alles. Du bist endgültig übergeschnappt, Cheryl.«

»Na wenn schon.«

»Sag sowas nicht.«

»Ich habe eine Information für dich, die dich interessieren könnte«, sagte Cheryl geheimnisvoll. Jordanna betrachtete ihre Nägel. Sie waren lang, glänzend und stark. Sie hatte es tatsächlich geschafft, nicht mehr an ihnen zu kauen – ein kleiner Triumph.

»Was für eine Information?« fragte sie neugierig.

»Ist ziemlich anrüchig.«

»Erzähl schon.«

»Nicht hier.«

Manchmal – nein meistens – war Cheryl eine echte Strafe Gottes. Aber seit sie ihre neue Berufung gefunden hatte, war sie wirklich unerträglich.

»Worum geht es?« wollte Jordanna wissen.

»Um deine neueste Stiefmutter.«

Jordanna unterdrückte ein Gähnen. »Was hat sie *jetzt* schon wieder angestellt?«

»Es ist nicht das, was sie *jetzt* anstellt«, flüsterte Cheryl und starrte vielsagend die puertorikanische Frau an, die ihre Beine emsig mit Wachs einpinselte. »Wir reden später darüber, es ist privat.«

Jordanna haßte es, auf etwas warten zu müssen, besonders auf Informationen. »Spuck's schon aus, Cheryl«, sagte sie nachdrücklich.

»Das ist keine *Nachricht* für den *Enquirer*«, entgegnete Cheryl zickig. »Du solltest Geduld lernen.«

»Das letzte was ich bin, ist geduldig.«

»Als ob ich das nicht wüßte!«

»Also?«

»Wo hat dein Vater Kim kennengelernt?«

Jordanna schüttelte den Kopf. »Keine Ahnung. Sein Liebesleben zu verfolgen, ist nicht unbedingt die Nummer Eins auf meinem Terminkalender.«

»Versuch mal, sie zu fragen«, schlug Cheryl vor, »und dann hör, was sie antwortet.«

»Warum?«

»Versuch es einfach.«

»Und wenn ich diese wertvolle Information habe, erzählst du mir dann alles?«

»Wir treffen uns morgen mittag zum Essen im Café Roma. Dreizehn Uhr dreißig. Auf deine Rechnung. Ich verspreche dir, daß es sich lohnt.«

»Hi, Daddy.«

Jordan Levitt sah mit einem Ausdruck der Verwunderung von seinem Schreibtisch auf. »Ein Besuch. Von meiner Tochter. Wer ist gestorben?«

»Ich hab' mir gedacht, ich schaue mal vorbei und sehe, wie es dir geht«, antwortete Jordanna, ignorierte seinen

Sarkasmus und ließ sich in einen der überdimensionalen Ledersessel vor seinem massiven Eichenschreibtisch fallen.

»Wie lieb von dir, dich auf den weiten Weg vom Gästehaus bis hierher zu machen«, sagte Jordan. Er nahm seine horngefaßte Lesebrille ab und grinste breit.

Oh Gott, er sieht gut aus, dachte Jordanna. Was hat er nur an sich? Er wird nicht älter, nur attraktiver.

»Ich vermute, dein Unterhalt braucht eine kleine Auffrischung«, fügte er hinzu, öffnete eine Schublade und entnahm ihr sein Scheckbuch.

»Nein«, widersprach Jordanna, enttäuscht darüber, daß er annahm, daß es das war, was sie wollte. »Ich komme nicht nur zu dir, wenn ich Geld brauche.«

Er legte sein Scheckbuch auf den Schreibtisch und nahm den goldenen Füller. »Das ist beruhigend.«

Sie rutschte nervös auf dem Sessel herum. »Ich ... äh ... ich glaube, ich habe dich vermißt.« Es war schwierig für sie, ihm zu sagen, was sie fühlte, aber sie wollte wirklich, daß er es wußte. Jordanna brauchte seine Liebe und Zuneigung, aber er war normalerweise zu sehr damit beschäftigt, sie seiner jeweiligen Frau zu geben. Es wäre so schön, wenn er ihr auf die gleiche Weise antworten könnte.

Jordan sah erfreut aus. »Mich vermißt, tatsächlich?«

»Nun ja, du bist mein Vater, und seit du wieder geheiratet hast ...« Sie brach ab, da sie nicht genau wußte, wie sie fortfahren sollte. »Apropos, wo hast du Kim eigentlich kennengelernt?«

»Was für eine Frage!«

»Ist doch ganz normal.«

»Ein gemeinsamer Freund hat uns miteinander bekannt gemacht.«

»Wie nett.«

Ein kritischer Unterton schlich sich in Jordans Stimme. »Seit ich Kim geheiratet habe, haben wir dich immer wieder zum Dinner und anderen unzähligen Gelegenheiten eingeladen. Du bist nicht ein Mal gekommen.«

»Ich war beschäftigt.«

Sein Gesicht wurde hart. »Womit?«

»Schreiben«, verteidigte sie sich. »Ich schreibe ein Buch.« Nun, nicht ganz. Aber es war eine gute Idee.

Das brachte ihn aus dem Konzept. »Ein Buch? Worüber?«

Die Erkenntnis traf sie wie ein Blitz. »Darüber, wie es ist, in Hollywood aufzuwachsen.«

Für einen Moment schwieg Jordan. Als er schließlich sprach, tat er es langsam, um sicherzugehen, daß sie jedes Wort verstand: »Ich hoffe, nicht über diese Familie.«

Warum mußten sie sich immer wieder streiten? Weil ihre Gespräche immer darauf angelegt waren, und das wußten sie beide.

Jordanna schob ihre Unterlippe vor und bereitete sich auf den Kampf vor. »Vielleicht. Wenn ich Lust dazu habe«, sagte sie in ihrem Du-hast-mir-nicht-zu-sagen-was-ich-zu-tun-habe-Tonfall.

»*Nein*, Jordanna«, erklärte er kurzerhand.

Eine Herausforderung. »Nein, was?« fragte sie rasch.

»Keine Enthüllungen über die Familie. Hast du mich verstanden?«

Jordanna wollte ihm sagen, er solle sich ins Knie ficken. Sie war durchaus in der Lage, das jedem zu sagen, jedem, außer ihrem Vater. Er schaffte es immer noch, sie in ein kleines, zwölf Jahre altes Mädchen zu verwandeln. »Ich habe einen Vertrag«, log sie, »bei einem großen Verlag.«

Sein linkes Auge zuckte, ein sicheres Zeichen dafür, daß er zornig war. »Mit welchem?«

»Das ist meine Sache«, antwortete sie und fühlte sich wie ein trotziges kleines Mädchen.

»Wieviel haben sie dir bezahlt?«

»Ist doch egal.«

»Ich glaube, das sollte es dir nicht sein.«

»Was hat *das* denn zu bedeuten?«

Er stand auf und funkelte sie an. »Das bedeutet, daß der Vorschuß hoffentlich ausreicht, deinen Lebensunterhalt zu sichern. Denn wenn du dieses Buch über die Familie schreibst, junge Dame, wirst du schleunigst mein Gästehaus verlassen und anderswo wohnen.«

Ihre Augen füllten sich mit Tränen, aber es gelang ihr

mit ungeheurer Anstrengung, sie unter Kontrolle zu halten. Er durfte nie erfahren, daß er sie immer noch verletzen konnte.

»Schön«, sagte sie kühl und sprang auf, »dann gehe ich packen.«

»Tu das«, sagte er rauh.

Scheiß auf dich, Daddy, das werde ich.

Sie rauschte aus dem Zimmer, ohne ihr Ziel erreicht zu haben. Alles was sie gewollt hatte, war, herauszufinden, wo er Kim kennengelernt hatte. Und wie hatte es geendet? Im Zank, wie immer. Wann würde sie endlich lernen, daß es aussichtslos war, mit ihrem Vater zu streiten? Jetzt war sie auf sich selbst gestellt und wußte nicht wohin.

Sie eilte ins Gästehaus und rief Shep an: »Ich brauche ein Dach überm Kopf«, platzte es aus ihr heraus.

Shep seufzte. Das hatte er schon öfter gehört. »Eine Nacht? Zwei?«

»Dieses Mal ist es für immer. Ich halte diesen Kontroll-Scheiß nicht mehr aus. Ich muß von hier fort.«

»Na klar«, antwortete Shep, ohne ihr zu glauben.

»Es ist mir ernst«, beharrte sie.

»Das ist es dir immer.«

»Kann ich zu dir kommen, oder nicht?«

»Ich denke schon«, sagte er ohne Begeisterung.

Sie rannte hin und her, stopfte so viele ihrer Sachen ins Auto, wie eben hineingingen, sprang hinters Steuer und raste mit aufheulendem Motor die Auffahrt hinunter.

Vom Fenster seines Arbeitszimmers aus beobachtete Jordan, wie sie ging. So schön, so ruhelos und ihrer Mutter so ähnlich.

Verdammt, er wünschte, er könnte etwas für sie tun, aber die Wahrheit war, daß er keine Ahnung hatte, was Jordanna eigentlich wollte. Materiell hatte er ihr alles gegeben, was möglich war. Einen Platz zum Leben, jedes Jahr ein neues Auto ihrer Wahl, Kreditkarten und einen großzügigen Unterhalt. Er hatte niemals nein zu etwas gesagt, wie hätte er das auch tun können?

Einen Moment lang schweiften seine Gedanken ab, und er dachte an Lilliane – seine erste Frau, die Mutter seiner Kinder und die einzig wahre Liebe seines Lebens. Nachweislich. Jeder hatte das gesagt. Als er die Papiere für ihre Einweisung in die Privatklinik unterschrieben hatte, war das zu ihrem eigenen Schutz geschehen. Wie hätte er wissen können, daß sie sich die Pulsadern aufschlitzen und einen elenden Tod sterben würde – und ihn mit zwei kleinen Kindern zurückließ, die er großziehen mußte. Natürlich war er nicht lange alleine geblieben. Es schien eine gute Idee zu sein, wieder zu heiraten. Der Haken an der Sache war nur, daß die Kinder keine seiner Ehefrauen je akzeptiert hatten, und er hatte es weiß Gott mit einigen probiert.

Und dann, als ob er nicht schon genug Probleme hätte, hatte sich sein einziger Sohn umgebracht – ein Junge, der alles gehabt hatte, was man sich wünschen kann.

Die Polizei hatte erklärt, Drogen seien die Ursache dafür, daß Jamie vom sechsundvierzigsten Stockwerk aus Jordans New Yorker Penthouse gesprungen war. Er wußte nicht, was er glauben sollte. Sein Sohn war doch kein Drogensüchtiger. Es war sicher nur ein furchtbarer Unfall gewesen.

Eine Zeitlang war Jordan am Boden zerstört. Die Presse stürzte sich auf ihn, Jordanna geriet völlig außer Kontrolle, und sein Leben entwickelte sich zu einem einzigen Chaos. Aber Jordan wußte besser als jeder andere, wie man überlebte. Schließlich war er 1948 als sechzehnjähriger Ausreißer ohne einen Pfennig und ohne Aussichten in Hollywood angekommen. Mit den Jahren hatte er sich einen hervorragenden Ruf erworben, und es kostete schon mehr als ein paar kleiner Tragödien, um Jordan Levitt aus der Bahn zu werfen.

In den nächsten Monaten schickte er Jordanna in ein Internat nach Paris, ließ sich von seiner damaligen Frau scheiden und produzierte zwei neue Filme.

Kim betrat sein Arbeitszimmer und unterbrach seine Gedanken. Von allen seinen Frauen war Kim die jüngste und diejenige, die ihn am meisten liebte. Sie stellte ihn auf ein Podest, und es war verdammt wohltuend, eine Frau zu haben, die sich so sehr um ihn kümmerte. Was machte es schon aus, daß sie fast vierzig Jahre jünger war als er. Das Alter spielte überhaupt keine Rolle.

»Vorhangmuster«, erklärte Kim und breitete Wogen von Stoff vor ihm aus. »Ich brauche deine Meinung, Liebling.«

Sie dekorierte das Haus neu und tat das sehr gut. Ihre Pläne waren kostspielig, aber wer hatte je behauptet, daß Frauen billig waren?

Er erhob sich und überragte seine junge Frau wie ein Turm. »Komm her, Kleines«, sagte er und breitete die Arme aus.

Kim rannte in seine Umarmung, und sie standen eng umschlungen da, während Jordanna den Sunset Boulevard in ihrem Porsche entlangbrauste. Tränen strömten über ihre Wangen und aus den Lautsprechern dröhnte Jimi Hendrix auf höchster Lautstärke.

Am nächsten Tag schlenderte eine gefaßte Jordanna Levitt ins Café Roma. Sie nickte ein paar Bekannten zu, nahm die Atmosphäre in sich auf, betrachtete die übliche Gruppe italienischer arbeitsloser Schauspieler, die an einem Ecktisch ihre Testosteron-Spiegel, Arbeitsmöglichkeiten und die Anzahl der flachgelegten Mädchen verglichen.

Cheryl war bereits dort. Sie saß mit einem Kaffee am Tisch und machte sich eifrig Notizen auf einem Block.

»Ich bin doch nicht zu spät?« fragte Jordanna und warf einen kurzen Blick auf ihre Cartier-Panthier-Uhr.

»Keine Spur«, antwortete Cheryl und legte den Stift beiseite. »Ich war schon früh hier. Mußte ein Mädchen interviewen, eine überwältigende Blondine, frisch aus Dallas.

»Oh Mann«, rief Jordanna aus, »du hörst dich schon wie ein Loddel an. Hast du auch ihre Zähne kontrolliert?«

Cheryl gestattete sich ein Lächeln. »Sensationelle Zähne.«

»Ich war nur sarkastisch«, meinte Jordanna ernst.

»Was gibt's sonst Neues?« wollte Cheryl wissen, während sie mehr Süßstoff in ihren Kaffee schüttete, den sie dann heftig umrührte.

Jordanna zuckte die Achseln. »Nicht viel. Ich bin ausgezogen.«

»Schon wieder?«

»Diesmal ist es ernst.«

»Nun ...« sagte Cheryl, »ich denke, es ist an der Zeit, daß ich dir die große Sensation mitteile.«

Jordanna konnte es kaum erwarten. »Ja?«

Ohne weitere Umstände rückte Cheryl mit der Wahrheit heraus: »Deine Stiefmutter war eine Hure«, sagte sie und genoß jedes Wort.

Jordanna blinzelte. »Wie bitte?«

»Natürlich nennen wir sie nicht Huren«, fügte Cheryl lässig hinzu. »Party-Mädchen ist die politisch korrekte Bezeichnung für sie.«

Jordanna runzelte die Stirn. »Willst du mich verarschen?«

»Würde ich das je tun?« fragte Cheryl unschuldig.

»Hoffentlich nicht. Das ist eine zu ernste Sache, um darüber Witze zu machen.«

Cheryl begann: »Ich habe sie in Donnas Akten gefunden. Kimberly Anne Austin aus San Diego. Sie hat gut sechs Monate für Donna gearbeitet. Dann hat sie deinen Vater getroffen und das war's. Pensionierung.«

Jordanna war schockiert. Das war alles zu bizarr. »Bist du sicher, daß es sich um dieselbe Kimberly handelt?«

»Absolut. Donna war sehr sorgfältig. Sie hat über jedes Mädchen, das für sie gearbeitet hat, ein Dossier angelegt, inklusive eines Fotos.«

Jordanna trommelte mit den Fingern auf die Tischplatte. »Kann ich es sehen?«

Cheryl grub in ihrer Tasche und förderte ein glänzendes Foto zutage, das sie ihr reichte.

Jordanna betrachtete die Ablichtung eingehend. Oh ja, das war Kim, wie sie leibte und lebte. Die kleine, süße Miß Saubermann. Junge, Junge, hatte die ein Schwein gehabt, bei einem Mann wie Jordan Levitt zu landen.

»Ja, das ist sie«, sagte Jordanna langsam. »So ein Mist! Was soll ich jetzt tun? Soll ich es ihm sagen?«

»Wie ich deinen Vater kenne, würde ihm das gar nicht

gefallen«, antwortete Cheryl. »Das würde seinem männlichen Ego den Todesstoß versetzen.«

»Aber ich kann ihm das doch nicht *nicht* sagen.«

»Er wird es irgendwann so oder so herausfinden. Laß ihm einfach Zeit dazu. Du solltest nichts damit zu tun haben, das würde ihn nur noch mehr treffen.«

»Ich glaube, du hast recht«, überlegte Jordanna, sie fühlte sich zwischen dem Wunsch, Kims kleines Spiel aufzudecken und nicht diejenige zu sein, die ihren Vater verletzte, hin und her gerissen.

Warum eigentlich nicht?

Warum doch? Er hat nie etwas getan, um mich absichtlich zu verletzen. Pah, aber er hat dich verletzt. Tatsächlich hat er dich gerade vor die Tür gesetzt.

»Du wirst doch niemandem etwas davon erzählen?« fragte sie, da sie Cheryls großes Mundwerk kannte.

»Ich führe ein anständiges Geschäft«, sagte Cheryl von sich selbst überzeugt. »Meine Kunden können sich jederzeit auf Diskretion und die Wahrung ihrer Privatsphäre verlassen.«

»Er ist nicht dein Kunde«, betonte Jordanna.

»Könnte es aber noch werden«, antwortete Cheryl wissend. »Irgendwann wird Kim Geschichte sein.« Sie nahm einen Schluck Kaffee und fügte hinzu: »Ich habe ein paar wirklich schöne Mädchen, weißt du. Wenn du irgendwo mögliche Kunden triffst, schick sie vorbei. Ich zahle Provision.«

»Du bist unglaublich.«

»Danke für die Blumen.«

Es war noch früh am Morgen, als Mac Brooks zum Telefon griff und Bobby Rush anrief. Er hatte den gestrigen Abend damit verbracht, mit Sharleen zu streiten. Sie wollte nicht, daß er Bobby direkt anriefe, sie wollte lieber, daß er den Tanz der tausend Agenten tanzte. Aber Mac hatte keine Lust auf diesen ganzen Mist. In der Hälfte der Fälle versiebten sie die Geschäfte, und er wollte dieses eine unbedingt abschließen.

Brooks hatte das starke Gefühl, daß *Thriller Eyes* ein Renner würde, und er war sehr daran interessiert, dabei Regie zu führen. Die Agenten konnten sich *hinterher* mit der Sache beschäftigen, sobald er alles mündlich festgemacht hatte. Dann würde sich der Schaden in Grenzen halten.

Bobby war selbst am Telefon, ein gutes Zeichen, denn es gab nichts Schlimmeres, als sich jedesmal erst durch einen ganzen Hofstaat kämpfen zu müssen, wenn man den Star erreichen wollte.

»Hallo Bobby«, sagte er, »hier ist Mac Brooks. Erinnern Sie sich an unser Gespräch über ganz oben? Ich habe mich entschlossen, Sie dorthin zu begleiten. Also, alles was ich noch wissen muß: Wann fangen wir an?«

Kapitel 10

Michael hatte sich noch nie in seinem Leben so hilflos gefühlt, und dieses Gefühl war nicht gerade angenehm. Sein Instinkt sagte ihm, daß es Bella gut ginge, aber er hatte keine Spur von ihr, und das trieb ihn fast in den Wahnsinn. Als er Ritas Tante in New York endlich erreicht hatte, wußte sie von nichts und verfügte nur über die alte Adresse ihrer Nichte, der sie nie sehr nahe gestanden hatte.

»Was ist mit ihren Freundinnen?« fragte Michael und dachte dabei an die drei Brooklyn-Blondinen mit den hochtoupierten Haaren, losen Mundwerken und schlechten Manieren, deren Namen ihm entfallen waren.

Ritas Tante versprach, einen Versuch zu unternehmen, sie aufzuspüren. Nach zwei Tagen Schweigen wurde ihm klar, daß er schnell etwas unternehmen mußte, wenn er nicht verrückt werden wollte.

Er suchte nochmals Lily auf und brachte ihr Blumen mit in der Hoffnung, diese kleine Aufmerksamkeit möge ihrem Gedächtnis auf die Sprünge helfen.

Ohne Erfolg. Sie konnte sich an nichts Neues mehr erinnern.

Er ging hinunter in Ritas Wohnung und setzte sich eine Weile auf die Couch. Michael hatte bereits alles sorgfältig nach einem Hinweis durchsucht, irgend etwas, das ihm helfen könnte, sie zu finden. Er erinnerte sich, daß Rita während ihrer Ehe Dinge zu verstecken pflegte – Geld, ihre wenigen Schmuckstücke oder die Briefe von Verflossenen, von denen er nichts wissen sollte. Sie hatte die seltsamsten Verstecke ausgewählt, beispielsweise die Aufhängungen der Deckenlampen oder Staubsaugerbeutel. Er hatte diese Wohnung bereits penibel durchsucht, aber er beschloß, noch einmal alles durchzugehen.

Michael fing in der Küche an, arbeitete sich dann durch das enge, kleine Bad und nahm sich methodisch alles vor, inklusive einer Plastiktüte voller Schmutzwäsche.

Rita bevorzugte Spitzenwäsche, und es gab Massen davon, BHs, G-Strings, altmodische Strümpfe und Strumpfhosen in allen Farben.

Ah, Erinnerungen ... Das erste Mal, als er mit ihr ausging, hätte er merken müssen, daß sie nur Ärger machen würde, aber irgendwie hatte ihm sein Schwanz im Wege gestanden und ihn daran gehindert, rational zu denken, und so war es dann soweit gekommen.

Michael Scorsini hatte Rita Polone an einem kalten Dezembermorgen drei Wochen vor Weihnachten geheiratet. Sie hatte ein weißes Satinkleid getragen, das mit falschen Diamanten bestickt und vorne zu kurz gewesen war.

Er hatte einen dunklen Anzug und ein dämliches Lächeln getragen.

Rita war im vierten Monat schwanger.

Er war betrunken.

Da sie keine Familie hatte, war seine verstärkt aufgetaucht. Sein Bruder Sal, der stolz grinste, als er versuchte, mehr als einen Blick ins verlockende Dekolleté der Braut zu erhaschen. Seine Mutter Virginia, eine dürre, nervöse Frau, die ständig rauchte. Sein Stiefvater Eddie, fett, alt und von Arthritis geplagt. Dazu einige entfernte Verwandte und Bekannte.

Michael erinnerte sich nur zu gut, wie er und seine Braut

in der gemieteten Limousine, auf der Fahrt zum Flitterwochenhotel, Petting betrieben hatten. Er und Rita waren so scharf aufeinander gewesen, daß sie es nicht hatten abwarten können.

Als sein Schwanz sich schließlich beruhigt hatte, entschied er, es sei Zeit aufzuräumen. Rita übte nicht mehr die gleiche Faszination auf ihn aus wie vorher.

Jetzt war Rita mit seinem Kind verschwunden, und er hatte das Gefühl zu ertrinken. Keine Hinweise, kein Ort, an dem er sie suchen könnte. Und die Polizei stand mit leeren Händen da.

Er zündete sich eine Zigarette an, blies Rauchringe gegen die Decke und konzentrierte sich.

Rita liebte es, tanzen zu gehen. Samstag abends machte sie sich schick. Sie bestellten einen Babysitter und gingen in die Stadt. In seiner Alkohol-Zeit hatte er eine gute Figur auf dem Tanzboden abgegeben. Seitdem er dann mit dem Trinken aufgehört hatte, funktionierte es irgendwie nicht mehr.

»Wenn du nicht mit mir gehst, gehe ich eben mit den Mädels aus«, drohte sie ihm in der Hoffnung, ihn dadurch zu provozieren.

Aber er war vollkommen zufrieden damit, zu Hause vor dem Fernseher zu sitzen und sich ein Spiel anzusehen, während Bella friedlich nebenan schlief.

Ob Rita immer noch Samstag abends tanzen ging?

Wenn sie noch lebte, würde sie auch noch tanzen.

Der Gedanke an die Ungerechtigkeit der Situation trieb ihm einen Schauder über den Rücken. Er hatte eine Tochter, und er mußte sie finden.

Michael drückte seine Zigarette aus, ließ seinen Blick ein letztes Mal umherschweifen und fuhr zu den Robbins zurück.

Kennedy erschien exakt pünktlich. Sie war sehr stolz darauf, daß man sich in dieser Beziehung immer auf sie verlassen konnte.

Bobby Rush verspätete sich. Seine Pressesprecherin, Elspeth, ein kantiger Rotschopf in den Vierzigern mit viel zu vielen Sommersprossen und einer schlecht operierten Nase, hielt eine Entschuldigung für überflüssig.

Kennedy saß im vorderen Büro und kochte innerlich, als schließlich eine Stunde vergangen war. Um elf Uhr fragte sie die Pressetante: »Sind Sie sicher, daß er noch kommt?«

»Ich kann nicht mehr tun, als ihm Bescheid zu sagen«, antwortete Elspeth in einem nicht gerade freundlichem Tonfall. Sie hatte den größten Teil der Stunde mit einem leisen, ärgerlichen Telefongespräch mit ihrem Freund oder Ehemann verbracht.

»Doch, das können Sie«, entgegnete Kennedy. »Ich schlage vor, Sie finden heraus, wo er ist, und fragen ihn, wo er bleibt.«

Elspeth seufzte geschlagen und führte einige Telefonate. »Offensichtlich hat seine Assistentin angenommen, das Interview fände am Montag statt. Er hält sich zur Zeit in Palm Springs auf.«

»Na großartig«, stöhnte Kennedy und wartete auf eine Entschuldigung.

Die Frau sagte kein Wort, nahm ihr nachgemachtes Chanelportemonnaie und eilte zur Tür.

Kennedy stand rasch auf und folgte ihr. »Das war es dann? Kein Bobby Rush heute?«

»Das habe ich Ihnen doch gesagt«, antwortete Elspeth, offensichtlich irritiert, daß sie sich wiederholen mußte. »Er ist in Palm Springs. Am Montag um zehn wird er hier sein.«

Ihr Chanel-Imitat krampfhaft festhaltend verließ sie den Raum, ohne eine Entgegnung abzuwarten. Unvorstellbar unhöflich, dachte Kennedy. Es gab nichts Schlimmeres als Pressesprecherinnen, die sich für ebenso bedeutend hielten wie der Star, für den sie arbeiteten. Bobby Rush mußte ungeheuer dumm sein, eine solche Frau zu beschäftigen.

Ein Tag ohne irgendwelche Pläne lag vor ihr, und das verdroß sie ungeheuer, da sie sich selbst dafür rühmte, jederzeit alles organisatorisch im Griff zu haben. Phil pflegte sie die Königin der Listen zu nennen, weil sie immer alles fein säuberlich aufgeschrieben hatte. Er hatte sie vielleicht wegen ihres Ordnungsfimmels ausgelacht, aber der hatte ihnen bei ihren Reisen um die Welt über Jahre hinweg allerlei vereinfacht. Sie verdienten sich Respekt und Bewunderung in Journalistenkreisen *und* hatten trotzdem eine wundervolle Zeit. Jetzt führte sie Interviews mit vertrottelten Schauspielern, die es noch nicht einmal für nötig hielten, zu einem Termin zu erscheinen.

Verdammter Mason. Er hielt ihr einen Köder vor die Nase, und sie schnappte sofort danach. Was zum Teufel war aus ihrer journalistischen Integrität geworden?

Wütend über sich selbst verließ sie das Büro und war entschlossen, Mason anzurufen und zu versuchen, den Bobby-Rush-Titel zu kippen.

Kennedy marschierte den Korridor hinunter, drückte den Aufzugknopf und wartete ungeduldig. Irgend jemand mußte ihn im Erdgeschoß festhalten, denn nichts geschah. Nach kurzer Zeit klopfte sie gegen die Türen und schickte so eine ungeduldige Botschaft aus dem zweiten Stock. Natürlich hätte sie auch die Treppe nehmen können. Aber warum sollte sie? Bei ihrem Glück würde sie bestimmt ausrutschen und sich das Genick brechen.

Gerade als sie nochmals gegen die Tür hämmern wollte, kam der Aufzug, die Türen öffneten sich, und ein Mann in Shorts, abgeschnittenem T-Shirt und Baseball-Kappe trat heraus. »Tut mir leid«, sagte er freundlich. »Habe ich Sie aufgehalten?«

»Ja«, antwortete sie und ließ ihre schlechte Laune heraushängen.

»Sie wissen, wie das ist«, erklärte er mit einem entwaffnenden Lächeln. »Irgend so ein Typ hat mich unten abgefangen und ich konnte weder die Türen schließen noch den Aufzug verlassen.«

»Sie hätten ihn stehenlassen sollen«, erwiderte sie frostig.

Noch während sie sprach, schlossen sich die Türen wieder und der Aufzug verschwand.

»Verdammt!« rief sie.

»Tut mir leid«, wiederholte er entschuldigend. »Kommen Sie jetzt zu spät?«

»Scheint heute nicht mein Tag zu sein«, entgegnete sie

und schüttelte bedauernd den Kopf. »Ich hatte eine Verabredung mit Bobby Rush, und er ist nicht aufgekreuzt.«

»Sind Sie wegen des Gesprächs gekommen?«

»Ja, genau.«

»Dann kommen Sie mit, wir können das jetzt machen.«

»Mr. *Rush* weilt in Palm Springs«, sagte sie sarkastisch. »Mr. *Rush* ist zu beschäftigt, heute ein Gespräch zu führen.«

»Hey«, bemerkte er grinsend, »Mr. Rush steht vor Ihnen und braucht dringend eine Assistentin. Also, gehn wir.«

Ihre Augen wurden groß. »Sie sind Bobby Rush?«

Er grinste breiter. »Ich bekenne mich schuldig.«

»Ich habe Sie nicht erkannt«, sagte sie überflüssigerweise.

Bald stellte sich heraus, daß er keine Ahnung hatte, wer sie war noch was der eigentliche Grund ihrer Anwesenheit war. Bobby Rush machte sich auf den Weg zu seinem Büro. Er drehte sich um und winkte sie heran. »Kommen Sie«, sagte er mit einem aufmunternden Zwinkern, »Sie können einen Kaffee machen, während ich dusche.«

Klasse, die kleine Frau kocht Kaffee, während der große Mann eine Dusche nimmt. Was für ein Chauvi! Ob er sie auch noch anmachen wollte? Sexuelle Belästigung wäre wirklich die Krönung gewesen.

Ihr Adrenalinspiegel stieg. Diese Story hatte ihre ganz eigenen Reize.

»Ich habe allen einen Tag freigegeben«, erklärte er, als sie ihm ins Büro folgte. »Montag fangen wir mit der Vorproduktion meines Films an, und da gibt es keinen freien Tag mehr, bis wir fertig sind.«

»Was für ein Film soll es denn werden?« fragte sie.

»Thriller Eyes«, antwortete er, »wenn Sie den Job kriegen, können Sie das Drehbuch lesen.«

Ich Glückliche, dachte sie, während sie das vordere Büro durchquerten und sein privates betraten.

Er deutete auf eine kleine Bar und sagte: »Kaffee ist im Kühlschrank, die Kaffeemaschine steht da drüben. Ich nehme ihn schwarz, kein Zucker.« Als er eine Seitentür öffnete, konnte sie einen kurzen Blick in sein Badezimmer werfen. Hmm ... was könnte besser sein, als Bobby Rush auszufragen, während *er* glaubte, er frage *sie* aus.

Sie sah sich in seinem Büro um – es war hell und luftig und im minimalistischen Stil eingerichtet. An den Wänden hingen Filmplakate, auf dem Schreibtisch türmten sich Drehbücher und ansonsten gab es nichts von Interesse.

Sie öffnete den Kühlschrank, nahm ein Paket gemahlenen Kaffee und schüttete die richtige Menge in den Filter. Über das Geräusch der Dusche hörte sie ein Klopfen aus dem vorderen Büro. Kennedy ging hin und öffnete die Tür. Eine ernste junge Frau mit einer Brille, die ihr das Aussehen einer Eule verlieh, stand vor ihr. »Hi«, sagte das Mädchen, »ich bin Jenny Scott. Und ich bin wegen des Gesprächs mit Mr. Rush gekommen.«

»Oh, Jenny«, antwortete Kennedy und bekam ein schlechtes Gewissen. Aber eine Story war eine Story, und jetzt war sie nun einmal mitten drin. »Mr. Rush ist leider im Moment nicht greifbar. Können Sie am Montag um zehn wiederkommen?«

»Nun, ja ...« überlegte Jenny unsicher, »aber mir wurde gesagt, es sei dringend.«

»Nicht so dringend«, stellte Kennedy klar. »Kommen Sie am Montag wieder, und er wird glücklich sein, Sie zu empfangen.«

Die junge Frau verschwand und Kennedy kehrte zur Kaffeemaschine zurück. Sie füllte zwei Becher mit schwarzem Kaffee ohne Zucker und nahm vor seinem modernen Glas- und Chromschreibtisch Platz.

Bobby erschien einige Minuten später mit einer verwaschenen Jeans, einem UCLA-Sweatshirt und einem breiten Grinsen. Das aschblonde Haar war naß und drehte sich in kleine Locken. »Jetzt fühle ich mich besser«, konstatierte er. »Das einzige Problem ist, daß ich fast verhungere. Wie wär's, wenn wir in die Kantine gehen?«

»Sicher«, willigte sie ein und entschied, daß er im richtigen Leben viel besser aussah als auf der Leinwand. Er besaß diese durchdringenden blauen Augen und war von einer gewissen Aura der Energie umgeben. Ausgesprochen sexuell attraktiv.

Wen interessiert das? Bestimmt ihre Leser.

»Okay. Geh'n wir«, sagte sie und war schon durch die Tür.

Kennedy folgte ihm aus dem Gebäude und betrachtete ihn ausgiebig von hinten. Er hatte einen selbstbewußten Gang und einen knackigen Hintern. Hm … sehr hübsch …

Draußen setzte er eine Sonnenbrille auf. Sie tat es ihm nach.

»Also«, sagte er, während sie zur Kantine spazierten, »ich hatte jemand Junges erwartet. Das ist ein Job für einen Laufburschen, einer, der darauf gefaßt ist, eine Menge Lauferei für mich zu erledigen. Sie sehen so aus, als ob Sie diese Stufe der Karriere bereits hinter sich gelassen hätten.«

»Es ist eine Beschäftigung«, antwortete sie.

Er hob seine Sonnenbrille und durchbohrte sie mit seinem intensiven Blick. »Nur so zum Spaß, stimmt's?«

»Richtig«, gab sie zu und weigerte sich, seinem Filmstar-Charme zu erliegen.

»Ich bin sehr fordernd«, warnte er sie und beobachtete sie genau.

»Dessen bin ich mir sicher.«

»Was ich damit sagen will, ist, es könnte ein Spaß für Sie sein, aber ich erwarte, daß der, den ich einstelle, bereit ist, mir Tag und Nacht zur Verfügung zu stehen.«

»Tag *und* Nacht?« fragte sie spöttisch.

»Sie können zum Schlafen nach Hause gehen.«

»Wie beruhigend.«

»Was haben Sie zuletzt gemacht?« fragte er.

»Ich habe für ein New Yorker Magazin gearbeitet.«

»Hey«, lachte er, »Sie werden mir aber kein unvollendetes Drehbuch andrehen wollen, oder?«

»Nein, Mr. Rush. Da können Sie ganz beruhigt sein.«

»Nennen Sie mich Bobby.«

Sie betraten die Kantine. Rush winkte einigen Leuten zu, während sie zu seinem üblichen Tisch gingen. Sobald sie saßen, flog eine Kellnerin mittleren Alters auf ihn zu. »Hallo, Bobby. Speck und Eier heute, oder sind wir auf dem Obst-Trip?«

»Der Obst-Trip, Süße«, sagte er und tätschelte seinen Waschbrett-Bauch. »Ich muß diese Fettröllchen im Auge behalten.«

Die Kellnerin kicherte. »Keine Sorge, Bobby. Wenn du es nicht tust, wird es bestimmt jede einzelne Frau in Amerika für dich übernehmen.«

»Hey, wer will schon irgendeine andere, wenn du in der Nähe bist, Mavis?« scherzte er und gab ihr einen freundschaftlichen Klaps auf den Hintern.

Wieder kicherte die Kellnerin, die alt genug war, es besser zu wissen.

Er nahm die Speisekarte. »Was hätten Sie gerne?« fragte er Kennedy.

»Ein Orangensaft reicht völlig«, antwortete sie.

»Keine Muffins? Oder Speck? Ein Eis?«

»Sagen Sie, äh ... Bobby, laden Sie alle Leute, die Sie interviewen, zum Frühstück ein?«

Jetzt fing er tatsächlich an, mit ihr zu flirten. »Nur wenn sie so schön sind wie Sie.« Dabei fixierte er sie wieder mit seinen babyblauen Augen. »Wie sagten Sie noch, war Ihr Name?«

Auf halbem Weg nach Hause wurde Michael klar, daß er Ritas Schmutzwäsche doch nicht gründlich genug abgesucht hatte. Er hatte sie nur auf den Boden gekippt, durchwühlt und dann wieder in die Tüte zurückgestopft. Aber Rita war verschlagen, wie er wußte. Irgend etwas sagte ihm, er solle das Auto wenden und nochmals nachsehen.

An der nächsten Abfahrt verließ er die Autobahn und kehrte um. Als er dort wieder ankam, lehnte Lily im Fenster. »Ist Ihnen schon irgendwas eingefallen, Lily?« rief er hinauf.

»Ich denke noch nach, Mr. Polizist«, antwortete sie schüchtern und klapperte mit den Augenlidern.

»Vergessen Sie nicht. Wenn Ihnen nur das Geringste einfällt, haben Sie meine Nummer.«

Er betrat Ritas Wohnung, ging direkt zur Wäschetüte, kippte sie erneut aus und begann eine methodische Suche. Sie war wirklich verrückt nach Unterwäsche: Spitzen-BHs, knappe Bodys und eine Auswahl von anderen delikaten kleinen Dingern. Alle Erinnerungen kamen wieder hoch. Wenn der Sex gut gewesen war, war er sehr gut gewesen.

Als er eine schwarze Strumpfhose hochnahm, bemerkte er, daß etwas in den Fuß gesteckt war. Er sah sich das Teil näher an und entdeckte drei Polaroid-Fotos und ein Stück Papier, auf dem ein Name und eine Nummer vermerkt waren.

Zuerst sah er sich die Fotos an. Typische Rita-Bilder; sie hatte schon immer darauf gestanden, sich mit einer Kamera zu amüsieren. Auf dem ersten trug sie nichts außer einem Lächeln, schwarzen Strapsen und langen Netzstrümpfen. Das zweite Foto zeigte sie ohne Straps, aber mit demselben Lächeln. Und auf dem dritten war ein Mann mit einem schmierigen Lächeln und einer enormen Erektion zu sehen, die direkt in die Kamera zeigte.

Michael las schnell die Notiz auf dem Stück Papier. Er erkannte Ritas miserable Handschrift. Heron Jones, hatte sie notiert. Club Erotica.

Er steckte die Sachen ein, warf die Kleider in die Tüte zurück, ließ sie auf dem Badezimmerboden liegen und rannte aus der Wohnung.

Kapitel 11

Bobby Rush fühlte sich gut. Ein Frühstück mit einer schönen Frau hatte immer diese Wirkung auf ihn. Er genoß das Treffen mit Kennedy Chase. Obwohl sie nicht die Richtige für den Job war, ging etwas Besonderes von ihr aus.

Er begleitete sie von der Kantine zu ihrem Wagen. »*Sie* sind diejenige, die das Reden hätte übernehmen sollen, nicht ich«, sagte er mit einem bedauernden Lächeln.

»Tatsächlich?«

»Das ist das übliche Vorgehen. Ich sollte *Sie* interviewen, und am Ende haben Sie alle Fragen gestellt.«

»Ich weiß gerne vorher, worauf ich mich einlasse.«

»Das wissen Sie ja jetzt sicherlich. Ich habe das Gefühl, ich habe Ihnen meine ganze Lebensgeschichte erzählt.«

»Es war sehr interessant.«

»Nun, Kennedy, ich will ehrlich zu Ihnen sein. Ich denke, Sie sind für diesen Job überqualifiziert.«

»Sie haben nicht die geringste Ahnung, wo meine Qualifikationen liegen.«

»Nein, aber ich wette, sie sind erstklassig.«

Sie lachte. Ein tolles Lachen, sehr kehlig. »Das hört sich wie eine dieser Phrasen an, mit denen der Held Schluß macht und sagt: ›Du bist zu gut für mich, also muß ich mir jemand Neuen suchen‹.«

Er stimmte in ihr Lachen ein. »Ich muß zugeben, daß ich die auch schon das ein oder andere Mal benutzt habe.«

»Sie sind sich also für Phrasen nicht zu schade?«

»Ist das nicht jeder?«

»Ich nicht.«

»Das macht Sie zu etwas Besonderem.«

Bobby sah ihr nach, als sie davonfuhr. Eine tolle Frau. Er würde einen Tag verstreichen lassen, ihr Blumen schicken, sich vielleicht mit ihr verabreden und dann mit ihr ins Bett gehen.

Ha! Er fing schon an, wie sein Vater zu denken. Bloß das nicht! Mit ihr ins Bett gehen? Das war nicht mehr so einfach, wie es einmal gewesen war. Da draußen gab es AIDS, und wahlloser Sex gehörte der Vergangenheit an.

Er war sich nur allzu bewußt, daß er als großer Star fast jede haben konnte. Aber heutzutage bedeutete das nichts.

Bobby war überreizt. Heute war *der* Abend: Abendessen mit Jerry. Darla hatte darauf bestanden, daß die Versöhnung auf dem Familienanwesen stattfinden sollte. Seine beiden Brüder würden mit ihren Frauen ebenfalls anwesend sein. Na toll, und er hatte keine Begleitung. Vielleicht war das auch besser so. So hatte Jerry keine Gelegenheit, wen auch immer er bei sich hatte, anzumachen.

Seinen Vater nach all den Jahren wiederzusehen, erfüllte Bobby mit Besorgnis, obwohl er tief im Innern hoffte, Jerry könnte sich geändert haben. Vielleicht sagte er ihm sogar, er sei stolz auf ihn und das, was er erreicht hatte. Wäre das nicht toll, so etwas von seinem alten Herrn zu hören?

Träum weiter. Jerry ist ein selbstsüchtiges Arschloch, er war schon immer ein selbstsüchtiges Arschloch. Warum sollte er sich ändern?

»Gehn wir zu Cheryls Party?« fragte Shep, während er in seiner kleinen, blitzsauberen Küche herumwirbelte.

»Warum?« antwortete Jordanna, die auf der Anrichte saß, die L. A. Weekly durchblätterte und dabei herzhaft in einen Apfel biß.

»Es könnte amüsant werden.«

Sie legte die Zeitschrift beiseite. »Amüsant, sich unter eine Menge Nutten zu mischen? Das kann ich mir nicht vorstellen.«

»Komm schon, Jordy. Du warst doch sonst immer so abenteuerlustig.«

»Du kannst ja gehen, wenn du willst. Aber der Gedanke, auf eine Party zu gehen, auf der Cheryl ihre neue Karriere als Hollywood-Madame voranbringt, entspricht heute abend nicht ganz meiner Vorstellung von Vergnügen.«

»Okay, okay«, lenkte Shep ein, »dann treffen wir uns eben später im Homebase.«

»Jetzt hast du's begriffen«, antwortete Jordanna. Sie hatte einen rastlosen Tag damit verbracht, über Cheryls Enthüllungen nachzugrübeln. Sie war sich immer noch nicht im klaren darüber, ob sie Jordan alles sagen sollte. Müßte er nicht darüber informiert werden, wenn Kim eine Professionelle gewesen war?

Vielleicht sage ich es ihm.

Vielleicht auch nicht. Willst du wirklich, daß er noch saurer auf dich wird?

Mir doch egal.

Oh ja, ganz bestimmt.

Sie rief einen Freund, einen Schauspieler, an, mit dem

man immer eine lustige Zeit hatte, und der stets über einen großen Vorrat an Pot verfügte. »Hast du Lust, heute um die Häuser zu ziehen?« fragte sie hoffnungsvoll.

»Ich habe eine neue Freundin«, antwortete er.

»Bring sie doch mit, mir ist das gleich.«

»Klar, dir ist das gleich, aber *ihr* vielleicht nicht.«

»Jetzt erzähl mir nicht, daß du dich in so ein eifersüchtiges kleines Ding verknallt hast?«

Er klang nervös. Klarer Fall von totaler Abhängigkeit. »So könnte man es formulieren.«

Jordanna hängte ein. Männer. Sie waren wirklich nicht als beste Freunde geeignet. Aber, mein Gott, sie brauchte keinen Mann, der sie ausführte. Sie war durchaus in der Lage, alleine loszuziehen. Tatsächlich war sie so doch ihr eigener Herr und brauchte auf niemanden Rücksicht zu nehmen.

Nachdem Shep gegangen war, sah sie sich einige Spielfilme im Fernsehen an, bestellte sich bei Jacopos eine große Pepperoni-Pizza und zog sich kurz vor elf ihre älteste Jeans, Motorrad-Stiefel, ein übergroßes Herrenhemd und eine Harley-Jacke an.

Jordanna war bereit, die Gegend unsicher zu machen.

Vor dem Haus an der Bedford zu stehen, brachte ihm jede schlechte Erinnerung zurück. Bobby fühlte sich wieder wie ein Kind, ein dummes kleines Kind, dessen Vater es immerzu niedermachte und ihm sagte, wie hoffnungslos es mit ihm sei.

Bobby mußte den Kopf frei bekommen. Sich daran erinnern, daß er kein Kind mehr war. Er war ein erfolgreicher Geschäftsmann, Produzent, Filmstar.

Scheiß auf Jerry Rush. Er fürchtete ihn nicht mehr. Bobby würde dieses Haus wie ein Mann betreten und mit Respekt behandelt werden.

Der schwarze Barkeeper, der seit dreiundzwanzig Jahren für die Rushs arbeitete, öffnete die Türe. »Mr. Bobby!« rief er mit einem warmen Lächeln aus. »Schön, Sie nach so langer Zeit wiederzusehen.«

Bobby nickte. »Danke, Jimmy.«

Er betrat das Haus wie ein Fremder. Darla hatte die Einrichtung geändert. Hollywood-Ehefrauen hatten nichts anderes zu tun, als umzuräumen und für die Wohltätigkeit zu arbeiten, und Darla bildete darin keine Ausnahme. Er durchquerte den Flur vorbei am Familien-Picasso links an der Wand und einer Vitrine mit afrikanischer Volkskunst auf der rechten Seite. Lässig ging er ins Wohnzimmer und versuchte, einen lockeren Eindruck zu machen.

Jerry saß in seinem Lieblingssessel und beschäftigte sich mit einem Scotch on the rocks. Sobald er Bobby bemerkte, stellte er seinen Drink beiseite, erhob sich und breitete die Arme aus. »Willkommen zu Hause, Sohn«, rief er theatralisch aus, als spiele er vor einem aufmerksamen Publikum.

»Hallo, Dad«, sagte Bobby zögernd.

Im Wohnzimmer hatten sich Darla in einem hautengen, schockpinkfarbenen Valentino-Anzug und geschmackvollen Diamanten, Stiefbruder Len, ein Mann mit rosiger Gesichtsfarbe und einer unangenehmen Ehefrau namens Trixie, und Stiefbruder Stan mit seiner Frau Lana, einem früheren Playboy-Bunny, die seit ihrer Glanzzeit fünfundzwanzig Pfund zugelegt hatte, versammelt. Soweit Bobby gehört hatte, pflegte Stan immer noch eine große Leidenschaft für Kokain, und seine Frau warf ständig diverse Tabletten ein.

»Hallo, ihr alle«, sagte Bobby und hoffte inständig, er möge nicht so unehrlich klingen, wie er sich fühlte. »Schön, euch zu sehen.«

»Bobby!« Darla kam auf ihn zu und begrüßte ihn freundlich. »Ich bin *so* froh, daß du hier bist. Wir freuen uns alle.«

Trixie schoß auf ihn zu. Sie hatte ein verkniffenes Gesicht, kleine Knopfaugen und eine Stupsnase mit viel zu vielen Sommersprossen. »Hast du Lust, auf meinem Damen-Lunch zu sprechen, Bobby?« fragte sie. Sie war noch nie eine Freundin von langen Vorreden gewesen. »Wir treffen uns einmal im Monat, um über die große und kleine Politik zu reden, sind eine sehr kultivierte Gruppe und wären begeistert, wenn du dich uns anschließen würdest. Wirst du das für mich tun?«

»Mein Terminkalender ist voll, Trixie.«

Sie schürzte die Lippen. »Du bist wohl jetzt zu bedeutend für Familienangelegenheiten, was?« fragte sie verdrießlich.

Es fing schon an. »Nein, Trixie, einfach zu beschäftigt.«

Bobby entfernte sich von seiner lästigen Schwägerin. Len kam zu ihm herüber und legte ihm eine Hand auf die Schulter. »Du hast es weit gebracht, kleiner Bruder.«

»Ja, es scheint alles bestens.«

»Vielleicht könnten wir mal über mich reden. Hast du was für mich?«

Oh Gott! Kaum hatte er das Haus betreten, ging man ihn schon um Gefälligkeiten an.

»Also, Bobby«, dröhnte Jerry laut, »wann produzierst du denn einen Film mit deinem alten Herrn in der Hauptrolle, hä? Hä? Wäre wohl an der Zeit.«

Dieser Abend entpuppte sich als doppelt so schlimm, wie er erwartet hatte.

Als Jordanna im Homebase Central eintraf, war sie in Hochstimmung. Sie hatte in einigen Clubs haltgemacht, ein paar Freunde getroffen, ein wenig getanzt, ein wenig geklatscht und ein wenig Gras geraucht.

Ich dachte, deine Drogenzeit wäre vorbei?

Das ist sie. War nur ein kleines Freizeitvergnügen.

Quatsch.

Arnie war sofort da und begrüßte sie mit einem feuchten Kuß auf beide Wangen. »Wie geht's, Levitt?«

Sie seufzte. »Wie du mich schon ansprichst, Arnie, nenn mich Jordanna. Das ist mein Name.«

Seine Miene verfinsterte sich. »Okay, okay. Werd nicht gleich sauer auf mich.«

»Wer sagt, daß ich sauer bin?«

»Ich kenne deine Launen.«

Nein, kennst du nicht. »Ist die Gang hier?« fragte sie ungeduldig.

»Nö, deine Freunde sind noch nicht eingetroffen.«

»Das werden sie noch.«

Er rückte näher an sie heran, dämpfte seine Stimme und flüsterte in ihr Ohr: »Ich habe gehört, daß Cheryl ins Geschäftsleben einsteigt. Sie hat mich gebeten, Mädchen für sie zu suchen.«

»Das sollte dir nicht allzu schwer fallen.«

»Ich verlange eine Beteiligung.«

»Natürlich, Arnie.«

»Darf ich dir einen ausgeben?«

»Nein danke.«

Sie entfernte sich schnell und schlenderte durch den Club. Dabei hielt sie nach bekannten Gesichtern Ausschau und war auf der Suche nach jemandem, mit dem sie Lust hatte, einige Zeit zu verbringen. Das Ergebnis war spärlich. Als sie an Charlie Dollars Tisch vorbeikam, winkte er ihr zu. »Hey, setz dich zu einem alten Mann.«

»Das ist eine unwiderstehliche Einladung«, sagte sie und ging zu ihm.

»Du hast es immer so eilig«, meinte er mit einem falschen Lächeln.

»Besser eilig, als zurückzublicken«, antwortete sie kühl.

Er rutschte ein wenig weiter auf der Lederbank und klopfte auffordernd auf den Platz neben sich. »Ich kenne deinen Vater«, verkündete er.

»Jeder kennt Jordan«, stellte sie fest und schlüpfte neben ihn, da sie nichts Besseres vorhatte.

»Deine Mutter habe ich auch gekannt.«

»Hmm, ein echter Freund der Familie.«

»Ich habe dich beobachtet«, sagte er und sein umnebelter Blick hielt sie immer noch fest.

»Warum?« fragte sie.

»Weil du anders bist.«

»Tatsächlich?«

»Tatsächlich.«

Jetzt saß sie auf einmal da und hatte einen heißen Flirt mit Charlie Dollar, einem Mann, der alt genug war, ihr Vater zu sein.

Mein Gott, was machst du da, Jordanna?
Etwas, das Daddy wirklich auf die Palme treiben wird.

Das Abendessen war ein Alptraum. Bobby wußte nicht, wie er es überstanden hatte. So ist das Leben. Er war seiner Familie entwachsen und mußte diese ganze Scheiße nicht mehr hinnehmen. Besonders Jerry nicht.

Darla hatte ihr Bestes gegeben, um alles in die richtigen Bahnen zu lenken, aber das war nicht genug gewesen. Jerry entschuldigte sich nicht für die Vergangenheit, er entschuldigte sich für gar nichts. Er saß nur am Ende des Tisches, soff Scotch und äußerte seine Meinung über das Geschäft, das den Bach runtergehe, weil den Leuten nichts Besseres einfiel, als junge Talente zu beschäftigen.

»Die Filme heutzutage«, verkündete er päpstlich, »keine Standpunkte, keine Tiefe. Alles, was du zu sehen kriegst, sind geistig unterbelichtete Nutten, die ihre Titten in die Kamera schwenken, und einen Haufen schwachköpfiger Muskelprotze, die noch nicht einmal alleine den Weg aus dem Sandkasten finden würden.«

Toll, danke, Dad, wollte Bobby sagen. Aber dann wurde ihm klar, daß es keine Rolle spielte. Er brauchte die Zustimmung seines Vaters nicht mehr.

»Ich rede natürlich nicht über *deinen* Film«, fuhr Jerry fort und rülpste laut. »Nicht, daß ich ihn gesehen hätte, aber ich habe gehört, er sei wirklich gut.«

Leck mich, Dad. Wie kommt es, daß du ihn nicht gesehen hast? Wie kommt es, daß ihn sonst jeder in Amerika gesehen hat?

»Hab' gedacht, daß du ihn mir mal vorführst«, redete Jerry weiter. »Ich werd' mal im Studio vorbeischauen. Hab' gehört, daß du dein Büro dort hast.«

Klar. Sicher. Ich lade dich ein, meinen Film bei mir anzusehen. Keine verdammte Chance.

»Ich besorge dir eine Kopie«, sagte er. »Du kannst sie dir ja in deinem Vorführraum ansehen.«

»Wir benutzen den Vorführraum nicht mehr«, bemerkte Jerry. »Kostet zu viel.«

Oha. Der große Jerry Rush schützt jetzt also Armut vor?

»Mach dich nicht lächerlich«, unterbrach Darla aufgeregt. »Ich rufe den Vorführer an.«

Jerry warf ihr einen giftigen Blick zu. »Ich bezahle keinen beschissenen Vorführer dafür, in mein beschissenes Haus zu kommen und mir ein beschissenes Vermögen dafür abzuknöpfen, nur um einen Film anzusehen, den ich genauso gut im Vorführraum meines Sohnes im Studio ansehen kann.«

»Wir haben einen eigenen Vorführraum, und es ist dumm, ihn nicht zu benutzen«, sagte Darla mit verkniffenem Mund.

»Dir fehlen unsere Vorführungen, nicht wahr?« schnarrte Jerry. »Dir fehlen alle diese Nassauer, die sich deine Freunde nennen.«

»Jerry, bitte!«

Er war nicht zu bremsen. »Wie viele Leute hatten wir früher über's Wochenende? Wir haben sie gefüttert und ihnen einen Film gezeigt, während sie meinen ganzen Schnaps weggesoffen und hinter meinem Rücken schlecht über mich geredet haben. Und dann waren sie mit einem Mal verschwunden, als meine beschissene Karriere zu Ende war.«

»Das ist nicht wahr«, rief Darla mit gerötetem Gesicht. »Deine Karriere ist in Ordnung.«

Jerry lachte hohl. »Ist es nicht schön, eine loyale Ehefrau zu haben?«

»Bitte, Jerry. Fang nicht wieder an.«

»Wach auf, Darla. Wir bekommen keine Einladungen mehr.«

»Ich kann dir einen ganzen Stapel Einladungen zeigen«, verteidigte Darla sich.

»Für Wohltätigkeitsveranstaltungen, die wir bezahlen müssen. Verdammt toller Handel.« Er nahm seinen Drink, tat einen Schluck und murmelte: »Ich brauche ihre lausigen Einladungen nicht. Sie sollen mir vom Hals bleiben. Wer gibt schon was darauf, außer dir.«

Später nahm Darla Bobby beiseite. »Dein Vater wird alt«, erklärte sie. »Er mag nicht mehr ausgehen. Seine Hüfte macht ihm zu schaffen. Ich weiß, daß er dir nichts davon gesagt hat, aber möglicherweise muß er sich einer Hüftoperation unterziehen, wenn es schlimmer wird. Erwähne nicht, daß ich es dir gesagt habe.«

Wollte sie etwa sein Mitleid für den alten Mann wecken?

»Wir *sind* ein bißchen knapp mit Bargeld, das muß ich zugeben«, fügte Darla hinzu. »Aber wir haben ansehnliche Rücklagen in Form von Aktien und Investitionen.«

Was hatte sie jetzt vor? Ihn anpumpen?

»Wenn es nach mir ginge, würden wir das Haus verkaufen und in ein Apartment auf den Wilshire ziehen. Wir brauchen nicht mehr so viel Platz, jetzt, wo ihr Jungen alle aus dem Haus seid.«

Mach, was du willst, Darla, wollte er sagen. Es hat mit mir nichts zu tun. Ich habe mich weiterentwickelt und brauche mich nicht mehr mit ihm abzugeben.

Bevor er in der Lage war, sich einen sauberen Abgang zu verschaffen, nagelten Stan und Len ihn fest, um Stimmung für einen Job für sich zu machen.

Er versuchte, nett zu sein. »Es würde nicht zusammenpassen. Ihr wißt, Familie, die gemeinsam an einem Projekt arbeitet – keine gute Idee.«

Sie wurden ausfallend. »Für dich ist das in Ordnung. Du hast jetzt eine Menge Geld. Großer Treffer, nicht? Aber uns willst du nicht helfen.«

Sie hatten ein kurzes Gedächtnis. Als sie zusammen aufgewachsen waren, hatten sie ihn wie einen Prügelknaben behandelt und ihm nicht einmal ihre Liebe oder Unterstützung gegeben. Er konnte sich an viele Gelegenheiten erinnern, bei denen sie sich von ihm abgewandt hatten, statt ihm zu helfen.

Steckt euch die ganze Geschichte sonstwohin.

Nachdem er sich bei Darla für die Einladung bedankt hatte, machte er, daß er schnell fortkam, sprang in sein Auto und startete mit aufheulendem Motor in die Nacht.

Er brauchte einen Drink. Sein Partner Gary hatte vorgeschlagen, sich mit ihm im Homebase Central zu treffen. Bobby bog in die entsprechende Richtung ab.

»Warum kommst du nie zu einer meiner Partys?« fragte Charlie Dollar und beobachtete sie scharf. »Ich weiß, daß Arnie dir angeboten hat, dich mitzunehmen.«

»Das ist genau der Grund«, antwortete Jordanna und trank an ihrem Jack Daniel's, den sie ihm zur Gesellschaft bestellt hatte, obwohl sie den Geschmack eigentlich nicht mochte.

Charlie lachte leise. »Du magst Arnie nicht, was?«

»Würdest *du* ihn mögen, wenn er *dich* anmachen würde?«

»Kindchen, du siehst klasse aus«, bemerkte Charlie und sah sie immer noch fest aus halbgeschlossenen Augen an.

»Danke.«

»Du hast große Ähnlichkeit mit deiner Mutter, hast aber die Kraft deines Vaters. Tödliche Kombination, Kindchen. Außerdem bist du schön – was für 'ne Mischung.«

»Ist das ein Angebot für einen Job oder ein wie wär's?«

Er lachte wieder. »Was meinst du denn?«

»Hmm … vielleicht ein wie wär's?«

»Bist du Schauspielerin?«

Sie blickte sich ruhelos im Club um und fragte sich, wo Shep blieb. »Ich wollte eine werden, aber mein Vater hielt das für keine gute Idee.«

»Jordan hat recht. Du solltest keine Schauspielerin sein, es ist ein beschissener Job.«

»Du bist Schauspieler«, stellte sie fest, »und du hast es weit gebracht.«

Er fuhr sich mit der Zunge über die Zähne und sah sie nachdenklich an. »Wie schon gesagt, ein beschissener Job. Ich bin glücklicherweise in der Lage, mir auszusuchen, was ich mache, aber die meisten Schauspieler und Schauspielerinnen fressen Scheiße, müssen sich mit irgendwelchen Arschlöchern von Verwaltungshengsten herumschlagen, gar nicht zu reden von den Horden von Blödmännern, Schweinen und gottverfluchten Nichtskönnern, die sich selbst Agenten und Manager nennen. Es gab Zeiten, da mußte sogar ich in irgendeinen Arsch kriechen.«

»Das kann ich mir bei dir wirklich nicht vorstellen, Charlie«, murmelte sie sarkastisch.

Verschmitzt grinsend erklärte er: »Ich tue es, wenn ich muß.«

»Und wie oft mußt du?«

Er lehnte sich in der Bank zurück, und sein Grinsen wurde breiter. »Nicht sehr oft, Kindchen, nicht sehr oft.«

»Darauf möchte ich wetten.«

Langsam sagte er: »Ich höre also, daß du ein wildes Ding bist.«

»Wer hat das gesagt?«

»Man hört es so allgemein, Kindchen.«

»*Dein* Image ist auch nicht unbedingt das von einem Mister Saubermann.«

»Ich bin ein alter Kerl. Ich kann machen, was mir gefällt und komme damit durch.«

»Wie angenehm.«

Er bedachte sie wieder mit diesem Blick, diesem unbeteiligten Blick aus halbgeschlossenen Augen.

»Willst du heute abend mit mir nach Hause kommen, Jordanna?« fragte er schleppend.

»Gibst du eine Party?«

»Ja, für zwei.«

Sie brauchte nicht zu überlegen, denn sie wußte, was sie tun würde. »Zwei, was?« sagte sie kühl.

»Das habe ich bereits gesagt.«

»Ich glaube, das kann ich möglich machen.«

»Da bin ich mir sicher.«

Gerade als er dachte, er hätte sich völlig verirrt, entdeckte Bobby das diskrete Schild des Homebase Central. Er fuhr den Wagen zum Jungen vom Parkdienst und stieg aus. »Ich dachte, ich würde das Ding nie finden«, murrte er.

»Einige Leute haben Probleme damit«, antwortete der Junge und gab ihm den Parkschein. »Sie sind zum erstenmal hier?«

Bobby nickte.

»Ich hoffe, Sie haben gute Beziehungen«, sagte der Junge, der ihn offensichtlich nicht erkannte. »Die sind ganz schön streng, wen sie hereinlassen und wen nicht.«

»Ich habe so ein Gefühl, daß ich es schaffen werde«, antwortete Bobby trocken.

Der Türsteher erkannte ihn, und als er durch die Eingangstüre ging, war Arnie Isaac bereits informiert und stand rechtzeitig bereit, ihn zu begrüßen.

»Bobby!« rief er aus, als ob sie alte Freunde wären.

»Kenne ich Sie?«

»Arnie, Arnie Isaac.«

»Ach ja – richtig«, sagte Bobby, dem der Name vage bekannt vorkam, wenn auch nicht das Gesicht.

»Willkommen im Homebase«, verkündete Arnie, ganz jovialer Gastgeber. »Vielleicht möchten Sie an meinen Tisch kommen?«

»Äh ...«, Bobby sah sich um. Der Raum war überfüllt, die Musik dröhnte, und er konnte Gary nirgendwo ausmachen. »Ich bin hier mit Gary Mann verabredet.«

Arnie runzelte die Stirn. »Gary Mann, Gary Mann ... ich bin mir nicht sicher, ob ich ihn kenne. Wissen Sie was, ich bringe Sie zu einer Nische, und Sie machen es sich dort mit einem Drink bequem.« Er trat nahe an ihn heran und dämpfte seine Stimme zu einem verschwörerischen Flüstern: »Und mit allem anderen, nach dem Ihnen der Sinn steht.« Ein kleines Zwinkern. »Sie wissen, was ich meine?«

»Hey, ich bin cool«, antwortete Bobby, wohl wissend, was er meinte. »Finden Sie Gary für mich, mehr ist nicht nötig.«

Arnie liebte es, Stars in seinem Etablissement zu beherbergen. »Sind Sie sicher, Bobby?«

»Ganz sicher.«

In diesem Moment kam Charlie mit Jordanna vorbei. Das bremste Arnie in seinen Bemühungen. »Wohin gehst du, Charlie?« fragte er mit einem verdrießlichen Greinen in der Stimme.

Charlie übersah ihn und wandte sich an Bobby: »Hey, Bobby, *dich* habe ich ja eine halbe Ewigkeit nicht mehr gesehen.«

»Sechs Jahre«, meinte Bobby. »Ich hatte sieben Zeilen und eine Nahaufnahme in deinem Film *Bread Street.*«

»Ich erinnere mich. Ich wußte, daß du deinen Weg machen würdest.«

Bobby lachte trocken. »Da wußtest du mehr als *ich.*«

Charlie klopfte ihm auf die Schulter. »Glückwunsch, hast du gut gemacht. Mir hat dein Film gefallen.«

»Von dir ist das ein großes Kompliment.«

»Ich verteile nur welche, wenn sie berechtigt sind. Ruf mich mal an, Bobby, dann gehen wir zusammen essen.«

»Das werde ich sicher tun.«

Charlie legte den Arm um Jordannas Taille und schob sie nach vorn. »Ihr kennt euch?«

Bobby betrachtete das Mädchen mit dem langen, schwarzen Haar und dem wilden Blick. Sie war auf eine ausgefallene Art schön. »Nein, ich glaube nicht.«

»Ich wette, du kennst ihren Vater«, sagte Charlie mit einem hinterhältigen Zwinkern, »Jordan Levitt.«

»Klar kenne ich Jordan«, beteuerte Bobby schnell.

»Und ich kenne Jerry Rush«, warf Jordanna ein, verärgert, daß Charlie sie so anpries.

Bobby spürte ihren Ärger und versuchte, die Dinge geradezurücken: »Moment mal ...«, begann er.

»Wie gefällt *Ihnen* das?« unterbrach sie. »Bobby Rush, Jerrys Sohn. Klingelt da was?«

»Ich wollte Sie nicht in Verlegenheit bringen.«

Charlie gluckste. »Was haben wir denn hier? Einen ›Wer hat den berühmtesten Vater‹-Wettbewerb? Wen kümmert das schon?«

»Komm wieder runter, Schätzchen«, versuchte Charlie sie zu besänftigen. Er faßte sie fester um die Taille. »Schön dich zu sehen, Bobby. Vergiß nicht anzurufen. Komm, Kindchen, laß uns gehen.«

Arnie konnte es nicht fassen, daß Charlie die Liebe seines Lebens abschleppte. »Gibt's heute eine Party, Charlie?« fragte er hoffnungsvoll.

»Keine, zu der ich *dich* einladen würde, Arnie.«

»Soll ich später nachkommen?«

»Nö.«

»Das glaube ich einfach nicht«, murmelte Arnie, als sie gegangen waren.

»Was?« fragte Bobby.

»Charlie und Jordanna.«

»Sie scheint mir ein wenig jung für ihn zu sein.«

»Keine ist zu jung für Charlie«, stellte Arnie verbittert fest. Sein Mund verzog sich, als hätte er in eine Zitrone gebissen.

»Sie sieht toll aus«, bemerkte Bobby.

»Tolles Aussehen und völlig bekloppt«, antwortete Arnie säuerlich. »Das letzte, was sie braucht, ist Charlie.«

»Bobby!« Gary tauchte auf, ein hübsches Mädchen im Schlepptau. »Ich hab' schon gedacht, du schaffst es nie. Wie war das Dinner?«

»Eine Tortur«, antwortete Bobby und entfernte sich von Arnie. »Eine einzige Tortur.«

Charlie lebte oben am Miller Drive in einem riesigen Haus auf einem weitläufigen Grundstück mit einem großen Swimming-Pool und einem professionellen Tennisplatz. Jordanna hatte darauf bestanden, in ihrem eigenen Wagen zu fahren. Sie wollte immer die Möglichkeit für einen sauberen Abgang haben, sonst fühlte sie sich wie in einer Falle ohne Fluchtweg. Die junge Frau folgte seinem Rolls die gewundene Auffahrt hinauf.

»Das paßt aber nicht zu deinem Image«, stellte sie fest, als sie aus ihren Autos gestiegen waren und nebeneinander in seinem Hof standen.

»Und das wäre?« fragte er amüsiert.

»Du weißt schon, so eine Art wilder Mann von Hollywood. Ich habe wirklich nicht erwartet, dich hinter dem Steuer eines Rolls zu sehen.«

»Bequemlichkeit ist alles, Kindchen. Wenn du älter wirst, wirst du das auch feststellen.«

Als sie das Haus betraten, sausten zwei große Hunde zu seiner Begrüßung herbei, ein dunkelbrauner Labrador und ein schwarzer Dobermann. »Angst?« fragte Charlie, als ob er es heimlich hoffte.

»Ich?« antwortete Jordanna verächtlich. »Ich fürchte mich vor gar nichts!« Sie bückte sich, um die Hunde zu streicheln und kraulte ihren Nacken, so wie Hunde es gern haben.

»Weißt du was? Du gefällst mir immer besser«, sagte Charlie und führte sie ins Wohnzimmer, das mit bequemen großen Ledersofas und farbenfrohen Bildern an den Wänden ausgestattet war. Er ging direkt zur Bar und goß beiden einen guten Schuß Jack Daniel's mit Eis ein. »Was hältst du von einem Joint?«

»Genau das habe ich mir gerade gewünscht«, antwortete sie. Sie entdeckte seine zwei Oscars, die wie zufällig im Regal standen. »In den Sixties war ich ja noch nicht dabei, aber ich bin sehr froh, daß Pot ein Comeback erlebt.«

Er lachte. »Tja, Kindchen, ich *war's*, und soweit es mich betrifft, waren sie nie vorbei.« Charlie öffnete eine silberne Dose und entnahm ihr einen bereits fertigen Joint. Dann griff er ein Päckchen Streichhölzer, zündete ihn an, nahm einen tiefen Zug und gab ihn an sie weiter. »Das ist erstklassiger Stoff. Genieß ihn.«

»Das überrascht mich wirklich«, bemerkte sie sarkastisch, »ich habe angenommen, du hättest miesen Shit.«

»Hä! Wirklich komisch.«

Sie sog den Rauch langsam und tief ein. Shit war nicht so schlimm wie Koks, aber wenn er Koks angeboten hätte, hätte sie den wahrscheinlich auch genommen.

Was, zum Teufel, ist aus meinen guten Vorsätzen geworden?

Morgen, morgen.

»Willst du den Rest des Hauses sehen?« schlug er träge vor.

»Ich mag Ausflüge.«

Er streckte eine Hand aus und berührte zärtlich ihr langes schwarzes Haar. »Ich mag dich«, sagte er.

»Ich bin ja so geschmeichelt«, murmelte sie mit der festen Absicht, sich nicht wie ein unterbelichtetes Groupie zu benehmen.

Er nahm sie bei der Hand, und sie stiegen die geschwungene Treppe hinauf zu seinem Schlafzimmer. Der Raum war unordentlich und wurde von einem gigantischen, runden Bett, das mit Felldecken bedeckt war, dominiert.

»Sehr luxuriös«, sagte sie. Das unglaubliche Chaos sprach ihrer Bemerkung Hohn. Zeitungen waren über den Boden verstreut und Stapel von Zeitschriften lagen auf jedem freien Fleck. »Hast du Musik?«

»Du willst Musik?«

»Deshalb habe ich gefragt.«

Charlie öffnete einen Schrank, der eine teure Stereoanlage verbarg. Er drückte ein paar Knöpfe, und Mozart durchflutete den Raum.

»Ich steh' nicht auf Klassik«, sagte sie.

Er berührte wieder ihr Haar. »Worauf stehst du dann?«

»Madonna. Prince. Bobby Brown. John Coltrane.«

»Was für eine Mischung.«

»Wie wäre es mit Madonnas ›Bad Girl‹?«

»Erinnert es dich an dich?«

»Na klar.«

Er sah sie spöttisch an. »Du bist süß.«

»Süß hat mich noch niemand genannt.«

»Es gibt für alles ein erstes Mal.«

»Ja, Charlie, es gibt für alles ein erstes Mal«, sagte sie und streifte ihre Harley-Jacke ab.

»Wie alt bist du?«

»Jung genug, deine Tochter zu sein.«

»Zwanzig?«

»Vierundzwanzig.«

»Eine alte Schlampe, stimmt's?«

»Stimmt.«

Er hob das Haustelefon ab: »Hat irgend jemand im Haus etwas von Madonna, Prince oder Bobby Brown? Was Flottes?«

»Hast du einen Stab von unsichtbaren Pop-Musik-Fans, die die ganze Nacht aufbleiben?« wollte sie wissen und stellte sich vor, wie die Hilfskräfte wie von der Tarantel gestochen losrannten, um ihrem berühmten Chef zu Diensten zu sein.

Er lächelte schwach. »So was ähnliches.«

»Was ist mit Coltrane?«

Er deutete auf eine Lucite-Box voller CDs in der Ecke und sagte: »Sieh nach, vielleicht haben wir Glück.«

Oh, du wirst garantiert Glück haben, dachte sie und fühlte sich entschieden geil.

Jordanna überflog seine CD-Sammlung, ohne etwas zu finden, das ihr gefiel. Dann überlegte sie, wie sein Körper wohl aussehen würde. Er war alt, mindestens fünfzig, und ältere Männer pflegten ihren Körper nicht regelmäßig zu trainieren und in Schuß zu halten.

»Hast du einen Fitness-Raum?« fragte sie beiläufig.

Er wußte genau, was ihr durch den Kopf ging. »Nö«, sagte er, »aber ich habe ein paar mittelalterliche Speckröllchen, die dich vielleicht interessieren könnten.«

Sie mußte lächeln. »Oh, Mann, du weißt wirklich, wie man ein Mädchen auf Touren bringt.«

Dasselbe verrückte Grinsen. »Die Wahrheit ist, Kindchen, daß das noch nie ein Problem für mich war.«

»Darauf möchte ich wetten.«

Er setzte sich auf den Bettrand und klopfte auf den Platz neben sich. »Komm zu mir.«

Sie ging hinüber, cool bis in die Haarspitzen, und stellte sich vor ihn.

Er legte seine Hände auf ihre Hüften, zog sie zu sich heran und knöpfte ihr Hemd auf. Dann fing er an, ihren nackten Bauch zu lecken und spielte von Zeit zu Zeit mit der Zunge an ihrem Nabel. Das war ungewöhnlich und unglaublich sexy.

Sie streifte das Hemd ab und ließ es zu Boden fallen.

»Du schmeckst nach Honig«, unterbrach er sein Tun, »nach süßem, süßem Honig.«

Das war ein nettes Kompliment, auf das ihr keine kesse Entgegnung einfiel. Die Kombination von Jack Daniel's, Pot und Charlie Dollar machte sie doch sehr sanftmütig.

Er berührte ihre Brüste und spielte mit seinen Stummelfingern an den Brustwarzen.

Eine körperlose Stimme füllte den Raum: »Mr. D., Madonna und Prince stehen vor der Tür.«

»Heilige Scheiße!« rief Jordanna und sprang verblüfft zurück.

»Beruhige dich, das ist nur die Sprechanlage. Ich glaube, du bekommst jetzt deine Musik.«

»Wow! Das nenne ich Service.«

»Kindchen, du hast bis jetzt noch gar nichts gesehen.«

Mittlerweile erklang Madonnas ›Bad Girl‹ aus der Stereoanlage. Jordanna war jetzt zu allem bereit. Charlie zündete einen weiteren Joint an. Sie war schon total stoned, wer brauchte denn noch mehr?

Jordanna wanderte halbnackt durch den Raum, begann, sich zur Musik zu wiegen, und sang leise mit. Madonna war eine verteufelt gute Songschreiberin. Wieso hatte eigentlich noch niemand diese Seite ihres Talents zur Kenntnis genommen?

»Du magst dieses Zeug wirklich?« fragte Charlie.

Sie war sich nicht sicher, ob er das Gras oder Madonna meinte. »Ich liebe alles«, sagte sie und deckte damit jede Möglichkeit ab.

Er sah sie lange und intensiv an und nahm einen tiefen Zug vom Joint. »Zieh den Rest deiner Sachen aus.«

»Nein«, entgegnete sie scharf, »du ziehst deine Sachen aus.«

»Das ist kein schöner Anblick.«

»Dann mach das Licht aus.«

Er bot ihr den Joint an. Sie nahm einen langen Zug und warf sich aufs Bett. »Ich fühle mich gut«, sagte sie und entließ eine dünne Rauchsäule aus dem Mund.

»Gleich wirst du dich noch besser fühlen«, versprach er. Dabei legte er sich auf sie.

Sie seufzte. Sowas hatte sie alles schon gehört. »Mach keine Versprechungen, die du nicht halten kannst, Charlie.«

Das amüsierte ihn. »Ist das eine Herausforderung?«

fragte er und fummelte an den Knöpfen ihrer Jeans. »Ich habe noch nie irgendwelche Beschwerden bekommen.«

»Bist du sicher, daß du es schaffst?« neckte sie ihn.

Er grunzte. »Mein Gott, hast du ein loses Mundwerk. Zeig ein bißchen Respekt vor einem Filmstar.«

Sie rollte unter ihm weg, zog ihre Stiefel aus und pellte sich aus ihrer Jeans.

»Keine Unterwäsche?« fragte er und hob die Augenbrauen.

»Engt mich zu sehr ein«, sagte sie, kniete sich vollständig nackt aufs Bett und sah ihn an. »Du bist dran.«

Er fing an zu lachen. »Du hast einen tollen Körper, Kindchen.«

»Danke, Mr. Filmstar.« Sie griff nach seinem Gürtel und fing an, ihn fingerfertig zu öffnen. »Kriege ich diesen Zug zum Laufen?«

»Ich habe keinen Grund zu bremsen, Babe.«

»Wie wär's mit einem Kondom?«

»Wie wär's mit ›Ich nehme keine Dusche mit Gummistiefeln an den Füßen‹?«

»Wie wär's mit Safer Sex?«

»Wie wär's mit ›Ich habe gerade einen Test machen lassen, und es ist alles in Ordnung‹?«

»Wie wär's mit dem Attest?«

»Wie wär's, wenn du die Klappe hältst?«

Jordanna nahm es stillschweigend hin. Sie glaubte ihm. Außerdem war sie zu high und zu geil, um zu streiten.

Charlie Dollar war ein fantastischer Liebhaber – überraschenderweise. Er war nicht gerade in Bestform, aber er zerbröselte auch noch nicht. Der Mann kannte alle Stellen und einiges mehr. Er wußte, wie er sie kurz vor den Höhepunkt bringen konnte, um dann gerade rechtzeitig abzubrechen. Timing. Darin war er perfekt.

Sie liebten sich sehr lange, bevor sie beide explodierten, und als es soweit war, war es eine gleichzeitige Befreiung von solch exquisitem Vergnügen, daß Jordanna aufschrie – für ihre Verhältnisse sehr ungewöhnlich. Charlie ließ einen solchen Schrei los, daß sie fast aus dem Bett gesprungen wäre.

Der Nachteil war nur, daß er danach fast auf der Stelle einschlief. Und schnarchte. Laut.

Sie stand auf, klaubte ihre Sachen zusammen und ging ins Bad. Charlies Badezimmer glich einer gutgehenden Apotheke: Reihen von Pillendöschen für jedes erdenkliche Wehwehchen; Gläser mit allen möglichen Vitaminpräparaten; Flüssigkeiten, Puder, Cremes und Lösungsmittel. Sie fand, dies sei ein guter Ort, um krank zu werden. Jordanna duschte, zog sich eilig an und schlüpfte ins Schlafzimmer zurück. Charlie schnarchte noch immer.

Ohne ihn zu stören, ging sie.

Ein weiterer One-night-Stand endete auf dem Weg nach Hause.

Kapitel 12

»Wo steckst du?« fragte Quincy verärgert.

»Gegenüber vom Club Erotica auf dem Hollywood Boulevard«, antwortete Michael aus der Telefonzelle und drückte seine Zigarette aus.

»Was ist denn vorgefallen? Hast du mir nichts zu sagen?«

»Ich habe eine Spur gefunden. Rita hat Fotos zurückgelassen.«

»Was für Fotos?«

»Hör endlich auf, mir Löcher in den Bauch zu fragen, und beweg deinen Hintern hierher.«

»Muß ich das wirklich?«

»Für mich, Q, bitte.«

»Okay, ist ja schon gut. Bin schon unterwegs.«

»Vergiß nicht, Club Erotica.«

»Hört sich nach einem echt klasse Laden an.«

»Du triffst mich an der Bar«, sagte Michael noch, ehe er aufhängte und die Straße überquerte.

Ein stämmiger Mann stand als Türsteher vor dem Eingang und teilte ihm mit, daß der Eintritt dreißig Dollar betrage. Michael trennte sich nur ungern von dem Geld und marschierte dann hinein.

Oh ja, sagte er sich gleich, solch ein Etablissement hätte Rita gefallen: dunkel, verschwiegen und überall merkwürdige Leute in grellen Outfits. Und dazu eine alles übertönende donnernde Musik, die aus einer Vielzahl von Lautsprechern drang.

Eine Frau, die auf ihn zukam, trug eine Pfauenmaske und sonst nur wenig. »Nach welchem Vergnügen suchst du denn heute nacht?« fragte sie mit rauchiger, verführerischer Stimme.

»Was?«

»Welches Spielzimmer hättest du gern? Für Singles, für Paare oder vielleicht den Orgienraum?«

Erst in diesem Moment wurde ihm klar, in was für einem Club er gelandet war. Scheiße! Und er hatte gedacht, solche Läden seien seit den Siebzigern passé. »Hören Sie, ich möchte nur einen Drink. Gibt es hier eine Bar oder so etwas?«

»Wir haben die Kontakt-Bar.«

»Was für ein Ding?«

»Bist du zum ersten Mal hier?«

»Könnte man so sagen.«

»Also gut, Süßer, du setzt dich an die Kontakt-Bar, siehst dich in aller Ruhe um, und wenn du jemanden siehst, der dir gefällt, nimmst du ihn oder sie mit in das Zimmer deiner Wahl.«

»Und wieviel kostet mich das?«

»Der Club Erotica ist kein Bordell«, entgegnete sie indigniert. »Du hast an der Tür deinen Eintritt bezahlt, und solange du keine Sonderwünsche hast, sind alle deine Unkosten gedeckt.«

»Nein, ich habe keine Sonderwünsche.«

»Ganz wie es dir beliebt. Die Bar befindet sich dort drüben.«

Er entdeckte die Theke, schlenderte darauf zu und nahm auf einem Barhocker Platz.

Eine weibliche Kellnerin kam auf ihn zu. Sie trug eine kurze schwarze Ledertoga, die kaum ausreichte, ihren üppigen Busen und ihren runden Hintern zu bedecken. »Einen Cocktail?« fragte sie und ließ ihren Blick über ihn wandern. »Ich kann dir einen Club-Erotica-Spezial machen.«

Danach stand ihm zwar nicht der Sinn, aber er fragte trotzdem: »Und was ist da drin?«

»Wodka, Rum, Orangensaft und ein Spritzer Cointreau.« Sie zwinkerte ihm zu. »Hilft einem garantiert, den Motor am Laufen zu halten.«

»Haben Sie alkoholfreies Bier?«

»Wenn ich lange genug suche, finde ich vielleicht irgendwo noch eine Flasche.«

»Dann geben Sie bitte Ihr Bestes.« Er sah sich um. Einige Frauen saßen an der Bar, die offensichtlich alle auf der Suche nach dem geeigneten Spielpartner waren. Ein fetter Geschäftsmann hockte in Begleitung einer drallen Blondine an einem der kleinen Tische, die im hinteren Teil des Raums aufgestellt waren. Und ganz in der Ecke hingen zwei junge Männer in Jeans und mit Flanellhemden aufeinander.

Rita, Rita, was hat dich nur an einen solchen Ort geführt?

Die Aufregung. Seine Ex-Frau hatte es immer dorthin gezogen, wo etwas Neues angesagt, wo etwas los war. Michael hatte ihr all diese Wünsche nie erfüllen können. Nur der Sex zwischen ihnen hatte gestimmt. Auf der körperlichen Ebene hatte es nie ein Problem zwischen ihnen gegeben.

Die Frau in der knappen schwarzen Toga kehrte zurück und stellte eine Flasche vor ihn hin.

»Ich möchte Ihnen eine Frage stellen«, sagte Michael.

Sie legte die Ellenbogen auf den Tresen, und ihre Brüste wären beinahe aus dem Kleid gefallen. »Ich dir auch.«

»Dann fangen Sie an«, entgegnete er und nahm einen Schluck von seinem Bier.

»Was hat ein so gutaussehender Junge wie du in einem Club wie diesem verloren?«

»Darf ich jetzt?«

»Schieß los.«

»Kennen Sie jemanden namens Heron Jones?«

»Du willst mich wohl auf den Arm nehmen, oder?«

»Nein, ich meine es ernst.«

»Jeder kennt doch Heron.«

»Dann helfen Sie mir bitte auf die Sprünge.«

Die Kellnerin leckte sich über die Lippen und beäugte ihn mißtrauisch. »Bist du ein Bulle?«

»Wie kommen Sie darauf?«

»Weil du nach einem riechst«, antwortete sie und grinste, als wisse sie etwas, das ihm unbekannt war. »Versteh mich bitte nicht falsch, ich steh' auf diesen typischen Bullengeruch.«

Michael ignorierte ihren einladenden Blick und fuhr fort: »Wie kommt es denn, daß jeder Heron kennt?«

»Weil er eine Berühmtheit ist.«

»Nicht so berühmt, daß ich schon einmal von ihm gehört hätte.«

Sie warf den Kopf in den Nacken und lachte laut. »Heron Jones hat den größten Schwanz in freier Wildbahn. Er bringt ihn dreimal in der Woche hierher und führt ihn in einem der Privaträume vor. Jeder, der seine ›Dienste‹ in Anspruch nehmen möchte, muß dafür bezahlen, und nicht zu knapp … Aber, Süßer, du machst mir nicht den Eindruck, als seist du an Jungs interessiert.«

Er zog ein Bild von Rita aus der Tasche. Nicht die Polaroidaufnahme, sondern ein Foto, das er auf der Hochzeitsreise von ihr geschossen hatte. »Haben Sie diese Frau hier jemals gesehen?«

Die Kellnerin nahm das Bild und betrachtete es für einen längeren Moment. »Weißt du, Süßer, ich merke mir ihre Gesichter nie, ehrlich. Außer wenn sie wie Heron etwas ganz Besonderes zu bieten haben. Sieh dich hier doch bloß mal um … Sie kommen, und sie gehen, wen interessiert das schon?«

»Also erkennen Sie sie nicht wieder.«

»Vielleicht war sie ja mal hier.«

»Vor wie langer Zeit?«

»Ist das deine Freundin?«

»Meine Ex-Frau.«

»Vor ein paar Monaten, ganz sicher bin ich mir aber nicht.«

Jetzt präsentierte er ihr das Bild von dem Mann. »Ist das Heron Jones?«

»Puh, Mann! Du kannst dafür verhaftet werden, so etwas bei dir zu tragen.« Sie starrte auf die Polaroidaufnahme und fing an zu kichern. »Ja, das ist Heron, wie er leibt und lebt. Der König der Monsterbolzen. Der Junge ist wirklich von der Natur überreich ausgestattet worden.«

»Ist er heute abend hier?«

»Du findest ihn im Privatraum. Eines kann ich dir garantieren, der Anblick lohnt sich.«

Eine von den Frauen an der Theke kam zielstrebig und mit einer entschlossenen Miene auf ihn zu. Als sie ihn erreichte, legte sie ihm besitzergreifend eine wohlmanikürte Hand auf den Arm und verkündete: »Dich nehme ich.«

»Wie bitte?« fragte er und fuhr vor ihr zurück.

Aber sie ließ ihn nicht los. »Heute nacht. Nur du, ich und eine sehr sexy Erfahrung.«

»Ich bin auf Bewährung«, entgegnete er und rutschte von seinem Hocker.

»Was?« fragte sie verwirrt.

»Eine komplizierte Geschichte. Sie werden sich wohl jemand anderen suchen müssen.«

Quincy hielt den Wagen vor dem Club Erotica an und fragte sich, in was Michael ihn nun wieder hineinziehen würden. Amber war ziemlich sauer. Die beiden hatten gemütlich zusammen auf der Couch gesessen, Luther Vandross gehört und geschmust, als das Telefon geläutet hatte.

»Ich muß noch mal raus«, teilte er Amber mit, als er aufgelegt hatte.

»Wieso?« wollte Amber wissen und sah sehr böse aus.

»Weil Mike mich braucht.«

»Kann er denn gar nichts allein machen?«

»Ach komm schon, Schatz«, versuchte er, sie zu beschwichtigen. »Mike und ich haben eine Menge miteinander erlebt. Und jetzt wird seine Tochter vermißt. Hab doch ein bißchen Verständnis für ihn, Baby. Überleg dir nur, was wir alles anfangen würden, wenn unsere Kinder verschwunden wären.«

Amber hatte ein zu weiches Herz und ließ ihn deswegen ohne größeren Streit ziehen.

Er küßte sie zum Abschied und fuhr los. Und jetzt stand er vor diesem schmierigen Puff.

Der Spinner an der Tür wollte ihn nicht hineinlassen, bevor er keine dreißig Dollar Eintritt bezahlt hatte. Dreißig verdammte Dollar! Dafür war Mike ihm mehr als nur einen Gefallen schuldig!

In dem Lokal marschierte er sofort zur Bar. Michael war nicht da. Er bewegte sich auf die Lederamazone zu, die hinter dem Tresen stand. »Hat jemand eine Nachricht für mich hinterlassen?« fragte Quincy.

»Blond oder brünett?«

»Männlich und gutaussehend.«

»Oh«, sagte sie, »dann bist du also auch ein Bulle.«

Wie kam es eigentlich, daß sich alle Frauen immer an Michael erinnern konnten? »Wo steckt er?«

»Auf der Toilette.«

»Danke.«

Quincy trat ein, als Mike sich gerade den Reißverschluß hochzog. »Das ist ja vielleicht ein Laden, in den du mich da gelockt hast«, beschwerte er sich. »Also, was hast du zu berichten?«

»Ich habe ein paar Fotos und einen Zettel in die Hand bekommen. Darauf hat Rita den Namen von einem Typen und von diesem Schuppen hier notiert. Ich habe das Gefühl, sie ist hier ganz in der Nähe.«

Quincy schüttelte den Kopf. »Du und deine Ahnungen. Die haben uns bisher immer nur Scherereien eingebracht.«

»Ich muß meine Tochter finden, Q!«

»Das ist mir klar.«

»Rita hat sich auf irgend etwas eingelassen, und ich möchte nicht, daß Bella da mit hineingerät.«

»Und warum stehen wir dann hier auf dem Klo?«

»Wir warten darauf, daß Heron Jones fertig wird.«

»Womit?«

»Eine ganze Riege von Frauen zu beglücken. Falls es dir noch nicht aufgefallen sein sollte, wir befinden uns hier in einem Sex-Etablissement.«

Quincy pfiff leise. »Mann, genau das Richtige, um es Amber zu erzählen, wenn ich nach Hause komme. Sie geht bestimmt an die Decke. Aber nicht vor Freude.«

»Du brauchst das doch bloß für dich zu behalten.«

»Amber und ich haben keine Geheimnisse voreinander.«

»Vielleicht solltest du mal langsam damit anfangen.«

Quincy verzog das Gesicht. »Was ist das denn für ein Typ, dieser Heron Jones, eine männliche Nutte oder was?«

»Der Club bezahlt ihn für seine Auftritte. Er bedient jede Frau, die bereit ist, hundert Dollar auf den Tisch des Hauses zu legen.«

»Wer ist er – Superman?«

»So was Ähnliches.«

»Und wir müssen uns jetzt so lange hier die Beine in den Bauch stehen, bis er mit der letzten fertig ist?«

»Du hast's erfaßt.«

»Scheiße, Mike, bei dir gibt es wirklich nie was Einfaches.«

Als Heron Jones aus der Hintertür kam, war Mitternacht längst vorüber. Michael und Quincy warteten auf dem Parkplatz. Sie näherten sich ihm von zwei Seiten und nutzten so das Überraschungsmoment.

»Wir wollen plaudern«, erklärte Michael.

Heron starrte die beiden mit großen Augen an und überlegte, ob er davonrennen sollte oder nicht. Aber nein. Die beiden schienen Bullen zu sein, jedenfalls sahen sie wie welche aus. Er straffte die Schultern und verlegte sich auf die Unschuldstour: »Hört mal, Jungs, was immer ihr mir anhängen wollt, ich bin es nicht gewesen, okay. Jedes Mal, wenn hier in der Gegend eingebrochen wird, habe ich euch wenig später am Hacken. Aber ich bin sauber, Leute. Ich verdiene mir meine Brötchen mit Vögeln. Was kann man mehr wollen?«

»Warum unterhalten wir uns nicht da drüben weiter?« sagte Michael, nahm Herons Arm und führte ihn in den Lichtkegel der Straßenlaterne.

»Was wollt ihr von mir?« knurrte er und versuchte vergeblich, sich aus dem Griff zu befreien. »Ich mach' schon lange keinen Scheiß mehr, da könnt ihr hier jeden fragen.«

Michael hielt ihm eines der Polaroids vors Gesicht. »Kennst du diese Frau?«

Heron warf nur einen kurzen Blick darauf. »Im Dunkeln sehen die doch alle gleich aus.«

»Dann sieh genauer hin«, forderte Michael ihn mit drohendem Unterton auf. »Kennst du sie? Ja oder nein?«

»Weiß nicht.«

»Ja oder nein?« Michael drehte ihm den Arm auf den Rücken.

»Ja … ja, ich kenne sie!« rief Heron verdrossen. »Na und, was ist schon dabei?«

»Wer ist sie?«

»Irgendein Flittchen, das ein paarmal in den Club gekommen ist.«

»Was ist aus ihr geworden?«

»Wieso?« fragte Heron und verzog trotzig den Mund. »Ist die alte Schlampe tot?«

Michael drehte ihn hart zu sich herum. »Weißt du etwas, das uns interessieren dürfte?«

Heron hob die freie Hand. »Ist ja schon gut. Ich weiß nichts über sie, außer daß ich ihr einen Job bei einem Film verschafft habe.«

»Was für ein Film?«

»*Mary Poppins*, was denkst du denn?«

»Reden wir hier vielleicht von Pornos?« mischte sich Quincy ein und warf beide Arme in die Luft.

»He, ich habe sie zu nichts gezwungen«, antwortete Heron düster. »Das Hühnchen war einfach ganz heiß drauf, mal in einem Streifen mitzuwirken.«

Michael warf ihn gegen eine Wand. »Wo ist sie jetzt?«

»Mann, du tust mir weh!« beschwerte Heron sich.

»Du hörst mir jetzt verdammt noch mal zu, Arschloch. Wo steckt sie?«

»Keine Ahnung«, jammerte er. »Wen interessiert das schon? Ich habe keinen Schimmer ...«

Bevor er den Satz beenden konnte, hatte Michael ihm schon mit der flachen Hand auf den Mund gehauen.

»Au Backe«, stöhnte Quincy.

»Hast du jetzt mehr Lust, mir Antworten zu geben?«

Heron kam wieder hoch und betastete vorsichtig sein Gesicht. »Sie lebt mit einem Produzenten zusammen. Aber das habt ihr nicht von mir.«

»Hat er einen Namen?«

»Er ist ein alter Knacker und nennt sich Daly Forrest.«

»Und wo wohnt er?«

»Guck doch im Telefonbuch nach. Alle Produzenten sind dort aufgeführt. Mann, ich glaube, du hast mir einen Zahn herausgebrochen!«

»Wenn ich zu ihm gehe, sollte sie besser dort sein«, knurrte Michael. »Sonst kommen wir wieder zu dir. Und danach fehlt dir mehr als nur ein Zahn. Und jetzt mach, daß du mir aus den Augen kommst.«

Heron rannte zu seinem Wagen, ohne einen Blick zurück zu werfen. Im Bett mochte er ja eine echte Kanone sein, aber im restlichen Leben war es mit ihm nicht allzu weit her.

»Du bringst uns noch in die größten Schwierigkeiten«, bemerkte Quincy müde. »Wie lange willst du denn noch herumlaufen und uns als Polizisten ausgeben. Ich habe eine Lizenz als Privatdetektiv, und die möchte ich gern behalten.«

»Was ist mit dir? Hast du etwa Angst, er wird gegen uns Anzeige erstatten?«

»Nein, Mike. Ich möchte nur daran erinnern, daß wir vorsichtiger sein sollten.«

»Mir geht es doch nur darum, meine Tochter wiederzufinden.«

»Das weiß ich doch.«

»Gut so. Deswegen unternehme ich auch alles, was nötig ist, um Bella aufzuspüren. Wir checken Daly Forrest beim DMV. Er hat doch sicher einen Führerschein. Also werden sie beim Straßenverkehrsamt auch seine Adresse haben.«

»Gute Idee, Mike.«

»Und danach statten wir ihm einen kleinen Besuch ab.«

Der Produzent lebte in einem vornehmen Hochhaus draußen in Wiltshire. In der Halle saß ein richtiger Portier, der gleich von den beiden wissen wollte, zu wem sie unterwegs seien.

»Daly Forrest«, antwortete Michael und zeigte ihm kurz seine Polizeimarke.

Der Mann ließ sich davon beeindrucken. »Vierzehnter Stock, Apartment 1403.«

»Danke«, sagte Michael und wollte schon zum Fahrstuhl, als ihm noch etwas einfiel: »Ach ja, bitte kündigen Sie uns Mr. Forrest nicht an, ja?«

Der Portier nickte und schien froh zu sein, mit der ganzen Sache nichts mehr zu tun zu haben.

»Irgendwann kriegt dich jemand noch mal an deinem Allerwertesten«, murmelte Quincy, während sie über den Marmorboden liefen. »Laß es dir gesagt sein, Mike, wir können nicht jedes Mal mit diesem Mist durchkommen. Wirf endlich diese verdammte New Yorker Polizeimarke weg, die nützt dir hier in Kalifornien nämlich gar nichts.«

»In New York City darf ich sie auch nicht mehr vorzeigen, wo liegt also das Problem?« Manchmal, wenn ihm etwas wirklich ungemein wichtig war, trieb Michael es bis zum Äußersten.

Sie fuhren zur vierzehnten Etage hinauf. Mit ihnen im Fahrstuhl befand sich eine elegant gekleidete Frau, die einen Pekinesen im Arm hielt. Sie schenkte ihnen das huldvolle Lächeln, das die Superreichen für das gewöhnliche Volk übrighatten. Die schmalen kirschroten Lippen hoben sich deutlich von der schneeweißen Haut ab. Ihre geraden und ebenmäßigen Zähne ließen auf eine teure Behandlung schließen. Im zehnten Stock stieg sie aus.

»Wie kommt es eigentlich, daß die Ladys immer nur dich anlächeln?« wollte Quincy wissen, während er mit einem Zahnstocher im Mund herumfuhrwerkte.

»Hat dir schon mal jemand gesagt, daß du oft ziemlich dumme Fragen stellst?«

»Liegt sicher daran, daß du ein so gutaussehender Mistkerl bist«, murmelte Quincy mit schlecht verborgenem Neid. »Dafür besitze ich Persönlichkeit. Ich habe den Verstand, du das schöne Äußere. Trotzdem bist du der Glückspilz von uns beiden.«

In der vierzehnten Etage befanden sich nur zwei Apartments. Das von Daly besaß eine rotlackierte Tür mit Messingklopfer.

»Sieht so aus, als wäre es ihm vorher nicht fein genug gewesen«, bemerkte Quincy und rieb mit dem Daumen am Anstrich, um festzustellen, ob die Farbe sich ablöste.

Michael drückte lieber auf die Klingel, wartete eine Weile und betätigte sie dann noch einmal.

Als Forrest öffnete, sah er so gar nicht wie der Mann aus, den sie erwartet hatten. Er war ein älterer, distinguierter Herr mit gepflegtem weißem Haar, einem ebenso hellen Ziegenbart und einer Brille mit dünnem Rahmen. Daly trug einen seidenen Morgenmantel mit Paisleymuster und einer betroddelten Schärpe sowie schwarze Samthausschuhe mit Monogramm. So stellte man sich gewiß keinen Pornoproduzenten vor.

»Kann ich Ihnen helfen?« fragte er mit englischem Akzent.

»Sie sind Daly Forrest?« erkundigte sich Michael höflich.

»Richtig. Ich darf Sie noch einmal fragen, Gentlemen, ob ich Ihnen helfen kann.«

»Wir führen Ermittlungen durch.«

»Hat es hier im Gebäude einen Vorfall gegeben?«

»Genau«, bestätigte Michael. »Wir suchen nach Zeugen.«

»Nun, ich bin den ganzen Abend hier gewesen. Daher werde ich Ihnen als Zeuge wohl kaum von Nutzen sein.«

»Und wie steht es mit Ihrer Lebensgefährtin?« wollte Michael wissen und versuchte, an dem Mann vorbei in das Apartment zu spähen.

»Welche Lebensgefährtin?« fragte Forrest, ohne die Tür freizugeben.

»Rita Polone.«

»Miß Polone ist nicht zugegen«, antwortete Daly und strich sich über den Ziegenbart. »Um ganz genau zu sein, sie wohnt nicht einmal hier. Was bringt Sie zu der Vermutung, diese Dame hier antreffen zu können?«

»Der Fall, in dem wir ermitteln«, entgegnete Michael und fügte dann langsam hinzu: »Sie ist in die Sache verwickelt.«

»Inwiefern?« Forrest war deutlich anzumerken, daß er diese nächtliche Störung überhaupt nicht schätzte.

»Wir müssen mit ihr reden«, drängte Michael und hatte das Gefühl, daß dieser Mann ihnen Scherereien machen würde.

Dalys Blick war kalt wie ein arktischer Winter. »Ich wiederhole: Sie hält sich nicht hier auf.« Seine Hand legte sich auf den Türgriff.

»Dann geben Sie uns bitte ihre Adresse, und schon sind Sie uns los«, warf Quincy rasch ein, weil ihm bei diesem Mann ebenfalls Unheil schwante.

»Da möchte ich aber erst Ihre Dienstausweise sehen«, erklärte Daly.

Michael ließ sich nicht ins Bockshorn jagen. »Natürlich«, entgegnete er, griff in seine Jacke und zeigte dem Mann die Marke.

Forrest war kein Dummkopf. »Das ist eine Detective-Marke von der New Yorker Polizei«, stellte er barsch fest.

Auch jetzt gab Michael noch nicht klein bei. »Stimmt. Aber wir leisten Amtshilfe in einem Fall, der mehrere Bundesstaaten betrifft.«

Mit noch unerbittlicherem Blick sagte der Produzent: »Das möchte ich mir von Ihrem Captain bestätigen lassen. Seien Sie bitte so freundlich, und geben Sie mir seine Nummer.«

Quincy wurde nervös. »Wissen Sie was, wir kommen vielleicht später noch einmal vorbei«, erklärte er rasch und fing an, mit den Fingerknöcheln zu knacken. Eine dumme Angewohnheit, die Michael irgendwann in den Wahnsinn treiben würde.

Daly bedachte die beiden mit einem abschätzigen Blick. »Das würde ich Ihnen nicht raten.« Damit schlug er ihnen die Tür vor der Nase zu.

»Gottverdammte Scheiße!« schimpfte Michael.

»Laß uns von hier verschwinden!« drängte Quincy. »Der ruft bestimmt gleich die richtigen Bullen.«

»Er weiß, wo Rita steckt«, murmelte Michael, als hätte er seinen Freund nicht gehört.

»Das glaube ich auch. Aber er will es uns nicht sagen.«

»Das wird er noch, verlaß dich drauf.«

»Aber nicht mehr heute abend.«

»Bleibt abzuwarten.«

»Mike!« ermahnte Quincy ihn eindringlich. »Morgen ist auch noch ein Tag!«

Michael drehte sich mit funkelnden Augen zu ihm um: »Tatsächlich?«

Früh am nächsten Morgen kehrte Michael ohne Quincy nach Wiltshire zurück. Sein Freund mußte sich um einen Studioboß kümmern, der erpreßt wurde. Er stellte den Wagen auf der anderen Straßenseite ab, wo er einen günstigen Platz für sich reservierte. Von hier aus hatte er Forrests Hochhaus gut im Blick und konnte beobachten, wer das Gebäude betrat oder verließ.

Michael war am Vorabend früh zu Bett gegangen, wußte er doch, daß ihm der Tag bevorstand, an dem er endlich Rita finden würde. Wie sehr er sie dafür haßte, ihm seine Tochter wegzunehmen; und dafür, ihm solche Mühen aufzubürden. Sobald er beide aufgespürt hatte, würde er einen Anwalt aufsuchen und sich von ihm darüber beraten lassen, wie er das alleinige Sorgerecht für Bella erlangen konnte.

Aber wie wollte er für alle Kosten aufkommen? Er mußte eine Wohnung suchen und dafür Miete bezahlen, eine Halbtagskinderschwester einstellen und Gott weiß was sonst noch alles.

Oberste Priorität war, schnellstmöglich einen Job zu finden. Quincy hatte ihm in seiner Detektei eine Partnerschaft angeboten, und das war keine schlechte Idee. Sie beide hatten sich schon in New York als gutes Team erwiesen, und Q hatte ihm versichert, daß Ermittlungsarbeit für Studios und Filmmenschen ruhig und einfach vonstatten ging – auf jeden Fall kein Vergleich zu den mörderischen Zeiten an der Ostküste, wo sie tagtäglich ihr Leben aufs Spiel hatten setzen müssen. Michael dachte ernsthaft darüber nach, diesen Job anzunehmen. Immerhin blieb ihm noch ein Jahr Zeit, sich zu überlegen, ob er nach New York zurückkehren oder in L. A. bleiben wollte.

Ich brauche jetzt unbedingt einen Drink.

Der Gedanke nagte an seinem Unterbewußtsein und lenkte ihn von allem anderen ab. Wenig später trocknete seine Kehle aus, und er verspürte das starke Bedürfnis nach etwas Kühlem und Alkoholischem.

Oh Gott, das war nicht gut. Seit vier Jahren rührte er keinen Tropfen mehr an, und jetzt konnte er nichts weniger gebrauchen, als den Drang, seine Nüchternheitstherapie zu unterbrechen. Nun gut, er dachte an Alkohol, hin und wieder. Besonders, wenn es in seinem Leben hart auf hart kam und ihm das Mittel wieder einfiel, mit dem sich die Schmerzen betäuben ließen.

Gott sei Dank hatte ihm die Therapie auch beigebracht zu erkennen, daß dies die falsche Antwort auf Probleme war und er am Ende zugrundegehen würde, wenn er weiter trinken würde. Höchste Zeit, die Anonymen Alkoholiker wieder aufzusuchen.

Damals war es ihm nicht leicht gefallen, dem Suff zu entsagen, und er würde es nicht zulassen, schwach zu werden und damit all die harten Anstrengungen zunichte zu machen – mochte die Versuchung auch noch so groß sein.

Michael zündete sich eine Zigarette an, bemühte sich, an positive Dinge zu denken, und versuchte auch sonst, sein betrügerisches Unterbewußtsein im Zaum zu halten. Er mußte wieder damit beginnen, das Therapieprogramm durchzuführen. Seit Monaten hatte er an keinem AA-Treffen mehr teilgenommen. Wenn er Kraft und Stärke für seinen Kampf finden konnte, dann dort.

Forrest verließ gegen zehn Uhr fünfundvierzig das Haus und stieg in einen Lexus mit Chauffeur.

Michael folgte dem Wagen, kaum daß er die Straße erreichte. Die Fahrt ging durch Wiltshire Richtung Innenstadt.

Vor einigen Stunden hatte er einen alten Freund im New Yorker Police Department angerufen und ihn gebeten, Daly Forrest zu überprüfen. Der Kollege hatte herausgefunden, daß es sich bei dem Mann um einen naturalisierten Amerikaner von dreiundsechzig Jahren handelte, der seit anderthalb Jahrzehnten in Los Angeles lebte. In dieser Zeit hatte er eine Unmenge von Soft-Pornos gedreht und war vor drei Jahren auf die harten Sachen umgestiegen. Forrests Streifen waren nicht direkt illegal, bewegten sich aber an der Grenze. Vor zwei Jahren hatte man ihn verhaftet und wegen des Imports von Snuff-Filmen angeklagt. Die Staatsanwaltschaft hatte ihm jedoch nicht nachweisen können, daß er dahintersteckte, und so konnte er den Gerichtssaal als freier Mann verlassen.

Daly hatte weder Frau noch Familie und war stinkreich. Michael wußte genug über ihn, um sich große Sorgen zu machen. Rita war so wild auf Luxus und gleichzeitig so naiv, daß ein reicher Mann wie Forrest sie zu allem überreden konnte.

Er folgte dem Lexus den ganzen Weg bis zum Hancock Park. Dort bog der Wagen in eine ruhige Seitenstraße ab und befuhr die Auffahrt zu einem großen Haus. Daly stieg aus und teilte dem Chauffeur etwas mit. Der Lexus fuhr wieder fort, und Forrest öffnete die Tür mit einem Schlüssel.

Michael parkte auf der anderen Straßenseite und blieb vier oder fünf Minuten lang sitzen, ehe er den Wagen verließ und sich dem Gebäude näherte.

Der Tag war angenehm, kein Smog hing in der Luft, und die Vögel sangen. Vor der Veranda des Hauses breitete sich eine wahre Blütenpracht von lila- und orangefarbenen Bougainvillea aus. Eine magere Katze schlich um eine Ecke und verschwand.

Statt sich zur Haustür zu begeben, beschloß Michael, der Katze nach hinten zu folgen. Er betrachtete das Haus für einen längeren Moment, um festzustellen, ob er von jemandem beobachtet wurde.

Er bemerkte niemanden, und dennoch befiel ihn wieder dieser Magenkrampf, so als stehe ihm etwas bevor, das er nicht kontrollieren konnte.

In der Nacht, in der man ihn angeschossen hatte, war das gleiche Gefühl über ihn gekommen. Und was als ganz normale Drogenrazzia begann, hätte beinahe tödlich für ihn geendet. Er würde diesen Einsatz nie vergessen.

Michael bewegte sich vorsichtig und erreichte schließlich einen überraschend großen und gutgepflegten Garten. Einige schwankende Palmen ragten darin hervor und spendeten ihm Schatten.

Die Tür zur Küche stand offen, und er konnte eine Kinderstimme vernehmen.

Sein Herz klopfte schneller, und er war überzeugt, dort Bella anzutreffen.

Er schlich zu der offenen Tür und glaubte, in der Küche ein Mädchen auszumachen.

Große Erleichterung überkam ihn. Er hatte seine Tochter wiedergefunden, und nichts würde sie beide mehr trennen.

Als er den Fuß zum nächsten Schritt hob, krachte etwas schwer an seinen Kopf, und er versank in Dunkelheit.

Das letzte, was er hörte, war ein Kinderschrei.

Der Mann hatte eine Sammelmappe angelegt. Bei jeder Gelegenheit kramte er sie hervor und heftete Neues darin ab. Er hatte sich bei Thrifty's eine Schere und doppelseitiges Klebeband besorgt, und wann immer er weitere Zeitungsausschnitte und ähnliches zusammen hatte, fügte er sie seiner Sammlung hinzu.

Die Frau in Agoura Hills hatte in der Presse nicht soviel

Raum erhalten, wie er das gehofft hatte, und das ärgerte ihn. Ihm war klar, daß er, um die Aufmerksamkeit zu erlangen, nach der er strebte, eine deutliche Botschaft hinterlassen mußte, damit alle Welt wußte, mit wem man es hier zu tun hatte.

Tagelang dachte er darüber nach, wie er dabei am besten vorginge. Was würde Steven Seagal in einer solchen Situation tun? Wie würde der große Filmstar aus einem solchen Dilemma herausfinden?

Dem Mann fiel keine Antwort darauf ein.

Vorgestern abend hatte eine Frau, die auch in dem Haus wohnte, ihn angesprochen. Er hatte sich sofort bemüht, ihr und ihrem geistlosen Geplapper zu entkommen, aber das hinderte sie nicht daran, jedes Mal, wenn sie ihn sah, sofort auf ihn zuzustürmen.

»Ich bin Schauspielerin«, teilte sie ihm ungebeten mit. »Und was tun Sie so?«

»Geschäftsmann«, antwortete er knapp und sah sie nicht an. Sie standen beide in der großen Eingangshalle des Hauses.

»In welchen Geschäften sind Sie denn tätig?«

Er ließ sie einfach stehen und schloß sich in sein Zimmer ein.

Diese Unhöflichkeit schien sie nicht zu stören, im Gegenteil, von nun an behandelte sie ihn bei jeder Begegnung wie einen alten Freund. Gestern hatte sie ihm regelrecht aufgelauert und ihn auf seinem Weg zum Wagen abgefangen. »Komisch, nicht«, sprudelte sie gleich fröhlich los, »da wohnen wir beide im selben Haus, und ich kenne nicht einmal Ihren Namen.«

Er konnte ihr nicht entrinnen und sah sich zu einer Antwort genötigt: »John«, log er einfach.

»Und wie weiter?« wollte sie wissen und trat näher zu ihm heran.

»John Seagal«, antwortete er und wich vor ihr zurück.

Sie lächelte kokett. »Wollen Sie denn gar nicht wissen, wie ich heiße?«

Das interessierte ihn absolut nicht, aber sie verriet es ihm trotzdem: »Ich bin Shelley. Ich schreibe mich mit ey am Ende. Wenn ich mal berühmt bin, können Sie allen erzählen, daß Sie mich schon ganz am Anfang meiner Karriere kennengelernt haben.«

Eine angehende Schauspielerin. Von denen wimmelte es nur so in Hollywood. Sie verstopften die Straßen, die Clubs und die Freeways. Ihre hungrigen Augen beobachteten, und aus ihnen strahlten Gier und erzwungene Geduld bis zum Durchbruch.

Wenn diese blöde Kuh von einer Schauspielerin nicht gewesen wäre, die ihn mit ihrem verlockenden Lächeln, ihren hüpfenden Brüsten und ihrem langen blonden Haar verleitet hatte, wären ihm nicht sieben Jahre seines Lebens verloren gegangen.

Er schob eine der Jalousien ein Stück zur Seite, die die Fenster seines Apartments bedeckten, und spähte nach draußen. Die Haushälterin mühte sich mit einem prall gefüllten Abfallsack den Weg entlang. Sie ließ ihn in Ruhe. Er hatte ihr gleich am ersten Tag klargemacht, daß sie seine Wohnung nicht zu betreten habe.

Sein einsames Leben gefiel ihm durchaus, solange er alles zur Verfügung hatte, was er brauchte: ein Bett, ein Fernsehgerät, einen Videorekorder, einen Haufen Filme und die Träume von seiner Zukunft.

Ihn würden bessere Jahre erwarten, sobald er mit den feigen Säuen abgerechnet hatte, die so dumm gewesen waren, ihn zu verraten. Dieser weibliche Abschaum. Ihnen mußte ganz einfach eine Lektion erteilt werden. Eine harte Lektion, gewiß, aber sie hatten es ja nicht anders gewollt.

Es war an der Zeit, sich um den zweiten Namen auf der Liste zu kümmern. Sechs Frauen waren darauf notiert. Eine war bereits erledigt, blieben also noch fünf.

Ein aufregendes Spiel, und es machte ihm großen Spaß, es zu spielen.

Kapitel 13

»Nein, Rosa, definitiv nein«, entgegnete Kennedy, während sie den Hörer zwischen Unterkiefer und Schulter festklemmte. »Ich weigere mich schlicht und ergreifend, mich noch einmal einem von deinen Blind Dates auszusetzen.«

»Ach komm schon, Kennedy«, quängelte Rosa in dem gewohnten Tonfall, der besagen sollte: du mußt mir diesen

Gefallen einfach tun! »Erinnere dich daran, wie es letztes Mal ausgegangen ist. Da hast du dich doch amüsiert. Ich meine, du hast es wirklich toll gefunden, und was soll daran schlecht sein?«

Da mußte sie ihr recht geben. Ihre eine Nacht mit Nix war es durchaus wert, im Gedächtnis behalten zu werden. Trotzdem stand ihr nicht der Sinn danach, es noch einmal darauf ankommen zu lassen.

»Nichts«, antwortete sie. »Ich habe nur einfach keine Lust auf solche Spielchen. Davon abgesehen muß ich arbeiten.«

»So? Was denn?«

»Ich schreibe für *Style Wars* einen Artikel über Bobby Rush.«

Rosas Interesse erwachte augenblicklich. »Hast du ihn interviewt?«

»Könnte man so nennen.«

»Wie ist er denn so?«

»Eigentlich ganz okay«, antwortete Kennedy. »Für einen bekannten Schauspieler ist er sogar richtiggehend nett.«

»Und, hat er eine Freundin?«, bohrte Rosa weiter und schien alles über den Mann erfahren zu wollen.

»Über sein Privatleben haben wir nicht gesprochen.«

Rosa war die Enttäuschung deutlich anzumerken. »Warum das denn nicht? Genau das wollen deine weiblichen Leser doch erfahren!«

»Rosa«, entgegnete Kennedy geduldig, »du präsentierst im Fernsehen deine Nachrichten auf *deine* Weise, und ich führe meine Interviews auf *meine* Weise.«

»Also willst du morgen abend nicht mit uns kommen?«

»Nein. Hast du es jetzt endlich kapiert?«

»Dein Pech.«

»Das sagst du doch jedes Mal.«

Sobald sie ihre Freundin losgeworden war, rief sie gleich ihren Vater im Pflegeheim an. Er begrüßte sie fröhlich wie immer. Der Mann war fünfundachtzig, und Krebs zerfraß seinen Körper, trotzdem schaffte er es immer noch, daß sie sich beim Klang seiner Stimme gleich besser fühlte.

»Ich komme dich am Sonntag besuchen, Dad«, versprach sie ihm. »Soll ich dir irgend etwas mitbringen?«

»Nur dein liebes Gesicht«, antwortete er. »Und vielleicht eine Havanna, wenn du sie an diesen verdammten Schwestern vorbeischmuggeln kannst.«

»Für dich fliege ich sogar nach Kuba.«

»Ach, eine Dunhill tut es auch.«

Sie legte mit einem lächelnden Gesicht auf.

Die lange Fahrt am Sonntag hinaus nach Agoura Hills gab Kennedy Gelegenheit, über vieles nachzudenken. Das Bobby-Rush-Profil hatte sie bereits mit Federal Express nach New York geschickt, und jetzt konnte sie sich ganz auf den ersten großen Artikel konzentrieren, den sie für *Style Wars* verfassen wollte.

Da sie in Los Angeles lebte, bot sich die Filmbranche als Thema geradezu an. Frauen im Film zum Beispiel, oder Frauen und Gewalt. Oder: Frauen in Hollywood – Gleichberechtigung oder Sexismus? Welche Seite hatte Erfolge verbuchen können, wer würde am Ende als Sieger dastehen?

Sie überlegte, ob sie über erfolgreiche Frauen in Hollywood schreiben sollte. Zwei davon standen ganz oben auf ihrer Liste: Sherry Lansing, zur Zeit die Präsidentin von Paramount, und Lucky Santangelo, eine Frau von enormem Einfluß – ihr gehörten nicht nur die Panther-Studios, sie leitete sie auch persönlich. Unter ihrer Ägide produzierte man dort ein paar höchst bemerkenswerte Filme, in denen Frauen so dargestellt wurden wie sie sind, und nicht nur als Freundin des Helden oder als die, die sich an ihn ranschmeißt.

Kennedy spürte, daß sie viele verschiedene Wege einschlagen konnte. Über den Geschlechterkrieg war schon eine Menge publiziert worden, aber noch nie etwas in der Art, wie sie es schreiben würde. Wenn ihr Artikel aussagekräftig genug ausfiel, konnte sie damit womöglich sogar ein paar von den männlichen Hollywoodgewaltigen dazu bewegen, ihre sexistischen Vorstellungen abzulegen.

Ha, was für ein törichtes Wunschdenken!

Kennedy beschloß, Mason gleich morgen früh anzurufen und die Angelegenheit mit ihm zu bereden. Er hatte einen guten journalistischen Instinkt, und sie wollte, daß ihre erste eigene Geschichte für *Style Wars* gleich für das nötige Aufsehen sorgte.

Schwester Linford, eine vierzigjährige Farbige mit einem gewaltigen Busen und einem lausbübischen Lächeln, die für Kennedys Vater eine Menge übrig hatte, begrüßte sie am Empfang. »Ihr alter Herr ist ein unverbesserlicher Schürzenjäger!« beschwerte sie sich gleich, grinste aber dabei. »Und wenn ich ganz ehrlich sein soll, ich genieße jede Sekunde, in der er unartig ist.«

Kennedy hatte ihren Vater nie als Schürzenjäger oder dergleichen angesehen. Offensichtlich besaß der gelehrte Literaturprofessor, an dessen Seite sie aufgewachsen war, noch eine ihr unbekannte Seite. Er war immer ein großartiger und liebevoller Vater gewesen, und auch wenn sie ein Einzelkind gewesen war, hatten ihre Eltern es nie so weit kommen lassen, daß sie sich einsam fühlte. Jeden Sommer unternahmen die drei ausgedehnte Reisen, erkundeten Europa und führten sie in die unterschiedlichen Kulturen auf dem alten Kontinent ein. Mit neun Jahren las sie bereits Dickens; mit zwölf Trollope und Dostojewski; und mit vierzehn Henry Miller und Anäis Nin. Kennedy hatte ganz sicher eine rundum komplette Ausbildung genossen.

Die Schwester führte sie in Dads Zimmer. Er saß auf seinem Bett und lächelte. Auf dem Nachttisch stapelten sich Bücher, in seinem Schoß lag ein Block, und in der Hand hielt er schreibbereit einen Stift. Er hatte sich immer schon Notizen gemacht, die in sein jeweils nächstes Werk eingeflossen waren. Ihr Vater hatte bereits drei wissenschaftliche Studien verfaßt und arbeitete derzeit an der vierten.

Kennedy umarmte ihn und gab ihm einen Kuß. »Wie geht es dir, Dad?« fragte sie warmherzig und dachte dabei, daß er seit dem letzten Mal, als sie ihn besucht hatte, abgenommen hatte und im Gesicht hagerer geworden war.

»Wie würde es dir denn gehen, wenn man dich in einem Pflegeheim gefangenhalten würde?« entgegnete er knurrig, obwohl man ihm anmerkte, daß er es nicht so meinte. Der Mann ertrug sein Schicksal mit aller ihm zur Verfügung stehenden Würde.

»Nicht so gut wie dir«, grinste sie.

»Kümmern Sie sich nicht um sein Gemecker«, erklärte Linford und schob die Zungenspitze in die Wange. »Er ist heute mal wieder ein richtiger alter Griesgram.«

»Ich habe mich noch nie beklagt«, entgegnete Dad indigniert. »Wenn ich so etwas je tun sollte, würden Sie als erste davon erfahren.«

»Das fürchte ich auch«, erwiderte die Schwester und machte sich bereit, sein Bett aufzuschütteln. »Was halten Sie davon, mit Ihrer Tochter im Park spazieren zu gehen? Draußen ist so ein herrlicher Tag.«

»Eine ausgezeichnete Idee, Linford«, stimmte er zu. Ihr Vater war nicht bettlägerig. Nur plagten ihn so schlimme Schmerzen, daß er die meiste Zeit am Tropf hing und sich mit Morphium die Leiden lindern ließ.

»Ich schnalle Ihnen gleich Ihr tragbares Powerpack um«, erklärte die Schwester und half ihm aufzustehen. Es schien ihr zu gefallen, den alten Mann zu umsorgen. »Damit halten Sie es für eine Weile aus.«

»Ihnen habe ich es zu verdanken, Linford, daß ich es hier überhaupt aushalte«, entgegnete er und verzog vor Schmerzen das Gesicht, als er sich aufrichtete.

Die Schwester bedachte ihn mit ihrem wissenden Grinsen. »Das sehen Sie auch ganz richtig so.«

Draußen angekommen spazierten die beiden Arm in Arm durch das Parkgelände.

»Nun erzähl mir alles, Liebes. Womit hast du dich in der letzten Zeit beschäftigt?«

»Ich habe das Buch, an dem ich geschrieben habe, in den Papierkorb geworfen. Da ich aber von irgend etwas leben muß, arbeite ich jetzt für *Style Wars.* Du kennst das Magazin doch, oder?«

»Natürlich ist es mir ein Begriff«, antwortete er leicht gereizt. »Ich mag zwar in einem Heim weggesperrt sein, aber deswegen bin ich noch lange nicht aus der Welt.«

»Ich dachte ja nur, daß so etwas normalerweise nicht zu deiner Lektüre gehört.«

»Ich lese alles, was mir unterkommt«, brummte er. »Nur so hört meine Welt nicht auf, sich zu drehen.«

»Das hast du mir schon beigebracht, als ich fünf war.«

»Ich bin froh, daß du das nicht vergessen hast«, entgegnete er mit einem Anflug von Lächeln.

»Nun ja«, fuhr sie fort, »ich muß sechs Profile von Prominenten verfassen, darf aber zusätzlich sechs weitere Artikel über Themen schreiben, die mir am Herzen liegen.«

»Hört sich ja großartig an.«

»Genau deswegen habe ich auch nicht lange überlegt und den Auftrag angenommen. Für den Anfang habe ich mir vorgestellt, etwas darüber zu Papier zu bringen, wie in der Filmbranche Frauen von Männer behandelt werden. Was hältst du davon?«

»Wenn du daraus einen Knüller machen kannst?«

»Das kann ich, Dad, vertrau mir.«

Er drückte ihre Hand. »Dessen bin ich mir hundertprozentig sicher, Liebes. Du vermagst alles zu tun, auf das du dich konzentrierst.«

Es war ein wunderbares Gefühl zu wissen, daß die eigenen Eltern immer an einen geglaubt hatten. Sie hatten Kennedy gut erzogen und ihr Ehrgeiz, Geist und Energie mit auf den Weg gegeben. Als Resultat davon konnte sie sich heute durchaus als selbstbewußte Frau bezeichnen. Mom und Dad hätten ihr kein größeres Geschenk machen können.

»Und was gibt es hier Neues?« fragte sie im Plauderton. »Scheucht Linford dich immer noch durchs Zimmer?«

»Die Gute besucht jetzt einen Selbstverteidigungskurs«, kicherte er.

»Doch nicht etwa, um sich vor dir zu schützen, oder?«

Seine gute Laune verflog unversehens. »Vor kurzem hat es hier in der Gegend einen Mord gegeben.«

»Was ist denn passiert?«

»Eine Frau wurde direkt vor ihrem Haus erwürgt.«

»Und ich dachte immer, daß es hier so gut wie keine Kriminalität gebe.«

»Bis vor kurzem hat das auch gestimmt. Deswegen sind hier alle auch so in Aufregung. Nicht nur Linford, auch die anderen Schwestern belegen den Kurs.«

»Ich kann mir nicht vorstellen, daß jemand dumm genug sein könnte, Schwester Linford anzugreifen. Sie würde ihn wie ein Wanze zerdrücken.«

Er lachte trocken. »Ja, das würde sie bestimmt.« Dad schwieg einen Moment und sah sie dann direkt an: »Darüber solltest du schreiben.«

»Worüber? Schwester Linford und ihre Bärenkräfte?«

»Nein, Liebes. Über die Frau, die man ermordet hat.«

»Die ist doch nicht für eine Schlagzeile gut. Das Magazin würde den Artikel nicht bringen.«

Ihr Vater blieb stehen und bedachte sie mit einem strengen Blick. »Ich tue jetzt so, als hätte ich das nicht gehört. Keine Schlagzeile wert, bei Gott! Die Frau wurde vor ihrem Heim umgebracht. Was muß ihr denn noch widerfahren, bis sie würdig genug für eine Nachricht geworden ist?«

»Du hast recht«, antwortete sie leise und zerknirscht.

»Es freut mich, daß du so darüber denkst.«

Sie ließ die knochige Hand ihres Vaters nicht los. »Es tut mir immer gut, dich zu sehen, Dad.«

»Dann genieß es, solange du noch kannst, Schatz. Wenn diese alten Beine mich nämlich nicht mehr tragen wollen, habe ich auch keine Lust, noch länger hier zu bleiben.«

Am Sonntag morgen rollte sich Bobby Rush aus seinem Bett und zwang sich zum Anziehen und zum Joggen. Er hatte nur wenige Stunden geschlafen, weil er erst um drei Uhr morgens aus dem Homebase Central nach Hause gekommen war. Eine ganze Reihe attraktiver junger Frauen hatten sich ihm angeboten und für die Nacht anempfohlen. Er hatte keine mitgenommen.

Gary hatte ihn mehrmals ermuntert. »Nun greif doch

zu«, drängte er. »Wenn du schon eine Pussy auf dem Silbertablett serviert bekommst, solltest du nicht nein sagen.«

»Ich stehe nicht auf One-night-stands«, hatte er entgegnet, und damit war es ihm durchaus ernst. Bobby glaubte, die Phase abgeschlossen zu haben, in der er sich zu seiner eigenen Bestätigung keinem Bettabenteuer verweigert hatte. Heutzutage suchte er nach einer festen Beziehung, am liebsten mit einer Frau, die keine Schauspielerin war. Die entpuppten sich nämlich in der Regel als wahrer Alptraum: unsicher und voller Stimmungsschwankungen, selbstverliebt und narzistisch, immer nur fordernd und kein bißchen belastbar. Seine beiden letzten Beziehungen waren Schauspielerinnen gewesen. Nie wieder – hatte er sich seitdem geschworen.

Er joggte so lange auf dem Trainingspfad der UCLA, bis er am ganzen Körper schwitzte. Dann kehrte er nach Hause zurück, sprang in seinen Swimming Pool, schwamm fünfzig Bahnen, kletterte wieder heraus, preßte sich ein Glas Orangensaft und ließ sich mit der *L.A. Times* auf der bequemen Liege neben dem Becken nieder.

Kaum lag er da, als ihm einfiel, daß er diese Frau anrufen sollte, die bei ihm vorsprechen wollte. Wie hieß sie doch noch gleich? Ach ja, Kennedy irgendwas ... Kennedy Chase, genau, das war der Name.

Er dachte einen Moment lang an sie – eine kühle, attraktive und ziemlich zurückhaltende Persönlichkeit.

Dann wurde ihm bewußt, daß er ihre Nummer nicht besaß. Im nächsten Moment rief er seine Sekretärin bei ihr zu Hause an.

»Beth, Sie haben doch die Vorbesprechungen mit Kennedy Chase geführt, nicht wahr?«

Längeres Schweigen folgte. Dann: »Äh ... nein ... sollte ich das denn?« Sie klang zutiefst verwirrt.

»Selbstverständlich. Sie ist zwar eine attraktive Frau, aber überhaupt nicht für diesen Job geeignet. Ach übrigens, wie lautet ihre Nummer?«

»Die habe ich nicht.«

»Und warum nicht?«

»Bobby, weil Elspeth sich um die Medien kümmert. Elspeth ist Ihre Pressesprecherin.«

»Was hat Elspeth denn mit der ganzen Geschichte zu tun?«

»Es geht doch um Kennedy Chase«, erklärte Beth geduldig. »Ihr Interview mit ihr ist für Montag morgen um zehn Uhr angesetzt.«

»Beth, jetzt müssen Sie mir aber helfen, ich fühle mich total konfus. Mit der Frau habe ich doch schon am Freitag gesprochen. Ich habe das Vorgespräch mit ihr geführt.«

»Sie haben Vorgespräche mit ihr geführt?«

»Ja, so hatten Sie es doch vereinbart, oder?«

»Nein.«

Bobby wurde jetzt ungeduldig. »Wenn Sie den Freitagstermin nicht ausgemacht haben, wer denn dann?«

»Offensichtlich gibt es hier einige Verwirrung, Bobby. Kennedy Chase ist die Journalistin von *Style Wars.* Sie schreibt einen Artikel über Sie, und der soll der Aufmacher der nächsten Ausgabe sein.«

»Scheiße!«

»Nach Ihrem Terminplan soll sie das Interview am Montag um zehn Uhr mit Ihnen führen. Elspeth hat ihr versprochen, sie könne den ganzen Tag bleiben und sich Eindrücke verschaffen ... Ich dachte, das wäre mit Ihnen so abgesprochen.«

»Dann wird es wohl so sein«, murmelte er und wußte, daß man ihn hereingelegt hatte.

»Brauchen Sie immer noch die Nummer von der Chase? Ich kann Elspeth anrufen, die hat sie bestimmt.«

»Nein, machen Sie sich keine Umstände«, antwortete er und beendete das Gespräch.

Natürlich, jetzt ergab alles einen Sinn. Er hatte Kennedy für jemand anderen gehalten, und als kluge Journalistin, die sie nun einmal war, hatte sie gleich die Gelegenheit beim Schopf ergriffen.

Bobby konnte es kaum abwarten, bis endlich Montag war. Dann würde er dieser Lady nämlich ein paar Dinge sagen, die sie sich hinter die Ohren schreiben konnte. Oh ja!

Während der Heimfahrt dachte Kennedy an Mord, ans Altwerden, an Krankheit und Schmerzen. All die wunderbaren Dinge, die einen erwarteten. Als sie endlich zu Hause war, war sie in einer Stimmung, daß sie am liebsten gleich Rosa angerufen und in den Hörer geschrien hätte: ›Ja! Ja! Ich komme mit. Ist mir ganz egal, was für einen Kerl du für mich ausgesucht hast! Schlepp ihn an, am besten splitterfasernackt und scharf bis zum geht-nicht-mehr!‹

Aber dann setzte sich doch der gesunde Menschenverstand durch, und sie ließ den Telefonapparat in Ruhe. Statt dessen machte sie sich eine Dose Gemüsesuppe warm und genoß sie langsam. Später nahm sie ein Bad und zog sich danach mit dem neuesten Roman von Elmore Leonard ins Bett zurück. Seine unglaublich lebendigen Kriminalgeschichten waren ihre große Schwäche. Matt aber relaxed schlief sie schließlich ein und träumte von Straßenarbeitern mit freiem Oberkörper und von Farbigen mit glänzender Haut.

Am Morgen fühlte sie sich frisch und ausgeruht. Kennedy hatte nicht vor, den Interviewtermin mit Bobby Rush um zehn Uhr einzuhalten. Schließlich hatte sie das Portrait längst geschrieben und bereits an Mason geschickt. Und sie hatte auch keine Lust, Rushs unfreundlicher Pressesprecherin Bescheid zu sagen. Sollte die Frau doch zusehen, wie sie sich da herauswinden konnte.

Gegen halb elf Uhr fing das Telefon an zu klingeln. Sie hatte den Anrufbeantworter eingeschaltet und wartete gespannt.

Die Pressesprecherin. Verzweifelt!

Gut.

Bis zum Mittag rief diese Elspeth insgesamt viermal an. Dann gab sie es auf.

Kennedy beschloß, an den Strand zu fahren. Schließlich lebte sie hier in Kalifornien, und es war ein strahlend blauer Tag.

Sie verließ in großartiger Stimmung ihre Wohnung, ließ das Schiebedach ihrer Corvette herunter und fuhr über den Sunset zum Pazifik.

Als sie vier Stunden später zurückkehrte, fanden sich etliche Nachrichten auf ihrem Anrufbeantworter. Natürlich hatte Rosa sich wieder gemeldet. Dann Bobby Rush, und das überraschte Kennedy nun doch. Der dritte im Bunde war Mason, der mitteilte, daß er dringend mit ihr über den Artikel reden müsse. Und schließlich eine in Tränen aufgelöste Schwester Linford: »Kennedy, meine Liebe ... ich weiß gar nicht, wie ich es Ihnen sagen soll ... Ihr Vater ... Er ist heute nachmittag gestorben ... Es tut mir so leid ... so furchtbar leid ...«

Sie konnte nur wie erstarrt auf den Anrufbeantworter starren, und irgendwie fand sie den Weg zum Sessel.

Ihre Augen füllten sich mit Tränen, die dann langsam über die Wangen rannen.

Nun war sie vollkommen und absolut allein auf dieser Welt.

Kapitel 14

»Du hast mit Charlie Dollar geschlafen?« rief Cheryl ungläubig, als sie mit Jordanna durch das Fred Segal schlenderte, um sich die neuesten Kollektionen von Gaultier und Montana anzusehen.

»So schwierig war das nun auch wieder nicht«, entgegnete Jordanna verdrießlich. »Schließlich ist er auch nur ein Mann.«

»Und er steht auf Donnas Liste«, erklärte Cheryl triumphierend und genoß das Gefühl, über Insiderinformationen zu verfügen. »Gelegentlich findet er Gefallen an professioneller Action.«

Jordanna spürte zu ihrer weiteren Verärgerung, daß sie das enttäuschte. »So, was macht er denn?«

»Er läßt sich gern zwei Mädels kommen. Nur Blondinen. Und dann sieht der große Filmstar zu.«

Jordanna haßte Cheryl, weil die sich jetzt für eine Expertin hielt, was die sexuellen Vorlieben der Reichen und

Schönen betraf. Schon wünschte sie sich, ihr nie etwas von der Nacht mit Charlie erzählt zu haben.

»Also, wie ist er denn so im Bett?« fragte die Freundin neugierig, während sie ein schwarzes Lederbustier vom Kleiderhaken nahm und es sich an die Brust hielt.

»Warum stellst du das nicht selbst fest, mit einer von deinen Blondinen?« gab Jordanna giftig zurück.

»Oho, etwa eifersüchtig?« stichelte Cheryl, während sie sich mit dem Teil vor einem Spiegel betrachtete.

»Steht dir nicht«, bemerkte Jordanna abschätzig.

»Und dir steht Eifersucht nicht«, entgegnete Cheryl und ließ das Bustier fallen.

»Ich bin überhaupt nicht eifersüchtig«, erwiderte Jordanna wütend und ärgerte sich darüber, daß Cheryl das von ihr annahm. »Charlie kann schlafen, mit wem er will. Ich habe sowieso nicht vor, ihn wiederzusehen.«

Cheryl setzte ein schiefes Grinsen auf. »Wieso? Hat er dich nicht angerufen, oder war er im Bett Scheiße?«

»Weder noch«, beendete Jordanna das Thema und eilte zur Schuhabteilung. Sie nahm einen schwarzen Lederstiefel von Chanel aus dem Regal und tat so, als würde sie ihn begutachten, während sie in Wahrheit über Charlie nachdachte. Was hatte er in ihr ausgelöst? Überhaupt etwas? Ganz sicher hatte sie sich nicht in ihn verliebt, auch wenn Cheryl diesen Eindruck gewonnen zu haben schien. Aber ein Mann, den es erregte, Frauen beim Liebesspiel zu beobachten ... igitt! Ein Riesen-Abtörner. Dabei hatte sie doch ganz normal mit ihm gebumst.

Oh Gott, womöglich hielt er sie für irgendeine Nachwuchsschauspielerin, für ein Flittchen. Mann, wie peinlich!

Eine Woche war seit der Nacht vergangen, und er hatte sich nicht bei ihr gemeldet. Natürlich wollte sie das auch gar nicht. Und überhaupt hatte sie ihm auch nicht ihre Nummer hinterlassen.

Scheiß auf Charlie Dollar. Das Letzte, was sie gebrauchen konnte, war noch ein Filmstar in ihrem Leben.

»Hast du was von deinem Vater gehört?« fragte Cheryl und interessierte sich für ein Paar Pumps von Walter Steiger.

»Nein.«

»Bezahlt er dir immer noch Unterhalt?«

»Die Bank hat sich noch nicht bei mir gemeldet. Ich wette, die würden dort im Dreieck springen, wenn meine Schecks faul wären.«

»Tja, wenn du einen gutbezahlten Job suchst, dann weißt du ja, an wen du dich wenden kannst.«

Jordanna dachte kurz darüber nach und hätte fast gekichert. Jordanna Levitt, Spitzen-Callgirl. Ihr Vater würde sich bestimmt nicht zu sehr darüber aufregen. Immerhin hatte er ja selbst eine solche Dame geheiratet.

Shep war stinkig, als sie zu ihm zurückkehrte. »Wann ziehst du hier aus?« fragte er und preßte die Lippen zusammen. Stirnrunzeln verunstaltete sein hübsches, weiches Gesicht.

»Wieso? Gehe ich dir so auf den Nerv?« entgegnete sie trotzig. »Wenn das so ist, packe ich nämlich wirklich, und du bist mich los.«

»Du hast mir versprochen, du würdest nur ein paar Tage bleiben«, erinnerte er sie.

»Ich habe dir doch gerade gesagt, ich kann auch gleich gehen.«

»Du bist so unordentlich«, klagte Shep und deutete auf die Illustrierten auf dem Boden, die Schuhe und Kleidungsstücke, die überall verstreut lagen, und die vollen Aschenbecher, die auf jeder freien Fläche herumstanden.

»Tut mir leid«, gab sie gereizt zurück. »Ich wußte ja nicht, daß ich bei Mister Saubermann eingezogen bin.«

Shep bückte sich und hob ein Magazin auf. »Meine Putzfrau kommt nur zweimal in der Woche«, erklärte er vorwurfsvoll. »Die Ärmste hat soviel damit zu tun, hinter dir herzuräumen, daß sie gar keine Zeit dazu findet, meine Hemden zu bügeln oder andere Dinge für mich zu erledigen.«

Jordanna hatte endgültig genug von seinem Gejammer. »Okay, ich hab's kapiert, ich ziehe aus.« Sie wünschte, er würde endlich den Mund halten und sie in Ruhe lassen.

»Du kannst doch wieder zu deinem alten Herrn zurück«,

schlug er hilfsbereit vor und hob eine weitere Illustrierte auf, die achtlos auf den Boden gefallen war. »Ich wette, Jordan wird sich freuen, dich wieder bei sich zu haben.«

Jordanna haßte es, wenn jemand ihr einzureden versuchte, was sie zu tun und zu lassen habe. Das traf ganz besonders auf Shep zu, der sich in irgendwelchen Herrentoiletten herumtrieb. So einer hatte am allerwenigsten das Recht, anderen Ratschläge zu geben. Ohne ihm eine Antwort zu geben, eilte sie in das kleine Gästezimmer, warf ihren Koffer aufs Bett und stopfte ihn mit ihren Sachen voll.

Shep stand wenig später in der Tür und sah ihr zu. »Du mußt ja nicht gleich heute nacht verschwinden«, sagte er und klang enttäuscht.

Toll, großartig. Erst sagte er ihr, sie solle verduften, und dann kam er an und spielte den besorgten Freund. Tja, mein Lieber, dafür ist es jetzt zu spät.

»Danke, aber ich ziehe es vor zu verschwinden«, entgegnete sie frostig.

Shep schien Abfuhren nicht ertragen zu können. »Jordy, komm, sei doch bitte nicht sauer auf mich«, versuchte er, sie umzustimmen.

»Das bin ich gar nicht.« Sie fuhr damit fort, alles in den Koffer zu werfen. »Eigentlich wollte ich es dir längst erzählt haben.«

»Was denn?« fragte er ängstlich.

Und was willst du ihm jetzt sagen? Sie dachte fieberhaft nach und fand rasch die Lösung.

»Charlie Dollar hat mich gebeten, bei ihm einzuziehen«, log sie.

Shep konnte seine Überraschung nicht verbergen. »Charlie Dollar?«

»Ja, du hast richtig gehört.«

Da saß sie nun in ihrem Wagen und wußte nicht, wo sie die Nacht verbringen sollte. Nach Hause zu fahren, kam natürlich überhaupt nicht in Frage – Jordanna würde ihrem Vater niemals die Genugtuung verschaffen, daß sie wieder ins

Gästehaus einzog. Rasch ging sie die Alternativen durch. Bei Cheryl konnte sie schlecht unterkommen, da die Freundin jetzt ihren ›besonderen Service‹ unterhielt. Marjory ging auch nicht, weil die zu ihrem Vater zurückgekehrt war, nachdem die Drohbriefe kein Ende nehmen wollten. Und bei Grant gingen die leicht bekleideten Schönen wahrscheinlich die ganze Nacht hindurch ein und aus. Natürlich blieb noch die Möglichkeit, in ein Hotel zu ziehen, aber das kam ihr doch recht trostlos vor.

Aus einem Impuls heraus startete sie den Wagen und fuhr zu Charlie Dollar.

Es ging auf neunzehn Uhr zu, und Mac wußte, daß es höchste Zeit wurde, nach Hause zu gehen. Sharleen hatte ihn heute morgen an die wichtige Wohltätigkeitsveranstaltung erinnert, an der sie unbedingt teilnehmen mußten.

Aber eigentlich hatte er nicht die geringste Lust, das Produktionsbüro zu verlassen. Dafür gefiel es ihm viel zu gut, mit Bobby, Gary und Tyrone herumzusitzen und über Drehbuchänderungen, die Besetzung der Rollen, die Drehorte und die weiteren Planungsfragen zu diskutieren, die naturgemäß in den Monaten vor einer Filmproduktion aufkamen. In diesem Fall waren es sogar nur noch sechs Wochen bis dahin, weil die Zeit und der Drehplan drängten.

Die Besetzung war von ganz entscheidender Bedeutung. Mac strebte danach, jede einzelne Rolle perfekt zu besetzen. Angefangen von den Hauptdarstellern bis hin zu den kleinsten Nebenrollen mußte jeder Schauspieler exakt passen. Da beruhigte es ihn sehr, daß Bobby ähnlich dachte.

Mac bestand bei solchen Produktionen auch darauf, mit seiner alten Crew zu arbeiten. Der Kameramann stand zur Verfügung und ebenso sein erster Regieassistent. Auch sein ehemaliger Production Designer sowie der Location Manager hatten Zeit. Und bald würden auch die anderen Mitarbeiter eintreffen, angefangen von den Bautentrupps bis zur Garderobe.

Allerdings hatte Mac erfahren müssen, daß die Frau, die normalerweise die Maske unter sich hatte, irgendwo draußen in den Agoura Hills, wo sie wohnte, ermordet worden war. Mist! Die Gewalttätigkeit auf den Straßen nahm erschreckend zu, man war ja wirklich seines Lebens nicht mehr sicher. Er vermißte Margarita jetzt schon, schließlich hatte sie in vier Filmen mit ihm zusammengearbeitet. Mac schickte einen großen Kranz zur Beerdigung, nahm selbst aber nicht daran teil. Bestattungen waren nicht sein Ding. Wenn jemand von dieser Welt gegangen war, dann war er eben fort. Besser, man behielt nur die angenehmen Erinnerungen an ihn.

Nachdem er eine Woche mit Bobby zusammengearbeitet hatte, war er von ihm richtiggehend begeistert. Er hatte zwar vorher schon gewußt, daß der Mann ein Profi war, aber daß sie beide sich auch noch anfreunden würden, hatte er nicht erwartet. Und auch mit Gary und Tyrone klappte alles reibungslos.

Einen Film zu machen und dabei auch noch Spaß zu haben, war das Beste, was einem widerfahren konnte. Wer brauchte da noch die Freuden eines trauten Heims, wenn die Arbeit so gut von der Hand ging?

Das Telefon läutete, und Gary reichte ihm den Hörer.

Sharleen war dran. Natürlich. »Wo steckst du?« jammerte sie und klang ziemlich aufgebracht.

»Du weißt doch, wo ich bin«, antwortete er geduldig.

»Wir müssen in spätestens zwanzig Minuten los.«

»Dann treffe ich dich eben dort.«

»Mac ...« Ihre Stimme ließ das Schlimmste vermuten.

»Was denn?«

»Bei der Veranstaltung ist Abendgarderobe erwünscht. Das habe ich dir aber auch heute morgen gesagt.«

»Ja und?«

Sharleen versuchte, lieb und nett zu bleiben, weil sie hoffte, daß er dann auf dem schnellsten Wege nach Hause käme. »Das bedeutet, daß du erst herkommen und dich umziehen mußt.«

»Ist mir klar.«

Schön, wenn sie auf die liebe Tour nicht weiterkam, dann konnte er es auch anders haben. Es fiel ihr nicht schwer, auf giftig umzuschalten: »Du Mistkerl hast gar nicht vor, dorthin zu gehen, nicht wahr?«

»Ich komme, sobald ich kann.« Aber er verspürte nicht die geringste Lust dazu.

Sharleen legte wütend auf.

Oh Gott, was Frauen sich immer künstlich aufregen mußten!

»Gibt's Ärger?« fragte Bobby freundlich.

»Nichts Schlimmes«, entgegnete Mac. »Bist du eigentlich jemals verheiratet gewesen, Bobby?«

Sein Mitproduzent grinste breit: »Na hör mal, ich mag zwar Schauspieler sein, aber deswegen bin ich noch lange kein Idiot!«

Wenn Charlie Dollar gerade nicht an einem Film arbeitete, ließ er sich gehen und tat nur noch das, was ihm gerade Spaß machte. Manchmal stand er nicht vor Mittag auf und lief dann den ganzen Tag in seinem schwarzen Seidenpyjama und in weißen Strümpfen herum, spielte mit den Hunden Ball, las eine Menge Bücher, verspeiste ein paar Thunfisch-Sandwiches, sah sich Videos von alten Filmen an oder schaute im Fernsehen Wiederholungen von *Taxi*, seiner Lieblingsserie.

Gegen siebzehn Uhr war er dann in der Stimmung, Audienz zu halten. Normalerweise trudelten um diese Zeit Freunde ein und blieben, um Gras zu rauchen und Margaritas zu trinken. Charlie gefiel es, Hof zu halten und seine Theorien und Gedanken über jedes Thema, das ihm gerade in den Sinn kam, zu verbreiten – und das vor jedem, der gewillt war, ihm zuzuhören. Und von denen, die kamen, lauschten ihm alle, denn er war Charlie Dollar, der Superstar, und dies hier war Hollywood. Wenn man das Glück hatte, in seinen inneren Zirkel aufgenommen zu werden, tat man gut daran, ihm zuzuhören.

Jordanna traf während einer dieser Audienzen dort ein. Charlies Haushälterin, Mrs. Willet, eine unfreundliche Waliserin, öffnete die Tür, glaubte nach nur einem Blick, einen weiteren Fan des Stars vor sich zu haben, und wollte die junge Frau gleich abwimmeln.

»Verzeihen Sie«, entgegnete Jordanna und schob sich entschlossen an ihr vorbei ins Haus. »Mr. Dollar erwartet mich.«

»Tatsächlich?« rief Mrs. Willet und setzte gleich zur Verfolgung an. »Das werden wir ja gleich feststellen, junges Fräulein.«

»Gestatten Sie mir, Ihr Gedächtnis aufzufrischen«, gab Jordanna ebenso laut und unfreundlich zurück. »Erinnern Sie sich an Prince und Madonna? Neulich, mitten in der Nacht, vor seiner Schlafzimmertür?«

Die Haushälterin wußte, wann sie den Rückzug anzutreten hatte. Mit einem verächtlichen Schnauben verzog sie sich in die Küche.

»Alte Schachtel«, murmelte Jordanna, riß die Tür zum Wohnzimmer auf und marschierte hinein.

Charlie lag auf der Couch und rauchte einen Joint. Arnie stand hinter der Bar und mixte Margaritas. Melinda Woodson hatte sich auf dem Fußboden ausgebreitet. Sie war ganz in schwarzes Leder gewandet, trug eine schicke dunkle Sonnenbrille und hatte wie üblich eine säuerliche Miene aufgesetzt.

Die beiden Hunde liefen heran, um Jordanna zu begrüßen, schnüffelten an ihrem Schritt und zogen sich rasch zurück, als Charlie mit den Fingern schnippte. »Kindchen!« rief er und strahlte gleich übers ganze Gesicht. »Du hältst wohl nichts davon zurückzurufen, was?«

»Wie?«

»Schon mal was von Alexander Graham Bell gehört, dem Erfinder des Telefons. Ich habe dreimal bei dir angerufen.« Charlie erhob sich und schenkte ihr sein leicht irres Grinsen. »Filmstars können Ablehnung nicht vertragen. Wir sind auf so etwas nicht vorbereitet, Kindchen. Das frustriert uns nämlich.«

»Ich wußte nicht, daß du dich gemeldet hast«, antwortete sie, ehe ihr bewußt wurde, daß sie seit dem Auszug aus dem Gästehaus ihren Anrufbeantworter nicht mehr abgehört hatte.

Arnie verfolgte dieses Gespräch mit bitterer Miene. Die große Liebe seines Lebens war wieder einmal in das von Charlie getreten. Er kam hinter der Bar hervor und sagte gleich das Falsche: »Levitt, du siehst abgespannt aus.«

Jordanna drehte sich nicht einmal zu ihm um. »Danke, Arnie, du hast ein feines Gespür für das, was Mädchen gern hören wollen, um sich gleich besser zu fühlen.«

Charlie spürte die Spannung, die in der Luft lag, und wußte, wie er sie lösen konnte. »Arnie und Melinda wollten gerade gehen«, teilte er mit.

Die beiden starrten ihn verdutzt an. Davon hatten sie noch nichts gewußt.

Der Star nahm Jordannas Hand. »Komm mit nach oben ins Schlafzimmer, Kindchen. Ich will dir dort etwas zeigen, das dich sicher erfreuen wird.«

Melinda und Arnie tauschten Blicke aus. Charlie war normalerweise ziemlich träge. Es sah ihm gar nicht ähnlich, soviel Energie und Interesse für eine Frau an den Tag zu legen.

Arnie hatte nicht vor, einfach das Feld zu räumen. »Ich dachte, du wolltest heute abend noch in den Club, Charlie«, sagte er ziemlich quengelig.

»Wahrscheinlich nicht«, entgegnete der Star nur und führte Jordanna die Treppe hinauf.

Sie fühlte sich gleichzeitig geschmeichelt und verwirrt – beides Emotionen, die für sie nicht alltäglich waren. Ganz sicher hatte sie nicht erwartet, von Charlie so freudig empfangen zu werden; doch auf der anderen Seite gefiel ihr diese Wärme sehr.

»Wie ist es dir so ergangen, Kindchen?« fragte er, als sie Hand in Hand sein unaufgeräumtes Schlafzimmer betraten.

»Nicht so doll«, antwortete sie teilnahmslos.

»Warum denn das?«

»Ach, nicht so wichtig«, zuckte sie die Achseln.

Er drehte sie herum, damit sie ihn ansehen mußte. »Wenn es dich beschäftigt, ist es auch wichtig. Also, heraus damit. Ich bin der geborene Zuhörer.«

Klar. Sie war gerade bei ihm angekommen, und schon schleifte er sie in sein Bett. Charlie war gewiß nicht aufs Zuhören aus.

»Ich habe doch gerade gesagt, es ist nicht so wichtig.«

Er bückte sich, nahm zwei Tower-Records-Tüten aus einer Ecke und gab sie ihr. »Geschenke«, verkündete er mit einem breiten Grinsen. »Ich fürchtete schon, ich hätte nur Geld verschwendet, aber jetzt bist du ja hier. Sieh doch nach, ob es dir gefällt.«

Sie warf einen Blick in die erste Tasche. Darin befanden sich alle CDs, die Madonna und Prince je aufgenommen hatten. Und in der zweiten lag alles von Bobby Brown und John Coltrane. Im ersten Moment konnte Jordanna es nicht fassen. Das war wirklich aufmerksam von Charlie, und so etwas war sie nicht gewöhnt. Es rührte sie tief. »Danke, Charlie«, sagte sie leise. »Jetzt muß ich nur noch meinen CD-Player holen.«

»Wo denn?«

»Im Gästehaus von meinem Dad. Ich bin nämlich endgültig von zu Hause ausgezogen.«

»Gut von dir.«

»Na ja, wie man's nimmt. Ich bin zu einem Freund gezogen, dem ich aber zu unordentlich war. Da hat er mich rausgeschmissen.«

Er hob die Brauen. »Unordentlich?«

»Genau.« Sie lächelte und nickte in Richtung seines ungemachten Bettes. »So ähnlich wie du.«

»Dann brauchst du also eine Bleibe?«

Sie zögerte. »Nun ...«

»Ich habe mehr Gästezimmer als Haare auf dem Kopf. Du kannst gern bei mir einziehen.«

»Ehrlich, ich will mir ja eine eigene Wohnung suchen«, sagte sie rasch. »Aber zuerst muß ich mich wohl um einen Job kümmern ... wenn ich vielleicht hier ein paar Tage unterkommen könnte?«

»Ein paar Tage, ein paar Monate, wen interessiert das schon, so lange du mich nicht nervst.«

»Keine Bange. Ich verspreche dir, dich absolut in Ruhe zu lassen.«

Er zog sie an sich heran und küßte sie.

»Jetzt wollen wir aber nicht gleich übertreiben, Kindchen. Ich habe neulich eine ziemlich interessante Nacht verbracht. Wie war's für dich?«

»Sie war ... eine Nacht, die man nicht so leicht vergißt.«

»Und warum hast du dich dann aus dem Haus geschlichen, bevor ich aufgewacht bin? Vielleicht gehöre ich ja zu den Leuten, die begeisterte Kritiken brauchen.«

»Ich wollte dir nicht auf den Nerv gehen.«

»Hey ...« Er drückte ihre Hand gegen seinen Schritt. »Jetzt kannst du selbst fühlen, wie sehr du mich nervst. Und ich kann dir versichern, daß mir das gefällt, sehr gut sogar.«

»Ich bin aber keine Blondine, Charlie.«

Er runzelte die Stirn. »Was meinst du damit?«

»Ach, nichts.« Sie sank vor ihm auf die Knie.

Jordanna wußte genau, was er jetzt von ihr verlangte, und es machte ihr nichts aus, ihm zu Willen zu sein.

Kapitel 15

Eine Woche lang lag Michael im Krankenhausbett und driftete zwischen wachen Momenten und Bewußtlosigkeit hin und her. Als er endlich für einen längeren Zeitraum die Augen öffnete, hatte er zuerst keine Ahnung, wo er sich befand.

So lag er ganz still da und versuchte, seine Gedanken zu ordnen. Dabei fiel ihm auf, daß er an Schläuche angeschlossen war, sein Schädel zum Verrücktwerden schmerzte und er unglaublichen Durst hatte. Dann kam ihm plötzlich die Erkenntnis. Er war angeschossen worden! Eine verdammte Kugel hatte ihn getroffen!

Er strapazierte sein Gedächtnis, und alles fiel ihm wieder ein. Eine Drogen-Razzia. Er und sein Partner wollten zwei Männer hochnehmen. Einer von ihnen wollte verschwinden. Michael spürte, daß etwas nicht stimmte, drehte sich um und wurde getroffen.

Er stöhnte. Sein Kopf fühlte sich an, als würde er jeden Moment platzen. Michael wünschte sich nichts sehnlicher als ein Glas Wasser. »Ist jemand hier?« krächzte er.

Eine Schwester tauchte neben seinem Bett auf, eine ernsthafte, zierliche Frau mit kurzgeschnittenem braunen Haar und lebendigen Augen. »Hallo, Mr. Scorsini, Sie sind also zu uns zurückgekehrt.«

»Man hat mich angeschossen«, murmelte er.

»Nein, das hat man nicht«, entgegnete sie sanft und klopfte ihm leicht auf den Arm.

»Doch. Ich bin von einer Kugel getroffen worden«, beharrte er.

»Nein, bestimmt nicht, Mr. Scorsini.« Sie legte ihm eine kühle Hand auf die Stirn.

»Muß was trinken«, brachte er mühsam hervor.

»Aber nur, wenn Sie mir versprechen, langsam zu trinken.«

Sie verschwand kurz und kehrte mit einem halbgefüllten Becher Wasser zurück, den sie ihm an die Lippen hielt.

Michael nahm nur kleine Schlucke zu sich und genoß jeden Tropfen.

»Dann werde ich jetzt Mr. Robbins anrufen«, erklärte die Schwester. »Dem Doktor habe ich bereits Bescheid gegeben. Er ist auf dem Weg zu Ihnen.«

»Quincy ist hier in New York?«

»Sie befinden sich in Los Angeles, Mr. Scorsini.«

Na klar doch. Was wußte diese Frau denn schon?

Er hatte das Gefühl, das Innere seines Schädels sei zu einer Abschußrampe für Raketen umfunktioniert worden. Langsam hob er eine Hand und tastete vorsichtig seine Schulter ab. Dort hatte die Kugel ihn erwischt.

Aber da war kein Verband, gar nichts. Verdammt noch mal, warum wurde er hier denn nicht ordentlich versorgt? Ihm blieb nur eins übrig: Er mußte so schnell wie möglich aus diesem komischen Krankenhaus heraus.

Nach ein paar Minuten stand die Schwester wieder neben ihm. »Mr. Robbins hat gesagt, daß er sofort kommt. Er hat sich sehr gefreut, daß Sie das Bewußtsein wiedererlangt haben.«

»Wo ist der Verband?«

»Was denn für ein Verband?«

»Ich habe Ihnen doch gesagt, daß ich niedergeschossen worden bin.«

»Nein, Mr. Scorsini, Sie hatten einen Autounfall.«

Michael wollte sich aufrichten, doch das gelang ihm nicht. Er fiel aufs Kissen zurück und sagte leise: »Ich weiß, wer der Schütze war. Seit Monaten arbeite ich schon an diesem Fall. Wo steckt der Captain? Ich muß dringend mit ihm reden.«

»Bitte beruhigen Sie sich, Mr. Scorsini.«

Michael schloß die Augen und versuchte, sich an mehr zu erinnern. Ja ... er und sein Partner ermittelten verdeckt in einem Fall, als die Scheiße über sie kam ... Sie hielten sich in einem Lagerhaus in der 42nd Street auf, und eigentlich hätte alles glatt laufen sollen. Aber nein, da war dieser Puertoricaner, der im letzten Moment mißtrauisch geworden war und abhaute. Michael spürte sofort, daß etwas in der Luft lag. Er rief seinem Partner zu, ihn zu decken, und lief dem Mistkerl hinterher.

Dann krachte ein Schuß unfaßbar laut. Die Kugel drang in seinen Körper und zerriß ihn. Danach befielen ihn entsetzliche Schmerzen.

Michael erinnerte sich noch, wie er auf dem Boden aufgekommen war ... an die Fahrt in der Ambulanz zum Krankenhaus ... und an die besorgten Gesichter über ihm.

Irgendwann später wachte er auf, und jemand teilte ihm mit, daß man die Kugel hatte entfernen können.

Warum lag er dann immer noch im Krankenhaus?

»Mr. Scorsini, ich freue mich, Sie bei Bewußtsein zu sehen.«

Er konzentrierte seinen Blick auf den Arzt, einen kleinen Mann mit Halbglatze und kleinen Knopfaugen.

»Wo bin ich?« wollte Michael wissen.

»Im Krankenhaus.«

»In New York?«

»Nein, in Los Angeles.«

»Aber ich bin angeschossen worden.«

»Nein.«

»Wollen Sie mir etwa sagen, daß mich keine Kugel erwischt hat?«

»Mr. Scorsini, Sie sind ein wenig verwirrt. So etwas kommt häufig infolge einer Gehirnerschütterung vor. Seit einer Woche ringen Sie darum, endgültig aus der Bewußtlosigkeit zu erwachen.«

»Ehrlich?«

»Ja. Allem Anschein nach haben Sie den kritischen Punkt jetzt überwunden.«

»Nehmen Sie mir die Schläuche ab, Doktor. Ich reagiere allergisch auf Krankenhäuser.«

»Alles zu seiner Zeit«, erklärte der Arzt, beugte sich über ihn und leuchtete ihm mit einer Bleistifttaschenlampe in die Augen. »Sie haben großes Glück gehabt. Keine Knochenbrüche oder Frakturen. Einen Haufen Beulen und Schrammen und heftige Kopfschmerzen, aber das war's auch schon.«

Bella! Die Erinnerung an seine Tochter setzte mit aller Macht ein. Und nun fügten sich alle Puzzleteile zusammen. Rita. Die Fotos. Der Club Erotica. Daly Forrest.

Nein, er war nicht angeschossen worden. Das war vor langer Zeit geschehen. Vielmehr hatte er Forrest verfolgt und dabei einen Schlag auf den Kopf erhalten. Genau, hinter diesem Haus in Hancock Park, wo er Bellas Stimme gehört hatte, und dann … war alles schwarz geworden.

Wieder versuchte er, sich aufzurichten. »Ich muß gehen«, murmelte er entschlossen.

Aber der Arzt ließ nicht mit sich spaßen. »Dafür sind Sie noch viel zu schwach. Sie bleiben mindestens noch achtundvierzig Stunden zur Beobachtung hier.«

»Das können Sie sich in die Haare schmieren, Doktor. Ich muß los.«

»Aber heute nicht mehr«, erklärte der Arzt.

Als er gegangen war, trat die Schwester wieder an Michaels Bett und befreite ihn von den Schläuchen. »Wollen doch mal sehen, ob wir nicht etwas Fett auf Ihre Rippen zaubern können«, sagte sie gutgelaunt. »Ich bringe Ihnen gleich eine kräftige Hühnerbrühe. Heute dürfen Sie leider nur flüssige Nahrung zu sich nehmen. Aber gleich morgen früh gibt's Rührei.«

Scheiß auf ihre Rühreier. Als Quincy eintraf, war Michael bereit zu gehen. Seine Kräfte hatten sich wieder eingestellt. »Was ist passiert?« wollte er ungeduldig von seinem Freund erfahren. »Wie bin ich hierher gelangt?«

»Das fragst du mich?« entgegnete Quincy und wedelte wieder mit den Armen durch die Luft. »Ich hatte gehofft, du könntest mir das erklären. Dein Wagen ist auf der Mulholland von der Fahrbahn abgekommen und abgestürzt. Du wurdest hinausgeschleudert. Sie haben den Wagen ein ganzes Stück weiter den Hang hinunter gefunden. Mensch, du kannst von Glück sagen, mit dem Leben davongekommen zu sein.«

»Tja, ich war aber nicht auf der Mulholland. Ich bin Daly Forrest gefolgt. Bis zu einem Gebäude in Hancock Park. Er hat es betreten, und ich habe mich hinter das Haus geschlichen. Da hörte ich dann Bellas Stimme. Ich wollte zu ihr und habe einen Schlag auf den Kopf erhalten.«

Quincy sah ihn skeptisch an. »Bist du dir da sicher?«

»Natürlich.«

»Und wie erklärst du dir dann den Autounfall?«

»War nur vorgetäuscht. Sie wollten mich aus dem Weg haben.«

Quincy kratzte sich am Kinn. »Wer ist ›sie‹? Und warum haben sie einen solchen Aufwand betrieben?«

Michael war schon halb aus dem Bett. »Genau das werden wir herausfinden, sobald du mir nach draußen geholfen hast.«

»Michael, sie entlassen dich noch nicht. Ich habe eben nachgefragt.«

»Hol mir meine Kleider. Und meine Kanone.«

»Du mußt bei der Polizei eine Aussage machen.«

»Und was soll ich denen erzählen? Daß ich auf der Mulholland gefahren und an einer Stelle nach rechts statt nach links abgebogen bin?«

»Tja, so etwas in der Art. Denn die andere Geschichte wird dir kein Mensch glauben.«

»Meine Sachen, Q. Ich habe dir doch gerade gesagt, daß wir hier raus müssen.«

Quincy wußte, wann es besser war, nicht mit seinem Freund zu streiten.

Sie hatten keine Schwierigkeiten, an dem Portier in Forrests Apartmenthaus in Wiltshire vorbeizukommen. Der Mann behandelte sie fast schon wie alte Freunde.

Quincy lief hinter Michael her und jammerte in einem fort. »Verdammt, wir hätten damit bis morgen warten und die Bullen mitbringen sollen. Mensch, Mike, du müßtest eigentlich noch im Krankenhaus liegen. Warum drängt es dich so, hierher zu kommen? Bevor du aufgetaucht bist, war mein Leben ...«

»Wirst du jetzt endlich damit aufhören?« schnitt Michael ihm das Wort ab. »Ich muß herausfinden, was hier gespielt wird. Unvermittelt wache ich im Krankenhaus auf, weil ich angeblich einen Autounfall erlitten habe. Meine verdammte Knarre ist gestohlen worden, und dieser Mistkerl Daly will mich umbringen. Tja, Pech für ihn, daß ich es überlebt habe. Heute abend werden wir die Wahrheit herausfinden.« Er öffnete mit einem Kniff Forrests Wohnungstür.

»Großartig«, stöhnte Quincy. »Jetzt begehen wir auch noch einen schweren Einbruch. Einfach super!«

Sie schlichen durch die Diele – eine gediegene Einrichtung mit Marmorboden und Spiegeln an der Wand. Alles war still. Michael blieb einen Moment stehen und lauschte. Dann lief er vorsichtig durch den Flur. Quincy folgte ihm widerstrebend.

Michaels Bewegungen hatten etwas von einer Katze an sich, und er schien auch im Dunkeln sehen zu können. Er brauchte nicht lange, um das Schlafzimmer zu finden. Das einzige Licht in dem Raum kam vom Fernsehgerät. Es lief ein Film, und man hatte den Ton leise gedreht.

Zwei Menschen lagen in dem Bett – ein Mann und eine Frau. Beide schienen zu schlafen.

Michael blieb für einen langen Moment in der Tür stehen und beobachtete das Paar. Dann schaltete er das Licht ein, und sofort wurde es in dem Zimmer taghell.

Bei dem Mann handelte es sich um Daly Forrest.

Die Frau an seiner Seite war Michaels Ex-Frau Rita.

Und beiden hatte man in den Kopf geschossen.

Kapitel 16

Mason Rich verließ New York mit dem Flugzeug, um bei der Beerdigung von Kennedys Vater an ihrer Seite zu sein. Nicht sehr viele waren gekommen, ihm die letzte Ehre zu erweisen, denn die meisten Freunde ihrer Eltern waren längst tot.

Schwester Linford ließ ihren Tränen freien Lauf, als der Sarg in die Erde hinabgelassen wurde. »Mein Vater hat Sie sehr gemocht«, versuchte Kennedy sie zu trösten. »Das hat er mir mehr als einmal gesagt.«

»Ich habe den Mann so sehr geliebt«, entgegnete die Frau, während die Tränen über ihre Wangen rannen.

»Das weiß ich«, meinte die Tochter traurig. »Wir alle werden ihn sehr vermissen.«

Nach dem Begräbnis beharrte Mason darauf, daß Kennedy ihn zum Lunch in sein Hotel begleitete.

»Ich bekomme keinen Bissen herunter«, sagte sie gleichgültig, während der Kellner sie an einen Tisch führte.

»Du wirst und du kannst etwas essen«, entgegnete er entschieden. »Doch als erstes brauchst du einen starken Drink.«

Sie stocherte nur in ihrem Salat herum, während er von New York und ihren gemeinsamen Freunden erzählte, im Grunde aber nur Belanglosigkeiten von sich gab. »Du mußt dir einfach klarmachen«, meinte er schließlich, »daß es für deinen Vater wirklich so am besten ist, wo er doch so große Schmerzen gelitten hat.«

Kennedy nahm einen kleinen Schluck von dem Wodka, den er ihr bestellt hatte, und betrachtete ihn. Mason besaß ausgeprägte Züge und so glattes und dichtes braunes Haar, daß viele glaubten, er trage eine Perücke. Stets kleidete er sich so, als wolle er für die Modeabteilung im G. Q. posieren.

Wie auch immer, sie konnte ihn einfach nicht attraktiv finden, obwohl ihr nicht entging, daß er hinter ihr her war – und dem Vernehmen nach eine glückliche Ehe führte. »Das ist doch ein Klischee, Mason«, sagte sie lahm.

»Was soll ich deiner Meinung nach denn sonst in einem solchen Moment von mir geben?«

»Ich weiß auch nicht ...« Sie schwieg für einen Moment, ehe sie fortfuhr: »Aber wenn nach der Mutter auch noch der Vater von dir geht, wirst du dir ziemlich schmerzlich deiner eigenen Sterblichkeit bewußt. Ein schreckliches Gefühl, und ehrlich gesagt, ich komme mir jetzt ziemlich allein vor.«

Mason bestellte per Handzeichen bei dem Kellner einen weiteren Drink. »Dein Vater war schon recht alt, und du solltest dir immer vor Augen halten, daß er ein interessantes und ausgefülltes Leben hinter sich hat. In manchen Kulturen sieht man den Tod als Fest an, wenn ein Mensch so viele erfolgreiche Jahre gelebt hat.«

»Ich weiß ... es ist nur so, daß mich jetzt das Gefühl beschleicht, die nächste zu sein. Und damit fühle ich mich ziemlich verletzlich.«

»Hör mal, du bist doch erst fünfunddreißig und trittst noch lange nicht ab.« Mason lachte kurz und trocken.

»Vermutlich hast du recht.« Sie blickte zum Fenster hinaus und drehte sich dann wieder zu ihm um. »Vielen Dank, daß du zur Beerdigung gekommen bist.«

Er legte seine Rechte auf ihre Hand. »Dafür sind Freunde doch da.«

Sie lächelte schief. »Ist das nicht der Titel von einem Schlager?«

»Wenigstens habe ich dich damit zum Lächeln gebracht.« Der Kellner brachte ihm seinen zweiten Martini. »Hör dir an, was ich dir jetzt vorzuschlagen habe: Nimm dir ein paar Wochen frei, flieg nach Hawaii, leg dich in die Sonne und vergiß alles andere.«

»Du weißt, daß ich das nicht könnte.«

»Du mußt aber Trauerarbeit leisten, K. C., das hilft dir.«

Sie schüttelte den Kopf. »Nein, was ich tun muß, ist, mich in die Arbeit zu stürzen. Und wo wir gerade dabei sind, ich würde gern mit dir über meine erste Story reden.«

»Hast du nicht neulich gesagt, du wolltest etwas über die Frauen in Hollywood schreiben?«

»Ich habe es mir anders überlegt. Jetzt möchte ich etwas über eine ganz normale Frau zu Papier bringen, die vor ihrem Haus ermordet wurde.«

»Kenne ich sie?«

»Nein. Ich bin mir noch nicht einmal sicher, ob ich das überhaupt schreiben werde. Dafür muß ich erst weitere Recherchen betreiben. Die Geschichte soll sich immer noch um Gewalt gegen Frauen drehen, aber ich habe mich gefragt, warum wir uns immer auf die Reichen und Schönen konzentrieren müssen.«

»Wenn kein Promi in die Sache verwickelt ist, will das doch kein Mensch lesen, oder?«

»Du wärst überrascht, wie viele sich für gewöhnliche Schicksale interessieren.«

Er trommelte mit den Fingern auf dem Tisch. »Da wir jetzt doch über die Arbeit sprechen, wir wär's, wenn wir ein paar Worte über dieses Bobby-Rush-Interview verlieren?«

»Was gibt's denn da noch zu diskutieren?«

»Die Sache ist mir zu leichtgewichtig. So wie du ihn darstellst, ist er einfach zu nett.«

»Er ist ja auch ein netter Kerl.«

»Kann schon sein, aber ich will etwas Handfesteres. Ich war eigentlich davon ausgegangen, daß du dich besonders auf die Vater-Sohn-Flanke stürzen und ein bißchen darin herumgraben wolltest.«

»Aber du hast doch gesagt, daß wir nicht daran rühren wollen.«

Mason ging gar nicht darauf ein. »Schreib es bitte um. Stell die Vetternwirtschaft in Hollywood an den Pranger. Schreib, wie wenig doch hinter dem Ruhm steckt, und klär die Leser auf, mit wem er vögelt.«

Kennedy konnte nur mit Mühe ihre Beherrschung wahren. »Dann such dir einen anderen Zeilenschinder.«

»Ich kritisiere deine Arbeit doch gar nicht«, sagte Mason rasch. »Der Text ist wirklich gut geschrieben, und dieser kleine Kniff mit der verwechselten Identität gefällt mir sehr.«

»Was willst du mir eigentlich beibringen?« fuhr sie ihn an. »Daß du es nicht drucken willst?«

»Pepp die Geschichte auf, K. C.«

»Ich habe Bobby Rush so beschrieben, wie ich ihn sehe.«

»Okay, ist ja schon gut, aber faß die nächste Berühmtheit nicht wieder mit Samthandschuhen an. Ich habe nämlich eine Überraschung für dich: Höchstwahrscheinlich können wir dir Charlie Dollar besorgen.«

»Ehrlich?« Ihr Interesse war sofort geweckt.

»Er spielt bei seinem neuesten Film den Executive Producer, deswegen ist er natürlich heiß auf jede Promotion, die er nur kriegen kann. Normalerweise gibt er sich nicht mit Print-Medien ab, aber zu einer Cover Story in *Style Wars* kann sicher auch er nicht nein sagen.« Er schnippte dem Kellner nach der Rechnung. »Ich muß meinen Flieger bekommen. Bist du sicher, daß mit dir alles in Ordnung ist?«

»Ganz sicher, Mason. Und ich muß mich noch einmal dafür bedanken, daß du den weiten Weg hierher geflogen bist. Ehrlich, das hat mir viel gegeben.«

»Keine Ursache, K. C., du weißt doch, daß du mein Schatz bist.« Er küßte sie auf die Wange.

Rosa, die nach der Beerdigung gleich ins Fernsehstudio zurück gemußt hatte, kam sie am frühen Abend besuchen.

»Ich bleibe über Nacht«, verkündete sie gleich und ließ die gefüllte Reisetasche von Fendi in der Diele fallen.

»Nein, das wirst du nicht«, widersprach Kennedy entschieden.

»Oh doch«, entgegnete Rosa mindestens ebenso entschlossen. »Wir ratschen, wir stopfen uns den Bauch voll, und wir machen auch sonst alles, was Mädchen so tun, wenn sie einen Abend miteinander verbringen.«

»Eine Mädelsparty ist ja wohl das Letzte für dich. Wenn kein Kerl in der Nähe ist, schläfst du doch gleich ein.«

Rosa tat kurz so, als sei sie beleidigt. »Du steckst mitten in einer Krise, und ich bin gekommen, dir Händchen zu halten. Dafür sind Freunde da.«

»Oh Gott!« rief Kennedy und verdrehte die Augen. »Warum verfolgt mich alle Welt mit dieser Schnulze?«

Im weiteren Verlauf des Abends stellte sich jedoch heraus, daß ihr Rosas Anwesenheit durchaus willkommen war; denn es behagte ihr ganz und gar nicht, allein sein zu müssen.

Die beiden Frauen machten es sich in der Küche gemütlich, bestellten sich chinesisches Essen und redeten die ganze Nacht hindurch. Sie gingen alle Themen durch, die ihnen einfielen, doch Rosa lenkte das Gespräch, wann immer sich eine Chance dazu ergab, auf ihren Ferdy zurück.

»Ich meine, ehrlich, hab' ich sie nicht mehr alle, oder was?« fragte sie, während sie an einem Spare Rib nagte. »Ferdy ist jünger als ich und hat die falsche Hautfarbe – und trotzdem habe ich das starke Gefühl, daß uns beiden eine großartige Zukunft bevorsteht.«

»Das sagst du doch von jedem, mit dem du mal eine Nacht verbracht hast.«

»Vielleicht glaube ich ja fest daran.«

»Wenn du weiter solchen Traumvorstellungen hinterherjagst, halte ich dich wirklich für verrückt.«

Rosa zuckte die Achseln und leckte sich die Finger ab. »Ich weiß sowieso nicht, wofür ich eigentlich einen Kerl brauche. Manchmal denke ich, nur für fantastischen Sex. Denn wenn ich ganz ehrlich bin, habe ich eigentlich nicht den dringenden Wunsch, einen von diesen Typen zu heiraten und von ihm Kindern zu kriegen.«

»Bist du dir da ganz sicher?«

»Ich habe es zweimal mit dem Traualtar probiert, und beide Male hat es nicht funktioniert. Wahrscheinlich bin ich einfach nicht der mütterliche Typ, dafür ist mir meine Karriere viel zu wichtig. Und außerdem, wo steht geschrieben, daß man unbedingt Kinder haben muß?«

»Ich verstehe, was du meinst«, stimmte Kennedy zu. Allerdings hätte sie sicher gerne mit Phil Kinder gehabt, wenn er nicht gestorben wäre. Und zwar einen ganzen Stall davon. Deswegen hätte ihre Karriere nicht darunter leiden müssen. Beides war nämlich durchaus miteinander vereinbar.

»Das Problem ist«, fuhr Rosa nachdenklich fort, »daß Ferdy unbedingt Babys haben will. Hat wohl irgendwie mit seinem männlichen Stolz zu tun.«

Kennedy erhob sich und räumte das Geschirr ab. »Hast du denn vor, ihn zu heiraten?«

»Kein Gedanke.«

»Wo liegt dann das Problem?«

Rosa lachte. »Deswegen mag ich dich so sehr, K. C. Du schaffst es immer wieder, mich aufzuheitern.«

Als der Morgen gekommen war, hatte die Freundin es plötzlich furchtbar eilig. Sie blockierte das Bad und legte sich dort ihr perfektes Make-up auf. Dann führte sie sechs ganz furchtbar dringende Telefonate und sauste schließlich aus dem Apartment. »Ich ruf dich später an«, versprach sie, winkte Kennedy zu und lief zu ihrem Wagen. »Schalt die Achtzehn-Uhr-Nachrichten ein, und sieh dir unseren neuen Wetterfrosch genau an. Der ist nämlich noch zu haben.«

Was für ein Herzchen, dachte Kennedy. Das letzte, was sie jetzt brauchte, war ein Mann. Sie hatte vielmehr Ruhe und Abstand nötig. Und dazu würde sie sich wie eine Besessene in ihre Arbeit stürzen.

Gesagt, getan. Kennedy suchte die Bibliothek auf und las dort alles, was sie über den Frauenmord in den Agoura Hills finden konnte. Ihr Vater hatte vollkommen recht gehabt: Warum sich immer nur auf die Reichen und Schönen von Hollywood kaprizieren, wenn es tagtäglich zu Vorfällen kam, die ganz normale Menschen viel unmittelbarer betrafen?

Eine Frau war gewaltsam ums Leben gekommen, aber viel zu erfahren gab es darüber nicht. Kennedy fand nur zwei kurze Zeitungsartikel. Der erste wartete mit einer aufrüttelnden Schlagzeile auf:

FRAU VOR EIGENEM HAUS ERMORDET

Margarita Lynda (37) wurde heute morgen neben ihrem Wagen, der vor ihrem Haus stand, erwürgt aufgefunden. Allem Anschein nach wurde sie nicht Opfer eines Raubüberfalls, und ebenso wenig scheinen die Indizien für eine Vergewaltigung zu sprechen.
Ein Spaziergänger fand die Leiche um 7.40 Uhr und rief sofort die Polizei.
Frau Lynda lebte getrennt von ihrem Mann in den Agoura Hills und hinterläßt keine Kinder. Sie arbeitete beim Film in der Maske und hatte zuletzt bei einem Streifen von Grant Lennon mitgewirkt. Laut Auskunft des Sheriff-Büros dauern die Ermittlungen an.

Der zweite Artikel war noch kürzer.

Hm, dachte Kennedy, nicht viel, um etwas damit anzufangen. Aber ihr journalistischer Instinkt war geweckt. Warum hatte man ausgerechnet diese Frau ermordet? Und bei welchem Film hatte Margarita Lynda die Stars geschminkt?

Es war ihre Bestimmung, Antworten auf diese Fragen zu finden. Das war sie dem Andenken an ihren Vater schuldig.

Der Mann folgte seinem nächsten Opfer den ganzen Tag lang. Es bereitete ihm ein perverses Vergnügen zu wissen, er konnte diese Frau überallhin begleiten, ohne daß sie die geringste Ahnung davon hatte.

Der Mann kannte die Frau. Er wußte fast alles über sein nächstes Opfer.

Nummer eins: Sie war lesbisch.

Nummer zwei: Sie lebte bei ihrer Mutter.

Nummer drei: Sie besaß zwei Katzen und einen kleinen Hund.

Das Opfer hatte heute einiges zu tun. Zunächst zur Wäscherei, dann zum Foto-Laden und schließlich zum Schuster. Zu Mittag aß sie mit einer Freundin, und anschließend ging sie ins Kino.

Die Frau sah sich einen Film an, der den Mann nicht im geringsten interessierte. Irgendeine dämliche Love Story. Aber er nahm trotzdem in dem Saal Platz, und zwar zwei Reihen hinter seinem Opfer. Die Frau war nicht allein, sondern mit ihrer Freundin vom Lunch zusammen, ein junges Ding in einem gelben Pullover und einer weiten Hose.

Perverse Säue, dachte der Mann. Er hatte noch nie verstanden, wie eine Frau sich zu einer anderen hingezogen fühlen konnte. So etwas war doch widernatürlich.

Nach dem Film tranken die beiden noch einen Kaffee, dann trennten sich ihre Wege.

Der Mann folgte dem Opfer bis nach Hause. Er überlegte schon, sie gleich hier und jetzt zu überfallen, bevor sie die Haustür aufschließen konnte. Aber es war noch nicht richtig Nacht geworden, und er wollte kein Risiko eingehen. Der Mann hatte keine Lust, sich schon wieder festnehmen zu lassen. Auf gar keinen Fall würde er jemals wieder in den Knast gehen.

So wartete er in seinem Wagen, den er an einer Ecke abgestellt hatte, wo niemand besondere Notiz von ihm nehmen würde. Bis circa einundzwanzig Uhr mußte er hier bleiben, denn dann würde sie herauskommen und ihren Hund ausführen.

Man konnte sich wirklich auf die Frau und ihre Gewohnheiten verlassen.

Der Mann stieg aus dem Wagen und lief ihr nach. Sie bog in eine ruhige Seitenstraße Richtung West Hollywood ein. Nach ein paar Sekunden fiel ihr dort auf, daß sie verfolgt wurde. Das Opfer drehte sich um.

Er verlangsamte seine Schritte nicht und bewegte sich direkt auf die Frau zu. »Hätten Sie einen Moment Zeit?« fragte er höflich.

Sie sah ihn an und schien nachzudenken. »Kenne ich Sie nicht …«

Der Mann nickte. »Ja, wir kennen uns«, antwortete er rasch, damit Sie den Satz nicht zu Ende sprechen konnte.

Im nächsten Augenblick schlug er sie mit einem harten Schlag, der für sie völlig überraschend kam, zu Boden. Die Frau brach zusammen, ohne einen Laut von sich zu geben. Ihr kleiner Hund fing jedoch an zu bellen und zu knurren. Der Mann versetzte ihm einen tüchtigen Tritt, und das Tier verzog sich rasch und jaulend.

Er ging neben dem Opfer in die Hocke, legte ihm langsam und methodisch die Hände um den Hals und fing an zuzudrükken.

Sie rührte sich noch einmal, dann zuckte ihr Körper unkontrolliert, und schließlich war es vorbei.

Nun gab es für ihn nur noch eins zu tun. Der Mann griff in seine Jackentasche und zog ein Kärtchen heraus, auf dem – er hatte die Buchstaben aus einer Zeitung ausgeschnitten und aufgeklebt – zu lesen stand: TOD ALLEN VERRÄTERN!

Er legte die Karte auf ihre Brust, sah sich ein letztes Mal um und kehrte dann zu seinem Auto zurück.

Als er fortfuhr, summte er leise vor sich hin.

Opfer Nummer zwei wäre erledigt. Damit blieben nur noch vier.

Er war der Spielleiter in diesem kleinen Spiel.

Kapitel 17

Das Zusammenleben mit Charlie Dollar war eine ganz neue Erfahrung. Er forderte nie etwas von ihr, war weit davon entfernt, sie als seinen Besitz zu betrachten und regte sich nicht im mindesten über die Unordnung auf, die sie ständig hinterließ. Der einzige Nachteil war seine mißmutige Haushälterin, die Jordanna ständig ansah, als plane sie, in allen Ecken des Hauses ein Feuer zu legen.

»Ignoriere die alte Hexe doch einfach«, bemerkte Charlie einmal mitten in einem seiner halb irrsinnigen Kicheranfälle. »Sie ist jetzt bereits fünfzehn Jahre bei mir. Selbst

Prinzessin Di könnte hier einziehen und vor ihren Augen keine Gnade finden.«

»Aber sie beobachtet mich ständig, Charlie. Ich habe wirklich das Gefühl, sie glaubt, ich wolle hier etwas stehlen.«

»Hast du denn irgendwas mitgehen lassen?«

Jordanna streckte ihm die Zunge heraus und machte ihm eine lange Nase. »Fick dich doch selbst, Arschloch.«

»Hat dir schon einmal jemand gesagt, daß du wie ein Fernfahrer redest?«

»Das bekomme ich fast täglich zu hören«, grinste sie.

»Du solltest was an deiner Sprache tun«, erklärte er gutmütig. »Damit du dich ein bißchen mehr wie eine Lady anhörst.«

Das Gute an ihrer Beziehung war, daß sie so hervorragend zueinander paßten, obwohl er fast dreißig Jahre älter als sie war. Jordanna genoß seine Gesellschaft, und mit ihm machte es bedeutend mehr Spaß als mit irgendeinem Midnight Cowboy, der nur einen knackigen Hintern und ein leeres Gehirn vorweisen konnte. Gott war ihr Zeuge, von den Typen hatte sie mehr als genug gehabt, die reichten für zwei Leben.

Jordanna wußte nicht viel über sein vergangenes Liebesleben, und eigentlich interessierte sie das auch gar nicht. Gerüchten zufolge sollte er bis vor zwei Monaten mit einer Schauspielerin zusammengelebt haben. Die beiden hatten ein dreijähriges Kind zusammen, das er regelmäßig sah. Irgendwelche Fragen danach zu stellen, war ganz und gar nicht ihr Stil. Wenn Charlie ihr irgend etwas darüber erzählen wollte, würde er das schon tun. So wie die Dinge zwischen ihnen standen, glaubte Jordanna, sie seien ein festes Paar – und das gab ihr ein gutes Gefühl der Geborgenheit.

Allerdings trieben sie manche seiner Angewohnheiten auf die Palme. Er spielte auf der Stereoanlage nur Sinatra und Tony Bennett – und zwar in voller Lautstärke! Oder er bekam mitten in der Nacht Hunger auf Cornflakes und nahm dann im Bett einen Teller voll zu sich. Außerdem war er ständig high. Und er liebte es, wenn sie ihm endlos einen blies.

Nach ein paar Tagen beschloß Jordanna, zum Gästehaus ihres Vaters zu fahren und noch ein paar von ihren Sachen zu holen. Obwohl sie die meisten Nächte in Charlies Bett verbrachte, hatte sie sich doch in dem großen Eckzimmer im Haus breitgemacht, und dort gab es viel Platz für ihre Besitztümer.

»Willst du deinem alten Herrn erzählen, daß du bei mir eingezogen bist?« fragte Charlie mit einem hämischen Funkeln in den Augen.

»Warum sollte ich das tun?« gab sie kühl zurück, weil sie sich nicht auf eine Diskussion über ihren Vater einlassen wollte.

»Sicher ist er doch neugierig und will erfahren, wo du inzwischen untergekommen bist?«

Sie zuckte die Achseln. »Jordan hat eine neue Frau, um die er sich Gedanken machen kann. Ich bin ihm doch völlig egal.«

Charlie nickte wissend. »Das bist du nicht – sobald er erfährt, bei wem du eingezogen bist.«

Bildete sie sich das nur ein, oder schien er tatsächlich darauf zu brennen, daß Jordan darüber Bescheid wußte?

»Du hast deine Meinung und ich die meine«, sagte sie und nahm sich fest vor, ihrem Vater nichts davon zu sagen. Mit ein bißchen Glück konnte sie ins Gästehaus schleichen, dort ihren Kram zusammenpacken und wieder fort sein, noch ehe jemand etwas von ihrer Anwesenheit mitbekommen hatte.

Doch das Glück war ihr nicht hold. Kaum kam sie am Gästehaus an, stand dort schon Kim und überwachte die Arbeit von ein paar Hausmädchen und zwei Umzugsmännern.

Jordanna verfolgte fassungslos, wie ihre Lieblingscouch herausgetragen wurde. »Was geht hier vor, zum Donnerwetter?« wollte sie wütend wissen.

Kim machte sich nicht einmal die Mühe, sie anzusehen. »Ach, du bist es.«

»Ja, ich bin es, und was hast du verdammt noch mal mit meinen Sachen vor?«

»Wir hatten den Eindruck, du seist ausgezogen«, antwortete Kim unterkühlt. »Jordan hat mir das wenigstens gesagt.«

»Ob ich ausgezogen bin oder nicht ist ja wohl kein Grund, meine Habe hinauszuwerfen!«

»Ich habe dafür gesorgt, daß alles woanders gelagert wird«, sagte Jordans Frau gleichmütig. »Außerdem brauchen wir den Platz.«

»Ihr habt im Haus genug Platz, um ein ganzes verdammtes Football-Team unterzubringen!« entgegnete Jordanna voller Zorn.

»Der reicht leider nicht«, erklärte Kim mit einem leisen Lächeln.

»Warum?«

Kim seufzte lange und vernehmlich. »Wahrscheinlich erfährst du es ja doch über kurz oder lang, also kann ich es dir auch gleich sagen: Dein Vater und ich erwarten Nachwuchs.«

Die Nutte war schwanger? Ausgeschlossen!

Jordanna atmete tief durch und gab sich die größte Mühe, nicht zu platzen. »Weiß Jordan schon davon?« fragte sie in naivem Tonfall.

Kim warf ihr einen vernichtenden Blick zu und spielte mit ihren blonden Locken. »Natürlich.«

»Ich habe nicht das Baby gemeint«, entgegnete Jordanna bissig und war fest entschlossen, sich nicht das Heft aus der Hand nehmen zu lassen.«

»Was hast du denn dann gemeint?«

Jordanna spielte ihr Trumpf-As aus. »Sagt dir der Name Donna etwas?«

»Welche Donna?« Kims Gesicht war eine Maske.

Und jetzt der Todesstoß: »Donna Lacey.«

Kim ließ sich äußerlich nichts anmerken. »Ich habe sie ein- oder zweimal gesehen. Warum fragst du?«

»Weil sie sich ziemlich gut an dich erinnert.« Jordanna legte eine Kunstpause ein, ehe sie fortfuhr: »Sag mir doch,

Kim, weiß Jordan eigentlich über deine Vergangenheit Bescheid?«

Sie zuckte nicht einmal mit der Wimper. »Ich habe keine Ahnung, wovon du redest.«

Jordanna ließ nicht locker. »Das glaube ich aber schon.«

Kims Stimme wurde leise und drohend: »Warum läßt du uns nicht in Ruhe? Reicht es nicht, daß du in deinem Alter immer noch sein Geld nimmst?«

»Ich glaube, das geht dich überhaupt nichts an«, gab Jordanna wütend zurück.

»Als seine Frau und Mutter seines Kindes geht es mich sehr wohl etwas an.«

Die beiden funkelten sich an.

»Dein Vater hatte es nicht immer leicht«, sagte Kim schließlich. »Da braucht er nicht auch noch die Lügen, die du über mich verbreitest.«

»Hatte es nicht immer leicht, pah!« schnaubte Jordanna. »Als wenn du auch nur das Geringste davon wüßtest!«

»Ich weiß alles über Jordan ... auch wie sehr er von dir enttäuscht ist.«

Diese Worte saßen. Hatte sie ihn wirklich enttäuscht, oder dachte Kim sich das nur aus, um ihr weh zu tun?

»Das Einzige, was du weißt, ist, daß du jeden Moment genießt, in dem du seinen Namen tragen darfst!« schoß Jordanna zurück. »Du hast gewiß nicht vor, ihn wieder aus deinen Krallen zu lassen, oder?«

»Ja, ich genieße es«, entgegnete Kim trotzig, »und ich lasse es mir von dir ganz sicher nicht kaputtmachen.«

»Ich kann es ja mal versuchen.«

»Hast du auch nur den geringsten Beweis? Er wird dir niemals glauben.«

»Die Beweise verschaffe ich mir locker.«

»Aber ich bekomme sein Kind«, triumphierte Kim, »und dagegen hast du nicht die geringste Chance.«

»Das werden wir ja sehen.«

»Tu, was du nicht lassen kannst.« Kim seufzte, als würde sie das nur ermüden. »Denn offen gesagt, wenn er zwischen dir und mir zu wählen hätte, weiß ich sehr gut, für wen er sich entscheiden würde.« Sie drehte sich auf dem Absatz herum und lief zum großen Haus zurück.

»Verlaß dich bloß nicht zu sehr darauf!« schrie Jordanna ihr hinterher.

Kim drehte sich nicht einmal um.

Jordanna stürmte ins Gästehaus. Zwei mexikanische Mädchen füllten gerade Kisten mit ihren Besitztümern. »Was macht ihr denn da?« fuhr sie die beiden an und riß einer von ihnen einen Stapel mit Kassetten aus der Hand.

»Mrs. Levitt hat uns gesagt, wir sollen alles einpacken«, antwortete die kleinere. Ihr breites Gesicht war vollkommen ausdruckslos.

»Bitte geht jetzt«, sagte Jordanna. »Ich kümmere mich selbst um meine Sachen.«

Die beiden sahen sich an und verließen das Gästehaus.

Also wollte Daddy sie wirklich aus dem Haus haben. Gut, sollte ihr recht sein, sie wollte nicht an einem Ort bleiben, an dem sie nicht willkommen war. Und außerdem würde sie von nun an auch sein Geld nicht mehr annehmen.

Sie ging zum Telefon, wählte die Auskunft an und ließ sich die Nummer von einem Umzugsunternehmen geben. Man versicherte ihr, daß in einer knappen Stunde ein Transporter da sein würde.

Um siebzehn Uhr war alles verstaut, und sie war bereit, von hier zu verschwinden. Jordan hatte sich die ganze Zeit über nicht blicken lassen. Was eigentlich auch nicht verwunderlich war.

Sollte sie ins Haus gehen und ihm Lebewohl sagen? Und dabei kurz fallenlassen, daß sie jetzt bei Charlie Dollar wohnte?

Wieso eigentlich nicht? Warum ihn nicht zum Abschied auch sauer machen?

Kurz entschlossen lief sie zum Haus, mußte dort aber zu ihrer Enttäuschung feststellen, daß außer Kim niemand anwesend war.

Kim kam aus der Küche und fragte nur: »Ja?«

»Wo ist mein Vater?«

»Ach, habe ich das nicht erwähnt? Er ist schon den ganzen Tag fort und sieht sich eine Location an«, antwortete Kim zuckersüß. »Ich fürchte, deine kleine Unterhaltung mit ihm wird wohl noch etwas warten müssen.«

»Ich kann warten, Kim. Wenn du ihn siehst, richte ihm doch bitte aus, daß er mich bei Charlie Dollar erreichen kann.«

Sie zog eine Braue hoch. »Tatsächlich?«

»Ja, wirklich und tatsächlich.«

Kim leckte sich über die rosafarbenen Lippen und schenkte ihr ein giftiges Lächeln. »Dann richte du doch Charlie bitte meine herzlichsten Grüße aus. Wir beide sind nämlich gute alte Freunde.«

Während Jordanna mit dem Porsche zu ihrem Lover zurückfuhr und der Umzugswagen ihr folgte, mußte sie die ganze Zeit an Kims triumphierenden Gesichtsausdruck denken. *Dann richte Charlie doch bitte meine herzlichsten Grüße aus ... Ha!* War Jordans Neue am Ende eine von den Blondinen, über die Cheryl gesprochen hatte und bei denen Charlie angeblich immer in Fahrt geriet?

Das ließ sich leicht herausfinden. Sie rief Cheryl von ihrem Autotelefon aus an.

»Wo hast du die ganze Zeit gesteckt?« wollte die Freundin gleich wissen. »Ich habe seit Tagen nichts mehr von dir gehört!«

»Das erzähle ich dir alles später. Im Moment brauche ich eine Information von dir.«

»Was willst du wissen?«

»Du hast mir doch mal erzählt, daß Charlie Dollar immer gern Blondinen beim Liebesspiel beobachtet hat.«

»Ich wußte doch, daß du eifersüchtig bist!« rief Cheryl.

»Eigentlich nur neugierig. War Kim eine von diesen Frauen?«

»Da müßte ich erst in meinen Unterlagen nachsehen.«

»Dann tu das doch bitte für mich, ja?«

»Wohnst du immer noch bei Shep?«

»Ich ruf' dich zurück.«

»Du klingst ja heute sehr geheimnisvoll.«
»Du wirst noch früh genug alles erfahren.«

Charlies Haushälterin warf einen kurzen, mürrischen Blick auf den Umzugswagen, der mit Jordannas Habe beladen war, und eilte dann gleich zu ihrem Arbeitgeber.

Die Männer fingen an, den Transporter zu entladen, und Jordanna gab ihnen Anweisungen.

Nach ein paar Minuten schlenderte Charlie aus dem Haus und stopfte sich im Gehen das Hemd in die Hose. Er blieb auf der obersten Stufe stehen und beobachtete, was sich unter ihm tat. »Aha, du ziehst also bei mir ein«, bemerkte er schließlich.

»Du hast gesagt, ich könnte bei dir bleiben.«

»Ich wußte ja nicht, daß du mit einem ganzen Laster anrückst.«

Jordanna hoffte, er würde jetzt keine Schwierigkeiten machen. »Ist das für dich ein Problem, Charlie!«

»Iwo. Ehrlich gesagt, ich freue mich sogar darüber.«

»Ehrlich?«

»Ich habe dir doch gesagt, du sollst dich hier wie zu Hause fühlen.«

»Danke.«

»Die Sache ist nur die, Kindchen: Wir haben eine Menge Spaß zusammen, zumindest solange, wie die Geschichte läuft. Aber irgendwann mußt du dir eine eigene Bleibe suchen. Und wie du selbst schon gesagt hast, dich nach einem Job umsehen. Das Problem ist nämlich, daß ich nicht dein Daddy bin, und wenn du Geld ausgeben willst, wirst du es dir verdienen müssen.«

Jordanna zog die Stirn kraus und ärgerte sich darüber, daß er glaubte, sie sei nur hinter seinem Baren her. »Habe ich je Geld von dir verlangt, Charlie?«

»Nein, aber ich bin mir ziemlich sicher, daß du mich bald deswegen angehst. Und so habe ich mir eine von meinen Charlie-Dollar-Wahnsinns-Genie-Ideen einfallen lassen.«

»Und wie sieht die aus?«

»Ich habe dir einen Job besorgt, Kindchen.«
»Eine Arbeit?«
»Ja. Zufällig habe ich mit Bobby Rush zu Mittag gegessen, und stell dir vor, er sucht eine Assistentin. Da habe ich ihm gesagt, du wärst genau die Richtige dafür.«
»Tausend Dank«, entgegnete sie und war nicht übermäßig von der Vorstellung begeistert, für Bobby Rush arbeiten zu müssen.
»Paßt dir irgendwas daran nicht?«
»Ich habe mal als Regieassistentin gearbeitet, und es war furchtbar langweilig.«
»Bitte verbessere mich, wenn ich jetzt etwas Falsches sage, aber hast du mir nicht erklärt, daß du gern Schauspielerin werden würdest?«
»Was hat das denn damit zu tun?«
»Die Schauspielerei fällt einem nicht in den Schoß, Kindchen, die muß man, wie alles andere auch, lernen. Da wäre es nicht schlecht für dich, wenn du dich ein bißchen am Set umsiehst und dir alles anschaust.«
»Ich bin seit meiner Geburt in einem Film«, gab sie zurück und war empört, daß er für sie Arrangements traf, ohne sie vorher gefragt zu haben.
»Dann weißt du ja, was auf dich zukommt. Ich persönlich habe als Kulissenschieber angefangen, und dabei habe ich eine Menge gelernt, ehe ich schließlich vor die Kamera durfte. Und mit dieser Ausbildung im Rücken war ich den anderen immer um eine Nasenlänge voraus.«
»Charlie …«
Er beobachtete sie genau, und Amüsiertheit stand in seinen Augen zu lesen. Sein Blick ließ nicht von ihr ab, und sie spürte, daß er sie an ihrer Ehre packen würde.
»Oder ist dir die Herausforderung zu groß?«
»Das schaffe ich leicht«, entgegnete sie trotzig. »Ich will es nur einfach nicht.«
»Da könntest du aber zum Beispiel eine Menge Geld verdienen.«
Das erweckte dann doch ihr Interesse. »Wieviel?«
Charlie grinste. »Ich handele was für dich aus, Kind-

chen. Du kannst jeden fragen, ich bin ein richtiger Experte, wenn es darum geht, die andere Seite auszunehmen.«

Cheryl ging ihre Karteien durch. Donna hatte dort ein Codesystem für wichtige Kunden eingeführt, das sie ihr erläutert hatte, bevor sie die Stadt verließ. Filmschauspieler wurden zum Beispiel unter speziellen Bezeichnungen geführt. Cheryl sah bei Charlie Dollar nach und fand dort den Codenamen Big Money.

Nun suchte sie nach der Karte von Big Money und erfuhr dort seine besonderen Wünsche. Allem Anschein nach nahm er die Dienste der Agentur nicht oft in Anspruch, aber wenn es soweit war, hatte er ebenso eigene wie konkrete Wünsche: Zwei Blondinen mit großen Brüsten und ohne Hemmungen.

Als nächstes schaute sie in der Liste der Mädchen nach, die man ihm geschickt hatte. Tatsächlich, Kim war auch dabei gewesen.

Sie rief sofort Shep an. »Ich möchte Jordy sprechen.«

»Woher soll ich wissen, wo sie ist?«

»Hat sie nicht bei dir gewohnt?«

»Sie ist vor ein paar Tagen ausgezogen.«

»Warum?«

»Sie meinte, sie wolle bei Charlie Dollar einziehen. Und seitdem habe ich nichts mehr von ihr gehört.«

»Charlie Dollar? Bist du dir ganz sicher?«

»Tja, das hat sie mir jedenfalls gesagt.«

»Hm … Sie verschenkt sich wieder«, sagte Cheryl mit tadelndem Unterton. »Bei mir könnte sie ein Vermögen verdienen.«

»Du bist abstoßend.«

»Wie kommst du denn darauf, Shep, mein Lieber.«

»Ist dir gar nicht bewußt, was du da mit den Mädchen anstellst?«

»Ich erfülle nur ein recht verbreitetes Bedürfnis, biete eine Dienstleistung, die du offensichtlich nicht in Anspruch nimmst.«

»Wie bitte?«

»Nun stell dich nicht so an. Jeder kennt doch deine speziellen Vorlieben.«

Er schwieg für einen Moment und zischte dann: »Pißnelke!«

»Danke gleichfalls.«

Cheryl wollte gerade Arnie anrufen, um Charlies Nummer zu bekommen, als ein Mädchen zum Vorstellungsgespräch erschien. Was für ein Gewerbe! Sie suchte sich die hoffnungsvollsten Aspirantinnen aus, schickte sie zu den Kunden und sackte dann vierzig Prozent vom Honorar ein. Und an Mädchen herrschte nicht der geringste Mangel. Sie liefen ihr die Tür ein, kamen auf Empfehlung von Freunden, Freundinnen oder Bekannten zu ihr. Und weil man sich hier in Hollywood befand, waren die jungen Dinger durch die Bank hübsch und hatten eine ansprechende Figur. Und bis auf ganz wenige Ausnahmen wollten sie allesamt Schauspielerin werden, oder Sängerin oder Model, und sich hier bei ihr ein Taschengeld verdienen.

Die heutige Kandidatin war eine wohlgeformte, neunzehnjährige Brünette, die etwas von Cindy Crawford an sich hatte. Im Prinzip brachte sie das perfekte Äußere mit, wenn nur nicht die schiefen Vorderzähne gewesen wären. Die mußte sie sich richten lassen, und zwar gründlich.

Cheryl genoß ihre Machtposition, und es war einer der Höhepunkte ihrer Arbeit, die jungen Frauen zu kritisieren; natürlich war auch das Geld nicht zu verachten, das sie ihr so reichlich einbrachten. Und sie liebte auch die besonderen Beziehungen, die sie gründlich und strategisch mit den Freiern aufbaute.

Ja, ja, die Freier. Was für eine Ansammlung der unterschiedlichsten Typen. Donna hatte sie vor deren Abartigkeiten und Vorlieben gewarnt, aber Gott im Himmel, einige von ihnen waren wirklich sehr krank.

Ein Kunde verlangte nur Mädchen in kompletter Nonnentracht. Ein anderer bevorzugte Frauen, die sich alle Haare am Körper abrasiert hatten. Und dann gab es da noch einen arabischen Prinzen, der zusätzlich Kistenweise Flaschen mit Cristal und Dutzende Dosen Beluga-Kaviar bestellte, die er dann von den Körpern der Mädchen zu sich nahm. Cheryls besonderer Favorit war jedoch ein Filmstar, dem nur einer abging, wenn er von drei Mädchen in grünen Lederkostümen beschimpft und an einer Hundeleine mit Stachelhalsband durchs Zimmer geführt wurde.

Cheryl verspürte zum erstenmal in ihrem Leben wirkliche Macht. Sie fühlte sich so sehr oben, daß sie sogar ihre Sitzungen beim Seelenklempner eingestellt hatte, den sie vorher regelmäßig zweimal in der Woche aufgesucht hatte. Als ›Vermittlerin‹ zu arbeiten war eindeutig besser als jede Therapie. Endlich wußte sie mit ihrem Leben etwas anzufangen.

Sie fragte sich häufiger, was ihre ziemlich angesehenen und allgemein respektierten Eltern wohl sagen würden, wenn sie je dahinter kämen, womit ihre Tochter Geld verdiente.

Höchstwahrscheinlich würden sie sich mitten in Chasens öffentlich aufhängen. Ihre Mutter war wie Nancy Reagan ein Muster an Tugend – wenn sie nicht gerade betrunken in einer Ecke lag. Und ihr Vater Ethan, der große Studio-Besitzer, führte nach außen hin ebenfalls ein vorbildliches Leben, wenn man von seinen beiden Geliebten absah, denen er schon seit zehn Jahren ein schickes Apartment finanzierte – freilich jedes am anderen Ende der Stadt gelegen. Was für ein Heuchler er doch war ... Cheryl wunderte sich manchmal, daß sein Name nicht in Donnas Kundenkartei auftauchte.

Glücklicherweise mußte sie sich vor ihren Eltern nicht mehr rechtfertigen. Schließlich hatte sie es ganz allein so weit gebracht.

Zwischendurch kam ihr der Gedanke, ob Shep die Wahrheit gesagt hatte und Jordanna tatsächlich bei Charlie Dollar eingezogen war. Sich mit einem so liederlichen alten Filmstar einzulassen, der glatt ihr Vater sein könnte, sah ihr wieder einmal ähnlich.

»Mit wieviel kann ich denn pro Woche rechnen?«

Das junge Ding mit den schiefen Zähnen, das da vor ihr saß, holte sie abrupt in die Wirklichkeit zurück.

»Hm, nun ja, das kommt ganz drauf an«, antwortete Cheryl. »Wenn der Kunde Sie mag ... Es kommt recht häufig vor, daß weitere Rendezvous mit einem Mädchen gewünscht werden.«

»Ich mache das ja bloß, weil ich das Geld brauche«, erklärte die junge Frau. »Und mein Freund hat gesagt, daß ich auf diese Weise Männer kennenlerne, die mir bei meiner Karriere behilflich sein können.«

Cheryl nickte. Wie naiv und eingebildet diese jungen Dinger doch waren. Glaubten sie tatsächlich, irgend jemand hätte irgendein Interesse daran, ihnen weiterzuhelfen? In der Realität erwartete sie doch nur das Schicksal, ein bis zwei Jahre lang durchgevögelt zu werden, damit einen Haufen Geld zu verdienen und dann in ihre Heimatstadt zurückzukehren, um dort ihre Sandkastenliebe zu heiraten.

»Wir müssen was mit Ihren Zähnen machen«, teilte Cheryl ihr ohne Vorwarnung mit.

Das Mädchen hielt sich sofort eine Hand vor den Mund. »Das kann ich mir aber nicht leisten«, murmelte sie mit unüberhörbar schlechtem Gewissen.

»Dann gebe ich Ihnen einen Vorschuß und ziehe den von Ihrem Verdienst ab.«

Nach weiteren fünfzehn Minuten Kennenlerngespräch schickte sie die junge Frau mit einem Termin beim Zahnarzt und Grants Adresse los, bei dem sie sich am Abend einfinden sollte.

Grant war ihr Vormann, ihr Zureiter. Er schlief mit den Neuen, um festzustellen, wie die Mädchen sich anstellten. Später erstattete er Cheryl dann Bericht, und sie konnte sich dann sicher sein, daß die jungen Frauen einsetzbar waren und wußten, worauf sie sich einließen.

Grant verrichtete diesen Dienst kostenlos. Damit tat er ihr nicht unbedingt einen Gefallen, denn Sex war die Hauptantriebsenergie in seinem Leben. Außerdem arbeitete er hart daran, es dem sagenhaften Ruf gleichzutun, den sein Vater in dieser Hinsicht genoß. In gewisser Weise betrübte es Cheryl, daß Grant so bereitwillig ihre Mitarbeiterinnen testete. Doch wenigstens blieben sie beide auf diese Weise in Kontakt, denn Cheryl hatte seine Gesellschaft immer sehr genossen.

Das Telefon läutete. Der Chef der Development-Abteilung eines der großen Studios war am Apparat. Sie tauschten ein paar Minuten lang Höflichkeiten aus, ehe er auf den eigentlichen Grund seines Anrufs zu sprechen kam: »Wir haben einen französischen Schauspieler zu Besuch, der total von der Rolle ist. Er will zwei Mädchen – eine Eurasierin und eine Weiße, eine typische Amerikanerin. Der Mann steht auf den naiven Typ, du weißt schon, Silikon im Busen und Stroh im Kopf. Heute abend um acht in seinem Hotel.« Er schwieg für einen Moment. »Ach ja, noch etwas, deine Mädels sollen Koks mitbringen. Mein Verbindungsmann ist gerade unabkömmlich.«

»Kein Problem«, antwortete Cheryl, obwohl sie gerade zum erstenmal gebeten worden war, Drogen zu besorgen. Und ihr blieb keine Gelegenheit, sich gründlich zu überlegen, ob sie sich auf so etwas einlassen wollte oder nicht.

Nachdem sie aufgelegt hatte, rief sie wenig später Grant an und bat ihn, ihr auszuhelfen. Er brauchte gar nicht lange darüber nachzudenken und versprach ihr, sie mit allem zu versorgen, was sie brauchte. »Es wird dem zuvorkommenden Dealer meines Vertrauens eine Freude sein, dir auszuhelfen«, erklärte er. »Mach dir darüber keine Sorgen.«

Die Dinge kamen schneller in Bewegung, als sie erwartet hatte.

Vielleicht zu schnell?

Nein, niemals.

Kapitel 18

Die Wochen vergingen, und Michael kam nicht umhin, sich einzugestehen, daß er sich im Kreis drehte. Nicht die geringste Spur hatte sich aufgetan – allmählich hatte er das Gefühl durchzudrehen. Irgendwo da draußen steckte seine Tochter, und niemand wußte, was aus ihr geworden war. Man hätte beinahe glauben können, es hätte Bella nie gegeben.

Rita war tot – ermordet. Genau so wie Daly Forrest. Man hatte die beiden nicht nur erschossen, sondern regelrecht hingerichtet. Und das Dumme daran war, allem Anschein nach mit seiner Waffe. Mit der Waffe, die Quincy nicht hatte finden können, als sie das Krankenhaus verlassen und Dalys Wohnung durchsucht hatten. Und damit war Michael zum Haupttatverdächtigen geworden. Mittlerweile war er sich sicher, daß man ihm eine Falle gestellt hatte. Jemand hatte ihn niedergeschlagen, ihm die Waffe abgenommen und damit den Doppelmord begangen. Und Michael hatte nicht die geringste Ahnung, wer dieser Übeltäter war. Die Polizei hatte keine Mühe gehabt, ihn als Besitzer der Waffe herauszufinden. Schließlich hatte er sie kurz nach seiner Ankunft in Kalifornien gekauft und sich mit einem Waffenschein für diesen Bundesstaat versorgt. Und nun so etwas.

Der ermittelnde Detective hatte ihn aufs Revier bringen lassen und ihn endlos mit Fragen gelöchert. Der Beamte hatte erst lockergelassen, als feststand, daß Michael seit dem Moment, in dem er das Krankenhaus verlassen hatte, mit Quincy zusammen gewesen war und daher als Täter nicht in Frage kam.

Binnen Stunden hatten die Medien Lunte gerochen und sich auf diesen Knüller gestürzt: Eine gutaussehende Rothaarige und ein reicher alter Mann, die zusammen im Bett eines luxuriösen Apartments gefunden worden waren. Ein Mann, der Pornofilme produziert hatte, in denen sie mindestens in einem mitgespielt hatte. Und der Ex-Ehemann, der die Leichen entdeckt hatte. Eine heiße Story, wie man sie sich saftiger nicht wünschen konnte. Die großen Fernsehsender schickten ihre Reporterteams nach L. A.

Der Detective gab ihnen die Information, daß auch noch ein vermißtes Kind im Spiel war, nach dem der Ex-Ehemann suche. Mit einem Mal war Michael die Schlagzeile Nummer eins und wurde von Stund an von der Presse belagert. Zu Ambers wachsendem Zorn standen sich die

Reporter vor dem Haus der Robbins die Beine in den Bauch und warteten nur auf eine Gelegenheit, ihn mit Fragen zu überschütten.

Nach achtundvierzig Stunden in dieser mißlichen Lage zog Michael aus und versteckte sich in einem Hotel. Die Presse spürte ihn auch dort auf. Michael suchte ein anderes Hotel auf, und nach einigen Stunden fanden sich die Reporter auch dort wieder ein und verlangten ein Interview mit ihm.

»Vielleicht solltest du die Flucht nach vorn antreten«, schlug Quincy ihm vor. »Möglicherweise weiß einer von denen da unten etwas über Bella. Warum sprichst du nicht mit Rosa Alvarez von den Lokalnachrichten? Einer meiner Freunde kennt ihren Lebensgefährten. Mal sehen, ob wir da nicht was arrangieren und dafür sorgen können, daß sie dich anständig behandelt.«

Michael nickte. Er war mittlerweile so verzweifelt, daß ihm jeder Ausweg recht war. »Nur zu, laß deine Beziehungen spielen.«

Was hatte er noch zu verlieren?

Die letzten Wochen saßen wie ein verwischter, schemenhafter Alptraum in seinem Gedächtnis. Nachdem er von der Polizei verhört worden war und die Beamten endlich davon überzeugen konnte, daß er nichts mit den Morden zu tun hatte, hatte er sich selbst auf die Suche gemacht, um die Wahrheit herauszufinden. Niemand schien sich an Bella zu erinnern, aber jeder kannte noch Rita. Sie schien einiges Aufsehen erregt zu haben.

Als erstes hatte er sich noch einmal zu dem Haus im Hancock Park begeben, zu dem er Daly Forrest gefolgt war. Ein uralter Hausverwalter öffnete und teilte ihm mit, das Anwesen sei schon seit Jahren unbewohnt. Michael glaubte ihm kein Wort, aber wie konnte er ihm das Gegenteil beweisen?

Er lief in den Hintergarten und spähte durch das Küchenfenster. So weit er dort sehen konnte, war der Raum staubig und machte ganz den Eindruck, seit längerem nicht mehr benutzt worden zu sein. Vielleicht hatte der Alte ja doch die Wahrheit gesagt und er hatte sich nur in der Adresse geirrt. Immerhin hatte er einen harten Schlag auf den Schädel erhalten und litt immer noch an Kopfschmerzen. Himmel, wenn er nun infolge davon sein Gedächtnis verlor!

Als nächstes suchte er Mr. Jones auf, nur um zu erfahren, daß der weggezogen war und keine neue Adresse hinterlassen hatte.

Daß er diese Zeit überhaupt durchgestanden hatte, war nur Amber und Quincy zu verdanken gewesen.

»Wir finden deine Tochter schon«, versicherte ihm sein alter Freund an jedem neuen Tag. »Wenn sie irgendwo da draußen steckt, dann spüren wir sie auch auf.«

Bis dahin folgte er jeder Spur, mochte sie auch noch so vage sein, und erreichte absolut gar nichts. Michael sprach mit Bekannten und Angestellten Dalys und suchte sogar diverse Mitwirkende an dem Streifen auf, in dem Rita aufgetreten war.

Auftritt war genau das richtige Wort dafür. Er hatte den Film gesehen – ein Softporno-Machwerk, in dem Rita eine kleine Rolle spielte und eigentlich nur mit viel nackter Haut herumhampelte.

Es betrübte ihn sehr, daß seine Ex-Frau geglaubt hatte, durch solche Darbietungen auf der Karriereleiter nach oben gelangen zu können.

Die Polizei verbreitete Vermißtenbilder von Bella und erklärte ihm, mehr könne man nicht tun.

Inzwischen verlief auch die Fahndung nach dem Mörder von Daly und Rita im Sande. Es fanden sich zwar einige Verdächtige in der Porno-Branche, aber niemand, dem man die Tat hätte nachweisen können. Die ganze Angelegenheit wurde immer frustrierender – dennoch weigerte sich Michael aufzugeben.

Rosa Alvarez erschien mit ihrem Team in seinem Hotel. Sie erwies sich als warmherzige und sympathische Frau. »Die Sache mit Ihrer Tochter tut mir sehr leid, Michael«, sagte sie gleich zur Begrüßung und legte ihre Rechte auf seine Hand.

»Hören Sie«, warnte er sie gleich zu Anfang, »ich fühle mich nicht wohl in meiner Haut, wenn ich Ihnen jetzt Rede und Antwort stehen muß, aber ich muß mich einfach an die Öffentlichkeit wenden, weil vielleicht jemand irgend etwas gesehen oder gehört haben könnte. Sie halten Bellas Bild doch in die Kamera, nicht wahr?«

»Erzählen Sie mir einfach Ihre Geschichte«, entgegnete sie in beruhigendem Tonfall. »Und ich bin mir sicher, daß etwas dabei herauskommt.«

Er zuckte die Achseln. »Da gibt es nicht allzuviel zu erzählen.«

»Irgendwer muß doch etwas wissen«, sagte Rosa, warf einen kurzen Blick in ihren Taschenspiegel und fuhr sich rasch durchs Haar. »Und dieses Interview wird ihn oder sie womöglich dazu bewegen, sich zu melden.«

»Natürlich«, antwortete er und war sich nicht sehr sicher, das Richtige zu tun.

»Und jetzt versuchen Sie bitte, ganz ruhig und gefaßt zu sein«, forderte sie ihn auf und ließ sich in einem Sessel nieder. »Stellen Sie sich einfach vor, nur wir beide säßen hier in dem Zimmer und würden uns unterhalten.«

»Aus Ihrem Mund hört sich das ganz einfach an.«

»Wenn wir es hübsch ruhig angehen, wird es das auch sein.«

Der Tontechniker befestigte ein kleines Mikrophon am Revers von Michaels Sportjacke. Bei der Vorstellung, dieses Interview führen zu müssen, wurde ihm ganz anders zumute. Michael Scorsini, der schon mit entsicherten Schußwaffen, Drogenbanden und Gott weiß was sonst noch konfrontiert gewesen war, fürchtete sich vor einer Kamera. Ihn hielt nur die Hoffnung aufrecht, auf diese Weise endlich bei seiner Suche weiterzukommen.

Als Rosa begann, war sein Mund ausgetrocknet. Er ertappte sich dabei, zu nuscheln und zu murmeln. Aber die Frau war auf ihrem Gebiet ein Profi und wußte, wie sie ihn zu nehmen hatte. Sie lockte ihn aus der Reserve, bis er ihr seine Geschichte zusammenhängend und in einem Stück erzählte.

Dann war er fertig, und Rosa wirkte zufrieden. Sie gab ihm ihre Visitenkarte und sagte: »Rufen Sie mich an. Ich glaube, darauf bekommen wir eine Menge Reaktionen.«

Er steckte das Kärtchen ein. »Vielen Dank. Sie haben sehr viel für mich getan.«

»Ich würde gern noch eine zweite Sendung mit Ihnen machen, vielleicht in ein paar Wochen oder so. Um die Geschichte am Kochen und die Zuschauer auf dem laufenden zu halten. Vielleicht gibt es dann ja sogar schon etwas Positives zu berichten. Was halten Sie davon?«

»Was ich davon halte? Ich glaube, ich werde erst meine Tochter finden, und dann können wir weitersehen.«

»Ich habe einen fetten Fisch für dich an der Angel«, verkündete Rosa triumphierend, als sie und Kennedy im Fitness-Raum Gymnastik betrieben.

Kennedy befand sich auf dem Laufband und beendete gerade ihre anstrengende Dreißig-Minuten-Übung. »Wie oft muß ich es dir eigentlich noch sagen«, entgegnete sie außer Atem, »daß Nix definitiv mein letztes Blind Date gewesen ist?«

»Nein, nein«, widersprach Rosa und hob die leichten Hanteln. »Du verstehst nicht.«

»Oh doch, ich glaube, ich verstehe sehr gut.«

»Dieser Bursche ist etwas ganz Besonderes«, fuhr die Fernseh-Moderatorin fort. »Und er sieht dazu auch noch sehr gut aus. Fast wie ein Filmstar. Wenn ich nicht mit Ferdy zusammen wäre, würde ich ihn mir selbst schnappen. Aber weil ich dir ja eine so gute Freundin bin, will ich großzügig sein und ihn dir freiwillig abtreten.«

Kennedy hielt das Laufband an. »Tausend Dank, aber ich bleibe bei meinem Nein.«

»Laß mich dir doch wenigstens etwas von ihm erzählen«, ließ Rosa sich nicht beirren und geriet jetzt erst richtig in Fahrt. »Er war bei der Polizei von New York. Genauer gesagt, er ist der Ex-Detective, von dem alle Nachrichten voll sind. Du weißt doch, der mit dem vermißten Kind.«

»Na großartig, jetzt schleppst du mir auch noch einen Kerl mit Problemen an.«

»Nein, nein, dieses Problem wird sich über kurz oder lang gelöst haben. Ich hege zwar eine gewisse Befürchtung, daß die Sache nicht gut ausgehen wird, aber wer weiß?« Sie hielt einen Moment inne, um zu Atem zu kommen. »Michael hat eine wunderbare Ausstrahlung. Ich weiß, daß du dich Hals über Kopf in ihn verlieben wirst.«

Kennedy trat vom Band, griff sich ein Handtuch und schlang es sich um die Schultern. »Ich werde mich nicht Hals über Kopf in ihn verlieben, weil ich ihn nämlich gar nicht treffen werde.«

Rosa legte die Gewichte ab und atmete tief durch. »Hast du etwa mein Interview mit ihm nicht gesehen? Die Reaktion der Zuschauer war fantastisch. Wir haben über dreihundert Zuschriften bekommen, allesamt von Frauen. Kannst du dir das vorstellen? Und mehr noch, dreiundvierzig von diesen Briefen sind Heiratsanträge!«

»Das freut mich für ihn. Da kann er sich ja eine von aussuchen, mit ihr eine Familie gründen und glücklich und in Freuden leben.«

»Was ist eigentlich in der letzten Zeit mit dir los? Hast du denn kein Herz mehr? Da biete ich dir diesen großartigen Jungen auf dem Silbertablett, den dreiundvierzig Frauen heiraten wollen, und du lehnst ab!«

»Rosa, ist Englisch deine Muttersprache?«

»Ja.«

»Warum verstehst du mich dann nicht? Ich habe keine Lust, mich in eine Beziehung drängen zu lassen!«

»Früher hast du dich aber gern Herausforderungen gestellt.«

»Das tue ich auch immer noch, doch nur bei der Arbeit.«

»Willst du etwa Nonne werden?«

Kennedy ging auf diese Bemerkung nicht ein. »Übrigens wollte ich dich schon die ganze Zeit etwas fragen: Weißt du irgendwas über die Frau, die vor ein paar Wochen in West Hollywood ermordet worden ist?«

»Was für eine Frau?«

»Sie hieß Stephanie Wolff, und sie wurde erwürgt. Die gleichen Tatumstände wie bei Margarita Lynda.«

»Wirklich?«

»Zwei Frauen. Beide ohne erkennbaren Grund erwürgt. Und keine von ihnen vergewaltigt oder beraubt.«

»Hm ... Ich kann ja mal bei der Nachrichtenabteilung nachfragen.«

»Das wäre wirklich nett von dir. Ich habe schon bei der Polizei angerufen, um zu fragen, ob zwischen den beiden Morden ein Zusammenhang besteht, aber da hat sich keiner die Mühe gemacht, mir weiterzuhelfen.«

Rosa legte sich wieder lang und nahm erneut die Hanteln auf. »Warum willst du über diese beiden Frauen schreiben? Die sind doch keine Stars.«

Kennedy lachte trocken. »Du hörst dich wie mein Redakteur an. Wenn jemand gewaltsam umgebracht wird, muß er dann berühmt sein, damit jemand sich dafür interessiert?«

»Ich dachte immer, Starportraits wären dein Ding. Wann erscheint eigentlich dein Bobby-Rush-Interview?«

»Die Nummer müßte diese Woche ausgeliefert werden.«

»Hast du nach dem Gespräch noch etwas von ihm gehört?«

»Nein. Er hat ein paarmal bei mir angerufen und etwas aufs Band gesprochen, aber ich habe nie zurückgerufen.«

»Warum denn nicht?«

»Weil ich mich ihm nicht erklären wollte. Er soll das Interview selbst lesen. Ich glaube, es wird ihm gefallen.«

»Das wird es ihm sicher«, seufzte Rosa. »Und wenn er begeistert ist und dann noch mal anruft, wirst du dich dann mit ihm verabreden?«

»Nein.«

»Nein?« Rosa schüttelte den Kopf. »Ehrlich, du wirst immer merkwürdiger.«

Amber brachte die Kinder bei einer Freundin unter und verbrachte zwei Tage damit, sich Wohnungen anzusehen, bis sie für Michael das Passende gefunden hatte: ein hübsch möbliertes Ein-Zimmer-Apartment am Riverside Drive im Valley.

»Ich weiß nicht, was ich ohne dich tun würde«, bedankte er sich bei ihr, als sie ihm beim Umzug half.

»Irgendwie habe ich das Gefühl, daß du hier zurechtkommst«, erklärte sie, während sie die kleine Küche einrichtete. »Du kommst immer wieder auf die Beine. Das hast du schon oft genug unter Beweis gestellt.«

Er nahm sie in den Arm. »So etwas gelingt mir nur, weil ich gute Freunde habe, die mir stets zur Seite stehen.«

Sie sah ihn mit großen, freundlichen Augen an. »Du bist uns sehr wichtig, Michael. Unter der rauhen Schale verbirgt sich ein ganz besonderer Mensch.«

Ihre Worte rührten ihn sehr, aber nicht tief genug, um ihn aus seiner Depression zu reißen.

Als sie gegangen war, ließ er sich in seiner neuen Wohnung auf der Couch nieder und sagte sich, daß jetzt der richtige Zeitpunkt für einen Drink war. Am besten einen doppelten Scotch. Mit Eis.

Oh Gott, dachte er. Er konnte den Whiskey förmlich riechen und schmecken. Und spüren, wie er seine Kehle hinunter brannte.

Warum eigentlich nicht? fragte er sich. Verdammt noch mal, warum nicht?

Weil er nüchtern bleiben mußte, wenn er seine Tochter finden wollte. Er konnte alle Hoffnung fahren lassen, wenn er sich jetzt das Hirn verdrehte. Genau diesen Effekt hatte Alkohol nämlich auf ihn. Michael verwandelte sich dann in einen Verrückten. Ließ ihn wie sein Stiefvater werden – außer Kontrolle geraten.

Wenn er Alkohol trank, hatte er keine Gewalt mehr über sich, er war dann hilflos dem Rausch ausgeliefert.

Er würde nie die Nacht vor dem Tag vergessen, an dem er beschlossen hatte, keinen Tropfen mehr anzurühren. Was für ein Höllentrip! Rita und er hatten sich wieder einmal über das liebe Geld und ihre freizügige Art, es auszugeben, in die Wolle bekommen. Sie hatte ihn angeschrien, er tauge überhaupt nichts und sei genauso wie sein Vater.

»Du kennst meinen richtigen Vater doch gar nicht!« hatte er zurückgebrüllt.

»Das brauche ich auch gar nicht«, hielt sie in der gleichen Lautstärke dagegen. »Sal hat mir alles über ihn erzählt. Und du bist ebenso wie er: Ein Versager. Ein Nichts. Ein Penner, der es nie zu etwas bringen wird!«

Daraufhin war er aus der Wohnung gestürmt und in die nächste Bar gerannt. Nach zwei Stunden Kampftrinken ließ er sich von einer großen, sexy Blondine in Minirock und engem Pullover anmachen.

Der Alkohol war sein Fluch, und wenn er trank, verwandelte er sich in einen anderen Menschen – in jemanden, den er haßte –, aber sobald er die ersten Gläser intus hatte, konnte er nichts mehr dagegen tun.

Die Blondine ließ sich nicht abwimmeln, und er leistete ihr keinen Widerstand. Sie endeten in einem billigen Hotelzimmer nahe dem Times Square mit einer Flasche Tequila und fingen gleich an, sich abzugrabschen. Während sie ihm einen geblasen hatte, hatte er sich über ihre Brüste hergemacht.

Bis dahin war alles in seinem Gedächtnis etwas verschwommen, aber er erinnerte sich noch sehr gut daran, was dann geschah. Mit einem Mal war er vollkommen klar gewesen, als die Blondine nämlich den Minirock und das Spitzenhöschen auszog und ihm ihren Penis und ihre Hoden präsentierte.

Gottverdammte Scheiße! Erst jetzt wurde ihm klar, daß er einem verschissenen Transvestiten aufgesessen war!

Er hatte ihn oder sie so verdroschen, daß man seine oder ihre Schreie noch ein paar Blocks weiter hören konnte. Dann hatte Michael auch seine Pistole aus dem Holster gezogen und war fest entschlossen gewesen, diesem Perversen das Gehirn aus dem Kopf zu blasen.

Zu seinem Glück war die Polizei rechtzeitig genug in das Zimmer gestürmt, um ihn daran zu hindern. Nur einen

Moment später, und er hätte ihn erschossen. Bei Gott, das hätte er wirklich getan!

Am nächsten Tag hatte er eine Reha-Klinik aufgesucht und dort vier außerordentlich harte Wochen verbracht. Und danach hatte er regelmäßig die Sitzungen der Anonymen Alkoholiker besucht.

Er dachte nie an die Zeit davor zurück. Seine Vergangenheit war einfach zu schrecklich.

Michael begriff, daß er das Programm wieder angehen, daß er erneut an den AA-Treffen teilnehmen mußte, bevor es für ihn zu spät war.

> Gott gib mir die Gelassenheit,
> die Dinge zu akzeptieren,
> die ich nicht ändern kann.
> Den Mut, die Dinge zu ändern, die ich
> verändern kann.
> Und die Weisheit, den Unterschied zwischen
> beiden zu erkennen.

Das Gebet der Anonymen Alkoholiker fiel ihm wieder ein, und er wurde augenblicklich ruhiger.

In Wahrheit befand er sich in einer so beschissenen Lage, weil er nicht wußte, was er als nächstes unternehmen sollte. Himmel noch mal, er war ein erfahrener Detective, der jeden noch so harten Fall knacken konnte – aber anscheinend war er nicht in der Lage, seine eigene Tochter wiederzufinden, und das machte ihn fix und fertig.

Michael hatte Rita einmal geliebt, und immerhin war sie die Mutter seines Kindes, doch es gelang ihm einfach nicht, irgendwelche Trauer über ihren Tod zu empfinden. Dafür hatte sie ihn viel zu sehr enttäuscht, weil sie ihm schon so lange seine Tochter vorenthielt.

Quincy arbeitete an einem Fall, in dem es um eine Serie von Drohbriefen ging, die die Tochter eines Fernsehgewaltigen erhielt. Anfangs hatte er Michael nach Kräften bei dessen Ermittlungen über Ritas Ermordung und Bellas Verschwinden unterstützt, aber irgendwann mußte er sich wieder um seine eigene Arbeit kümmern. Als sie dann die soundsovielte falsche Spur verfolgt hatten, war der Privatdetektiv schließlich ausgestiegen.

Am Morgen rief Quincy an und überredete Michael, zu ihm zum Abendessen zu kommen. Auf dem Weg dorthin suchte er ein Treffen der Anonymen Alkoholiker auf. Später beglückwünschte er sich zu diesem Schritt, denn er fühlte sich nun schon deutlich besser.

Amber hatte Hackbraten, Kartoffelpüree und Röstzwiebeln gekocht. Die richtige Mahlzeit, um alle Sorgen zu vergessen. Die drei saßen am Küchentisch und genossen eine leckere Mahlzeit und eine noch bessere Gesellschaft.

Quincys Frau erklärte ihm, er brauche dringend eine Frau. Der Privatdetektiv meinte, er müsse einfach mal wieder eine Nacht mit einem weiblichen Wesen verbringen. Die beiden redeten so lange auf Michael ein, bis dieser schließlich kapitulierte und sich bereit erklärte, sich mit einer Freundin Ambers aus ihrem Salsa-Kurs zu treffen.

»Ich kenne sie nicht allzu gut«, sagte sie, »aber sie ist wirklich ein hübsches Ding. Neulich habe ich ihr ein Foto von dir gezeigt, und sie ist nicht abgeneigt, mit dir auszugehen.«

»Der Haken an der Sache ist, daß diese Frau Schauspielerin werden will«, wandte Quincy grinsend ein. »Neulich habe ich sie zu sehen bekommen, als ich Amber vom Unterricht abgeholt habe. Sie hat hübsche Beine. Am besten schnappst du dir die Kleine und läßt sie ihre Füße auf deine Schultern legen. Danach fühlst du dich wie ein neuer Mensch, Mike.«

Amber verzog empört das Gesicht. »Ist Sex alles, woran du denken kannst? In diesen Zeiten braucht Michael viel dringender eine Partnerin, die zu ihm hält.«

Quincy grinste noch breiter. »Natürlich, Schatz, eine neue Partnerin ist natürlich das Wichtigste, aber ein bißchen Bettakrobatik hin und wieder ist auch nicht ohne.«

»Du bist ja so gewöhnlich«, schimpfte sie.

»Das ist eine der Säulen meines Charmes, Süße«, entgegnete er und zwinkerte Michael zu.

Sie trafen sich in der Bar des Hyatt Universal Hotels.

»Shelia?«

»Michael?«

Sie umkreisten einander wie feindliche Soldaten auf dem Schlachtfeld. Shelia war eine typisch kalifornische Schönheit und besaß genau die richtige Hautbräune. Ihre großen, runden Brüste wurden von dem kurzen, tief ausgeschnittenen Kleid kaum verhüllt, und ihre langen Beine waren wirklich sexy.

»Sollen wir gleich ins Restaurant durchgehen?« fragte Michael, während sein Blick zum wiederholten Mal über sie wanderte.

»Gute Idee«, antwortete sie, ließ sich vom Barhocker gleiten und zeigte dabei viel Haut von ihrem leicht gebräunten Oberschenkel.

Eine Kellnerin führte sie zu ihrem Tisch. Michael bestellte sein übliches alkoholfreies Bier, während Shelia sich für einen Wodka Tonic entschied.

Als die Bestellung gebracht wurde, spielte sie mit beiden Händen suggestiv an dem langen Glasstiel. »Amber hat mir erzählt, Quincy und Sie hätten zusammen in New York als Detectives gearbeitet«, begann Shelia.

Sein Blick hing an ihrem Busen. »Und mir hat sie gesagt, daß Sie Schauspielerin sind.«

»Ich habe in einer Episode von *Murder She Wrote* mitgewirkt, zwei Sätze in einem Clint-Eastwood-Film gesprochen und sieben Werbespots gemacht. Mein Agent sagt, ich stünde kurz vor dem großen Durchbruch. Seit einiger Zeit überlege ich, ob ich mir einen Manager zulegen soll. Das wäre sicher nicht verkehrt.«

»Braucht man so einen denn unbedingt?« fragte Michael höflich und bemühte sich um einen interessierten Gesichtsausdruck.

»Mein Ernährungsberater hat eine Klientin, die sich auch einen Manager genommen hat, und mit ihrer Karriere ging es gleich steil bergauf. Die zehn Prozent, die man ihm überlassen muß, machen sich wirklich bezahlt.«

»Tatsächlich?«

»Natürlich, Michael. Kennen Sie sich eigentlich mit dem Show-Business aus?« Ihre langen Finger rieben immer noch an dem Stiel auf und ab.

Oh Gott, hatte sie eine Vorstellung, wie sehr sie ihn damit erregte? »Nicht sehr.«

»Für mich ergeben sich zwei Möglichkeiten: Entweder suche ich mir einen Manager, oder ich mache es über den *Playboy*. Also mit dem Blatt braucht man sich um die nötige Aufmerksamkeit nicht mehr zu kümmern. Kim Basinger hat sich dort abbilden lassen und das nicht ein Mal bereut. Und bei Joan Severance war es das gleiche.«

»Wer ist denn Joan Severance?«

»Hmm ...« machte sie und runzelte die Stirn. »Anscheinend hat sie mit dem *Playbay* doch nicht einen so durchschlagenden Erfolg gehabt, wie sie sich das wohl erhoffte. Na ja, Joan ist jedenfalls häufig im Fernsehen zu bewundern.«

Michael hatte ganz vergessen, wie es bei einer ersten Verabredung zuging. Zwei Menschen machten sich gegenseitig etwas vor, tasteten sich ab, spielten miteinander und waren doch nur auf das Eine aus. Nein, sagte er sich, das war eigentlich nichts für ihn.

»Man hat beim *Playboy* schon eine Test-Fotoserie von mir geschossen«, fuhr Shelia fort.

»Ehrlich?«

»Sie fanden meinen Körper toll.«

Michael wollte nichts lieber, als mit einer Frau die Nacht zu verbringen, die sich für ein Wichsvorlagen-Magazin splitternackt auszog.

»Und sie meinten, meine Brüste seien perfekt«, fügte sie stolz hinzu.

Es war offensichtlich, daß Shelia nichts von dem Doppelmord und seiner vermißten Tochter wußte. Und im Grunde genommen war ihm das recht so. Michael hatte keine Lust, mit einem Fremden darüber zu reden, vor allem nicht jetzt und nicht mit dieser angehenden Schauspielerin.

Das Essen zog sich endlos lange hin. Shelia plapperte ununterbrochen von ihrer Karriere, während er versuchte, ihr zuzuhören. Dennoch mußte er immer wieder an Bella und daran denken, wo sie sich jetzt wohl aufhalten mochte. Er bekam seine Tochter einfach nicht aus dem Kopf. So würde es wohl bleiben, bis er sie gefunden hatte.

Shelia besaß einen gesegneten Appetit. Sie vertilgte einen Shrimps-Cocktail, dann ein großes Pfeffersteak und obendrein noch eine doppelte Portion gedeckten Apfel. Danach bestellte sie einen Brandy und fand jetzt auch die Zeit, Michael ein paar Fragen zu seiner Person zu stellen.

Er antwortete nur in knappen Sätzen. Mittlerweile war ihm nämlich klar geworden, daß er bei diesem Treffen nicht auf eine neue Beziehung aus war. Quincy hatte wirklich recht gehabt. Michael wollte in der Kiste landen, punktum. Und bei Shelia schien das nicht zu schwierig zu sein.

Michael hatte noch nie Schwierigkeiten gehabt, eine Frau ins Bett zu bekommen. Eigentlich fiel ihm das fast schon zu leicht. Sein gutes Aussehen erledigte das von ganz alleine. Frauen schienen seinem Äußeren nicht widerstehen zu können. Sie brauchten nur einen Blick auf ihn zu werfen, und schon schmolzen sie hin. Manchmal machte ihn das traurig. Interessierten sie sich denn überhaupt nicht für seine Persönlichkeit, für seine inneren Werte? Er hatte doch wesentlich mehr zu bieten als nur sein gutes Aussehen. Michael sehnte sich so sehr nach einer Partnerin, die ihn als Mensch wollte, aber emotionell war er bisher noch von keiner befriedigt worden.

Draußen vor dem Restaurant sprach Shelia dann die magische Formel aus: »Hättest du Lust, noch auf einen Kaffee mit zu mir zu kommen?«

Übersetzt bedeutete das: Hast du Bock zu vögeln?

»Ja, das wäre wirklich nett.«

Sie bewohnte ein Einzimmer-Apartment an der Fountain Avenue und teilte sich die Wohnung mit zwei grimmig aussehenden Katern namens Arnold und Sly, die die ganze Zeit über auf und ab liefen und ihn aus ihren harten Augen beobachteten.

»Ich habe gerade erst eine feste Beziehung hinter mir.

Und wie steht es mit dir?« fragte sie, während sie ihm Instant-Kaffee in einem farbenfrohen Superman-Becher reichte.

»Ich bin geschieden«, antwortete er und ließ sich auf der Couch nieder.

Shelia nahm neben ihm Platz. Er trank einen Schluck von der heißen Brühe, stellte die große Tasse auf den Tisch, legte seinen Arm um ihre Schultern, zog sie zu sich heran und küßte sie lange und intensiv. Nach ein paar Minuten heftigen Knutschens erhob sie sich, nahm seine Hand und führte ihn ins Schlafzimmer.

Als sie dann in einer wilden Umarmung auf dem Bett lagen, öffnete er ihren BH und mußte feststellen, daß es sich bei dem, was er für feste, großartige Brüste gehalten hatte, in Wahrheit um Silikon-Implantate handelte. Das ließ sich leicht feststellen, man brauchte sie nur zu berühren. Ihr Busen fühlte sich an wie aufblasbare Strandbälle, irgendwie unecht. Wenn er nicht so scharf gewesen wäre, hätte seine Erektion jetzt sicher schlapp gemacht. Aber seit Monaten hatte er keine mehr flachgelegt, und so konnte ihn heute nichts mehr aufhalten.

Sie schob eine ihrer harten Brustwarzen in seinen Mund. Er saugte daran, bis er nach seiner Brieftasche suchte und das Kondom herausholte, das er schon eine Weile mit sich herumtrug.

Shelia machte sich bereits über seinen Reißverschluß her und zog ihn mit der Geschicklichkeit einer Expertin herunter.

Michael hielt ihr den Gummi hin. »Zieh du ihn mir über, Schatz«, bat er sie und hoffte, daß sie ihn dabei noch mehr erregen würde.

Doch zu seiner Enttäuschung warf sie das Kondom in eine Ecke. »Ich hasse diese Dinger. Wir sind doch beide sicher, wer braucht da schon einen Gummi?«

Mist! Der Gedanke an AIDS machte ihn doch nervös. »Äh, ich würde mich dann aber besser fühlen«, murmelte er.

»Und ich weiß etwas, wobei du dich noch besser fühlen

wirst«, schnurrte sie mit rauchiger Stimme, und schon senkte sich ihr Mund über seinen Penis. Ihre Lippen umschlossen sein Glied wie Saugnäpfe.

Himmel! Sie ließ ihm nicht einmal die Zeit, das richtig zu genießen! Er kam so schnell, daß er sich in seine Oberschulzeit zurückversetzt fühlte.

Kaum war er gekommen, wollte er nichts lieber, als hier raus. Shelia hatte jedoch andere Pläne. Sie zog sich die restlichen Kleider aus, legte sich auf den Rücken, spreizte die Beine und befahl unerbittlich: »Jetzt leck du mich. Komm schon, Baby, leck mich!«

Er starrte auf ihre Schambehaarung: ein zurechtgestutzter dünner Streifen brauner Löckchen. Was war nur aus dem guten alten buschigen Dreieck geworden?

»Die, äh, Shrimps ...«, begann er lahm, weil ihm auf die Schnelle nichts Besseres einfiel. »Sie liegen mir etwas schwer im Magen.«

»Was ist?«

Er zog sich den Reißverschluß hoch und verließ das Bett. »Wir sollten die Sache besser ein anderes Mal zu Ende bringen. Ich fühle mich wirklich nicht wohl.«

Shelia hatte wenig Mitgefühl. Im Gegenteil, sie verwandelte sich in eine Furie. Michael konnte nur mit knapper Not aus ihrem Apartment flüchten. Unten auf der Straße sprang er in seinen Wagen und lehnte für einen Moment die Arme aufs Lenkrad. Manchmal konnte man es wirklich nachvollziehen, warum Männer die Liebe, für die man bezahlen mußte, durchaus als lohnende Alternative ansahen. Man mußte die Frau nicht erst ausführen und ihr ein Abendessen spendieren, und ganz gewiß war man nicht verpflichtet, eine Pussy zu lecken, wenn man das nicht wollte.

Und noch wichtiger: Wenn man unbedingt ein Kondom überstreifen wollte, gab es auf der ganzen Welt keine Prostituierte, die dazu nein sagte.

Kapitel 19

Bobby erhielt ein Vorab-Exemplar von *Style Wars.* Sein Konterfei auf dem Cover war ganz gewiß ein Blickfang. Er hatte sich von der Starfotografin des Blattes dabei ablichten lassen, wie er gerade aus der Duschkabine stieg. Natürlich konnte man seine Pretiosen nicht erkennen, weil die Duschscheiben aus Milchglas bestanden und er sich im Moment der Aufnahme noch nicht vollständig nach draußen begeben hatte. Dennoch brauchte man nicht allzuviel Fantasie, um erkennen, daß er splitterfasernackt war.

Die Fotografin, eine von ihrer Arbeit besessene Frau mit gekräuseltem roten Haar und einer Art, der man nicht widerstehen konnte, hatte ihn dazu überredet. Ihre positive Energie hatte so auf ihn abgefärbt, daß er schließlich zugestimmt hatte. Immerhin hatte Sylvester Stallone schon einmal nackt für das Cover von *Vanity Fair* posiert, und Demi Moore sah man kaum noch in einer Illustrierten bekleidet.

Bobby wollte sich nicht nur einfach ablichten lassen, sondern mit seinem Foto gleichzeitig eine Aussage vermitteln. Und Mannomann, das war ihm gelungen!

Als er sich in Farbe auf der Titelseite dieses Blattes sah, stockte ihm für einen Moment der Atem. Dann hätte er am liebsten laut gelacht, weil die Darstellung ihm einen Kick versetzte. Sein Körper sah fit und zu allem bereit aus. Das häufige Joggen und die viele Gymnastik waren also nicht umsonst gewesen!

Am Rand des Covers stand in fetten roten Lettern zu lesen:

BOBBY RUSH – KÖRPER DES JAHRES

und darunter in deutlich kleineren Buchstaben:

Bobby Rush – wo er auftritt
schiebt er mit seinen Muskeln
seinen Dad glatt beiseite
– von Kennedy Chase

Das versetzte seiner Begeisterung einen Dämpfer. Seine Pressesprecherin hatte ihm versichert, daß sein Vater in dem Artikel nicht erwähnt werden würde.

Er drückte den Sprechknopf auf der Gegensprechanlage und teilte seiner Sekretärin mit: »Beth, holen Sie mir Elspeth an den Apparat.« Bobby trommelte mit den Fingern auf den Schreibtisch.

»Sie war bis eben hier. Soll ich versuchen, sie zu erreichen?«

»Ja bitte! Sie soll unverzüglich in mein Büro kommen!«

»Ich schicke sie sobald wie möglich zu Ihnen.«

Mit einiger Unruhe schlug er das Magazin auf und blätterte, bis er bei seinem Artikel angelangt war. Hier konnte man ihn auf weiteren Fotos betrachten. Bobby zählte insgesamt sechs. Er sah sich zunächst die Aufnahmen an, um die nötige Kraft zur Lektüre des Textes zu sammeln. Das ungute Gefühl stellte sich wieder ein. Er hatte es schon damals beim eigentlichen Interview bekommen, als ihm klar geworden war, daß Kennedy sich den Termin unter falschen Voraussetzungen hatte geben lassen. Sie wollte ihm nämlich nicht schmeicheln oder ihn promoten. Und das Gefühl war noch stärker geworden, als sie auf seine Anrufe nicht reagiert hatte.

Sich den Medien zu einem Interview zu stellen, war schon unter normalen Umständen oft genug trügerisch, aber bei dieser heimtückischen Lady hatte er sich geradezu auf ein Minenfeld begeben.

Okay, er war bereit, sich dem Artikel zu stellen. ›Atme tief durch, bring die Überschrift hinter dich und lies, was sie aus dir gemacht hat.‹

Bobby Rush, ein blasser Abklatsch seines Vaters Jerry, glaubt, er sei ein heißer Typ, und das läßt er auch deutlich heraushängen, wenn er durchs Studio stolziert und so tut, als gehöre ihm alles. Und das scheint auch das einzige Mal zu sein, daß Bobby wirklich Schauspielkunst vorführt. Mehr zu scheinen, als zu sein, ist das, was er am besten beherrscht.

Wir bewundern seinen strammen Hintern! Und irgendwie haben wir es doch immer schon gewußt ... Sein Daddy ist bestimmt stolz auf ihn.

Aber es kam noch schlimmer:

Warum ist Bobby Rush ein Star? Könnte es sein, daß sein Big Daddy seinen nicht unbeträchtlichen Einfluß in dieser Stadt, die immer schon ein offenes Herz für kreative Vetternwirtschaft hatte, dazu eingesetzt hat, seinen Sohn dorthin zu hieven, wo er heute steht?

Bobby stöhnte und schleuderte das Blatt quer durchs Zimmer. Im selben Moment steckte Beth den Kopf durch die Tür. »Stimmt etwas nicht, Bobby?«

Er versuchte, locker darüber hinwegzugehen, obwohl er innerlich kochte. »Woher denn? Man hat mich nur gerade als Arschloch des Jahres porträtiert. Kein Grund zur Aufregung, oder?«

Seine Sekretärin setzte sofort die passende mitfühlende Miene auf. »Es tut mir so leid.«

»Ihnen tut es leid. Wo zum Teufel steckt Elspeth?«

»Sie ist schon unterwegs.«

Das hatte er nicht verdient. Der ganze Artikel war ein einziger unbegründeter Angriff auf seine Integrität als Schauspieler und Mann. Kennedy Chase deutete mehr als nur an, daß der einzige Grund für seinen Erfolg in den guten Beziehungen seines Vaters zu finden war. Und dann schrieb sie endlos über Jerry und was für ein verdammtes Vorbild und einer der ganz Großen er doch sei.

Dabei hätte sie es besser wissen müssen. Er, Bobby, hatte seinen Erfolg einzig und allein seiner harten Arbeit und nichts und niemand anderem zu verdanken. Jerry wäre es nämlich lieber gewesen, wenn sein Sohn für alle Zeit in seinem Schatten geblieben wäre.

Aber nein, diese Dame hatte überhaupt kein Interesse an der Wahrheit. Sie hatte ihn mit einem Trick zu diesem Interview verleitet und ihm nicht die geringste Chance gegeben.

Er fühlte sich betrogen und ausgenutzt. So weit er sich erinnern konnte, hatte er die Frau höflich und zuvorkommend behandelt. Doch aus irgendeinem Grund hatte sie sich entschlossen, ihn durch den Dreck zu ziehen.

Elspeth traf mit zusammengepreßten Lippen und grimmiger Miene ein. Sie hielt eine Ausgabe von *Style Wars* in der Hand und wedelte ihm damit vor dem Gesicht herum. »Ich habe den Artikel gelesen«, schimpfte sie gleich los, noch ehe er ein Wort herausbringen konnte. »Mit diesem Schmierenblatt werde ich nie wieder zusammenarbeiten! Ich bin stinksauer!«

Sie war stinksauer? Was war denn mit ihm, demjenigen, dem dieser Tort angetan worden war?

»Elspeth«, begann er ganz ruhig, »wie konnte das passieren? Ich hatte eigentlich den Eindruck, sie hätten uns zugesichert, Jerry mit keinem Wort zu erwähnen. Deswegen habe ich mich doch auch zu diesen Aufnahmen breitschlagen lassen und ihnen einen Tag meiner kostbaren Zeit zur Verfügung gestellt.«

»Woher soll ich das wissen?« gab die Pressesprecherin in einem Tonfall zurück, als habe sie jetzt wirklich andere Dinge im Kopf. »Haben Sie gelesen, was diese Schlampe sich über mich zusammengeschmiert hat? Sie bezeichnet mich als unprofessionell!«

»Es interessiert mich einen Scheißdreck, was diese Kennedy Chase über Sie zu sagen hat!« explodierte Bobby. »Sie sind hier eigentlich dafür verantwortlich, die Medien im Zaum zu halten. Also, was ist schiefgelaufen?«

»Ich bin nicht unprofessionell!« erregte sich Elspeth. »Dafür kann ich sie doch verklagen, oder etwa nicht? Was meinen Sie?«

»Würden Sie sich liebenswürdigerweise auf das eigentliche Thema konzentrieren?« forderte er sie spitz auf. »Es geht in diesem Artikel nämlich um mich. Jeder in der Stadt wird das Blatt lesen und mich für einen vollkommenen Trottel halten.«

»Das ist aber nicht meine Schuld«, entrüstete sich die

Pressesprecherin und schüttelte so heftig den Kopf, als müsse sie sich selbst davon überzeugen. »Ich habe den ersten Termin für das Interview ausgemacht, zu dem Sie dann aber nicht erschienen sind.«

»Ich konnte dort nicht erscheinen, weil Sie vergessen hatten, mich von dem Termin in Kenntnis zu setzen.«

»Wie auch immer«, wich Elspeth aus. »Jedenfalls sollte die Dame dann noch einmal kommen und einen Tag mit Ihnen verbringen.«

»Ich habe es Ihnen doch gleich gesagt, Sie hätten dranbleiben müssen. Als die Chase auf meine Anrufe nicht reagiert hat, war mir gleich klar, daß sie mich in ihrem Artikel fertigmachen wollte.«

»Ich habe mich an das Magazin gewandt«, entgegnete die Pressesprecherin. »Und dort hat man mir versichert, daß Kennedy Chase alles Material, das sie benötigte, beisammen habe.«

»Das glaube ich gern«, knurrte er bitter. »Sie hat sich im Archiv alles über mich besorgt, sich dann alles Negative zusammengesucht und schließlich entschieden, den Vater als Aufhänger zu benutzen, um mich abzuschießen.«

»Jetzt ist es passiert«, sagte Elspeth. »Daran läßt sich nun leider nichts mehr ändern.«

»Ist das alles, was Sie dazu zu sagen haben?«

»Sie können nicht immer eine gute Presse bekommen, Bobby.«

Er stand kurz davor, die Beherrschung zu verlieren. »Irgendwie scheine ich mich Ihnen nicht verständlich machen zu können, nicht wahr? Ich habe mich auf Ihr Wort verlassen und bin daraufhin böse reingefallen!«

»Das wird nicht wieder vorkommen«, erklärte sie knapp und preßte wieder die Lippen aufeinander.

Bobby verspürte den starken Wunsch, sie auf der Stelle zu feuern, aber er hatte noch nicht gelernt, kaltschnäuzig und hart zu sein. Als er noch zu Hause gewohnt hatte, hatte er seinen Vater oft dabei erlebt. Der große Jerry Rush schien es zu genießen, Leute vor die Tür zu setzen.

Schmeiß ihn raus, er ist ein blöder Arsch.

Gib der dummen Kuh Gehalt für zwei Wochen, und weis ihr dann die Tür.

Der blöde Pimmel, den kann ich hier nicht mehr gebrauchen.

Ja, Jerry war immer schon groß darin gewesen, andere ohne Bedauern auf die Straße zu werfen.

Bobby hob das Magazin wieder auf, schloß es und legte es auf den Rand seines Schreibtischs. »Also gut, Elspeth. Ich nehme an, es gibt nichts, was ich jetzt noch dagegen unternehmen kann.«

»Ich fürchte, es ist so.«

Er wollte, daß sie den Raum verließ, bevor er explodierte. Was man ihm angetan hatte, interessierte sie gar nicht. Sie regte sich nur darüber auf, wie sie selbst in dem Artikel weggekommen war.

Ein langer Tag lag hinter ihm. Am Morgen hatte er sich einen Drehort angesehen. Am Nachmittag hatte er an einem Produktions-Meeting teilgenommen. Und danach hatten zwei Stunden Casting-Endausscheidung angestanden. Er haßte es, die endgültige Auswahl unter den Schauspielern treffen zu müssen. Viel lieber hätte er jedem Aspiranten eine Chance gegeben, der sich bei ihm vorstellte, denn er erinnerte sich noch gut daran, wie man sich fühlte, wenn man zum Vorsprechen erschien und dann abgelehnt wurde.

Etwas Schlimmeres konnte man sich kaum vorstellen. Man betrat einen Raum, in dem ein Haufen Männer und Frauen mit müden Gesichtern saßen, weil sie schon den ganzen Tag lang Schauspieler angehört und nach Hause geschickt hatten. Dann kam dieser schreckliche Moment der Stille, in dem die Casting-Frau den Namen aufrief. Und dann mußte man in nur drei Minuten einen bleibenden Eindruck hinterlassen. Ein furchtbarer Streß.

Unglücklicherweise konnte er nicht jedem Schauspieler und jeder Schauspielerin einen Job geben. Schon die Anzahl der Bewerber zwang ihn dazu, eine Auswahl zu treffen. Wenigstens konnte er sich darauf verlassen, daß Mac und er ähnliche Vorstellungen hatten. So hatten sie am frühen Abend eine passende Truppe zusammenstellen können. Und das keinen Tag zu früh, denn schon in einer Woche sollte mit dem Drehen begonnen werden.

Was ihn heute besonders erfreut hatte, war Mac. Er kam immer besser mit ihm zurecht.

Was ihn dagegen bedrückte, war der Umstand, daß sie noch immer keine Schauspielerin für die weibliche Hauptrolle gefunden hatten. Für die Rolle der Siena hatten sie zwar schon einige Aktricen auf ihrem Wunschzettel stehen. Mac zum Beispiel wollte Winona Ryder oder Julia Roberts, aber die beiden waren schon für andere Projekte verpflichtet. Bobby hingegen hatte noch keine Favoritin für die Rolle, und da der Dreh so kurz bevorstand und sich in dem Film alles um die Figur der Siena drehte, wurde die Lage langsam kritisch. Er hatte mit dem Produktionsmanager gesprochen und ihm erklärt, die Szenen mit der Siena so weit wie möglich ans Ende der Drehzeit zu legen.

Manchmal lief es beim Film eben so. Man wurde bis zum Start immer nervöser, und dann kam plötzlich und wie durch ein Wunder doch alles ins Lot. Dieses Projekt bedeutete Bobby eine Menge, und er wollte, daß jedes Detail stimmte.

Die neuste Nummer von *Style Wars* würde in wenigen Tagen an die Kioske ausgeliefert werden. Wenn der Artikel in Ordnung gewesen wäre, hätte er sich darauf gefreut. Aber jetzt erschien er in seinem Adamskostüm wie ein Obertrottel, und im Heft selbst hatte die Chase ihn nach Strich und Faden fertiggemacht. Was bildete sich diese Kuh eigentlich ein, wer sie war?

Später klopfte Beth vorsichtig an und schob nur wieder den Kopf durch die Tür. »Vergessen Sie bitte nicht das Treffen mit Mac und seiner Frau heute abend. Um zwanzig Uhr im Morton's. Ich mache jetzt Feierabend.«

»He!« rief er hinter ihr her. »Vielen Dank.« Beth war seit fast zwei Jahren bei ihm und hatte sich in der ganzen Zeit als loyal und fähig erwiesen. Er wünschte, er könnte eine ähnlich gute Set-Assistentin finden. Das Mädchen, das jetzt bei ihm arbeitete, lief ihm den ganzen Tag wie ein Hündchen hinterher, er mußte ihr buchstäblich alles erklären, und sie besaß nicht die Spur von Eigeninitiative. Sobald die Dreharbeiten begannen, würde sie sich über kurz oder lang als Katastrophe erweisen – dessen war Bobby sich ganz sicher.

Aber da gab es ja noch eine Alternative: Jordanna Levitt.

Klar, sicher, eine tolle Möglichkeit: Eine verzogene Hollywood-Göre, die glaubte, die ganze Welt liege ihr zu Füßen. Bobby kannte diesen Typ in- und auswendig, schließlich war er umgeben von solchen Mädchen aufgewachsen.

Er hatte sie nur wegen Charlie Dollar eingestellt. Wer konnte dem alternden Schauspieler schon etwas abschlagen? Charlie war der größte Star seiner Generation und ein echtes Original. Wenn Dollar etwas wollte, bekam er das in der Regel auch. Und als er ihn gebeten hatte, Jordanna den Job zu geben, hatte Bobby spontan zugestimmt.

Gut, jetzt war sie also in seinem Team, aber er hatte sie noch nicht zu Gesicht bekommen. Bobby hatte Gary beauftragt, sich um sie zu kümmern, und der hatte ihr ein winziges Büro im Keller der Produktionsräume zugewiesen, wo sie beim Casting mitwirken sollte.

Bobby hatte sich großzügig erwiesen und seinen beiden Brüdern Jobs bei der Produktion vermittelt. Len arbeitete bei den Bauten und Stan in der Buchhaltung. Wenn die beiden Mist bauten, waren sie sofort draußen. Aber wenigstens hatte er ihnen eine Chance gegeben, und das war mehr, als sie von Vater Jerry je erhalten hatten.

Aber eigentlich konnte er sich nicht beklagen. Jerrys absolutes Desinteresse am Fortkommen seines Sohnes hatte ihn nur abgehärtet und in ihm einen unauslöschlichen Drang nach Erfolg erweckt.

Bobby fühlte sich genau dort angekommen, wo er immer hingelangen wollte. Oder, um es in der Footballsprache auszudrücken, er hatte einen Touchdown plaziert.

Im Morton's war es wie üblich voll. Die gleiche alte Mischung wie stets aus Studiogewaltigen, bedeutenden Schauspielern, Producern und Agenten hatte sich hier eingefunden. Die Möchtegern-Stars hockten an der Bar und warteten darauf, einen Tisch zugewiesen zu bekommen, obwohl ihnen verdammt klar war, daß sie niemals die Chance erhalten würden, einen der besseren Tische neben jemandem zu erhalten, der für sie wichtig sein konnte. Der Chefkellner verteilte die Gäste mit seinem gewohnten unerschütterlichen selbstbewußten Auftreten. Er führte Bobby zu einem Tisch an der Seite – aber immer noch weit genug vorn –, wo bereits Sharleen und Mac auf ihn warteten.

Sharleen hatte sich producerfein gemacht. Kleidung und Make-up bildeten eine tadellose Einheit, und ihre Haut strahlte von kaum zurückgehaltener Sinnlichkeit. Ihr Ausschnitt war atemberaubend tief, und sie hatte sich das hellrote Haar auf dem Kopf zusammengesteckt. Ein paar einzelne Locken hatten sich daraus gelöst und umrahmten ihr hübsches Gesicht.

»Bobby«, begrüßte sie ihn mit tiefer, rauchiger Stimme, »wie nett, dich wiederzusehen.«

»Ich freue mich auch, dich zu sehen, Sharleen. Du siehst mal wieder umwerfend aus.«

Sie setzte sich etwas gerader hin, damit er einen besseren Einblick in ihr Dekolleté erhielt und schenkte ihm ein Megawatt-Strahlen. »Danke, Bobby.«

»Hey«, grüßte Mac mit einer weiten Handbewegung. »Ich weiß nicht, wie es dir geht, aber mich hat der Tag heute vollkommen geschafft.«

»Geht mir genauso.«

Sharleen setzte einen Schmollmund auf. »Ich sehe schon, ihr beide seid mal wieder eine hervorragende Gesellschaft. Da werde ich mich wohl selbst unterhalten müssen.«

»Den Tag möchte ich noch erleben«, lachte Mac und stellte sich in Gedanken bereits vor, was sich bei der Heimfahrt zwischen ihm und seiner Frau ergeben würde.

»Ich habe gehört«, übernahm Sharleen die Konversation mit einem breiten Lächeln, »ihr habt Probleme mit der Besetzung der Rolle von der Siena.«

»Wir werden schon jemanden finden«, sagte Mac rasch und in der Hoffnung, sie von dem Thema abzulenken. Den ganzen Tag hatten sie mit der Filmerei zu tun, da wollte er wenigstens heute abend entspannen und nicht mehr an die Arbeit denken müssen.

Sharleen wandte sich an Bobby. »Ich liebe das Drehbuch«, flötete sie, und ihre mandelfarbenen Augen leuchteten vor Intensität. »Nun habe ich ja schon manche Scripte lesen müssen, aber das hier konnte ich nicht weglegen, bis ich die letzte Seite hinter mich gebracht hatte. Die Charaktere sind wunderbar lebendig ausgearbeitet und so voller Zorn, Schmerz und Sexualität. Die Geschichte ist wirklich ... europäisch.«

»Ja, ist wirklich ein tolles Drehbuch«, stimmte Bobby zu.

»Nein, nicht toll, sondern umwerfend!« rief Sharleen enthusiastisch aus. »Und mir ist beim Lesen eine sensationelle Idee gekommen, wie man die Geschichte noch besser machen könnte.«

»Ehrlich?« Mac war verblüfft, fragte sich aber gleich, was Sharleen wieder aushecken mochte.

»Ja, die habe ich«, erklärte sie und sah immer noch Bobby an.

Bobby winkte einer Gruppe Agenten zu, die am anderen Ende des Raums aufgetaucht waren.

»Was ist das denn für eine Idee, Sharleen?« fragte er vorsichtig.

Sie beugte sich zu ihm vor, und er konnte den Blick nicht von ihrem Busen wenden.

»Wie alt bist du, Bobby?« fragte sie und fuhr sich mit der Zungenspitze über die Lippen.

Er lachte. »Du willst mein Alter wissen?«

Sie lehnte sich zurück. »Ja, das ist doch wohl eine leicht zu verstehende Frage, oder?«

»Zweiunddreißig.«

»Hm ... dann sind wir ja im gleichen Alter.«

Klar, wenn man es mit ein paar Jährchen mehr nicht so genau nimmt, dachte Mac. Seine Frau war fünfunddreißig und wurde bald sechsunddreißig. Aber sie war auch

Schauspielerin, und deshalb fand man auf ihrem Geburtstagskuchen schon lange keine Kerzen mehr.

»Wirklich?« fragte Bobby.

»Ja, wir sind ziemlich genau gleich alt. Und zusammen geben wir ein hübsches Paar ab«, erklärte sie ihm in aller Selbstverständlichkeit.

Mac kam ein furchtbarer Verdacht. Er ahnte, was seine Liebste als nächstes vorbringen würde – und er sollte sich nicht irren.

»Bobby«, ließ Sharleen nicht mehr von ihm ab, »denk doch mal darüber nach. Ich könnte die Siena spielen. Zum einen bin ich für die Rolle perfekt geeignet. Und zum anderen übernehme ich die Siena, weil mir das Drehbuch so ausgezeichnet gefällt – obwohl Spielberg mich für seinen nächsten Streifen haben will.«

Mac war furchtbar wütend. Wie konnte sie ihn vor anderen so in Verlegenheit bringen? »Zum Himmeldonnerwetter noch mal, Sharleen«, begann er.

»Ist schon okay«, unterbrach Bobby ihn lächelnd. »Sharleen hat recht. Wir beide würden auf der Leinwand sicher fantastisch aussehen, und ich hoffe wirklich, daß man ihr und mir in absehbarer Zeit ein Drehbuch auf den Tisch legt, das genau auf uns beide zugeschnitten ist. Am besten eine Komödie. Ich wette, du machst dich super in einer Comedy, Sharleen, und alle werden nur Augen für dich und deinen unglaublichen Körper haben. Habe ich nicht recht?«

Sharleen spürte, daß das Gespräch eine andere als die von ihr gewünschte Richtung zu nehmen drohte. »Na ja … äh … ja, Bobby. Ich wollte immer schon mal eine Komödie machen. So was wie Marilyn früher gedreht hat – wir beide haben nämlich das gleiche Gefühl fürs Timing. Aber um noch einmal auf *Thriller Eyes* zurückzukommen …«

»Das würde nicht funktionieren«, erklärte Bobby entschieden. »Die Siena muß Anfang Zwanzig sein, sonst fällt das ganze Script auseinander.«

»Aber ich dachte …«

»Ich verspreche dir, daß ich mir die Sache durch den Kopf gehen lasse«, ließ Bobby sie gar nicht erst ausreden.

»Du und ich zusammen in einer Comedy. Das wird der Knüller der Saison.« Er schnippte einem Kellner zu. »He, können wir bald die Speisekarte bekommen? Ich bin schon kurz vorm Verhungern.«

Sie brausten schweigend heim. Der Rolls schoß mit Höchstgeschwindigkeit durch die Kurven vom Sunset. Aber irgendwann konnte Mac nicht länger an sich halten. Ob Sex oder nicht, er mußte das loswerden, was ihm auf der Seele brannte: »Das war eine verdammt beschissene Tour, die du da abgezogen hast!«

Sharleen verlegte sich auf das Fach der Unschuldigen. »Was denn für eine Tour?«

»Dieser Mist, von wegen du und Bobby würdet auf der Leinwand ein tolles Paar abgeben. Und daß ihr im gleichen Alter wärt. Gleiches Alter, das wüßte ich aber!«

»Ich bin drei Jahre älter als er, das ist doch gar nichts.«

»Und ich bin der Regisseur von *Thriller Eyes!«* entfuhr es ihm. »Der gottverdammte Regisseur, verstanden? Was meinst du denn, wie das aussieht, wenn meine Frau dem Starproducer schöne Augen macht, weil sie die weibliche Hauptrolle in meinem Film haben will, und ich wie der letzte Dorftrottel danebensitze?«

»Tut mir leid«, sagte Sharleen, doch in einem Tonfall, als würde sie den Vorfall kein bißchen bereuen. »Mir war nur klar, daß du nicht eine Sekunde darüber nachdenken würdest, wenn ich es dir direkt gesagt hätte.«

»Damit liegst du verdammt richtig.«

»Also kannst du mir doch keinen Vorwurf daraus machen, es bei einem anderen versucht zu haben. Die Rolle dieser psychotischen Frau ist einfach wunderbar. Ich weiß, daß ich großartig darin wäre.«

»Du scheinst übersehen zu haben, daß du für die Rolle mindestens zehn Jahre zu alt bist!«

»Unsinn. Ein paar geringfügige Änderungen am Drehbuch könnten dieses kleine Problem leicht aus der Welt schaffen.«

»Ein kleines Problem? Das sehe ich aber nicht so, Sharleen. Das ganze Script dreht sich doch um den Umstand, daß die Siena noch so jung ist.«

Sie schürzte die Lippen. »Du bist unfair, Mac. Bloß weil ich deine Frau bin, willst du mich nicht in deinem Film haben!«

»Ich hätte absolut nichts gegen dich in einem meiner Filme, wenn du die richtigen Voraussetzungen mitbringen würdest.«

»Das glaube ich dir nicht.«

»Warum nicht?«

»Weil du es nicht ertragen könntest, mich nackt zusammen mit Bobby Rush im Bett sehen zu müssen.«

»Sharleen, ich bin Profi. Wenn ich auf dem Set stehe, gibt es für mich nur den Film und nichts anderes.«

»Das kannst du jetzt leicht sagen.« Sie sprach wieder mit ihrer rauchigen, sexy Stimme. »Du weigerst dich ja standhaft, mich für die Rolle überhaupt nur in Erwägung zu ziehen.«

»Wenn du die Richtige wärst, würde ich dich nicht nur in Erwägung ziehen, sondern ernsthaft über dich nachdenken.«

»Das Drehbuch ist wirklich heiß. All die ausführlichen Liebesszenen, der Sex, die Nacktheit ... Und das Ende erst, so intensiv emotional. Nein, du könntest es beim besten Willen nicht aushalten, wenn ich die Rolle spielen würde.« Sie schüttelte wissend den Kopf.

»Doch, Sharleen, das könnte ich.«

»Dann stell mich auf die Probe. Laß mich ein paar Szenen sprechen, nur um festzustellen, ob das auch geht.« Noch während sie redete, wanderte ihre Hand schon über seinen Oberschenkel und kroch dann ganz langsam über seinen Unterleib.

Oh ja, Sharleen. Mac bekam augenblicklich eine Erektion. Das gelang ihr doch wirklich jedes Mal.

»Was hältst du davon, Schatz?« flüsterte sie und zog seinen Reißverschluß herunter.

»Ich ... glaube ... daß ... du ... eine ... sehr ... aufregende ... Frau ... bist ...«

»Gut so, denn ich werde es dir jetzt so heiß machen, daß du denkst, du wärst in der Hölle.« Damit zog sie sein Glied heraus und beugte den Kopf darüber.

Manchmal werden Träume doch wahr. Er fuhr auf dem Sunset Boulevard, und Sharleen blies ihm einen. Mac konnte sich wirklich glücklich preisen.

Kurz bevor er den Höhepunkt erreichte, heulte hinter ihnen eine Polizeisirene auf. Scheinwerferlichter strahlten ins Wageninnere, und aus einem Lautsprecher ertönte eine tiefe Männerstimme: »Fahren Sie rechts ran! Sofort!«

Scheiße! Statt einer Explosion kam nur ein dünnes Rinnsal. Wie nahe Glück und Enttäuschung doch beieinanderliegen.

Mac fluchte leise vor sich hin und hielt den Wagen am Bordstein an. Sharleen richtete sich wieder auf, öffnete ihre Handtasche und zog sofort ihren Lippenstift nach. Nichts konnte sie aus der Ruhe bringen.

Der Streifenwagen blieb hinter ihnen stehen, und ein gutaussehender Beamter stieg aus.

In L. A. sieht jeder gut aus, dachte Mac säuerlich, während er seine edlen Teile in die Hose zurückpackte. Aus dem ganzen Land strömten sie in die Stadt, um hier Filmstar zu werden. Zu dumm nur, daß kaum einer von ihnen es schaffte.

Der Polizist schlenderte betont lässig, wie es Art der Bullen war, heran und hielt Mac den Taschenlampenstrahl ins Gesicht, so daß dieser nichts mehr sehen konnte. »Steigen Sie bitte aus, Sir. Und Sie auch, Lady.«

»Officer«, begann Mac und bemühte sich, befehlsgewohnt zu klingen, auch wenn er mit offener Hose dasaß und sich irgendwie blöd vorkam, »können Sie mir wohl sagen, was los ist?«

»Zwischen mehreren Fahrspuren hin und her zu rasen, reicht allemal«, antwortete der Polizist in breitem Südstaatenakzent. »Ihr Wagen fährt schon seit einiger Zeit Zickzackkurs. Ich werde Sie wohl auffordern müssen, sich einem Alkoholtest zu unterziehen. Steigen Sie jetzt bitte aus.«

Als Sharleen ihr Make-up wiederhergestellt hat, meldete sie sich zu Wort: »Hallo, Officer«, schnurrte sie, »ich bin Sharleen Wynn.«

Der Taschenlampenstrahl fuhr in ihre Richtung und blieb in ihrem Gesicht hängen. »Wir haben nämlich heute Hochzeitstag«, fuhr sie mit ihrer Sexystimme fort. »Vielleicht war das ja etwas indiskret von mir, aber ich habe meinem Mann gerade ... wie soll ich mich ausdrücken? Ich habe ihm sein erstes Geschenk gegeben, und es tut mir leid, wenn ich mich dabei zu sehr habe hinreißen lassen ... und ihn dadurch gezwungen habe ... etwas zu erregt zu werden. Nächstes Mal warte ich ganz bestimmt, bis wir zu Hause sind. Versprochen.«

Der Polizist war hin und weg. Mac stellte sich vor, was für eine Geschichte er seinen Kollegen erzählen würde. »Äh, hm ... Miß Wynn«, stammelte er. »Das ist aber nicht ... äh, hm ... sehr klug, wenn man ... so etwas in einem fahrenden Wagen tut.«

»Ich weiß, Officer«, entgegnete sie leise und klimperte mit den Wimpern, wie es Frauen schon zu allen Zeiten verstanden haben. »Ich werde es ganz sicher auch nie wieder tun. Das verspreche ich Ihnen. Dürfen wir jetzt weiter?«

Der Beamte war fast sprachlos, aber noch nicht ganz: »Äh, hm ... Miß Wynn, dürfte ich Sie um ein Autogramm bitten?«

»Aber gern.« Sie nahm seinen Stift und schrieb großherzig ihren Namenszug auf die Rückseite seines Blocks. »Vielen Dank für Ihr Verständnis. Ich weiß das wirklich zu schätzen.«

»Keine Ursache, Ma'am. Und fahren Sie von jetzt an bitte schön vorsichtig.«

»Ganz gewiß.«

Mac startete den Wagen, und sie fuhren los.

»Bieg in den Stone Canyon ab«, drängte sie ihn.

»Aber das ist der falsche Weg!«

»Mach schon!«

Er steuerte das Auto in den Stone Canyon.

»In die Auffahrt dort drüben. Die dunkle«, befahl sie.

»Sharleen …«

Er hörte das Rascheln von Seide und wußte, daß sie sich auszog. Sie war schon eine Verrückte, aber genau dafür liebte er sie.

Rasch lenkte er den Wagen in die unbeleuchtete Einfahrt und schaltete den Motor aus.

»Komm auf den Rücksitz«, flüsterte sie und befreite sich von ihrer Strumpfhose.

Mac ließ sich nicht zweimal bitten.

Als er den Rücksitz erreichte, war seine Frau schon vollkommen nackt. Sie fielen gleich wie geile Teenager übereinander her. »Oooh, Mac … du bist der Größte … der Beste … die Krönung … absolute Spitze«, murmelte sie in höchster Erregung, während ihre Hände über seine Brust strichen.

Sharleen besaß eine besondere Begabung dafür, im richtigen Moment genau das Rechte zu sagen.

Dann setzte sie sich auf ihn, ritt ihn wie einen Hengst und ließ ihre wunderbaren Brüste über sein Gesicht baumeln. Ihr ureigener Geruch drang von überall in seine Nase.

Diesmal kam er zu einem Monsterhöhepunkt.

Die Ehe mit Sharleen war niemals langweilig.

Kapitel 20

»Das ist doch alles Schwachsinn, Charlie«, beschwerte sich Jordanna mit säuerlicher Miene. »Ich bekomme Bobby Rush nicht einmal zu sehen. Wie soll ich seine persönliche Assistentin werden, wenn ich den ganzen Tag in diesem Kellerbüro hocke und langweilige Lebensläufe und Fotos von irgendwelchen Schauspielern sortiere?«

Charlie gähnte und streckte sich. »He, Kleines, es ist doch nur ein Job. Hast du überhaupt eine Ahnung, wie viele arme Teufel da draußen rumlaufen und arbeitslos sind?«

»Leck mich doch«, schimpfte sie und sprang aus dem

Bett. Sie ärgerte sich darüber, daß er sie nicht ernst zu nehmen schien.

»Komm wieder zurück«, sagte er, und es klang ernst, wenn da nicht dieses amüsierte Funkeln in seinen Augen gewesen wäre. »Ich habe gerade einen Ständer, mit dem ich Steine klopfen könnte.«

»Dann such dir doch einen Steinbruch«, rief sie über die Schulter und lief ins Bad. »Ich komme noch zu spät zur Arbeit.«

Sie betrat das Badezimmer vollkommen nackt und betrachtete sich in dem großen Spiegel. Seit einiger Zeit litt sie am Blondinen-und-Riesentitten-Syndrom. Normalerweise war sie hochzufrieden mit ihrer schlanken, attraktiven Erscheinung, aber seit einigen Wochen wurde sie geradezu von blonden Schauspielerinnen mit großem Busen überschwemmt, die wie eine Parade von Preiskühen durch ihr Kellerbüro zogen. Zu schade, daß Cheryl nicht bei ihr war – die hätte diese Schönen gleich im Dutzend rekrutiert.

Es verdroß sie sehr, als Bobbys Assistentin eingestellt worden zu sein und ihn nie zu Gesicht zu bekommen. Er ließ sie nur die blödesten Arbeiten tun, als wäre sie irgendein dummes Landei, das von Tuten und Blasen keine Ahnung hatte, und das machte sie richtig sauer.

Jordanna war in Hollywood aufgewachsen und hatte die größten und wichtigsten Persönlichkeiten des Filmbusiness kennengelernt. Bobby Rush gehörte nicht zu denjenigen, die sie nachhaltig beeindruckten, aber seine beiden Partner schienen ganz in Ordnung zu sein. Sie spürte, daß einer von ihnen, Tyrone Houston, kurz davor zu stehen schien, sich mit ihr zu verabreden. Anscheinend wußte er nicht, daß sie zur Zeit bei Charlie Dollar lebte.

Tyrone war sehr schwarz und sehr sexy. Wenn er sie um ein Date bitten würde, würde sie bestimmt in Versuchung geraten. Mehr würde sich allerdings nicht abspielen, denn sie lebte jetzt in einer monogamen Beziehung; und sie wollte feststellen, ob das überhaupt funktionieren konnte.

Natürlich wäre es Charlie egal gewesen, er gehörte nicht zu der Sorte Männer, die kleinlich waren.

Gestern war Jordanna nach Hause gekommen und hatte seine Ex-Freundin und ihr gemeinsames dreijähriges Kind dort angetroffen. »Du kennst doch Dahlia, nicht wahr, Kleines?« hatte er sie, wie gewöhnlich bis über die Ohren stoned, gefragt und dann auf seinen Sohn gezeigt: »Das ist Sport. Die beiden bleiben ein paar Wochen, weil ihre Bude renoviert wird.«

Nein, sie kannte Dahlia nicht, aber sie hatte schon eine Menge von ihr gehört. Die vierzigjährige Frau wirkte vornehm, war Schauspielerin, hatte langes und glattes Haar und trug eine ernste Miene. Gerüchten zufolge hatten Charlie und Dahlia zehn Jahre was miteinander gehabt, natürlich nicht durchgehend, sondern immer wieder mit Pausen dazwischen. Als sie ihn schließlich gedrängt hatte, sie zu heiraten, hatte er ihr ein Haus gekauft und sie aus seiner Bleibe hinauskomplimentiert.

»Hallo«, sagte Dahlia, ohne die Miene zu verziehen.

»Hi«, antwortete Jordanna. Die Situation war eigenartig, aber sie war zuversichtlich, damit zurechtzukommen.

Alle vier hatten gemeinsam in dem großen dunklen Eßzimmer das Abendbrot eingenommen. Die Stimmung am Tisch war nicht besonders, und Jordanna spürte, daß ihr das Ganze absolut nicht behagte. Wenn Dahlia länger als zwei Wochen blieb, würde ihr das gehörig auf den Magen schlagen.

»Wie wär's mit Frühstück?« rief Charlie aus dem Schlafzimmer. »Ich lasse Speck und Würstchen kommen. Willst du das auch?«

»Nein!« rief sie zurück. »Ich esse keine Schweine.«

»Du hättest mir ja etwas vormachen können«, entgegnete er amüsiert.

Eins mußte man Charlie lassen: Er fuhr nie aus der Haut.

Im Studio hockte sie wieder in ihrem Loch und ordnete stundenlang Fotos und Lebensläufe. Besser gesagt, sie schob sie von einem Haufen auf den anderen und langweilte sich tödlich.

Gegen Mittag steckte Florrie Fisher, die Assistentin von Nanette Lipsky, die Casting Director bei den Bobby Rush

Productions war, den Kopf zur Tür herein. Florrie war irgendwo in den Dreißigern, immer gut gelaunt und zu dick. Sie trug eine Zahnklammer – die man mindestens fünfzehn Jahre zu spät angebracht hatte – und verliebte sich gleich in jeden Mann, der ihr über den Weg lief.

»Sie wollen dich oben sehen«, verkündete sie. »Ich habe furchtbare Zahnschmerzen und muß zum Zahnarzt. Fünfzehn Schauspieler kommen heute nachmittag, und dabei braucht Nanette natürlich eine Menge Hilfe.«

»Was für Hilfe?« fragte Jordanna erschrocken.

»Du tust das gleiche, was ich in solchen Fällen immer zu erledigen habe. G–L–P. Grüßen–Lesen–Prüfen. Du nimmst die Leute in Empfang und liest mit ihnen die Szenen, es sei denn, sie fallen schon vorher bei der Prüfung durch.«

»Was denn für eine Prüfung?«

»Na komm schon«, antwortete Florrie leicht ungeduldig. »Du kennst doch ihre Bilder. Wenn sie erscheinen, wirfst du einfach einen Blick auf sie und stellst so fest, ob das Foto mindestens zehn Jahre alt ist oder ob sie vielleicht in der Zwischenzeit zehn Kilogramm zugenommen haben. Ach ja, paß bei den Liebesszenen auf. Manche Schauspieler gehen dabei so mit, daß sie nicht mehr zwischen Fiktion und Wirklichkeit unterscheiden können. Das kann sehr peinlich werden. Ich hatte mal einen, der mir unter den Rock gehen wollte. Und ja, Küssen ist auch nicht drin.«

»Muß ich das alles über mich ergehen lassen?« stöhnte Jordanna. Diese Tätigkeit hörte sich doch ziemlich nervig an.

»Ja«, sagte Florrie, »und es macht eigentlich ziemlich Spaß. Wenigstens bist du so im selben Raum mit Bobby. Du beschwerst dich doch die ganze Zeit, daß du ihn nie zu Gesicht bekommst. Jetzt kriegst du deine große Chance, dich ihm ins Gedächtnis einzuprägen.«

Den Mann beeindrucken? Wie denn? Niemals!

Nanette Lipsky war eine von diesen kleinen Frauen mit verkniffenen Gesichtszügen, die mindestens schon hundert Jahre dabei sind und das Metier aus dem Effeff kennen. Das karottenrote Haar ging ihr schon leicht aus, sie hatte ein dauerhaftes Zucken im linken Auge, und rund um die Uhr hing ihr eine Zigarette von den trockenen Lippen.

»Ich hoffe, Sie wissen, was von Ihnen erwartet wird«, krächzte sie Jordanna zu, als die beiden nach oben zum Probenraum gingen.

»Aber klar«, antwortete die Jüngere und fragte sich, ob irgendwer hier im Studio eigentlich wußte, daß sie Jordan Levitts Tochter war. Wahrscheinlich hatte Bobby es nicht für nötig gehalten, das jemandem mitzuteilen. Jordanna war es recht so. Anonymität hatte entschieden einiges für sich. Es fing sogar an, ihr zu gefallen, von niemandem erkannt zu werden.

»Bobby und Mac haben ihre Eigenheiten«, instruierte Nanette sie zwischen den Zügen an der Zigarette. »Sie mögen es nicht, wenn man sie warten läßt, also führen Sie die Talente zügig herein und vor allem wieder hinaus. Rein und raus. Keine Verzögerungen, kein Anhimmeln, kein kleiner Schwatz, egal wie prominent sie sind. Sobald die Sprechprobe vorbei ist und die beiden ein paar Worte mit ihnen gewechselt haben, oder auch nicht, bringen Sie sie nach draußen. Alles klar?«

»Ich glaube, das kriege ich hin.«

Wenn Nanette nur gewußt hätte, mit wie vielen Schauspielern sie schon ›rein und raus‹ betrieben hatte. Jordanna unterdrückte ein Kichern.

»Habe ich vielleicht was Komisches gesagt?« wollte Nanette wissen, und ihr linkes Auge zuckte noch heftiger.

»Nein, gar nicht«, antwortete sie rasch und dachte daran, daß ihr ein Doppelknüller bevorstand. Sie würde nicht nur Bobby von Angesicht zu Angesicht gegenüberstehen, sie konnte auch mit Mac zusammensein. Jordanna erinnerte sich, daß er im Bett eine echte Sensation gewesen war. Und damals war sie erst siebzehn gewesen und hatte noch lange nicht soviel Erfahrung besessen wie heute.

Jordanna Levitt, die Männerexpertin.

Sie senkte rasch den Kopf, als sie schon wieder der Drang überkam loszuprusten.

Zwei Stunden später hatte sie es wirklich drauf. Jordanna kam sich wichtig und nützlich vor. Und das Beste daran war, daß sie tatsächlich großen Spaß hatte und dabei nicht einmal stoned war.

Sie waren zu einem Team zusammengewachsen: Bobby, Mac, Nanette und sie selbst. Alle vier konzentrierten sich nur auf die endgültige Besetzung von *Thriller Eyes,* und nichts anderes zählte mehr.

Jordanna führte die Kandidaten einen nach dem anderen herein, las mit ihnen ein oder zwei Szenen, je nachdem, was Bobby und Mac hören wollten, und begleitete sie dann zur Tür. Sie hatte bald den Rhythmus begriffen, wie man mit den Schauspielern umging, ohne deren Gefühle zu verletzen.

Die Schauspielerinnen im reiferen Alter wurde man am schwierigsten wieder los, besonders dann, wenn sie sich irgendwann mal einen Namen gemacht hatten. Sie stolzierten herein, als sei es doch klar, daß man keine andere für die Rolle nehmen würde, zeigten von ihrem Körper alles, was einen Blick wert war, und waren um nichts in der Welt davon abzubringen, Bobby oder Mac oder beide mit einem dicken, feuchten Schmatz auf die Wange zu begrüßen.

Jordanna lernte rasch, wie man so etwas verhindern konnte. Sie baute sich dann zwischen der Couch, auf der die beiden Männer Platz genommen hatten, und dem Stuhl auf, der für die Kandidaten bestimmt war. Und sie rührte sich nicht von der Stelle, bis jeder saß.

»Ziemlich pfiffig«, lobte Mac sie, nachdem er ihre Taktik mehrere Male mitverfolgt hatte. »Du kapierst wirklich schnell.«

Jordanna wußte schon nach der ersten Viertelstunde, daß sie Bobbys Aufmerksamkeit errungen hatte. Gut so. Wurde auch höchste Zeit, daß er sie wahrnahm.

Es war gar nicht so übel, mit den Akteuren Szenen durchzugehen, und sie mußte eine Menge Rollen spielen, männliche wie weibliche. Bald bedauerte sie es sehr, daß sie sich vorab nicht die Zeit genommen hatte, das Drehbuch gründlich zu lesen. Die Geschichte hatte wirklich etwas, aber das konnte nicht verwundern: Mac hatte schon immer ein geschicktes Händchen für den richtigen Stoff gehabt. Seine Filme hatten sich nicht immer als die allergrößten Kassenknüller erwiesen, aber sie hatten stets eine interessante Geschichte zu erzählen, die die Zuschauer gefangennahm.

Als letzter Aspirant des heutigen Tages stand ein langhaariger junger Mann in zerrissenen Jeans und Cowboystiefeln auf dem Plan. Er sprach für eine kleine Nebenrolle vor und gab einen Wachmann. In der Szene, die er mit Jordanna lesen sollte, traf er auf Siena.

Es war eine tiefgehende, aber nicht sonderlich lange Begegnung. Jordanna gab ihr Bestes und genoß die Drehungen und Wendungen des pointierten Zwiegesprächs. Als die beiden fertig waren, berieten sich Mac und Bobby einige Minuten lang und verlangten dann, die Szene noch einmal zu hören. Jordanna und der Cowboy kamen dem gleich nach.

Danach steckten die beiden Produzenten erneut die Köpfe zusammen und wollten den Text dann ein drittes Mal vorgesprochen bekommen.

Der junge Mann scheint ihnen zuzusagen, dachte Jordanna, und betrachtete ihn etwas genauer. Ja, er hatte wirklich eine gewisse Ausstrahlung und wirkte sehr sexy.

Als sie ihn dann aus dem Raum führte, vibrierte er vor nervöser Energie.

Sie beobachtete ihn. »Ausgelaugt, was?«

Er ließ die Fingerknöchel knacken. »Das können Sie laut sagen. Dreimal mußte ich ihnen die Szene vorspielen. Die haben mich bestimmt für gut gehalten.«

»Das würde ich auch so sehen.«

»Nicht mehr? Wissen Sie das denn nicht?«

»Na hören Sie mal, ich habe das heute zum erstenmal gemacht.«

»Was halten Sie davon, sich mal kurz anzuhören, wie sie mich gefunden haben, und mich dann in dem Café auf der anderen Straßenseite zu treffen?«

Was hatte sie schon zu verlieren? Bei Charlie erwarteten sie seine neuen »Untermieter«, und sie hatte es nicht eilig, dorthin zu kommen.

»Okay«, antwortete sie, »ich bin in fünfzehn Minuten bei Ihnen.«

»Ich warte«, lächelte er und zeigte das schönste Midnight-Cowboy-Lächeln. Aber sein knackiger Hintern war noch toller.

Jordanna kehrte in den Probenraum zurück. »Das wäre geschafft«, verkündete sie. »Der war der letzte.«

Bobby, Mac und Nanette starrten sie an wie ein Weltwunder.

»Was ist denn los?« fragte sie nervös. »Habe ich was falsch gemacht?« Schon beschlich sie das Gefühl, einen nicht wieder auszubügelnden Fehler begangen zu haben.

»Jordanna«, sagte Mac nach einer halben Ewigkeit, »hast du je daran gedacht, Schauspielerin zu werden?«

»Du wirst es in deinem Leben zu überhaupt nichts bringen, hörst du? Du bist ein Garnichts, eine Laus, noch weniger als eine Laus, ein Lausschiß, hast du das, verdammt nochmal, kapiert?«

Ja, er hatte kapiert, was sein Vater ihm sagte. Er war zehn Jahre alt und war sich darüber im klaren, den Zorn seines Vaters verdient zu haben. Den Grund dafür kannte er allerdings nicht. So war es eben im Leben. Mehr oder weniger regelmäßig wurde sein Vater wütend auf ihn.

Seine Mutter stand ihm niemals bei, sagte nicht ein Wort zu seiner Verteidigung. Sie nickte nur betrübt, so als sei jedes Wort des Vaters die bittere, traurige Wahrheit. Ihre Miene drückte aus, daß sie ihm zustimmte und daß ihr Sohn alles Unglück dieser Welt darstellte. Wenn der Vater dann hinausgestürmt war, drückte sie den Jungen an ihren Busen und sang ihm mit ihrer zittrigen, leisen Stimme alte Liebesschlager vor.

Bevor sie seinen Vater geheiratet hatte, war sie in Las Vegas als Showgirl aufgetreten, und sie klebte an den Erinnerungen aus dieser Zeit, als sei sie Marilyn Monroe. Manchmal erzählte sie ihm auch Geschichten von ihren großen Erfolgen bei den zahlreichen Verehrern.

Der Mann wußte nicht viel über Gefühle. Frauen waren für ihn allesamt Nutten. Schlampen und Prostituierte.

So hatte es ihm jedenfalls sein Vater beigebracht; denn so pflegte er über Frauen zu sprechen. »Laß dich niemals von ihnen einwickeln, hörst du, niemals! Sie sind nichts weiter als billige Nutten. Vergiß das nicht. Denn wenn du mal nicht dran denkst, verpfuschen sie dir dein Leben, zerreißen dir das Herz und bringen dich vorzeitig ins Grab. Sie tarnen ihre Gesichter mit Schminke, und ihre betrügerischen Pussys verstehen sich auf die Zauberei, die uns Männer willenlos macht. Präg dir meine Worte ein, Junge, und beherzige sie, dann kannst du auch nichts falsch machen.«

Ja, Dad.

Sein Vater hatte hundertprozentig recht mit dieser Einschätzung. Frauen waren nur darauf aus, zu hintergehen und zu betrügen. Dafür mußten sie bestraft werden. Und das tat er, sehr gut sogar, wie er sich sagte, als er auf dem Weg zu seinem dritten Opfer den Freeway hinunter fuhr.

Wenn er die Worte seines Vaters besser befolgt hätte, wäre es nie so weit gekommen, daß er sich mit dem Mädchen eingelassen hätte. Sie hatte ihn mit ihren blauen Augen und dem lustigen, unschuldigen Lächeln verhext, ihm den Kopf verdreht, ihn immer wieder verlockt und in Versuchung geführt. Bis zu dem Tag, an dem er ihrer Einladung gefolgt war, sich verführen zu lassen …

Ja, er hatte es ihr gezeigt, hatte es aller Welt vorgeführt.

Manchmal verwirrte es ihn, daß ausgerechnet er für etwas bestraft wurde, was jeder andere richtige Mann auch getan hätte. Er hatte die Hände um ihren weichen Hals gelegt und ihr die Luft abgepreßt. Der Mann hatte so lange zugedrückt, bis sie schlaff wie eine Stoffpuppe in seinen Armen gehangen hatte.

Und genau das hatte sie verdient gehabt.

Verdammtes Luder.

Nutte.

Ein weißer Lieferwagen, der von einem schmalgesichtigen Jüngling gesteuert wurde, über dessen Schoß eine heruntergekommene Blondine hing, überholte ihn rechts. Das Mädchen richtete sich halb auf und drückte auf die Hupe. Dann setzte sich der Lieferwagen genau vor ihn und zwang ihn, hart zu bremsen. Der Wagen beschleunigte daraufhin und brauste davon. Die beiden Insassen kugelten sich vor Lachen.

Der Mann führte keine Waffe mit sich. Vielleicht sollte er das in Zukunft tun. Dann hätte er solche Arschgesichter wie die Penner in dem Lieferwagen gleich abknallen können. Ihnen das Lebenslicht auspusten und sie zu dem Mädchen schicken können, damit die zwei wie sie Gelegenheit hatten, ihre Sünden zu bereuen.

Ha! Wenn er eine Knarre dabei hätte, hätte er eine ganze Menge Dinge tun können.

Er notierte sich in Gedanken den Kauf eines Schießeisens.

Das Ausfahrtschild tauchte vor ihm auf und teilte ihm mit, daß er seinem Ziel recht nahe war: Pasadena. Ein friedliches Städtchen. Wenn er alle auf seiner Liste abgehakt hatte, würde er sich an einem angenehmen Ort niederlassen. Pasadena war dafür gar nicht so schlecht. Die dreispurigen Straßen boten viel Platz und ließen sich gut befahren. Er konnte sich sehr gut vorstellen, einmal hier zu leben.

Voller Selbstvertrauen verließ er den Freeway; der Mann wußte genau, was jetzt zu tun war. Vor einiger Zeit schon hatte er das Haus ausgespäht, in dem sein nächstes Opfer im Souterrain wohnte. Es war ihm sogar gelungen, dort hineinzugelangen. Er hatte sich in aller Ruhe umgesehen, während sie arbeiten war. Die Frau war in einer örtlichen Anwaltskanzlei als Sekretärin angestellt. Ihre Träume von Hollywood und Starruhm waren verflogen. Vor sieben Jahren war sie aus der Filmbranche ausgestiegen, ziemlich bald nach dem Gerichtsverfahren.

Eine kluge Entscheidung. Hollywood war doch nichts anderes als ein Supermarkt der Gelegenheiten, in dem sich zweitklassige Talente herumtrieben, eine Senkgrube von außer Kontrolle geratenen Egomanen.

Er wußte Bescheid. Schließlich hatte er gesehen, wie es hier zuging.

Vor sieben Jahren wäre er ein Star geworden, wenn die Ereignisse sich etwas anders entwickelt hätten. Dann wäre er heute mindestens so bedeutend wie Steven Seagal. Aber nein, es hatte nicht sein sollen. Das Mädchen hatte ihm alles kaputtgemacht, und die Verräterinnen, die ihr dabei geholfen hatten, waren noch am Leben.

Aber sie sollten ihm für ihr dreckiges Verhalten bezahlen. Eine nach der anderen.

Kapitel 21

»Ich habe da einen Fall, bei dem ich dich gern dabei hätte«, sagte Quincy, während sie durch den Park joggten.

»Hm, da sind aber ein paar Dinge, um die ich mich noch kümmern muß«, entgegnete Michael schnaufend. »Es gibt ein paar Leute, mit denen ich reden möchte.«

»Klar, eine ganze Menge Dinge. Und während du dich damit abgibst, wovon willst du zwischenzeitlich deine Miete bezahlen? Hör zu, Mike, wenn du nicht bei dem Fall mitmachst, muß ich mir jemanden suchen.«

Michael wußte, daß Quincy recht hatte. Er mußte sich eine Arbeit suchen, und sei es nur, um sich abzulenken und nicht ständig an Bella zu denken. »Was hast du mir denn zu bieten? Soll ich vielleicht als Kompagnon in deine Firma eintreten?«

»Jetzt wollen wir aber hübsch auf dem Teppich bleiben!« Quincy riß die Arme hoch. »Zuerst arbeitest du mal ein paar Wochen für mich, um festzustellen, ob dir das überhaupt gefällt. Danach können wir uns immer noch darüber unterhalten, ob du mein Partner werden willst.«

»Mir wird nichts gefallen, bis ich meine Tochter wiedergefunden habe.«

»Das ist mir klar«, keuchte sein Freund. »Wir unterstützen dich doch alle dabei.« Er wäre beinahe gestolpert. »Mann, können wir nicht eine Pause einlegen. Mir zerreißt es gleich die Brust.«

»Du bist ganz schön aus der Form geraten, Q.«

»Ich bin ja auch ein paar Jährchen älter als du.«

»Das ist keine Entschuldigung, sich gehen zu lassen.«

»Ich werde bald verdammte fünfzig!«

»Um so mehr Grund, fit zu bleiben.«

Sie hielten vor einem Baum an. Quincy lehnte sich dagegen, ächzte und versuchte, wieder zu Atem zu kommen.

»Okay, ich bin dabei«, fällte Michael eine rasche Entscheidung.

Sein Freund richtete sich wieder auf. »Himmel, wurde aber auch höchste Zeit, daß du endlich ja sagst.«

»Dann klär mich mal über den Fall auf.«

»Es geht um die Tochter von einem hohen Tier und Milliardär, genauer gesagt um Franklyn Sanderson. Ihm gehören zig Fernsehstationen im ganzen Land. Vielleicht hast du schon einmal von ihm gehört.«

»Ja, der Name sagt mir etwas.«

»Also gut. Marjory, seine Tochter, hat einige Drohbriefe erhalten, in denen jemand ankündigt, ihr die Kehle aufzuschlitzen oder sie auf sonst eine gräßliche Weise umzubringen.«

»Wie viele Briefe?«

»In den letzten paar Monaten ein bis zwei die Woche.«

»Hat Sanderson die Polizei eingeschaltet?«

»Nein, er will keine Publicity. Der Mann möchte die Sache so geräuschlos wie möglich erledigt haben. Deswegen hat er sich ja auch an mich gewandt.«

»Und was hast du bis jetzt herausgefunden?«

»Noch nicht viel. Die Briefe sind in verschiedenen Postämtern in der Stadt aufgegeben worden. Und das Mädel hat natürlich Panik.«

»Wie genau sind diese Schreiben denn?«

»Paß auf, ich treffe mich später mir ihr. Sie ist ins Haus von ihrem alten Herrn zurückgezogen. Komm doch einfach mit, dann kannst du dir selbst ein Bild machen.«

Michael stimmte zu. Er mußte einfach etwas tun, um seine Gedanken beschäftigt zu halten.

Das Sanderson-Anwesen, das am Sunset Boulevard lag, wirkte sehr beeindruckend. Zwei Wächter standen am schmiedeeisernen Tor, und im parkähnlichen Garten liefen drei grimmig aussehende Rottweiler herum. Quincy hielt am Eingang an und zeigte seinen Ausweis vor, ehe ihnen die Durchfahrt erlaubt wurde.

»Man kommt sich hier ja vor wie in Fort Knox«, bemerkte Michael, während ihr Wagen über die lange, gewundene Auffahrt rollte. Sie kamen an einem eleganten Brunnen und etlichen Hektar makellos gepflegtem Rasen vorbei. Das Haus selbst, das bald in Sichtweite kam, wirkte wie die verkleinerte Version eines europäischen Schlosses.

Ein Parkjunge nahm ihr Auto entgegen, und ein formell gekleideter Butler erwartete sie an der Tür.

»Hier entlang bitte, Sir«, erklärte der Mann mit unüberhörbarem englischen Akzent.

Als sie das Haus betraten, versuchte Michael, sich nicht allzuviel von seinem Staunen anmerken zu lassen, aber bei sich dachte er: *Donnerwetter! Wenn die Jungs aus meiner Straße mich jetzt sehen könnten. Die machen sich ja keine Vorstellung, wie die Menschen in Kalifornien leben!*

Sie folgten dem Butler in einen großräumigen Salon, der auf das Geschmackvollste mit französischen Möbeln und Antiquitäten eingerichtet war.

»Nehmen Sie bitte Platz«, forderte der Butler sie auf und blickte sie dabei über seinen Nasenrücken an.

Als er sie alleingelassen hatte, spazierte Michael herum und bewunderte die edlen Stücke. »Das ist ja ein richtiges Museum.« Er pfiff anerkennend durch die Zähne.

»Klar doch«, entgegnete Quincy nur. »Nach einer Weile gewöhnst du dich daran. All die Filmgrößen leben hier so.«

»Ehrlich?«

»Ist einer der Vorzüge, wenn man beim Film oder beim Fernsehen arbeitet.«

»Ich könnte mir nicht vorstellen, jemals in einer solchen Hütte zu wohnen.«

»Mein lieber Freund, in die Verlegenheit wirst du wohl auch nie kommen.«

»Danke, daß du mich auf den Boden der Tatsachen zurückgeholt hast.«

Ein schlankes, unauffälliges Mädchen betrat den Raum.

Sie war ganz in Weiß gekleidet, hatte langes hellbraunes Haar und hielt den Blick gesenkt.

Quincy erhob sich sofort und ging zu ihr. »Marjory, wie geht es Ihnen heute?«

»Ich habe noch einen Brief bekommen«, antwortete sie kaum hörbar.

»Haben Sie den gerade zufällig dabei?«

Sie warf einen nervösen Blick auf Michael. »Wer ist das?«

»Mein Mitarbeiter Michael Scorsini. Er hilft mir bei dem Fall.«

Sie blickte ihn unverwandt aus ihren wäßrig blauen Augen an. »Weiß Daddy darüber Bescheid?«

»Ich habe mit ihm telefoniert und ihm gesagt, daß ich noch jemanden mitbringen würde. Michael und ich haben früher in New York als Team gearbeitet.«

Die junge Frau schob Quincy einen Zettel zu. »Das hier ist der neueste.«

Michael beobachtete sie. Gott, war das Mädchen nervös. Sie konnte keinen Moment stillstehen, und ihre Hände zerrten unentwegt am Kleid, an den Haaren und überhaupt an allem, was in Griffweite war.

Quincy las den Brief, der in roter Tinte auf einem liniierten Blatt geschrieben war, das man wohl aus einem Schulheft gerissen hatte. Die Handschrift war vor lauter Fehlern kaum lesbar. Er reichte Michael den Schrieb, der ihn rasch überflog.

»Reische Prinzesin, Du wirßt bald stärben. Dein vihles Geld kann Dir da auch gar nicht hälfen.«

»Wo ist der Umschlag?« wollte Quincy wissen.

»Den habe ich auch dabei«, antwortete sie rasch, während ihr Blick hastig im Zimmer herumflog. Sie kramte das zerknüllte Kuvert aus einer Tasche ihres Kleides und gab es dem Privatdetektiv.

Quincy hielt ihn eine Weile in der Hand. »Ist Ihr Vater heute hier?«

Marjory schüttelte den Kopf. »Nein, er ist außerhalb der Stadt.«

»Dann sind Sie also ganz allein im Haus?«

»Wir haben acht Bedienstete und zwei Wächter am Tor«, erklärte sie tonlos.

Auch keine schlechte Art, sein Leben zu fristen, dachte Michael, während er weiter das dürre Mädchen betrachtete. Kein Wunder, daß sie Angst hatte. Schließlich hatte sie nicht in der Realität aufwachsen müssen. Die Drohbriefe hatten sie wie ein Schock getroffen.

»Wann, glauben Sie, werden Sie diesen Mann aufspüren?« fragte sie mit gequälter Miene.

»Wir arbeiten daran«, versicherte Quincy ihr. »Zur Zeit stellen wir sein Täterprofil zusammen. Sie wissen schon, Schriftanalysen von seinen bisherigen Briefen und so weiter. Das dauert natürlich seine Zeit, aber wir werden diesen Dreck-, äh, ich meine natürlich den Tatverdächtigen, schon festnageln. Das Gute an der Sache ist, so lange Sie im Haus bleiben, sind Sie vermutlich vollkommen sicher. Und wenn Sie noch etwas brauchen, ich bin nur einen Anruf weit von Ihnen entfernt.«

»Vielen Dank, Mr. Robbins. Ich fühle mich gleich etwas besser.«

Später am Tag traf Michael Rosa. Sie hatte ihn angerufen und in den Sender gebeten, um dort die Briefe durchzugehen, die Zuschauer nach der Sendung mit ihm geschrieben hatten.

»Das ist das Ergebnis«, verkündete sie stolz, als sie ihn in ihr Büro führte und ihm den prall gefüllten Postsack präsentierte. »Ihre Fanpost. Ich dachte, Sie wollten vielleicht mal einen Blick drauf werfen.«

»Fanpost?« fragte er verdutzt.

»Ich habe Ihnen doch schon gesagt, daß wir ein fantastisches Feedback auf das Interview bekommen haben.«

»Finden sich darunter irgendwelche Informationen, die mir weiterhelfen können?«

»Hm, das weiß ich leider nicht. Ein paar junge Leute in der Poststelle lesen alles vorab, aber ob sich da irgendwo ein Hinweis verbirgt, müssen Sie schon selbst herausfinden.«

Der Berg Briefe entmutigte ihn. »Ich nehme sie mit nach Hause«, erklärte er.

»Wissen Sie, ich habe ein wenig nachgedacht«, sagte sie und trat hinter ihren Schreibtisch. »Wäre es für Sie nicht langsam an der Zeit, mal wieder auszugehen und etwas Spaß zu haben?«

Er lachte humorlos. »Sie hören sich schon an wie meine besten Freunde. Die bedrängen mich schon die ganze Zeit, genau das zu tun.«

»Ich hätte da einen Vorschlag: Meine Freundin, Kennedy Chase, ist klug, attraktiv und – zur Zeit solo. Sie schreibt für ein Magazin, und ich habe mir gesagt, Sie beide würden ein hübsches Paar abgeben. Wie wär's, wenn ich für Sie ein Treffen arrangiere?«

»Wie wär's, wenn Sie das lassen würden?«

»Was?«

»Zur Zeit steht mir wirklich nicht der Sinn nach Verabredungen, schon gar nicht mit einer Unbekannten.«

»Na ja, ganz so unbekannt ist sie Ihnen ja nicht. Ich habe Ihnen doch schon gesagt, wie sie aussieht.«

»Vielen Dank, aber im Moment habe ich den Kopf viel zu sehr mit anderen Dingen voll.«

»Hm, das kommt mir bekannt vor«, meinte Rosa nachdenklich.

»Was soll das denn heißen?«

»Ich habe ihr von Ihnen erzählt, und sie will auch nicht ausgehen.«

Er lachte laut. »Was wollen Sie denn hier eigentlich zuwege bringen?«

»Anscheinend war das ein Schuß in den Ofen«, lächelte sie.

»Hören Sie«, sagte er und dachte, daß Rosa auch nicht schlecht aussah, »ich finde Ihre Anteilnahme wirklich nett.«

»Wenn ich nicht schon vergeben wäre«, entgegnete sie mit einem wissenden Lächeln, »würde ich es bestimmt nicht bei Anteilnahme belassen.«

»Sie sind verheiratet?« fragte er aus Höflichkeit.

»Nein, aber so gut wie verlobt«, antwortete sie und wünschte, es verhielte sich nicht so.

»Hört sich ja nach etwas Ernstem an.«

»Das hoffe ich doch.«

Die beiden lächelten sich an, und Rosa dachte, daß Kennedy einen großen Fehler beging, diesen Mann einfach sausen zu lassen. Er sah großartig aus und verströmte Sexappeal. Ganz zu schweigen von seinen vollen, sinnlichen Lippen ...

»Michael«, sagte sie dann und riß sich zusammen, »wir sollten wirklich über eine Folgesendung reden, bevor die Zuschauer die Geschichte schon wieder vergessen haben. Mein Vorschlag: Sie fahren jetzt mit der ganzen Post nach Hause, lesen alles in Ruhe durch und rufen mich dann Ende der Woche an, damit wir einen Sendetermin ausmachen können.«

»Wenn Sie glauben, daß das hilft ...«, antwortete er, klang aber nicht sehr überzeugt.

»Das wird es bestimmt«, erklärte sie entschieden. »Die Menschen draußen im Lande lieben Dramen, die das Leben schrieb, und Ihre Geschichte kommt ganz besonders gut an. Je mehr Aufmerksamkeit wir bekommen, desto besser für Sie. Mike, eigentlich sollten Sie sich glücklich schätzen, diese Gelegenheit erhalten zu haben, Ihren Fall im Fernsehen vorzubringen. Um ganz ehrlich zu sein«, fügte sie mit einem verschmitzten Grinsen hinzu, »dafür sollten Sie mir den Hintern küssen.«

»Wenn ich in einer anderen Stimmung wäre, Rosa, gäbe es nichts, was ich lieber täte.«

Sie lachte schelmisch. War sie denn verrückt, diesen Mann einfach gehen zu lassen? »Michael, Michael, Sie scheinen mir ja ein ganz Schlimmer zu sein!«

Die beiden lächelten sich noch einmal an, und er verließ den Sender. Michael fuhr in das kleine italienische Restaurant, in dem er oft eine Mahlzeit zu sich nahm. Er setzte sich draußen an einen Tisch für eine Person und bestellte nur einen Teller Pasta.

Die hübsche Kellnerin bediente ihn bevorzugt und erkundigte sich immer wieder nach seinen Wünschen. »Mal wieder ganz allein, Michael?« fragte sie schließlich in einem Tonfall, der eine eindeutige Aufforderung beinhaltete.

»Mir gefällt das so«, antwortete er und dachte daran, daß es so bald keine Frau mehr in seinem Leben geben würde. Die Erfahrung mit Sheila hatte ihm eines klar gemacht: Wenn keine ernsthafte Beziehung anstand, war es für ihn den ganzen Aufwand nicht wert. Und was konnte ihm schon etwas wert sein, solange er seine Tochter nicht wieder bei sich hatte?

Oder nur ihre Leiche ...

Die Vorstellung, daß Bella längst nicht mehr am Leben sein mochte, verfolgte ihn Tag und Nacht. Der Gedanke lauerte in den Schatten seines Bewußtseins und weigerte sich standhaft, von dort zu verschwinden.

Er aß auf und begab sich auf den Weg zu seiner Wohnung. Unterwegs kaufte er im Supermarkt einen Karton Milch und zwei Flaschen Orangensaft.

Im Apartment leerte er den Postsack auf dem Fußboden aus, betrachtete den Haufen für einen Moment und fing dann an, die Briefe in Stapel zu sortieren.

In einem dieser Umschläge mochte ein wertvoller Hinweis stecken. Er durfte doch zumindest darauf hoffen, oder?

Um neunzehn Uhr steckte er mitten in der Lektüre.

Kapitel 22

Jordanna befand sich in einem schockähnlichen Zustand. Sie konnte einfach nicht glauben, daß Mac Brooks und Bobby Rush ernsthaft in Erwägung ziehen konnten, sie für die Rolle der Siena in *Thriller Eyes* in Erwägung zu ziehen. Fast kam es ihr so vor, als sei ein verrückter Traum Wahrheit geworden.

Sie würde nie den Blick der drei vergessen, als sie in den

Raum zurückkehrte. Bobby, Mac und Nanette hockten in einer Reihe da und starrten sie an.

Und dann sprach Mac die legendären Worte: »Jordanna, hast du jemals daran gedacht, eine Schauspielkarriere zu beginnen?«

»Wer, ich? Niemals!« entgegnete sie sofort, obwohl sie natürlich schon mit dieser Vorstellung geliebäugelt hatte.

»Sie sind gut«, erklärte Bobby. »Sogar sehr gut.«

Jordanna konnte kaum in seine Richtung sehen. »Ach was, ich habe mich doch nur auf die Kandidaten eingestellt.« Sie sammelte die Fotos und Lebensläufe ein und versuchte, möglichst desinteressiert zu erscheinen.

»Nun hör mir mal gut zu, junge Frau«, sagte Mac. »Wir suchen nach einer Besetzung für die Siena. Das ist keine einfache Rolle, und bislang haben wir die Richtige dafür noch nicht gefunden. Du könntest diejenige sein, die wir suchen.«

»Ich?« Jordanna mußte schlucken.

»Ja, genau du.«

»Wir haben daran gedacht«, meldete sich Bobby wieder zu Wort, »ein paar Tests mit Ihnen durchzuführen.«

»Ihr wollt *mich* testen?«

»Ich sehe hier sonst niemanden.«

»Also gut, schön«, sagte sie und bemühte sich immer noch, nonchalant zu klingen, obwohl in ihrem Bauch besoffene Schmetterlinge einen Wettflug abzuhalten schienen. Verdammt, verwünschte sie sich, wahrscheinlich wirkte sie jetzt wie eine komplette Idiotin. Was war bloß an Bobby, daß sie in seiner Gegenwart vollkommen aus der Fassung geriet?

Mac nickte ernst. »Ein paar Probeaufnahmen können doch nicht schaden. Immerhin entstammst du einer Schauspielerfamilie.«

Das war ja das Problem – ihre gefeierten Eltern. Jordan hatte ihr mehr als einmal vorgehalten, wie sie es je schaffen wolle, der bedeutenden Levitt-Reputation genüge zu tun? Auf der Leinwand hatte ihre Mutter Lillianne eine alles überstrahlende Präsenz besessen, und ihre Schönheit hatte die Männer im ganzen Land ins Schwärmen versetzt. Ganz zu schweigen von ihrer außerordentlichen Schauspielkunst.

»Äh, kann ich noch ein wenig darüber nachdenken?« murmelte sie.

»Genau das werden wir auch tun«, erklärte Mac.

Sie floh geradezu aus dem Raum und war so durcheinander, daß sie den Cowboy völlig vergessen hatte. Aber er wartete schon auf der anderen Straßenseite, als sie aus dem Studiogelände gefahren kam, und winkte ihr aufgeregt zu.

»Nun, was haben sie von mir gehalten?« wollte er sofort wissen.

»Sie ... Sie haben Ihnen gefallen.«

»Fanden sie mich gut? War mein Vorsprechen okay?«

»Es war toll«, log Jordanna, weil sie ihm nicht auf den Kopf zusagen wollte, daß die Bosse mehr an ihr interessiert gewesen waren.

Nun sprudelte es nur so aus ihm heraus: »Habe ich die Rolle? Ich weiß, sie ist nicht groß, aber Mac Brooks ist ein Spitzenregisseur, und für mich würde wirklich ein Traum wahr, wenn ich zusammen mit Bobby Rush in einem Film auftreten könnte. Wer soll denn die weibliche Hauptrolle spielen?«

»Keine Ahnung«, wich sie aus.

Sie trank mit ihm einen Kaffee und versuchte, Ordnung in ihre Gedanken zu bringen. Sollte sie Charlie davon erzählen? Oder ihrem Vater? Aber wenn die Probeaufnahmen sich als Katastrophe erwiesen und Bobby und Mac danach nichts mehr von ihr wissen wollten ...

Großer Gott, auf was hatte sie sich da eingelassen? Die ganze Geschichte war ja lachhaft!

Der Cowboy hingegen redete nur von sich selbst. Er erzählte ihr, daß er vor vier Jahren nach Kalifornien gekommen sei, sich als Model durchgeschlagen habe und bislang nicht mehr als ein paar winzige Sprechrollen in einigen Filmen vorweisen könne. Dann geriet er immer mehr in Fahrt und gestand ihr, daß er eines Tages ein Star wie

Clint Eastwood sein wolle. »Und das schaffe ich auch«, erklärte er so überzeugt, als würde er wirklich daran glauben. »Eines Tages bin ich ganz oben!«

Aber klar doch, du Träumer, dachte Jordanna, *und aus Bill Clintons Hintern werden Blumen wachsen.*

Und nicht lange danach unternahm er seinen Annäherungsversuch. Normalerweise hätte sie nicht nein gesagt, weil er wirklich gut aussah und einen sagenhaft strammen Hintern besaß. Aber schließlich hatte sie sich vorgenommen, ein neues Leben zu beginnen, nicht wahr?

Ich muß damit aufhören, mir Schauspieler ins Bett zu holen. Besonders die von der Strammen-Hintern-Brigade.

Immerhin notierte sie sich seine Telefonnummer, versprach ihm, später anzurufen, und fuhr dann zu Charlie.

Dort herrschte Hochbetrieb. Charlie hatte sich wieder einmal das Haus vollgeladen. Er saß auf seiner alten braunen Ledercouch, rauchte einen Joint und unterhielt die Bande von Schnorrern und Nichtstuern, die sich als seine Freunde ausgaben. Sport, sein dreijähriger Sohn, spielte auf dem Fußboden mit einer elektrischen Eisenbahn. Dahlia stand an der Bar, nippte an einem Glas Perrier und trug eine unglückliche Miene zur Schau.

»Ich wußte gar nicht, daß wir heute abend eine Party feiern«, begrüßte Jordanna ihn vorwurfsvoll, weil sie sich sagte, daß er sie wenigstens hätte vorwarnen können.

Charlie lächelte verträumt und schien sich wieder auf einem Space Trip zu befinden. »Hallo, Kleines, wir halten bloß eine kleine Feier für Sport ab.«

»Er ist doch erst drei!« schimpfte sie. »Hättest du da nicht ein paar jüngere Gäste einladen sollen?«

Charlie kicherte nur und hielt ihr seinen Joint hin.

Jordanna lehnte unwillig ab. Sie war hierher gekommen, um ihm von der tollen Neuigkeit zu berichten, und jetzt war er zu stoned, um irgend etwas mitzubekommen.

»Ich gehe auf mein Zimmer«, erklärte sie. Natürlich machte auch das ihm nichts aus. Er war viel zu beschäftigt damit, für diese Bande von Nassauern den großzügigen Gastgeber zu spielen.

Oben angekommen warf sie die Tür hinter sich ins Schloß, legte die CD auf, auf der Madonna »Bad Girl« sang, und ließ sich auf ihr Bett fallen.

Die große Chance hatte bei ihr angeklopft. Sollte sie sie hereinlassen oder nicht?

Jordanna nahm das Script von *Thriller Eyes* in die Hand und fing an zu lesen.

Siena war eine fesselnde Persönlichkeit und ihr sehr ähnlich. Wenn sich die Figur am Ende nicht als die psychotische Mörderin herausgestellt hätte, hätten die beiden Zwillingsschwestern sein können.

Jordanna griff nach dem Gelbmarker, ging noch einmal das Drehbuch durch, unterstrich einige Stellen, sprach sie laut vor sich hin und fand sich immer besser in die Rolle hinein.

Traurig dachte sie daran, wie schön es gewesen wäre, wenn Charlie Zeit gehabt hätte und mit ihr die Passagen durchgegangen wäre. Aber nein, er mußte ja unbedingt wieder eine Party feiern, und sie hatte keine Lust, daran teilzunehmen.

Auf Madonna folgte Prince mit seinem »Cream«. Die Musik war laut genug, um die Geräusche, die vom Wohnzimmer unten kamen, zu übertönen. Jordanna warf einen Blick aus dem Fenster und stellte fest, daß immer mehr Menschen ankamen. Parkjungen beförderten die Wagen hierhin und dorthin, und mittlerweile standen dort auch zwei Lieferwagen von einem Partyservice.

Gegen Mitternacht überlegte Jordanna es sich anders und ging die Treppe hinunter, um festzustellen, wie es auf der Feier zuging.

Überall drängten sich Menschen. Sie standen auf der Terrasse herum, belagerten die Bar oder bevölkerten den Pool. Die Luft roch schwer nach Pot. Ein dürres Mädchen – sie war ein Star in irgendeiner Sitcom – hockte auf dem Teppich und warf Pillen ein. Neben ihr saß ein bekannter Country-Sänger in Schlangenlederstiefeln und -weste am Tisch und sog eine Kokain-Line ein.

Bauchtänzerinnen bewegten sich wellenförmig durch

die Menge, und bei dem Lärm, der hier herrschte, konnte man sein eigenes Wort nicht verstehen.

Jordanna kannte niemanden bis auf Cheryl, die auf der breiten Ledercouch Hof hielt. Zwei Blondinen, die aussahen, als könnten sie nicht bis drei zählen, eine minderjährige Rothaarige und einige sehr aufmerksam lauschende Männer umstanden sie.

Von Charlie war hingegen nirgendwo etwas zu sehen.

Jordanna trat zu ihrer Freundin.

»Hi«, sagte Cheryl, »ich habe mich schon gefragt, wo du abgeblieben bist.«

»Drängen die Geschäfte wieder?« bemerkte Jordanna mit Seitenblick auf die Mädchen in ihrer Umgebung.

»Ich mache nur einige Leute miteinander bekannt«, antwortete Cheryl und nippte an ihrem Tequila mit Eis. »Ist immer gut, wenn man sich untereinander kennt.«

»Das glaube ich dir aufs Wort.«

»Stimmt es, daß du hier eingezogen bist?«

»Ja.«

»Schönen Dank, daß du mich gleich informiert hast. Ich mußte erst Shep anrufen, um davon zu erfahren.«

»Ich bekomme dich ja doch nicht mehr zu sehen, so beschäftigt wie du in letzter Zeit bist.«

»Erst die Arbeit, dann das Vergnügen.«

»Ich wette, du kannst dich vor lauter Arbeit nicht mehr retten.«

»In dieser Stadt gibt es immer genug zu tun«, entgegnete Cheryl und winkte einen Kellner heran. »Noch einen Tequila on the Rocks«, bestellte sie kurz und knapp, ehe sie sich wieder an Jordanna wandte. »Hast du Grant schon gesehen?«

»Ist er hier?«

»Steht drüben an der Bar.«

Da sie keine große Lust hatte, noch länger bei Cheryl und ihren Nutten herumzustehen, kämpfte sie sich gleich zur Bar durch, wo Grant eine junge Chinesin gegen die Wand drückte. Die Zungen der beiden waren gerade sehr beschäftigt.

»Grant«, sagte Jordanna und tippte ihn auf die Schulter.

Er drehte sich zu ihr um und starrte sie mit benebelten Augen an.

»Ich bin Jordanna«, erklärte sie mit sarkastischem Unterton. »Erinnerst du dich noch? Wir sind zusammen aufgewachsen.«

Nach einem Moment breitete sich ein blödes Grinsen auf seinem Gesicht aus. »Hi, Jordy … wie geht's denn so?«

Grant war zu bis zum Stehkragen, und wenn er so stoned war, konnte man mit ihm nichts anfangen. Vor ein paar Jahren hatte er ein schweres Heroin-Problem gehabt. Als sein Vater dahinter gekommen war, hatte er ihn in eine Reha-Klinik gesteckt. Grant hatte sie geheilt verlassen, aber allem Anschein nach fand er wieder Gefallen am Stoff.

Die Chinesin zog ihn wieder zu sich heran und spielte vor ihm mit ihrer Zungenspitze. »Komm schon, Großer, laß uns weitermachen.«

»Wir sehen uns noch, Jordy«, sagte er, ohne für einen Moment das stupide Grinsen abzusetzen.

Jordanna lief hierhin und dorthin und suchte Charlie. Wo mochte er bloß stecken? Und warum hatte er sich das Haus mit Leuten vollgeladen, von denen jeder einzelne stoned war?

Sie schaute kurz in der Küche nach. Das Chaos war hier ausgebrochen, während die Männer und Frauen vom Partydienst Lage um Lage von draußen hereintrugen. Mrs. Willet war nirgends zu sehen. Vermutlich war sie geflüchtet, kaum daß die Party begonnen hatte.

Als sie in die Diele zurückkehrte, traf gerade Arnie im Gefolge von weiteren Nichtsnutzen ein.

»Levitt!« rief er und schien sein Glück nicht fassen zu können.

»Wo steckt der Herr des Hauses?«

»Hier irgendwo.«

»Hab' dich schon lange nicht mehr im Club gesehen. Du hast ein paar wirkliche mörderische Nächte verpaßt.«

»Ich hatte zu arbeiten.«

»Du?« Er brach in schallendes Gelächter aus. »Du und arbeiten? Ich glaube dir kein Wort.«

»Fick dich doch selbst, Arnie!«

Er drehte sich zu seinen Mitläufern um: »Habt ihr gehört? Ich habe euch doch gesagt, daß sie mich liebt.«

Jordanna entfernte sich rasch und stampfte nach oben. Sie wollte gerade in ihr Zimmer zurückkehren, als sie es sich plötzlich anders überlegte und beschloß, im Schlafzimmer auf Charlie zu warten. Irgendwann würde er den Weg dorthin finden, und dann konnte sie mit ihm über die Probeaufnahmen reden und vielleicht sogar ein paar von den Schlüsselszenen durchgehen. Natürlich nur, wenn er noch halbwegs aufnahmefähig war.

Sie betrat leise das große, unordentliche Schlafzimmer. Es brannte kein Licht, aber sie hörte Geräusche. »Charlie?« Jordanna knipste die Deckenlampe an.

Sein Schädel steckte zwischen Dahlias Schenkeln, und er leckte wie ein Ertrinkender an ihrer Pussy. Einen Moment später hob er den Kopf, um Luft zu schöpfen. Es schien ihm überhaupt nichts auszumachen, erwischt worden zu sein. Seine Ex lag wie erstarrt da und rührte keine Miene.

»Huch«, sagte Charlie und zeigte ihr sein halb irres Lächeln. »Ich fürchte, da hast du mich mit dem Mund in der Keksdose ertappt.«

Jordanna konnte die beiden nur anstarren. Ihr Herz klopfte wie verrückt, aber es gelang ihr, äußerlich ruhig zu bleiben. »Ja, das habe ich wohl«, bekam sie schließlich leise heraus.

»Willst du mitmachen, Kleines?« fragte er und hob einladend eine Braue.

Sie schüttelte den Kopf. »Nein danke, Charlie.« Damit löschte sie das Licht, verließ das Zimmer und schloß die Tür hinter sich.

Höchste Zeit weiterzuziehen.

Der Cowboy bekam um ein Uhr nachts einen Anruf. Sie schien ihn geweckt zu haben. »Wer issen da?« fragte er schlaftrunken.

»Jordanna? Erinnern Sie sich? Ich habe heute mit Ihnen beim Vorsprechen eine Szene vorgetragen.«

»Klar. He, Jordanna, wie spät ist es? Habe ich die Rolle?«

»Als wenn ich Sie mitten in der Nacht anrufen würde, um Ihnen zu sagen, daß Sie drin sind«, entgegnete sie gereizt. »Ich habe Sie oben empfohlen, aber mehr kann ich nicht für Sie tun.«

»Was liegt denn dann an?«

»Ich dachte, ich schaue mal vorbei.«

»Jetzt?«

»Nein, morgen früh.«

»Ach so. Ja gut. Kommen Sie, ja, fahren Sie her. Coole Idee.«

»Wo wohnen Sie?«

»In Venice.«

»Scheiße.«

»Wieso?«

»Sie meinen, ich muß mich bis nach Venice quälen?«

»Sie müssen gar nichts, wenn Sie nicht wollen.«

»Okay, dann erklären Sie mir den Weg.«

Sie packte ein paar Sachen in die Reisetasche und verließ das Haus. Ihr Porsche sauste in einem durch bis zum Strand in Wiltshire. Jordanna fühlte sich verletzt und im Stich gelassen. Okay, sie war nicht so blöde gewesen, davon auszugehen, mit Charlie könnte es was Längerfristiges werden, aber sie hätte nie damit gerechnet, ihn im Bett mit seiner Ex-Freundin vorzufinden, während sie noch bei ihm wohnte. Männer! Die ließen einen doch immer hängen. Deswegen fuhr man ja auch viel besser mit One-nightstands. Eine heiße Nacht, und dann nichts wie weg. Auf die Weise konnte sie die Bedingungen stellen.

Regel Nummer Eins: Bleib nie lange genug bei einem, daß es anfangen könnte, weh zu tun.

Der Cowboy wohnte in einer billigen Bude in einer wenig vornehmen Gegend nahe der Strandpromenade. Jordanna fand nichts, wo sie ihren Wagen unterbringen konnte, also ließ sie ihn einfach am Straßenrand stehen und hoffte, daß er weder auseinandergenommen noch gestohlen würde.

Er begrüßte sie nur mit einer Jeans am Leib. Toller Körper. Noch besserer Sex. Und er hatte nichts dagegen, sich ein Kondom überzustreifen. Wenigstens etwas, das man ihm zugute halten konnte.

Am nächsten Morgen stand der Porsche immer noch an seinem Platz. Sie fuhr zurück zu Charlie, duschte und zog sich um.

Mrs. Willet saß in der Küche bei einer Tasse Tee. »Ziehen Sie aus, meine Teure?« fragte sie und machte zum ersten Mal einen fröhlichen Eindruck.

»Bin ich mir noch nicht ganz schlüssig drüber«, antwortete Jordanna und nahm sich einen Apfel aus der Obstschale. »Tut mir leid, wenn ich Sie enttäuschen muß.«

»Ich dachte ja nur, weil Miß Dahlia und Sport jetzt wieder hier wohnen ...«

»Das ist nur für eine Übergangszeit.«

»Nein«, widersprach die Haushälterin, als wisse sie es besser. »Mr. Dollar hat mir heute versichert, daß sie wieder zusammenleben wollen.«

»Na, wie schön für Mr. Dollar«, entgegnete sie, biß tüchtig in den Apfel und machte sich auf den Weg zur Tür. »Wissen Sie was, Mrs. Willet? Wenn ich tatsächlich ausziehe, werden Sie die Letzte sein, die davon erfährt.«

Die Haushälterin starrte sie aus ihren nun wieder verkniffenen Zügen wütend an.

Im Studio erwartete sie die Nachricht, daß sie sich gleich bei Bobby melden sollte. Jordanna suchte als erstes die Toilette auf und betrachtete ihr Äußeres im Spiegel. Sie sah gut aus. Die Augen blickten frisch und lebendig drein. Wirkten sie vielleicht zu enthusiastisch? Nein. Wenn es darum ging, die Hauptrolle in einem großen Film zu bekommen, konnte man gar nicht enthusiastisch genug sein.

Aber Bobby brachte sie aus dem Gleichgewicht. Er schien sie zu durchschauen und all ihre kleinen Schwächen aufzudecken. Rush hatte früher das Gleiche durchgemacht und unbeschadet überstanden. Der Mann raubte ihr den letzten Nerv. Sie konnte sich nicht auf ihn einstellen, so konzentriert und abgehoben wirkte er. Dabei wußte Jordanna besser als jeder andere, wie schwierig es für ihn gewesen sein mußte, mit jemandem wie Jerry Rush als Vater aufzuwachsen.

Außerdem konnte sie nicht anders, als sich einzugestehen, daß er ungeheuer attraktiv war, auch wenn er nicht ihrem Typ entsprach. Nein, überhaupt nicht. Sie stand auf junge und hungrige Männer, vielleicht auch noch auf alte und erfolgreiche. Und Bobby fiel weder in die eine noch in die andere Kategorie.

Man erwartete sie schon, als sie Rushs Büro betrat. Bobby hockte hinter seinem Schreibtisch, und Mac lief in dem Raum auf und ab. »Setz dich«, forderte Mac sie auf. »Und bleib um Himmelswillen ganz ruhig.«

Er hatte gut reden. Sie war nervös, aufgeregt und fühlte sich nicht wohl in ihrer Haut. Gott, so etwas sah ihr doch überhaupt nicht ähnlich.

»Also«, begann Mac gleich, »hast du dir die Sache durch den Kopf gehen lassen?«

»Ja«, antwortete sie bemüht cool und unbeeindruckt. »Wenn ihr mich noch wollt, bin ich für die Probeaufnahmen bereit.«

»Hast du mit deinem Vater darüber gesprochen?« fragte Mac, kaute an seinem Daumennagel und sah sie intensiv an.

»Warum sollte ich das tun?« gab sie barsch zurück.

»Ich dachte nur ...«

»Mac!« unterbrach sie ihn erhitzt. »Ich lebe nicht einmal mehr in seinem Haus. Warum sollte ich ihm also davon erzählen?«

Bobby erhob sich, trat um den Schreibtisch herum und baute sich vor ihr auf. »Ihre Mutter war doch auch Schauspielerin, oder?«

»Ja«, antwortete sie und hatte das Gefühl, jeden Moment platzen zu müssen.

»Wieso haben Sie dann vorher nie den Wunsch verspürt, sich als Schauspielerin zu versuchen?«

Jordanna beschloß, die Wahrheit zu sagen: »Weil mein Vater mich gewarnt hat, ich hätte es dann doppelt schwer ... um dem hohen Anspruch genüge zu tun.«

Bobby brach in lautes Gelächter aus. »Genau dasselbe hat mein alter Herr mir auch gesagt. Und sehen Sie mal, was heute aus mir geworden ist!«

Ja, sehen Sie sich ruhig mal an, hätte sie am liebsten entgegnet, *ich habe nämlich ›Style Wars‹ gelesen.* Aber zum ersten Mal gelang es ihr, ihre Zunge im Zaum zu halten. Hier erwartete sie die einmalige Chance, das tun zu können, was sie sich immer schon gewünscht hatte. Da wäre es doch zu dumm, sich mit einer vorlauten Bemerkung gleich alles kaputtzumachen.

»Wir wollen es heute mal mit dir versuchen«, sagte Mac. »Bobby wird dein Partner sein.«

»Wann?« fragte sie nervös.

»Heute nachmittag.«

Der Magen sackte ihr in die Kniekehlen. »So rasch kann ich mich nicht darauf einstellen.«

»Warum nicht?« fragte Mac. Er lächelte, aber keinesfalls so, als würde er sie nicht ernstnehmen.

»Weil ... weil ich dafür mehr Zeit brauche«, stammelte sie. Ihr war einfach keine bessere Erklärung eingefallen.

»Sie brauchen sich über nichts Sorgen zu machen«, versicherte ihr Bobby und klopfte ihr auf die Schulter. Sie empfand das als altväterliche Geste. »Sie begeben sich jetzt in die Garderobe, und danach setzen wir uns für ein paar Stunden zusammen und gehen die in Frage kommenden Szenen durch.« Seine blauen Augen ließen sie nicht mehr los. »Vertrauen Sie mir, Jordanna, alles wird gut.«

Klar, für ihn stand ja auch nichts auf dem Spiel. Ihr hingegen stand ein verdammter Alptraum bevor.

Jordanna verließ das Büro wie in Trance.

Die gute Nachricht des Tages lautete, daß Mac und Bobby es wirklich mit ihr versuchen wollten. Die Kehrseite der Medaille war, daß mittlerweile jeder wußte, wessen Namen sie trug. Irgendein Plappermaul hatte wohl nicht dichthalten können.

Florrie begrüßte sie mit einem Stirnrunzeln und fragte gleich verletzt: »Warum haben Sie uns nicht gleich erzählt, wer Ihr Vater ist?«

»Was hätte ich denn tun sollen? Einen großen Zettel ans Schwarze Brett hängen?« gab Jordanna bissig zurück.

»Nein«, entgegnete Florrie und war jetzt erst recht beleidigt. »Aber Sie hätten doch wenigstens mich ins Vertrauen ziehen können.«

Klar, wenn man dieser Frau ein Geheimnis verriet, konnte man gleich eine ganzseitige Anzeige in der *Variety* aufgeben.

Jordanna fiel den ganzen Tag über auf, daß die Menschen hier sie jetzt anders behandelten. Die jungen Leute in den anderen Kellerbüros, die immer so freundlich und nett gewesen waren, gingen nun entweder auf Distanz zu ihr oder versuchten, sich bei ihr einzuschleimen.

Nanette rief sie später ins Besetzungsbüro und redete ihr ins Gewissen: »Hören Sie, meine Liebe«, begann sie und inhalierte tief den Rauch ihrer Zigarette. Ihr Auge zuckte wieder wie ein Lämmerschwanz. »Entweder Sie packen das hier oder nicht. Die Kameras sind zu einigen freundlich und zu anderen gemein. Niemand kann das wissen, solange Sie nicht davorgestanden haben.« Sie pustete Rauch aus, und der fuhr Jordanna direkt ins Gesicht. »Ich hoffe, Sie wissen, daß ursprünglich Winona Ryder für diese Rolle vorgesehen war.«

Na großartig, da fühle ich mich doch gleich besser.

In der Garderobe versuchte eine ziemlich überhebliche Frau, die einen unförmigen Kittel trug, sie zu überreden, für die Proben ein kurzes und tief ausgeschnittenes rotes Kleid anzuziehen.

»Nein«, entgegnete Jordanna entschieden und vertraute ganz auf ihren Instinkt. »Die Figur, die ich darstellen soll, würde so etwas nie tragen. An ihr sähe das zu billig aus.«

»Ich weiß besser als Sie, was ein Charakter tragen würde und was nicht«, erwiderte die Garderobiere und schien einem Streit nicht aus dem Weg gehen zu wollen.

Jordanna weigerte sich, klein beizugeben. »Ich ziehe diesen Fummel nicht an«, erklärte sie und ging schon die Kleiderständer durch, bis sie einen einfach geschnittenen weißen Seidenanzug gefunden hatte. »Siena protzt nicht mit ihrem Sex, sie geht viel subtiler vor.« Jordanna hielt das Set vor sich. »Ja, das ist perfekt.«

Die Frau verzog das Gesicht, stimmte dann aber widerwillig zu, daß sie das tragen könne.

Als sie mit Bobby die Szenen durchging, wünschte sie sich einen Joint. Wünschte sie sich mehr als dringend, stoned zu werden. Wünschte sie sich, ganz weit weg von hier zu sein.

Ach, Charlie, warum kannst du nicht da sein, wenn ich dich brauche?

Die Lektüre mit dem Schauspieler verging quälend langsam. Sicher, er war nett und freundlich zu ihr, aber wenn sie etwas nicht so tat, wie er es wollte, wurde er ungehalten, und das machte sie noch nervöser.

Doch je mehr sie sich in den Charakter vertiefte, desto stärker spürte sie Sienas Vibrationen. Ich kenne diese Frau ganz genau, sagte sie sich. Vielleicht sogar besser, als mir lieb ist. Sie ist völlig fertig mit sich und der Welt. Wenn ich nicht ein Stehaufmännchen wäre, könnten wir beide ein und dieselbe Person sein.

»Worüber denken Sie gerade nach?« fragte Bobby und legte das Script auf den Tisch.

»Über die Figur der Siena und ihre Macken«, antwortete sie und zögerte einen Moment, ehe sie fortfuhr: »Ich verstehe ihre Psychologie. Sie ist ein bißchen verrückt, genau wie ich.«

Er hob eine Braue und frotzelte: »Sie sind tatsächlich ein bißchen verrückt, Jordanna?«

»Sie wissen, was ich meine, Bobby. Ich kann mir gut vorstellen, daß Ihr Leben auch nicht immer ein Zuckerschlecken gewesen ist.«

Ihre Blicke trafen sich, und für eine Sekunde entstand eine starke Verbindung zwischen ihnen.

»Das stimmt«, sagte er, brach den Blickkontakt ab und nahm wieder das Drehbuch zur Hand. »Lassen Sie uns die zweite Szene noch einmal lesen.«

Die beiden Szenen, die für die Proben ausgesucht worden waren, hätten sich kaum mehr voneinander unterscheiden können. Die erste spielte am Anfang des Films, und darin mußte Siena unschuldig und naiv erscheinen. Die zweite stammte vom Ende, und darin trat Sienas Wahnsinn endlich offen zutage.

Jordanna gefiel der Schluß besser, denn es machte ihr keine große Mühe, eine Verrückte darzustellen.

Nach einer Weile stand Bobby schließlich auf und erklärte: »Das war's. Jetzt sind Sie auf sich allein gestellt. Gehen Sie in die Maske, und lassen Sie sich frisieren. Wir sehen uns dann später auf dem Set.« Er nahm ihre Hand und drückte sie. »Viel Glück.«

Schon wieder wollte ihr keine schlagfertige Entgegnung einfallen. Was war bloß los mit ihr?

»Danke«, murmelte sie nur. »Ich, äh, ich will mein Bestes geben.«

Kapitel 23

Als Kennedy die neue Ausgabe von *Style Wars* in den Händen hielt, geriet sie in Zorn. Die Redaktion hatte ihren Bobby-Rush-Artikel nicht nur überarbeitet, sondern völlig entstellt und alles mögliche Zeugs über seinen Vater und die Macken des Sohns hinzugefügt. Genau so, wie Mason es von ihr verlangt hatte. Trotzdem stand ihr Name unter der Arbeit. *Ihr Name!*

Kennedy rief gleich bei Mason an und ließ ihre Wut heraus. Er schob die ganze Schuld auf die Schlußredaktion. Sie schrie ihn an, er könne sich ihren Job sonstwohin schieben. Mason flehte sie an, sich das doch bitte noch einmal zu überlegen. Kennedy wußte nicht, ob sie jemals eine weitere Zeile für ihn schreiben würde. So etwas war noch nie mit ihr gemacht worden, und sie fühlte sich furchtbar betrogen.

Rosa kam vorbei und beruhigte sie. »Was du jetzt brauchst, ist ein guter Anwalt«, riet sie ihr. »Bleib bei dem Magazin, aber laß dir ein notariell beglaubigtes Schriftstück aushändigen, in dem dir versichert wird, daß man nie wieder ein Wort an deinem Text ändern wird. Andernfalls sollen sie zahlen, bis sie schwarz werden. Der Job ist an sich doch okay. Warum gleich das Kind mit dem Bade ausschütten?«

So sauer Kennedy auch noch war, sie mußte zugeben, daß der Vorschlag ihrer Freundin allerlei für sich hatte.

Rosa ließ sich auf dem Teppich nieder und begann mit ihrer Beingymnastik. »Es hat einen weiteren Mord gegeben.«

Kennedy schenkte ihr sofort ihre ganz Aufmerksamkeit. »Wann?«

»Vor ein paar Nächten, in Pasadena.«

»Und wer war diesmal das Opfer?«

»Wieder eine Frau. Sie wurde in ihrer Wohnung erwürgt. Eigentlich lebte sie mit ihrem Lebensgefährten zusammen, aber der war zu der Zeit gerade nicht in der Stadt.« Rosa streckte das linke Bein. »Und jetzt kommt der Clou an der Geschichte: Die Tatumstände waren genau die gleichen. Sie wurde weder vergewaltigt noch beraubt, und der Mörder hat wieder das Kärtchen auf ihrer Brust hinterlassen, auf dem steht: ›Tod allen Verrätern‹. Das ist offiziell noch nicht bekannt gegeben worden, aber einer aus unserer Nachrichtenabteilung versteht sich gut mit dem County Sherrif's Department. Sie haben dort über Fax einen Mordbericht hereinbekommen. Die Karte sieht genau aus wie die, die bei der Toten in West Hollywood zurückgelassen wurde.«

»Und was hat die Polizei dazu gesagt?«

»Zur Zeit findet sich dort keiner, der eine Erklärung abgeben will.«

»Aber jetzt haben wir es doch schon mit drei erwürgten Frauen innerhalb weniger Monate zu tun!«

»Das ist mir klar.«

»Und wo hat das Opfer in Pasadena gearbeitet?«

»In einer Bank.«

»Hm ...« machte Kennedy nachdenklich. »Wußtest du, daß die beiden anderen beim Film waren? Margarita hat in der Maske gearbeitet, und ich habe herausgefunden, daß Stephanie Wolff mit Drehbüchern zu tun hatte.«

»Könnte bloßer Zufall sein. Auf jeden Fall reicht das nicht aus, um eine Verbindung zwischen allen dreien herzustellen.«

»Richtig. Aber trotzdem sollten sich auch andere darum kümmern, nicht nur ich.«

»Da kann ich dir nur zustimmen.«

»Wer leitet die Ermittlungen in diesem Fall?«

»Das Problem liegt darin, daß die Morde in verschiedenen Countys begangen worden sind, und so kümmern sich verschiedene Mordkommissionen darum. Ich versuche mal, was herauszufinden.«

»Ja, bitte.«

Gleich am nächsten Morgen rief Kennedy bei Bobby Rush an, um sich für den Artikel zu entschuldigen. Sie bekam ihn jedoch nicht an den Apparat, und das überraschte sie kaum. Kennedy schrieb ihm nun einen Brief, in dem sie ihm alles erklärte. Danach fühlte sie sich schon deutlich besser.

Detective Carlyle hatte Übergewicht und wirkte schmierig. Er verputze zum Frühstück Doughnuts, rauchte billige Zigarren und sparte auf eine Haartransplantation. Der Detective arbeitete schon so lange bei der Polizei, daß ihn nichts mehr wirklich aufregen konnte – bis auf seine privaten Probleme.

Da war zunächst einmal seine Ehefrau: Sie verlangte von ihm, sich pensionieren zu lassen und mit ihr nach Montana zu ziehen. Dann war da seine Geliebte: Sie verlangte von ihm, sich von seiner Frau scheiden zu lassen und mit ihr zusammenzuziehen. Kein Wunder, daß Carlyle jeden Abend dankbar war, schon wieder einen Tag heil überstanden zu haben.

Als Kennedy Chase sich bei ihm meldete, um ihm ein paar Fragen zu stellen, wimmelte er sie ab. Doch anscheinend hatte die Frau Beziehungen, denn eine Stunde später rief der Captain ihn zu sich und erklärte ihm, daß er sich diesen Fragen zu stellen habe.

»Was interessiert mich denn irgend so eine Magazinschreiberin?« brummte er.

»Sie arbeitet an einer Geschichte über die Frau, die erwürgt worden ist. Detective, Sie sollten dafür sorgen, daß unser Department gut in dem Artikel wegkommt.«

»Okay, ist schon gut«, willigte Carlyle unwirsch ein.

Als Kennedy dann in sein Büro trat, traf ihn das wie ein Schock. Er hätte niemals eine klasse Blondine mit einem so sensationellen Körperbau erwartet. Der Detective riß sich zusammen und versuchte, einen möglichst guten Eindruck zu machen. »Was kann ich für Sie tun, Schönheit?« fragte er und setzte sein bestes Macho-Lächeln auf.

»Sie könnten davon ablassen, mich Schönheit oder sonst was zu nennen«, entgegnete sie brüsk, ließ sich auf dem Stuhl vor dem Schreibtisch nieder und schlug die tollen Beine übereinander.

Aha, noch so eine von den verkniffenen Feministinnen. Wo war die gute alte Zeit geblieben, als man einer Frau noch ein Kompliment machen konnte, ohne gleich eine rotzige Antwort zu bekommen?

»Was kann ich also für Sie tun, *Miz?*« fragte er und betonte die Anrede für unabhängige Frauen besonders sarkastisch.

Kennedy beschloß, darauf nicht einzugehen. »Ich schreibe an einem Artikel über drei Frauen, die in den letzten Monaten im Raum Los Angeles erwürgt worden sind.«

»Ja, klar«, winkte er ab. »Die in West Hollywood ist die einzige, die mich davon interessiert.«

»Warum?«

»Weil nur dieser Mord in den Zuständigkeitsbereich meiner Abteilung fällt.«

»Aber haben Sie nicht das Gefühl, daß alle drei Morde womöglich in einem Zusammenhang stehen?«

»Wo haben Sie das her?« fragte er und war gleich auf der Hut.

»Spielt doch keine Rolle, oder?«

»Für mich schon.«

»Ich hätte gern alle bisherigen Ermittlungsergebnisse.«

Er räusperte sich. Was für eine Pißnelke! Für wen hielt sie sich eigentlich? »Die einzige Information, die ich Ihnen geben kann, ist die, daß wir bislang noch keine gesicherten Erkenntnisse vorliegen haben.«

»Wie können Sie so etwas sagen?« fuhr sie ihn an und dachte bei sich, daß dieser Mann viel Ähnlichkeit mit einem Idioten hatte. »Der Mörder hat bei den letzten beiden Leichen identische Kärtchen hinterlassen, auf denen ›Tod allen Verrätern‹ steht. Also muß es doch eine Verbindung zwischen den Opfern geben.«

Der Detective rutschte nervös auf seinem Sessel hin und her. Er mußte dringend furzen, aber dann würde diese verklemmte Schachtel sich bestimmt höheren Orts über ihn beschweren. »Seien Sie versichert, daß wir alles in unserer Macht Stehende unternehmen«, erklärte er ihr und war es leid, sich weiter von dieser Frau festnageln zu lassen.

Kennedy erhob sich. »Wenn Sie etwas herausgefunden haben, teilen Sie es mir bitte umgehend mit. Ich würde das wirklich begrüßen.«

Sie gab ihm ihre Visitenkarte und verließ das Revier.

Kaum zu Hause angekommen, ging sie gleich ihre Unterlagen durch. Sie hatte mit einigen Personen gesprochen, die Margarita Lynda, das erste Opfer gekannt hatten, und alle hatten nur das Beste über sie zu berichten gewußt. Nach Aussage ihrer Nachbarn war sie eine hart arbeitende Frau mit einem großen Bekanntenkreis gewesen.

Kennedy hatte zusätzlich herausgefunden, daß Margarita geschieden war und zum Zeitpunkt ihres Todes keine feste Beziehung gehabt hatte. Ihr Ex-Mann kam als Täter nicht in Frage, weil er sechs Monate zuvor bei einem Autounfall ums Leben gekommen war.

Von Margaritas bester Freundin hatte Kennedy erfahren, daß sie regelmäßig Samstag abends Country & Western-Lokale aufgesucht habe. Das ließ sich vielleicht als Spur verwerten. Möglicherweise hatte sie dort jemanden kennengelernt ... und der Mann war ihr bis nach Hause gefolgt ... Jemand, der gern alleinstehende Frauen überfiel.

Bei dem zweiten Opfer, Stephanie Wolff, war der Fall etwas anders gelagert. Sie war lesbisch gewesen, hatte einen festen Freundinnenkreis gehabt, mit ihrer ältlichen Mutter zusammengelebt und sich ansonsten nur für ihre Arbeit interessiert.

Das einzige, was diese beiden Frauen gemeinsam hatten, war ihre Tätigkeit in der Filmbranche.

Gerda Hemsley, die dritte Tote, hatte in einer Bank gearbeitet und schien in keinerlei Beziehung zu den beiden anderen Opfern zu stehen.

Bislang hatte Kennedy noch niemanden zu Gerda befragt. Sie nahm sich fest vor, das recht bald nachzuholen.

Später rief sie Rosa an: »Was hältst du davon, mit mir zu Square Dance und Ringelpietz zu gehen?«

Rosa johlte und lachte laut. »Ringelpietz?«

»Das wird dir sicher gefallen.«

»Sind da auch Männer dabei?«

»Cowboys.«

»Okay, schon überredet.«

»Irgendwie hatte ich das Gefühl, daß du dich so entscheiden würdest.«

»Ach, übrigens, ich habe ganz vergessen, dir etwas zu erzählen.«

»Was denn?« wollte Kennedy wissen.

»Ich habe neulich mit Michael gesprochen.«

»Was für ein Michael?«

»Du weißt doch, dieser unglaublich gutaussehende Ex-Detective, mit dem ich dich zusammenbringen wollte.«

»Ach ja, ein weiteres von deinen berüchtigten Blind Dates.«

»Das Komische daran ist, daß er sich nicht mit dir verabreden will. Genau wie du.«

»Wow!« rief Kennedy. »Jetzt hast du mir aber das Herz gebrochen!«

Rosa lachte. »Hm ... was soll ich dazu sagen? Wahrscheinlich seid ihr beide füreinander bestimmt.«

»Zu dumm, daß wir es nie herausfinden werden.«

Kapitel 24

Jordanna hatte so etwas noch nie erlebt. Da stand sie nun vor einer Kamera, schauspielerte vor einer Film-Crew, die jede ihrer Bewegungen und Gesten studierte, und verwandelte sich in eine andere Person. Dies war sicher die verwirrendste, erstaunlichste und ergreifendste Erfahrung, die sie je gemacht hatte. Die junge Frau kam sich wichtig vor, wirklich wichtig, und das zum ersten Mal in den vierundzwanzig Jahren ihres bisherigen Lebens. Daß sie quasi in Studios aufgewachsen war und die Filmstars bei ihr zu Hause immer schon ein und aus gingen, spielte jetzt keine Rolle mehr, denn dies war wirklich Film mit all seiner Magie und Kraft.

Bobby schien ihre Darbietung zu gefallen, und Mac verfolgte sie ebenfalls zufrieden. Sie ließen Jordanna beide Szenen mehrmals spielen, und dann war der ganze Spaß viel zu früh vorüber.

»Und wie geht es jetzt weiter?« fragte sie Mac, als sie den Set verließen.

Er legte ihr einen Arm um die Schultern. »Wir schauen uns die Aufnahmen an, um festzustellen, wie du dich auf der Leinwand machst, und wenn du gut genug bist, führen wir die Probeaufnahmen den Studiobossen vor, damit sie ihr Okay geben.«

»Was glaubst du denn?« wollte sie voller Hoffnung wissen. »Meinst du, ich habe eine Chance?«

»Das scheint alles ziemlich neu für dich zu sein«, entgegnete er warmherzig. »Hört sich an, als würde dir das ziemlich an die Nieren gehen.«

»Natürlich tut es das«, sagte sie ernst. »Warum sollte ich mich anders fühlen?«

»Weil ich von dir bislang nur die andere Seite kennengelernt habe. Dieses Rockerbraut-Image mit einem ganzen Schwarm von Jungs, die ständig um dich herum sind.«

»Ich verändere gerade mein Leben, Mac«, erklärte sie. »Aus dem Elternhaus bin ich ausgezogen, und ich nehme von Jordan auch keine Schecks mehr. Ich werde mich nämlich auf meine eigenen Füße stellen.«

»Das freut mich zu hören. Weißt du, Jordanna, ich habe immer eine Menge für dich übrig gehabt.«

Sie versuchte, das mit einem Witz abzutun und gleichzeitig mit ihm zu flirten. »Genug, um mich in einem deiner Filme mitwirken zu lassen?«

Er schüttelte lachend den Kopf. »Hör auf. Du weißt doch, daß das nicht von mir abhängt.«

Jordanna verließ das Studio wie im Rausch. Sie bemühte sich, nach außen cool zu wirken, während in ihrem Innern die Erwartungen brodelten. Gott, was würden alle für Augen machen, wenn sie erfuhren, daß Jordanna Levitt die Rolle bekommen hatte? Jordan zum Beispiel, oder Charlie, ihre Clique und die Armee von Midnight-Cowboys mit ihren strammen Hintern und hungrigen Augen? Wow! Das würde bestimmt alle aus den Socken hauen!

Wenn sie tatsächlich die Siena spielen sollte, würde das ihr Leben total umkrempeln. Dann hätte sie nämlich eine Karriere vor sich und einen Grund, morgens aufzustehen. Dann wäre sie endlich eine eigene Persönlichkeit und nicht mehr bloß Jordan Levitts Tochter.

In diesem Moment dämmerte ihr, daß man sie und ihre Karriere womöglich nicht ernst nehmen würde, gerade weil sie Jordans Tochter war.

Nein. Denk positiv. Immerhin hatte sie eine faire Chance. Man mußte nur Bridget Fonda, Laura Dern oder Anjelica Houston nehmen. Eine ganze Menge Hollywood-Kids schaffte den Sprung in den Film. Man mußte nur dazu bereit sein, sich doppelt und dreifach anzustrengen, um zu demonstrieren, daß man es aus eigener Kraft schaffte und nicht nur wegen des berühmten Vaters. Und genau das hatte Jordanna vor. Ja, sie war wirklich bereit dazu.

»Hallo, Kindchen.« Charlie hatte sich vor dem Riesenbildschirm seines Fernsehgeräts niedergelassen. Sport spielte zu seinen Füßen mit einem Trupp Spielzeugsoldaten. Dahlia war nirgends zu sehen.

»Hi, Charlie«, grüßte sie ruhig und fragte sich, ob sie wegen gestern abend wenigstens ein bißchen ein schlechtes Gewissen hatte.

Er sah sie fragend an. »Mrs. Willet hat mir mitgeteilt, daß du die vergangene Nacht nicht hier verbracht hast.«

»Das stimmt.«

Als ob dies das Stichwort gewesen wäre, rauschte die Haushälterin ins Zimmer und nahm den Jungen hoch. »Höchste Zeit, daß der kleine Mann was zu essen bekommt.«

»Gut«, sagte Charlie und wartete, bis Mrs. Willet gegangen war. Dann wandte er sich wieder an Jordanna: »Wo bist du gewesen?« Er schaltete mit der Fernbedienung das TV-Gerät aus.

»Ich hatte eine sexuelle Verabredung.«

Er grinste. »Du bist nicht auf den Mund gefallen, Kleines.« Ein Moment Pause. »Jemand, den ich kenne?«

»Keiner aus deiner Generation, Charlie.«

Er kratzte sich am Kopf. »Also jemand aus der jungen Generation, was?«

Sie wollte ihm mindestens ebenso weh tun, wie er sie verletzt hatte. »Strammer Hintern, harter Schwanz. War höchste Zeit, mein Gedächtnis wieder aufzufrischen.«

Charlie schwieg einen doppelt so langen Moment wie zuvor. »Tut mir leid, wenn deine Gefühle verletzt worden sind, aber ich habe dir nie versprochen, treu zu sein.«

»Das weiß ich.«

»Warum regst du dich dann so auf?«

»Weil ... weil ...« Ja, warum war sie so aufgebracht? Vielleicht weil sie von ihm etwas erwartet hatte, das er ihr nicht geben konnte? Hatte sie am Ende wirklich Treue von ihm verlangt? »Weil ich dachte ...«

»Was denn?«

»Daß das zwischen uns etwas Besonderes sei.«

»Das ist es doch auch.«

»Was denn?« Mit dieser Antwort hatte sie nicht gerechnet.

»Freundschaft. Ich mag dich, Jordanna. Du mich etwa nicht?«

»Doch, Charlie.«

»Dann schluck den Ärger jetzt runter, ja? Dahlia ist wieder hier. Sie hat nichts dagegen einzuwenden, mit dir unter einem Dach zu leben. Versuch doch bitte, es mit ihr ähnlich zu sehen.«

»Das kann ich nicht«, antwortete sie, und das war zutiefst aufrichtig von ihr.

»Wie schade.«

»Ich ziehe aus, Charlie.«

»Wo willst du denn hin?«

»Ich werde schon ein Plätzchen finden.«

»Brauchst du Geld?«

Lieber würde sie für Cheryl anschaffen gehen, als von Charlie Geld zu nehmen. »Nein, danke. Ich habe genug.«

»Tja, Kindchen, du weißt, daß du hier jederzeit willkommen bist. Meine Tür steht immer für dich offen. Du brauchst sie nur aufzustoßen. Komm her, wann immer du willst.«

Jordanna wußte nicht, wohin sie gehen sollte. Ihr war nur klar, daß sie dringend hier raus mußte. Zu Daddy konnte sie natürlich nicht zurückkehren. Shep würde sie wohl kaum willkommen heißen. Cheryl hatte wahrscheinlich die Bude voll mit ihren Mädchen. Und Grant hatte mehr als genug andere Frauen.

Damit blieb nur noch Marjory. Auch wenn sie zu Hause lebte, so war das Sanderson-Anwesen doch größer als ein Hotel, und ihr Vater Franklyn verbrachte ohnehin die meiste Zeit in seinem Privatjet. Ja, je länger sie darüber nachdachte, desto besser gefiel ihr die Idee. Also marschierte sie nach oben und rief die Freundin gleich an.

Marjory freute sich, von ihr zu hören, und bestand darauf, daß sie sofort vorbeikäme. Jordanna packte ein paar Taschen und ließ einen Zettel für Mrs. Willet zurück, daß der Rest ihrer Habe schnellstmöglichst abgeholt würde.

Irgendwann in nächster Zeit mußte sie sich wirklich um eine eigene Bleibe kümmern. Diese Herumzieherei wurde langsam albern.

Wenn sie die Rolle in dem Film bekäme …

Denk bloß nicht dran, ermahnte sie sich streng. Schraub deine Erwartungen nicht zu hoch.

Sie verließ Charlies Haus ohne Bedauern. Und wieder hieß es: ein Mädchen und ihr Porsche gegen den Rest der Welt.

Marjory schien ausnahmsweise einmal fröhlicher Stimmung zu sein.

»Wieso bist du wieder hierher gezogen?« wollte Jordanna wissen, während sie sich in einem der luxuriösen Gästezimmer einrichtete.

»Daddy hat darauf bestanden«, antwortete Marjory und zupfte am Saum ihres rosafarbenen Kaschmirpullovers. »Wegen der Briefe.«

Jordanna runzelte die Stirn und öffnete die erste Tasche. »Kriegst du die denn immer noch?«

»Sogar regelmäßig.«

»Wo schickt er sie denn hin?«

»Zuerst kamen sie immer in mein Apartment«, Marjory spielte jetzt an ihrem langen Haar, »aber seit neuestem landen sie hier.«

Jordanna zog eine Kommodenschublade auf und warf einen Schwung T-Shirts hinein. »Wie unheimlich. Fast könnte man meinen, er beobachtet dich.«

»Ja, das fürchte ich auch.«

»Was unternimmt dein Vater denn dagegen?«

»Er hat einen Privatdetektiv angeheuert.«

»Du solltest dich sehr vorsehen.«

»Das tue ich.«

Für einen Moment überlegte Jordanna, ob sie der Freundin von den Probeaufnahmen erzählen sollte. Doch dann entschied sie sich dagegen.

Wart's lieber ab, warnte sie eine innere Stimme. Fang bloß nicht an, aller Welt von etwas zu berichten, das vielleicht gar nicht eintrifft.

Als sie später im Bett lag, vermißte sie Charlie sehr, sagte sich aber, daß sie das Richtige getan hatte. Charlie war ein feinfühliger Mann mit einem großen Herzen, doch sobald es um Beziehungen ging, erwies er sich als total unsensibel.

Am nächsten Morgen erschien sie pünktlich zur Arbeit und hoffte, irgend etwas zu erfahren, ganz gleich was. Selbst wenn sie abgelehnt worden war, wollte sie das lieber gleich wissen.

Aber keiner sagte ihr etwas, und so saß sie wieder in ihrem Schuhkarton von einem Büro und sortierte Lebensläufe und Fotos, als sei nie etwas gewesen.

Zur Mittagspause kreuzte Florrie bei ihr auf, hockte sich auf die Kante ihres Schreibtischs und rückte mit einer halbherzigen Entschuldigung heraus: »War wohl doch ziemlich klug von dir, deine Herkunft für dich zu behalten«, erklärte sie und kaute auf einem Kaugummi herum, der frischen Atem versprach. »Tut mir leid, daß ich es überall rumgetratscht habe.«

»Es war nicht so, daß ich es unbedingt geheimhalten wollte«, erklärte Jordanna es ihr. »Ich wollte es einfach nur nicht an die große Glocke hängen.«

»Warum arbeitest du überhaupt hier?« fragte Florrie dann ziemlich direkt und in einem Tonfall, als habe sie ein Recht auf die Antwort. »Du mußt doch im Geld schwimmen.«

»Das Geld gehört nicht mir, sondern meinem Vater.«

»Ist das nicht dasselbe?«

Jordanna kam zu dem Schluß, daß es keinen Sinn hatte, dieses Thema weiterzuverfolgen. »Ach, übrigens, Florrie«, sagte sie dann und bemühte sich, möglichst nonchalant zu klingen. »Was ist denn oben los?«

»Das Gleiche wie immer«, antwortete die Frau und schien für die wahren Hintergründe so empfänglich zu sein wie ein Holzklotz. »Schauspieler kommen und gehen. Ach ja, dann ist da noch diese Fernsehtante gekommen – Barbara Barr. Die kennst du doch, von dieser Nighttime Soap Opera, die zur Zeit so großen Erfolg hat. Die Frau, die ständig in den Klatschspalten auftaucht. Na ja, sie hat jedenfalls für die Rolle der Siena vorgesprochen.«

Jordannas Herz machte einen Satz. »Und, war sie gut?«

»Sie wollen Probeaufnahmen von ihr machen.«

Ihr Herz raste. »Tatsächlich?« Sie versuchte verzweifelt, sich nichts anmerken zu lassen.

»Ja, gleich nach der Mittagspause.«

»Hast du irgend etwas von meinen Proben mitbekommen?«

»Nein«, antwortete Florrie und kratzte an ihrem Nagellack. »Aber das spielt ja auch keine Rolle, oder? Schließlich bist du ja keine richtige Schauspielerin oder so etwas. Vermutlich sind die hohen Herren ziemlich nervös gewesen, als sie dich zum Vorsprechen bestellt haben. Zwei weitere Sienas schneien jedenfalls heute nachmittag noch herein, und drei New Yorker Schauspielerinnen haben ein Video geschickt.«

Jordanna gelang es, eine neutrale Miene zu wahren, während Florrie endlos redete. Sie glaubte nicht, daß die Kollegin ihr eins auswischen oder einfach nur gemein sein wollte – die Frau dachte sich vermutlich gar nichts dabei. Jedermann glaubte doch, berühmte Eltern zu haben, reiche vollauf aus – was brauchte man denn da noch? Ganz gewiß keinen Job. In gewisser Weise konnte sie jetzt sogar Cheryls Begeisterung darüber verstehen, eine erfolgreiche Madam Hollywoods geworden zu sein. Das hatte sie nämlich mehr oder weniger aus eigener Kraft geschafft – und ohne daß Daddy und sein Studio daran gedreht hätten.

»Ich lasse das Mittagessen heute ausfallen«, vertraute Florrie ihr an und entfernte ihren mächtigen Hintern von der Schreibtischkante. »Bis Samstag muß ich nämlich drei Pfund abgenommen haben. Da habe ich nämlich eine Verabredung mit diesem süßen Jungen aus der Promotion, du weißt schon, der den Acura Legend fährt.«

Drei Pfund reichen wohl kaum aus, dachte Jordanna, *mindestens fünfzehn wären besser.*

Florrie verließ ihr Büro, und sie saß ganz still da, um darüber nachzudenken, was sie jetzt tun sollte. Sollte sie zu Mac laufen und ihm die Hölle heißmachen? Oder einfach stillhalten und abwarten, was sich als nächstes tat?

Verhalt dich ruhig, bleib cool und vor allem, gerate nicht in Panik.

Aber mir schlägt das Herz bis zum Hals, und ich bin völlig fertig. Ich wollte diese Rolle mehr als alles andere in meinem Leben.

Jetzt komm wieder runter von deinem Trip.

So ist es gut.

Der Cowboy rief wenig später im Besetzungsbüro an. Um ihr Glück komplett zu machen, war sie es natürlich, die den Hörer abnahm.

»Gibt's was Neues?« fragte er so nervös, wie sie sich auch gerade fühlte.

Im ersten Moment glaubte sie, er wolle sich nach ihren Probeaufnahmen erkundigen – bis ihr einfiel, daß sie ihm nichts davon erzählt hatte. »Äh … nein. Aber sobald eine Entscheidung gefallen ist, wird der Casting-Direktor sich an deinen Agenten wenden.«

»Scheiße!«

»Was ist denn?«

»Ich hasse diese Warterei, vor allem wenn am Ende wieder nichts herumgekommen ist.«

»Das kann ich gut nachvollziehen.«

»Scheiße!« rief er noch einmal, und zwar so laut, als sei es ihre Schuld. »Kannst du da nicht mal vorbeigehen und nachfragen?«

Wie nett von ihm, ihr zu sagen, wie wundervoll die Nacht gewesen sei, in der sie zu ihm gekommen war und ihm die beste sexuelle Erfahrung verschaffte, die er vermutlich je gehabt hatte.

Wie überaus süß von ihm, soviel Interesse an ihr zu zeigen und so charmant zu sein.

Wenn er erfuhr, daß man bei der Probe eigentlich sie im Auge gehabt und sogar Probeaufnahmen gemacht hatte, würde er vermutlich einen Herzschlag erleiden.

Sie war schon versucht, es ihm auf die Nase zu binden, hielt sich aber im letzten Moment zurück. »Ich muß los«, erklärte sie ihm, »die Arbeit ruft.«

»Ruf mich an, wenn du etwas hörst, ja?«

Hock nicht stundenlang vor dem Telefon.

Der Rest des Tages zog sich quälend langsam dahin. Sie machte einmal kurz Marcy Bolton aus, eine weitere junge Schauspielerin, die für die Siena vorsprechen sollte. Sie war gleich in Begleitung ihres Managers erschienen.

Die ist doch viel zu klein für die Rolle. Und ihr Gesicht läuft so spitz zu, daß sie wie ein Frettchen aussieht. Außerdem hat sie sich viel zuviel Schminke ins Gesicht gekleistert.

Als Florrie auf dem Weg vom Probenraum zur Toilette an ihrem Büro vorbeilief, hielt Jordanna sie auf. »Wie ist sie gewesen?«

»Wie soll wer gewesen sein?« entgegnete die Frau ausweichend.

»Marcy Bolton. Beim Vorsprechen. Hat sie es gebracht? Wie haben Mac, Bobby und die anderen auf sie reagiert?«

»Mac schien von ihr begeistert zu sein.«

»Und Bobby?«

»Er hielt sie für okay.«

Los, Florrie, sag mir sofort, daß sie Scheiße war, daß die beiden ihr Vorsprechen furchtbar fanden!

»Hat sonst noch jemand eine Siena-Szene gegeben?«

»Sie schauen sich jetzt die Videobänder an.«

Jordanna wünschte, sie könnte jetzt nach oben, sich zu ihnen setzen und sich einen Eindruck von der Konkurrenz verschaffen. »Was macht denn dein Kiefer?« fragte sie Florrie in der Hoffnung, sie müsse bald wieder den Zahnarzt aufsuchen.

»Ist alles wieder in Ordnung«, antwortete die Frau und ließ die Zungenspitze an den Zahnreihen entlangwandern. »Wenn du jemals einen guten Zahnarzt brauchst ...«

Nein, Florrie, im Moment brauche ich keinen Zahnarzt, sondern Auskünfte, und zwar ganz dringend.

Mac kam um halb sechs Uhr zu ihr herunter. Sie starrte ihn erwartungsvoll an und rechnete damit, jetzt die gute Neuigkeit zu erfahren. Aber er räusperte sich einige Male und wich konsequent ihrem Blick aus.

»Also?« fragte Jordanna, als sie es nicht mehr aushalten konnte. »Welches Urteil hat man über mich gesprochen?«

»Es tut mir leid«, antwortete er und rieb sich den Nasenrücken. »Ich habe mich für dich stark gemacht, aber das Studio hat anders entschieden. Man meinte, du hättest nicht die nötige Erfahrung, und da muß man ihnen leider zustimmen, obwohl wir dich meiner Ansicht nach schon hinbekommen hätten.« Er klopfte ihr auf die Schulter. »Wenn es dir ein Trost ist, du hast bei den Probeaufnahmen wie eine Bombe eingeschlagen.«

Große Enttäuschung überkam sie und überwältigte sie so sehr, daß sie kaum atmen konnte. »Wer hat die Rolle denn jetzt?« konnte sie gerade noch herausbringen.

»Barbara Barr.«

Die ist doch die ganz falsche Besetzung! Warum sieht das denn keiner?

»Ist ... Bobby auch damit einverstanden?«

»Ganz unter uns, er ist nicht gerade überschäumend begeistert. Immerhin kommt die Barr ja vom Fernsehen. Aber dieser Film ist ungemein wichtig für ihn, und da will er das Studio nicht gegen sich aufbringen. Die oben haben gesagt, da es schon zu spät ist, noch einen richtigen Star zu bekommen, wäre es das Gescheiteste, auf Barbara zu setzen. Sie hat eine enorme Fernseh-Fangemeinde und ist auch häufig genug in der einschlägigen Presse präsent. Die hohen Herren meinen, das gebe dem Film einen ausreichenden zusätzlichen Schub.«

»Glaubst du das auch?«

»Wenn ich anderer Ansicht wäre, hätte ich niemals zugestimmt, sie für die Rolle zu nehmen.«

Damit war der Fall also erledigt. Ihre große Chance war gerade zum Fenster hinausgeflogen.

Normalerweise hätte eine solche Enttäuschung sie wieder auf den Selbstzerstörungskurs geführt, und sie hätte sich in Drogen, Alkohol und auf Midnight-Cowboys gestürzt. Aber in der letzten Zeit fühlte sie sich mehr mit sich selbst im Reinen und war fest entschlossen, diesen endlosen Zyklus von vorübergehenden Fluchten aus dem Alltag zu durchbrechen.

Das kann ich durchstehen, ganz allein, sagte sie sich. Und ich werde es schaffen.

Immerhin war sie auch mit der Charlie-Krise fertiggeworden, als der es hinter ihrem Rücken mit einer anderen getrieben hatte. Gut, sie war dann gleich zu dem Cowboy in Venice gelaufen. Na und? Danach hatte sie sich besser gefühlt. Sie war nicht wieder abgestürzt, und sie hatte in jener Nacht wirklich Beistand gebraucht. Somit war es ihr wirklich gelungen, den Kurs zu ändern, und jetzt durfte sie sich einen Pluspunkt gutschreiben.

Viel wichtiger noch war aber die Erkenntnis, daß sie selbst für ihr Leben verantwortlich war. Es hatte keinen Sinn, länger über Jordan und seine ständig wechselnden Ehefrauen zu brüten. Das war allein seine Angelegenheit, und nicht ihre. Zumindest das hatte sie sich klarmachen können, und deswegen mußte sie sich jetzt nicht mehr selbst bestrafen.

»Das wäre also das Ende meiner brillanten Karriere«, lächelte sie schief.

»Du nimmst es wirklich gut auf.« Mac war offensichtlich erleichtert.

»Ich bin ja auch schon ein großes Mädchen«, entgegnete sie voller aufgesetzter Keckheit. Sie hatte schon früh gelernt, daß man am ehesten überlebte, wenn man seine wahren Gefühle für sich behielt.

»Und ein kluges dazu«, lobte Mac. »Bobby will es mit dir als persönlicher Assistentin versuchen. Geh bitte gleich hinauf in sein Büro.«

In einer Minute vom Filmstar zur PA. Was für ein Sprung. »Gern, Mac.«

»Ach, noch etwas, Jordanna.«

»Ja?«

»Wir werden bei diesem Film eine Menge Spaß haben, das verspreche ich dir.«

Sie lächelte und verbarg dahinter weiterhin ihre ganze Frustration. »Fein. Wenn du es sagst, Mac, glaube ich es.«

»Guten Morgen, Mr. President.« Der Mann räusperte sich, senkte die Stimme zu einem John-Wayne-Baß und sprach den Gruß noch einmal: »Guten Morgen, Mr. President.«

Er betrachtete seinen nackten Körper im Spiegel und wiederholte den Satz noch zweimal.

Wenn die Umstände etwas anders gewesen wären, hätte er durchaus Präsident der Vereinigten Staaten werden können. Das war wirklich nicht ausgeschlossen. Der große amerikanische Traum war für jeden erreichbar. Man mußte sich doch nur einmal ansehen, was für Männer es ganz nach oben geschafft hatten. Jimmy Carter, ein Erdnußfarmer. Ronald Reagan, ein Schauspieler. Oder John F. Kennedy, ein Schürzenjäger.

Was mußten das in den Tagen Kennedys für tolle Zeiten gewesen sein, als die Medien nicht an jeder Ecke lauerten und einen auf Schritt und Tritt fotografierten. Damals war der Präsident mit manchem weggekommen, was heute gleich zu einer Schlagzeile aufgeblasen wurde.

Der Mann beschloß, Kennedy auf die Liste der von ihm bewunderten Persönlichkeiten zu setzen. Natürlich konnte ein toter Präsident Steven Seagal nicht von seiner Spitzenposition verdrängen, weil der eben der wahre Held und unschlagbar war.

Er bewunderte sich abermals im Spiegel. »Guten Morgen, Mr. President«, sagte er mit einer rauchigen, fast geflüsterten Stimme à la Marilyn Monroe. »Wie geht es Ihnen, Mr. President?«

In diesem Moment wurde ihm die Ähnlichkeit bewußt zwischen dem Geburtstagsständchen der Monroe an Kennedy und Barbra Streisands traurigem Liebeslied an Präsident Clinton.

Das lag bestimmt daran, daß alle amerikanischen Präsidenten sich mit Huren einließen oder eingelassen hatten. Er wußte das, und ganz Amerika wußte darüber Bescheid. Doch das schien nicht das Mindeste auszumachen. In den Vereinigten Staaten zählte nur das gute Aussehen. Der, dessen Äußeres am meisten hergab, erzielte die meisten Punkte.

Ich sehe auch gut aus, konstatierte der Mann, sehr gut sogar. Aus mir hätte ein großer Filmstar werden können, wenn diese dumme Sache nicht passiert wäre …

Ein Klopfen an der Tür riß ihn aus seinen Gedanken. Wie konnte jemand es wagen, ihn zu stören. Wer war so unverschämt, ihn in seiner heiligen Einsamkeit zu behelligen?

»Wer ist da?« rief er.

»Shelley.«

Er kannte niemanden dieses Namens. Eigentlich kannte er keinen Menschen. Er blieb lieber für sich, weil es ihm so am besten gefiel.

»Sie erinnern sich bestimmt an mich«, fuhr Shelley fort. »Wir beide leben im selben Haus. Und manchmal begegnen wir uns an der Treppe oder in der Halle. Meine Mutter hat mir einen selbstgebackenen Obstkuchen geschickt, und von dem möchte ich Ihnen gern ein Stück anbieten.«

»Nein«, antwortete er.

»Bitte«, versuchte sie, ihn zu überreden, »gestern war doch mein Geburtstag.«

Der Mann wollte sie nicht irgendwie mißtrauisch machen. »Komme gleich«, entgegnete er knurrig.

»Kommen Sie doch zu mir. Meine Wohnung liegt direkt am Pool.«

Er fragte sich, ob Shelley wollte, daß er sie vögelte. Das war doch genau das, hinter dem so gut wie alle Weiber her waren. Fast alle, bis auf das Mädchen, das nur mit ihm gespielt hatte. Die ihn wie einen Fremden hatte abblitzen lassen, als er ihre Beziehung komplett machen wollte.

Im nachhinein war er froh, sie umgebracht zu haben; auch wenn er danach eine ebenso harte wie ungerechte Strafe hatte antreten müssen.

DIE VERRÄTER SOLLEN DAFÜR BEZAHLEN, SICH GEGEN MICH VERSCHWOREN ZU HABEN. JEDE EINZELNE VON DIESEN NUTTEN UND HUREN WIRD STERBEN.

Er erinnerte sich daran, wie er dem Mädchen zum ersten Mal begegnet war. So schön und so verführerisch – wie hätte er sich nicht auf der Stelle in sie verlieben können?

Aber sie hatte einen schweren, ja tödlichen Fehler begangen: Sie hatte ihn zurückgewiesen. Das hätte sie niemals tun dürfen.

Er zog sich rasch an, schloß die Tür auf, sperrte, als er draußen war, gleich wieder ab und machte sich auf die Suche nach dieser Shelley.

Der Mann entdeckte sie in einem großen Raum, von dem aus man das alte Schwimmbecken mit den Fliesen gut überblicken konnte.

Die Tür zu der Wohnung stand offen, aber er marschierte nicht gleich hinein, sondern zögerte auf der Schwelle.

»Endlich!« rief sie und eilte herbei, um ihn zu begrüßen. »Ich fürchtete schon, ich würde Sie nie hierher bekommen.«

Er trat ein und blieb verkrampft mitten im Zimmer stehen.

»Ich kann Ihnen Kräutertee, Apfelsaft und Wein anbieten«, verkündete sie.

»Nichts.«

»Wissen Sie, John – oh, ich darf Sie doch John nennen, oder?«

Wieso John? Einen Moment später fiel ihm ein, daß er sich ihr gegenüber als John Seagal ausgegeben hatte – ein Name, der frei erfunden war. »Nein«, antwortete er nur.

»Was machen Sie eigentlich so?« fragte sie neugierig. »Man sieht Sie nie mal irgendwo. Sie scheinen ein sehr zurückgezogenes Leben zu führen.«

»Ich bin Schriftsteller«, log er.

Das versetzte sie noch mehr in Begeisterung. »Oho, doch nicht etwa Drehbücher?«

Ihm fiel auf, daß sie die gleiche Haarfarbe hatte wie das Mädchen. Naturblond – und nicht gefärbt, wie es fast all diese Nutten in Hollywood taten.

»Bücher«, sagte er.

Sie war zutiefst beeindruckt. »Hört sich ja toll an. Was denn für Bücher?«

»Vendettas.«

»Wie bitte?«

»Rachegeschichten. Wenn jemand einem anderen ein Unrecht zugefügt hat, muß man dafür sorgen, daß er die gerechte Strafe dafür erhält.«

»Ach, verstehe, so etwas wie EIN MANN SIEHT ROT. *Ich liebe diese Filme, in denen Charles Bronson durch die Straße läuft und alle Bösewichter wegpustet. Warum schreiben Sie über so etwas nicht einmal ein Drehbuch?«*

»Ich habe Ihnen doch schon gesagt, daß ich keine Scripte verfasse.«

»Wie schade. Sie hätten nämlich eins für mich schreiben können. Und wenn ich erst einmal ein Star geworden wäre, hätten Sie alle Rollen für mich verfaßt. Ich würde dann jedem sagen:

›Nein, ich arbeite nur nach John-Seagal-Drehbüchern. Er ist mein bester und engster Freund.‹« Sie hielt einen Moment inne und fuhr dann fort: »Nun, eigentlich sind Sie das ja auch, denn ich habe keine Freunde und kenne kaum jemanden in L. A.«

Der Mann konnte sich kaum vorstellen, daß ein so hübsches Ding wie Shelley noch niemanden kennengelernt haben wollte.

Plötzlich kam ihm in den Sinn, daß sein Onkel sich womöglich mit seiner Mutter zusammengetan hatte, um ihm dieses Mädchen hier ins Haus zu setzen, damit sie ihn ausspionieren konnte. Den beiden war nämlich alles zuzutrauen.

Wenn Shelley wirklich eine Spionin war, würde er sie töten müssen.

»Wie sind Sie denn an diese Wohnung gelangt?«

»Eine Freundin hat das Apartment von einer Freundin ausgeborgt und dann an mich abgetreten.«

»Sie haben doch gerade gesagt, Sie hätten keine Freunde!« sagte er argwöhnisch.

»Sie ist ja auch nur ein Mädchen aus meiner Schauspielklasse.«

»Dann nehmen Sie also Unterricht?«

»Ja.«

Er wünschte, er könnte auch Schauspielunterricht nehmen, aber das war natürlich ausgeschlossen. Er mußte allein bleiben. Alle Menschen waren Verräter, und je weniger er sich mit ihnen einließ, desto besser für ihn.

»Ich ziehe aber bald aus«, erklärte sie ihm. »Mein Lehrer geht für drei Monate nach Europa, und er hat mich gebeten, solange auf sein Haus aufzupassen.«

»Wo steht es denn?« fragte er, ohne wirklich an der Antwort interessiert zu sein.

»Oben im Laurel Canyon. Ein schmuckes kleines Haus, ziemlich abgelegen. Vielleicht besuchen Sie mich dort ja mal.«

Er nickte.

»So, jetzt bekommen Sie aber Ihr Stück Kuchen«, erklärte sie und eilte quer durch das Zimmer zum Geschirrschrank. »Ich stamme übrigens aus Utah«, rief sie über die Schulter. »Und wo sind Sie aufgewachsen?«

Es konnte kaum schaden, ihr das mitzuteilen. »New York.«

»Das werden Sie mir bestimmt nicht glauben«, sagte Shelley, »aber ich bin noch nie in New York City gewesen.«

Sie trug Jeans und ein engsitzendes T-Shirt. Als sie sich mit der Platte und dem Teller auf ihn zu bewegte, sah er, wie sich ihre kleinen Brüste unter dem dünnen Stoff bewegten.

Der Mann hatte schon seit einiger Zeit keine Frau mehr gehabt. Die paar Huren, mit denen er gleich nach der Entlassung aus dem Gefängnis wie im Rausch geschlafen hatte, hatten seinen sexuellen Appetit fürs erste gestillt. Aber jetzt …

Wenn er nun entschied, daß er Shelley haben wollte? Würde sie sich ihm verweigern? Oder wie das Mädchen damals reagieren, die ebenso naturblondes Haar gehabt hatte, und schreien, kreischen und um sich schlagen, bis er sich gezwungen gesehen hatte, seine Hände um ihren Hals zu legen … und er so lange zudrückte, bis sie Ruhe gab?

Sie reichte ihm das Stück Kuchen auf einem blauen Plastikteller. »Probieren Sie mal«, forderte Shelley ihn auf und leckte sich die Finger ab. »Ist köstlich.« Sie schwieg für einen Moment, bis es aus ihr herausplatzte: »Sollen wir heute abend ins Kino gehen?«

Er dachte kurz darüber nach. »Nein.«

»Warum denn nicht?«

»Weil ich unter Zeitdruck stehe. Ich muß das Buch fertigbekommen.«

»Schließen Sie sich deswegen immer in Ihrer Wohnung ein?«

»Ja.«

»Ich habe aber noch nie eine Schreibmaschine gehört.«

»Ich schreibe mit der Hand.«

Sie sah ihn bewundernd an. »Dann sind Sie ja ein richtiger ›Schreiber‹, Gott, wie aufregend.« Wieder hielt sie kurz den Mund. »Wenn Ihnen jemals die Decke auf den Kopf fallen sollte, John, klopfen Sie ruhig bei mir an. Ich bin fast immer hier. Wir könnten dann Musik hören.«

Er probierte ein Stück von dem Kuchen. Schmeckte klebrig und zu süß.

Der Mann stellte sich Shelley ohne Kleider vor. Weiche Haut … süße weiche Haut … klebrige weiche Haut.

Er wußte, daß er so schnell wie möglich hier raus mußte. Wäre doch zu blöd, wenn er vor ihren Augen eine Erektion bekäme.

Der Mann schob sich noch eine Gabel Kuchen in den Mund und schritt dann zur Tür.

»Wollen Sie schon gehen?« fragte sie enttäuscht.

»Ich muß.«

»Vergessen Sie nicht«, sagte sie hoffnungsvoll, »meine Tür steht Ihnen jederzeit offen.«

»Ich merke es mir.«

Er kehrte rasch in seine Wohnung zurück, schloß hinter sich ab, zog sich aus und posierte wieder vor dem Spiegel.

Jetzt durfte er sich gestatten, sichtbar erregt zu werden.

Der Mann starrte so lange und so intensiv auf sein Spiegelbild, daß es auf ihn zuzukommen schien und er den Eindruck gewann, in die Seele eines anderen Menschen zu blicken. Ein unheimliches Gefühl.

Nach einer Weile fing er an, sein Glied zu drücken und zu streicheln, bis der große Moment unmittelbar bevorstand. Als er den Höhepunkt erreichte, mußte er einen Schrei von purer Wut unterdrücken. Er schob sich die Faust in den Mund, um den Laut zurückzuhalten.

Später an diesem Abend verließ er lautlos sein Zimmer.

Der Zeitpunkt war gekommen, sich um die vierte Verräterin zu kümmern.

Kapitel 25

Der Freund der verstorbenen Gerda Hemsley war ein großer Mann mit groben Gesichtszügen, militärisch kurz geschnittenem Haar und einer bekümmerten Miene. Er war der Leiter eines Sportartikelgeschäfts. Kennedy suchte ihn an seinem Arbeitsplatz auf. Der Mann wirkte nicht eben entzückt, als sie sich ihm vorstellte und ihm eröffnete, sie wolle einen Artikel schreiben.

»Ich versuche, die ganze Geschichte zu vergessen«, entgegnete er und ließ unruhig den Blick umherschweifen. »Gerda war eine wunderbare Frau. Wir haben ein Jahr zusammengelebt, und dann das … Seitdem ist nichts mehr wie vorher. Gestern bin ich aus unserer gemeinsamen Wohnung ausgezogen. Ich konnte es dort ohne sie einfach nicht mehr aushalten.«

Kennedy entschied, daß sie ihm glauben konnte, und strich ihn in Gedanken von der Liste der Verdächtigen. Sie vertraute bei Menschen immer ihrem Instinkt, und sie spürte, daß es sich bei ihm um einen ganz normalen Mann handelte, der mit einer furchtbaren Situation konfrontiert worden war, mit der er kaum fertig wurde. »Hat die Polizei Sie schon verhört?« fragte sie.

»Ja«, antwortete er grimmig, »als ob die Beamten ein Recht dazu hätten. Es reicht wohl nicht, daß man meine Freundin ermordet hat, da werde ich auch noch selbst verdächtigt.« Er schwieg für einen Moment. »Wissen Sie eigentlich, wie weit es in diesem Land gekommen ist?«

»Nein.«

»Den Verbrechern werden so viele Rechte zugestanden«, erklärte er erregt, »daß für die Unschuldigen am Ende keine Gerechtigkeit mehr übrigbleibt.«

Kennedy nickte. »Da haben Sie vermutlich recht.«

»Ich weiß, daß ich recht habe«, sagte er mit unterdrückter Wut.

Ein Verkäufer erschien und bat ihn um eine Unterschrift unter einen Scheck. Er zückte seinen Stift.

Kennedy zog ihren Block aus der Tasche. »Darf ich Sie fragen, wo Gerda und Sie sich kennengelernt haben?«

Seine Miene verfinsterte sich. »Wollen Sie mich jetzt auch verhören? Halten Sie mich ebenfalls für den Tatverdächtigen?«

»Natürlich nicht«, antwortete sie und spürte in diesem Moment, unter welchem Druck der Mann stehen mußte. »Ich schreibe an einem Artikel über eine ganze Reihe von Frauen, die auf die gleiche Weise ermordet worden sind. Zwei von ihnen haben beim Film gearbeitet, Ihre Gerda in einer Bank. Wo ist sie davor beschäftigt gewesen?«

»Sie war Buchhalterin in einer Rechnungsabteilung.«

»Und davor?«

»Das kann Ihnen nur ihre Mutter sagen.«

»Haben Sie zufällig ihre Nummer?«

Er notierte die Nummer seiner Fast-Schwiegermutter auf die Rückseite eines Kassenbons und reichte ihn ihr.

»Danke«, sagte sie. »Ich lasse Sie jetzt allein, Sie sind ja wirklich ziemlich beschäftigt.«

Er nickte nur kurz und entfernte sich dann zur Kasse.

Kennedy verließ den Laden und blieb einen Moment vor dem Eingang stehen, bevor sie den Parkplatz überquerte.

Noch bevor sie ihren Wagen erreicht hatte, kam Gerdas Freund hinter ihr hergerannt. Sie bemerkte ihn erst, als er ihr eine Hand auf den Arm legte, und erschrak zutiefst. »Tut mir leid«, sagte er atemlos, »aber Sie müssen mich bitte verstehen. Das Ganze ist nicht einfach für mich.«

»Dafür habe ich vollstes Verständnis«, entgegnete sie teilnahmsvoll.

»Hören Sie«, begann er und zögerte dann, als fiele ihm das Sprechen schwer. »Ich bin Ihnen wirklich dankbar dafür, daß Sie etwas unternehmen wollen. Sie wissen ja nicht, was es bedeutet, wenn ein Mensch, der einem sehr nahe steht, umgebracht wird.« Er schwieg wieder und schien seine Gefühle unter Kontrolle bringen zu wollen, ehe er fortfahren konnte: »Wenn der Kerl, der das getan hat, je geschnappt wird, möchte ich ihn gern persönlich an seinen Eiern aufhängen.«

Kennedy nickte mitfühlend. »Wenn ich das zu entscheiden hätte, dürften Sie es auch tun.«

Sie rief Gerdas Mutter von ihrem Wagen aus an. Ein Anrufbeantworter meldete sich, und sie hinterließ ihren Namen, ihre Nummer und die Bitte, sich bei ihr zu melden. Dann machte sie sich auf den Weg zu dem Restaurant, in dem sie sich mit Rosa zum Mittagessen verabredet hatte.

In dem Lokal herrschte reges Treiben, und Rosa wirkte sehr aufgeregt. »Hör zu, Kennedy«, begann sie gleich, und ihre braunen Augen funkelten, »ich habe dir einen Vorschlag zu machen, und ich bestehe darauf, daß du ja dazu sagst, weil es sich nämlich um eine ganz fantastische Idee handelt.«

Oh Gott, gab sie denn nie auf? »Wenn es sich wieder um einen Mann dreht ...« wehrte Kennedy gleich ab.

»Nein«, rief Rosa gleich, »kein Mann. Hier geht's um Arbeit, um Nachrichten, okay?«

»Also gut, dann erzähl mir davon«, seufzte Kennedy.

Rosa trommelte mit den langen Fingernägeln auf dem Tisch: »Die Geschichte mit diesen Frauen gerät wirklich außer Kontrolle, und da die Polizei sich nicht gerade vor Aktivität überschlägt, hat mein Sender beschlossen, sich verstärkt um die Sache zu kümmern. Wir sind alle mit Feuereifer dabei, und mir ist die zündende Idee eingefallen: Du wirst im Studio vor der Kamera erscheinen und in den Abendnachrichten von den Vorfällen berichten.«

Kennedy wußte nicht, ob sie lachen oder weinen sollte. Rosa schien endgültig den Verstand verloren zu haben. »Ich? Im Fernsehen? Du beliebst wohl zu scherzen. Ich schaue doch nicht einmal fern, und dann meinst du, ich solle dort auftreten!«

»Das ist kein Scherz, und du wirst es tun!« Rosa sah sie mit blitzenden Augen an.

»Warum sollte ich das tun?«

»Ich sage dir doch, daß sich da draußen ein Serienmörder herumtreibt. Höchste Zeit, daß die Polizei ein Sonderkommissariat einrichtet. Und wir werden sie dazu zwingen. Das Fernsehen hat wirklich viel Macht. Wart's nur ab, du wirst es schon sehen.«

»Tut mir leid, aber das kann ich nicht tun.«

Rosa hörte ihr gar nicht richtig zu. »Keine Bange, du wirst bestimmt großartig sein.«

»Wenn du es sagst.«

»Unser Nachrichtendirektor kommt nachher zum Kaffee. Wenn du dich bis dahin noch nicht entschieden hast, wird er dich überreden. Ach so, Kennedy, mach dir keine falschen Hoffnungen, der Mann ist vergeben.«

Kennedy prustete los. »Endlich mal einer, der nicht zu haben ist. Und in den verlieb' ich mich bestimmt Hals über Kopf.«

»Das könnte gut sein«, lachte auch Rosa.

Kennedy war auf der Hut. Ihr ging das alles viel zu schnell. Sie hätte auf ihren Instinkt hören und bei ihrem Nein bleiben sollen. Aber Rosa hatte sie im Verein mit ihrem Nachrichtendirektor in die Enge gedrängt.

Also setzte sie sich hin, schrieb ihren Text und begab sich damit zum Nachrichtendirektor, der sich davon begeistert zeigte.

Rosa beriet sie dann, wie sie sich vor der Kamera geben sollte. »Ist im Prinzip ganz einfach. Sitz still da, und schau direkt in die Kamera. Du wirst dann auf dem Teleprompter deine eigenen Worte sehen, und dann brauchst du nichts mehr zu tun, als sie abzulesen. Das sieht dann so aus, als würdest du direkt zu den Zuschauern sprechen.«

»Bist du dir auch ganz sicher, daß sich damit irgend etwas bewirken läßt?« fragte sie zögernd, denn sie war sich ihrer Sache absolut nicht sicher.

»Sehr sicher.«

»Warum machst du es dann nicht selbst?«

»Weil sie mein Gesicht kennen. Die Leute sehen mich jeden Abend auf dem Bildschirm und würden die Sache nur für eine Nachricht unter vielen halten. Du aber bist eine bedeutende Journalistin, und dir werden sie sofort ihre ganze Aufmerksamkeit schenken.«

»Ich bin was?«

»Eine bedeutende Journalistin. Deine Coverstory über Bobby Rush in *Style Wars* hat große Beachtung gefunden. *USA Today* hat sogar einen Bericht darüber gebracht. Im Moment bist du in aller Munde, und diesen Faktor nutzen wir, um uns die nötige Sehbeteiligung zu verschaffen.«

»Die Coverstory hat kaum noch etwas mit meiner Fassung zu tun.«

»Dann versuch doch mal, die Sache so zu sehen: Du tust etwas Gutes. Wenn wir den Polizeichef dazu bringen können, ein Sonderkommando aufzustellen, haben wir unser Ziel erreicht. Erinnerst du dich noch an den Hillside-Würger? Ist schon ein paar Jahre her. Na ja, diese Geschichte hier steht kurz davor, die gleichen schrecklichen Ausmaße anzunehmen.«

»Okay, einverstanden. Ich gebe mein Bestes.«

Die beiden führten eine Art Generalprobe durch. Was für eine Heimsuchung. Kennedy bekam keinen vollständigen Satz heraus, stotterte sich durch den Text und kam sich wie eine komplette Idiotin vor. Danach schickte Rosa sie in die Maske, wo man ihr zuviel Rouge auflegte und ihr einen grünen Lidstrich verpaßte, den sie nicht ausstehen konnte. »Ich kann dieses ganze Make-up nicht ertragen«, beschwerte sie sich.

»Das Fernsehlicht läßt Menschen blasser erscheinen«, erklärte ihr Rosa. »Das trifft besonders auf Blondinen zu. Auf diese Weise kommen deine Züge besser rüber.«

Weiter gings zur Friseurin, die ihr eine ordentliche Ladung Haarspray verabreichte. »Gott im Himmel«, stöhnte sie, als sie danach in den Spiegel blickte, »ich sehe ja aus wie eine Barbie-Puppe!«

»Nein, tust du nicht. Du siehst großartig aus. Und jetzt reg dich ab, sonst kriegst du noch einen Herzinfarkt.«

Als sie dann endlich vor der Kamera saß, war sie nervös. Wirklich nervös.

Das Team nahm seine Plätze ein. Rosa und ihr Co-Moderator – ein Schwarzer mit gekräuseltem Haar und einer tiefen, vertrauenerweckenden Stimme – saßen hinter einem gebogenen Schreibtisch, und die anderen stellten sich rings darum in Position.

Kennedy war der Mund so ausgetrocknet, daß sie nicht wußte, ob sie auch nur ein Wort herausbekommen würde. Dieser Streß war ganz gewiß nichts für sie.

Endlich wurde die Kamera eingeschaltet. Sie sah, wie Rosa übergangslos in ihre Rolle der Fernsehsprecherin schlüpfte, und fühlte sich ein wenig besser. Wenn ihre Freundin das schaffte, dann sie doch wohl auch.

Als der Aufnahmeleiter ihr das Zeichen gab zu reden, fühlte sie sich wie ein Windhund am Start, der unbedingt siegen wollte.

Sie atmete tief ein und begann.

»So, meinen Teil habe ich getan«, sagte Kennedy nach der Sendung und fühlte sich doch ziemlich erleichtert. »Jetzt mußt du deinen Teil des Versprechens einhalten: Wir beide gehen zum Ringelpietz.«

»Hältst du das wirklich für eine gute Idee?« fragte Rosa unsicher, als sie das Studio verließen.

Kennedy ließ sich hinter dem Steuer ihrer Corvette nieder. »Ganz egal, ob sie gut ist oder nicht, wir fahren hin.«

»Hätten wir nicht besser Ferdy mitgenommen?«

»Ich habe so ein komisches Gefühl, als würde er in dem Laden ziemlich auffallen«, antwortete Kennedy trocken. »Weißt du, ich glaube, in diesem Country & Western-Schuppen wimmelt es nicht gerade von farbigen Zweimetermännern.«

»Ich gebe dir insoweit recht, als daß wir mit ihm unter Umständen mehr Blicke auf uns lenken, als uns lieb sein dürfte.«

Sie fuhren zum Boots, einem Country & Western Tanzschuppen am Pico Boulevard, stellten den Wagen auf dem großen Parkplatz ab und stiegen aus. Rosa äußerte besorgt, nicht das Richtige angezogen zu haben. »Wirkt mein Hintern in diesen Jeans nicht etwas zu ausladend?« wollte sie unsicher wissen. »Ich wette, da drinnen zeigen sie mit dem Finger auf mich und sagen: ›Da kommt die Fernsehtante mit dem dicken Arsch.‹«

»Klar, deswegen versammeln sich diese Leute ja hier, um nämlich Ausschau nach Promis mit einer dicken Kiste zu halten.«

»Du wärst überrascht, wenn du wüßtest wie viele das wirklich tun. Wir sind hier in Hollywood, Teuerste, und da gehört es zu den Grundbedürfnissen, nach Stars Ausschau zu halten.«

»Irgendwie scheinst du da was in den falschen Hals bekommen zu haben. Die Leute kommen hierher, um zu tanzen oder es zu lernen. Darum geht es doch bei dieser ganzen Cowboy-Klamotte.«

»Blödsinn!« wehrte Rosa ab. »Die meisten zieht es hierher, um sich abschleppen zu lassen.«

»Margarita war nicht so eine.«

»Jede Frau macht so etwas, wenn sie unbemannt ist.«

»Das glaube ich nicht. Nimm nur mich als Gegenbeispiel.«

»Ach *du* … Dich kann man ja auch kaum als normal bezeichnen.«

»Danke für die Blumen.«

Das Lokal war gerammelt voll. Überall drängten sich Möchtegerncowboys und hielten die große, kreisförmige Theke besetzt, die das ganze Zentrum des Schuppens einnahm. An den Wänden fanden sich ein paar nischenartige Sitzplätze, und im ganzen Laden waren Balken angebracht, auf denen man sein Getränk abstellen und an denen man das Treiben auf der Tanzfläche beobachten konnte. Dort schwangen etliche Paare in einer Zweierreihe die Beine in die Luft oder stampften vor und zurück. Gute alte Country-Kultur.

»Oh Gott!« rief Rosa, »bin ich hier falsch gelandet! Das ist ja wohl das hinterwäldlerischste weiße Amerika. Ich wette, außer mir hält sich hier kein einziger Hispano auf. Wahrscheinlich werde ich gleich auf dem Parkplatz verprügelt.«

»Nun beruhige dich erstmal«, mahnte Kennedy. »Wir nehmen einen Drink, schauen uns etwas um und verschwinden dann wieder.«

»Was sind das bloß für Kerle, ich glaube es einfach nicht«, bemerkte Rosa, während sie die Parade der vorbeischlendernden Männer begutachtete. »Verkleiden sich hier als Cowboys und arbeiten tagsüber als Buchhalter.«

»Woher willst du das wissen?«

»Glaubst du vielleicht, richtige Cowboys laufen so herum, mit einem Riesenhut und einer so aufdringlichen Machohaltung? Schatz, glaub mir nur dieses eine Mal, von denen ist keiner im Alltag Cowboy.«

»Aha, ich habe es also mit einer Expertin zu tun. Dabei dachte ich immer, du kennst dich seit Ferdy besonders gut mit Basketballspielern aus.«

»Tu mir bitte einen Gefallen, und bestell mir ein Bier. Und dann nichts wie raus hier!«

Sie kämpften sich an die Theke vor. »Howdy, kleine Ladys«, grinste der Mann an der Bar und bestätigte damit ihre schlimmsten Befürchtungen.

»Ich vermute mal, einen Martini kann ich hier nicht bekommen, oder?« sagte Rosa und ließ sich auf einem freien Barhocker nieder.

Der Mann grinste nur breit.

»Zwei Bier«, bestellte Kennedy rasch.

»Sind Sie zum ersten Mal hier?« fragte der Kellner und zeigte seine Zahnlücke.

»Wie kommen Sie bloß darauf?« fragte Rosa sarkastisch zurück.

»Sie werden hier eine tolle Zeit haben, wenn Sie Ihre Sorgen an der Türschwelle zurücklassen.«

Rosa hob eine Braue. »Das haben Sie bestimmt aus einem der Glückskekse, die man bei Trader Vic's bekommt, stimmt's?«

Er sah sie verständnislos an. »Trader-wer?«

»Vergessen Sie's.«

Kennedy lehnte sich mit den Ellenbogen auf den Tresen. »Ich nehme an, Sie haben hier viele Stammkunden, oder?«

»Genau«, bestätigte er. »Die kommen so regelmäßig, daß man die Uhr danach stellen kann. Meistens tanzen sie hier vier oder fünf Stunden lang und gehen dann glücklich nach Hause. So lautet auch unser Motto hier im Boots: ›Hab ein Lächeln auf den Lippen und einen leichten Fuß.‹«

»Oh, Mann!« stöhnte Rosa.

»Halt endlich die Klappe«, flüsterte Kennedy ihr zu. »Ich versuche gerade, den Mann zum Reden zu bringen.«

»Mach doch, was du willst«, begann sie ebenso leise, um im nächsten Moment zu zischen: »Wow, das ist aber ein Süßer!« Ihre Aufmerksamkeit wurde zur Gänze von einem großen und kräftigen blonden Mann mit einem karierten Hemd, Jeans und einem braunen Stetson eingenommen.

Die beiden bekamen Augenkontakt, und er kam sofort zu ihr. »Haben Sie Lust, mit mir eine kesse Sohle hinzulegen, Ma'am?« fragte er mit einem unwiderstehlichen Lächeln.

»Warum nicht?« antwortete sie und zwinkerte Kennedy zu.

»Die kleine Lady weiß, wie man's hier macht«, bemerkte der Kellner, als Rosa mit dem blonden Hünen zur Tanzfläche strebte.

»Meine Freundin Margarita ist häufiger hierher gekommen«, sagte Kennedy und zeigte ihm ihr Foto. »Können Sie sich an sie erinnern?«

»Ich kenne hier eine Menge Leute, aber Namen zu behalten, ist nicht meine starke Seite.« Er blinzelte auf das Bild. »Nee, an die erinnere ich mich wirklich nicht.«

»Vielleicht haben Sie ja von ihr gelesen«, ließ Kennedy nicht locker. »Sie ist nämlich vor ein paar Monaten ermordet worden.«

»Hier?« fragte er ernst.

»Wieso hier?«

»Nun, ich darf das ja eigentlich gar nicht sagen.« Er beugte sich zu ihr vor und fuhr im Verschwörerton fort: »In der letzten Zeit ist es auf unserem Parkplatz zu einigen Vergewaltigungen gekommen.«

»Wann genau?«

»Die letzte vor einigen Wochen. Natürlich hat die Geschäftsleitung seitdem die Sicherheitstruppe aufgestockt.«

»Margarita wurde nicht vergewaltigt, sondern erwürgt. Durchaus vorstellbar, daß jemand ihr von hier bis nach Hause gefolgt ist.«

»Tatsächlich?« Er wurde nachdenklich. »Sind Sie eine Verwandte von ihr?«

»Nein, Journalistin.« Sie reichte ihm ihre Visitenkarte. »Wenn Ihnen irgend etwas einfallen sollte, rufen Sie mich doch bitte an.«

Er starrte auf die Karte. »Kennedy? Das ist aber ein komischer Name für ein Mädchen.«

»Wie heißen Sie denn?«

»Brick.«

»Oh ja, das paßt natürlich viel besser, zumindest zu einem Jungen.«

Bevor er darauf reagieren konnte, nahm sie ihr Bier, entfernte sich von der Theke und trat an den Rand der Tanzfläche. Rosa machte eine komplette Närrin aus sich, während sie versuchte, mit dem jungen Mann zu tanzen, dessen Hände überall an ihr waren. Auf eines konnte man sich bei Rosa verlassen: Wenn Männer zugegen waren, akklimatisierte sie sich immer schnell.

»Okay, Leute, wird Zeit für den Gruppentanz«, verkündete der Diskjockey über Mikrophon. »Wir beginnen mit einem Tumbleweed, dem folgt ein sexy-sanfter Black Velvet, und dann lassen wir es bei einem Achy Breaky so richtig krachen.« Die Menge johlte.

Rosas Cowboy führte sie von der Tanzfläche. »Wir wollen dort drüben hin, um etwas zu üben«, erklärte sie ihrer Freundin mit stark geröteten Wangen. »Billy will mir den Line Dance beibringen.«

»Billy, sind Sie hier Stammkunde?« fragte Kennedy und stellte sich ihm in den Weg, bevor er mit Rosa verschwinden konnte.

»Ja, Ma'am, ich bin oft im Boots.«

Sie zeigte ihm das Foto von Margarita. »Kennen Sie diese Frau?«

Er schob den Stetson ein Stück in den Nacken und betrachtete das Bild. »Könnte ich nicht behaupten, Ma'am.«

»Diese Frau ist regelmäßig hierher gekommen, so ungefähr einmal in der Woche.«

»Schätze, dann war sie wohl an anderen Abenden hier als ich.«

»Muß wohl so sein.«

»Fragen Sie doch mal einen von den Türstehern. Die wissen eigentlich alles, was sich hier so tut.«

»Gute Idee, vielen Dank.«

Sie entdeckte etliche Türsteher, die in ihren schwarzen Hemden, schwarzen Cowboyhüten und engsitzenden *de rigueur* Jeans überall in dem Lokal verteilt waren. Kennedy näherte sich einem, der an der Tür stand und an dessen Hemd ein glänzender silberner Sheriff-Stern prangte.

»Haben Sie diese Frau schon einmal gesehen?« fragte sie und hielt ihm das Foto von Margarita hin.

Er warf nur einen Blick drauf. »Was kriege ich, wenn ich sie kenne?«

»Was wollen Sie denn haben?« fragte sie zurück, entschlossen, sein Spielchen eine Weile mitzuspielen.

Der Mann gehörte nicht zur schüchternen Truppe: »Eine Verabredung.«

»Ich fürchte, mein Ehemann wäre damit nicht unbedingt einverstanden.«

»Scheiße, die Besten sind immer schon vergeben.«

»Erinnern Sie sich denn an diese Frau?«

»Ja, ein prima Schuß. Sie ist jeden Donnerstagabend ins Boots gekommen. War 'ne flotte Tänzerin.«

»Ist sie in Begleitung gekommen, oder hatte sie einen festen Freund?«

»Nee. Manchmal ist sie mit einem ganzen Schwarm Freundinnen aufgekreuzt, aber ich habe nie gesehen, daß sie mit einem Typen das Lokal verlassen hat.«

»Sie besitzen wirklich ein ausgezeichnetes Gedächtnis.«

»Das ist unser Berufsgeheimnis.«

Kennedy war ein bißchen verblüfft, daß er sie nicht mit »kleine Lady« anredete; denn er schien genau zu der Sorte Cowboy zu gehören. »Okay, dann danke.« Sie strich sich das blonde Haar zurück.

»Zu dumm, daß Sie nicht frei sind«, zwinkerte er ihr zu.

Kennedy wurde klar, daß sie hier nicht richtig weiterkam. Sie hielt nach Rosa Ausschau und entdeckte die Freundin auf der Übungsfläche, wo der sehr aufmerksame Billy ihr den Two Step beizubringen versuchte. Oh Mann, wenn Ferdy sie jetzt sehen könnte!

»Wir gehen«, teilte sie Rosa mit.

»Schon?«

»Tut mir leid, dich hier wegzerren zu müssen.«

Rosa winkte ihrer Neueroberung zu. »Bis dann, Cowboy.«

Er tippte sich an den Hut. »Bis bald, hübsche Lady.«

»Jetzt hör auf, dem Jüngelchen den Kopf zu verdrehen«, tadelte Kennedy sie. »Oder hast du schon vergessen, daß bei dir zu Hause schon ein Jugendlicher herumsitzt?«

Rosa kicherte. »Ich mag zwar vergeben sein, aber deswegen bin ich noch lange nicht tot.«

Kapitel 26

Mac Brooks konnte nicht einschlafen. Etwas ging ihm dauernd durch den Kopf, und er konnte es nicht loswerden. So schaltete er das Fernsehgerät ein und sah sich eine Weile *Nightline* an, bis Sharleen sich beschwerte, das Flimmern vom Bildschirm störe sie.

»Ich brauche meinen Schlaf, Schatz«, murmelte sie. »Wenn du den Kasten nicht gleich ausmachst, habe ich morgen Ringe unter den Augen.«

Er schaltete das Gerät aus und blieb auf dem Rücken liegen, während in seinem Kopf die Gedanken hierhin und dorthin rasten.

Etwas drohte, furchtbar verkehrt zu laufen. Seine Vergangenheit kehrte zurück, um ihn heimzusuchen, und das hatte bislang immer Ärger bedeutet.

Als er von Margarita Lyndas Ermordung gehört hatte, hielt er das zunächst für einen weiteren Fall von Gewalt, mit dem man eben rechnen mußte, wenn man in dieser Stadt lebte. Doch dann war ihm auch Stephanie Wolffs Tod zu Ohren gekommen, und ihm war gleich klar geworden, daß die beiden Verbrechen miteinander zu tun haben mußten. Und heute war in den frühen Abendnachrichten die brutale Ermordung der Schauspielerin Pamela March gemeldet worden.

Ein Eisklumpen hatte sich in seinem Herz gebildet. Mac wußte, wer hinter diesen Taten steckte, daran war kein Zweifel möglich.

Nach dem Abendessen hatte er gleich sein Arbeitszimmer aufgesucht, um dort Ruhe finden zu können. Er mußte dringend gründlich nachdenken, um sich zu überlegen, was er unternehmen sollte.

Aber wenig später war Sharleen dort erschienen, hatte

sich hinter seinen Stuhl gestellt und sein Haar sanft zerzaust. »Laß uns nach Westwood fahren und uns dort einen Film anschauen«, schlug sie vor. »Und wenn du ein lieber, artiger Junge bist, bekommst du dann auf dem Rücksitz deine Belohnung. Na, würde dir das gefallen?«

»Nicht heute abend, Liebling.«

Aber sie wollte jetzt unbedingt flirten. »Warum nicht, mein großer schwarzer Kater?« fragte sie und spielte mit seinem Ohr. »Ich verspreche dir, du wirst es bestimmt nicht bereuen.«

»Weil ich mich nicht danach fühle.«

»Du bist so ein Langweiler, wenn du zu tun hast«, schmollte Sharleen.

»Genau wie du«, gab er barsch zurück.

»Ich hätte in deinem Film die Hauptrolle spielen können«, bemerkte sie zänkisch. »Zwischen Bobby und mir besteht eine perfekte Chemie, und das weißt du auch. Wie blöd von dir, ausgerechnet jetzt eifersüchtig zu werden.«

»Sharleen, ich habe es dir schon einmal gesagt, ich bin nicht eifersüchtig.«

»Bist du doch.«

»Nein, bin ich nicht!«

»Oliver Stone möchte sich mit mir treffen.«

»Fein. Ich hoffe, ihr trefft euch, er ist begeistert von dir und engagiert dich vom Fleck weg. Ein paar Monate in Vietnam werden dir bestimmt guttun.«

»Er hat nicht vor, noch einen Vietnam-Film zu drehen.«

»Ist ja auch egal«, entgegnete er kurz angebunden und wünschte, sie würde ihn endlich allein lassen.

Und jetzt lag er im Bett und konnte nicht schlafen. Sharleen war an seiner Seite und atmete tief. Sie hatte die Augen geschlossen, und ihr köstlicher Mund stand leicht offen.

Aber er konnte nur an die ermordeten Frauen denken. Wie lange dauerte es wohl, bis die Polizei die nötigen Querverbindungen herzustellen verstand?

Wie lange würden sie brauchen, bis sie herausgefunden hatten, daß alle drei an seinem Film *The Contract* beteiligt gewesen waren?

Er wußte, daß er sich eigentlich melden und den Behörden Mitteilung von seinem Verdacht machen sollte. Aber damit würde der ganze Alptraum wieder hochgespült werden und die Schlagzeilen beherrschen.

Vor sieben Jahren war am Drehort ein Mord begangen worden. Ingrid Floris, eine schöne junge Schauspielerin, war von dem Mann erwürgt worden, der im Film ihren Ex-Freund darstellte. Vor einer Menge Zeugen hatte er sie aus ihrem Wohnwagen gezerrt und ihr nach einem heftigen Kampf dann die Hände um den Hals gelegt.

Margarita Lynda war losgerannt und hatte um Hilfe geschrien. Stephanie Wolff und Pamela March hatten gerade auf dem Parkplatz gestanden und den ganzen Vorfall starr vor Schreck verfolgt. Jordanna Levitt, Cheryl Landers und Gerda Hemsley hatten alles vom Fenster des Produktionswagens aus mit ansehen müssen.

Als Margarita mit ein paar kräftigen Fahrern zurückkehrte, war es für Ingrid schon zu spät. Er hatte sie bereits umgebracht.

Alle sechs Frauen wurden vor Gericht als Zeugen vernommen. Und dank ihrer Aussagen hatte der Mann abgeurteilt werden können.

Der Schauspieler hieß Zane Marion Ricca. Er war der Neffe von Macs Paten, und von dieser Verbindung wußte niemand etwas, nicht einmal Zane, der glaubte, ein günstiges Schicksal habe ihm diese wichtige Rolle in einem bedeutenden Hollywood-Film in den Schoß gelegt.

Natürlich hatte es sich nicht so verhalten. Mac hatte seinem Paten einen Gefallen erweisen müssen; denn als der ihn darum gebeten hatte, war er klug genug gewesen, nicht nein zu sagen.

Im allgemeinen pflegte niemand nein zu sagen zu Luca Carlotti.

Oh Gott! schoß es Mac durch den Sinn, als ihm einfiel, daß Zane seine Strafe abgesessen haben und aus dem Gefängnis entlassen sein mußte. Und allem schrecklichen Anschein nach war er nun dabei, systematisch und nacheinander all die Frauen zu ermorden, die vor Gericht gegen ihn ausgesagt hatten.

Nur Jordanna, Cheryl und Gerda waren noch übrig.

Wahrscheinlich würde eine von ihnen dann die nächste sein.

Er saß plötzlich aufrecht im Bett, und der Schweiß stand ihm auf der Stirn.

»Was ist los?« murmelte Sharleen schlaftrunken und legte einen Arm quer über seine Brust.

»Schlaf ruhig weiter, Baby«, sagte er und war überrascht, wie ruhig und sanft seine Stimme klang.

»Hmmm ...« Sie drehte sich ganz zu ihm herum, und sein Blick fiel sofort auf ihren üppigen Busen, der sich unter dem seidenen Nachthemd abzeichnete. Zu dumm, daß er jetzt nicht in der rechten Stimmung war. Auf der anderen Seite liebten sie sich nur selten im heimischen Schlafzimmer – für Sharleen war so etwas viel zu normal.

Er glitt leise aus dem Bett, trat in seinen Ankleideraum und zog sich die Jogginghose, ein Sweatshirt, Socken und die Nikes an. Dann ging er nach unten. Es hatte keinen Zweck, weiter einzuschlafen zu versuchen – das störende Problem wollte sich einfach nicht verscheuchen lassen.

Unten angekommen, suchte er sein Arbeitszimmer auf und schloß die Tür hinter sich. Die Jalousien zur Patio hin standen auf, und er drehte sie herunter. Dann trat er an die Wand mit dem offenen Kamin und hängte den Picasso ab. Hinter dem Gemälde war ein Safe im Mauerwerk eingelassen.

Brooks stellte die Kombination ein, und die Stahltür öffnete sich. Das war sein Safe. Sharleen hatte ihren eigenen. So etwas gab es nur in Kalifornien.

Mac wartete einen Moment, ehe er alles aus den Fächern herausholte. Es kam nicht oft vor, daß er diese Reise in die Vergangenheit antrat. An manche Dinge von früher dachte man besser nicht zurück.

Als erstes nahm er den großen braunen Umschlag in die

Hand, der einige Fotos enthielt, öffnete ihn und breitete die Aufnahmen auf dem Schreibtisch aus.

Seine Erinnerungen setzten ein. Mac im Alter von drei Jahren: Er hockte auf den Schultern seines Vaters, einem großen, hageren Mann mit lockigem braunen Haar und einem unbeschwerten Lächeln. Mac mit sechs, zusammen mit seiner Mutter Priscilla, einer wunderschönen Blondine in Shorts und einem Top mit Spaghettiträgern. Mac als Zwölfjähriger, ein echter Lausbub mit schmutzigem Gesicht, einem schiefen Grinsen und nur Unsinn im Kopf. Schließlich Mac mit fünfzehn – neben seinem Patenonkel Luca Carlotti.

Brooks betrachtete vor allem das letzte Bild. Luca, ein kleiner Mann mit tiefliegenden Valentino-Augen, vollen Lippen und Brillantine im zurückgekämmten schwarzen Haar. Er trug einen maßgeschneiderten Anzug und zeigte das Lächeln einer Kobra.

Carlotti war der meistgefürchtete Mann im ganzen Viertel gewesen. Aber auch derjenige, den man am meisten verehrt hatte.

Luca konnte Träume wahr werden lassen und einen genauso gut unter seinen Schuhen zertreten. Er besaß unvorstellbare Macht, und Macs Vater war seine rechte Hand.

Als Mac älter wurde, fand er bald heraus, warum Luca sein Patenonkel war: Carlotti schlief nämlich mit seiner Mutter, und seinem Vater fehlte es am nötigen Mumm, dagegen einzuschreiten.

Luca und seine Eltern waren oft zusammen und gingen häufig gemeinsam aus. Bis zu jener Nacht, in der sie sich in einem Club in Harlem, der nicht an die Sperrstunde gebunden war, einen berühmten Jazz-Sänger angehört hatten. Gegen zwei Uhr morgens verließen sie das Lokal. Macs Vater kam als erster heraus und winkte den Chauffeur heran. Als die schnittige Limousine vorfuhr, traten auch Luca und Macs Mutter aus der Tür.

Ein Wagen fuhr langsam vorüber. Luca blieb stehen und sagte etwas. Im selben Moment regnete es Kugeln auf sie. Carlotti ließ sich sofort fallen und riß Priscilla mit zu Boden. Macs Vater war nicht so schnell und wurde ins Herz getroffen. Die Kugel war eigentlich für Luca bestimmt gewesen. Mac war damals sechzehn.

Man konnte Carlotti vieles nachsagen, aber nicht Undankbarkeit. Von dem Tag an sorgte er persönlich dafür, daß es dem Jungen an nichts mangelte.

Mac wollte Boxer werden.

Luca besorgte ihm einen Trainer und arrangierte ein paar Amateurkämpfe.

Mac wollte einen eigenen Wagen.

Luca kaufte ihm einen roten Mustang.

Mac wollte Filmregisseur werden.

Luca sorgte dafür, daß er in der Filmhochschule aufgenommen wurde.

Mac wollte bei einem Filmprojekt mitarbeiten.

Luca bewerkstelligte es, daß er als dritter Assistent bei dem Streifen *New York Nights* angestellt wurde, ein Werk, in das einige seiner ›Freunde‹ Kapital gesteckt hatten.

Die Dreharbeiten machten dem jungen Mann ungeheuren Spaß, und er wußte, daß er seine wahre Bestimmung gefunden hatte.

Der Regisseur von *New York Nights* hieß William Davidoss und war ein strenger Mann mit einer lauten Stimme und einem aufbrausenden Charakter. Seine Tochter Willa sollte der Schlüssel zu Macs goldener Zukunft sein.

Nach Abschluß der Dreharbeiten brannten Willa und er nach Las Vegas durch und heirateten dort. Drei Jahre später machte Mac seinen ersten eigenen Film.

Luca und seine Mutter hatten ihm alles Gute gewünscht, als er mit seiner Frau nach Hollywood gezogen war. Sie respektierten seine Entscheidung, möglichst viel Abstand zwischen sich und seine alten New Yorker Kreise zu bringen; Carlotti hatte Verständnis dafür. Er wußte überhaupt sehr viel darüber, wie es in der Welt zuging.

Erst einige Jahre später, als Mac gerade seinen Streifen *The Contract* vorbereitete, hörte er wieder etwas von Luca. »Ich möchte, daß du mir einen Gefallen tust, mein Sohn«, sprach er so selbstverständlich ins Telefon, als hätten sie sich gestern noch gesehen.

Mac haßte es, wenn Carlotti ihn »mein Sohn« nannte. Auch wenn der Patenonkel weiterhin mit seiner Mutter im Bett lag, gab ihm das noch lange nicht das Recht, mit ihm zu reden, als wären sie erstgradige Verwandte.

»Was immer du möchtest, Luca«, antwortete er gefällig, weil es ihm nur nutzen konnte, auch weiterhin das Wohlwollen dieses Mannes zu genießen.

»Ich habe da einen Neffen, der gern Schauspieler werden möchte. Der Junge sieht nicht übel aus. Gib ihm doch einfach eine Rolle in einem deiner Filme. Ich habe es meiner Schwester versprochen.«

»Er kann aber keine Hauptrolle bekommen«, entgegnete Mac.

»Nur ein paar Szenen mit ihm, mehr verlange ich ja gar nicht.«

»Ist geritzt.«

Mac hatte dieses Gespräch noch gut im Gedächtnis, aber noch besser erinnerte er sich an Zane Marion Ricca.

In dem Moment, in dem er Zane Marion Ricca kennenlernte, hatte er gleich ein ungutes Gefühl. Lucas Neffe schien ein Realitätsproblem zu haben. Bloß weil er in einem großen Film mitwirken durfte, hielt er sich schon für einen bedeutenden Star und trat entsprechend auf.

Mac mochte solche Allüren auf seinem Set nicht. Er erwartete von jedem und jeder, alle anderen zu respektieren und zu kooperieren. Aber mit Zane im Team war das unmöglich.

Weil er Carlotti sein Versprechen gegeben hatte, mußte er jetzt versuchen, mit dem kleinen Blödmann fertigzuwerden. Er hatte ihn zur Probe bestellt, ihn den Part des Ex-Freundes – eine kleine, aber doch wichtige Rolle – lesen lassen und ihn dann trotz des Widerspruchs seiner Besetzungschefin, Nanette Lipsky, engagiert.

»Der junge Mann hat doch noch überhaupt keine Erfahrung«, wandte sie ein. »Warum gerade er, Mac? Du bist doch sonst so kritisch.«

»Weil er gut aussieht«, entgegnete Brooks unnachgiebig. »Mit dem Blick gibt er der Rolle etwas Besonderes.«

Zane hatte tatsächlich etwas. Graue, enge Augen in einem schmalen blassen Gesicht, eine leere Miene und schwarzes Haar, das er wie sein Onkel zurückgekämmt trug.

Der Neffe war nicht wirklich schön, aber auch nicht häßlich. Um ganz genau zu sein, er war gar nichts …

Und dieses Nichts würde der Rolle wirklich zugute kommen. Mac glaubte, es mit ihm versuchen zu können.

Aber da sollte er sich irren. Zane war die größte Nervensäge, mit der er es je zu tun gehabt hatte. Wenn er am Set erschien, trat er auf, als sei er ein zweiter Tom Cruise. Schon bei der ersten Begegnung beleidigte er Margarita, die Leiterin der Maske. Sie kam in Tränen aufgelöst zu Mac gelaufen und beschwerte sich bitterlich über den jungen Mann. Und Zane fuhr damit fort, jeden am Set gegen sich aufzubringen.

Brooks fühlte sich hilflos. Was konnte, was sollte er tun? Jeden anderen Schauspieler hätte er sofort davongejagt. Aber er hatte Luca sein Wort gegeben und fühlte sich daran gebunden.

Ingrid Floris war eine strahlende Schönheit. Mit ihrer Jugend, Unschuld und jungfräulich reinen Anmut stand ihr eine große Karriere bevor, dessen war Mac sich sicher. Sie hatte bereits im vorigen Film einen kleinen Part gespielt und war nun für The Contract *als Hauptdarstellerin auserkoren. Ingrid enttäuschte das in sie gesetzte Vertrauen nicht, und ihre Darstellungskunst gefiel ihm ausgezeichnet. Eine besondere Aura ging von ihr aus, sie hatte etwas von der jungen Grace Kelly an sich.*

Brooks war von ihr so entzückt, daß er sich nicht an sie heranmachte, wie er das bei seinen anderen Darstellerinnen zu tun pflegte. Das hätte sicher auch einige Probleme mit sich gebracht, denn er war zu jener Zeit immer noch mit Willa verheiratet. Außerdem schlief er bereits mit Jordanna, einer Siebzehnjährigen, die nicht genug kriegen konnte. Er fühlte sich schuldig, mit der jungen Levitt ins Bett gestiegen zu sein, aber nicht sehr lange. Außerdem hatte er sich ihr kaum entziehen können. Wenn Jordanna etwas wollte, setzte sie alles daran, das auch zu bekommen. Allem Anschein nach stand er ganz oben auf ihrer Liste, und es war wirklich nicht so gewesen, daß er sie hätte zwingen müssen, mit ihm intim zu werden.

Aber Mac hatte Angst vor ihrem Vater, mit dem er befreundet war. Wenn Jordan dahinter kam, würde er ihn umbringen. Jordanna hingegen lachte nur, als er ihr seine diesbezüglichen Bedenken eingestand.

»Jordan interessiert sich doch überhaupt nicht dafür, was ich tue oder lasse«, sagte sie einfach. »Dafür ist er viel zu sehr damit beschäftigt zu heiraten ... und danach erneut zu heiraten ... und danach wieder zu heiraten.«

»Eines Tages wird aus dir bestimmt eine höchst aufregende Frau«, erklärte er ihr.

»Und was bin ich jetzt, ein Hund?« grinste sie.

»Ja, genau das bist du, ein süßer kleiner Schoßhund.«

Ihre Affäre hatte sechs Wochen angehalten. Danach war es ihr mit ihm zu langweilig geworden, und sie hatte sich einem von den Bühnenarbeitern zugewandt, der eine Harley fuhr und surfen ging. Mac war weniger verletzt als erleichtert. Ihre Unersättlichkeit hatte die letzte Energie aus ihm herausgesaugt.

Die Szenen mit Ingrid in der Hauptrolle waren fast abgeschlossen, nur noch die mit Zane standen aus. Ihr Betragen war ebenso süß wie ihr Aussehen. Man mußte sie einfach mögen, und selbst Lucas' Neffe nahm sich in ihrer Gegenwart etwas zusammen.

Das war eine kleine Erleichterung, denn zu diesem Zeitpunkt konnte ihn schon niemand mehr ausstehen, der mit Macs Film etwas zu tun hatte.

Die Szenen zwischen Ingrid und Zane wurden aufgezeichnet. Der junge Mann mochte zwar der Unsympath des Jahres sein, aber selbst das kam seiner Rolle entgegen – immerhin hatte er ihren Ex-Freund zu spielen, einen kompletten Idioten.

Brooks hatte zu jenem Zeitpunkt keine Ahnung, daß der Neffe Ingrid nach der Drehzeit keine Ruhe ließ. Ständig machte er ihr den Hof, lud sie ein, mit ihm auszugehen, und schickte ihr Blumen und Geschenke. Ingrid war das nicht recht, denn sie hatte einen festen Freund. Das erklärte sie ihm auch, aber er ließ sich davon nicht abhalten, war weiter hinter ihr her und schien seine Anstrengungen sogar noch zu verdoppeln.

An dem Tag, an dem die Vergewaltigungsszene gedreht werden sollte, war Ingrid extrem nervös. Als sie in der Maske saß, vertraute sie sich Margarita an.

»Möchtest du, daß ich mit Mac darüber rede?« fragte die Visagistin. »Das tue ich, wenn du dich dann besser fühlst.«

Ingrid schüttelte den Kopf. »Ich bin mir sicher, daß Zane nichts Schlimmes im Sinn hat ... er ist nur etwas durcheinander. Anscheinend glaubt er, ich wäre tatsächlich die Frau, die ich spiele, und er mein Ex. Hört sich verrückt an, nicht wahr? Aber ich glaube, diese Einstellung kann der Szene zugute kommen.«

»Mach dir keine Sorgen. Wir alle sind doch am Set und passen auf.«

Vergewaltigungsszenen waren schon unter normalen Bedingungen nicht leicht zu drehen, aber mit Zane war es beinahe ein Ding der Unmöglichkeit. Er ließ während der Proben seinen ganzen Frust an seiner Kollegin aus und behandelte Ingrid grob und brutal, obwohl Brooks ihn ermahnt hatte, sich damit zurückzuhalten.

Als dann gedreht wurde, rastete der junge Mann völlig aus.

»Cut!« schrie Mac.

Aber Zane blieb auf Ingrid liegen, schob seinen Mund auf den ihren und zerriß ihre Kleider.

»Verdammt noch mal CUT!« brüllte der Regisseur, als der Neffe keine Anstalten machte, von der jungen Frau abzulassen.

»Dieser verdammte Mistkerl!« schimpfte Brooks, sprang von seinem Stuhl und zerrte Zane von Ingrid, die Todesängste litt. »Du blödes Schwein!« fuhr Mac ihn an. »Was glaubst du denn, was du da treibst?«

Zanes Blick wurde eiskalt. »Ich bringe mich voll in die Szene ein«, entgegnete er. »Das verlangst du doch immer von uns, oder?«

»Wenn ich ›Cut‹ rufe, hast du sofort aufzuhören! Das ist hier mein Film und mein Set, und du wirst dich an meine verdammten Regeln halten. Jetzt mach, daß du mir aus den Augen kommst.« Er bückte sich und half Ingrid hoch. »Ist mit dir alles in Ordnung, Liebes?«

Sie nickte und brachte ein klägliches Lächeln zustande. »Das hat der Szene doch sicher gut getan, oder?« fragte sie hoffnungsvoll.«

»Da kannst du drauf wetten.« Er wandte sich an die anderen: »Gestorben.« Und dann wieder an sie: »Ich schicke dich da nicht noch mal durch.«

Später an diesem Tag suchte Zane Ingrids Wohnwagen auf. Sie glaubte, er komme, um sich bei ihr zu entschuldigen, und ließ ihn herein. Doch rasch kam es zwischen ihnen zu einem erbitterten Wortgefecht, und selbst die gutmütige Ingrid ließ sich nicht endlos herumschubsen und beschimpfen. Als Zane sich auf sie warf – später behauptete er, sie hätte ihn dazu verleitet – wurde aus dem Streit ein Handgemenge, und wenig später fielen sie beide, miteinander ringend, aus dem Wagen.

Dann ging alles furchtbar schnell.

Eben noch wälzten sie sich über den Boden, und im nächsten Moment lag Ingrid tot da.

Eine junge, vielversprechende Karriere hatte ein abruptes Ende gefunden, und Mac fühlte sich dafür vollkommen und allein verantwortlich.

»Schatz, was machst du denn da?« Sharleen stand in der Tür und hatte sich einen pfirsichfarbenen Frisiermantel übergeworfen. Ihre Brüste zeichneten sich immer noch verstörend deutlich unter dem Stoff ab.

»Sharleen«, antwortete er unter Aufbietung aller Geduld. »Geh ins Bett zurück. Es ist drei Uhr morgens.«

»Das weiß ich auch.« Sie betrat fröstelnd sein Arbeitszimmer. »Genau deswegen bin ich hier.«

»Ich sitze gerade über dem Drehbuch.«

»Nein, das tust du nicht.«

»Doch, tue ich.«

»Komm wieder ins Bett«, lockte sie ihn. »Ich fühle mich da so einsam.«

»Laß mich bitte damit zufrieden, Liebes, ich muß für ein paar Momente allein sein.«

Sharleen erspähte die Fotos, und bevor er sie daran hindern konnte, stand sie schon am Schreibtisch und nahm eins davon in die Hand. Natürlich das, das ihn als Fünfzehnjährigen an der Seite von Luca Carlotti zeigte.

»Wer ist denn das?« fragte sie neugierig. »Doch nicht dein Vater?«

»Nein, nicht mein Dad.«

»Wer denn dann?«

»Ein Freund der Familie.«

Sie betrachtete den Patenonkel genauer. »Er sieht so … so gangsterisch aus.«

Mac lachte gezwungen, erhob sich, ging zu ihr und nahm ihr das Bild aus der Hand. *»Gangsterisch?* Was soll das denn bitte für ein Wort sein?«

Sharleen entriß ihm das Foto. »Laß mich noch mal hinsehen. Wieso …«

Brooks hielt ihre Handgelenke fest und brachte sie zum Schweigen, indem er seine Lippen auf die ihren preßte.

Sie ging sofort darauf ein. Immerhin befanden sie sich nicht im Schlafzimmer, und in solchen Fällen war sie immer empfänglich.

Mac schälte Sharleen aus dem Frisiermantel, legte sie auf den Schreibtisch und schob den Saum ihres Nachthemds hoch.

»Schatz«, murmelte sie mit dunkler Stimme, »denk an die Kinder … sie könnten wach werden.«

»Alle schlafen fest«, versicherte er ihr und strich über das Haar zwischen ihren Schenkeln. »Außerdem dachte ich immer, ein bißchen prickelnde Gefahr würde dich antörnen.«

Beim letzten Wort drang er in sie ein. Sie war zwar noch nicht ganz so weit, aber das steigerte nur beider Erregung.

»Mac …«

Er griff nach ihren Brüsten und bedeckte sie mit den Händen, während er sie liebte.

Sie warf den Kopf zurück und seufzte tief.

Bald befanden sich ihre Bewegungen in perfekter Synchronisation.

Kapitel 27

Die Arbeit mit und für Quincy hielt Michael wirklich sehr beschäftigt. Abgesehen vom Marjory-Sanderson-Fall gab es noch einige andere Aufträge, um die der Privatdetektiv sich kümmern mußte – unter anderem eine eifersüchtige Ehefrau, die ihren Mann überprüfen lassen wollte, der ihr zu oft unterwegs war, oder Schadensbegrenzung bei einer Schauspielerin, die Alkohol und Drogen zusprach und im Rausch allerlei anstellte.

»Unser Job besteht darin, sie aus den Schlagzeilen herauszuhalten«, erklärte Quincy zu diesem Fall. »Wenn diese Frau also ausgeht und sich zudröhnt, kann es dazu kommen, daß sie jemanden schlägt oder in einem Club Krawall macht. Dann müssen wir ausrücken und diejenigen, die dabei zu Schaden gekommen sind, mit ein paar Scheinen schmieren, damit am nächsten Tag nicht alles in den Skandalblättern nachzulesen steht.«

»Hört sich an wie ein Fulltime-Job«, bemerkte Michael und ließ den Rest alkoholfreien Biers in der Flasche kreisen.

»Sie wird ständig von einem Bodyguard begleitet, und der erstattet mir jeden Morgen Bericht. Wenn irgendwo ein Schaden entstanden ist, regle ich die Sache und werde fürstlich dafür bezahlt.«

»Und wer begleicht die Rechnungen für diese Schauspielerin?«

»Die Orpheus-Studios. Die Frau arbeitet für deren TV-Produktionsgesellschaft. Du wärst übrigens überrascht, wenn du wüßtest, für wie viele Leute Orpheus in dieser Weise aufkommt.«

Sie saßen bei Quincy zu Hause vor dem Fernsehgerät und sahen sich ein Spiel an. Amber hatte ihnen Brathähnchen und Kartoffelpüree gekocht und war dann früh zu Bett gegangen, weil die ganze Familie am nächsten Tag zu einem Wochenend-Skiausflug an den Big Bear aufbrechen wollte. Michael hatte freiwillig angeboten, solange auf das Haus aufzupassen.

»Erinnerst du dich noch an Rosa, die Fernsehsprecherin?« fragte er seinen Freund und lehnte sich auf der Couch zurück. »Ich habe sie vor ein paar Tagen im Sender getroffen, und da hat sie mir einen ganzen Sack mit Post überreicht. Mittlerweile habe ich alle Briefe gelesen. Die überwiegende Mehrheit stammt von Frauen.«

Quincy wandte den Blick nicht vom Bildschirm. »So? Und was schreiben die?«

Michael zuckte die Achseln und schüttelte eine Zigarette aus seinem Päckchen Camel. »Du weißt doch«, antwortete er leicht verlegen. »Daß sie mich heiraten wollen, daß sie mich verwöhnen wollen und daß sie von mir Kinder haben wollen.«

Quincy grinste breit. »Du meinst mit anderen Worten, sie möchten dir an die Wäsche, was?«

»Sehr komisch.« Michael zündete sich die Zigarette an.

»Aber ich habe recht damit.«

»Es waren aber auch ein paar Schreiben mit interessanten Hinweisen darunter, denen man nachgehen sollte.«

»Wie kommst du darauf?«

»Wahrscheinlich kommt doch nur Mist dabei herum, aber irgendwas muß ich doch tun. Die Bullen können bislang genau nullkommanichts vorweisen, dabei rufe ich sie schon täglich an.« Er griff in seine Jacke und reichte ihm zwei Briefe. »Hier, sieh dir die mal an.«

Das erste Schreiben war auf einem parfümierten Blatt mit Blumenmuster in der oberen Ecke verfaßt.

Lieber Mr. Scorsini, ich habe Sie im Fernsehen gesehen, und ich glaube, ich kann Ihnen weiterhelfen. Wenn Sie mit mir Kontakt aufnehmen wollen, dann geben Sie im 213, dem wöchentlichen Beverly Hills Magazin, eine Kleinanzeige unter Persönliches auf. Und halten Sie bitte zehntausend Dollar bereit, die diese Information Sie kosten wird. Diese Summe wird es Ihnen doch wohl wert sein, um Ihr Kind wiederzubekommen

Ein Freund

»Was hältst du davon?« wollte Michael wissen.

»Da scheint dich jemand um zehn Riesen abzocken zu wollen.«

»Meinst du?« Michael blies Zigarettenrauch aus.

»Ich bin sogar davon überzeugt.« Quincy rutschte unruhig auf der Couch herum. »Oh Gott, Mike, wenn Amber dich hier sehen würde, wie du rauchst, würde sie einen Anfall kriegen.«

»Nur noch einen Zug, dann mach ich sie aus.«

»Hoffentlich. Was steht denn in dem zweiten Brief?«

»Lies selbst.«

Quincy entfaltete den Zettel, auf dem ohne Unterschrift etwas hingekritzelt stand:

Heron Jones hält sich in Las Vegas auf. Er weiß, wo Ihr Kind steckt.

»Und was willst du jetzt tun?« Er legte das Schreiben auf den Tisch. »Nach Las Vegas laufen und dort Heron suchen?«

»Rosa möchte, daß ich noch mal im Fernsehen auftrete. Vielleicht sollte ich mich wieder von ihr interviewen lassen, kann dann immer noch abwarten, wer sich meldet.«

»Je öfter du auf der Mattscheibe zu sehen bist, desto besser für unser Geschäft. Du weißt doch, was man hier in Hollywood sagt: ›So etwas wie schlechte Presse gibt es nicht.‹«

»Himmel, Q, ich hätte nie für möglich gehalten, dich einmal solche Hollywood-Phrasen dreschen zu hören.«

»Wenn man hier lebt, muß man eben mit dem Strom schwimmen.«

»Spinner.«

»Danke für die Blumen«, grinste Quincy und stand auf, um sich in der Küche eine neue Dose Heineken-Bier zu holen. »Du hast doch die Nummer von unserem Wochenenddomizil, oder?« fragte er, als er ins Wohnzimmer zurückkehrte.

»Klar.«

»Und wenn es zu einem Notfall kommt …«

»… rufe ich gleich an.«

»Du hättest wirklich mit uns kommen sollen. Aber nein, du sumpfst ja lieber hier herum und brütest.«

»Aus deinem Mund hört sich das so an, als würde ich mir zum Spaß den Kopf zerbrechen. Solange ich Bella nicht wiedergefunden habe, weiß ich überhaupt nichts Rechtes mit meinem Leben anzufangen.«

»Verstehe. Hör mal, wenn diese Marjory Sanderson sich bei dir meldet, meinst du, du kommst dann allein mit ihr klar?«

»Nun mach aber mal einen Punkt, Q.«

»Weißt du, irgendwie gibt die Geschichte Rätsel auf. Der Mann, der ihr die Drohbriefe schreibt, hat sich bisher weder telefonisch gemeldet noch sonst Kontakt zu ihr aufgenommen. Ich meine, auf diese Weise kann er doch kaum etwas gewinnen. Die Briefe selbst kommen unregelmäßig und sind alle an einem anderen Ort aufgegeben worden … Wir können kaum mehr tun, als die Entwicklung im Auge behalten und dafür sorgen, daß ihr nichts zustößt. Diese Marjory ist ziemlich … nun ja, neurotisch.«

»Ist mir auch schon aufgefallen.«

»Ich glaube, jetzt habe ich dir alles gesagt. Ach so, ich habe da einen Anruf von meinem Kontaktmann bei Orpheus bekommen. Das Studio möchte, daß ich mich mit Mac Brooks, dem Filmregisseur, treffe.«

»Was will der denn?«

»Das werden wir erst erfahren, wenn wir mit ihm sprechen. Und zwar gleich als erstes am Montag.«

»Meinst du, ich bekomme dann Gelegenheit, dabei zuzusehen, wie ein richtiger Film gedreht wird?«

»Eine aufregende Vorstellung, was?«

Die beiden sahen sich nur an und grinsten. Quincy zog sich zurück.

Am nächsten Morgen verließen Quincy und seine Familie ziemlich früh das Haus. Michael wälzte sich deutlich später aus dem Bett und beschloß, seine Mutter anzurufen. Seit der Ermordung von Rita hatte er zweimal mit ihr gesprochen. Normalerweise hätte er ihr von seinen Bemühungen erzählt, Bella zu finden, aber da sie sich nicht die Mühe gemacht hatte, ihn zurückzurufen und nach der neuesten Entwicklung zu fragen oder sich nach seinem Befinden zu erkundigen, hatte er es gelassen. Tja, so standen die Dinge nun einmal zwischen ihnen.

Seine Mutter nahm schon nach dem ersten Läuten ab und meldete sich. Er war froh, sie und nicht Eddie am Hörer zu haben.

»Hallo, Ma, wie geht's?« fragte er aufgesetzt fröhlich.

»Ach, frag mich nicht«, seufzte sie. »Ist ja doch immer das gleiche.«

»Das ist doch nicht schlecht.«

»Du kommst wohl noch nicht zurück, oder?«

»Nein, Ma. Das kann ich nicht. Ich muß hierbleiben und Bella finden.«

»Recht so, du mußt dort bleiben.« Sie klang, als würde ihr das nicht allzuviel ausmachen.

»Wie läuft's denn so bei euch? Behält Eddie schön brav seine Finger bei sich?«

»Eddie ist schon in Ordnung, Mike. Er arbeitet ziemlich viel. Du machst ihn immer schlecht, aber er tut nur das, was er tun muß. So kommt er über die Runden.«

Damit kommt er über die Runden, von wegen, dachte Michael bitter.

»Er ist alt geworden, Mikey«, fuhr sie mit zitternder Stimme fort. »Und ich bin jetzt auch eine alte Frau.«

»Unsinn, Ma, du wirst niemals alt.«

»Ich habe Herzflattern, und mein Blutdruck schießt in die Höhe.«

»Na hör mal, du wirst uns noch alle überleben.«

»Das will ich gar nicht«, entgegnete sie müde. »Ich bin alles so satt.«

»Brauchst du Geld, Ma?« Nicht, daß er etwas zu verschenken gehabt hätte, aber solange er die Miete bezahlen konnte, war er gern bereit, den Rest seiner Mutter zu schicken.

Sie hörte sich gleich besser an. »Wenn du es dir erlauben kannst, Mikey ... Weißt du, ich muß jetzt diese Tabletten nehmen, und die sind ziemlich teuer. Da käme mir etwas Unterstützung sehr gelegen.«

Wieso brauchte seine Mutter Geld, wenn sein Bruder, wie er es von Freunden aus der Nachbarschaft gehört hatte, an einen Haufen Kohle geraten war? Offenbar hatte er seine Finger in einigen kleineren Schiebereien und fuhr seitdem mit seiner Frau Pandi in einem goldfarbenen Cadillac durch die Gegend. Er war seit achtzehn Monaten verheiratet, und seine Frau, eine Wasserstoffblondine mit hartem Gesicht, betrieb einen Begleit-Service. Sal hatte sich sogar ein Haus kaufen können – also konnte es um sein Einkommen nicht eben schlecht bestellt sein. Michael hatte seinen Bruder zum letzten Mal bei dessen Hochzeit mit Pandi gesehen, und da hatte es zwischen ihnen gleich einen Riesenzoff wegen Rita gegeben.

»Rita ist das verdammt noch mal Beste, was dir je passieren konnte? Warum behandelst du sie dann so schlecht?« hatte Sal ihm gleich vorgehalten, als ob es ihn etwas angehen würde.

»Mach du mir keine Vorschriften, wie ich mit meiner Frau umzugehen habe«, hatte er entgegnet und nur mit Mühe der Versuchung widerstanden, Sal in sein fettes, rundes Gesicht zu schlagen.

»Du wüßtest ja nicht, was du mit einer Frau anzufangen hast, wenn du im Dunkeln über eine stolpern würdest. Rita ist eine Königin, und du läßt sie einfach gehen. Hast du denn überhaupt keinen Verstand im Kopf?«

»Rita zieht nach Kalifornien, weil sie das so möchte. Wir lassen uns nämlich scheiden.«

»Weißt du, was du bist, Mikey? Ein blöder, vertrottelter Bulle – und das wirst du auch immer bleiben.«

Jetzt hätte wirklich nicht viel gefehlt, und die beiden hätten sich geprügelt. Eddie trat rasch zwischen sie und erklärte ihnen, wenn sie nicht aufhörten, würde das ihrer Mutter das Herz brechen, und so etwas würde er nicht zulassen. Er erwähnte natürlich nicht, daß er seine Frau immer verdrosch, wenn ihm der Sinn danach stand.

Sals höhnische Worte hatten ihn in Rage versetzt und ihm jede einzelne von den schlechten Erinnerungen seiner Kindheit ins Gedächtnis zurückgebracht. Vor allem, wie Eddie ihn übers Knie gelegt und ihm ins Ohr gebrüllt hatte: »Du bist gar nichts, Mikey. Du kommst genau auf deinen leiblichen Vater, und der war auch ein Nichts. Ihr seid dieselbe Sorte von Versagern.«

Jeden Tag hatte er zu hören bekommen, daß er zu nichts tauge. Jeden einzelnen Tag, bis er von zu Hause abgehauen war.

Nach Sals Beleidigungen auf der Hochzeit nahm Michael sich fest vor, seinen Bruder aus seinem Leben zu streichen. Sal schien zu dem gleichen Entschluß gelangt zu sein, denn als Michael angeschossen worden war und im Krankenhaus lag, hatte er sich nicht die Mühe gemacht, ihn zu besuchen.

»Ich schicke dir, was ich übrighabe«, erklärte er seiner Mutter und wartete darauf, daß sie ihm etwas Nettes sagte – irgendwas, um ihm zu zeigen, daß er ihr nicht gleichgültig geworden war.

Aber er bekam nichts dergleichen zu hören. Absolut nichts.

Tja, so standen die Dinge eben zwischen ihnen.

Michael genoß es, das Wochenende im Haus der Robbins' zu verbringen. Irgendwie fühlte er sich ihnen zugehörig. Er hatte sich schon oft gefragt, wie es wohl geworden wäre, wenn es zwischen ihm und Rita geklappt hätte. Michael hatte sich wirklich bemüht, aus ihnen beiden etwas zu machen. Vor allem, als er vom Alkohol weggekommen war, hatte er sich die größte Mühe gegeben. Aber da war es natürlich längst zu spät gewesen. Rita sah das hingegen anders. Sie schleppte ihn zu einem Eheberater, und dort saßen sie dann zwei Stunden vor einem Fremden, in denen Rita nichts anderes tat, als sich über ihren Mann zu beklagen.

Er ist selbstsüchtig. Er zeigt mir nie, daß er mich liebt. Er macht mir nie Komplimente. Er ist nie für mich da.

Michael fiel vor allem auf, was sie unerwähnt ließ: daß er alle Rechnungen bezahlte, daß er dafür sogar Überstunden machte und daß sie nicht behaupten konnte, daß es ihr an irgend etwas mangele.

Kurz vor Ende der Sitzung hatte sie dann etwas gesagt, das ihn auch heute noch beschäftigte: »Ich weiß, daß er keine leichte Kindheit gehabt hat – aber wer kann das schon von sich behaupten? Andererseits ist es seinem Bruder Sal nicht anders ergangen, und aus dem ist ein prima Kerl geworden.«

Ihre Worte hatten ihn richtiggehend entsetzt. Seit wann glaubte Rita, Sal wäre prima?

Als sie wieder im Wagen saßen, war er sie gleich deswegen angegangen. »Was sollte dieser Mist mit Sal? Seit wann hältst du soviel von ihm?«

»Vergiß nicht, daß er es war, der uns miteinander bekanntgemacht hat«, entgegnete sie. »Ach, ich hätte nicht dich, sondern ihn heiraten sollen.«

Und selbstverständlich waren sie darüber wieder in den dicksten Streit geraten.

Aber Michael dachte nicht nur an die schlimmen Zeiten zurück. Manchmal erinnerte er sich an die positiven Seiten Ritas, die vor allem am Beginn ihrer Beziehung zum Vorschein gekommen waren. Sie war so begeisterungsfähig und voller Leben gewesen ... und heute war sie nur noch ein Fall für die Verbrechensstatistik. Ein weiteres hübsches Mädchen, das von einer großen Karriere geträumt hatte und in der Leichenhalle geendet war.

In der ersten Nacht allein im Haus der Robbins' schlief er tief und fest. Er träumte von Rita und Bella. Dann wachte er sehr früh auf, blieb liegen und dachte an die Briefe, die er Quincy gezeigt hatte. Sollte er auf sie reagieren? Und wenn ja, wie? Wenn Heron Jones sich in Las Vegas aufhielt, wie sollte er ihn dort ausfindig machen? Wenn der Mann allerdings immer noch seine körperlichen Besonderheiten vorführte, dürfte er ziemlich leicht aufzuspüren sein.

Michael beschloß, am nächsten Wochenende in ein Flugzeug zu steigen und nach Las Vegas zu fliegen. Zur Zeit blieb ihm nicht viel anderes übrig, als jeder möglichen Spur zu folgen.

Irgendwann am Vormittag stand er auf, bereitete sich Speck und Eier zu und entschied, sich den Luxus zu gönnen, den ganzen Tag ungestört auf der faulen Haut zu liegen und sich im Fernsehen Baseball, American Football und Basketball anzuschauen.

Abends bestellte er um halb sieben eine Pizza und machte es sich dann auf der Couch im Wohnzimmer bequem, um sich den ersten Teil von *The Godfather* reinzuziehen. Amber hatte Quincy die gesamte Trilogie zu seinem letzten Geburtstag geschenkt. Was für ein Vergnügen! Al Pacino, James Caan, Marlon Brando, Robert Duvall – ein Schauspieler besser als der nächste.

Wie gebannt folgte er der Handlung und bekam zunächst gar nicht mit, daß das Telefon läutete. »Ja?«

Eine schüchterne Frauenstimme: »Kann ich bitte mit Quincy sprechen?«

»Wer ist denn dran?«

»Marjory Sanderson.«

»Hi, Marjory.« Er drückte auf der Fernbedienung auf Pause. »Ich bin's, Michael Scorsini, Quincys Partner. Er mußte übers Wochenende fort, aber er hat mir aufgetragen, mich um Sie zu kümmern, wenn Sie irgend etwas brauchen. Was ist denn los?«

»Ich ... ich fühle ... mich hier nicht sicher«, antwortete sie zögernd.

Michael richtete sich auf. »Was soll das heißen? Ist irgendwas vorgefallen?«

»Nein. Ich sitze hier im Haus, und draußen sind die Wachen, die Hunde und alles andere ... trotzdem habe ich so ein merkwürdiges Gefühl.«

»Was möchten Sie denn gern, das ich für Sie tue?«

»Könnten Sie nicht herkommen?«

Er schwieg für einen Moment. Das Letzte, was er jetzt wollte, war, nach Bel Air hinauszufahren. »Äh ... natürlich, Marjory, wenn Sie sich dann besser fühlen.«

»Oh ja, bitte kommen Sie.«

»Okay, ich bin so schnell wie möglich bei Ihnen.«

Gottverdammte Scheiße! Gerade als die beste Stelle im ganzen Film begann – die Szene im Krankenhaus, wo Al Pacino Marlon Brando ganz allein bewachen mußte!

Er überlegte kurz, ob er Quincy anrufen sollte. Aber wozu der Familie den Urlaub versauen, mit Marjory würde er ja wohl noch allein fertigwerden.

Michael stellte fest, daß er Jeans und ein Flanellhemd

trug. Sollte er sich umziehen? Nein, es war ja schließlich Samstagabend, und da konnte sie wohl kaum von ihm einen Anzug erwarten.

Und wenn doch, hatte sie eben Pech gehabt.

Als er das Anwesen erreichte, winkten die Wächter ihn gleich durch. Er wußte nicht, ob Marjory sie überhaupt von dem Anruf informierte hatte, deswegen hielt er sich nicht damit auf, die Sache mit ihnen zu bereden, und fuhr zum Hauptbaus.

Der Butler ließ ihn herein und führte ihn in den vornehmen Salon, wo er sich niederließ und wartete ... und wartete ...

Nach fünfunddreißig Minuten geruhte Marjory, sich zu zeigen.

»Tut mir leid«, sagte sie, »aber ich habe mit meinem Vater telefoniert.«

Michael hatte keine Erfahrung im Umgang mit Hollywood-Größen und zeigte seine Verärgerung recht deutlich. »Tja, großartig. In diesem Zimmer hier gibt es nicht einmal eine Illustrierte oder ein Fernsehgerät. Ich stehe nicht unbedingt darauf, untätig herumsitzen zu müssen.«

Sie trippelte durch den Raum. Bildete er sich das nur ein, oder war sie unter dem dünnen weißen Kleid tatsächlich nackt? Ihre aufgerichteten Brustwarzen drückten sich gegen den Stoff, ganz zu schweigen von dem schwarzen Schatten in Höhe ihres Schritts.

»Wie wäre es mit einem Drink, Mr. Scorsini?« fragte sie mit gerötetem Gesicht.

»Sie können mich Michael nennen«, antwortete er und gab sich Mühe, in eine andere Richtung zu sehen, weil er dieses kleine Spielchen nicht mitspielen wollte.

»Aber gern, Michael«, hauchte sie. »Was kann ich Ihnen anbieten?«

»Äh, ich trinke keinen Alkohol.«

»Was für ein Zufall! Ich nämlich auch nicht.«

Marjory machte ihn immer wütender. Er war in aller Eile hierher gebraust, weil sie am Telefon geklungen hatte, als sei sie mit den Nerven am Ende, und jetzt stand sie da und bot ihm einen Drink an, als sei überhaupt nichts gewesen. »Marjory, ich bin nicht zu einem Höflichkeitsbesuch gekommen«, erklärte er ihr gepreßt, »sondern weil sie mich in einer Notlage gerufen haben. Wie wär's, wenn Sie mir jetzt berichten würden, was vorgefallen ist.«

Sie senkte den Blick. »Er hat angerufen.«

»Zum ersten Mal?«

»Ja. Er hat noch nie vorher telefoniert.«

»Und was hat er gesagt?«

»Das gleiche, was er sonst in seinen Briefen schreibt. Daß er mich umbringen will ...« Die Erinnerung regte sie so auf, daß ihr die Stimme versagte.

»Wie klang seine Stimme? Jung oder alt? Gedämpft oder klar?«

»Eher ... gedämpft.«

»Wie alt würden Sie ihn schätzen?«

»Ich weiß nicht ... so um die dreißig.«

»Sehr gut, Marjory. Jetzt haben wir wenigstens etwas, mit dem wir arbeiten können. Weiter: Ein Weißer, ein Farbiger oder eine Hispano?«

»Weiß.«

»Und nach dem Gespräch haben Sie Ihren Vater angerufen, ja?«

»Nein ... ich habe Ihre Nummer gewählt. Erst danach hat mein Vater angerufen, um zu hören, wie es mir geht.«

»Wieso? Woher wußte er, daß der Mann sich gemeldet hat?«

»Das wußte er gar nicht. Aber er ruft mich jeden Abend an. Ich habe ihm gesagt, daß Sie auf dem Weg hierher sind. Da war er sehr erleichtert.«

»Okay, Marjory, ich sage Ihnen, was wir jetzt tun: Ich schließe einen Rekorder an Ihr Telefon an. Wenn er sich dann noch mal meldet, können Sie das Gespräch mitschneiden – vielleicht bringt uns das auf irgendeine Spur.«

»Und meine Privatgespräche?«

»Ich zeige Ihnen, wie Sie den Rekorder an- und ausschalten. Wenn Sie ein Privatgespräch führen, müssen Sie das natürlich nicht mitschneiden.«

»Ach so.«

»Ich kann die nötige Ausrüstung erst morgen besorgen. Deswegen müssen wir bis dahin warten. So, haben Sie einen Freund oder eine Freundin, die bei Ihnen bleiben kann?«

»Eine Freundin ist hier eingezogen.«

»Sehr gut. Wo steckt sie denn gerade?«

»Sie ist noch bei der Arbeit und kommt erst später. Jordanna arbeitet nämlich beim Film.«

»Wissen Sie, wann sie hier eintreffen wird?«

Marjory schüttelte den Kopf.

»Ist Ihre Freundin Schauspielerin?«

»Nein, sie fungiert als Bobby Rushs Set-Assistentin.«

»Hört sich nach einer interessanten Tätigkeit an.«

»Wirklich?«

»Na ja, ich glaube, daß jede Arbeit rund um den Film aufregend sein muß.« Er fragte sich, ob er sich in diesem Mausoleum eine Zigarette anzünden durfte. »Gehen Sie eigentlich einer Arbeit nach, Marjory?«

»Ich helfe bei Wohltätigkeitsveranstaltungen, das nimmt sehr viel Zeit in Anspruch.«

»Sicher«, entgegnete er, ohne ihr zu glauben. So weit er das beurteilen konnte, fehlte es dieser jungen Frau an einem richtigen Leben. »Okay«, sagte er dann und wollte sich verziehen. »Draußen patrouillieren die Wachen, Sie haben meine Telefonnummer, und dann ist da ja auch noch der Butler. Er wohnt doch auf dem Anwesen, oder?«

»Nicht im Haupthaus. Er hat eine Wohnung im Gesindegebäude.«

»Wie wäre es denn, wenn er die heutige Nacht hier verbringt?«

»Dann würde ich mich trotzdem nicht sicher fühlen«, antwortete sie ängstlich. »Es wäre mir wirklich lieber, Sie würden hierbleiben.«

»Ich?« fragte er ehrlich überrascht und nicht im geringsten von der Vorstellung begeistert.

»Ja. Quincy hat mir gesagt, wenn ich wollte, daß er eine Nacht über hier im Haus bliebe, ginge das in Ordnung.«

Das hatte er natürlich leicht sagen können, wo er in einen Skiurlaub geflüchtet war. »Äh, Marjory, ich fürchte, darauf bin ich nicht recht vorbereitet.«

»Unsere Gästezimmer sind mit allem ausgestattet. Sie können ja den Raum neben dem meinen nehmen.«

»Ich weiß nicht, ob das geht.«

Sie sah ihn mit ihren blauen Augen vorwurfsvoll an. »Der Mann hat gedroht, mich zu töten. Ganz allein würde ich es hier nicht aushalten.«

Michael seufzte. Es schien für ihn keinen Ausweg aus dieser Lage zu geben. »Ja, das ist natürlich ein Grund.« Er rieb sich das stoppelige Kinn. »Okay, wenn Sie dann leichter einschlafen können, bleibe ich.«

»Danke«, strahlte sie.

»Keine Ursache.«

»Haben Sie schon gegessen?«

»Ich hatte mir eine Pizza kommen lassen. Als Sie angerufen haben, habe ich mir gerade *The Godfather* angeschaut – ein wirklich klasse Film.«

»Mein Vater besitzt eine umfangreiche Filmothek. Wenn Sie den Streifen gerne weitersehen möchten, ich bin mir sicher, daß wir ihn haben.«

»Das wäre wirklich prima.«

»Wir schauen ihn uns zusammen an.«

Das war nun nicht mehr so prima, aber er konnte es ihr wohl kaum verbieten.

»Kommen Sie, folgen Sie mir bitte in die Bibliothek.«

Er trottete durch die riesige Diele bis in einen großen holzgetäfelten Raum hinter ihr her. Eine Wand wurde vom Boden bis zur Decke von Regalen eingenommen, auf denen so gut wie jeder Film zu stehen schien, der jemals gedreht worden war.

»Mal sehen«, sagte Marjory. »Entweder steht er unter G oder unter dem Namen des Regisseurs. Wer hat ihn gedreht – Scorsese?«

»Nein.«

»Ich weiß schon!« rief sie. »Francis Ford Coppola!«

»Sehr gut.«

Sie suchte nach dem Namen des Regisseurs und fand tatsächlich den gesuchten Film. »Wir können ihn uns im Vorführraum ansehen. Dort steht ein Videogerät.«

»Ist mir recht«, zuckte er die Achseln.

»Und ich schicke einen von den Wächtern los, uns eine Pizza zu besorgen.«

»Ich habe nicht gesagt, daß ich Pizza möchte, sondern daß ich eine gegessen habe.«

»Ganz wie Sie wollen, Michael.«

Er bekam ein ungutes Gefühl. Etwas lag hier in der Luft. Wollte sie ihn etwa verführen? Bitte, lieber Gott, nicht das. Dummerweise hatte er eine Antenne für solche Dinge.

Wenn es tatsächlich zum ›Schlimmsten‹ käme, wie sollte er das dann Quincy erklären?

Kapitel 28

Bobby Rush in Aktion zu erleben, war mehr als nur das Hinschauen wert. Jordanna ließ sich von seiner dynamischen Energie einfangen, die nie zu versiegen schien. Er war nicht nur der absolute Star von *Thriller Eyes,* sondern bei diesem Film auch der Executive Producer. Wenn er also gerade nicht vor der Kamera stand, schaute er Mac über die Schulter oder beredete mit Gary und Tyrone Budget- und Drehplanprobleme.

Für Jordanna war die Zusammenarbeit mit Rush eine noch erfrischendere Erfahrung, als sie erwartet hatte. Seine Gedanken bewegten sich schnell, und die wahre Herausforderung bestand für sie darin, das vorauszuahnen, was er im nächsten Moment von ihr verlangen würde. Natürlich hatte sie nicht vor, sich vom Laufmädchen zum gefeierten Filmstar hinaufzuarbeiten, aber sie lernte hier doch eine Menge, genau wie Charlie es ihr prophezeit hatte.

Als sie vor einigen Jahren bei dem Film *The Contract* mitgewirkt hatte, war sie noch ein unerfahrenes Mädchen von siebzehn Jahren gewesen. Daß sie überhaupt dabei war, hatte sie nur dem Einfluß ihres Vaters zu verdanken gehabt. Doch heute konnte sie die ganze Zeit in der Nähe von Bobby verbringen und fühlte sich schon als fester Bestandteil dieses Filmprojekts. Mac hatte recht gehabt – Dreharbeiten machten wirklich Spaß.

Bobby behandelte sie durchaus freundlich, aber er wahrte auch Distanz zu ihr. Also tat sie es ihm gleich; schließlich wollte sie, daß er in ihr mehr sah als nur Jordan Levitts Tochter. Jordanna wollte sich selbst beweisen und ihm gleichzeitig demonstrieren, daß er von ihr die Unterstützung erhalten würde, die er von einer Personal Assistant erwartete.

Seine Sekretärin und seine Presseagentin tauchten täglich am Set auf. Jordanna blieb nicht verborgen, was diese beiden Frauen für ein Getue um den Star machten und wie sie an seinen Lippen hingen, als gebe es auf der Welt nichts Wichtigeres. Das ärgerte sie sehr. Bobby Rush – der große Superstar – ja und?

Am dritten Drehtag erklärte er ihr: »Wissen Sie was, Jordanna, Sie haben mich doch überrascht.«

»Wie denn das?«

»Eigentlich war ich davon ausgegangen, Sie schon nach einem Tag feuern zu müssen.«

»Vielen Dank!«

»Ich bitte Sie, das Filmen ist richtige Arbeit. Aber ich muß Ihnen auch sagen, daß Sie Ihren Teil daran sehr gut erledigen.«

»Soll ich das als Kompliment verstehen?«

Er lächelte lahm. »Wenn Sie wollen.«

Rush besaß die blauesten Augen, die sie je gesehen hatte, und sein Körper war einfach sensationell – zwar nicht gerade ein Midnight-Cowboy, aber auf seine Weise doch etwas Besonderes.

Das eine Gebiet, auf dem Jordanna wirkliches Selbstvertrauen besaß, waren die Männer. Sex war einfach. Schon vor Jahren hatte sie herausgefunden, daß sie jeden fürs Bett haben konnte, wirklich jeden.

Bei Bobby war das allerdings anders. Wenn sie sich vorstellte, wie es mit ihm im Bett sein würde, überkam sie ein fremdartiges Gefühl der Schüchternheit. Das verwirrte sie so sehr, daß es ihr nicht einmal gelang, mit ihm zu flirten. Einfach albern! Aber dennoch ... warum ertappte sie sich zu den unmöglichsten Zeiten dabei, an ihn zu denken?

Natürlich denkst du häufig an ihn. Schließlich arbeitest du für ihn und bist siebzehn Stunden am Tag mit ihm zusammen. Ganz klar, daß er dir da oft in den Sinn kommt.

Und wenn das die Liebe ist?

Ach, Blödsinn!

Weder Bobby noch Mac aßen zusammen mit der Crew, sondern nahmen die Mahlzeiten in ihren Wohnwagen ein – manchmal sogar gemeinsam, um wieder eine ihrer hitzigen Diskussionen führen zu können.

Rush war Vegetarier, aß aber auch hin und wieder Geflügel.

»Überkommen Sie nie Gelüste nach einem großen, saftigen Steak?« fragte Jordanna ihn einmal.

»Nein.«

Sie verdrehte die Augen. »Ich könnte mir ein Leben ohne nicht vorstellen.«

»Vielleicht nehme ich Sie eines Tages mal in ein Schlachthaus mit – dann ändern Sie Ihre Meinung bestimmt.«

»Ach, kommen Sie, Bobby, Sie tragen schließlich Lederschuhe, oder? Und auch Jacken und Handschuhe.«

»Aber die esse ich nicht, und das macht den Unterschied aus.«

Normalerweise ließ sie von einem Partyservice eine vegetarische Platte für ihn kommen, doch am Samstagabend beschloß er, zusammen mit der ganzen Mannschaft zu speisen. Er spazierte zum Verpflegungswagen und reihte sich hinter ein paar Arbeitern in der Schlange ein. Jordanna folgte ihm.

»Wie geht's Charlie?« fragte er.

»Welcher Charlie?«

»Charlie Dollar.«

»Ach, der Charlie ... Schätze, es geht ihm gut. Jedenfalls habe ich ihn eine ganze Weile nicht mehr gesehen.«

»Nicht?«

»Ich habe bloß für einige Zeit bei ihm gewohnt.«

»Tatsächlich?«

»Ja, tatsächlich.«

»Hm ...«

»Was soll das denn jetzt heißen?«

»Nun, ich hatte den Eindruck ...«

»Daß wir miteinander vögeln?« erwiderte sie drastisch, weil sie ihn schockieren und damit aus der Reserve locken wollte. »Ja, das haben wir getan, bis er seine Ex-Freundin wieder zu sich ins Haus geholt hat. War's das, Bobby? Wissen Sie jetzt alles, was Sie erfahren wollten?«

Er begann zu lachen, was sie erst recht in Rage brachte. »Bleiben Sie cool«, sagte er dann immer noch schmunzelnd. »Ich bin nicht von der Zeitung, und was Sie in Ihrer Freizeit treiben, interessiert mich nicht.«

Nun kam Jordanna sich wie eine Närrin vor. Warum nur hatte sie die Klappe nicht halten können? Es ging ihn ja wirklich nichts an.

»Wenn Sie nichts mehr brauchen, mache ich jetzt Pause«, sagte sie verkrampft.

»Gehen Sie nur.«

Jordanna verließ die Schlange. Sollte sie Mac in seinem Wagen aufsuchen? Nein, der hatte schon den ganzen Tag so eine komische Laune, und da wollte sie ihn lieber nicht stören.

Auf dem Weg zur Maske lief sie dann Tyrone über den Weg.

Er hielt sie am Arm fest. »Hey, Sie arbeiten so viel, daß ich noch keine Gelegenheit gefunden habe, Ihnen zu sagen, wie großartig Sie bei den Probeaufnahmen gewesen sind. Wenn es an mir gelegen hätte, wären Sie vom Fleck weg engagiert worden.«

»Wirklich?«

»Aber klar.«

»Danke«, lächelte sie freundlich. Ein nettes Lob hatte sie immer schon gefreut.

»Essen Sie am Wagen, oder hätten Sie vielleicht Lust, mit mir zum Chinesen zu gehen? Liegt gleich um die Ecke.«

»Sie führen mich wirklich in Versuchung.« Er sah aus wie Denzel Washington und hatte den Körper von Magic Johnson – nicht unbedingt die schlechteste Kombination.

»Dann nichts wie hin.«

»Hm ... vielleicht sollte ich Bobby Bescheid geben.«

»Auch noch emsig. Das gefällt mir besonders an Frauen.«

Sie fanden Rush an einem Klapptisch, umringt von weiblichen Bewunderern.

»Ich will Ihnen Ihre Jordanna entführen«, sagte Tyrone. »In einer Stunde bringe ich sie zurück.«

Bobby sah kaum auf. »Aber nicht später, sonst ziehe ich ihr den Tag vom Lohn ab.«

Tyrone lachte, Jordanna nicht; sie war viel zu sehr damit beschäftigt herauszufinden, wer all diese Frauen waren. Einige von ihnen gehörten zur Crew, aber mindestens drei von ihnen hatte sie noch nie hier gesehen.

»Wer sind denn all die Schönen hier?« fragte sie wie nebensächlich, als sie in Tyrones Wagen saß.

»Was?«

»Na, all die Frauen rund um Bobbys Tisch. Sieht ja fast so aus, als sei sein ganzer Fan-Club angereist.«

»Das sind sie auch. Sie folgen ihm überall hin, stecken ihm heimlich ihre Telefonnummer zu und erzählen ihm, wie toll sein letzter Film war, oder wie schlecht, ganz egal, Hauptsache, sie erhaschen seine Aufmerksamkeit.«

Tyrone schien wirklich nett zu sein, aber Jordanna nahm sich fest vor, es nicht zu weit kommen zu lassen. Mit ihm ins Bett zu hüpfen, war ausgeschlossen. Die neue Jordanna tat so etwas nicht mehr. Schluß mit den One-night-stands. Ein Joint ab und an wäre allerdings schön gewesen. Sie vermißte es, nicht mehr durch die Clubs zu ziehen und stoned zu werden.

Nein, halt, das hatte der alten Jordanna gefallen. Jetzt mußte sie an ihrem neuen Image arbeiten: Jordanna Levitt, die hart arbeitende junge Frau – aus der unter Umständen sogar eine Hauptdarstellerin geworden wäre.

Als sie an den Drehort zurückkehrten, unterhielt sich Rush gerade intensiv mit Barbara Barr.

»Was will die denn hier?« fragte Jordanna Tyrone. Es irritierte sie sehr, diese Frau am Set zu sehen. »Ihre Szenen werden doch erst Ende nächster Woche gedreht.«

»Wahrscheinlich wollte sie nur mal vorbeischauen, um mit den Leuten hier bekannt zu werden. Bobby hat bei seinen Projekten gern eine familiäre Atmosphäre.«

»Sie scheint sich aber nicht gerade um die Truppe zu kümmern«, platzte es aus Jordanna heraus, die ihren Unmut nicht länger im Zaum halten konnte.

Tyrone sah sie fragend an. »Sie sind doch wohl nicht etwa an Bobby interessiert? Wenn ja, dann lassen Sie es mich wissen, und ich ziehe mich zurück.«

»Wer, ich?« entgegnete sie schärfer als beabsichtigt. »An Bobby interessiert? Das ist ja wohl das Letzte.«

»Ich habe ja nur gefragt, weil ich nämlich nicht zweite Wahl sein möchte.«

»Macht ja nichts. Aber das ist wirklich das Lachhafteste, das mich je einer gefragt hat. Ich arbeite für Bobby, und ich respektiere sein Werk, aber mit ihm ausgehen ... ich bitte Sie!«

»Okay, wenn Sie also nicht mit ihm ausgehen wollen, wie wär's dann mit mir?«

»Was soll mit Ihnen sein?«

»Ich möchte mit Ihnen ausgehen.«

»Das haben wir doch gerade getan, und das Essen war wirklich gut.«

»Ich hatte eigentlich mehr im Sinn, als nur mittags zum Chinesen zu gehen.«

»So? Was denn?«

Er lächelte breit. »Nun, etwas, das Ihnen so ganz neu nicht sein dürfte.«

»Oh! Ich habe keine Ahnung, was damit gemeint sein könnte«, entgegnete sie kess.

»Mal sehen. Wir arbeiten das Wochenende durch und haben dafür den Dienstag frei. Wie steht 's mit Dienstagabend?«

»Abgemacht.«

Barbara Barr blieb sehr lange, und das machte Jordanna,

die aus der Ferne zusah, so richtig wütend. Diese Frau war die absolute Fehlbesetzung für die Rolle der Siena. Sie sah aus wie ein Püppchen, und das paßte nun überhaupt nicht zu dieser Figur. Das lange schwarze Haar war offensichtlich gefärbt und entsprach absolut nicht ihrem Teint. Außerdem war die Frau viel zu klein, und ihre Augen standen zu dicht beisammen.

Bobby hingegen schien von ihr recht angetan zu sein – typisch Mann! – und das nur, weil Barbara ihn mit einer Aufmerksamkeit behandelte, als sei er der einzige Mann auf dem weiten Erdenrund. Was für ein Schmus! Jordanna hatte schon mit sechzehn solches Wimpernklimpern sein gelassen. Aber Rush ließ sie im Regisseurstuhl Platz nehmen, plauderte zwischen den Szenen angeregt mit ihr und nahm niemand anderen mehr wahr.

Jordanna stand sofort bereit, wenn er etwas wollte, lief hierhin und dorthin und machte und tat. Aber irgendwie war der Glanz von diesem Job weg. Sie kam sich nur noch wie ein Laufmädchen vor.

Barbara ignorierte sie vollkommen. Das scherte Jordanna wenig, denn sie beachtete die Frau ebensowenig.

Macs Laune verschlechterte sich immer mehr. Es sah ihm gar nicht ähnlich, seine Schauspieler gereizt zu behandeln, aber heute schien es ihm niemand recht machen zu können.

Alles in allem wurde es nicht gerade ein traumhafter Samstagabend, und Jordanna war froh, um ein Uhr nachts aufhören, in ihren Porsche steigen und nach Bel Air brausen zu können. Sie ließ Shabba Ranks in voller Lautstärke aus dem Stereo-CD-Player in ihrem Wagen dröhnen, sauste an den Wachen am Tor vorbei und parkte ihr Auto hinter einem grauen Ford. Zu ihrer Überraschung traf sie beim Eintreten den Butler an. »Sollten Sie sich nicht längst zur Nacht zurückgezogen haben?« fragte sie ihn.

»Miß Marjory hält sich noch im Vorführraum auf, zusammen mit einem … äh, Freund«, antwortete er mit deutlichem Mißfallen.

»Was denn für ein Freund?«

»Ein Privatdetektiv.«

»Schauen die zwei sich einen Film an?«

»Da bin ich mir nicht sicher, Miß Levitt. Darf ich Ihnen eine Erfrischung oder etwas zu essen bringen?«

Bei Marjory lebte man wie in einem Luxus-Hotel. »Nein danke, ich sag' ihr nur gute Nacht und gehe dann gleich schlafen.«

»Jawohl, Miß Levitt.«

Sie öffnete die Tür zum Vorführraum, blieb an der Wand stehen und verfolgte die letzte Szene aus *The Godfather*. Das Geschehen nahm sie gefangen, und als der Nachspann abrollte, rief sie: »Oh Gott, ich liebe diesen Streifen. Wenn es sich einrichten läßt, sehe ich ihn mir mindestens einmal im Jahr an.«

Marjory machte Licht, und Michael drehte sich um. Er erblickte eine attraktive junge Frau mit langem und lokkigem schwarzen Haar und einem unwiderstehlichen Lächeln, die eine abgewetzte Lederjacke, ausgewaschene Jeans und Kampfstiefel trug.

Jordanna ihrerseits sah einen unglaublich gutaussehenden Mann von etwa dreißig Jahren mit dichtem pechschwarzen Haar, intensiv blickenden Augen, einem athletischen Körperbau und einer Ausstrahlung, bei der man leicht schwach werden konnte.

»Hi, Sie müssen der Detektiv sein.«

»Michael Scorsini«, stellte er sich vor und erhob sich gleichzeitig.

»Ein hübscher Italiener, was?« Jordanna lächelte immer noch.

»Das mit dem Italiener stimmt. Aber was das ›hübsch‹ betrifft, da weiß ich nicht so recht.«

Sie mußte lachen.

Marjory schien das überhaupt nicht komisch zu finden. »Warum bist du schon so früh zurück?« fragte sie gleich. »Ich dachte, ihr wolltet auch heute nacht drehen.«

Jordanna warf einen Blick auf ihre Uhr. »Na ja, wir haben fast zwei Uhr. Ist das nicht spät genug?«

Marjory stellte sich neben Michael und legte eine Hand

auf seinen Arm. »Michael paßt hervorragend auf mich auf, und deswegen geht es mir gut.«

»Fein«, sagte Jordanna und spürte deutlich die Botschaft ihrer Freundin, daß sie hier unerwünscht war.

»Dann lasse ich euch beide jetzt mal wieder allein.«

»Moment«, wandte der Detektiv ein. »Jetzt, wo Ihre Freundin wieder da ist, ist es eigentlich doch nicht mehr nötig, daß ich bleibe.«

»Sie haben es mir aber versprochen.« Marjory sah ihn zutiefst verletzt an.

»Was ist denn hier eigentlich los?« wollte Jordanna nun von den beiden wissen.

»Dieser Wahnsinnige hat mich angerufen«, antwortete Marjory, »derjenige, der mir auch schon die Briefe geschickt hat. Er hat mir gedroht, mich umzubringen.«

»Na großartig, jetzt werde ich auch nicht mehr einschlafen können«, sagte Jordanna. Eigentlich hatte es wie ein Scherz klingen sollen.

»Wenn die beiden Damen sich dann besser fühlen, bleibe ich eben noch«, erklärte Michael.

»Haben Sie auch eine große, große Kanone dabei?« frotzelte Jordanna ihn an.

»Für meinen Bedarf groß genug«, gab er zurück.

»Dann müssen Sie ganz einfach bleiben.«

»Einverstanden.« Michael sagte sich, daß Jordanna schon etwas Besonderes war. Aber auf ihrer Stirn stand in großen, flammenden Buchstaben GEFAHR geschrieben.

Sie legte den Kopf schief. »Habe ich da einen New Yorker Akzent herausgehört?«

»Brooklyn.«

»Und was führt Mr. Brooklyn nach Bel Air?«

Er zuckte die Achseln und lächelte: »Da bin ich überfragt.«

Marjory war kurz davor zu explodieren. »Jordanna, kann ich dich mal unter vier Augen sprechen?« fragte sie in scharfem Tonfall.

»Klar. Was gibt's denn?«

Die junge Frau schob sie auf den Flur hinaus und zischte ihr dort: »Er gehört mir!« ins Gesicht.

»Wie bitte?«

»Er gehört mir«, wiederholte Marjory. »Wegen mir ist er gekommen, und nicht wegen dir.«

»Von wem reden wir hier eigentlich?«

»Von Michael. Du flirtest mit ihm. Aber das tust du ja mit jedem. Du glaubst, du könntest jeden haben, aber der gehört mir!«

Jordanna warf die Hände in die Luft. »Tut mir leid, aber ich wußte ja nicht, daß ich in deinem Revier wildere. Woher sollte ich auch ahnen, daß er dein Liebhaber und nicht nur dein Detektiv ist. Übrigens, was hast du dir denn da angezogen? Bist du dir bewußt, daß man alles sehen kann?«

Marjory lief noch roter an. »Michael mag das so.«

»Oho, seid ihr schon so weit? Warum hast du mir noch nie etwas von ihm erzählt?«

»Weil du nicht alles über mich zu wissen brauchst.«

Tja, da hat sie wohl irgendwie recht, sagte sich Jordanna. Obwohl sie zusammen aufgewachsen waren, hatte Marjory sich immer zurückgehalten und erst recht nicht an den schockierenden Abenteuern von Jordanna und Cheryl teilgenommen. Grant sagte immer, sie sei geschlechtslos, und Shep behauptete, sie sei nicht ganz dicht, aber irgendwie war Marjory doch all die Jahre in ihrer Clique gewesen.

»Hör mal«, gähnte Jordanna, »ich bin ziemlich müde. Nach einem solchen Tag kann ich dir versichern, nicht das Geringste von deinem Freund zu wollen. Wir sehen uns morgen.«

»Danke«, entgegnete Marjory gepreßt.

Jordanna drehte sich am Ende des Flurs noch einmal zu ihr um: »He, ich hoffe, er legt dich flach. Wird höchste Zelt für dich.«

Bevor Marjory etwas darauf erwidern konnte, war sie schon um die Ecke verschwunden.

Als Marjory in den Vorführraum zurückkehrte, täuschte

Michael ein Gähnen vor. »Ich bin für heute geschafft. Am besten sollten wir uns jetzt zurückziehen.«

»Och«, sagte Marjory enttäuscht. »Ich dachte, wir könnten uns noch den zweiten Teil von *The Godfather* anschauen.«

»Ein verlockendes Angebot, aber ich brauche wirklich meinen Schlaf. Und Sie auch.«

»Vermutlich haben Sie recht«, gab sie zögernd zu.

»Keine Bange. Wenn Sie etwas brauchen, ich bin nur eine Tür weiter.«

»Ja ... Michael.«

Ich muß versuchen, das hier auf einer rein geschäftsmäßigen Ebene zu halten, nahm Michael sich vor. Die Frau hat ja eine Schraube locker. Ihr ist alles zuzutrauen, und ich möchte nicht der Trottel sein, auf den sie es in ihrem Wahn abgesehen hat.

Seit er aus der Haft entlassen worden war, hatte er vier Frauen umgebracht. Eigentlich fünf, wenn man die mitzählte, mit der alles angefangen hatte. Und die war allein für den Tod der anderen verantwortlich. Alles war ihre Schuld.

Allerdings mußte er sich eingestehen, daß es ihn auf ganz besondere Weise erregt hatte, die Schlampen zu töten.

Er dachte oft an ihre Hälse und weichen Kehlen. Jemandem die Luft herauszupressen war schon eine ganz eigene Tötungsart und überhaupt nicht schmutzig.

Zwei weitere Frauen standen auf seiner Liste. Zwei weitere Schlampen, die bestraft werden mußten: Cheryl Landers und Jordanna Levitt. Er hatte sie bewußt bis zum Schluß aufgehoben, mußte er doch damit rechnen, daß es bei ihnen nicht ganz so leicht gehen würde.

Bei den Dreharbeiten zu The Contract *hatte man Cheryl und Jordanna allgemein nicht weiter beachtet. Zwei Teenagerinnen mit reichen Vätern und überhaupt keiner Erfahrung. Dennoch waren sie wie die anderen in den Zeugenstand getreten und hatten ihn beschuldigt, die Frau umgebracht zu haben.*

Zu seinem Glück besaß sein Onkel gute Beziehungen. Er hatte die besten Anwälte bekommen, und die hatten für ihn Totschlag herausholen können. Wenn es nach diesen sechs Nutten gegangen wäre, die gegen ihn ausgesagt hatten, wäre ihm lebenslänglich, wenn nicht sogar der elektrische Stuhl sicher gewesen.

Es war ihm nicht schwergefallen, den Sechsen auf die Spur zu kommen. Margarita Lynda und Stephanie Wolff wohnten noch unter derselben Adresse. Bei Gerda Hemsley war es ein wenig schwieriger, aber längst nicht unmöglich gewesen. Und Pamela Marchs neue Adresse hatte er von der Post erhalten.

Er wußte auch, wo die Levitt und die Landers zu Hause waren, und in den nächsten Tagen wollte er feststellen, ob sie immer noch dort wohnten.

Sein einziges Problem bestand darin, daß er nicht wußte, mit welcher von beiden er zuerst abrechnen sollte. Er erinnerte sich daran, daß Cheryl sauertöpfisch gewesen war und sich ständig über alles Mögliche beschwert hatte. Jordanna hingegen war mehr der rastlose Typ gewesen. Sie spazierte am Set herum, als gehöre ihr die ganze Welt.

Der Mann haßte sie beide, sogar noch mehr als die vier anderen; denn Jordanna und Cheryl besaßen die Privilegien, nach denen es ihn immer schon verlangt hatte. Allein schon aus diesem Grund mußten sie hart bestraft werden.

Heute fing er mit seinen Beobachtungen an. Das Opfer tagelang auszuspähen, war fast so erregend wie die nachfolgende Tat.

Für beide hatte er sich etwas Besonderes ausgedacht. Erwürgen war viel zu gut für sie. Sie sollten so leiden wie er.

Der Mann breitete seine Unterlagen auf dem Tisch aus. Cheryl Landers lebte in Bel Air, Jordanna in Beverly Hills.

Wo sollte er beginnen?

Ihm dämmerte, daß er auf einige Schwierigkeiten stoßen würde. Die großen Anwesen besaßen ausgeklügelte Alarmsysteme und einen Wachdienst. Dem Mann war klar, daß die Superreichen mehr Vorsichtsmaßnahmen trafen als andere.

Aber er war cleverer als sie alle zusammen. Schließlich hatte er sieben Jahre im Knast durchgestanden und Gewalt und Demütigungen ertragen, ohne sich einmal zu beschweren. Was ihn nicht umbrachte, machte ihn stark. Und heute war er stärker als alle anderen.

Er warf eine Münze, um sie entscheiden zu lassen, wer die Nummer Fünf werden sollte: Bel Air oder Beverly Hills.

Kapitel 29

Michael konnte am frühen Sonntagmorgen vom Sanderson-Anwesen entfliehen, indem er vorgab, noch andere Arbeiten erledigen zu müssen – was ja auch nicht gelogen war.

Als Marjory sah, daß er zur Haustür wollte, spielte sie die Leidende. »Was mache ich denn, wenn ich einen weiteren Anruf bekomme?«

»Sobald ich einen Rekorder aufgetrieben habe, komme ich wieder«, versprach er. »Und ich sage den Wachen am Tor Bescheid, was geschehen ist.«

»Nein«, rief sie vehement. »Daddy möchte nicht, daß jemand davon erfährt. Wenn die Geschichte in die Medien gelangt, kann sie uns ziemlichen Schaden einbringen.«

»Warum denn das?«

»Weil Daddy jede Art von Publicity vermeidet, ganz besonders, wenn sie mit mir zu tun hat.«

»Die Wächter müssen aber informiert werden, Marjory.«

»Sie halten doch die ganze Zeit die Augen offen.«

»Dann haben Sie ja auch nichts zu befürchten.« Michael nahm sich vor, Quincy zu fragen, ob er schon mit ihrem Vater gesprochen habe. In seinen Augen war es der reine Irrsinn, die Wachen nicht auf dem laufenden zu halten.

Zurück im Haus der Robbins fand er auf dem Anrufbeantworter etliche Nachrichten vor. Er machte sich Kaffee und ließ das Band ablaufen.

Die erste Meldung stammte von dem Bodyguard des Fernseh-Stars. »Es gibt Ärger. Vor ein paar Nächten hat sie vor dem Club Scirocco ein Mädchen zu Boden geschlagen, war nicht das erste Mal. Ich habe sie rechtzeitig fortbringen können, aber jemand sollte mit dem Türsteher reden. Ich habe gehört, der Mann will die Geschichte an die Presse verkaufen.«

Die zweite Nachricht stammte von Quincys Mutter, die sich nach ihren Enkeln erkundigte.

Als drittes war Ambers Freundin Shelia zu vernehmen, die sich zu beklagen hatte. Michael folgte dieser Nachricht mit einigem Amüsement: »Hi, ich bin's, Shelia. Ich dachte, ich melde mich mal wieder. Also, ich war mit deinem Freund aus, diesem Michael, und seitdem hat er sich noch nicht bei mir gemeldet. Männer sind ja solche Mistkerle. Sie führen uns aus, locken uns ins Bett und lassen dann nie wieder etwas von sich hören. Allerdings würde ich ihm eine zweite Chance geben und noch einmal mit ihm ausgehen … Eigentlich war er ja ganz süß. Ruf mich zurück, ja?«

Die letzte Meldung stammte von Quincy, der sich ziemlich säuerlich anhörte: »Das wirst du bestimmt nicht glauben. Ein Baum und ich sind sehr intim geworden, und dabei ist ein gebrochener Arm herausgekommen. Wir kommen also morgen noch nicht zurück. Wo treibst du dich eigentlich herum? Du bist mir ein schöner Haus-Sitter!«

Michael rief ihn gleich an.

»Ich bin ein Ein-Mann-Unternehmen, Mike. Was soll ich jetzt bloß tun?«, jammerte Quincy.

»Das bist du nicht mehr, schließlich hast du mich als Partner hinzugewonnen«, erinnerte Michael ihn.

»Kommst du denn mit allem klar, bis ich wieder da bin?«

»Sicher, ich gewöhne mich langsam daran. Die vergangene Nacht durfte ich bei Marjory Sanderson verbringen. Du hast mir leider nicht mitgeteilt, daß wir auch Babysitten im Angebot haben. Ach so, auf dem Anrufbeantworter war auch eine Nachricht von dem Knaben, der auf die böse TV-Schauspielerin aufpaßt.«

»Hat sie wieder Ärger gemacht?«

»Damit werde ich schon fertig.«

»Und triffst du dich morgen mit Mac Brooks?«

»Ja.«

»Wir fahren am Dienstag zurück. Schau in meinem roten Terminplaner auf dem Schreibtisch nach. In dem findest du alle Telefonnummern, von meinen Verbindungsleuten in den Studios bis zu den Klienten.«

»Nun reg dich nicht auf, okay? Und wenn du das nächste Mal zum Skifahren aufbrichst, paßt du ein bißchen besser auf.«

»Aufpassen? Von wegen. Glaubst du etwa, ich hätte das mit Absicht getan?«

»Ja, glaube ich.«

»Arschloch!«

»Pistensau.«

Bobby Rush wußte, daß er einen Fehler gemacht hatte. Nach dem Drehende Sonntag nacht hatte er seine Hauptdarstellerin in spe, Barbara Barr, mit zu sich nach Hause genommen, und die beiden waren im Bett gelandet und hatten sich zwei Stunden lang sehr intensiv einander hingegeben.

Jetzt war es sechs Uhr, Montag morgen, und er bereute jede Minute der zurückliegenden Nacht. Barbaras Szenen wurden erst in zwei Wochen gedreht, und schon hatte er sich kompromittiert. Natürlich war sie attraktiv und wußte, mit ihrem Körper umzugehen, aber es war nie gut, sich mit seinem Co-Star einzulassen. Das führte regelmäßig zu Schwierigkeiten, und er schwor sich, so etwas nie wieder zu tun. Außerdem gehörte Barbara zu den Frauen, die immerzu etwas verlangten und Forderungen stellten. Er wußte nicht genau, was ihn so sehr an ihr störte, aber sie hatte etwas an sich, das alle Alarmglocken in seinem Kopf zum Klingeln brachte.

Und er stand vor einem weiteren Problem. Sollte er sie wecken und nach Hause schicken? Oder gleich ins Studio fahren und sie allein hier zurücklassen? Hier fanden sich überall wichtige Papiere und persönliche Dinge, und er kannte die Frau ja kaum. Die Situation war höchst unerquicklich.

Bobby beschloß, sie zu wecken.

»Wie spät ist es denn?« seufzte sie und streckte sich ausgiebig.

»Schon spät«, log er. »Höchste Zeit, aus den Federn zu kommen.«

Sie drehte sich zu ihm um. »Du warst richtig toll letzte Nacht, Bobby. Eine wirklich heiße Nummer.«

Kritiken hatten ihn immer schon interessiert. »Tatsächlich?« fragte er, um mehr zu hören.

Barbara richtete sich auf. Das Laken rutschte herunter und offenbarte ihren üppigen Busen, dessen Brustwarzen sich aufgerichtet hatten. »Wenn es anders gewesen wäre, hätte ich bestimmt nichts gesagt«, murmelte sie, schlang ihre Arme um seinen Hals und zog ihn zu sich herab. »Ich habe es noch nie so genossen, jemandem einen zu blasen, wie dir. Dein Schwanz macht mich wirklich scharf.«

Seine plötzliche Erektion ließ ihn zu dem Schluß gelangen, daß das Studio ruhig noch etwas warten konnte. Er berührte ihre Brustwarzen mit seinen Fingerspitzen.

»Tu das nicht, wenn du es nicht ebenso willst«, stöhnte sie. »Ich kann nicht den ganzen Tag herumlaufen und an nichts anderes als deinen Schwanz denken. Ich brauche ihn, gib ihn mir, jetzt!« Ihre Finger fingen schon eifrig an, ihm die Hose zu öffnen.

Rush vergaß all seine guten Vorsätze und legte sich auf sie.

Sie spreizte die Schenkel, und er fing an, rasch und hart in sie einzudringen. So schien es ihr am besten zu gefallen. Roher, ursprünglicher Sex.

»Du bist der beste Bumser, den ich je hatte!« rief sie nach einem geräuschvollen Höhepunkt.

Das war nicht unbedingt das, was er gern hören wollte. Sicher, auf der einen Seite fühlte er sich geschmeichelt. Aber auf der anderen wurde er doch mißmutig. Für was hielt sie ihn eigentlich? Für eine Vögelmaschine ohne Gefühle?

Kaum war der Spaß vorüber, bedauerte er ihn schon wieder. Ein rascher Blick auf die Armbanduhr belehrte ihn, daß er gerade noch Zeit für eine Dusche hatte und dann schnellstens ins Studio mußte.

Sie folgte ihm nackt und verschwitzt ins Badezimmer.

»Es reicht«, sagte er streng, als sie sich zu ihm unter die Brause stellte und ihre Finger schon wieder mit seinem Penis beschäftigt waren.

»Für mich kann es nie genug sein«, gurrte sie und kniete sich vor ihn hin.

Rush schob sich rückwärts aus der Dusche und griff nach einem Handtuch.

»Was hast du eigentlich für ein verficktes Problem?« schrie sie hinter ihm her.

Du bist mein Fickproblem, hätte er am liebsten geantwortet.

Schließlich kam sie aus dem Badezimmer und brauchte eine Ewigkeit, bis sie sich angezogen hatte.

»Ich setz' dich zu Hause ab.«

»Gut«, sagte sie und war wieder bester Laune. »Dann habe ich ausreichend Zeit, mich umzuziehen, zu frühstükken und dich dann zum Lunch zu treffen.«

Hatte er sie zum Mittagessen eingeladen? Nein, ganz gewiß nicht.

»Heute ist das alles etwas schwierig«, erklärte er rasch. »Ich fürchte, ich werde keine Zeit für die Mittagspause haben.«

»Dann setze ich mich ans Set und sehe dir bei der Arbeit zu.«

»Hm, äh … ich bin nicht gerade begeistert von Leuten, die am Rand sitzen und mir zuschauen, wenn ich gerade eine wichtige Szene drehe. Weißt du, meine Konzentration leidet darunter.«

Sie sah ihn kalt an. »Spüre ich da so etwas wie Ablehnung?«

Gott, warum mußte er immer wieder in so dämliche Situationen geraten? »Du bist ja verrückt.«

»Ich mag es nicht, wenn ich abserviert werde. Das macht mich wirklich wütend.«

Eine innere Stimme sagte ihm, daß er sich hier eine Klette angelacht hatte. Je eher er diese Beziehung beendete, desto besser.

Bobby fuhr sie auf geradem Wege zu ihrer Wohnung.

»Was hältst du davon, wenn ich etwas Leckeres koche

und es warmstelle, bis du nach Hause kommst?« schlug sie gutgelaunt vor. Bei dieser Frau wechselten die Stimmungen schneller als Ampellichter. »Dann müßtest du mir aber deinen Schlüssel geben.«

Das wurde ja immer besser. Niemals würde sie seinen Schlüssel bekommen.

»Ich habe heute abend ein Geschäftsessen«, entgegnete er und bemühte sich, enttäuscht zu klingen.

Sie starrte ihn durchdringend an. »Irgendwie bekomme ich das Gefühl, daß du es bereust, was wir vergangene Nacht und heute morgen getan haben.«

»Wie könnte ich je bereuen, mit dir zusammengewesen zu sein«, antwortete er samtweich.

Aber die Worte klangen ihm falsch in den Ohren. Vielleicht war das auch Kennedy Chase aufgefallen. Möglicherweise war er wirklich ein Spinner mit viel Charme und einem Haufen beschissener Sprüche.

Großartig! Es gab nichts Besseres, einen Tag zu beginnen, als sich selbst niederzumachen.

»Wann werde ich dich denn wiedersehen?« fragte sie spitz.

»Ich ruf' dich an.«

»Wehe, wenn nicht.« Das sollte ein Witz von ihr sein, aber keiner von ihnen verstand das auch so. »Sonst muß ich dich nämlich ziemlich furchtbar bestrafen.«

Endlich stieg sie aus. Wann würde er es je lernen: Keine Kolleginnen!

Heute wurde im Ambassador Hotel gedreht, und er fuhr auf dem schnellsten Weg dorthin. Im Radio sang Sade, und das beruhigte ihn etwas.

»Wie war deine Nacht?« fragte Bobby Mac, der am Verpflegungswagen stand.

»Von welcher Nacht sprichst du? Wir sind erst um eins fertig geworden.«

»Hast ja recht, war gestern wirklich hart«, gähnte Rush. »Aber ich glaube, wir haben Großes geleistet. Ich kann es kaum abwarten, mir die Dailies, die Aufnahmen von gestern anzuschauen.«

»Ißt du nichts?«

»Nein, ich muß gleich in die Maske. Wir sehen uns.«

Im Make-up-Wagen betrachtete er sich im Spiegel. Es war allgemein bekannt, daß Jerry Rush, sein Vater, jede seiner Kolleginnen gebumst hatte. Wurde er etwa genauso wie sein alter Herr? Er wollte später einmal nicht Bobby Rush, Filmstar und Zuchthengst, genannt werden.

Aber sollte er deswegen wie ein Mönch leben? Hin und wieder ein One-night-stand, was war denn schon dabei?

›Barbara ist Schauspielerin‹, warnte ihn eine innere Stimme.

Na und, damit sind wir Kollegen.

Jordanna fand ihn in dem Wagen und brachte ihm eine Tasse Kaffee. »Sie sehen aus, als hätten Sie eine lange Nacht hinter sich. Richtige Säcke haben Sie unter den Augen, da kann man ja seine Kleider drin einpacken, so groß sind die.«

Er drehte sich wütend zu ihr um: »Wenn ich von Ihnen eine persönliche Kritik hören möchte, gebe ich Ihnen rechtzeitig Bescheid.«

»Jawohl, Sir, Mr. Rush, Sir«, entgegnete sie mit dem militärischen Gruß.

»Wo ist das Drehbuch?« fragte er irritiert.

»In Ihrem Wohnwagen.«

»Können Sie es mir holen?«

»Aber gern … Sir!«

Jordanna war nicht auf den Mund gefallen. Aus ihr würde bestimmt noch eine gute Assistentin, wenn es ihm nur gelang, mit ihrer Art zurechtzukommen.

»Ach, noch etwas«, rief er ihr hinterher, »treiben Sie doch bitte ein Handy für mich auf.«

Jordanna besorgte beides und lief auf dem Rückweg Brooks in die Arme. »Ist mit dir alles in Ordnung?«

Wußte sie etwas? fragte sich Mac. Sie hatte immer schon eine ausgeprägte Intuition besessen. »Warum? Sehe ich so furchtbar aus?«

»Du siehst immer blendend aus, Mac – für einen alten Mann.«

»Sehr charmant, Jordanna.«

»Ich versuche doch nur, ein Lächeln auf deine Lippen zu zaubern. Das vermisse ich nämlich schon seit einigen Tagen.«

»Dummerweise plagen mich ein paar persönliche Probleme.«

»Sharleen?«

»Nein, nicht Sharleen. Meine Frau und ich verstehen uns sehr gut.«

»Das freut mich aber zu hören.«

»Du hast wirklich ein loses Mundwerk.«

»Ich bin es leid, das ständig gesagt zu bekommen.«

»Dann halt doch einfach mal die Klappe.«

»Weißt du, Mac, ich sage nur das, was ich denke. Wenn du deswegen meinst, ich wäre vorlaut, dann ist das dein Pech.«

Brooks schüttelte den Kopf und ging weiter. Er war wirklich nicht in der Stimmung, sich von Jordanna dumm anquatschen zu lassen. Zane wollte ihm einfach nicht aus dem Kopf gehen. Was würde er als nächstes anrichten?

Einen kurzen Augenblick fragte er sich, ob er Jordanna warnen sollte; wenn auch ihr etwas zustieße, würde er sich das nie verzeihen können.

Als Jordanna Levitt und Cheryl Landers damals als Zeuginnen vorgeladen wurden, hatten ihre Väter alles Mögliche versucht, um den Töchtern das Erscheinen vor Gericht zu ersparen. Aber die Mädchen hatten darauf bestanden, eine Aussage zu machen, und ihren Dickkopf durchgesetzt. Was für eine törichte Sturheit.

Damals hatte Mac fast täglich mit Carlotti telefoniert. »Ich kann es mir nicht erlauben, in irgendeiner Weise mit Zane in Verbindung gebracht zu werden«, warnte er seinen Patenonkel. »Da ist ein Schauspieler zu mir gekommen, und dem habe ich eine Rolle gegeben. Mehr habe ich mit der ganzen Sache nicht zu tun.«

Zu seinem Glück hatte Luca ihm keine Schwierigkeiten gemacht. »Der Junge weiß nichts von dir. Ich habe ihm gegenüber nie erwähnt, daß wir uns kennen.«

»Gut. So muß es auch bleiben, unbedingt!«

»Wenn es nach mir ginge«, hatte Carlotti dann so eisig gesagt, daß es Mac kalt den Rücken hinuntergelaufen war, »würde ich diesen blöden Pimmel eigenhändig umbringen. Wie blöde muß jemand sein, um sich so hinreißen zu lassen, und das auch noch vor Zeugen?«

»Er ist dein Neffe, nicht meiner.«

Brooks hatte immer gehofft, Zane würde auf dem elektrischen Stuhl landen. Aber dazu war es nicht gekommen, und jetzt war der Mistkerl wieder frei. Mac hätte Luca deswegen anrufen müssen, scheute jedoch davor zurück. Je weniger er mit seinem Paten zu tun hatte, desto besser.

Eine Produktions-Assistentin fing Jordanna auf dem Weg zum Schminkwagen ab und gab ihr einige Blätter mit Drehbuchänderungen. Sie reichte sie Bobby, der sie überflog und Jordanna dann bat, sie dem Drehbuch beizuheften. Während die junge Frau in einer Ecke damit beschäftigt war, telefonierte er. Sie tat so, als würde sie nicht zuhören, bekam aber doch das meiste mit.

Rush rief Barbara an, weil ihm klar geworden war, daß er die Geschichte so rasch und sauber wie möglich beenden mußte. Bobby wollte ehrlich sein und ihr sagen, daß die vergangene Nacht ein Fehler gewesen sei.

»Tut mir leid, wenn du heute morgen den Eindruck gewonnen hast, ich hätte dich abservieren wollen«, sprach er in den Apparat. Dann Pause. »Ja, ich habe es auch sehr genossen.« Wieder Pause. »Lunch? Morgen? Paßt mir ausgezeichnet, da haben wir nämlich drehfrei.«

Fein. Beim Mittagessen fand er bestimmt eine Gelegenheit, sie davon zu überzeugen, daß die Sache keine gute Idee gewesen war.

Kaum hatte er aufgelegt, stand Jordanna schon neben ihm. »Soll ich Ihnen einen Tisch bestellen. Vielleicht im Le Dome oder im Cicada?«

»Da kann Beth sich drum kümmern«, beschied er ihrem Diensteifer.

Hm, sagte sich Jordanna, das bedeutet wohl, daß ich nichts davon wissen soll. Also dreht es sich um Barbara

Barr. Morgen geht er mit ihr essen, und letzte Nacht hat er es mit ihr getrieben.

War der Mann denn wahnsinnig? Barbara eilte der Ruf voraus, in solchen Dingen leicht verrückt zu sein. Das wußte mittlerweile jeder, warum nur Bobby nicht?

Aus irgendeinem ihr unbekannten Grund fühlte sie sich enttäuscht. Sie war doch wohl nicht eifersüchtig, oder?

Blödsinn! Warum sollte ich auf die Barr eifersüchtig sein? – Weil du Bobby gern hast. – Das habe ich nicht! – Hast du doch.

Jordanna stürzte aus dem Wagen und lief zum Kiosk, wo sie drei reich gezuckerte Doughnuts und zwei Dosen Seven-up hinunterstürzte. Danach war ihr schlecht.

Michael bemühte sich, nicht zu offensichtlich beeindruckt zu sein, als er zum ersten Mal in seinem Leben einen Set besuchte. Natürlich hatte er als Polizist in New York häufiger Dreharbeiten in den Straßen beobachtet, aber das hier war Hollywood, das richtige, das wahre Kino. Und verdammt aufregend.

Leider wurde heute nicht im Studio, sondern im Ambassador Hotel am Wilshire Boulevard gedreht. Er fuhr zum Parkplatz und stellte seinen Ford in der Reihe von Campern und Wohnwagen ab. Er betrat das Hotel und erkundigte sich, wo sich das Film-Team aufhielt.

»Im großen Ballsaal«, antwortete ihm der Wächter und zeigte ihm mit einer Illustrierten den Weg.

Michael gefiel die Pracht in dem alten Gebäude. Vor einiger Zeit hatte er gelesen, daß in den Dreißigern und Vierzigern alle großen Stars hier abgestiegen seien – Clark Gable, Joan Crawford und Lana Turner. Was mußten das für tolle Zeiten gewesen sein!

Als er in den Ballsaal trat, wurde dort gerade eine Szene abgedreht. Michael blieb im Hintergrund stehen und verfolgte fasziniert das Geschehen.

Er sah sich um und machte schließlich Mac Brooks aus, den er von Bildern her kannte. Der Regisseur war mit Sharleen Wynn Brooks verheiratet, der überaus attraktiven Schauspielerin. Was für ein Glückspilz!

Als Brooks »Cut!« rief, machte Michael sich auf den Weg zu ihm.

Er kam nur wenige Schritte weit, als eine junge schwarze Produktions-Assistentin mit Rastalocken und einer unerbittlichen Miene sich ihm in den Weg stellte. »Kann ich Ihnen helfen?«

»Ich habe einen Termin mit Mr. Brooks.«

»Erwartet er Sie?«

»Ja.«

»Und Ihr Name?«

»Michael Scorsini von der Robbins-Agentur.«

»Warten Sie bitte hier. Ich werde sehen, ob es sich jetzt einrichten läßt.«

Sie begab sich zu Mac und redete mit ihm. Er drehte sich zu Michael um und winkte. Als die Produktions-Assistentin zurückkehrte, wirkte sie deutlich freundlicher. »Die Szene ist gleich fertig. Setzen Sie sich bitte, und warten Sie. Dort drüben finden Sie einen freien Platz.«

Michael fand einen freien Regiestuhl und ließ sich darauf nieder. Wie es wohl sein mußte, Schauspieler zu sein. All die Aufmerksamkeit. All das Geld. All der Einfluß.

Natürlich hatte er nie Ambitionen in diese Richtung entwickelt, obwohl auf der High School der Leiter der Theater-AG ihn öfters gedrängt hatte, sich seiner Gruppe anzuschließen.

Bobby Rush erschien, und man merkte seinem Auftritt gleich an, was für ein großer Star er war. Ein Gefolge wie bei einem Fürsten umgab ihn. Darunter befand sich auch die schwarzhaarige junge Frau, die er bei Marjory kennengelernt hatte. Er wartete, bis der Zug zum Stehen gekommen war, trat dann zu ihr und tippte ihr auf die Schulter. »Erinnern Sie sich an mich?«

Sie sah ihn überrascht an. »Klar, Brooklyn!« rief sie aus.

»Hey, Bel Air«, entgegnete er.

»Was machen Sie denn hier?«

»Ich habe einen Termin bei Mr. Brooks.«

»Wie ich sehe«, grinste sie, »haben Sie die Nacht im Mausoleum gut überstanden.«

»Das Haus scheint auf Sie den gleichen Eindruck zu machen wie auf mich.«

»Ich bin dort nur untergekommen, bis ich eine eigene Wohnung gefunden habe. Marjory und ich sind seit unserer gemeinsamen Schulzeit befreundet.«

»Tatsächlich ... Nun, sie kommt mir etwas, äh, neurotisch vor.«

»Gut, daß Sie es gesagt haben. Aber es stimmt ... ja, ich habe Marjory auch immer schon für leicht bekloppt gehalten.«

»Was halten Sie denn von den Drohbriefen, die sie bekommt?«

»Ich weiß nicht ... wie denken Sie darüber?«

»Bis jetzt habe ich mir noch keine Meinung dazu gebildet.«

»Hören Sie, Brooklyn, wenn ihr Vater doch alles bezahlt, können Sie Marjory auch den Gefallen tun. Sie mag Ihre Gesellschaft, also machen Sie das Beste daraus.«

»Wollen Sie damit vielleicht etwas andeuten?«

»Mensch, Brooklyn, wachen Sie auf! Sie sehen gut aus, und Marjory wird alles erben, wenn ihr alter Herr den Löffel abgegeben hat. Über kurz oder lang wären Sie ein gemachter Mann.«

Es gefiel ihm überhaupt nicht, daß Jordanna so von ihm dachte. »Ich arbeite für Miß Marjory«, entgegnete er steif. »Nicht mehr und nicht weniger.«

»Tut mir leid«, sagte sie fröhlich. »Vergessen Sie es einfach.«

»Das werde ich.«

Die beiden sahen für einen Moment schweigend bei den Proben zu, bis Jordanna es nicht mehr aushielt: »Okay, Brooklyn, jetzt ist Schluß damit: Weshalb will Mac Sie sprechen?«

»Das ist seine Privatangelegenheit.«

»Pah, ich wette, ich weiß, worum es geht: Brooks hat herausgefunden, daß seine Sharleen eine Affäre hat, und will sie observieren lassen.«

»Sie haben wirklich eine blühende Fantasie.«

»Und Sie sind einer von diesen echt coolen Privatdetektiven wie in den Romanen von Raymond Chandler, was? Springen Sie mit einer Polaroid-Kamera hinter dem Vorhang hervor, wenn zwei, die zwar verheiratet sind, aber nicht miteinander, ins Bett hüpfen?«

»Sie scheinen etwas altertümliche Vorstellungen zu haben. Wenn ich so etwas vorhätte, würde ich eine elektronische Kamera in der Decke installieren.«

»Mann! Echt Hi-Tech!«

»Ruhe bitte!« schrie die Assistentin mit den Rastalocken. »Wir machen einen Take.«

Michael konnte jetzt dabei zusehen, wie eine Szene zwischen Bobby Rush und Cedric Farrell gedreht wurde, dem Schauspieler, der seinen Vater darstellte. Die Szene wurde fünfmal wiederholt, bis Brooks endlich zufrieden war. Danach beriet er sich mit seinem Kameramann, ehe er endlich Zeit für Michael fand. Er begrüßte ihn mit Handschlag und sagte: »Wie schön, daß Sie kommen konnten, Michael. Quincy ist mir von vielen Seiten empfohlen worden. Wo treibt er sich denn wieder herum?«

»Er hatte einen Skiunfall.«

»Dann sind Sie wohl sein Partner?«

»Ja, wir haben früher bei der Polizei von New York gearbeitet, und jetzt sind wir hier wieder zusammen.«

»Was ich Ihnen gleich zu sagen habe, ist streng vertraulich. Sehr streng vertraulich. Ich möchte meinen Namen demnächst nicht im *Enquirer* entdecken.«

»Sie können uns vertrauen. Diskretion ist unser oberstes Gebot.«

»Dann kommen Sie bitte mit mir mit.«

Die beiden Männer verließen den Set und das Hotel und stiegen in Brooks' luxuriös eingerichteten Wohnwagen.

Michael nahm auf der eingebauten Couch Platz. »Also, warum erzählen Sie mir nicht, wo Sie der Schuh drückt?«

Mac setzte sich nicht hin, sondern lief unruhig auf und ab. »Wissen Sie, ich bin schon ziemlich lange in dieser Branche tätig und habe eine Menge Filme gedreht.«

»Ist mir bekannt. Ich habe die meisten davon gesehen. Großartige Streifen.«

Brooks gefiel es, daß dieser Privatdetektiv smart genug war, sich seine Filme angeschaut zu haben. »Kennen Sie zufällig auch *The Contract?*«

»Klar. Ein toller Film.«

»Ja, das kann man wohl sagen.«

»Der Schluß hat mich wirklich umgehauen. Ich habe vor Aufregung auf der Sitzkante gehockt.«

»Erinnern Sie sich an die Geschichte, die während der Dreharbeiten Schlagzeilen gemacht hat?«

»Äh, ich fürchte, nein.«

»Es kam zu einem Mord. Eine junge Schauspielerin wurde von einem Kollegen erwürgt. Wir haben natürlich versucht, die Sache nicht an die große Glocke zu hängen, aber die Zeitungen haben trotzdem Wind davon bekommen.«

»Ja, jetzt, wo Sie es erwähnen …«

»Ich habe damals beide Rollen neu besetzt. Weder Ingrid noch ihr Mörder sind in dem Streifen zu sehen. Es kam zu einer Gerichtsverhandlung, und der junge Mann mußte ins Gefängnis. So weit es mich betraf, war der Fall damit erledigt.«

»Und warum …«

»Während des Prozesses haben sechs Frauen gegen ihn ausgesagt, die alle Zeuginnen der Tat waren. Und jede von ihnen hat ihn beschuldigt.« Er legte eine kleine Pause ein. »In den vergangenen Monaten sind nun drei dieser Frauen umgebracht worden.«

»Sitzt der Mann noch?«

»Genau das möchte ich herausfinden. Zane Marion Ricca hat damals vierzehn Jahre wegen Totschlags bekommen.«

»Und das ist jetzt vierzehn Jahre her?«

»Nein, sieben. Aber ich habe so ein komisches Gefühl, daß man ihn entlassen hat.«

»Könnte hinhauen. Nach der kalifornischen Rechtsprechung muß nur die Hälfte der Strafe abgesessen werden, wenn der Mann sich gut führt. Haben Sie sich schon an die Polizei gewandt?«

»Was glauben Sie denn, warum ich Sie habe kommen lassen? Ich will keine Schlagzeilen mehr, und ich möchte auch nicht in die Sache involviert werden. Sie stellen bitte fest, ob er entlassen wurde, und wenn ja, zerbrechen Sie sich den Kopf darüber, wie wir die drei anderen Frauen schützen können. Denn ich könnte mir gut vorstellen, daß er sich an allen sechs Zeuginnen rächen will.«

Kapitel 30

Das Letzte, worauf Kennedy jetzt Lust hatte, war ein Interview mit Charlie Dollar. Ein weiterer Mord hatte sich ereignet, und sie hätte viel lieber ihre Ermittlungen vorangetrieben.

Ihr Fernsehauftritt hatte einige Reaktionen ausgelöst. »Wir machen ihnen Feuer unterm Hintern«, versicherte Rosa ihr. »Ich habe gehört, daß der Polizeichef und der Bürgermeister endlich aufgewacht sind. Wir zwingen sie dazu, aktiv zu werden. Wenn sie nicht bald Maßnahmen ankündigen, wird es zu einem öffentlichen Aufstand kommen.«

»Ist ja großartig«, sagte Kennedy und freute sich, daß endlich Bewegung in die Sache kam.

»Mein Nachrichtendirektor möchte, daß du noch einmal in die Sendung kommst. Er will am Ball bleiben. Du sollst einmal in der Woche auftreten, bis wir diesen Irren zur Strecke gebracht haben.«

Kennedy erklärte sich einverstanden. Sie würde alles tun, wenn es nur half, den Mörder zu fassen. Die Journalistin spürte, daß Phil und ihr Vater ihr von oben zuschauten. Sie hoffte, daß die beiden stolz auf sie waren, weil sie endlich an etwas Wichtigem arbeitete.

Doch in der Zwischenzeit mußte sie einen weiteren Filmstar interviewen. Ihr neues Opfer hieß Charlie Dollar. Der Mann nahm selbst ab, als sie ihn anrief. Dabei hatte sie nur mit seiner Sekretärin einen Termin ausmachen wollen.

Man bekam einen Prominenten nur selten direkt zu sprechen. Charlie sagte, er erwarte sie um zwölf Uhr und erklärte ihr den Weg.

Als sie dort eintraf, öffnete er zu ihrer Verblüffung selbst die Tür. »Sieh da, die Journalisten-Lady, kommen Sie doch herein.« Zwei Hunde sprangen gleich auf Kennedy zu. »Beachten Sie die beiden Killer gar nicht«, erklärte er ihr auf dem Weg ins Wohnzimmer. »Ich habe sie dressiert – sie beißen nur Schauspieler.«

Er hatte das wildeste Lächeln, das sie je gesehen hatte, und seine Augen glitzerten, als sei er stoned. Trotz seines zurückgehenden Haaransatzes und eines Bäuchleins wirkte er sehr attraktiv und mit seinem grellbunten Hawaiihemd und der leichten beigefarbenen Sommerhose auch noch angenehm lässig. Er trug keine Socken und hatte nur weiße Halbschuhe an den Füßen.

Während er sie aufforderte, Platz zu nehmen, sah sie sich in dem Raum um und entschied, daß ihr dieses Haus gefiel. Man spürte, daß hier jemand wohnte und es sich gern gutgehen ließ. Kein Designer hatte die Einrichtung bis auf den letzten Quadratzentimeter entworfen, wie man es in Beverly Hills so regelmäßig antraf. Offensichtlich umgab Dollar sich nur mit solchen Dingen, die ihm persönlich gefielen. Die alte braune Ledercouch wirkte abgesessen, aber überaus gemütlich. Auch die Bilder an den Wänden machten einen interessanten Eindruck. Die beiden Hunde liefen überall herum, als würde ihnen nie etwas verboten, und Charlie war locker und entspannt.

»Lassen Sie uns mit etwas beginnen, das nicht Eingang in Ihren Artikel finden sollte«, sagte er etwas förmlich, machte diesen Eindruck aber mit einem entwaffnenden Lächeln gleich wieder zunichte.

»Gern.«

»Wissen Sie, ich verspüre einen unglaublichen Drang, mir einen Joint anzuzünden – aber nur, wenn Ihnen das nichts ausmacht. Und ja, erwähnen Sie das bitte nicht. Mehr verlange ich gar nicht von Ihnen.«

Hatte der Mann eigentlich eine Ahnung, auf welch gefährlichem Terrain er sich bewegte? Seine Worte waren zu gut, um sie nicht als Aufmacher zu benutzen.

»Kann ich Ihnen vertrauen, Kennedy?« Er fixierte sie mit seinen irren Augen, die schon alles gesehen zu haben schienen.

»Ja«, antwortete sie nach einem Moment des Zögerns.

»Fein«, sagte er, zündete den Joint an und machte einen tiefen Zug.

So etwas hatte sie noch nie erlebt: Ein Schauspieler, der vor den Augen einer Journalistin high wurde. Sie bewunderte seinen Mut.

»Sie haben Bobby Rush ja in Grund und Boden gestampft«, bemerkte er und bot ihr den Joint an.

Kennedy lehnte ab. »Das ist zwar nicht auf meinem Mist gewachsen, aber ich muß wohl trotzdem den Kopf dafür hinhalten.«

»Was ist denn passiert?« wollte er wissen und sog wieder an dem Joint.

»Mein Artikel ist umgeschrieben und über ganze Passagen verändert worden. Das hat mir ziemliche Bauchschmerzen bereitet. Aber glauben Sie mir, so etwas wird nie wieder geschehen.«

»Wollen wir es hoffen.«

»Machen Sie sich keine Sorgen. Sie haben nichts zu befürchten. Ich habe mir inzwischen vertraglich zusichern lassen, daß kein Wort an meinen Texten geändert werden darf.«

»Bobby ist eigentlich ziemlich in Ordnung«, erklärte Charlie hinter einer Rauchwolke. »Ist ziemlich beschissen, in dieser Stadt mit einem berühmten Vater oder einer gefeierten Mutter aufzuwachsen. Bobby hat sich wirklich gut gehalten.«

»Ich würde eigentlich meinen, prominente Eltern erleichtern einem das Leben. Geld, Privilegien und auch sonst alles, was man sich wünscht.«

»Wissen Sie, ich widerspreche niemals einer Journalistin, aber in diesem Fall liegen Sie falsch.«

Kennedy beschloß, das Thema zu wechseln. »Sie haben doch einen kleinen Sohn, nicht wahr?«

Er grinste glücklich. »Aber klar. Er heißt Sport und ist der allergrößte.«

»Jetzt fürs Protokoll: Haben Sie vor, die Mutter zu heiraten?«

Charlie kicherte. »Da fragen Sie besser Dahlia, ob sie mich überhaupt nehmen will. Meistens tue ich das, was andere von mir verlangen. Wenn ich einen Tag schadlos überstanden habe, fühle ich mich wie ein großer, glücklicher Filmstar.«

Dollar hatte eine außerordentlich lässige Art, der man sich nicht entziehen konnte. Und seinem Charme konnte man rettungslos verfallen.

»Macht es Ihnen etwas aus, wenn ich meinen Rekorder einschalte?« Sie griff in ihre Umhängetasche und zog ein Sony-Gerät heraus.

»Wenn Sie mir Ihren zeigen, zeige ich Ihnen meinen.«

»Wie bitte? Wollen Sie etwa mich aufzeichnen?«

»Ich glaube, keiner von uns beiden würde viel davon halten, falsch wiedergegeben zu werden.«

Er erhob sich, trat zu einem Schrank und kehrte mit einem Panasonic-Rekorder zurück, den er vor sich auf den Tisch stellte. »Jetzt besteht zwischen uns Waffengleichheit«, lächelte er.

»Hmmm ...«, machte Kennedy. »Ich hätte Sie nie für mißtrauisch gehalten.«

Die beiden sahen sich für einen langen Moment an.

»Sie sind wirklich ein hübsches Ding«, sagte Charlie schließlich.

»Ein Ding?« Auf ihrer Miene mischten sich Belustigung und Empörung.

»Oh, nehme ich da die Ausstrahlung einer überzeugten Feministin wahr?«

Sie lächelte schief. »Mit Süßholzraspeln kommen Sie bei mir überhaupt nicht weiter. Können wir jetzt über Ihren Film sprechen?« Kennedy schaltete ihr Aufnahmegerät ein.

Dollar beugte sich vor und drückte auf den entsprechenden Knopf an seinem Panasonic. »Das rechne ich Ihnen wirklich hoch an. Die anderen Interviewer wollen eigentlich immer nur etwas über mein Privatleben erfahren.« Er erhob sich, breitete die Arme weit aus und mimte einen Shakespeare-Schauspieler: »Vögeln oder nicht vögeln, das ist hier die Frage ...« Er klang tatsächlich wie ein Staatsschauspieler.

»Sollen wir über den Film reden oder nicht?«

»Die Menschen interessieren sich wenig für die Essenz eines Schauspielers. Sie wollen nur was über sein verruchtes Privatleben hören. Klatsch- und Sensationsjournalismus, wohin man sieht, das ist aus dem heutigen Amerika geworden.«

»Ich habe Sie auch schon in der Regenbogenpresse gesehen.«

»Läßt sich leider nicht verhindern. Ich wünschte, ich wüßte einen Weg, wie ich dem entgehen könnte.«

»Bleiben wir doch dabei. Was halten Sie von den Geschichten, die über Sie verbreitet werden?«

»Pure Erfindungen«, schnaubte er verächtlich. »Unglücklicherweise neigen die Menschen dazu, solchen Mist am ehesten zu glauben.«

»Ist das wirklich Ihre Meinung?«

»Unterhalten Sie sich nur einmal mit Hausangestellten oder Hausfrauen. Die kommen auf einen zu, wedeln einem mit irgendeiner Gazette vor dem Gesicht herum und rufen: ›Haben Sie gelesen, was Michael Jackson schon wieder angestellt hat?‹ Oder Marlon Brando. Oder Jack Nicholson. Man kann wirklich zu der Ansicht gelangen, daß sie alles glauben, was Schwarz auf Weiß gedruckt wird.«

»Ist denn alles gelogen, was in diesen Blättern über Sie geschrieben wird?«

»Manchmal steckt schon ein winziges Körnchen Wahrheit darin. Aber diese Lohnschreiber müssen jede Woche ihre Spalten füllen, und deswegen haben sie es sich zur Angewohnheit gemacht, jede Kleinigkeit aufzublasen. Und wenn das immer noch nicht reicht, erfinden sie eben einfach etwas hinzu.«

Charlie schien dazu zu neigen, vom Thema abzukommen. Kennedy versuchte, ihn zu ihrer Ausgangsfrage zurückzulocken. »Reden wir doch über Ihren Film. Warum haben Sie sich entschlossen, ihn selbst zu produzieren?«

Er hob abrupt die Brauen, was ihm einen noch irrsinnigeren Gesichtsausdruck verlieh. »Warum nicht? Wenn ich in einem Film agiere, bringe ich mich selbst ein und treffe auch meine eigenen Entscheidungen. Würden Sie das nicht tun?«

»Sehen Sie das als neue Aufgabe an? Wollen Sie in Zukunft alle Ihre Filme selbst produzieren?«

»Darüber habe ich mir noch nicht den Kopf zerbrochen.« Er schwieg für einen längeren Moment und bemerkte dann: »Sie waren also mit Philip Chase verheiratet.«

Kennedy fuhr überrascht zusammen. »Äh ... ja ... Woher wissen Sie das?«

»Weil ich mich immer für seine Arbeit interessiert habe. Für Ihre übrigens auch. Mir hat ganz besonders gefallen, was Sie über Anita Hall geschrieben haben. Und wirklich gelungen war das, was Sie über die Administration von Präsident Bush zutage gefördert haben. Aber meine absoluten Favoriten waren Ihre Artikel für das *National Geographic.* Seine Bilder waren einmalig. Lady, Sie beide sind wirklich herumgekommen.«

»Ja, das sind wir«, sagte sie leise und war zutiefst bewegt, daß Charlie Phil kannte.

»Als Ihr Mann gestorben ist, war ich sehr traurig.«

Sofort füllten sich ihre Augen mit Tränen. Es schmerzte sie immer noch, über Phil zu sprechen.

Charlie bemerkte ihren Kummer sofort. »Hören Sie, mir kommt da gerade eine Idee. Warum fahren wir nicht zum Strand und essen dort zu Mittag? Bei Ivy verwöhne ich Sie mit Krebskuchen und exotischen Drinks, und dann tun wir ganz so, als seien wir auf Urlaub dort. Was halten Sie davon?«

Das hörte sich wirklich gut an. Und warum sollte sie sein Angebot ablehnen? »Wenn Ihnen das jetzt Spaß machen würde«, antwortete sie und fühlte sich ungewohnt verletzlich.

Er sprang auf, nahm ihre Hände und zog sie hoch.

»Kommen Sie, Grünauge, schließen Sie sich mir vertrauensvoll an. Ich bin der absolute Meister, wenn es darum geht, Kummer vergessen zu machen und glücklich zu sein.«

Cheryl Landers befand sich auf einem Power-Trip. Einige der einflußreichsten Männer der Stadt liehen ihr ihr Ohr. Endlich war sie ganz oben und konnte im Spiel der Mächtigen mitmischen. Keiner sah sie mehr bloß als Ethans Tochter an. Sie war endlich frei. Und verdiente auch noch ein Vermögen. Was für ein begeisterndes Hoch in ihrem Leben!

Ihre Mädchen waren die besten. Sobald sie Donnas Truppe übernommen hatte, hatte sie alle Drogensüchtigen und Querulantinnen vor die Tür gesetzt und die Lücken mit ein paar wirklichen Talenten gefüllt. Erstklassiger Service von Anfang bis Ende lautete ihr Geschäftsmotto. Der Kunde bezahlte Top-Preise und bekam dafür Top-Pussys. Und so waren alle Seiten zufrieden. Das traf auch auf Grant zu, der nicht nur ihre Neuen ausprobierte und, wenn gewünscht, Drogen aller Art beschaffte, sondern auch neue Mädchen anwarb und ihr fast täglich ein neues Talent vorführen konnte.

Cheryl entdeckte, daß es noch einen weiteren Vorteil mit sich brachte, wenn man die Nummer eins unter den entsprechenden Agenturen Hollywoods war. Männer. Sie alle versuchten, sich mit ihr gutzustellen, und sie selbst konnte mit ihnen spielen, wie sie sich das immer erträumt hatte.

Grant und sie fingen an, regelmäßig an Samstagen in ihrem Haus exklusive Partys abzuhalten, und diese Veranstaltungen wurden bald zu den begehrtesten in der Stadt. Die Gästeliste konnte sich wirklich sehen lassen. Auf den Partys warteten wunderschöne Mädchen darauf, sich für ihre Dienste bezahlen zu lassen, und die Männer strömten herbei und schienen nichts lieber zu wollen, als einen Haufen Geld loszuwerden. Einige Filmstars zählten zu den Stammkunden der Partys. Auch ein englischer Rockstar war darunter, der die Mädchen gleich dutzendweise vernaschte. Und dazu die übliche Ansammlung von Produzenten, Studiobossen und Europäern, die es hierher verschlagen hatte.

Cheryl hielt nur die arabische Kundschaft von den Parties fern. Die bekamen ihre eigenen Veranstaltungen und durften dafür das Doppelte bezahlen.

Grant überlegte sich ernsthaft, aus seiner Agentur aus- und bei ihr als Partner einzusteigen. »Dein Geschäft sollte wirklich auf eine größere und breitere Basis gestellt werden«, redete er auf sie ein. »Wir bieten die Mädchen weltweit an, eröffnen vielleicht sogar Filialen, natürlich auf Franchise-Basis. Den Expansionsmöglichkeiten sind keine Grenzen gesetzt.«

Bislang hatte sie ihn auf Kommissionsbasis für die Mädchen beschäftigt, aber die Geschäfte liefen so gut, warum sollte sie ihn nicht fest übernehmen? Natürlich nicht als gleichberechtigten Partner, aber einen gewissen Anteil vom Gewinn durfte er ruhig haben, der würde ihr nicht weh tun. Solange er nicht zu stoned war, konnte man ihn durchaus zu den wichtigsten Aktivposten der Firma zählen. Sie würde einige Verantwortlichkeiten an ihn abgeben und ihn außerdem viel öfter in ihrer Nähe haben.

Als sie ihm ihre Pläne eröffnete, machte er nicht gerade ein begeistertes Gesicht. Er verlangte fünfzig Prozent von allem oder gar nichts.

»Gut, dann gar nichts«, bluffte sie.

Schließlich war er auch mit dreißig Prozent zufrieden und stieg aus seiner Agentur aus.

Cheryl konnte ihr Glück kaum fassen. Niemand wußte davon, nicht einmal Jordanna, aber schon als junges Mädchen war sie heimlich in Grant verliebt gewesen. In der Pubertät hatte es damit angefangen, und ihre Gefühle für ihn waren seitdem noch stärker geworden. Cheryl hatte nie zu jemandem ein Wort darüber verloren, denn zu offensichtlich stand Grant mehr auf Flittchen. Er schaute stets nur auf das Äußere: großer Busen, langes Haar und volle, glänzende Lippen. Ihr hingegen schenkte er nie einen solchen Blick, wohl weil sie ihm nicht hübsch genug war, zu kleine

Brüste hatte und von ihm eher als Kumpel angesehen wurde. Die beiden hatten bei manchen Gelegenheiten wirklich viel Spaß miteinander, aber auch nicht mehr.

In all den Jahren hatte Cheryl zugesehen und gewartet. Und nun endlich war sie in eine unglaubliche Position gelangt. Sie würde sein Boß sein und ihn vollkommen kontrollieren können.

Sie gelangte zu dem Schluß, daß, wenn man etwas nur dringend genug haben wollte, man es auch bekam. Und sie wollte Grant. Zwölf lange Jahre hatte sie gewartet. War das nicht wirklich lange genug?

Charlie war ein höchst interessanter Mann. Er versuchte nicht, sie mit seinem Charme zu becircen, sondern verhielt sich ganz natürlich. Sein Ruhm schien ihn nicht im geringsten zu beeindrucken, und das ließ ihn noch attraktiver erscheinen.

Alle liebten ihn. Während Kennedy und er in seinem schwarzen Rolls über den Freeway fuhren, winkten ihm viele aus ihren Wagen zu. Er selbst grinste unentwegt wie ein Wahnsinniger, ließ Sinatra abspielen und nahm immer wieder einen Schluck aus einer Flasche. Charlie behauptete zwar, sie enthielte destilliertes Wasser, aber Kennedy vermutete, es handele sich vielmehr um Wodka.

»Ich hätte nie erwartet, daß Sie einen solchen Wagen fahren«, bemerkte sie.

Er runzelte die Stirn und schien wirklich überrascht zu sein. »Warum sagt man mir das andauernd?«

»Ich weiß auch nicht … vielleicht weil so ein Wagen viel zu seriös und erwachsen wirkt.«

Er grinste. »Da habe ich eine große Überraschung für Sie: Ich bin schon erwachsen.«

»Wie alt sind Sie denn?« wollte Kennedy wissen. Die Angaben über sein Alter schwankten und bewegten sich zwischen neunundvierzig und fünfundfünfzig.

»Geistig zwölf. Körperlich hundertzehn. Seelisch dreiundfünfzig. Ist nicht ganz einfach, aber immer noch besser als die Alternative.«

»Und wie sieht die aus?«

»Tot zu sein«, antwortete er ernst. »Ich habe in Vietnam ein paar wirklich dufte Kumpel verloren.«

»Sie waren in Vietnam?«

Er drehte Sinatra leiser. »Aber klar. Was glauben Sie denn, wo ich die überaus wertvolle Lektion gelernt habe, daß man morgens einen Joint rauchen muß, um einen Tag durchstehen zu können?«

»Auf dem College?« versuchte sie einen Scherz.

Charlie lachte rauh. »Nee. Bin nie dort gewesen. Mit fünfzehn habe ich die High School verlassen und bin herumgezogen. Auf der Straße bekommt man eine viel bessere Bildung als sonstwo.«

»Das glaube ich gern.«

»Wie steht es mit Ihnen, Grünauge? Erzählen Sie mir von Ihrem Leben.«

»High School, dann College und der ganze Rest.«

»Hört sich recht konventionell an.«

»Ich habe Phil auf dem College kennengelernt. Wenig später haben wir geheiratet und sind zusammen um die ganze Welt gereist. Er war ein wirklich besonderer Mensch.«

»Ja. Wie ungerecht, daß immer die Besten zuerst gehen müssen.«

Kennedy wußte nicht, was sie sagen sollte. Wie konnte man den unerträglichen Schmerz, einen lieben Menschen verloren zu haben, in Worte fassen. »Ich vermisse ihn sehr«, sagte sie leise.

Charlie lenkte den Wagen von der äußersten linken zur äußersten rechten Spur und erreichte gerade noch die Ausfahrt nach Santa Monica.

»Fahrkünste sind wohl nicht Ihre stärkste Seite«, preßte sie hervor, während sie sich mit beiden Händen gegen das Armaturenbrett stützte.

»Der Trick dabei besteht darin«, entgegnete er mit einem perversen Grinsen, »nichts zu treffen und sich von nichts treffen zu lassen. Denken Sie mal darüber nach. Mir hat das immer geholfen.«

Der gemeinsame Lunch war sehr vergnüglich. Kennedy hatte sich schon lange nicht mehr so gut amüsiert. Doch hinter Charlie steckte mehr, als sein lässig-cooles Äußeres vermuten ließ. Abgesehen von seiner einmaligen Schauspielerkarriere war er eine höchst komplexe Persönlichkeit und ein wirklich interessanter Mann. Als er vorschlug, sie morgen abend zum Dinner auszuführen, willigte sie sofort ein. Voller Vorfreude stellte sie sich vor, was wohl Rosa dazu sagen würde.

Später fuhr Dollar sie zu seinem Haus zurück, wo sie gleich in ihren Wagen stieg und sich auf den Weg zum Sender machte. Rosa und der Nachrichtendirektor warteten schon auf sie. Die drei verbrachten den Nachmittag damit, das Material durchzugehen, das Kennedy am Abend präsentieren sollte. Darunter fanden sich die nötigen Details über Pamela March, das neueste Opfer. Sie war am Freitag abend in West Hollywood aufgefunden worden – im Bezirk von Detective Carlyle. Pamela war einunddreißig gewesen, geschieden und hinterließ keine Kinder. Sie hatte als Kleindarstellerin bei diversen Produktionen mitgewirkt. Die Frau hatte gerade ihren Hund ausgeführt, als der Mörder sie überfiel. Die gleichen Tatumstände wie bei Stephanie Wolff. Nur hatte der Täter diesmal keine Karte mit der Aufschrift TOD ALLEN VERRÄTERINNEN! auf das Opfer gelegt.

»Aber wir dürfen davon ausgehen, daß es sich um denselben Würger handelt, oder?« fragte Kennedy.

»Eigentlich schon, außer es handelt sich um einen Nachahmungstäter«, antwortete Rosa. »So was kommt leider immer wieder vor.«

Diesmal ließ Kennedy sich nicht in der Maske verschandeln und bestand darauf, sich selbst zu schminken. Sie entschied sich für einen dunkelbraunen Lidschatten und trug den Lippenstift dicker auf.

Als sie dann den Text noch einmal überflog, fühlte sie sich überraschend ruhig. Sie konnte mit dem, was sie da geschrieben hatte, vollauf zufrieden sein.

Bevor die Sendung begann, begab sie sich in das Grüne

Zimmer, den Aufenthaltsraum für Gäste, und knabberte an einem Schokoladenkeks.

Rosa schaute einige Minuten später kurz herein. »Alles okay mit dir?«

»Ein Kinderspiel«, antwortete Kennedy und fühlte sich tatsächlich überhaupt nicht nervös. »Ich glaube, ich könnte mich sogar daran gewöhnen.«

»Ich habe dir doch gesagt, du wirst noch süchtig danach!« rief Rosa auf dem Weg nach draußen und nahm eine Flasche Evian mit. »Wir sehen uns. Heute ist wieder schwer was los. Ach übrigens, wenn du Michael über den Weg laufen solltest, dann sei bitte so nett und stoß ihn nicht vor den Kopf.«

»Was denn für ein Michael?«

»Scorsini. Der New Yorker Detective mit dem vermißten Kind. Er ist heute auch auf Sendung.«

»Was für ein Zufall«, bemerkte Kennedy kopfschüttelnd.

»Quatsch. Du hast nichts zu befürchten. Ich habe dir doch schon gesagt, daß er nichts von dir will, genausowenig wie du von ihm.«

»Ich glaube dir aufs Wort«, entgegnete Kennedy sarkastisch.

Rosa lachte. »Eines Tages wirst du mir vertrauen.«

Kennedy konzentrierte sich wieder auf ihren Text. Vier Frauen waren brutal ermordet worden. Draußen lief ein Würger herum, und sie mußte mithelfen, ihn zu stoppen, bevor er sich an einer fünften vergreifen konnte.

Kapitel 31

Nach dem Gespräch mit Mac fuhr Michael zum Club Scirocco, um mit dem Türsteher wegen der Geschichte um die völlig betrunkene Fernsehschauspielerin zu verhandeln. Er dachte auf der Fahrt über das Treffen mit dem Regisseur nach. Einige Frauen waren ermordet worden, und Brooks glaubte, den Täter zu kennen. Warum meldete er sich erst jetzt zu Wort? Hatten diese verdammten Hollywood-Größen denn überhaupt kein Gewissen?

Nach dem Besuch bei dem Türsteher rief er einen befreundeten Kollegen beim LAPD an und bat ihn um Informationen über einen gewissen Zane Marion Ricca. Michael bekam zu hören, daß der Mann vor drei Monaten aus der Haft entlassen worden war.

Später ging er zu Hause die Zeitungen durch und stieß auf ein viertes Opfer: Gerda Hemsley. Er konnte einfach nicht glauben, daß ein verrückter Mörder irgendwo da draußen frei herumlief und niemand auch nur das Geringste dagegen unternahm.

Er rief Mac auf dem Set an: »Schlechte Neuigkeiten.«

»Vergessen Sie bitte nicht, daß ich über ein Handy mit Ihnen spreche. Hier laufen überall Leute herum.«

Das war wohl alles, worüber Brooks sich Sorgen machte.

»Die Person, über die wir gesprochen haben, ist tatsächlich frei. Was möchten Sie, das ich nun unternehme?«

Jetzt, da er Gewißheit hatte, geriet Mac in Panik.

Er mußte mit Luca reden. »Nichts«, antwortete er dem Privatdetektiv.

»Gar nichts?«

»Für den Augenblick wenigstens.«

»Übrigens, sagt Ihnen der Name Gerda Hemsley etwas?«

»Ja, warum?«

»Die können Sie dazuzählen. Sie wurde vor zwei Wochen erwürgt.«

Mac war für den Rest des Tages unausstehlich. Er brachte alle so auf, daß Bobby ihn schließlich aufsuchte. »Was ist bloß mit dir los?«

»Etwas Persönliches«, antwortete Brooks. »Aber ich regle das schon.«

»Hat es etwas mit Sharleen zu tun?«

Warum glaubte jeder, er habe Streß mit seiner Ehefrau?

»Mit Sharleen steht alles bestens. Laß mich in Ruhe, die Sache geht dich nichts an.«

Rush starrte ihn einen Moment lang an. Sollte er nachbohren oder Mac allein lassen? »Okay, es geht mich also nichts an. Aber versuch bitte, etwas netter zu unserer Crew zu sein. Wenn du so weitermachst, haben wir bald die schönste Meuterei.«

In der Mittagspause schloß sich Brooks in seinen Wagen ein, um den Patenonkel anzurufen.

Eine Million Ausreden fielen ihm ein, das lieber zu unterlassen. Carlotti war sicher gar nicht zu Hause. Oder sehr beschäftigt. Oder auf Geschäftsreise. Außerdem war es nicht besonders klug, ihn über das Handy zu erreichen. Viele Menschen pflegten das Hobby, solche Gespräche abzuhören.

Der letzte Grund überzeugte ihn schließlich. Er verließ den Wohnwagen, kehrte ins Hotel zurück und trat dort an den Empfang.

»Ich bin Mac Brooks, der Regisseur von *Thriller Eyes*«, teilte er der Rezeptionistin mit. »Gibt es hier die Möglichkeit, einen privaten Anruf zu tätigen?«

»Aber natürlich, Mr. Brooks.« Sie war sichtlich beeindruckt.

Er folgte ihr in ein leeres Büro, und sie versicherte ihm, hier völlig ungestört zu sein. Mac wartete, bis sie die Tür von außen geschlossen hatte, und wählte dann Lucas Nummer.

Ein Mann nahm ab.

»Ich muß dringend mit Mr. Carlotti sprechen«, sagte er leise für den Fall, daß die Frau an der Tür lauschte.

»Wer will ihn sprechen?«

»Sagen Sie ihm nur Brooks aus Kalifornien. Er weiß dann schon Bescheid.«

Mac zog und riß an einem Stück toter Haut am Daumennagel, bis es weh tat. Schweiß bildete sich auf seiner Stirn. Warum schlug ihm dieser Anruf nur so auf den Magen?

Weil es ihm heute durchaus widerfahren konnte, als Luca Carlottis Patenkind enttarnt zu werden, und damit hätte er seine Karriere begraben können. Er hatte nicht einmal Sharleen je etwas davon erzählt.

Brooks stellte sich vor, wie sie wohl reagieren würde, wenn er es ihr gestand. *Hör mal, Schatz, da gibt es etwas, das ich dir noch nicht erzählt habe. Mein Patenonkel ist einer der mächtigsten Mafia-Bosse in New York. Na, was sagst du nun?*

Sharleen würde wahrscheinlich entgegnen: *Ja und?* und sich keinerlei weitere Gedanken darüber machen. Es war ihre Art, sich mit nichts eingehender zu beschäftigen, was sie nicht direkt persönlich betraf.

Lucas rauhe Stimme ertönte aus dem Hörer: »Mac?«

»Hey, wie geht's.«

»Alles bestens. Und wie läuft's so bei dir?«

Brooks räusperte sich: »Ich habe ein Problem.«

Sein Patenonkel kicherte. »Das ist ja nichts Neues. Schließlich bin ich ja dazu da, Schwierigkeiten aus dem Weg zu räumen.«

»Es ist auch dein Problem.«

»Dann spuck's aus, Junge.«

»Der Sohn deiner Schwester – er ist wieder auf freiem Fuß.«

»Sicher, das weiß ich schon längst.«

Mac konnte es nicht fassen. »Das hast du gewußt?«

»Der Taugenichts ist schon seit drei Monaten aus dem Knast heraus.«

»Warum hast du mich nicht darüber informiert?«

»Seit wann muß ich dir denn Bericht erstatten?«

Brooks unterdrückte die wachsende Wut in ihm. Luca behandelte ihn nicht mit Respekt. Und das hatte sein Vater ihm beigebracht: *Achte darauf, daß die Menschen dir Respekt erweisen, und dann bist du stets ein richtiger Mann.*

Klar, sein alter Herr war nicht weit mit dieser Maxime gekommen. Luca hatte ihm sicher keinen Respekt erwiesen, als er hinter seinem Rücken mit Macs Mutter geschlafen hatte. Brooks würde das Carlotti nie vergeben können.

»Du hättest es mir sagen müssen!« rief er zornig. »Verdammt noch mal, ich hätte es wissen müssen!«

Der Patenonkel wurde eisig. »Ich pflege das zu tun, was ich für richtig halte, und genau das habe ich getan. Der Dreckskerl hat an der Westküste eine Bleibe gefunden, dafür habe ich gesorgt. Er ist hier nämlich nicht mehr willkommen. Ich schicke ihm auch regelmäßig Geld. Was interessiert er mich noch, wo er jetzt endgültig aus meinem Leben verschwunden ist?«

Mac mußte an sich halten. »Und du glaubst, damit sei es getan? Daß er sich deinen Scheck abholt und ansonsten alle in Ruhe läßt?«

»Das sollte er besser tun, wenn er nicht auch noch den letzten Rest seines Verstands verloren hat.«

»Tja, Onkel Luca, dann mach dich mal auf eine Neuigkeit gefaßt: Er hat den letzten Rest seines Verstands verloren. Ich habe Grund zu der Annahme, daß er systematisch all die Frauen umbringt, die damals vor Gericht gegen ihn ausgesagt haben. Vier von ihnen sind bereits tot.«

Carlotti schwieg, und Macs Hände fingen an zu zittern. Er wollte nicht in diese Geschichte verwickelt werden und steckte doch schon mitten drin.

»Bist du dir da auch ganz sicher?« fragte Carlotti schließlich leise.

»Wer sollte die Frauen sonst ermordet haben?« entgegnete Brooks wieder ruhiger. »In den letzten paar Monaten sind vier Frauen erwürgt worden, alle auf die gleiche Weise wie damals Ingrid. Zwei von den Frauen sind noch übrig. Ich fürchte, sie werden die nächsten sein.«

»Weiß die Polizei das schon?«

»Über kurz oder lang werden sie eins und eins zusammenzählen.«

»Scheiße!« explodierte Luca. »Dieser verschissene Arsch von einem saublöden Idioten!«

»Wo ist er untergekommen?« fragte Brooks. Er wollte es eigentlich gar nicht wissen, aber die Worte waren schon über seine Lippen.

»In L. A.«

»Toll, und wo da genau?«

Carlotti ging nicht auf die Frage ein. »Ich sage dir, was ich tun werde, mein Sohn. Um diese Angelegenheit kümmere ich mich persönlich. Ich nehme gleich morgen früh das erste Flugzeug zu euch.«

Nenn mich nicht immer Sohn, hätte Mac ihn am liebsten angeschrien. »Was soll das heißen, du kümmerst dich persönlich darum?«

»Nicht am Telefon, Junge. Wir reden, wenn ich bei dir bin.«

»Und was ist mit den beiden übriggebliebenen Frauen? Sollte man sie nicht warnen?«

»Wann ist der letzte Mord geschehen?«

»Vor ein paar Tagen.«

»Und wieviel Zeit vergeht für gewöhnlich, bis er wieder zuschlägt?«

»Ein paar Wochen, aber so genau weiß ich das auch nicht.«

»Sieht so aus, als würde er nach einem bestimmten Schema vorgehen ... Keine Sorge, Junge, die beiden Frauen sind für den Moment sicher.«

»Woher willst du das wissen?« brüllte Brooks.

Luca konnte sehr unwirsch werden, wenn man ihn anschrie. »Willst du nun meine Hilfe, oder nicht. Ich kann auch die Polizei informieren, und dann bekommst du Schlagzeilen, die du dein Lebtag nicht mehr vergessen wirst!«

»Ja, ich möchte deine Hilfe«, beherrschte sich Mac.

»Ich bin morgen da.«

Brooks verließ schweren Herzens das Büro.

»Kann ich sonst noch etwas für Sie tun, Sir?« fragte die Empfangsdame und schenkte ihm ihr schönstes Lächeln, um ihn darauf aufmerksam zu machen, daß auch sie das Zeug zum Star hatte.

»Nein, äh, nichts ... setzen Sie das Gespräch bitte auf die Studiorechnung.«

»Das geht schon in Ordnung, Mr. Brooks. Ich übernehme das. Und wenn Sie je nach einer Darstellerin für die Rolle einer Sekretärin suchen sollten, warum nehmen Sie dann nicht eine, die das von der Pike auf gelernt hat?«

Mac war mit den Gedanken ganz woanders. »Sicher, natürlich, ich merke es mir.«

Luca Carlotti sah stets aus wie aus dem Ei gepellt. Er bevorzugte Savile Row Nadelstreifenanzüge von seinem persönlichen Schneider. Den ließ er alle zwei Monate von London einfliegen, um ihm seine Wünsche vorzutragen. Seine Schuhe ließ er ebenfalls in London in einem exklusiven Geschäft in der Jermyn Street herstellen. Seine Hemden bestanden aus feinster Seide, und seine Pullover und Mäntel waren aus reinem Kaschmir hergestellt.

Alle vierzehn Tage ließ er ein Gesichtspeeling an sich vornehmen, um seine vierundsechzigjährige Haut glatt und geschmeidig zu halten – er bevorzugte dabei die Produkte aus dem Hause Erno Laszlo. Jeden zweiten Tag kam der Masseur zu ihm, und einmal in der Woche senkte er sich in ein Fangobad. Außerdem hatte er einen Raum seines Hauses in ein Solarstudio umgewandelt, so daß er das ganze Jahr über eine angenehme Hautbräune vorweisen konnte. Luca pflegte sich und seinen Körper gern. Mit seinem Äußeren und dem zurückgekämmten Haar sah er aus wie ein Dandy.

Macs Anruf beunruhigte ihn zutiefst. Der idiotische Sohn seiner Schwester entwickelte sich zum Fluch seines Lebens. Er hätte den Bengel umlegen lassen sollen, als der noch in Haft saß, aber aus einer unverständlichen Herzensgüte heraus hatte er davor zurückgeschreckt. Und das erwies sich jetzt als Riesenfehler.

»Es ist ausgeschlossen, daß Zane jemals wieder nach New York kommt, Phillis«, hatte er seiner Schwester erklärt, als der Junge entlassen worden war.

»Aber er ist doch mein kleines Baby ...« fing sie gleich an zu jammern.

»Er ist kein Baby mehr, sondern ein eiskalter Mörder, der nicht mehr zur Familie zurückdarf und in Kalifornien bleibt. Mach dir keine Sorgen, Phillis, ich sorge dafür, daß es ihm an nichts mangelt.«

Die Mutter hatte nicht allzu viele Einwände. Gerade erst hatte sie sich von ihrem ersten Mann scheiden lassen, der in Attica einsaß, und sich schon wieder verheiratet – mit einem Trottel namens Petey »Wild Man« Borosin, den Luca nicht ausstehen konnte. Er war zwar zwanzig Jahre jünger als Phillis, aber zumindest war sie mit ihm glücklich.

Wenn Macs Nachricht stimmte, rannte dieser verdammte Hurensohn in L. A. herum und brachte Frauen um. Carlotti beschloß, das seiner Schwester zu verheimlichen. War einfach besser so. Frauen waren allesamt Plappermäuler. Sie konnten im Grunde nichts dafür. Wenn sie etwas wußten, konnten sie das nicht für sich behalten.

Michael packte am Nachmittag die Abhörvorrichtung zusammen und fuhr zum Sanderson-Anwesen.

Marjory empfing ihn gleich wie eine Ehefrau: »Sie haben doch versprochen, schon am Morgen zu kommen«, hielt sie ihm vor und nagte an der Unterlippe.

Was hat die denn gestochen? fragte er sich. »Ich habe kein Wort davon gesagt«, entgegnete er und machte sich gleich daran, das Gerät mit dem Telefon zu verbinden.

»Ich habe mich ... so allein gefühlt!« sagte sie und knetete die Hände.

Die Frau war offensichtlich hysterisch. »Sie sind ja nicht mehr allein, Marjory.«

»Können Sie länger bleiben?«

Er überprüfte die Kontakte. »Nein, ich habe noch eine Menge zu erledigen.«

»Und wenn der Unhold noch einmal anruft?«

»Das kann ich mir kaum denken. Der Bursche hat Ihnen monatelang Briefe geschickt und sich gestern zum ersten Mal telefonisch gemeldet. Ich glaube kaum, daß er das jetzt zur Angewohnheit werden läßt.«

»Woher wollen Sie das wissen?« fragte sie scharf, als würde sie ihm das nicht abnehmen.

»Wenn er noch mal durchklingelt, melden Sie sich bei mir, und ich komme dann sofort. Diesmal werden wir ihn aufzeichnen. Kommen Sie, ich zeige Ihnen, wie das Gerät funktioniert.«

Als er nach einer Weile den Eindruck gewonnen hatte, sie habe alles verstanden, sagte er: »Ich muß dringend telefonieren. Wo kann ich das ungestört tun?«

»Hat es etwas mit meinem Fall zu tun?«

»Nein, ich bearbeite auch noch andere Angelegenheiten.«

Sie preßte die Lippen zusammen. »Bitte sehr. Sie können gleich diesen Apparat benutzen.«

»Danke.«

Marjory rührte sich nicht von der Stelle. Er wartete einen längeren Moment, aber sie machte keine Anstalten, das Zimmer zu verlassen. »Äh, Marjory, das Gespräch ist vertraulich.«

»Ich höre nicht zu.«

»Dessen bin ich mir sicher. Aber Sie hätten es doch sicher auch nicht gern, wenn ich vor Fremden über Ihren Fall sprechen, oder?«

»Wenn Sie mich suchen, ich bin draußen«, erklärte sie und stolzierte hinaus.

Mac hob gleich ab. »Haben Sie schon entschieden, wie ich weiter vorgehen soll?«

»Ich habe Ihnen doch gesagt, Sie sollen im Moment nichts unternehmen.«

»Es wäre aber klüger, die Polizei zu verständigen. Sie werden nach Zane fahnden und ihn vermutlich innerhalb von vierundzwanzig Stunden aufgespürt haben.«

»Darüber muß ich erst noch nachdenken.«

»Während Sie grübeln, könnten die beiden übriggebliebenen Frauen in größte Gefahr geraten.«

»Keine Angst, ich werde mich beeilen. Gibt es irgendeine Möglichkeit, Jordanna und Cheryl zu schützen?«

»Meinen Sie mit Bodyguards?«

»Das ist mir zu auffällig. Ich möchte die Frauen nicht beunruhigen. Vielleicht könnte man sie aus der Distanz unter Beobachtung halten, ohne daß sie etwas davon mitbekommen.«

»Ist Jordanna Levitt nicht Bobby Rushs persönliche Assistentin?«

»Ja. Woher wissen Sie das?«

»Sie wohnt zur Zeit bei Marjory Sanderson, und zufällig arbeite ich gerade für deren Vater an einem Fall. Also könnte ich auch gleich ein Auge auf Jordanna halten. Quincy kehrt morgen zurück. Er kann sich um die Landers kümmern. Wir brauchen allerdings ihre Adresse.«

Nach dem Gespräch fühlte er sich noch immer nicht beruhigt. Wenn es nach ihm gegangen wäre, hatte er sofort die Polizei eingeschaltet. Am besten beratschlagte er mit Quincy, wie sie in dieser Sache vorgehen sollten.

Im Zimmer neben der Bibliothek hörte Marjory am Zweitapparat mit. Als Michael das Telefonat beendet hatte, legte sie rasch auf.

Was ging hier vor? Der Mann, mit dem Michael gesprochen hatte, hatte ziemlich nervös geklungen. Und wer um alles in der Welt war Zane?

Marjory war aufgeregt. Das alles hörte sich nach einer ziemlich spannenden und mysteriösen Geschichte an. Wenn Michael sie doch nur ins Vertrauen ziehen würde!

Das Ärgerliche an diesem Abenteuer war, daß Jordanna damit zu tun hatte und Michael sie beschützen mußte. Auf der anderen Seite bedeutete das aber auch, daß er nun häufiger und länger hier sein mußte.

Marjory war zusammen mit Jordanna und Cheryl aufgewachsen und hatte sich in diesem Kreis immer wie eine Außernseiterin gefühlt. Sie wußte, daß sie neben diesen beiden blaß und unscheinbar wirkte, und auch wenn die beiden zusammen mit Grant und Shep sie immer überall hin mitgenommen hatten, war sie sich doch stets wie etwas Unsichtbares, bestenfalls wie ein Maskottchen vorgekommen.

Wenn sie sich nun einen so gutaussehenden Mann wie Michael angeln konnte ... dann würden die anderen aber Augen machen!

Na gut, er war bloß Privatdetektiv, und ihr Vater würde sicher etwas gegen diese Verbindung haben, doch wenn schon. Sie war über einundzwanzig und konnte tun und lassen, was ihr beliebte.

Sie huschte aus dem Zimmer und fing Michael auf dem Weg zur Haustür ab.

»Ich muß fort, ins Studio.«

»Was denn für ein Studio?«

»Ich bin heute abend im Fernsehen.«

»Wieso?«

»Meine vierjährige Tochter wird vermißt, und ich werde mich noch einmal an die Öffentlichkeit wenden.«

Michael hatte eine Tochter! Das hieß doch wohl, daß er auch verheiratet war? Sie warf einen raschen Blick auf seinen Ringfinger, aber da war nichts.

»Das … das wußte ich nicht, Michael. Tut mir wirklich leid für Sie. Wird Ihre Frau auch vor die Kamera treten?«

»Meine Frau ist tot.«

»Oh … Möchten Sie denn, daß *ich* Sie begleite?«

»Vielen Dank, aber ich komme schon allein zurecht.« Er warf einen Blick auf seine Uhr. Höchste Zeit. Rosa hatte ihn ausdrücklich gebeten, pünktlich zu sein. »Wann kommt Jordanna nach Hause?«

»Wahrscheinlich wird heute wieder sehr lange gedreht.«

»Na ja … vielleicht bleibe ich über Nacht hier. Ich komme nach der Fernsehgeschichte wieder hierher.«

»Das wäre wirklich nett von Ihnen, Michael.« Sie legte ihm eine Hand auf den Arm. »Was ist denn Ihr Lieblingsessen?«

»Wie bitte?« Er wich zurück, und ihre Hand rutschte von seinem Arm.

»Ich möchte für Sie kochen.«

»Machen Sie sich bitte keine Umstände, Marjory. Lassen Sie einfach eine Pizza kommen.«

»Dann bestelle ich eine bei Spago.«

»Wo?«

»Sie werden die Pizza mögen, verlassen Sie sich darauf.«

Michael traf in letzter Minute im Sender ein. Eine Assistentin nahm ihn in Empfang und führte ihn gleich in die Maske.

»Dieses ganze Getue paßt mir überhaupt nicht«, beschwerte er sich, während er vor dem Spiegel saß.

»Ich trage nur ein wenig Puder auf, um den Hautglanz wegzunehmen«, betupfte ihn die Frau ungerührt. »Wir sind ja auch gleich fertig.«

Das ganze Studio machte ihn nervös. Beim letzten Mal hatte Rosa ihn in seinem Apartment interviewt, und da war er wesentlich entspannter gewesen.

»Wir haben heute ein volles Programm«, teilte ihm die Assistentin mit, die mit in den Schminkraum gekommen war. »Kennedy Chase tritt wieder auf. Kennen Sie die?«

Irgendwo hatte er den Namen schon einmal gehört, wußte jetzt aber nicht, wo er ihn hintun sollte. »Nein.«

»Sie ist Journalistin und recherchiert über den Würger. Unser Sender will den Polizeichef dazu bewegen, eine Sondereinheit aufzustellen. In den letzten Monaten ist es nämlich in L. A. zu mehreren Morden an Frauen gekommen. Folgen Sie mir bitte ins Grüne Zimmer, da können Sie die Chase am Monitor verfolgen.«

Dort angekommen, bewaffnete er sich mit einem Becher Kaffee und ließ sich vor dem Bildschirm nieder. Rosa sprach gerade und meldete den Absturz eines Sportflugzeugs. Danach wandte sie sich an ihren Co-Moderator, einen gutaussehenden Farbigen. Die beiden tauschten ein paar Belanglosigkeiten aus, und dann berichtete er von einem bewaffneten Raubüberfall in Orange County. Die Kamera zoomte schließlich auf Rosa zurück, die nun mit einem breiten Lächeln verkündete: »Letzte Woche hat hier die Journalistin Kennedy Chase über die Mordserie an Frauen im Großraum Los Angeles gesprochen. Leider muß ich vermelden, daß die Polizei noch keine einschneidenden Maßnahmen getroffen hat. Und so fiel vor kurzem eine weitere Frau den Händen dieses sadistischen Würgers zum Opfer. Wir alle schweben in Gefahr. Kennedy ...«

Die Kamera schwenkte auf die Journalistin, und Michaels Interesse wurde sofort geweckt. »Guten Abend«, begann sie. »Aber darf man das überhaupt noch sagen?« Sie legte eine bedeutungsvolle Pause ein. »Wie viele Frauen müssen noch ihr Leben verlieren, ehe der Polizeichef oder der Bürgermeister beschließen, in großem Umfang aktiv zu werden? Wie viele Frauen werden dem Mörder noch zum Opfer fallen, ehe man höheren Orts zu der Erkenntnis gelangt, daß wir es hier mit einem ernstzunehmenden Notstand zu tun haben?«

Michael konnte den Blick nicht von ihr wenden. Das, was Kennedy zu sagen hatte, klang eindringlich und überzeugend. Außerdem war sie ausnehmend hübsch.

War das die Frau, mit der Rosa ihn hatte verkuppeln wollen? Damals hatte er nein gesagt, aber nun fing er an zu überlegen.

Kennedy schien eine Menge über die Morde in Erfahrung gebracht zu haben. Vermutlich würde sie nicht mehr lange brauchen, bis sie darauf stieß, daß Mörder wie Opfer vor sieben Jahren in einem Film von Mac Brooks mitgewirkt hatten.

Bevor Kennedy ihren Appell beendet hatte, kam eine Tontechnikerin ins Grüne Zimmer und brachte ein Mikrophon an ihm an. Er mußte aufstehen, damit sie den Sender hinten an seinem Gürtel befestigen konnte.

»Sie sind doch wohl nicht etwa nervös?« fragte sie.

»Woher denn, ich mache das ja schließlich schon zum zweiten Mal.«

»Ich habe Ihren ersten Auftritt gesehen. Er war sehr anrührend.«

»Danke.« Er fing an, tief durchzuatmen, um sich für die Kamera bereitzumachen.

Wann immer er in diesen Tagen an Bella dachte, wurde er depressiv, und allzu oft schlich sich der Gedanke in seinen Kopf, daß sie längst tot war – oder man sie für Kinderpornos mißbrauchte. Beide Vorstellungen legten sich wie eine eisige Faust um sein Herz.

Als er das grüne Zimmer gerade verließ, kam Kennedy um die Ecke.

»Eine sehr beeindruckende Ansprache«, lobte er.

»Danke«, entgegnete Kennedy nur und sah ihn noch nicht einmal an.

»Ich bin Michael Scorsini.«

»Erfreut, Sie kennenzulernen.« Und schon war sie in

ein Gespräch mit einer Produktions-Assistentin verwikkelt.

Michael war es gewohnt, von Frauen mit etwas mehr Aufmerksamkeit bedacht zu werden. Kennedy schien mit den Gedanken ganz woanders zu sein und es ziemlich eilig zu haben.

»Ich glaube, Rosa hat mich Ihnen gegenüber einmal erwähnt«, sagte er, entschlossen, sie dazu zu bewegen, sich mit ihm zu beschäftigen. »Die Gute hat versucht, uns zu verkuppeln.«

Jetzt drehte Kennedy sich zu ihm um und lächelte belustigt. »Ja, Rosa und ihre Sucht, Menschen zusammenzubringen. Sie arrangiert immer wieder Verabredungen für mich, und ich sage regelmäßig nein. Hat sie das bei Ihnen auch so gemacht?«

Er kratzte sich am Kinn. »Eigentlich ja.«

»Tja, Rosa leidet da an einer Art Besessenheit. Beachten Sie das einfach gar nicht.«

»Das habe ich auch nicht. Aber jetzt, da ich Sie kennengelernt habe, würde ich gern mit Ihnen über die Mordserie reden.«

»Haben Sie denn irgendwelche Informationen?« Jetzt war ihr Interesse geweckt.

»Ich habe früher in New York bei der Kripo gearbeitet, und im Lauf der Jahre sind mir da auch einige Serienmörder untergekommen. Vielleicht kann ich Ihnen später bei einem Drink etwas darüber erzählen.«

»Eigentlich bin ich auf dem Weg nach Hause.«

»Dann vielleicht ein anderes Mal?«

»Wenn Sie etwas Wichtiges zu sagen haben. Rosa kann Ihnen meine Nummer geben.«

»Okay, Michael«, sagte seine Assistentin, »Showtime.«

»Ich rufe Sie bestimmt an, schon bald«, versprach er Kennedy, während er fortgeführt wurde.

Die Journalistin nickte und sah ihm für einen Moment hinterher. In einem Punkt hatte Rosa wenigstens recht: Der Mann sah gar nicht übel aus. Aber zur Zeit war Kennedy nicht an gutaussehenden Männern interessiert. Um ganz genau zu sein, das gesamte männliche Geschlecht war ihr schnuppe.

Dennoch lenkten ihre Schritte sie in das Grüne Zimmer, wo sie sich vor dem Monitor niederließ und sein Interview verfolgte.

Er wirkte sympathisch und glaubwürdig. Sobald sie seine Geschichte gehört hatte, ging ihr sein Schicksal doch nahe. Was für ein Alptraum mußte das sein, nicht zu wissen, wohin das eigene Kind verschwunden war.

Als Michael in den Raum zurückkehrte, saß Kennedy immer noch dort. »Ich habe es mir anders überlegt«, erklärte sie ihm. »Ein Drink wäre jetzt vielleicht nicht verkehrt.«

Er lächelte schief. »Sie haben mich gesehen, und jetzt tue ich Ihnen leid, was?«

Ihre Blicke trafen sich. »Ganz genau.«

»Ist hier irgendwo ein Michael Scorsini?« rief jemand vom Gang.

»Ja, hier.«

»Ein Anruf für Sie. Drücken Sie auf die Drei, und heben Sie dann ab.«

Michael begab sich ans Telefon, und eine gedämpfte Frauenstimme meldete sich: »Michael Scorsini?«

»Der bin ich.«

»Ich habe Sie gerade im Fernsehen gesehen. Ich kann Ihnen helfen, Ihr Kind wiederzubekommen. Aber das kostet eine Kleinigkeit.«

»Wer spricht denn da?«

»Tut nichts zur Sache. Jetzt hören Sie mir gut zu: Ich weiß, wo Ihre Tochter ist, und wenn Sie sie wiedersehen wollen, sollten Sie zehntausend in bar auftreiben. Ich melde mich wieder.«

»Nein, so geht das nicht. Über das Geld läßt sich reden, aber erst verlange ich einen Beweis, daß Bella noch lebt.«

»Wie wär's denn damit?«

Er hörte, wie der Hörer weitergegeben wurde, und dann rief eine Kinderstimme: »Daddy? Daddy!«

Gott, dieselbe Stimme wie die aus der Küche! Er war fest davon überzeugt, daß es sich um Bella handelte.

Kapitel 32

Sie setzten sich in eine Bar auf der anderen Straßenseite. Kennedy nahm einen Wodka-Martini und Michael sein übliches alkoholfreies Bier – auch wenn ihm in diesem Moment nach etwas Stärkerem zumute war.

»Tut mir leid, aber heute abend bin ich wohl kaum ein guter Gesellschafter«, entschuldigte er sich, kratzte sich am stoppeligen Kinn und spürte, daß er sich von dieser Frau unglaublich angezogen fühlte. Eigentlich nicht überraschend: Kennedy war auf ihre Weise schön und strahlte einen subtilen Sex-Appeal aus.

»Das ist doch nicht schlimm«, versicherte Kennedy ihm und wunderte sich, warum sie sich zu diesem Mann, den sie doch kaum kannte, so hingezogen fühlte. Tat er ihr einfach nur leid, oder war da mehr? »Wenn ich an Ihrer Stelle wäre, stünde ich bestimmt kurz vor dem Durchdrehen.«

»Das Schlimmste daran ist, überhaupt nichts zu wissen. Ich denke immerzu an Bella, das ist wie Kopfschmerzen, die einfach nicht vergehen wollen. Alles mögliche geht mir durch den Sinn, manchmal auch die schreckliche Frage, ob sie überhaupt noch lebt.«

»Sie müssen unter einem enormen Druck stehen.«

»Stimmt. Nicht die geringste Spur. Weder bei Bella noch bei demjenigen, der meine Ex-Frau und ihren neuen Lebenspartner ermordet hat. Jeden Tag rufe ich bei der Polizei an. Die Beamten hören mir zu und haben auch Verständnis, aber sie haben eben auch nichts in der Hand. Und plötzlich bekomme ich dann einen solchen Anruf und bilde mir ein, die Stimme von …«

Impulsiv legte Kennedy eine Hand auf die seine. »Sie können nicht sicher sein, ob es sich wirklich um Ihre Tochter gehandelt hat. Gut möglich, daß da jemand nur versucht, Sie um Geld zu erleichtern.«

»Klar, da bin ich auch genau der Richtige! Wo soll ich denn zehntausend Dollar herbekommen?«

»Ich weiß nicht, was ich Ihnen sagen soll, Michael.«

»Hey, es ist schon prima, daß wir miteinander reden. Quincy, mein Partner, ist leider zur Zeit nicht da. Und es ist wirklich angenehm, mit Ihnen hier zu sitzen.«

Kennedy zog die Hand zurück und lächelte. »Anscheinend habe ich meinen Beruf verfehlt. Ich wäre vielleicht besser Barkeeper geworden. Wo lebt eigentlich Ihre Familie, Michael?«

»In New York. Ich habe einen Bruder, ein richtiger Tunichtgut. Und meine Mutter hat ihre eigenen Probleme.«

»Und Ihr Vater?«

»Der hat uns verlassen, als ich noch ein Kind war. Mein Stiefvater hat mich erzogen, Eddie Kowlinski, ein Arschloch, wie es im Buch steht.«

»Sehen Sie sich häufig?«

Er lachte humorlos. »Nicht, wenn ich es irgendwie vermeiden kann.«

»Wohl nicht das sprichwörtliche ›traute Heim‹, was?«

»Hören Sie, Sie machen das wirklich gut.«

»Was denn?«

»Mich auszufragen und Dinge über mich zu erfahren.«

»Das ist mein Job.«

»Macht es Ihnen etwas aus, wenn ich rauche?«

»Solange Sie mir nicht den Rauch ins Gesicht blasen.«

Er zündete sich eine Zigarette an und sah auf ihre Hand. »Sie tragen einen Ring. Sind Sie verheiratet?«

»Mein Mann ist gestorben.«

»Tut mir leid.«

»Er war ein großartiger Mensch.«

»Wenn er mit Ihnen verheiratet war, muß er das wohl auch gewesen sein.« Er betrachtete sie für einen Moment. »Da sitzen wir also in einer Bar, und das Komische daran ist, daß ich nicht trinke.«

»Niemals?«

»Früher habe ich es ziemlich arg damit getrieben. Die Anonymen Alkoholiker haben mich gerettet. Ich bin jetzt seit einigen Jahren trocken.«

»Ich trinke eigentlich nur in Gesellschaft«, sagte Kennedy. »Wenn man mir ein Glas Wein anbietet, dann nehme ich es. Aber wenn kein Alkohol gereicht wird, macht mir das auch nichts aus.«

»Sie Glückliche. Schon ein Glas würde mich vollkommen umhauen.«

»Ich bin froh, daß Sie das jetzt nicht brauchen, Michael.«

»Und ich bin vollkommen zufrieden damit, hier mit Ihnen zu sitzen.«

Sie lächelte plötzlich. »Rosa wäre sicher von den Socken, was?«

Jetzt lächelte auch er. »Ist zwar nicht gerade eine Verabredung, aber es würde sie trotzdem glücklich machen, oder?«

»Glücklich? Ha, sie wäre völlig aus dem Häuschen. Am besten sagen wir ihr nichts davon.«

»Einverstanden.«

Er sog an seiner Zigarette. »Und wie sind Sie zu dieser Mordermittlung gekommen?«

»Ich dachte gerade darüber nach, welchen Artikel ich für das Magazin verfassen soll, für das ich arbeite. Mein Vater lag im Krankenhaus, und ganz in der Nähe war eine Frau ermordet worden. Kurz vor seinem Tod sagte er mir noch: ›Warum schreibst du nicht mal etwas über gewöhnliche Menschen, statt immer nur über die Reichen und Berühmten?‹ Und damit hatte er hundertprozentig recht. Also habe ich angefangen, über diesen Mord zu recherchieren, und bin auf weitere gestoßen, die mit dem ersten in Zusammenhang zu stehen schienen. Die Polizei hatte noch nicht viel zuwege gebracht, und da hat Rosa mich überredet, davon im Fernsehen zu berichten, um auf diese Weise Staub aufzuwirbeln.«

»Auf so etwas versteht sie sich.«

»Sie haben vorhin gesagt, Sie hätten in New York an einigen Serienmorden gearbeitet. Was halten Sie denn von diesem Fall?«

Was sollte er ihr jetzt sagen? Doch nicht etwa, daß er wußte, wer die Morde beging, und daß ihm im Moment die Hände gebunden seien? Dann wäre er bei dieser Frau ganz sicher unten durch.

»Um ganz ehrlich zu sein, ich habe diese Sache nicht verfolgt.«

»Das sollten Sie aber. Ich würde mich freuen, wenn Sie mich mit ein paar Hinweisen oder Tips versorgen könnten.«

Er winkte nach der Rechnung. »Hören Sie, es ist schon spät geworden. Ich fürchte, ich muß jetzt los. Eine Menge Arbeit wartet auf mich. Da gibt es nämlich eine junge Frau, die von jemandem bedroht wird ...«

»Hört sich nach einer Geschichte für mich an.«

»Ich sage Ihnen Bescheid, wenn sich etwas ergeben hat.«

»Bitte tun Sie das, Michael.«

»Wie wär's, wenn wir uns noch einmal zu einem Gedankenaustausch treffen?«

Sie lachte. »Etwa, damit wir uns gegenseitig unsere Sorgen erzählen können?«

»Ich könnte Sie ja für morgen abend zum Essen einladen.«

»Leider habe ich morgen sehr viel zu tun.«

»Darf ich Sie denn anrufen?«

Sie sah ihm direkt ins Gesicht. »Ja, ich glaube, das fände ich sehr nett.«

Als Bobby am Dienstag morgen erwachte, bereute er es schon, sich mit Barbara Barr zum Mittagessen verabredet zu haben.

Gestern abend war er spät vom Drehen nach Hause zurückgekehrt, und da hatte sie schon in seinem Bett gewartet. Barbara hatte Räucherstäbchen angezündet und auf dem Nachttisch Kaviar und Koks bereitgestellt.

Rush war sofort sauer geworden. »Wie bist du in mein Haus gelangt?«

»Eingebrochen«, kicherte sie, sprang splitterfasernackt aus dem Bett und fiel ihm um den Hals. »Ich wußte, daß du Hunger haben würdest. Deswegen habe ich Kaviar mitgebracht. Ein Geschenk von mir an dich. Desgleichen der Schnee.«

»Ich nehme keine Drogen, Barbara«, sagte er und versuchte, sich von ihrem Griff zu befreien.

»Warum denn nicht?«

»Weil das einem das Hirn verdreht. Jetzt zieh dich wieder an, pack deinen Koks ein und verlaß mein Haus.«

»Verzeihung«, entgegnete sie sarkastisch, »ich konnte ja nicht ahnen, daß ich Mr. Saubermann vor mir habe.«

»Es gefällt mir gar nicht, daß du in mein Haus eingebrochen bist, Barbara.«

Ihre Augen funkelten gefährlich. »Ich könnte dir einen blasen, Bobby. Oder dich vögeln, daß dir Hören und Sehen vergehen. Was hältst du davon?«

Die Art, wie sie das sagte, löste bei ihm ein Schaudern aus. Irgend etwas stimmte nicht mit Barbara Barr.

»Wir sind morgen zum Mittagessen verabredet, und dort werden wir reden. Und jetzt lege ich mich schlafen.«

Irgendwie gelang es ihm, sie aus dem Haus zu bekommen.

Jetzt war er auf dem Weg zu dem Treffen mit ihr. Weil sie der Star in seinem Film war, saß er irgendwie in der Falle. Er hatte sie von Beth überprüfen lassen, und die hatte ihm eine Menge Schlagzeilen aus der Klatschpresse präsentiert. Bobby kam sich jetzt vor wie ein Idiot. Er hätte spüren müssen, daß Barbara nichts als Ärger brachte.

Während des Essens versorgte sie ihn mit Geschichten von ihren Eskapaden. »Mir läuft der Ruf voraus, leicht zu explodieren«, erklärte sie kichernd. »Kapriolenkönigin, so nennen sie mich. Aber wenn mich jemand beleidigt, wie neulich diese Schlampe in dem Club, dann bekommt der von mir, was er verdient. Das würdest du doch auch tun, oder?«

»Nein, Barbara. So, wie du es treibst, landest du noch vor Gericht.«

»Niemand wird mich verklagen, das kann ich dir versichern«, erwiderte sie hart und bestimmt. »Ich habe zwei Brüder, die machen den Betreffenden so platt, daß er wünscht, nie geboren worden zu sein.«

Oh, Scheiße!

»Wie wär's, treffen wir uns heute abend zum Dinner?« Sie spielte mit dem silbernen Kruzifix, das sie an einer Halskette trug.

»Nein.«

»Was soll das bedeuten?«

»Daß ich das für keine gute Idee halte.«

»Und warum nicht?«

»Barbara, wir wollen es lieber lassen.«

»Es lassen?« Ihre Stimme wurde immer lauter. »Was denkst du dir eigentlich, Bobby? Ich gehöre nicht zu den Frauen, mit denen du mal eben ins Bett hüpfst und dich dann aus dem Staub machst. Mach dir das mal lieber klar.«

»Ich habe nicht gesagt, daß du für mich nur ein Bettabenteuer warst.«

»Gut. Dann haben wir uns ja verstanden.« Ihre Augen funkelten wieder tückisch.

Nach dem Essen konnte Rush nicht schnell genug fortkommen. Es war ein großer Fehler gewesen, ihr die Rolle der Siena zu geben, und ihm fiel nur ein Weg ein, aus diesem Dilemma zu kommen. Er mußte den Vertrag mit ihr auflösen und sie von dem Film fernhalten – ehe es zu spät war.

Luca flog in Begleitung zweier seiner Getreuen nach Kalifornien: Reno Luchessi und Bosco »das Schwein« Nanni. Beides gute Jungs, denen er vertrauen konnte.

Vertrauen und Loyalität bedeuteten Carlotti viel. Ohne sie war man so tot wie ein überfahrener Hund im Straßengraben.

Reno sollte einmal seine Geschäfte übernehmen. Mit seinen neununddreißig Jahren sah er immer noch gut aus, war groß, hatte hellbraunes Haar, das ihm locker in die Stirn fiel, und lange, geschwungene Wimpern. Sein Gesicht war voller Unschuld, aber darauf sollte man sich besser nicht verlassen.

Reno war ein Killer. Nichts machte ihm mehr Spaß, als jemanden totzuprügeln.

Bosco hingegen war klein und dick. Er hatte vorstehende

Augen, behaarte Hände und ein fliehendes Kinn. Man nannte ihn »das Schwein«, weil er im Bett wahre Exzesse veranstaltete. Er schien nie genug Frauen bekommen zu können, und weil er nicht gerade wie ein Adonis aussah, strengte er sich beim Sex um so mehr an. Tatsächlich behaupteten die meisten Frauen, die mit ihm zusammen gewesen waren, er sei der beste Liebhaber aller Zeiten.

Luca wußte, daß er die beiden Richtigen für diesen Job ausgesucht hatte.

Der Flug nach Los Angeles verlief ereignislos, bis auf den Umstand, daß es Bosco gelang, eine der Stewardessen auf der beengten Toilette zu vögeln. »Was guckt ihr so?« fragte er, als er auf seinen Platz zurückkehrte. »Die Kleine ist bei mir in der Straße aufgewachsen. Sie war mir noch einen Gefallen schuldig.«

Sie landeten kurz vor Mittag. Eine Limousine mit Chauffeur erwartete sie schon am Flughafen und beförderte sie auf dem schnellsten Weg ins Hotel St. James, wo Carlotti drei getrennte Suiten gebucht hatte.

Kaum hatten sie ihre Zimmer erreicht, bestellte Luca gleich eine Maniküre, eine Pediküre und eine Massage. Erst nachdem er sich solcherart hatte verwöhnen lassen, meldete er sich bei Brooks. »Wir sollten uns treffen. Komm am besten zu mir ins Hotel.«

»Wenn du das für notwendig erachtest«, entgegnete Mac steif.

»Wir sind übereingekommen, daß du in deinem Leben machen konntest, was du wolltest«, erklärte Carlotti ungehalten. »Manchmal verblüfft mich dein Betragen allerdings.«

»Ich bin kein Kind mehr, Luca. Sprich also nicht zu mir, als wenn du einen ungezogenen Bengel vor dir hättest.«

»Sei um sechzehn Uhr hier.«

Bosco hing bereits in seinem Zimmer am Telefon und versuchte herauszufinden, wo ein Mann am ehesten etwas geboten bekam. »In L. A. findest du die heißesten Nutten auf der Welt«, erklärte er den anderen beiden etwas später. »Viel besser jedenfalls als die in Vegas.«

»Die Vegas-Huren sind Scheiße«, bemerkte Luca. »Haben einfach keine Klasse.«

»Das sehe ich aber ganz anders«, widersprach Bosco. »Ich hätte beinahe einmal ein Showgirl aus Vegas geheiratet. Die konnte vielleicht blasen, so was habt ihr einfach noch nicht erlebt!«

»Du würdest eine klasse Nutte doch nicht einmal erkennen, wenn sie dir auf dem Gesicht säße«, lästerte Reno, nahm eine handvoll Nüsse aus der Schale und warf sie sich eine nach der anderen in den Mund. »Ich habe noch nie für Sex bezahlt«, prahlte er. Er bildete sich ein, ebenso viele Frauen im Bett gehabt zu haben wie Luca, erreichte dessen Schnitt aber nicht.

»Dann weißt du nicht, was du versäumt hast«, entgegnete Bosco. »Du kannst dir die Tollste aussuchen, gibst ihr Geld, damit sie das tut, worauf du gerade Lust hast, und das Beste daran ist, sie fängt danach kein Gelaber von Beziehung an oder macht dir sonstwie Streß. Du mußt sie nicht einmal ausführen, kein Essen spendieren und auch keinen Drink ausgeben! Sie vögelt mit dir, bis du nicht mehr kannst, und geht dann wieder.«

Reno schüttelte den Kopf. »Ich bezahle nicht dafür. Hab' das noch nie getan und werde das auch nie tun.«

Luca mußte schmunzeln. Bosco und Reno konnten kaum unterschiedlicher sein, und das in vielerlei Hinsicht.

Wenn man die beiden debattieren hörte, war das besser als jede Comedy-Sendung im Fernsehen.

»Ich habe herausgefunden, wo es in dieser Stadt die besten Callgirls gibt«, verkündete Bosco. »Soll ich dir da was bestellen, Luca?«

Carlotti dachte darüber nach. Gewaltanwendung machte ihn immer geil, und die Sache mit Zane würde nicht friedlich ausgehen. »Klar, warum nicht? Ich will eine Kleine mit großen Titten, roten Haaren und einer Krankenschwestertracht.«

»Eine Krankenschwester? Bist du krank oder was?«

»Habe ich euch noch nie erzählt, wie ich mit sechzehn mal im Krankenhaus gelegen habe?« entgegnete Luca. »Irgend so ein Idiot hatte mir mit einem Baseballschläger das Bein zertrümmert. Und im Spital gab es eine Schwester, die sah einfach umwerfend aus. Wenn die deinen Schwanz in den Mund genommen hat, ist dir Hören und Sehen vergangen. Verdammt noch mal, ich will eine in Krankenschwestertracht!«

Alle drei lachten.

Jordanna saß draußen am Pool und las die *Variety*. Ihr Blick blieb an Army Archerds Kolumne hängen, weil dort der Name ihres Vaters auftauchte.

Die Freunde von Jordan Levitt werden erfreut sein zu erfahren, daß die Unterleibsschmerzen, unter denen er seit einiger Zeit leidet, sich als doch nicht so schlimm herausgestellt haben.
Nach zwei Tagen zur Beobachtung im Cedar-Krankenhaus durfte er wieder nach Hause.

Jordanna las die Notiz mehrmals und ärgerte sich, daß niemand sie angerufen hatte. Erst nach ein paar Minuten wurde ihr bewußt, daß das auch schlecht möglich war. Weder Jordan noch Kim wußten, wo sie sich aufhielt.

Eigentlich war der rechte Zeitpunkt gekommen, Frieden zu schließen. Nicht auszudenken, wenn ihr Vater an einer schweren Krankheit gelitten hätte.

Seit sie bei Charlie ausgezogen war und regelmäßig arbeitete, war sie mit sich sehr zufrieden und fühlte sich gut genug, um mit Kim ins Reine zu kommen. Auch mit Jordan wollte sie sich wieder gut stellen. Was immer er in den vergangenen Jahren auch getan hatte, es war sein Leben, und das alles ging sie nichts an. Kim mochte früher Callgirl gewesen sein, na und? Wenigstens machte sie ihren Vater glücklich, und alles andere zählte nicht.

Kurz entschlossen fuhr sie zu Jordans Haus. Er war anwesend, wie sie an dem abgestellten Bentley vor der Tür erkannte.

Jordanna sprang aus ihrem Porsche und klingelte gleich.

Der philippinische Hausdiener öffnete ihr. »Ist mein Vater zu sprechen?«

»Mr. Levitt hält sich in seinem Arbeitszimmer auf, Miß Levitt.«

»Danke«, sagte sie rasch und lief durch den Flur. »Überraschung!« rief sie, als sie in den Raum platzte.

Jordan hob den Blick vom dem, was auf seinem Schreibtisch ausgebreitet lag. »Wo um alles in der Welt hast du gesteckt?« fragte er knurrig.

Sie verzog das Gesicht: »Das ist aber eine nette Begrüßung. Dabei dachte ich, du wärst krank.«

»Es ist mir ernst, Jordanna. Wo hast du dich herumgetrieben? Glaubst du nicht, daß ich mir Sorgen um dich mache? Packst einfach deine Klamotten und verschwindest, ohne eine Adresse zu hinterlassen. Ich schätze ein so unüberlegtes und unerwachsenes Verhalten nicht.«

»Ich bin kein kleines Mädchen mehr, Daddy.«

»Warum führst du dich dann so auf?«

Oh Gott, konnte es denn nicht einmal ohne Streit abgehen?

»Hör mir bitte zu«, sagte sie ruhig. »Ich bin heute hierher gekommen, weil ich dir mitteilen wollte, daß ich mir einen Job besorgt habe, nach einer Wohnung suche und dein Geld nicht mehr brauche. Von nun an stehe ich auf eigenen Füßen, und eigentlich hatte ich gehofft, du würdest stolz auf mich sein.«

Er legte die Stirn in Falten.

»Bist du nun stolz auf mich?« bohrte sie nach.

»Mir sind einige Gerüchte zu Ohren gekommen. Eines besagte sogar, du wärst mit Charlie Dollar zusammen. Das konnte ich einfach nicht glauben, der Mann ist ja so alt wie ich.«

»Natürlich bin ich nicht mit Charlie zusammen«, entgegnete sie und fügte leise hinzu: »Nicht mehr.«

»Da bin ich aber erleichtert.«

»Ich auch! Ich habe nämlich gelesen, du seist im Krankenhaus gewesen.«

»Mir saß nur ein Furz quer.«

»Wie gewählt du dich ausdrückst.«

»Als er raus war, durfte ich wieder nach Hause.«

»Du bist geschmacklos.«

»Ich sage es nur so, wie es gewesen ist, meine Liebe.«

Jordanna mußte kichern. »Ist ja auch egal. Ich wollte dir auch gratulieren. Von dem Baby habe ich nämlich auch gehört.«

»Wer hat dir das denn verraten?«

»Kim. Als ich meine Sachen gepackt habe. Ich freue mich für euch beide, ganz ehrlich.«

Man konnte ihm ansehen, daß er mißtrauisch war. »Brauchst du einen Scheck?« fragte Jordan nach einem Moment.

»Nein, ich habe dir doch gesagt, daß ich einen Job habe. Und ich versuche mich nicht als Schriftstellerin. Vielmehr arbeite ich bei Mac Brooks neuestem Film als PA von Bobby Rush mit. Ich lerne das Handwerk von der Pike auf, so wie du es mir immer geraten hast. Wart's nur ab, eines Tages bin ich vielleicht eine ebenso bedeutende Produzentin wie du.«

»Jordanna, bist du dir ganz sicher, daß dir nichts fehlt?«

»Daddy, ich habe mich noch nie so gut gefühlt. Wahrscheinlich, weil ich endlich herausgefunden habe, wie gut es mir tut, auf eigenen Füßen zu stehen.«

Jordan breitete die Arme aus: »Komm her, Vögelchen!«

»Nenn mich nie wieder so«, schimpfte sie, ohne jedoch wirklich böse zu sein.

Er nahm sie in seine Arme und hielt sie fest. »Ich habe dich sehr vermißt.«

»Ich dich auch«, entgegnete sie leise. »Als ich gelesen habe, daß du im Krankenhaus gewesen bist, war ich ganz krank vor Sorge.«

In diesem Moment betrat Kim das Zimmer und brauchte einen Moment, ehe sie fragen konnte: »Was ist denn hier los?«

»Wir feiern gerade die Versöhnung von Vater und Tochter«, strahlte Jordan.

»Hi, Kim«, sagte Jordanna freundlich, »wie geht es dir?«

»Gut«, antwortete sie zögerlich und machte sich auf einen Streit gefaßt.

»Das freut mich zu hören.«

»Endlich habe ich alle meine Mädchen wieder bei mir«, freute sich Jordan. »Es gibt für mich einfach nichts Schöneres. Wir sollten ausgehen und groß feiern.«

»Möchtest du wirklich mit uns feiern?« fragte Kim Jordanna.

»Ja, Kim, das möchte ich sehr gern.«

»Schön, daß ihr wieder im Lande seid«, begrüßte Michael Quincy an der Tür.

»Du wirst es nicht glauben«, verkündete Amber und trug das Baby ins Haus, während das Kleine hinterhertrottete und sich an ihrem Rock festhielt. »Ich habe ihm vorher noch gesagt, daß er ein lausiger Skifahrer sei. Aber hat er auf mich gehört? Nein, woher denn auch? Mr. Sportskanone-Robbins stellte sich auf die Skier und glitt prompt gegen den erstbesten Baum.«

»Ich habe ihn einfach nicht gesehen. Er ist wie aus dem Nichts vor mir aufgetaucht! Das mußt du mir glauben, Schatz.«

»Nenn mich nicht Schatz.« Offenbar war sie immer noch sauer auf ihn. »Ich bringe jetzt die Kinder ins Bett, und heute abend koche ich *nicht*.«

»Ich bin ein schwerverletzter Mann«, jammerte Quincy. »Da brauche ich Mitgefühl und liebevolle Pflege.«

»Das wirst du dir schon von Michael holen müssen, denn bei mir gibt's sowas nicht mehr.« Sie verschwand mit den Kindern nach oben.

»Ist die Ehe nicht das Schönste, was ein Mann sich erträumen kann?« seufzte Quincy und ließ sich im Wohnzimmer auf die Couch plumpsen.

»Hörte sich ganz so an, als sei Amber sauer.«

»Ich weiß auch nicht, was sie wieder hat. Schließlich bin ich derjenige mit dem gebrochenen Arm.«

»Okay, reden wir lieber über die Arbeit. Während du weg warst, hat sich hier einiges getan.«

»Warum hast du mich nicht angerufen?«

»Weil ich mir dachte, das hätte Zeit, bis du wieder da bist.«

»Sei bitte so lieb, und hol mir ein Bier aus dem Kühlschrank.«

»Wie lange mußt du den Gips denn tragen?«

»Der Arzt sagte was von sechs Wochen.«

»Scheiße.«

»Genau meine Meinung.«

Als Michael ihm das Bier besorgte, mußte er an Kennedy denken. Eine Frau wie sie hatte er noch nie kennengelernt. Sie war schön *und* klug, eine Kombination, gegen die er machtlos war. Michael freute sich schon darauf, sie wiederzusehen ...

»Ich verdurste!« rief Quincy aus dem Wohnzimmer.

»Bin schon unterwegs.«

Er ließ sich ihm gegenüber nieder und berichtete ihm alles, was vorgefallen war.

Nach der Mittagspause begab sich Bobby zum Vorführraum des Studios, um sich mit Brooks die Tagesproduktion anzusehen. Als sie damit fertig waren, drehte Rush sich zu ihm um und erwartete von ihm Lob. Doch statt dessen sah Mac nur auf seine Uhr und sagte: »Ich muß fort.«

»Was hältst du denn von den Szenen, die wir uns gerade angeschaut haben?«

»Gute Arbeit. Cedric Farrell agiert so großartig wie dein Vater. Ein echter Profi.«

Genau das, was ein Schauspieler am liebsten zu hören bekam: Lob für einen anderen. »Wir müssen miteinander reden«, erklärte er Brooks. »Ein ziemliches Problem kommt auf uns zu.«

Mac sah ihn ernst an. Wußte Bobby etwa Bescheid? Das war doch unmöglich, oder? »Später«, beschied er ihn. »Jetzt habe ich einen Termin.«

»Es ist wirklich wichtig.«

»Mein Termin auch.«

»Dann solltest du später ins Produktionsbüro kommen.«

»Wenn es sich irgendwie einrichten läßt.« Mac rannte aus dem Raum, als sei der Teufel hinter ihm her.

Bobby begab sich zu seinem Büro und lief dabei Stan in die Arme, der nun in der Buchhaltung arbeitete.

»Bobby!« rief er erfreut. Seit er eine feste Arbeit hatte, war er deutlich umgänglicher geworden.

»Wie geht's denn so, Stan?« fragte Rush und hoffte, sein Bruder hätte nicht irgendein Anliegen.

»Könnte gar nicht besser gehen. Ich habe alles im Griff.«

»Gut. Dann sorg dafür, daß es auch so bleibt.«

Stan hatte hier eine Anstellung gefunden, aber sein anderer Bruder, Len, war schon nach einer Woche wieder entlassen worden, weil er drei Tage hintereinander betrunken zur Arbeit erschienen war. Seine Frau Trixie hatte seitdem mehrmals versucht, Bobby zu erreichen, um sich über den in ihren Augen ungerechtfertigten Rauswurf zu beschweren. Bislang hatte Rush sich immer verleugnen lassen.

Bobby ließ Stan stehen und rannte zu seinem Büro hinauf. Irgendwie hielt er die Gegenwart seines Bruders im Moment nicht aus.

Beth erwartete ihn schon mit trauriger Miene: »Ich habe eine wirklich schlimme Neuigkeit, Bobby.«

»Was gibt's denn?«

»Cedric Farrells Frau hat gerade angerufen. Der Mann hat einen Herzschlag erlitten.«

»Oh Gott! Hat man ihn denn schon ins Krankenhaus gebracht?«

»Nein, er ist vor einer Stunde gestorben.«

»Das ist ja entsetzlich! Wie alt war er denn?«

»Zweiundsiebzig.«

»Können wir irgend etwas tun?«

»Seine Frau sagte, sie kümmere sich um alles und gebe uns rechtzeitig Bescheid.«

Rush konnte es einfach nicht fassen. Vor Stunden noch war Cedric hier herumgelaufen, und wenig später war er schon tot.

Es dauerte eine Weile, bis er begriff, daß damit auch die Produktion in eine Krise geraten war. Cedric war in fast jeder Szene aufgetreten, die sie in den letzten zwei Tagen gedreht hatten. Jetzt mußten sie nicht nur einen neuen Schauspieler für die Rolle finden, sondern auch noch die Szenen neu drehen. Das würde erhebliche Mehrkosten verursachen, und der Zeitplan ließ sich wohl kaum noch einhalten.

»Versuchen Sie, Mac zu erreichen.« Bobby dachte rasch nach und handelte ebenso schnell. »Er muß dringend hierher zurück. Und auch die Lipsky muß kommen. Alle sollen sich hier so rasch wie möglich zu einer Krisensitzung versammeln.«

Seine Sekretärin erreichte alle bis auf Mac, der keine Nummer hinterlassen hatte. Nanette, Florrie, Gary, Tyrone und etliche andere aus dem Produktionsstab kamen in seinem Büro zusammen und dachten über eine Lösung nach.

»Ich hab's!« rief die Casting-Direktorin schließlich. »Die Idee ist fantastisch, aber wie ich dich kenne, wirst du mir gleich ins Gesicht spucken.«

»Heraus damit, ich versuche, nicht zu gut zu zielen.«

Nanette sog an ihrer Zigarette und blies Rauch aus: »Wir nehmen deinen alten Herrn.«

»Wen?« entfuhr es ihm.

»Jerry Rush, deinen richtigen Vater. Mensch, das wäre der Hammer!«

»Oh Gott! Da ist nicht im Traum dran zu denken!«

»Willst du mich jetzt anspucken, oder später?«

Der Same war gesät. Bobby wußte, daß sein leiblicher Vater die Idealbesetzung für die Rolle war.

Irgendwie verbreitete sich die Neuigkeit wie ein Lauffeuer, und wenig später rief einer der Studiobosse bei ihm an: »Bobby, das ist der größte Knüller seit langem. Macht Jerry denn mit?«

»Wir haben das erst angedacht, aber noch keine Entscheidung getroffen«, antwortete Rush angespannt. »Außerdem muß ich erst noch mit Mac darüber reden, und der ist zur Zeit einfach nicht zu erreichen.«

In diesem Moment fiel ihm die Lösung ein: »Hören Sie, wenn ich meinen Vater dazu bringe, die Rolle zu übernehmen, können wir dann einen Weg finden, Barbara Barr aus ihrem Vertrag zu entlassen und auszuzahlen? Ich habe das starke Gefühl, daß sie für die Siena nicht die Richtige ist. Außerdem scheint sie uns nichts als Schwierigkeiten zu machen.«

»Sie haben also die neuesten Klatschblätter gelesen.«

»Nein, wieso?«

»Tja, allem Anschein nach hat sie vor irgendeinem Club ein Mädchen zusammengeschlagen. Die junge Frau verklagt sie jetzt auf zehn Millionen.«

»Ich sage Ihnen was, je eher wir die Barr los sind, desto besser für uns.«

»Gut, treffen wir ein Abkommen, Bobby. Wenn Sie uns Jerry beschaffen, kriegen Sie für die Siena, wen immer Sie wollen.«

»Ist geritzt.«

Der Mann war fleißig gewesen. Cheryl Landers auszuspähen war keine Kleinigkeit.

Zuerst hatte er sich zu ihrer Adresse in Bel Air begeben und dort zwei Tage gewartet, ohne auch nur das geringste Lebenszeichen von ihr zu bekommen.

Am dritten Tag tauchte sie schließlich in einem silberfarbenen BMW auf. Sie lief aber nur kurz ins Haus und kehrte wenig später mit einer Frau zurück, die ihre Mutter hätte sein können.

Er folgte den beiden bis zum Bistro Gardens, wo sie zu Mittag aßen. Danach unternahmen sie einen Einkaufsbummel. Der Mann betrat hinter ihnen zuerst das Sak's und dann das Magnin's. Zwei reiche Frauen, die einen Nachmittag vertrödelten. Wie er sie dafür verachtete.

Endlich fuhr Cheryl die Frau in das Haus in Bel Air zurück und machte sich dann auf den Weg nach Beverly Hills.

Der Mann blieb ihr auf den Fersen.

Sie hielt vor dem Thrifty's am Canon Drive, und er folgte ihr in den großen Drugstore. Seine Augen waren hinter der Armani-Brille verborgen, und er hatte das Haar zu einem Pferdeschwanz zusammengebunden.

Cheryl würde ihn nie erkennen. Selbst wenn sie sich in einem der Gänge begegneten, würde sie nicht wissen, wer er war.

Das gefiel dem Mann. Er fühlte sich allmächtig, wußte er doch, wer sie war, während er für sie anonym blieb.

Er nahm sich einen Einkaufskorb und nahm hier und da etwas aus einem Regal, während er hinter ihr her schlenderte.

Sie füllte ihren Einkaufswagen mit Kleenextüchern, Süßigkeiten, diversen Illustrierten, einigen Stangen Zigaretten, Kondomen und ein paar Dosen Insektenspray.

Am Getränkestand kamen drei Zweiliterflaschen Margarita und zwei Flaschen Tequila hinzu.

An der Kasse stand er hinter ihr in der Schlange, wo sie mit ihrer goldenen Kreditkarte bezahlte. Danach folgte er ihr hinaus auf den Parkplatz und beobachtete, wie sie alles in ihren Wagen lud.

Fahr nach Hause, dumme Kuh, damit ich endlich erfahre, wo du wirklich wohnst.

Der Mann folgte ihr den Benedict Canyon hinauf und bog hinter ihr auf die Beverly Grove Park Road ab.

Etwas später fuhr sie in eine Auffahrt, und er hielt ein Stück weiter die Straße hinunter an. Nach ein paar Minuten verließ er den Wagen und schlich zu Fuß die Einfahrt hinauf. Cheryl hatte ihr Auto vor einem Haus im Country-Stil geparkt und lud gerade mit einem mexikanischen Hausmädchen den Einkauf aus.

Jetzt wußte er, wo sie lebte.

Damit wurde es Zeit, Pläne zu schmieden. Cheryl Landers sollte es nicht so leicht haben wie die anderen. Sie würde leiden, bevor ihr Ende kam.

Der Mann konnte nicht mehr lange in dem Haus wohnen bleiben. Der letzte Scheck, den er von einer von Lucas Scheinfirmen erhalten hatte, lautete auf sechstausend Dollar. Er hatte vorsichtig eine Null hinzugefügt und die sechzigtausend auf ein Konto eingezahlt, das er unter einem falschen Namen eingerichtet hatte. Danach hatte er jeden Tag etwas davon abgehoben, bis nichts mehr übrig war. Sobald sein Onkel diesen Schwindel entdeckte, würde er ihm seine Gorillas auf den Hals schicken.

Der Mann hatte bereits Vorbereitungen für die Zukunft getroffen. Vor einer Woche hatte er mehrere Feuerwaffen – darunter eine Uzi automatic – nebst ausreichender Munition besorgt. Er besaß genug Geld und war zudem schwer bewaffnet. Er brauchte sich von niemandem mehr etwas gefallen zu lassen.

Als er zu sich zurückfuhr, überkam ihn unvermittelt eine negative Vorahnung. Im Gefängnis hatte er eine Antenne für Schwierigkeiten entwickelt, auf die er sich hundertprozentig verlassen konnte.

Kurz vor der Auffahrt hielt er an, stieg aus und lief zu Fuß weiter. Er folgte nicht dem Weg, sondern schlich durch das Unterholz.

Vor dem Haus stand eine schwarze Stretch Limousine. Ein Mann lehnte an dem Wagen – Bosco Nanni, einer von den Männern seines Onkels.

Das konnte nur eines bedeuten: Luca war persönlich gekommen. Offenbar hatte er den Scheckbetrug bereits bemerkt.

Der Mann huschte zu seinem Wagen zurück und fuhr zur nächsten Kreuzung. Von dort aus hatte er das Haus gut im Blick.

Er ärgerte sich über sich selbst. Warum war er nicht schon vor Tagen ausgezogen?

Der Mann mußte warten, bis sein Onkel wieder gegangen war, dann rasch seine Sachen packen und nie mehr hierher zurückkommen. Aber wohin? Er dachte angestrengt nach. Vor ein paar Tagen hatte er eine Nachricht von Shelley vorgefunden. Darauf teilte sie ihm mit, daß sie in das Haus ihres Schauspiellehrers gezogen war und er sie doch besuchen kommen solle. Sie hatte auch die Adresse hinterlassen.

Er hatte den Zettel achtlos eingesteckt. Jetzt fand er ihn in seiner Tasche und faltete ihn auseinander.

Shelley würde Besuch bekommen.

Kapitel 33

Michael berichtete Quincy von allem, was sich in den letzten Tagen ereignet hatte. Als sein Partner von dem erfuhr, was Mac Brooks erzählt hatte, wollte er sofort aktiv werden: »Wir müssen etwas unternehmen, um die beiden letzten Frauen zu schützen.«

Michael stimmte ihm zu.

»Du übernimmst die Levitt«, erklärte Quincy, »und ich behalte die Landers im Auge.«

»Und wie willst du das anstellen? Immerhin trägst du einen Arm in Gips.« Er angelte eine Zigarette aus dem Päckchen.

»Damit komme ich schon klar. Ich fahre zu ihrem Haus und warte davor im Wagen.«

»Und wenn sich da etwas tut und du einschreiten mußt?«

»Keine Bange. Ich habe mir den linken Arm gebrochen. Und mach ja nicht die Zigarette an. Du weißt, wie sehr Amber das haßt.«

»Klüger wäre es ja, die Kripobeamten zu verständigen, die an dem Fall arbeiten.«

»Kommt überhaupt nicht in Frage«, entgegnete Quincy hart. »Zwischen einem Privatdetektiv und seinen Klienten besteht ein besonderes Vertrauensverhältnis. Das verhält sich so ähnlich wie mit der ärztlichen Schweigepflicht. Wir dürfen dieses Vertrauen nicht aufs Spiel setzen, sonst können wir den Laden gleich dichtmachen.«

»Also sitzen wir nur auf unserem Hintern herum und sehen zu?«

»Wenn das stimmt, was du mir von Kennedy Chase erzählt hast, wird die Polizei über kurz oder lang von selbst drauf kommen. Und die können den Fall auch ohne unsere Hilfe lösen.«

»Hoffen wir es.«

»Bis dahin nimmst du meinen Beeper und gibst Marjory und dem Levitt-Mädchen die Nummer. Sag ihr einfach, unter Umständen müsse sie dich schnell erreichen, weil irgend etwas mit Marjory sei.«

Michael fuhr nun zurück zum Sanderson-Anwesen. Kaum trat er durch die Tür, eilte Marjory schon mit einem eingepackten Geschenk auf ihn zu.

»Was ist das?« fragte er und fühlte sich nicht wohl in seiner Haut.

»Eine kleine Aufmerksamkeit, weil Sie immer so gut auf mich aufpassen.«

»Das kann ich nicht annehmen, Marjory.«

»Warum denn nicht?«

»Weil ich dafür bezahlt werde, auf Sie zu achten.«

»Das ist mir bekannt. Trotzdem kann ich auch etwas Nettes für Sie tun.«

Er öffnete das Paket. In einem Karton befanden sich alle drei Filme der *Godfather-Serie.* »Das ist wirklich sehr aufmerksam von Ihnen«, erklärte Michael steif, »aber wie ich schon sagte, darf ich das leider nicht annehmen.«

»Doch!« beharrte Marjory. »Und heute abend werden Sie mit mir essen.«

Michael dachte an Kennedy. Sie hatte gesagt, sie sei heute beschäftigt, aber anrufen konnte er sie ja wenigstens. »Wann kommt Jordanna denn zurück?« fragte er, um das Thema zu wechseln. Ihre Einladung zum Essen hatte er bereits vergessen.

»Immerzu fragen Sie nach Jordanna!« empörte sich Marjory.

»Da sie hier eingezogen ist, erfordert es der vorliegende Fall, auch über ihre Schritte informiert zu sein.«

»Keine Ahnung, wo sie steckt. Und offen gesagt, es ist mir auch egal!«

»Wird heute wieder gedreht?«

»Bin ich das Produktionsbüro?«

Er schüttelte den Kopf. »Wissen Sie was, ich schaue später noch einmal vorbei.« Und damit verließ er zu ihrer Verärgerung das Haus.

Luca hatte sein Haus in Kalifornien schon seit vielen Jahren nicht mehr besucht. Ursprünglich hatte er es gekauft – damals, vor einem Vierteljahrhundert –, um sich dort heimlich mit einer Hollywood-Schauspielerin treffen zu können, die zu jener Zeit seine Geliebte an der Westküste war. Alles hatte sich wunderbar angelassen, bis er eines Tages überraschend dorthin geflogen war und sie mit einem Stuntman im Bett erwischt hatte. Zuerst verprügelte er beide, dann warf er sie aus dem Haus.

Danach stand das Gebäude für einige Zeit leer, bis ein

Freund, der nach Kalifornien mußte, Carlotti gebeten hatte, dort ein Zimmer benutzen zu dürfen. Der hatte dann noch eine Bekannte im Haus aufgenommen, und so hatte sich das Anwesen im Lauf der Zeit zu einem Unterschlupf für Freunde und Bekannte entwickelt, die kurzfristig eine Bleibe benötigten.

Luca hatte sich immer vorgenommen, aus dem Haus etwas zu machen, aber irgendwie hatte er nie die Zeit dafür gefunden. Und als Zane dann aus der Haft entlassen worden war, schien es für ihn genau das Richtige zu sein.

Als Carlotti auf dem Grundstück auftauchte, zuckte der alte japanische Gärtner erschrocken zusammen. »Mr. Carlotti, können Sie sich an mich erinnern?«

Luca starrte den alten Mann an und hätte schwören können, ihn noch nie im Leben gesehen zu haben. »Ja, selbstverständlich«, antwortete er herzlich, weil es zu seinen Maximen gehörte, zu kleinen Leuten stets nett sein – man konnte nie wissen, ob man sie nicht einmal brauchte. »Sie sind doch Juan ... oder Chico?«

»Tikyo, Mr. Carlotti«, strahlte der Gärtner und freute sich, daß der Hausbesitzer endlich einmal vorbeischaute.

»Natürlich. Ich will mich hier einmal umsehen, Taki, und feststellen, ob Sie Ihr Geld auch wert gewesen sind.«

Der Japaner nickte heftig. »Ich gebe mein Bestes für Sie, Mr. Carlotti, immer!«

»Das freut mich zu hören, Tokio. Wie viele Personen wohnen eigentlich zur Zeit in dem Haus?«

»Nur eine, Mr. Carlotti. Bis vor kurzem hatten wir hier auch noch eine junge Lady, die ist aber vor ein paar Tagen ausgezogen.«

»Also nur noch einer. Und wo wohnt er?«

»In dem Zimmer, das nach hinten hinausgeht, Mr. Carlotti.«

Luca nickte und betrat mit Reno das Haus.

»Soll ich ihn mir gleich vorknöpfen?« fragte der Mann und ließ die Fingerknöchel knacken.

»Nein, nicht hier, nicht in meinem Haus. Wir unternehmen mit ihm eine kleine Spazierfahrt.«

»Meinst du, er macht uns Schwierigkeiten?« fragte Reno hoffnungsvoll.

»Das soll er sich mal trauen. Schließlich wird er von mir unterstützt, der blöde Affenarsch.«

Eldessa tauchte im Flur auf und zog einen antiken Staubsauger hinter sich her.

»Wo wohnt der junge Mann?« fragte Carlotti streng.

Sie zeigte zu dem Zimmer. »Ist abgesperrt. Er läßt niemanden herein.«

»Haben Sie einen Schlüssel?«

»Nein, Sir.«

»Das hier ist mein Haus, das wissen Sie doch hoffentlich.«

»Ich bekomme seit fünfundzwanzig Jahren von Ihnen mein Gehalt.«

Luca griff in seine Tasche und gab ihr einen Hunderter. »Sie haben mich hier heute nicht gesehen.«

»Ich habe hier niemanden gesehen.« Sie verschwand mit ihrem Staubsauger.

Carlotti drehte sich zu seinem Begleiter um: »Brich die verdammte Tür auf.«

Reno näherte sich dem Eingang und kratzte sich am Kopf. »Dafür brauche ich aber Werkzeug. Das hier sind schwere Sicherheitsschlösser.«

»Scheiße.«

»Mit dem nötigen Werkzeug ist das kein Problem.«

Carlotti lief nach draußen und ums Haus herum. Die Fenster von Zanes Zimmer waren mit Eisenstäben gesichert, und er konnte auch nicht hineinsehen.

»Der blöde Sack ist wahrscheinlich ohnehin nicht da.« Luca spazierte zum Pool. »Ein schönes Haus. Ich sollte es renovieren lassen und auf den Markt bringen, statt es vergammeln zu lassen.«

Reno nickte zustimmend.

»Gehen wir«, sagte Carlotti. »Wir können ja morgen wiederkommen.«

Auf dem Weg zum Wagen gab er auch dem Gärtner hundert Dollar Schweigegeld. Luca setzte sich zufrieden in die Limousine. War doch angenehm, loyale Angestellte zu haben.

Mac widerstrebte es, Luca aufzusuchen. Er hatte ihn zum letzten Mal auf der Beerdigung seiner Mutter vor drei Jahren gesehen und gehofft, ihm nie wieder begegnen zu müssen.

Brooks hatte es Carlotti nie verziehen, daß er seine Mutter nicht geheiratet und zu einer ehrbaren Frau gemacht hatte. Die beiden waren doch einige Jahrzehnte ein Paar gewesen. Als Lucas Frau vor zehn Jahren gestorben war, hatte Mac fest damit gerechnet, daß sie nun vor den Altar treten würden.

Aber nein, sie lebten weiterhin getrennt voneinander. Irgendwann hatte Mac seine Mutter danach gefragt.

»Warum sollte ich ihn heiraten und damit alles kaputtmachen«, hatte sie entgegnet, als könne sie sich nichts Unliebsameres vorstellen.

Seine Mutter war eine schöne Frau gewesen, und sie hatte sich Luca eng verbunden gefühlt. Das hatte ihn schon in seiner Jugend entnervt. Nie schien sie ihm die nötige Aufmerksamkeit zu schenken.

Die Lobby des Hotels St. James war im Art deco Stil gehalten, wenn auch etwas übertrieben eingerichtet. Brooks hätte Carlotti nie an einem solchen Ort vermutet, aber sein Patenonkel war immer schon voller Überraschungen gewesen. Mac zögerte in der Halle und fragte sich, was er hier eigentlich verloren hatte.

Er hatte sich eine dunkle Sonnenbrille aufgesetzt, aber die Empfangsdame erkannte ihn trotzdem. »Guten Abend, Mr. Brooks. Was kann ich heute für Sie tun?«

»Ich habe einen Termin mit Mr. Carlotti«, murmelte er, weil es ihm nicht behagte, daß sie wußte, wer er war.

Sie rief in Lucas Zimmer an und zeigte ihm dann den Weg zu den Aufzügen. »Mr. Carlotti wohnt in der Penthouse-Suite, Mr. Brooks. Ihr letzter Film hat mir sehr gut gefallen.«

»Danke.«

Luca öffnete ihm oben die Tür und sah wie erwartet wieder tadellos aus. »Mac, schön dich zu sehen.« Er klopfte ihm auf die Schulter. »Wie lange ist das jetzt her? Zwei Jahre? Drei?«

»Auf der Beerdigung von meiner Mutter.«

»Ach ja, Priscilla. Möge sie jetzt bei den Engeln sein. Sie war eine wunderbare Lady.«

Da kann ich wenig zu sagen, weil ich sie kaum gekannt habe, wäre es fast aus Brooks herausgeplatzt. Eine schöne Mutter, die nie Zeit für mich gehabt hat. Immer hat sich alles nur um dich gedreht. Du warst das Zentrum ihres Universums. Selbst mein Vater mußte hinter dir zurückstehen.

»Was möchtest du trinken?«

»Scotch on the rocks.«

»Dann bedien dich«, verwies er ihn auf die Hausbar.

Brooks goß sich ein großes Glas mit viel Eis ein. »Weißt du, Luca, es war eigentlich nicht notwendig, daß wir uns treffen.«

»Wie, wolltest du mich nicht wiedersehen?« entgegnete Carlotti halb im Scherz.

»Als ich nach Hollywood gezogen bin, haben wir entschieden, daß wir von nun an getrennte Wege gehen. Ich finde diese Zusammenkunft wenig erquicklich.«

»So, so, wenig erquicklich.« Als Mac nicht darauf antwortete, fuhr Luca fort: »Als du mich wegen Zane angerufen hast, war ich dir aber nicht so unangenehm, oder?«

Er nahm einen kräftigen Schluck. »Ich habe dir nur Bescheid gegeben, weil ich das Gefühl hatte, dir das schuldig zu sein.«

»Komm mir doch nicht mit einer solchen Scheiße! Du hast mich angerufen, weil du unter allen Umständen vermeiden willst, daß jemand hinter deine Verbindung mit ihm kommt. Daß er nämlich in deinem Film mitgewirkt hat.«

»Dafür war ich nicht verantwortlich«, erwiderte Brooks laut, »du hast ihn mir ins Nest gesetzt.«

»Du hast dir eine beschissene Art angewöhnt. Die gefällt mir überhaupt nicht!«

Brooks' Hand umklammerte das Glas so fest, daß es fast geplatzt wäre. »Wenn dir etwas an mir nicht paßt, kann ich ja gleich wieder gehen.«

»Nein, du wirst nicht gehen, verdammt noch mal! Ich muß dir nämlich etwas beichten – etwas, das ich dir schon vor langer Zeit hätte sagen sollen. Aber deine Mutter war dagegen.«

»Was denn?«

»Es wird dir bestimmt nicht gefallen, Sohn.«

Der ganze Raum roch stark nach Lucas After-shave, das er seit fünfundzwanzig Jahren benutzte. Das Aroma brachte Erinnerungen zurück. Vor allem an den furchtbaren Tag, an dem der Patenonkel gekommen war und ihn in die Arme genommen hatte: »Junge, dein alter Herr ist nicht mehr. Oder anders gesagt, er befindet sich nun an einem besseren Ort.«

Seit jenem Tag machte ihn Lucas Rasierwasser nervös.

Ich bin ein erwachsener Mann, sagte er sich. Auf der ganzen Welt kennt man meinen Namen als Regisseur. Ich habe sogar einen Oscar gewonnen. Also muß ich hier nicht wie ein dummer Junge herumsitzen und mich von jemandem wie Luca Carlotti dumm anquatschen zu lassen. »Nenn mich nicht mehr Sohn!«

Luca setzte eine verletzte Miene auf. »Ich habe doch immer gut für dich gesorgt, oder? Dir hat es an nichts gefehlt.«

Mac nickte. Das ließ sich nicht abstreiten. Nur reichte es manchmal nicht, wenn es einem an nichts fehlte.

»Du mußtest mich nur fragen, dann hast du es schon bekommen«, fuhr der Patenonkel fort. »Habe ich nicht alles für dich getan?«

Inklusive, meine Mutter flachzulegen, lag ihm auf der Zunge, aber das sprach er nicht aus.

»Du hast mich immer gut behandelt, Luca. Ich habe ja auch nicht das Gegenteil behauptet. Aber wir beide haben verschiedene Wege beschritten, und seit damals sind viele Jahre ins Land gegangen. Dennoch kann ich nicht vergessen, daß meine Vater von einer Kugel getötet worden ist, die eigentlich für dich bestimmt war.«

Carlotti lief langsam durchs Zimmer. »Verstehe. Um so mehr solltest du jetzt endlich die Wahrheit erfahren.«

»Was für eine Wahrheit?«

»Es fällt mir nicht leicht, das auszusprechen.« Luca blieb jetzt stehen. »Am besten sage ich es gerade heraus: Dein Vater ist niemals dein Vater gewesen – du bist mein Sohn.«

Jetzt zerbrach das Glas in Macs Hand. Eine Scherbe riß ihm die Haut zwischen Daumen und Zeigefinger auf. Eisstückchen, Scotch und Blut tropften auf seine Hose.

»Ich ... Das glaube ich ... dir einfach nicht«, stammelte er, nachdem sich der erste Schock gelegt hatte.

Carlotti brachte ihm ein Handtuch, das er sich um die verletzte Hand wickelte. »Ist mir gleich, ob du mir glaubst oder nicht. Um deiner Mutter willen mußte ich das all die Jahre für mich behalten. Weißt du, Priscilla und ich waren immer schon ineinander verliebt – seit unserer Kindheit.«

»Und warum hast du sie dann nie geheiratet?«

»Weil wir einen blöden Streit hatten, und danach jahrelang kein Wort miteinander wechselten. In dieser Zeit habe ich irgend so ein verwöhntes, reiches Huhn geheiratet. Ihr Vater hat mir unter die Arme gegriffen und mich ins Geschäft eingeführt. Als Priscilla und ich uns dann wiedergesehen haben, trug sie ebenfalls einen Ring am Finger. Wir haben dann versucht, das Beste daraus zu machen. Ich habe ihren Mann bei mir eingestellt – derjenige, den du für deinen Vater gehalten hast –, und wir sind dann häufig zu dritt ausgegangen. Meine Frau war damals schon ziemlich krank und ist lieber zu Hause geblieben ...« Luca legte eine Pause ein, um sich zu sammeln. »Als deine Mutter dann schwanger wurde, hatte sie seit einem Jahr nicht mehr mit ihrem Gatten geschlafen. Er stand nicht darauf, jedenfalls nicht mit ihr.«

»Was soll das heißen?«

»Willst du wirklich, daß ich es ausspreche? Gut, er war eine Schwuchtel, stockschwul, vom anderen Ufer, okay?«

Brooks hatte das Gefühl, alles würde sich um ihn drehen. »Warum sagst du mir das ausgerechnet jetzt?« brachte er schließlich mit Mühe hervor.

»Weil ich ein reicher und mächtiger Mann bin. Ich habe eine Schwester, die ist zum Scheißen zu blöd. Ihr Sohn ist ein Arschloch, das herumläuft und Leute umbringt. Also bist du mein letzter Verwandter ... Mac, ich bin jetzt vierundsechzig. Wenn mir irgend etwas zustößt, bekommst du alles.«

»Ich will es nicht haben«, schleuderte Brooks ihm entgegen.

Der alte Mann grinste humorlos. »Ob du willst oder nicht, Sohn, du kriegst es. Oh ja, mein Lieber, jeden verdammten Cent.«

Als Jordanna von ihrem Vater und Kim fortfuhr, war sie mit sich und der Welt zufrieden. Endlich war sie in der Lage, Jordan zu verstehen, und erst so konnte sie ihn akzeptieren. Wenn man wußte, wie, wurde plötzlich alles sehr einfach.

Sie fuhr kurz zurück zur Produktion, um sich dort blikken zu lassen, und wollte dann nach Hause, um sich für die Verabredung mit Tyrone fertigzumachen.

Im Büro traf sie auf Florrie, die aufgelöst wirkte und einen Stapel Fotos herumtrug.

»Was ist denn los?« fragte Jordanna. »Ich dachte, heute sei drehfrei?«

»Alle sind zu einer Sondersitzung zusammengerufen worden. Hat man dich denn nicht verständigt?«

»Nein. Aber ich war unterwegs. Was ist denn passiert?«

»Cedric Farrell ist gestorben. Herzschlag.«

»Wie furchtbar!«

»Wir müssen sofort einen Ersatz für ihn finden.«

»Sind schon alle oben?«

»Nein, die Besprechung ist bereits zu Ende. Morgen sollen ein paar Schauspieler vorsprechen, aber es heißt, Bobbys Vater Jerry solle die Rolle bekommen.«

»Da wird Bobby aber begeistert sein!«

»Ich weiß nicht, wie er darüber denkt. Auf jeden Fall wäre das eine super Promotion für den Film.«

Jordanna lief nach oben und stürmte in Rushs Büro. Er

hockte an seinem Schreibtisch und wirkte völlig am Ende.

Er hatte ihr zwar gestern das Du angeboten, schließlich verfuhr er mit allen Mitarbeitern so, aber sie getraute sich doch nicht, ihn in die Arme zu nehmen und festzuhalten. »Tut mir so leid, Bobby. Ich habe es gerade erst erfahren.«

»Tja, so geht es eben manchmal.«

»Cedric war ein richtiger Schatz. Jeder hier hat ihn sehr gemocht.«

»Ja, wir werden ihn vermissen.«

»Du siehst furchtbar aus. Kann ich etwas für dich tun?«

»Ja, mir ein neues Leben besorgen.«

»Ich kann zwar mit einer ganzen Menge dienen«, lächelte sie schelmisch, »aber ich fürchte, neue Leben sind gerade aus.«

Er trommelte mit den Fingern auf die Schreibtischplatte. »Du hast es sicher schon mitbekommen. Ich muß Jerry dazu bringen, bei uns einzusteigen.«

»Wie willst du vorgehen?«

»Am liebsten gar nicht, aber mir ist natürlich klar, welchen Vorteil unser Film davon hätte.«

Sie schob sich eine Strähne aus dem Gesicht. »Was ist für dich wichtiger: deine Gefühle oder die Produktion?«

»Da hast du genau meinen wunden Punkt erwischt.«

»Weißt du, wo ich gewesen bin?«

»Ich habe jetzt wirklich keine Lust auf irgendwelche Ratespielchen.«

»Bei meinem Vater. Ich habe ihn besucht und Frieden mit ihm geschlossen.« Sie sah ihn an. »Ich habe in der Zeitung gelesen, daß er im Krankenhaus war. Nichts Schlimmes, Gott sei Dank, aber ich habe trotzdem einen gehörigen Schrecken bekommen … Weißt du, Bobby, wir haben zwar nie darüber gesprochen, aber wir beide sind an der Seite von berühmten Vätern aufgewachsen und haben wohl ähnliche Probleme damit gehabt. Nun, ich habe mich entschlossen, meine diesbezüglichen Probleme zu lösen, und genau das habe ich getan.«

»Und, wie ist dir das gelungen?«

»Heute war ich zum ersten Mal bei Jordan, ohne etwas von ihm zu verlangen. Und glaub mir, das war ein unglaublich gutes Gefühl.«

»Warum erzählst du mir das alles?«

»Weil ich glaube, daß du diesen Schritt auch tun solltest.«

»Ich habe schon seit langem nichts mehr von meinem alten Herrn verlangt.«

»Bist du dir da ganz sicher? Wie steht es zum Beispiel mit Liebe, Respekt, Anerkennung? Ich rede hier nicht von Geld oder monatlichen Schecks.«

»Du hast zu viele Sitzungen bei deinem Therapeuten hinter dir.«

»Ich gehe nicht mehr zum Seelenklempner«, entgegnete sie ruhig. »Jahrelang habe ich im Gästehaus meines Vaters herumgesessen, brauchte keine Miete zu bezahlen und habe regelmäßig seinen Scheck entgegengenommen, von dem ich glaubte, daß er mir zustehe. Und das Ergebnis davon war: Ich habe ihn innerlich abgelehnt. Alles, was er tat oder anfing, war in meinen Augen gegen mich gerichtet. Jedesmal, wenn er wieder geheiratet hat, habe ich das als persönlichen Schlag empfunden. Aber heute bin ich aufgewacht und habe mir gesagt, laß ihn endlich los. Er lebt sein Leben und du deins. So einfach ist das. Also, wo liegen deine Probleme mit deinem Vater?«

»Hast du ein paar Wochen Zeit mitgebracht, damit ich sie dir aufzählen kann?«

»Bobby, wie soll ich es dir nur erklären«, steigerte sie sich immer mehr hinein. »Ich kann mir vorstellen, daß dein Vater ein Mistkerl, ein Idiot oder sonstwas ist. Aber das hat überhaupt nichts mit dir zu tun. Du bist erwachsen und ihm damit keine Rechenschaft mehr schuldig. Du hast es aus eigener Kraft geschafft und dich selbst bewiesen. Was hindert dich noch daran, zu ihm zu gehen und ihn für diesen Film zu gewinnen?«

Bobby war noch nicht so weit, sich überwinden zu können. »Hör mal, hast du schon mal daran gedacht, in einer von diesen Dauerwerbesendungen aufzutreten. Wenn du ein Produkt anpreist, werden die Leute in Scharen anrufen und es bestellen.«

»Vielen Dank«, grinste sie, »ich wollte schon immer den Hausfrauen das Leben verschönern.«

»Also gut, du hast mich überzeugt. Ich gehe zu Jerry.«

»Soll ich dich begleiten?«

»Meinst du, ich brauche jemanden, der mir Händchen hält?«

»Wer weiß …«

»Abgemacht. Wenn ich nicht weiter weiß, mußt du mich inspirieren.«

»Ich bin bereit, wir können sofort los.«

Er erhob sich. »Zuerst muß ich mit Mac sprechen. Ich kann diese Entscheidung nicht über seinen Kopf hinweg treffen. Außerdem haben wir keine Garantie, daß Jerry auch mitmacht.«

»Komm schon, Bobby, wann hat er zum letzten Mal vor einer Kamera gestanden?«

»Zu seiner Zeit war er ein Megastar.«

»Für jeden noch so großen Star beginnt einmal der Abstieg. Mittlerweile bist du in eurer Familie der Größte. Glaub mir, insgeheim ist er mächtig stolz darauf.«

Er ging um den Schreibtisch herum und stellte sich vor sie. »Wenn du einmal angebissen hast, läßt du nicht mehr locker, was?«

»Stimmt, denn ich möchte wirklich den Panzer durchstoßen und zum wahren Bobby vordringen.«

»Das willst du?«

Die beiden sahen sich intensiv an, bis Rush den Kopf wegdrehte. »Hm, Beth versucht schon seit Stunden, Mac zu erreichen. Vielleicht löst du sie jetzt ab.«

»Ist geritzt.«

»Gut, dann bis später.«

»Ja, Bobby.«

Jordanna lief nach unten und rief bei Brooks zu Hause an. »Wie oft muß ich es denn noch sagen«, meldete sich Sharleen. »Mac ist nicht da. Wenn er kommt, richte ich ihm gleich aus, daß er sich im Studio melden soll.«

»Es ist aber wirklich dringend.«

»Das ist mir mittlerweile klar geworden, glauben Sie mir.«

Als Jordanna aufgelegt hatte, schaute Tyrone herein und tippte auf seine Uhr. »Wir sind in einer halben Stunde miteinander verabredet. Was machst du noch hier?«

Großer Gott, sie hatte das Essen mit ihm vergessen. »Tut mir leid, Tyrone, aber ich fürchte, heute abend geht es nicht.«

»Es geht also nicht«, wiederholte er leise.

»Nein«, bestätigte sie und hoffte, er würde jetzt nicht zu sauer.

»Schade.«

»Tut mir leid.«

»Dabei hatte ich eine Menge vorbereitet.«

»Was denn?«

»Das wirst du erst bei der nächsten Verabredung erfahren.«

»Darauf freue ich mich schon.«

»Du machst es einem wirklich nicht einfach.«

»So wird das Leben doch erst interessant, oder?«

Kapitel 34

Mac fuhr wie in Trance nach Hause und wäre beinahe an einer roten Ampel in einen Volvo gekracht. So viele Fragen gingen ihm durch den Kopf, und er kannte niemanden, der sie ihm beantworten konnte.

Warum hatte seine Mutter ihm über all die Jahre die Unwahrheit gesagt? Warum hatten sie ihm nicht endlich alles gesagt, als sein Vater erschossen worden war?

Als er sein Haus erreichte, war er ebenso verwirrt wie zornig.

Seine beiden Söhne hatten sich mit ein paar Freunden im Billardzimmer versammelt. Guns 'n' Roses dröhnte aus den Lautsprechern und bescherte jedem einen Hörsturz, der sich dem Raum nur näherte. Sharleens Tochter Suzy hockte mit einer Gruppe Freundinnen in der Küche. Sie sahen sich auf Band eine Folge von *Melrose Place* an, wobei sie pausenlos plapperten, sich die Nägel lackierten und Berge von Erdnußbutter, Marmeladensandwiches, Plätzchen und Häagen Daz Eiscreme verdrückten. Die Küche sah aus, als hätte eine Bombe eingeschlagen. Wie schön es doch sein konnte, nach Hause zu kommen.

»Wo steckt deine Mutter?« fragte er laut genug, um sich verständlich zu machen.

»Hi, Mac«, winkte Suzy ihm zu.

»Oh, hallo, Mac«, grüßten die anderen im Chor.

Die Mädchen sahen mit ihren engsitzenden, knappen Shorts und abgeschnittenen Tops so aus, als seien sie gerade von einer Pornoproduktion gekommen.

»Hallo, junge Ladys«, sagte er und fühlte sich uralt. »Wo ist deine Mutter gerade, Suzy?«

»Im Gymnastikraum, mit ihrem Trainer.« Sie leckte anzüglich an ihrem Eis. »Du klopfst besser an, bevor du eintrittst. Hast du ihren Trainer schon einmal gesehen? Ein richtiges Muskelpaket. Ein Körper zum Anbeten. Und Arschbacken, auf denen man Nüsse knacken kann.«

Die Mädchen erlitten samt und sonders einen Kicheranfall.

Mac lief nach hinten, wo sie ein leerstehendes Zimmer in einen Gymnastikraum umgewandelt hatten. Er überlegte kurz, ob er tatsächlich anklopfen sollte, entschied sich dann aber dagegen – schließlich vertraute er Sharleen.

Sie lag auf dem Boden, trug ein weißes Leopard-Trikot, das mehr enthüllte als verbarg, und hatte ein Bein erhoben. Chip oder Chuck oder wie immer dieser Body Builder auch heißen mochte, hielt es fest. Mac erkannte schon auf den ersten Blick, daß bei diesem Trainer alles in die Muskeln gegangen und nichts fürs Gehirn übriggeblieben war. So einer stellte gewiß keine Bedrohung für seine Ehe dar.

»Hallo, Schatz, willst du mitmachen?« lächelte sie ihm zu.

»Nein, danke, Sharleen. Ich spiele Squash und jogge. Das reicht mir vollauf. Wann bist du fertig?«

»Weiß nicht.« Sie sah Chip freundlich an: »Wie viele Foltern hast du heute noch für mich geplant?«

Der Trainer grinste und zeigte unfaßbar gerade und weiße Zähne. »Aber, aber, Mrs. Brooks, wer wird denn hier schlappmachen?«

»Wie lange noch?« fragte Mac knurrig und haßte diesen bronzefarbenen Hünen schon. Wahrscheinlich war Chips Schwanz gerade mal fünf Zentimeter lang.

»Noch fünfzehn Minuten, Sir.«

Was für ein Blödmann! Nannte ihn »Sir«. »Beeilen Sie sich, ich muß dringend mit meiner Frau reden.«

»Ist alles in Ordnung, Schatz?« fragte Sharleen sofort.

»Warum denn nicht?«

»Du siehst so mitgenommen aus. Was wollte denn das Studio von dir?«

»Was meinst du damit?«

»Nun, sie haben hier bestimmt ein dutzendmal angerufen.«

Diese Frau trieb ihn noch in den Wahnsinn. »Sharleen«, begann er unter Aufbietung aller Geduld, »woher soll ich bitte wissen, daß das Studio hier ein dutzendmal angerufen hat, wenn du mir nichts davon sagst?«

Chip streckte ihr Bein. »Aber ich sage es dir doch jetzt, Liebster.«

»Tausend Dank. Dann werde ich jetzt festzustellen versuchen, was sie von mir wollen.«

Er stampfte in sein Arbeitszimmer und machte die Tür hinter sich zu, um den vergeblichen Versuch zu unternehmen, Guns 'n' Roses auszusperren. Brooks mixte sich einen Scotch mit Eis, und seine Hand zitterte, als er das Glas hob. Niemand schien zu bemerken, daß ihm etwas schwer auf der Seele lastete. Nicht einmal seine Familie kümmerte sich um ihn. Er war ihnen völlig schnuppe, solange er nur ihre Rechnungen beglich.

Brooks hatte eigentlich keine Lust, im Studio anzurufen, aber gerade, als er sich setzte, klingelte das Telefon.

»Mac?«

»Ja.«

»Ich bin's, Bobby. Wo hast du denn die ganze Zeit gesteckt?«

»Soll ich dir einen ausführlichen Bericht in dreifacher Ausfertigung reinreichen?«

»Hör mal, ich will dir gar keine Vorwürfe machen, aber wir haben hier einige Probleme.«

Immerzu gab es Probleme. Sein Leben entwickelte sich zu einer einzigen Kette von Schwierigkeiten. »Was ist denn jetzt schon wieder?«

»Cedric Farrell ist gestorben.«

»Oh Gott!«

»Wir müssen nun schnellstmöglich einen Ersatz für ihn auftreiben. Während du weg warst, haben wir uns da was ausgedacht. Außerdem wäre da noch eine andere Sache, über die ich mit dir reden müßte. Kannst du nicht gleich vorbeikommen?«

»Bobby, ich habe wahnsinnige Kopfschmerzen. Erzähl mir einfach, was ihr ausgeklüngelt habt.«

»Nun, es war nicht direkt meine Idee, aber alle im Studio sind davon angetan. Außerdem können wir dabei auch Barbara Barr loswerden. Wir zahlen sie einfach aus.«

»Willst du mir etwa erzählen, wir schmeißen die Hauptdarstellerin raus und haben zum Ausgleich keinen Ersatz für Cedric?«

»Nein, Mac, laß mich ausreden. Ich glaube, wir haben da jemanden für Cedric. Sie wollen, daß ich Jerry anheuere.«

»Etwa Jerry Rush? Das fällt dir sicher nicht leicht, was?«

»Tja, ist so eine Sache. Aber ich habe mir gedacht, wenn du auch dafür bist, nehmen wir ihn.«

»Ich hoffe, du bist nicht sauer, aber ich bin durchaus mit dieser Wahl einverstanden.«

»Gut, dann fahre ich gleich zu Jerry und mache alles direkt mit ihm klar. Wenn wir erst seinen Agenten einschalten, dauert es sechs Monate bis zu einer Einigung.«

»Gute Idee.«

Nach dem Telefongespräch leerte Brooks noch ein zweites Glas Scotch und ließ dann den Kopf auf den Schreibtisch sinken. So fand ihn Sharleen vor, als sie einige Minuten später das Arbeitszimmer betrat. »Was ist denn mit dir? Etwas stimmt doch nicht.«

Er hob den Kopf und sah sie mit blutunterlaufenen Augen an. »Ist dir schon mal etwas zugestoßen, bei dem du das Gefühl hattest, deine ganze Welt sei soeben zusammengebrochen?«

Ihre Augen wurden groß. »Was soll das heißen?«

»Sharleen … es gibt so viel, was ich dir erklären muß …«

»Heraus damit!« Sie bekam es jetzt wirklich mit der Angst zu tun. »Schatz, du weißt, daß du mir alles sagen kannst.«

Bevor Mac beginnen konnte, platzte sein Sohn Kyle ins Zimmer. »Dad, können wir reden. Wir müssen uns dringend mal über den Wagen unterhalten. Ich habe diese Scheißkarre wirklich satt, mit der ich herumgurken muß.«

Sharleen warf ihm einen wütenden Blick zu. »Siehst du nicht, daß wir gerade etwas Wichtiges bereden? Hast du noch nie etwas von Anklopfen gehört?«

»Ich will doch bloß mit meinem Dad sprechen«, entgegnete er mürrisch, »und du machst gleich einen Aufstand.«

»Wir reden morgen über den Wagen«, beschied ihn Mac.

»Ich muß morgen aber ganz früh aus dem Haus«, jammerte der Junge.

»Tut mir wirklich leid, daß ich nicht mehr in deinen prallgefüllten Terminplan passe«, sagte Brooks sarkastisch.

»Jetzt reg dich wieder ab, Dad. Als ich auf Hawaii war, hat Mom mir gesagt, der Wagen sei nicht sicher. Sie meinte, ich solle mir dringend einen neuen besorgen. Je eher, desto besser.«

»Was deine Mutter sagt, interessiert mich einen Scheißdreck!« entfuhr es Mac, und er hatte Mühe, nicht zu explodieren. »Und jetzt zieh ab. Wenn du das nächste Mal was von mir willst, klopfst du gefälligst vorher an.«

»Du hast ja mal wieder eine Scheißlaune«, murmelte Kyle und warf die Tür hinter sich ins Schloß.

»Ich muß hier ganz dringend raus, Sharleen«, stöhnte

Brooks. »Komm, wir buchen uns ein Zimmer in einem Hotel.«

Sie strahlte. Nichts würde ihr besser gefallen.

Grant bekam einen Anruf von einem Bosco Nanni und notierte die Wünsche. Eine Blondine mit großem Busen und eine kleine Rothaarige mit großem Busen.

»Die Bestellung kommt sehr kurzfristig«, entgegnete er und genoß seine neue Rolle als Superzuhälter. »Ich fürchte, das kostet extra.«

»Wieviel? Einen Riesen? Oder zwei?«

»Wir haben nur beste Ware im Angebot. Fünftausend. Für jede.«

Bosco pfiff durch die Zähne. »Fünf Riesen für jede?«

»Glauben Sie mir, die Mädchen sind es wert.«

»Scheiße.«

Grant lächelte. Der Klient hatte nicht nein gesagt. Sie trafen die nötigen Arrangements, und dann ging Grant Cheryls Liste durch, um festzustellen, wer gerade frei war.

Sissy würde als gewünschte Blondine gehen. Sie war zwar Amateurin, aber er hatte ihr alles beigebracht. Natürlich hatte sie keinen Riesenbusen, aber bei ihr waren noch nie Beschwerden gekommen.

Bei der Rothaarigen sah es nicht so gut aus. Sie hatten nur drei in der Kartei, und alle waren heute abend unterwegs. Verdammter Mist. Er hatte gerade ein Rekordhonorar ausgemacht, und jetzt so eine Pleite.

Cheryl saß im Schönheitssalon. Er rief dort an, mußte aber erfahren, daß sie schon auf dem Weg zurück sei. Grant wartete ungeduldig und dachte daran, was sein prominenter Vater wohl sagen würde, wenn er herausfände, was sein Sohn hier trieb. Stars haßten jede Art von Skandalen, außer es war ihrer Karriere förderlich.

Doch was ging das seine Eltern überhaupt an. Manchmal hatte Grant das Gefühl, sie hatten ihn nur in die Welt gesetzt, um eine Lücke auf den Pressefotos zu füllen.

Life will Daddy ablichten.

Time will Daddy fotografieren.

Newsweek kommt, um Aufnahmen von Daddy zu machen.

Und jedes Mal mußte der kleine Grant mit aufs Bild, damit alle Welt sehen konnte, was für ein fürsorglicher Vater Grant Lennon senior war. Dabei dienten diese Fotos nur dem Zweck, den Skandalblättern entgegenzuwirken, die Daddy gern als größten Schürzenjäger in der Stadt hinstellten.

Wenn man eine Berühmtheit in Hollywood war, bedeutete dies vor allem, eine Illusion zu erzeugen, und die braven Bürger verlangten, daß diese Illusion nicht angekratzt wurde. Grant Lennon senior war immer schon ein Meister auf diesem Gebiet gewesen.

Dabei war alles nur eine einzige große Scheiße. Deswegen war Grant junior auch immer so gern mit Cheryl, Jordanna und den anderen zusammen gewesen. Die hatten nämlich das Gleiche durchgemacht, waren mit derselben großen Scheiße aufgewachsen. Und es war verdammt nicht einfach, eine solche Jugend zu verbringen, obwohl Grant das Beste daraus gemacht hatte.

Einen solchen Vater zu haben, war die Hölle. Seinen Namen zu tragen, war erst recht die Hölle. Er hatte sich die meiste Zeit mit Alkohol und Drogen betäubt, aber manchmal konnte man der Realität einfach nicht entfliehen. Und die Wahrheit lautete schlicht, daß er ein bloßer Schatten seines Vaters war und bislang noch nichts Eigenständiges auf die Beine gestellt hatte.

Als Cheryl hereinkam, warf er nur einen Blick auf sie und hatte schon die Antwort auf sein Problem gefunden.

Ihr rotes Haar war wirklich ein Blickfang und vermutlich ihr größtes Kapital. Und überhaupt wirkte Cheryl nach ihrem geschäftlichen Erfolg deutlich attraktiver.

»Du errätst nie …«

»Was?«

»Nimm erst einen Drink.«

»Meinst du, den werde ich brauchen?«

»Vielleicht.« Er ging zur Bar.

Sie ließ sich in einen Sessel fallen und trat die Schuhe von den Füßen. »Es ist schön, dich bei mir zu haben, Grant.

Ich kann mir schon gar nicht mehr vorstellen, wie ich ohne dich zurechtgekommen bin.«

»Was macht denn deine Abenteuerlust?« Er reichte ihr einen Wodka pur.

»Der geht's gut, und deiner?«

»Möchtest du eine Line?«

»Warum nicht?« Cheryl war zu allem bereit, was er von ihr verlangte.

»Wie groß bist du eigentlich?« Er kippte vorsichtig etwas Koks auf den Glastisch.

»Einen Meter sechzig, warum?«

»Das könnte man als klein ansehen, oder?«

Sie nahm einen Schluck. »Danke für die Blumen.«

»Ich wollte dich nicht beleidigen.«

»Habe ich auch nicht so verstanden.«

Grant schob den Koks zu zwei Linien zusammen und rollte einen Zwanziger zu einem Röhrchen. »Bitte.«

Cheryl beugte sich über die Glasplatte, schob sich das eine Ende des Röllchens ins linke Nasenloch und sog das Pulver ein. Schon einen Moment später fühlte sie sich stark, ruhig und sinnlich. Mit Grant konnte das Leben wirklich Spaß machen.

»War irgend etwas Besonderes, während ich im Schönheitssalon saß?« Sie lehnte sich im Sessel zurück.

Grants Gedanken umflogen sie wie ein beutehungriger Geier. Sie hatte rotes Haar und war klein. Ihr Busen war nicht gerade enorm, aber mit der richtigen Kleidung ließ sich einiges kaschieren. Ja, so konnte es wirklich funktionieren. Er mußte sie nur noch überreden.

»Cheryl …« Grant ging neben ihrem Sessel in die Hocke.

»Ja?«

»Ach, ist nicht so wichtig.«

»Was ist nicht so wichtig?«

»Du würdest ja doch nein sagen.«

»Wozu?« rief sie und platzte fast vor Neugier.

»Na ja, weißt du, ich hatte da so eine verrückte Idee, aber die ist doch zu abgehoben … Nein, ich werde es nicht sagen.«

»Grant … wie lange kennen wir uns schon?«

»Seit immer.«

»Richtig. Und seit wann kannst du mir nicht mehr von deinen verrückten Ideen erzählen?«

Er sog seine Line ein und schenkte ihr Wodka nach. »Habe ich dir jemals gesagt, daß du ziemlich sexy bist?«

»Nein, noch nie.«

»Das ist unverzeihlich.«

War er etwa endlich gekommen, der große Moment, auf den sie schon seit Jahren wartete?

»Du siehst auch nicht gerade schlecht aus«, konnte sie gerade noch hervorbringen.

Grant rückte noch näher und legte ihr einen Arm um die Schultern. »Ich habe ein fantastisches Angebot erhalten. Und wenn du das Mädchen bist, für das ich dich halte, wirst du sofort einverstanden sein.«

»Warum machst du das?« fragte Bobby, als sie in Richtung Sunset fuhren.

»Weil du ihn für deinen Film haben willst«, antwortete Jordanna.

»Ja gut, aber warum sind wir beide auf dem Weg zu ihm? Wieso habe ich dich an meiner Seite?«

»Weil du moralische Unterstützung brauchst. Und dafür bin ich genau die Richtige. Vergiß nicht, ich bin deine persönliche Assistentin, also gehöre ich auch in einem solchen Fall an deine Seite.«

»Ja, das sieht dir ähnlich.« Sie war eigentlich ein prima Kumpel, und trotz seiner anfänglichen Vorbehalte fing er tatsächlich an, sie zu mögen. »Ich glaube, ich sollte dich besser vorwarnen«, sagte Bobby und dachte an Jerrys Art Frauen gegenüber.

»Und wovor?«

»Mein Vater mag zwar nicht mehr der Jüngste sein, aber er ist immer noch ein geiler alter Bock. Wahrscheinlich versucht er gleich, dich anzumachen.«

Das amüsierte sie. »Mich anmachen?«

»Kommst du damit klar?«

»Bobby, wenn es eins in meinem Leben gibt, mit dem ich schon früh gelernt habe fertigzuwerden, dann sind das geile alte Böcke, die mir an die Wäsche wollen.«

»Die Freunde deines Vaters, was?«

»Seit ich zwölf bin, sind sie hinter mir her.«

»Gar nicht erst zu reden von Charlie Dollar.«

»Ich kann ihn leicht vergessen – wie steht's mit dir?«

»Das ist ein ganz anderes Thema.«

»Tatsächlich?« Sie fragte sich, warum er immer wieder auf Charlie zu sprechen kam. War er am Ende eifersüchtig? Nur ein klitzekleines bißchen? »Na ja, eigentlich freue ich mich darauf, wenn Jerry mir zu nahe kommen will.«

»Warum?«

»Weil es mir sicher Spaß bereitet, bei seinem Spiel mitzuspielen.«

»Mach ihn nicht sauer. Vergiß nicht, wir fahren zu ihm, um ihn für unseren Streifen zu gewinnen.«

»Bobby, glaub mir, er würde das Empire State Building hinaufklettern, bloß um in deinem Film mitspielen zu dürfen. Vergiß nicht, in welcher Position du heute bist.« Sie schwieg für einen Moment und fügte dann hinzu: »Du bist außerdem ein ganz besonderer Mensch.«

Bobby sah sie kurz von der Seite an, um festzustellen, ob sie ihn nicht auf den Arm nahm. So etwas hatte ihm noch keine Frau gesagt. Klar, seit er ein Star war, bekam er jede Menge Fanpost von Frauen, die ihm schrieben, wie sexy, gutaussehend, süß oder sonstwas er sei. Aber noch nie hatte er zu lesen oder zu hören bekommen, er sei ein besonderer Mensch.

»Ach, so besonders nun auch wieder nicht.« Er rechnete fest damit, daß sie dieses Kompliment zurücknahm.

»Doch.«

»Und wieso?«

»Weil ich es sage.«

Ein ganz besonderer Moment des Schweigens entstand zwischen ihnen. Doch dann erreichten sie das Haus in Bedford, und er verging.

Bobby hatte Darla vorher angerufen und ihr mitgeteilt,

daß er vorbeikäme, um etwas mit Jerry zu bereden. Jetzt klingelte er an der Tür, und sie machte auf. Darlas Gesicht war aufgedunsen, ihr Haar nicht gut frisiert und ihr Outfit kaum dem früheren Standard entsprechend.

»Bobby!« Sie schien erleichtert zu sein, ihn zu sehen.

»Hi, Darla, du siehst großartig aus.« Ihm wurde bewußt, wie selbstverständlich ihm solche Worte über die Lippen kamen.

»Danke, Bobby, du aber auch.«

»Das ist übrigens Jordanna Levitt.«

»Oh, Jordans Tochter.«

»Eigentlich ist Jordan mein Vater«, korrigierte sie gleich.

Darla runzelte die Stirn, weil sie nicht recht wußte, was das sollte. »Jerry freut sich schon auf dich«, sagte sie und hakte sich bei Bobby ein. »In der letzten Zeit geht es ihm nicht so gut.«

»Er ist doch nicht krank, oder?«

»Nein. Aber unser Leben ist deutlich ruhiger geworden, und du weißt doch, wie dein Vater ist. Er möchte immer im Mittelpunkt der Action stehen.« Sie senkte die Stimme zu einem verschwörerischen Flüstern: »Er trinkt zuviel.«

»Als wenn ich das nicht wüßte.« Bobby klang bitter. »Er hat doch sein ganzes Leben lang gesoffen.«

»Das darfst du nicht sagen«, entgegnete sie empört. »Junge, er braucht deine Unterstützung.«

»Genau aus dem Grund bin ich gekommen.«

Sie folgten Darla ins Wohnzimmer, wo Jerry in exakt demselben Sessel saß, in dem Bobby ihn zum letzten Mal gesehen hatte. Und wieder hielt er ein Glas Scotch in der Hand. Nur machte er sich diesmal nicht die Mühe aufzustehen.

»Hi, Dad«, grüßte Bobby verkrampft.

»Mein Sohn, der Riesen-Filmstar«, entgegnete Jerry mit etwas schwerer Zunge.

Warum kann er nicht einmal nüchtern sein? dachte Bobby. »Ich möchte dir Jordanna vorstellen.«

»Jordanna Levitt«, ergänzte Darla, »Jordans Tochter.«

Als der alte Mann die junge Frau wahrnahm, richtete er

sich etwas auf. Wann immer etwas Junges, Weibliches in sein Haus kam, setzte er sein geiles Grinsen auf. »Willkommen, Sie hübsches, kleines Ding.« Er hob ihr zum Gruß das Glas.

»Mr. Rush«, erklärte sie giftig, »ich bin weder klein noch ein Ding.«

»Aha, verstehe.« Er lachte unverschämt. »Sie sind also eine von diesen Emanzenschlampen, die sofort an die Dekke gehen, wenn man ihnen ein Kompliment macht, richtig? Seit dem Tag, an dem Anita Hill in ihrer Colaflasche ein Schamhaar gefunden hat, geht das schon so …«

»Mr. Rush!« unterbrach Jordanna ihn, »Sie sind wirklich der …«

»Jordanna!« Bobby warf ihr einen warnenden Blick zu. »Vergiß nicht, weswegen wir gekommen sind.«

»Okay, ist ja schon gut«, murmelte sie mit finsterer Miene. Man merkte ihr an, daß sie seinem Vater am liebsten an die Gurgel gesprungen wäre.

Darla sprang dazwischen. »Wie wäre es mit einem Drink?« fragte sie fröhlich.

»Nein danke«, antwortete Jordanna.

»Für mich nichts«, sagte Bobby.

Jerry rülpste laut. »Wenn du gekommen bist, um mich anzupumpen, hättest du dir den Weg sparen können. Laut Aussage meiner entzückenden Gattin sind wir pleite.«

»Wir sind nicht pleite, Jerry«, widersprach Darla und lief rot an. »Nun ja, es gibt ein paar lästige kleine Schwierigkeiten, aber damit kommen wir schon zurecht. Und bitte tu mir den Gefallen und rede nicht vor Jordan Levitts Tochter über unsere finanzielle Lage.«

»Sie heißt Jordanna«, erinnerte Bobby sie.

»Also, was liegt an?« wollte Jerry nach einem kräftigen Schluck wissen. »Habt ihr zwei was miteinander? Jordan ist ein reicher Sack. Mit der Kleinen hast du einen guten Griff getan.«

»Ich *arbeite* für Bobby«, informierte Jordanna ihn und konnte sich nur mühsam beherrschen, »als seine Persönliche Assistentin.«

Jerry grinste gehässig. »Aber klar, Süße. Ein klein wenig persönliches Assistieren unter dem Schreibtisch ist ja auch tausendmal besser, als jeden Tag die Stechuhr füttern zu müssen.«

Sexistisches Schwein! dachte Jordanna. Was für ein Arschloch! Was für ein Glück, daß Bobby so ganz anders als sein Vater war.

»Mr. Rush.« Sie sah ihn mit funkelnden Augen an. »Wenn ich einen männlichen Assistenten hätte, würde ich nicht von ihm erwarten, unter meinen Schreibtisch zu kriechen. Und von Frauen wird so etwas auch nicht angenommen. Solch sexistischer Müll geistert nur in den Köpfen von denjenigen herum, die zurückgeblieben sind. Und Sie möchten doch sicher nicht als zurückgeblieben bezeichnet werden!«

»Hä?« machte er und legte eine Hand hinter sein Ohr, als habe er sie nicht verstanden.

»Wir kommen morgen wieder«, erklärte Bobby. »Du scheinst nicht in der Stimmung zu sein, dir meinen Vorschlag anzuhören.«

»Doch, ist er«, warf Darla ein. »Aber du weißt doch, wie er sich gern aufführt.«

Bobby fragte sich, was ihn getrieben hatte, hierher zu fahren. Da wollte er seinem Vater eine Rolle anbieten, und der benahm sich absolut widerlich.

Jordanna warf einen Blick auf ihn und erkannte, daß Bobby alles hinschmeißen wollte. »Wie wäre es, wenn man ihm einen Kaffee machen würde?«

»Verdammt!« rief Jerry mit wutverzerrter Miene. »Sie behandeln mich, als wenn ich gar nicht da wäre!«

Jordanna ignorierte ihn weiter und wandte sich an Bobby. »Sag ihm, was du zu sagen hast, und dann nichts wie raus hier.«

Er erkannte, daß sie recht hatte. Geschäftliche Gründe hatten sie hierher geführt und nicht der Wunsch, wieder Freunde zu werden.

»Also gut. Der Schauspieler, der in dem Film die Rolle meines Vaters hatte, ist heute gestorben. Wir müssen rasch einen Ersatz finden, wenn wir nicht hinter den Zeitplan zurückfallen und unser Budget sprengen wollen.«

»Da spricht der Produzent«, höhnte Jerry. »Finde einen Ersatz für den alten Sack, noch ehe seine Leiche kalt geworden ist.«

»Weiter«, sagte Bobby und zwang sich, sich von seinem Vater nicht auf die Palme bringen zu lassen: »Ich biete dir diese Rolle an, aber nur, wenn du nüchtern auf dem Set erscheinst. Eine kleine Rolle mit fünf Tagen Drehzeit. Uns bleibt keine Zeit, uns mit Agenten herumzuärgern, deswegen gebe ich dir mein Wort drauf, daß du alles bekommen wirst, was du verlangst.«

»Ich soll in deinem Scheißfilm eine Nebenrolle spielen?« Jerry starrte fassungslos an die Decke, als sei dies der unmöglichste Vorschlag, der ihm je unterbreitet worden war.

Darla eilte sofort an seine Seite. »Jerry, wir könnten das Geld wirklich gut gebrauchen.«

»Wofür hält er mich, für einen verschissenen Sozialfall?«

Bobby legte eine Hand auf Jordannas Arm und führte sie aus dem Zimmer. »Denk bitte in Ruhe darüber nach. Ich brauche allerdings rasch eine Antwort.«

»Warum sollte ich auch nur einen Gedanken an diesen Schwachsinn verschwenden?« brüllte Jerry ihm hinterher.

Bobby blieb stehen. »Weißt du was? Jordanna hat vollkommen recht. Entweder sagst du ja oder nein. Das liegt allein bei dir.«

Darla folgte ihnen nach draußen. »Vergiß seine Worte. Er trinkt schon seit dem frühen Morgen. Die Rolle ist genau das, was er jetzt braucht. Laß uns das Drehbuch zukommen, und ich sorge dafür, daß er ja sagt.«

»Ich möchte nicht, daß er mir einen Gefallen tut, Darla.«

»Das ist mir klar. In Wahrheit erweist du ihm damit einen Gefallen.«

Er griff in den Wagen und holte ein Drehbuch heraus. »Hier, bitte. Ruf mich später an und gib mir Bescheid.«

Als sie wieder im Auto saßen, konnte Jordanna nicht länger an sich halten und lachte und prustete.

»Möchtest du mir vielleicht verraten, was so komisch ist?« fragte Bobby.

»Du!« platzte es aus ihr heraus. »Du hast dich wieder von ihm fertigmachen lassen.«

»Nein, habe ich nicht.«

»Hast du doch. Er hat genau gewußt, welche Knöpfe er bei dir drücken muß.«

»Hast du denn nicht mitbekommen, was für ein Mistkerl er ist?«

»Doch, sicher. Aber du darfst dir nichts draus machen. Hörst du, Bobby, du mußt ihn loslassen, von ihm unabhängig werden.«

»Einfach so?«

»Denk doch mal nach. Wenn er nicht dein Vater wäre, würdest du ihn nur für einen altgewordenen Schauspieler mit einem Alkoholproblem halten. Aber weil er nun einmal dein Vater ist, siehst du ihn mit anderen Augen. Das mußt du einfach ablegen, klar? Ich weiß, ich erkläre das sicher nicht sehr gut, aber nur so geht es, glaub mir.«

»Woher bist du eigentlich so klug?«

»Praxis.«

»Tatsächlich?«

»Ja, tatsächlich.«

Ihre Blicke trafen sich, und wieder entstand eine besondere Atmosphäre zwischen ihnen. Jordanna hatte das Gefühl, einen elektrischen Schlag erhalten zu haben. Bobbys Augen waren von einem unglaublichen Blau. Die Art, wie das Haar ihm in die Stirn fiel, machte sie ungeheuer an, und sein Körper …

»Dinner?« fragte er.

»Wo steckt denn Barbara heute abend?«

»Was hat Barbara denn damit zu tun?«

»Ich dachte, ihr zwei hättet was miteinander.«

»Wer hat dir denn das erzählt?«

»Ich habe doch Augen im Kopf.«

Er seufzte. »Jordanna, ich habe einen furchtbaren Tag hinter mir. Also, gehen wir jetzt was essen oder nicht?«

»Solange es nicht Pizza ist«, grinste sie.

»Hat man dir schon mal gesagt, daß du unglaublich huldvoll sein kannst?«

»Ja, so etwas höre ich ungefähr jeden Tag.«

Kapitel 35

Kennedy saß zu Hause vor ihrem Computer und ging ihre Unterlagen durch. Sie hatte den ganzen Tag an dem Artikel über Charlie Dollar gesessen und war mit dem Ergebnis höchst zufrieden. Kennedy hatte die Magie, von der der Mann überreichlich besaß, in den Text einfließen lassen können. Eine ganz besondere Ausstrahlung, die jede seiner Rollen ausgezeichnet hatte.

Heute abend wollten sie zusammen essen gehen. Auch wenn es ihr durchaus behagte, noch mehr Zeit in seiner Gesellschaft zu verbringen, hätte sie doch lieber Michael Scorsini wiedergesehen. Das Gefühl war wie aus dem Nichts aufgetaucht, und sie konnte es beim besten Willen nicht erklären. Jedenfalls glaubte sie, nach dem gestrigen Gespräch mit ihm eine besondere Nähe zu dem Mann zu spüren.

Rosa würde bestimmt aus dem Häuschen sein, wenn sie davon wüßte.

Das Telefon läutete, und sie hob ab.

Eine Frauenstimme meldete sich: »Ich bin Gerda Hemsleys Mutter. Sie haben mir eine Nachricht auf Band hinterlassen.«

»Oh, Mrs. Hemsley, wie schön, daß Sie sich melden. Es tut mir so leid wegen Ihrer Tochter. Eine wirkliche Tragödie. Ich möchte Ihnen mein tiefempfundenes Mitgefühl aussprechen.«

»Ich weiß, daß Sie enormes geleistet haben, Miß Chase. Schließlich habe ich Sie im Fernsehen gesehen. Es tut gut zu wissen, daß jemand sich noch Gedanken macht.«

Kennedy griff nach ihrem Block. »Ich wollte mit Ihnen sprechen, Mrs. Hemsley, um zu erfahren, womit Gerda vor ihrer Tätigkeit in der Bank ihr Geld verdient hat.«

»Davor war sie in einer Buchhaltungsfirma beschäftigt.«

»Hat sie vielleicht mal etwas mit dem Film zu tun gehabt?«

»Aber ja, vor ein paar Jahren war sie bei einigen Produktionen in der Buchhaltung tätig.«

»Tatsächlich? Können Sie sich zufällig erinnern, bei welchen Filmen sie mitgearbeitet hat?«

»Oh ... das weiß ich, glaube ich, nicht mehr ... Moment, da war einer, bei dem es Ärger gegeben hat ...«

»Was für Ärger?«

»Nun, Gerda ist Zeugin eines Mordes geworden.«

Kennedy zitterte vor Aufregung. »Können Sie mir Genaueres darüber sagen?«

»Der Film hieß *The Contract.* Und eine der Darstellerinnen ist umgebracht worden, auf dem Set. Gerda hat das vom Fenster aus beobachten können.«

»Wie hieß der Mörder?«

»Daran kann ich mich nicht mehr erinnern. Aber Gerda ist von der Staatsanwaltschaft als Zeugin aufgerufen worden.«

»Gab es noch weitere Zeugen? Kennen Sie deren Namen noch?«

»So aus dem Stegreif ist das schwer ... Aber ich könnte Gerdas Papiere durchsehen.«

»Sagen Ihnen vielleicht die Namen Pamela March oder Margarita Lynda etwas?«

»Ja, sie bringen irgendwas zum Klingeln, aber ich fürchte ...«

»Können Sie sich denn noch an das Jahr erinnern, in dem es zu dem Mord kam?«

»Hm, so um 1988.«

»Vielen Dank. Sie waren mir eine große Hilfe.«

Das ist es! Ich bin endlich drauf gekommen!

Kennedy rief Margaritas Onkel an. »Chase hier, wir haben vor ein paar Wochen miteinander gesprochen.«

»Ja, ich erinnere mich.«

»Vielleicht können Sie mir weiterhelfen. Erinnern Sie

sich, ob Margarita an einem Film mit dem Titel *The Contract* mitgewirkt hat? Ist sie vor Gericht als Zeugin in einem Mordfall aufgetreten?«

»Moment, jetzt, da Sie es sagen ... Ich glaube, ja. Eine unangenehme Geschichte, die Margarita ziemlich mitgenommen hat.«

»Vielen Dank, das ist alles, was ich wissen wollte.«

Bingo!

Nun arbeitete ihr Verstand auf Hochtouren. Sie mußte herausfinden, ob Margarita und Stephanie Wolff an der Produktion von *The Contract* beteiligt gewesen waren. Ihr Instinkt sagte ihr, daß es nur so sein konnte ...

Das Telefon läutete.

»Hi, Kennedy, hier ist Michael Scorsini, Ihre Verabredung, wenn es nach Rosa gegangen wäre.«

Seine Stimme riß sie aus ihrem Hochgefühl. »Michael, tut mir leid, ich bin gerade ziemlich beschäftigt. Kann ich Sie zurückrufen?«

»Ist das eine höfliche Abfuhr?« fragte er enttäuscht.

»Nein, bestimmt nicht.«

»Gut, ich glaube Ihnen. Äh, hören Sie, ich bin gerade unterwegs, da gebe ich Ihnen besser meine Beepernummer.«

»Höchstens zehn Minuten, Michael, dann melde ich mich.«

»Hoffentlich.«

»Ganz ehrlich.«

Er kam sich vor wie ein Schuljunge, konnte aber einfach nicht aufhören. »Wie steht's, sind Sie immer noch fürs Abendessen zu ausgebucht?«

»Ich habe doch gesagt, daß ich heute eine wichtige Besprechung habe.«

»Und wie wär's dann mit morgen abend?«

»Ich glaube, da sage ich gerne ja.«

»Schön. Dann ist es also abgemacht. Rufen Sie mich bitte trotzdem zurück. Aber es bleibt in jedem Fall bei morgen abend.«

»Absolut.« Kennedy legte auf und freute sich darüber, daß er angerufen hatte. Dann machte sie sich wieder über ihre Unterlagen her, um festzustellen, wo sie mehr über Stephanie und Pamela erfahren konnte. Kaum hatte sie damit begonnen, klingelte es an der Tür.

»Wer ist da?« rief sie ungehalten.

»Rosa. Mach auf. Schnell!«

»Ich komme ja schon.«

Rosa stürmte mit einer Flasche Champagner herein. »Los, rate!«

»Sag es mir bitte.«

»Das ist so ungeheuer toll, daß du es gar nicht fassen kannst.«

Sie hatte Rosa noch nie so aus dem Häuschen erlebt.

»Der Polizeipräsident und der Bürgermeister halten morgen früh eine Pressekonferenz ab. Endlich werden die Behörden aktiv, und das nur wegen unserem Sender und dir. Da gehen wir natürlich hin, wir beide, und gleich danach will unser Producer eine Sondersendung schalten. Machst du mit?«

»Wahnsinn! Natürlich bin ich dabei.«

»Ja, irre«, nickte Rosa. »Jetzt werden sie endlich diesen Perversen schnappen, und das ist allein uns zu verdanken.«

Eine Stunde später stellte Michael enttäuscht fest, daß Kennedy nicht zurückgerufen hatte. Seltsamerweise wurde er nicht sauer, wußte er doch, daß sie eine besondere Frau war. Kennedy Chase hängte sich nicht gleich an jeden Mann, der etwas Interesse an ihr zeigte. Das sprach durchaus für ihre starke Persönlichkeit.

Na ja, zumindest war er für morgen zum Essen mit ihr verabredet, und das war doch etwas, auf das er sich freuen konnte.

Er fuhr zum Studio und erfuhr dort, daß Jordanna mit Bobby Rush unterwegs war. Michael kehrte in seine Wohnung zurück und duschte ausgiebig.

Bella, wo steckst du? Wann werde ich dich endlich finden?

Unvermittelt überkam ihn wieder das Gefühl – dieser geradezu unwiderstehliche Drang nach einem Scotch, der ihm sogar den Mund austrocknen ließ. Er erschrak darüber, konnte er sich doch ausrechnen, daß er eines Tages nicht mehr die Kraft aufbringen würde – und dann wäre für ihn alles vorbei.

Er mußte eine Sitzung der Anonymen Alkoholiker aufsuchen und sich wieder der Disziplin unterwerfen. Jeder Tag wurde von neuem ein Kampf, den er nur gewinnen konnte, wenn er Herr über sich selbst blieb.

Michael verließ die Dusche und hörte den Anrufbeantworter ab. Die erste Nachricht stammte von Amber. Sie lud ihn für morgen abend zum Essen ein und ließ durchblicken, daß er durchaus Sheila mitbringen könne.

Vergiß es, Amber.

Als nächstes war die gedämpfte Stimme der Frau zu vernehmen, die ihn schon im TV-Studio angerufen hatte: »Haben Sie das Geld? Die Zeit wird langsam knapp.«

»Daddy! Daddy!« hallte die Erinnerung an Bellas Stimme durch seinen Kopf.

Aber war das wirklich seine Tochter gewesen?

»Scheiße!« Er schaltete ab und zog sich an. So konnte es nicht weitergehen.

»Das ist doch absurd«, sagte Cheryl, betrachtete sich im Spiegel und konnte den Blick nicht von ihrer Aufmachung wenden.

»Nein, ganz und gar nicht. Betrachte es lieber als ein Spiel«, bemerkte Grant, der hinter ihr stand. Er war völlig stoned, doch trotz seiner glasigen Augen sah er immer noch gut aus. »Weißt du noch, wie wir in der Schule immer Spiele gemacht haben? Eigentlich waren das eher Mutproben, und mit denen haben wir uns über diese beschissenen Jahre retten können.«

»Wie könnte ich die je vergessen«, antwortete sie und fragte sich, warum sie sich auf diese Mutprobe heute eingelassen hatte. Es war einfach zu verrückt, aber wenn sie jetzt zurückschreckte, würde Grant sie für einen Feigling halten, und das hätte sie nicht ertragen.

Als sie beide noch fünfzehn gewesen waren, hatte einmal eines dieser »Spielchen« darin bestanden, bei Sak's zu klauen. Sieger sollte derjenige sein, der am Ende Waren im Wert von mindestens fünfhundert Dollar vorweisen konnte. Cheryl hatte es gerade auf vierhundertfünfzig gebracht, als der Kaufhausdetektiv sie erwischte.

Ihr Vater war außer sich gewesen. »Wenn du mehr Geld brauchst, warum fragst du dann nicht?« hatte er gebrüllt und prompt ihr Taschengeld erhöht.

Aber Geld bedeutete ihr nichts. Grant hingegen zu beweisen, daß sie vor nichts zurückschreckte, war ihr jedes Risiko wert. Wie viele von seinen zahllosen Freundinnen hätten bei einer solchen Mutprobe mitgemacht?

Zu ihrem Glück war sie selbst schon ziemlich high. Sie wußte nicht, wie sie ohne die Line reagiert hätte.

»Ich muß zugeben, du siehst verdammt gut darin aus«, sagte er und legte ihr die Hände an die Hüften.

Warum gehst du dann nicht mit mir ins Bett? Warum schickst du mich zu einem Fremden, damit ich mit ihm schlafe?

»Ehrlich?« Cheryl wußte, daß sie das Beste aus sich gemacht hatte. Zum ersten Mal in ihrem Leben sah sie richtig scharf aus. Alles paßte zusammen, um sie verrucht erscheinen zu lassen: die schwarze Strumpfhose, die hohen Absätze – und dazu die langen Beine und das rote Haar, auf die sie wirklich stolz sein konnte. Dann der BH von Victoria's Secret und das dünne Kleid von Azzedine Alaia. Ihr frisch zurechtgemachtes Haar glänzte, und sie hatte mehr Make-up als sonst aufgelegt.

»Sogar sehr sexy«, lobte Grant und drückte fester.

»Ich überlege mir ernsthaft, ob ich nicht erst einen Test mit dir durchführen soll.«

Cheryl wußte, daß er nur einen Scherz machte, aber sie wünschte sich so sehr, es wäre ihm ernst damit. *Er darf dir niemals anmerken, wie furchtbar du es willst.*

»Bitte, Grant, jetzt rede nicht zu mir, als wenn ich eines von deinen geistig unterbelichteten Cheerleader-Mädchen wäre.«

»Macht dich so ein Outfit denn nicht an?« Er legte die Arme um ihren Bauch. »Mich sehr.«

»Du kannst ja mitkommen und zusehen«, schlug Cheryl vor und wartete gespannt auf seine Reaktion.

»Ha! Das würde unserem Klienten aber sicher nicht gefallen.«

»Wer ist er denn überhaupt?« fragte sie jetzt schon zum dritten Mal.

»Ich hab's dir doch gesagt, irgend so ein reicher Sack von auswärts. Mach dir keine Sorgen, dir kann nichts passieren.«

»Du hast leicht reden.«

»Geh zur Rezeption, und frag dort nach einem Mr. Nanni. Laß ihn ein Kondom aufsetzen, und küß ihn nicht auf den Mund.«

»Danke für die guten Ratschläge.« Sie löste sich aus seinem Griff. »Okay, ich bin so weit. Auf geht's.«

»Bist du dir sicher?«

Natürlich nicht. Warum hältst du mich nicht zurück?

»Selbstverständlich.«

»Dann wollen wir diese Party mal steigen lassen.«

»Ich liebe Hotels«, sagte Sharleen und hüpfte auf dem großen Bett auf und ab.

»Diese Kinder können einen in den Wahnsinn treiben«, brummte Mac. »Ich mußte einfach raus.«

Sharleen streckte sich aus. »Du gibst ihnen einfach zuviel.«

»Ich verwöhne sie nicht mehr als du deine Tochter.«

»Wenigstens weiß sie das zu schätzen.«

»Sharleen, du scheinst unter Gedächtnisschwund zu leiden. Deine unschuldige kleine Suzy war es schließlich, die uns den Drogendealer ins Haus gebracht hat.«

»Sie wußte doch nicht, was für einer das war.«

»Blödsinn!«

»Wir wollen doch jetzt nicht streiten, oder, Schatz?« Sie streichelte seine Wange.

»Bestimmt nicht. Nicht nach einem solchen Tag.«

»War es denn so schlimm, Lieber?« Ihre Hand kroch in sein Hemd.

»Du kannst es dir nicht vorstellen.«

Sie zwickte seine Brustwarzen. »Warum erzählst du mir nicht davon. Vielleicht kann ich dir helfen?«

Großer Gott, diese Frau verstand es immer, ihn scharf zu machen, ganz gleich, in welcher Stimmung er war. »Das ist eine lange Geschichte.«

Sie öffnete seinen Gürtel. »Ich bin eine gute Zuhörerin.«

»Nur wenn du willst.«

Sharleen griff in seine Hose und fand, was sie suchte. »Oh ja, jetzt will ich.«

Brooks schloß die Augen und sperrte den Rest der Welt aus.

Sharleens talentierte Hände bewirkten Wunder an seinem Glied, und als sich ihr noch viel besserer Mund über seinen Schwanz senkte, war ihm alles andere egal.

»Ihnen geht doch was durch den Kopf«, sagte Charlie.

»Nein, tut es nicht«, wehrte Kennedy ab.

»Tut es doch.«

»Also gut, ich bin mit meinen Gedanken ein wenig woanders.«

»Wollen Sie mir davon erzählen?«

Sie saßen im Georgia, einem Restaurant am Melrose. Kennedy hatte weder über Stephanie noch über Pamela Neues in Erfahrung bringen können. Rosa hatte versprochen, es weiter zu versuchen. Ja, sie war heute abend wirklich nicht recht bei der Sache, und Charlie Dollar hatte das gleich erkannt.

»Ich muß dauernd an die Story denken, an der ich gerade arbeite.«

»Die Mordserie?«

»Sie wissen darüber Bescheid?«

»Hey, Grünauge, was glauben Sie denn, was ich den ganzen Tag so treibe, wenn ich nicht gerade drehe? Dann hocke ich vor der Glotze. Ich bin richtiggehend fernsehsüchtig. Gestern abend habe ich Sie gesehen. Ich war begeistert: Sie haben Ausstrahlung und Charakter. Beides zusammen wirkt ungeheuer auf meine Libido.«

»Freut mich zu hören.«

Der Kellner erschien mit den Getränken, zwei exotischen Daiquiris. Charlie hatte zusätzlich noch einen Rum bestellt, den er gleich als erstes hinunterstürzte.

»Gefällt es Ihnen hier?«

»Ja, sehr.«

»Dann warten Sie mal, bis Sie die Spare Ribs vor sich haben. Selbst im Himmel bekommt man so etwas nicht.«

»Mir läuft schon das Wasser im Mund zusammen.«

Sie stießen aufeinander an. »Auf Sie, Grünauge. Was immer Sie sich wünschen, brauchen Sie sich nur zu nehmen.«

»Wirklich?«

»Das ist meine Lebensmaxime. Ich habe jeden Tag danach gelebt, und sehen Sie, was aus mir geworden ist: ein verdammter Megafilmstar.«

»Ist Ruhm alles, was Sie vom Leben erwarten, Charlie?«

»Immerhin zaubert er ein Lächeln auf meine Lippen.«

Und unter dem lassen sich die Schmerzen im Innern verbergen, wollte Kennedy entgegnen, schwieg aber. Auch Charlie hatte seine Geheimnisse und quälenden Dämonen. Er verdeckte sie mit seiner betont lässigen Haltung. Aber Kennedy spürte seine Verletzungen ganz genau.

Die Frage lautete nur, wollte sie sich mit ihm einlassen oder nicht?

Nein.

Warum war sie dann hier?

Weil ihr ein Treffen mit ihm als gute Idee erschienen war. Zumindest zu dem Zeitpunkt, als er sie eingeladen hatte. Aber da war sie Michael Scorsini auch noch nicht begegnet.

Und wie stand es mit Michael? Sie mußte immerzu an ihn denken, konnte sich nicht dagegen wehren. An ihm war etwas, das viel tiefer ging als sein gutes Aussehen. Er strahlte eine Verletzlichkeit aus, bei der sie sofort anbiß. Unter dem italienischen Machogehabe steckte ein sensibler Mann, und den wollte sie so genau wie möglich kennenlernen.

Wollte sie das wirklich?

Sie hatte ihn nicht zurückgerufen, weil Rosa mit der guten Nachricht hereingeplatzt war. Und wenig später stand Charlie schon vor der Tür. Wahrscheinlich war es gut so, denn wenn sie ehrlich zu sich selbst war, so fürchtete sie sich doch davor, sich wieder zu binden. Davon ganz abgesehen würde sie ja morgen mit ihm essen gehen ... wer wußte schon, wohin das führen würde?

»Woran denken Sie denn jetzt gerade?« fragte Charlie, der sich ganz auf sie zu konzentrieren schien. »Wie heißt der Glückliche? Und was kann er Ihnen geben, wovon Sie bei mir nicht viel mehr bekommen können?«

»Charlie, ich glaube, Sie wollen mich anmachen«, entgegnete sie keck.

»Nur wenn Sie auch wollen, Grünauge.« Er lehnte sich zurück. »Mehr noch, aber Sie müssen es sagen. Ich mag zwar zur Verfügung stehen, aber ich habe so ein Gefühl, als wenn Sie das nicht täten.«

»Wohin fahren wir eigentlich?« wollte Jordanna wissen, während Bobby den Wagen nach Melrose steuerte.

»Ich habe einen richtigen Heißhunger auf Hähnchen. Auf die, wie man sie im Süden macht. Kennst du Georgia?«

»Den Staat – nein. Das Restaurant ja.«

»Hast du Lust darauf?«

»Ja, das wäre perfekt.« Sie war es nicht gewohnt, daß ein anderer für sie Entscheidungen traf. Jordanna empfand das als angenehme Abwechslung, denn normalerweise suchte sie die Lokale aus – und bezahlte am Schluß die Rechnung. Fast hätte man glauben können, Bobby und sie hätten eine Verabredung, obwohl er das bestimmt nicht so sah. Wahrscheinlich hatte er nur vor, dieser Kleinen eine Mahlzeit zu spendieren, weil sie so nett gewesen war, ihn zu seinem Vater zu begleiten.

»Was hältst du von Jerry?« fragte er, hielt den Blick aber auf die Straße gerichtet.

Sie dachte einen Moment über ihre Antwort nach. »Ein Arschloch, wie du schon gesagt hast, und mächtig sauer auf deinen Erfolg. Er hält sich für einen alten Mann, der weg vom Fenster ist, und sieht in dir sich selbst, wie er einmal gewesen ist.«

»Du bist sehr scharfsinnig.«

»In dieser Stadt ist es für einen alten Schauspieler sicher nicht einfach. Eben noch war er der ungekrönte König, und im nächsten Moment findet er sich auf dem Schrotthaufen wieder und darf höchstens noch in Talk Shows oder als Sprecher bei irgendwelchen Dramaserien auftreten.«

Bobby mochte Jordanna. Sie sagte immer genau das, was sie dachte. »Habe ich auch eine solche Zukunft zu erwarten?«

»In etwa dreißig Jahren.«

»Dann will ich vorher aber noch das Beste aus allem machen.«

Er fuhr auf den Restaurantparkplatz und gab dem Parkjungen die Wagenschlüssel.

Brad Johnson, einer der Besitzer, begrüßte sie an der Tür. »Wo haben Sie denn so lange gesteckt?« fragte er Jordanna. »Wir haben Sie hier sehr vermißt.«

»Ich habe gearbeitet«, antwortete sie und umarmte ihn. »Können Sie sich das vorstellen, ich und arbeiten?«

»Nein, gewiß nicht«, lächelte Brad und führte sie an ihren Tisch.

Charlie konnte von seinem Platz aus den Eingang im Auge behalten. »Sie werden nie erraten, wer gerade hereinkommt. Einer Ihrer ganz besonderen Lieblinge.«

»Wer?« wollte Kennedy wissen.

»Bobby Rush.«

»Sie hätten ihn nicht so hart angehen sollen«, tadelte er sie scherzhaft.

»Ich habe Ihnen doch schon gesagt, daß dies gar nicht meine Absicht war.«

»Ja, mir, aber auch ihm?«

»Als er auf meine Anrufe nicht reagiert hat, habe ich ihm geschrieben und ihm alles erklärt.«

»Wie, Sie haben sich richtig bei ihm entschuldigt? So artig, wie man das von einem braven Mädchen erwarten kann?«

»Es reicht«, wies sie ihn zurecht, weil ihr die ganze Situation überaus peinlich war.

»Ich habe doch nur gefragt.« Er erhob sich, als Rush näherkam. »Kindchen!« rief er, hielt Jordanna am Arm fest und bedachte sie mit einem lüsternen Grinsen. »Und Bobby, was für ein nettes Paar.«

»Wir sind kein Paar«, widersprach Jordanna sofort. Sie hatte an der Bar zwei ihrer ehemaligen Midnight-Cowboys wiedererkannt.

»Reg dich wieder ab, Kleines. Ich arbeite nicht für den *Enquirer.* Jedenfalls heute nicht.«

»Ich muß mich bei Ihnen bedanken, Charlie«, sagte Bobby. »Jordanna ist wirklich eine ausgezeichnete PA.«

»Keine Ursache. Kennen Sie übrigens Kennedy Chase?«

Rush wich einen Schritt zurück. Die blonde Frau saß kühl wie ein Glas Wasser da und tat so, als sei nichts gewesen. »Ja«, antwortete er gepreßt und führte Jordanna von dem Tisch fort. »Das ist die Kuh, die mich in *Style Wars* fertiggemacht hat«, flüsterte er ihr zu.

»Aha«, sagte Jordanna und ließ sich an ihrem Tisch nieder. »Soll ich zu ihr gehen und ihr ein Glas Rotwein über den Kopf kippen?«

»Das würdest du für mich tun?«

»Ich arbeite schließlich für dich, Bobby. Du brauchst es nur zu sagen, und schon springe ich.«

Er lächelte. »Ja, davon bin ich überzeugt.«

»Ich bin sehr loyal.«

»So, so.«

»Aber nur, wenn mir jemand gefällt«, erklärte sie geradeheraus und sah ihm in seine blauen Augen. Wenn er es jetzt immer noch nicht begriff, war er entweder ein tumber Klotz oder absolut nicht an ihr interessiert.

»Jordanna ...«, begann er.

»Ja?« fragte sie gleich.

»Ich mag dich wirklich sehr, aber ...«

Bevor er fortfahren konnte, tauchte Tyrone wie aus dem

Nichts auf und stellte sich groß, stark und total sauer an ihren Tisch. »Was treibst du hier, verdammt noch mal!« fuhr er Jordanna an, als wäre sie sein Eigentum. Man merkte ihm deutlich an, daß er mindestens ein Glas zuviel getrunken hatte.

»Entschuldige bitte«, entgegnete sie verwirrt.

»Ich habe dich gefragt, was du hier machst!«

»Einen Moment mal, Tyrone«, mischte sich Bobby ein.

Doch der Mann ließ sich nicht von ihm aufhalten. »Du sagst eine Verabredung mit mir ab und triffst dich dafür mit ihm.« Er zeigte auf Rush, ohne ihn anzusehen. »Wie wäre es mit ein bißchen Ehrlichkeit?«

»Tut mir leid, Tyrone, aber das ist mir eben dazwischen gekommen, und ich hatte nie vor…«

»Konntest nicht widerstehen, als ein leibhaftiger Filmstar dich eingeladen hat, was?«

»Hör zu, Tyrone, du scheinst da was in den falschen Hals bekommen zu haben«, verteidigte Bobby sie. »Dieses Essen hier war keinesfalls geplant, wir haben nur …«

»Ist mir doch scheißegal, ob das ausgemacht war oder nicht!« Er packte Jordanna am Arm. »Du machst keinen Scheiß mit mir, hörst du, du …«

Sie riß sich heftig von ihm los, und er verlor die Balance.

Bobby erhob sich. »Höchste Zeit, daß dich jemand nach Hause fährt.«

»Spar dir deine Sprüche«, knurrte Tyrone. »Wir sind hier nicht im Studio.«

Bobby legte ihm eine Hand auf den Arm. »Jetzt hör mir mal zu …«

Bevor er den Satz beenden konnte, holte Tyrone aus und schlug ihn.

Jordanna sprang ebenfalls von ihrem Sitz. »Wie konntest du das nur tun, verdammter Idiot!«

Tyrone hob wieder seine Faust, doch diesmal wehrte Rush den Schlag ab. Jordanna warf sich zwischen die beiden.

Doch die Fäuste flogen schon, und ein Hieb traf sie am Kinn.

Sie stürzte wie ein Acapulco-Taucher, und das letzte, was sie noch mitbekam, war, wie einer ihrer Ex-Lover herangelaufen kam … vermutlich um ihr beizustehen.

Dann senkte sich Dunkelheit über sie.

Die Verabredung mit Bobby, ob es eine gewesen war oder nicht, war definitiv vorüber.

Kapitel 36

»Die Show ist vorbei«, sagte Charlie.

»Offenbar hat er meinen Brief nicht erhalten«, bemerkte Kennedy.

»Was für einen Brief?«

»Ich habe Ihnen doch erzählt, daß ich Bobby geschrieben habe, der Artikel sei so nicht aus meiner Feder geflossen.«

»Zu dumm.«

»Was soll ich denn jetzt tun?«

»Die Sache vergessen. Ist längst nicht mehr aktuell. Wie wäre es mit einem Drink bei mir?«

»Tut mir leid«, entgegnete sie gleich. »Ich muß morgen früh eine Pressekonferenz besuchen und möchte früh zu Bett.«

Charlie ließ die Rechnung kommen. »Aha, eine Pressekonferenz.«

»Ja, der Polizeichef will etwas bekanntgeben. Sie wollen wohl endlich eine Sonderermittlungseinheit aufstellen, um die Mordserie aufzuklären.«

»Und den Anstoß dazu haben Sie gegeben, nicht wahr?«

»Irgendwann wären sie auch von allein darauf gekommen.«

»Aber ein kleiner Seitenhieb konnte nicht schaden, was?«

»Ich hoffe, daß ich in irgendeiner Weise dazu beigetragen habe.«

»Also gut, dann ist der Schlummertrunk bei mir gestrichen. Dabei wollte ich Sie ins Homebase Central entführen. Der Laden gehört mir nämlich.«

»Aber sicher, Charlie.«

»Was soll das denn heißen?«

»Ich wette, Sie bekommen alles, was Sie wollen.«

»Da haben Sie recht. Sie sind ganz schön gescheit. Wann sehen wir uns wieder?«

»Sie haben doch Dutzende Freundinnen, und Sie leben mit Dahlia Summers zusammen. Warum wollen Sie da noch einen weiteren Abend mit mir verbringen?«

»Höre ich da einen leisen Anflug von Unsicherheit heraus?«

»Tut mir leid, Charlie, ich bin nur neugierig.«

Die Rechnung kam, und Dollar bezahlte. »Wissen Sie, ich glaube nicht an die Monogamie.«

»Nicht?«

»Sie bringt einem überhaupt nichts. Uns allen steht nur ein Leben zur Verfügung, warum soll man es sich in ihm nicht hin und wieder etwas nett machen?«

»Charlie, Sie sind unverbesserlich. In diesen AIDS-Zeiten können Sie so etwas doch nicht ernsthaft behaupten. Ich wette, Sie benutzen nicht einmal ein Kondom.«

»Ist nicht mein Stil«, grinste er.

»Damit sind Sie dann endgültig von meiner Liste gestrichen.«

Er hob eine Braue. »Sie führen eine Liste?«

»Hören Sie, Charlie, Ihre Gesellschaft ist mir wirklich nicht unangenehm. Deswegen hoffe ich, daß Sie an platonische Freundschaften glauben; denn so etwas könnte aus uns werden.«

»Wissen Sie was, Grünauge, ich warte damit, bis ich gelesen habe, was Sie über mich zu schreiben hatten.«

»Gut, tun Sie das.«

Grant setzte Cheryl vor dem Hotel ab und ermahnte sie, ihn sofort anzurufen, sobald alles vorüber war.

Sie starrte ihn böse an. »Was erwartest du eigentlich von mir? Soll ich in der Lobby herumsitzen, bis du endlich kommst? Damit mich jeder für irgendeine Pennerin hält?«

»Ich brauche nur fünf Minuten bis hierher. Aber wenn du es unbedingt so haben willst, dann ruf dir doch ein Taxi.«

»Ja, das ist wohl das Beste«, entgegnete sie wütend.

»Jetzt werd doch nicht gleich sauer.«

»Ich bin überhaupt nicht sauer.«

»Bist du doch.«

Sie funkelte ihn weiterhin an und wünschte sich nichts dringender, als daß er sie auf der Stelle nach Hause zurückbringen würde. »Ich weiß nicht einmal, warum ich bei diesem Spiel überhaupt mitmache.«

»Weil es dich bestimmt antörnt.«

»Höchstens dich, aber du mußt ja auch nicht in das Hotelzimmer.«

»Du kannst mir ja später von all den schmutzigen kleinen Details berichten.«

Cheryl hätte es nie vor ihm zugegeben, aber sie hätte vor Nervosität am liebsten an den Nägeln gekaut. Die ganze Geschichte war doch nicht richtig. Sie war nicht eine Madam geworden, um wie ihre Mädchen anschaffen zu gehen. Und das bloß, um Grant zu beeindrucken? Was für eine Riesenscheiße!

Sie warf noch einen Blick auf den Zettel. Bosco Nanni. Was war das überhaupt für ein bescheuerter Name!

Cheryl stieg aus und ließ die Tür zuknallen. Erhobenen Hauptes betrat sie das Hotel.

Sie wußte, daß Grant ihr hinterher sah. Der blöde Sack. Er scherte sich kein bißchen um ihre Gefühle.

»Zu Mr. Nanni, bitte. Er erwartet mich«, erklärte sie an der Rezeption.

»Fahren Sie bitte hinauf in die Penthouse-Suite. Der Aufzug ist gleich dort drüben.«

»Oh Gott«, stöhnte Jordanna. »Wo bin ich?«

»Im Ruheraum des Restaurants«, antwortete Bobby und war erleichtert, daß sie ins Land der Lebenden zurückgekehrt war.

»Was ist denn passiert?«

»Unglücklicherweise warst du im Weg, als hier die Fäuste geflogen sind.«

»Das glaube ich einfach nicht.« Jordanna rieb sich das Kinn.

»Besser, du würdest es tun. Tyrone ist vollkommen durchgedreht. Wegen dir ist er vollkommen ausgerastet.«

»Tja«, sie richtete sich unsicher auf, »ich habe nun einmal eine solche Wirkung auf Männer.«

»Ganz im Ernst, ich habe ihn noch nie so erlebt. Was hast du ihm gesagt oder getan?«

»Genau genommen gar nichts.«

»Hm.«

»Wem habe ich den Kinnhaken zu verdanken, ihm oder dir?«

»Alles ging so schnell. Ich glaube, es war sein Schwinger.«

»Ich habe mir schon gedacht, daß du das sagen würdest.«

»He, wenn ich es gewesen wäre, würde ich ohne meinen Anwalt gar nichts sagen.«

»Ein echter Kavalier der alten Schule.«

Er half ihr auf die Beine. »Ich fahre dich nach Hause.«

»Mann, ich fühle mich furchtbar. Wenn nun mein Kiefer gebrochen ist.«

»Ist er nicht, und du wirst es überleben.«

»Du hast leicht reden. Schließlich hat man nicht dich auf die Bretter gelegt.«

»Es war ein Unfall.«

»So?« entgegnete sie streitsüchtig. »Ich werde auf jeden Fall Anzeige erstatten.«

»Und gegen wen?«

»Gegen dich natürlich. Du bist von euch beiden der Reichere, also ist bei dir mehr zu holen.«

»Wenigstens hast du deinen Humor wiedergefunden.«

»Nur weil ich dein gesamtes Hab und Gut aus dir herauspressen werde.«

Als sie im Wagen saßen, fragte Jordanna: »Was ist eigentlich mit den Hähnchen? Weißt du, ich pflege täglich zu essen, und das fehlt mir jetzt.«

»Ich habe unsere Bestellung einpacken und in den Wagen bringen lassen. Na ja, ich dachte mir eben, du würdest im Moment nicht so gern wieder im Georgia Platz nehmen.«

»Auch noch fürsorglich, der Mann«, neckte sie ihn und verdrehte die Augen.

»Wir können die Hähnchen bei dir oder bei mir essen.«

»Ich wohne zur Zeit im Sanderson-Mausoleum. Da gehen wir doch lieber zu dir.«

»Am besten rufe ich jetzt gleich Jerry an und höre, wie er sich entschieden hat.«

Darla meldete sich und erklärte fröhlich: »Er möchte gern bei deinem Film mitmachen.«

Bobby hatte nicht erwartet, daß sein Vater so schnell zustimmen würde, und antwortete vorsichtig: »Gut, dann lasse ich gleich morgen die Papiere aufsetzen.«

»Vielen Dank, Bobby.«

»Dank mir nicht, Darla, sorg lieber dafür, daß er nüchtern bleibt. Damit würdest du mir einen Riesengefallen tun.«

Er drehte sich zu Jordanna um: »Ich glaube, wir haben ihn.«

»Du hörst dich ja nicht gerade begeistert an. Glaub mir, du wirst noch begeistert sein. In solchen Dingen habe ich immer recht.«

»Du bist die Bescheidenheit in Person.«

»Scheiß auf die Bescheidenheit.«

»Hast du immer schon wie ein Fernfahrer gesprochen?«

»Nein, das habe ich erst auf Daddys Knien gelernt.« Sie schaltete das Radio ein. »Wo wohnst du eigentlich, Bobby?«

»Ich habe ein Haus in den Hollywood Hills gemietet.«

»Ich würde auch gern ein Haus mieten, aber bei dem Hungerlohn, den du mir zahlst, kann ich mir das nie leisten.«

»Vielleicht ziehst du ja bald das große Los.«

»Möchtest du mir damit etwas sagen?«

»Man weiß ja nie. Unverhofft kommt oft, wie es so schön heißt.«

»Jetzt aber heraus mit der Sprache!«

»Wenn ich es dir sage, mußt du mir versprechen, keinem anderen davon zu erzählen.«

Sie krümmte die Finger zur Schwurhand. »Großes Pfadfinderinnenehrenwort.«

»Nun, ich glaube, ich habe mit Barbara Barr einen großen Fehler begangen.«

»Ach, kommst du auch endlich dahinter? Sie war nie die Richtige für die Siena, und das hättest du gleich bemerken müssen.«

»So, sind wir jetzt in der Abteilung ›Ich habe es doch gleich gesagt‹ angelangt?«

»Das habe ich nicht gesagt.«

»Doch, nur mit anderen Worten.«

»Erzähl mir endlich, was los ist.«

»Die Buchhaltung will ihr ein Ausfallhonorar zahlen. Die Studiobosse haben mir versprochen, wenn ich Jerry bekäme, könnte ich die Rolle der Siena nach meiner Wahl besetzen.«

»Das haben sie gesagt?«

»Ja, das haben sie gesagt.«

Jordanna riß sich sehr zusammen, um ihm nicht zu zeigen, wie aufgeregt sie war. »Und wer soll die Glückliche sein?«

»Jemand, den du ziemlich gut kennst.«

Sie konnte die coole Fassade nicht länger aufrecht erhalten. »Tu mir das nicht an, Bobby«, platzte es aus ihr heraus. »Sag es nur, wenn es dir auch wirklich ernst damit ist.«

»Es ist mir ernst damit.« Ihre Begeisterung ließ ihn lächeln.

»Oh mein Gott! Heißt das, ich werde tatsächlich viel Geld verdienen und nicht mehr auf deine Almosen angewiesen sein?«

»Du könntest dir dann auch ein Haus in den Hollywood Hills mieten.«

»Zum ersten Mal in meinem Leben weiß ich nicht, was ich sagen soll.«

»Die Probeaufnahmen mit dir waren wirklich sehr gut.

Du hast ehrlich Talent. Glaub mir, du hast mich beeindruckt, und so etwas sage ich nicht sehr oft.«

»Und warum hast du mich dann nicht gleich genommen?«

»Tja, die Studiobosse wollten es mit einer anderen probieren, und ich habe ihrem Druck nachgegeben.« Er hielt den Wagen vor seinem Haus an. »Jetzt schnapp nicht über, es kann immer noch etwas dazwischen kommen.«

»Doch, es wird geschehen. Ich weiß es.«

»Wir sind übrigens da. Bist du wieder okay?«

»Ich fühle mich sensationell. Und aus lauter Dankbarkeit habe ich eben entschieden, dich nicht zu verklagen.«

»Das ist zu freundlich.«

»Oh, ich kann ganz schön großzügig sein.«

Als er ihr die Tür öffnete und aus dem Wagen half, umarmte sie ihn gleich. »Danke, Bobby, du wirst es nicht bereuen.«

Er schob sie sanft von sich. »Noch ist es ja nicht soweit.«

Was war bloß mit diesem Mann los? Hatte er etwas dagegen, von ihr umarmt zu werden? Immerhin war sie ihm ja nicht gleich an die Hose gegangen. Die alte Jordanna hätte das vielleicht getan, aber die neue … Nein, sie war heute ein Mensch, der sich voll im Griff hatte. Und Sex war jetzt nicht angesagt.

Oder doch?

»Ich habe dir gesagt, daß es klappen wird.«

»Du glaubst wohl an Positives Denken, was?«

»Immer noch besser, als jeden Tag wie ein Trauerkloß herumzurennen.«

Sie gingen zum Haus.

»Läßt du immer die Tür aufstehen?« fragte Jordanna.

»Eigentlich nicht.«

»Tja, sie ist aber offen. Hast du eine Waffe?«

»Wozu sollte ich mir eine Waffe zulegen?«

»Weil das in L. A. jeder braucht. Gehört zum Gesetz des Überlebens.«

»Trägst du denn eine Waffe?«

»Nö. Wenn ich eine besäße, hätte ich bestimmt zuviel Angst, sie im entscheidenden Moment zu benutzen.«

»Ich fasse es nicht!«

»Und wenn jemand im Haus ist?«

Er zuckte die Achseln. »Vielleicht habe ich die Tür beim Hinausgehen nicht richtig zugezogen.«

»Eine ganze Bande von Drogensüchtigen mit Messern und Gewehren könnte sich in deinen Räumlichkeiten niedergelassen haben«, erklärte sie langsam. »Wir laufen nichtsahnend hinein, und sie ergreifen uns, schlitzen uns auf und nehmen uns alle Wertgegenstände ab – was in meinem Fall überflüssig ist, weil ich nichts bei mir habe.«

»Und das fällt dir alles ein, bloß weil ich die Tür nicht richtig zugemacht habe?«

»Ja.«

»Ist nicht das erste Mal, daß ich das vergessen habe.«

»Gut, dann geh du rein, und ich warte draußen.«

»Oh toll, vielen Dank für deine Unterstützung.«

»Hör mal, Bobby, heute abend habe ich deinen Vater kennenlernen dürfen, noch nichts zu essen bekommen und einen Kinnhaken einstecken müssen, der mich ins Land der Träume geschickt hat. Alles zusammen genommen könnte man durchaus behaupten, daß ich mit dir durch dick und dünn gegangen bin. Aber ich habe absolut keine Lust, mich auch noch überfallen und ausrauben zu lassen.«

Er nahm ihre Hand. »Komm schon, Jordanna, was uns nicht umbringt, härtet uns nur ab.« Schon zog er sie ins Haus.

Drinnen erwartete sie ein komplettes Chaos. Die Zimmer sahen aus, als seien die Hunnen durchgezogen.

Ein kleiner, dicker Mann mit Basedow-Augen und behaarten Händen öffnete die Tür zur Suite. Hinter ihm zeigte sich ein lang aufgeschossener Bursche. Cheryl sank der Magen in die Kniekehle.

Bosco musterte sie und nickte. »Kommen Sie bitte herein.«

»Nicht schlecht«, bemerkte Reno und folgte den beiden

in den Salon. Dort erwartete Cheryl ein kleiner, dunkelhaariger Mann, der Ende fünfzig zu sein schien. Er hatte eine gebräunte Haut und buschige Brauen.

»Hi«, grüßte sie mit rauchiger Stimme. »Ich bin … Bambi.« Der Name war ihr gerade eingefallen.

Luca blinzelte. Die Frau entsprach nicht ganz dem, was er sich vorgestellt hatte. Nun gut, sie hatte rotes Haar und annehmbare Titten, aber von ihr ging nicht die typische Nuttenausstrahlung aus. Im Gegenteil, sie schien Klasse zu haben, und das gefiel ihm. »Bambi, aha. Komm her, Schatz und fühl dich wie zu Hause.«

Sie blieb mitten im Zimmer stehen und wußte nicht so recht weiter. Was tat ein Callgirl bei einem Hausbesuch? Dem Klienten gleich in die Hose greifen und seinen Schwanz bearbeiten? Oder cool bleiben und ihm den ersten Schritt überlassen?

»Sind Sie zum ersten Mal in L. A.?« Was für eine blöde Frage.

»Nein, ich war schon mehrmals hier.« Eine ebenso belanglose Antwort.

»Freut mich, Sie kennenzulernen, Mr. Nanni.«

Luca entschied, daß man es bei diesem Namen belassen sollte. »Ich freue mich auch, Bambi. Einen Drink?«

»Ja, das wäre nett.« Sie brauchte jetzt ganz dringend etwas Hochprozentiges.

»Scotch?«

»Lieber einen Wodka.«

Er brachte ihr ein Glas. Sie roch sein überwältigend süßes Herrenparfüm.

»Du hast hübsches Haar. Ist es echt?«

»So echt, wie Sie es bestellt haben.«

»Wo ist die Krankenschwestertracht?«

»Wie bitte?«

»Ich habe durchgegeben, daß ich ein Mädchen in Krankenschwestertracht möchte.«

»Davon ist mir nichts bekannt.«

»Scheiße.«

»Tut mir leid.«

»Tja, kommt manchmal vor.« Sie war keine umwerfende Schönheit, hatte aber etwas, und ihr rotes Haar machte ihn wirklich an.«

»Trägst du Strapse?«

»Sollte ich denn?«

»Gott, hat dein Boß dir denn gar nichts gesagt? Ich bezahle einen Haufen Geld für dich.«

»Ich fürchte, da ist wohl etwas schiefgelaufen.«

Wenigstens war Bambi ehrlich. Er nahm ihr das Glas ab und stellte es auf den Tisch.

»Dreh dich bitte um. Ich werde jetzt ganz langsam den Reißverschluß von deinem Kleid herunterziehen, und dann bleibst du einfach da stehen, okay?«

Trotz ihrer Nervosität verspürte sie ein erotisches Prikkeln. Sie spürte seine kalten Hände auf ihrem Rücken. Das Kleid fiel auf den Boden, und sie trat es mit der Schuhspitze fort.

Er betrachtete sie anerkennend. »Und jetzt läufst du bitte langsam im Zimmer auf und ab. Für mich, ja?«

So paradierte sie in schwarzer Strumpfhose, Bikinioberteil und Exposé-BH von Victoria's Secret vor ihm auf und ab. Der blanke Wahnsinn, und doch erregte es sie.

»Du hast tolle Beine, Bambi.«

Mr. Nannis Bewunderung tat ein Übriges. Cheryl spürte, wie ihre Brustwarzen hart wurden. »Warten Sie erst ab, wenn die sich um Ihren Hals legen«, schnurrte sie sexy.

»Und jetzt mach dich bitte oben frei.«

Sie löste das Oberteil und den Viertelschalen-BH vor seinen Augen, und die Geilheit in seinem Blick machte sie scharf. Ihre Brüste waren nicht besonders groß, aber sie war stolz auf sie; und noch nie hatte sich jemand darüber beschwert.

»Nicht schlecht.« Er starrte auf ihren nackten Busen, zog seine Jacke aus und öffnete die Krawatte. »Du bist zwar nicht ganz das, was ich mir vorgestellt habe, aber ich werde dich trotzdem behalten.«

»Was haben Sie sich denn vorgestellt?«

»Eine richtige L. A.-Nutte mit Riesentitten und einem

geistlosen Gesicht. Du bist ganz anders ... du erinnerst mich an meine Geliebte.«

»Es würde mir auch nicht gefallen, wenn ich Sie an Ihre Frau erinnern würde.«

»Ich habe keine Frau mehr.«

»Das tut mir leid.«

»Ach was. Ich habe auch keine Geliebte mehr. Beide sind mir weggestorben.«

Adrenalin strömte in ihr Blut. Noch nie hatte sie etwas so erregt, wie fast nackt vor einem Fremden zu stehen und mit ihm Konversation zu treiben. Jordanna würde es nicht fassen.

»Komm her«, befahl er rauh.

Cheryl ging aufreizend langsam zu ihm. Als sie ihn erreichte, legte er die Hände auf ihre Brüste, als wolle er sie wiegen. »Perfekt, wie für meine Hände gemacht.«

Ihr wurden die Knie weich.

Luca ließ ihren Busen los. »Und jetzt weg mit diesem Ding da.«

»Meine Strumpfhose?«

»Genau, runter damit.«

Sie veranstaltete für ihn eine kleine Show, indem sie sie langsam, Bein für Bein, abstreifte.

Er atmete schneller und ließ sie keinen Moment aus den Augen.

Cheryl hatte sich in ihrem ganzen Leben noch nicht so entblößt und verletzlich gefühlt – und gleichzeitig so geil. »Wo sollen wir es tun?«

»Nicht so hastig, Bambi. Schließlich lege ich viel Geld für dich auf den Tisch.«

»Kann ich irgend etwas für Sie tun?«

»Ja, lauf wieder vor mir hin und her. Schon vom Zusehen geht mir fast einer ab.«

Cheryl stolzierte wieder. Soviel Anerkennung und Begehren hatte sie noch nie von einem Mann erhalten. Vielleicht hatte sie ihren Beruf verfehlt und wäre besser Stripperin geworden.

»Wie lange machst du das schon, Bambi?«

»Lang genug, um zu wissen, was Ihnen gefällt.«

»Wie alt bist du?«

»Vierundzwanzig.«

»Das richtige Alter, um aus dem Gewerbe auszusteigen. Such dir einen reichen Knaben, und gründe mit ihm eine Familie.«

»Wie alt sind Sie denn, Mr. Nanni?«

»Sagen wir mal so, vierundzwanzig und ein paar Zerquetschte.« Er öffnete sich die Hose und winkte sie heran. »Knie dich hin, Bambi, und zeig mir, was deine Zunge alles kann.«

Wie simpel, dachte Cheryl. Der Kunde bekommt, was er verlangt, und ich kriege einen Haufen Geld dafür.

Dennoch hatte sie nicht vor, auf Callgirl umzusatteln. Sie tat Grant mit diesem Kundenbesuch nur einen Gefallen.

Kennedy lief rastlos in ihrem Apartment auf und ab. Die Pressekonferenz am nächsten Tag versetzte sie in Aufregung, und gleichzeitig fühlte sie sich verwirrt: Wie sollte sie mit den neuen Informationen verfahren, die sie erhalten hatte? Sie dem Leiter des Sonderkommandos mitteilen? Wahrscheinlich war die Polizei nicht gut auf sie zu sprechen. Aber Kennedy mußte einfach mit jemandem darüber reden.

Michael Scorsini kam ihr sofort in den Sinn. Immerhin war er einmal bei der Polizei gewesen und konnte ihr vielleicht einen Rat geben. Doch sie bekam nur seinen Anrufbeantworter an den Apparat.

»Ich bin's, Kennedy«, sprach sie aufs Band. »Tut mir leid, daß ich mich nicht früher melden konnte, aber mir ist etwas dazwischen gekommen. Ich ... ich wollte Sie nur wissen lassen, daß ich es nicht vergessen habe.«

Warum rief Rosa nicht an? Sie hatte es doch versprochen!

Der Computer lockte mit den Namen der vier Mordopfer. Morgen wollte sie die Zeitungsausschnitte nach allem durchsuchen, was über den Film *The Contract* geschrieben worden war.

Widerstrebend ging sie ins Bett. Sie mußte für den kommenden Tag bei Kräften sein, denn Großes stand an.

Der Mann saß lange in seinem Wagen. Endlich fuhren Onkel Luca und seine Begleiter in einer schwarzen Limousine davon. Er stieg aber erst aus, als es dunkel geworden war. Dann schlich er ins Haus.

Shelley war nicht da und konnte ihm folglich auch nicht die Zeit stehlen. Das Hausmädchen befand sich in ihrem Zimmer, wie aus dem Dröhnen ihres Fernsehgeräts zu schließen war.

Der Mann fragte sich, was die alte Hexe Carlotti erzählt hatte. Er hoffte für sie, daß sie nichts von sich gegeben hatte, denn andernfalls würde er ihr den Mund stopfen müssen, für immer.

Zu seinem Glück war es Luca und seinen Kumpanen nicht gelungen, in das Zimmer einzudringen. Die teuren Sicherheitsschlösser waren eine gute Investition gewesen.

Er schloß auf, packte hastig alles zusammen und warf es in den Kofferraum. Dann suchte er auf der Karte nach Shelleys neuer Adresse. Das Haus ihres Tanzlehrers stand irgendwo oben im Laurel Canyon.

Der Mann fuhr dorthin, bog in eine Seitenstraße ab und folgte ihr, bis er an einen hölzernen Briefkasten gelangte, auf dem sich die gesuchte Hausnummer befand.

Er hatte nach einem abgelegenen Unterschlupf gesucht und ihn gefunden. Es kam ihm so vor, als hätten die Götter selbst dafür gesorgt und begünstigten seine heilige Rache.

Der Mann ging vorsichtig auf das Haus zu und stellte erfreut fest, daß sich niemand darin aufhielt. Aus keinem Fenster schien Licht, und Shelleys Wagen war nirgends zu sehen.

Nun parkte er seinen Wagen unter den Bäumen, lief um das Haus herum und entdeckte eine gläserne Schiebetür, die nicht verschlossen war. Keine Hunde bellten, als er sie öffnete, und auch von einer Alarmanlage war nichts zu erkennen.

Als er eintrat, dachte er an seinen Onkel. Luca zu sehen, hatte einen Schock in ihm ausgelöst.

Seine Mutter hatte Carlotti die Füße geküßt und alles für ihn getan.

Sobald er mit den Verräterinnen abgerechnet hatte, würde er nach New York zurückkehren, um dort Onkel Luca zu erledigen. Und auch seine Mutter und ihren neuen Mann. Sie alle hatten den Tod verdient.

Das Haus besaß einen Keller. Er stieg hinab und untersuchte den fensterlosen Vorratsraum. Perfekt.

Dann stieg er die wacklige Holztreppe wieder hinauf und sah sich im Rest des eingeschossigen Hauses um. Zwei Schlafzimmer, ein Bad, eine Küche und ein kleines Wohnzimmer.

Der Mann schaltete den Fernseher ein, und auf dem Bildschirm erschien diese Schlampe Rosa Alvarez und trug die Nachrichten vor. Danach war in einer Wiederholung Kennedy Chases Beitrag zu sehen.

Noch so eine Schlampe. Noch so eine Nutte, die die Nase zu hoch trug und sich für was Besseres hielt.

Der Mann sagte sich, daß er bei den Opfern keine Hinweise hätte hinterlassen sollen. Das wäre ein Spaß geworden, sie alle im trüben fischen zu lassen. Besonders die Polizei stellte sich unglaublich blöd an.

Er begab sich ins Schlafzimmer und öffnete den Kleiderschrank. Shelleys Sachen befanden sich ordentlich gefaltet in den Fächern: T-Shirts, Unterwäsche, Strumpfhosen und Socken.

Der Mann nahm eine Strumpfhose heraus und schnüffelte daran, um den Duft ihres Körpers in sich aufzunehmen. Zu seiner Enttäuschung roch das Stück nur nach Waschpulver.

Wie würde sie wohl reagieren, wenn sie ihn jetzt so sehen konnte?

Eigentlich egal. Der Mann wußte genau, was er zu tun hatte.

Kapitel 37

Bobby konnte die Verwüstung in seinem Haus nicht fassen. Jemand war hier mit unglaublich gründlicher Zerstörungswut vorgegangen. Die Polstermöbel waren aufgeschlitzt, alle Schubladen herausgerissen und ihr Inhalt auf dem Boden verstreut. Mehl, Marmelade und Kaffeepulver war über alles ausgeschüttet und verschmiert. Sein Schlafzimmer sah aus, als hätte eine Bombe eingeschlagen, und seine sämtlichen Kleidungsstücke waren zerrissen oder zerschnitten. Im Badezimmer entdeckte er schließlich auf dem Spiegel eine Nachricht:

ÜBERLEG DIR DEMNÄCHST,
WEN DU VERARSCHST,
DU DRECKSAU!

Ihm wurde sofort klar, daß Barbara Barr dahinter steckte. Offenbar hatte das Studio keine Zeit verloren und schon ihren Agenten kontaktiert. Und hier hatte er ihre Rache vor sich.

»Nette Freunde hast du da«, bemerkte Jordanna, hob die Hälfte einer Armani-Jacke auf, betrachtete sie kurz und warf sie dann aufs Bett.

Bobby zuckte hilflos die Achseln. Die Kleider und Möbel waren nicht so schlimm, die konnte er leicht ersetzen. Aber Barbara hatte ihrem Zorn auch in seinem Arbeitszimmer Luft gemacht und Drehbücher, persönliche Briefe und Fotos, die ihm etwas bedeuteten, in tausend Fetzen zerrissen.

»Das war die Barr, nicht wahr?« wollte Jordanna wissen, als könne sie seine Gedanken lesen.

»Ich habe ihr nie etwas versprochen«, verteidigte er sich.

»Aber mit ihr geschlafen. Und sie danach nicht nur abserviert, sondern auch noch aus deinem Film geworfen. Wenn du mit deiner Hauptdarstellerin auskommen willst, solltest du nicht schon vor ihrem Drehbeginn deinem Schwanz das Denken überlassen.«

»Sprichst du immer gleich aus, was dir gerade durch den Kopf geht?«

»Genau genommen – ja.«

Etwas später traf die Polizei ein. Die Beamten inspizierten den Schaden und fragten Rush dann, ob er jemand in Verdacht habe und ob er Anzeige erstatten wolle.

Bobby verneinte beides.

»Warum willst du sie nicht verklagen?« zischte Jordanna und zog ihn beiseite.

»Meinst du, ich möchte über Wochen und Monate davon im *Enquirer* lesen?«

Sie konnte es nicht fassen. »Du willst ihr das einfach durchgehen lassen?«

»Was bleibt mir denn anderes übrig?«

»Du könntest sie verhaften und ins Gefängnis werfen lassen.«

»Jordanna, du scheinst nicht zu wissen, wie es in den Medien zugeht. Ich bin der Star, und ich bin ein Mann – ganz gleich, was vorgefallen ist, ich werde in jedem Fall als der Buhmann hingestellt.«

»Du kommst mit zu Marjory«, verkündete sie strahlend. »Die haben da mindestens achttausend Gästezimmer.«

»Ich kenne Marjory doch überhaupt nicht.«

»Aber ihren Vater, Franklyn Sanderson.«

»Nun ja, wir stehen uns nicht gerade sehr nahe.«

»Er ist auf Geschäftsreise.«

»Dann nehmen wir die Brathähnchen dorthin mit.«

»Gut. Ich rufe kurz bei Marjory an und sage ihr Bescheid. Natürlich nur, wenn die Barr nicht auch den Apparat zerstört hat.«

Bobby wanderte währenddessen durch sein ruiniertes Haus. Leg dich mit der Falschen ins Bett, und schon erwartet dich so etwas. Jordanna hatte recht, er hatte seinem Schwanz das Denken überlassen.

»Marjory ist begeistert«, verkündete Jordanna.

»Davon bin ich überzeugt.«

»Mal sehen, ich habe noch ein T-Shirt, das kannst du zur Nacht anziehen, und die Zahnbürste teilen wir uns eben.«

»Du hörst wohl nie auf, Witze zu machen, was?«

»Man muß doch lachen, Bobby, weil sonst alles zum Heulen ist.«

Auf dem Weg zum Sanderson-Anwesen erklärte sie ihm mit einem diebischen Grinsen: »Alle Gästezimmer dort sind auf Notfälle eingerichtet. Du könntest sogar einen von Franklyns schwarzen Seidenpyjamas tragen.«

»Woher weißt du denn, daß er so etwas trägt?«

»Hast du denn das Interview im *Playboy* nicht gelesen?« Sie senkte die Stimme, um wie ein Mann zu klingen: »›Ich bevorzuge schwarze Seidenpyjamas, lange Zigarren und dünne Frauen.‹ Stand da drin. Was für ein Glück, das Jordan diesem Blatt nie ein Interview gibt. Habe ich dir übrigens schon erzählt, daß Jordans neue Frau schwanger ist?«

»Nein, ich glaube nicht.«

»Ich werde einen Bruder oder eine Schwester bekommen. Ist das nicht eine Schau!«

»Macht dir das nichts aus?«

»Nö.« Sie schwieg für einen Moment. »Aber von meinem Bruder habe ich doch schon einmal berichtet, oder?«

»Ich wußte bis eben nicht einmal, daß du Geschwister hast.«

»Jamie lebt nicht mehr«, erklärte sie nach einigem Zögern. »Er ist von einem Hochhaus gesprungen. War damals unter Jugendlichen gerade in.«

»Tut mir leid. Wann war das?«

»Vor acht Jahren«, antwortete sie lässig, während sie gegen die Tränen ankämpfte. »Ich war damals sechzehn.«

»Muß ziemlich schlimm für dich gewesen sein.«

Sie nickte und schluckte. »Ich weiß auch nicht, warum ich dir das jetzt erzähle. Jamie hatte es mit Drogen. Speed, LSD, was immer du willst.«

»Wie alt ist er geworden?«

»Zwanzig. Und er war der bestaussehende Junge auf der ganzen Welt.«

Bobby drückte ihre Hand. Sie schob sich an ihn und fühlte sich gleich besser.

Michael Scorsini fuhr zur gleichen Zeit wie sie bei dem Anwesen vor.

»Hey, Brooklyn!« rief Jordanna und setzte eine fröhliche Miene auf. »Zieht Sie wohl immer wieder magisch hierher, was?«

»Tja, die Arbeit.«

»Das sieht Marjory aber etwas anders.«

»Ich hoffe, Sie scherzen.«

»Jordanna ist immer albern«, sagte Rush und trat zu ihnen.

»Bobby, das ist Michael Scorsini, Marjorys ganz persönlicher Privatdetektiv. Du kannst Brooklyn zu ihm sagen. Und Ihnen, Michael, darf ich meinen Boß vorstellen: Bobby Rush.«

»Ich habe Sie gestern bei den Dreharbeiten gesehen. War sehr beeindruckend.«

»Nun ja, so beeindruckend, daß mein Mitspieler einen Herzinfarkt erlitten hat.«

»Was?«

»Cedric Farrell ist gestorben«, erklärte Jordanna.

Marjory tauchte jetzt an der Haustür auf, lief gleich zu Michael und belegte ihn mit Beschlag, als wären sie schon ein ganzes Leben zusammen.

Jordanna beobachtete die Show, die ihre Freundin abzog, und beide taten ihr leid. Michael dafür, in eine so unangenehme Situation geraten zu sein, und Marjory für ihre peinliche Darbietung.

Bobby gähnte. »Mann, ich bin total geschafft. Was für ein Tag!«

»Wenn ihr wüßtet, was wir alles mitgemacht haben«, lachte Jordanna. »Übrigens, wo sind die Brathähnchen? Ich sterbe vor Hunger.«

»Hm, sehe ich da Southern Fried Chicken?« rief Michael. »Meine Lieblingshähnchen.«

»Davon hast du mir ja nie etwas gesagt«, sagte Marjory vorwurfsvoll. Jordanna registrierte, daß die beiden schon beim Du angelangt waren.

»Machen wir doch ein Picknick. Auf in die Küche«, lachte Jordanna.

In diesem Moment meldete sich Michaels Beeper. Er eilte gleich zum Telefon in der Bibliothek. Quincy rief von seinem Wagen an.

»Ich bin total geschafft«, beschwerte sich sein Freund. »Seit Stunden sitze ich vor einem Hotel und zähle die Touristen, die vorüberlaufen.«

»Was hast du denn auch vor einem Hotel verloren?«

»Cheryl Landers ist da drin. Ich habe mich an der Rezeption erkundigt. Sie besucht einen Mann namens Bosco Nanni.«

»Was ist das denn für einer?«

»Keine Ahnung. Ich möchte mich jetzt nur noch schlafenlegen.«

»Wie geht's deinem Arm?«

»Ist noch dran. Morgen halten der Polizeichef und der Bürgermeister eine Pressekonferenz ab. Laut meinem Gewährsmann wollen sie die Sache endlich gründlich in die Hand nehmen.«

»Hört sich gut an. Dann können wir uns ja heraushalten.«

»Richtig. Sobald sie den Namen Zane Ricca durch ihren Computer jagen, haben sie ihn über kurz oder lang am Wikkel.«

»Gut.«

»Behältst du auch noch schön Jordanna Levitt im Auge?«

»Sie ist gerade hier und in Sicherheit.«

»Ich ruf dich später noch mal an. Wir treffen uns morgen früh.«

Bevor Michael sich zu den anderen in der Küche begab, rief er bei sich zu Hause an und hörte den Anrufbeantworter ab. Zu seiner großen Freude hatte Kennedy sich gemeldet. Aus einem Impuls heraus wollte er gleich bei ihr anrufen, fragte sich dann aber, ob sie nicht schon zu Bett gegangen sei. Während er noch überlegte, machte sich erneut sein Beeper bemerkbar.

»Haben Sie das Geld?« fragte die gedämpfte Frauenstimme.

»Warum sollte ich eine solche Summe aufbringen, wenn Sie mir nichts Konkretes sagen können?«

»Vor Ihrer Wohnung finden Sie ein Päckchen. Wenn Sie Ihre Tochter gesund wiedersehen wollen, sollten Sie das Geld bis morgen nachmittag aufgetrieben haben.«

Cheryl hatte sich wieder angezogen und wollte gehen.

»Du bist mir ein tolles Mädchen«, sagte Luca.

»Danke«, entgegnete sie, weil sie glaubte, er wolle ihr nur ein Kompliment machen.

»Baby, du hast alles, was du brauchst.«

Wie nett zu hören, daß man das perfekte Callgirl war.

Carlotti reichte ihr einen dicken Umschlag. »Ich halte nichts von Schecks. Einen Bonus habe ich auch noch mit hineingesteckt. Den mußt du nicht abgeben, ist nur für dich.«

»Danke«, sagte sie wieder.

»Wie steht's mit morgen? Aber diesmal in Krankenschwestertracht und mit Straps. Keine Strumpfhose. Zur gleichen Zeit?«

»Ich ... ich weiß nicht.«

»Wieso? Bist du schon ausgebucht?«

»Könnte durchaus sein.«

»Dann gehst du zu deiner Madam, und ich bezahle das Doppelte. Bei solchen Gelegenheiten darf Geld keine Rolle spielen.«

»Wenn ich nicht freikomme, schickt man Ihnen sicher eine andere Rothaarige.«

»Baby, du scheinst es noch nicht kapiert zu haben – ich will nur dich.«

»Mich?«

»Ja, genau.«

Cheryl verließ die Suite wie in Trance. Der Portier rief ihr ein Taxi, und sie fuhr nach Hause.

Grant schlief auf der Couch. Sie rüttelte ihn wach.

»Hallo. Na, wie war's?« fragte er schläfrig.

Cheryl fragte sich, ob er mit einer anderen zusammengewesen war. Auf dem Tisch lag eine halbe Pizza, daneben zwei benutzte Weingläser. Verdammter Mistkerl!

»Ich war so gut, daß er mich noch einmal haben will.« Sie hoffte, das mache ihn eifersüchtig.

»Wie?« fragte er und hatte Mühe, die Augen aufzubekommen.

»Der Freier möchte, daß ich morgen wiederkomme.«

Er schüttelte sich vor Lachen. »Willst du mich verarschen, oder was?«

»Was ist denn daran so komisch?«

Grant kratzte sich am Bauch. »Was hast du denn so Tolles mit ihm getrieben?«

»Geschäftsgeheimnis.«

»Komm schon, erzähl es mir.«

»Was denn?«

»Na, alles. Hat es dich angemacht? Wo bleiben die schmutzigen, perversen Details, Cheryl?«

»Ich weiß nicht, ob ich Lust habe, darüber zu reden.«

»Wie?« Er machte ein verblüfftes Gesicht. »Tja, dann gehe ich jetzt wohl nach Hause.«

»Ja, tu das!« Sie stürmte ins Bad und warf die Tür hinter sich ins Schloß.

Wie gern hätte sie jemandem von ihren Erlebnissen erzählt, aber um nichts in der Welt kam Grant dafür in Frage. Wie konnte er es wagen, sie aus dem Haus zu schicken und sich dann hier mit einer anderen zu vergnügen? Wenn sie nur wüßte, wo Jordanna sich aufhielt. Dann fiel ihr ein, was Shep gesagt hatte, daß sie nämlich zu Marjory gezogen war.

Sie rief dort an. Oh Gott, Jordanna würde platzen, wenn sie davon erfuhr.

»Jordy, ich bin's, Cheryl.«

»Woher weißt du, daß ich hier bin?«

»War nicht ganz einfach. Du ziehst ja ständig um.«

»Was gibt's denn?«

»Ich kann jetzt am Telefon schlecht reden. Können wir morgen mittag zusammen essen?«

»Warte bitte einen Moment.« Jordanna legte eine Hand auf die Sprechmuschel und sah Bobby an: »Kann ich mir morgen mittag für eine Stunde freinehmen?« Rush nickte.

»Okay, Cheryl, wann und wo?«

»Im Ivy, um dreizehn Uhr. Ich habe dir so viel zu erzählen.«

»Ich dir auch.«

»Ich muß leider gehen«, sagte Michael, als er in die Küche kam.

»Wo willst du hin?« fragte Marjory gleich.

»Arbeit«, antwortete er kurz angebunden.

»Und wenn ich nun einen weiteren Anruf bekomme?«

»Hör zu, Marjory«, entgegnete Michael unter Aufbringung aller Geduld. »Es hat mit meiner Tochter zu tun. Außerdem sind Bobby Rush und Jordanna zu deinem Schutz hier. Ganz zu schweigen von den Wächtern und den abgerichteten Hunden draußen.«

»Mein Vater bezahlt dich dafür, daß du bei mir bleibst«, sagte sie ärgerlich.

»Aber nicht dafür, daß ich rund um die Uhr bei dir sitze. Ich komme zurück, sobald ich kann.«

Michael verließ fluchtartig das Haus und raste wie ein Rennfahrer zu seiner Wohnung.

Tatsächlich lag vor der Tür seines Apartments ein Päckchen. Er riß das Packpapier fort und stieß auf eine Schachtel. Darin befand sich ein Teddybär – den hatte er Bella zu ihrem zweiten Geburtstag gekauft; ein Schulheft, auf das sie ihren Namen geschrieben hatte; ein blauer Pullover, in dem ihr Namensschild eingenäht war; und ein brauner Umschlag.

Zehn Uhr morgen vormittag. An der Telefonzelle vor der Tankstelle auf der Strecke Sunset und San Vicente.

Sein Herz schlug wie verrückt. Wenigstens schien Bella noch am Leben zu sein. Wenn diese Mistkerle ihr jedoch etwas angetan hatten, würde er sie bestimmt umbringen.

Jetzt mußte er nur noch irgendwo die zehntausend auftreiben. Aber wo?

Ihm fiel schon nach kurzem Nachdenken die Antwort ein: Marjory Sanderson.

Quincy folgte dem Taxi, in dem die Landers nach Hause fuhr. Er beobachtete, wie sie hineinging, und parkte auf der anderen Straßenseite.

Quincy nahm sich fest vor wachzubleiben. Aber noch während er sich das schwor, fielen ihm die Augen zu.

Michael kehrte zu den Sandersons zurück. Marjory war nicht mehr in der Küche, und er rief sie über die Hausprechanlage in ihrem Schlafzimmer an.

»Habe ich dich geweckt?«

»Nein, Michael, ich kann nicht einschlafen.«

»Jetzt bin ich ja wieder da.« Er mußte nett sein, wenn er etwas von ihr erhalten wollte.

»Was war denn so wichtig, daß du so überstürzt aufgebrochen bist?«

»Es ging um meine Tochter, Marjory. Ich scheine endlich etwas in der Hand zu haben. Tatsächlich hat sich etwas getan, das ich dringend mit dir bereden möchte. Wärst du wohl so lieb, zu mir herunterzukommen?«

»Nein, Michael, du kommst zu mir ins Zimmer.«

Er hätte lieber auf neutralem Boden mit ihr verhandelt. Aber anscheinend blieb ihm keine andere Wahl, und so ging er nach oben und klopfte an ihre Tür.

»Herein!«

Marjory lag mitten auf einem weißen Himmelbett, ruhte auf einigen Kissen und trug ein dünnes Nachthemd aus Seide, das ihren Busen kaum verhüllte. »Setz dich zu mir aufs Bett.«

Er ließ sich am Fußende nieder.

»Wie kann ich dir helfen?« fragte sie.

»Nun, äh, es geht um Bella, meine Tochter.«

»Was für ein hübscher Name.«

»Sie wird jetzt schon seit einiger Zeit vermißt.«

»Das hast du mir erzählt.«

»Eine Frau hat mich mehrmals angerufen und behauptet, sie wisse, wo Bella sich aufhalte. Heute abend habe ich vor meiner Wohnungstür ein Päckchen mit Sachen von ihr gefunden.«

»Das ist doch eine gute Neuigkeit, oder?«

»Sie verlangen Geld von mir. Viel Geld.«

»Wieviel?«

Oh Gott, jetzt kam es drauf an. »Zehntausend.«

»Das ist tatsächlich viel.«

»Für mich ein Vermögen, aber für dich … eine Kleinigkeit.«

»Bittest du mich etwa um Geld, Michael?«

»Nur eine Art Kredit.«

»Über zehntausend?«

»Ich habe dir doch gesagt, wofür die Summe gedacht ist.«

»Solltest du dich nicht besser an die Polizei wenden?«

»Du verstehst mich einfach nicht …« Er spürte, wie Frustration sich in ihm breitmachte. »Wir reden hier über mein Kind. Meine kleine Tochter. Ich darf es einfach nicht riskieren, daß die Polizei alles vermasselt.«

»Mein Vater hat mich immer davor gewarnt, Geld zu verleihen. Damit verliere man nämlich seine Freunde, hat er gesagt.«

»Marjory, ich habe dir doch gesagt, daß ich dir jeden Cent zurückzahlen werde.«

»Nun, ich könnte dir die Summe natürlich borgen, aber nur wenn ich wollte.«

Michael begriff, daß sie dafür etwas haben wollte. Und er wußte unangenehm genau, was das sein mußte. »Mir würde es wirklich sehr viel bedeuten«, fügte er sich ins Unvermeidliche.

»Bedeute ich dir eigentlich etwas? Oder bin ich für dich nur eine Klientin?«

»Natürlich bedeutest du mir etwas.«

»Ganz ehrlich?«

»Würde ich dich belügen?«

»Wenn mein Vater dich nicht mehr dafür bezahlt, auf mich aufzupassen, werden wir uns dann trotzdem noch sehen?«

»Ist es das, was du möchtest?«

»Ja, Michael, ich möchte, daß wir beide miteinander gehen.«

Er wußte, daß ihm keine Wahl blieb. »Okay, Marjory, wenn dich das glücklich macht.«

»Das wird es!«

»Ich brauche das Geld morgen früh.«

»Um wieviel Uhr?«

»Spätestens um halb zehn.«

»Dann gehen wir zusammen zur Bank. Ich hebe die zehntausend ab und gebe sie dir dann.« Eine kurze Pause. »Sollen wir morgen gemeinsam zu Abend essen?«

»Ich will dir nichts versprechen, was ich nicht halten kann. Wenn ich mein Kind zurückbekomme …«

»Wenn du Bella wieder bei dir hast, kannst du sie doch mit hierher bringen.« Sie breitete die Arme aus. »Kriege ich keinen Gute-Nacht-Kuß, Michael?«

Er rutschte näher und beugte sich vor, um sie auf die Wange zu küssen. Aber sie schlang die Arme um seinen Hals und zog ihn zu sich herab, bis ihre Lippen die seinen trafen. Marjory küßte ihn mit einer Leidenschaft, die ihn weniger erregte als erschreckte.

Nach ein paar Momenten gelang es ihm, sich zu befreien. »Ich muß mich wirklich dringend aufs Ohr legen.«

Marjorys Augen leuchteten. »Keine Sorge, Michael, von nun an werden wir alles gemeinsam unternehmen.«

»Gute Nacht, Marjory.«

»Du darfst ruhig noch etwas bleiben.«

»Heute nacht lieber nicht.«

»Dann ein anderes Mal, ja?«

»Wenn du das möchtest.«

»Aber sicher, Michael.«

Kapitel 38

Kennedy erwachte nach einer ruhelosen Nacht früh am Morgen. Sie duschte, zog sich an und begab sich dann gleich in die Bibliothek, um im Archiv nach den Zeitungsberichten zu suchen, die zu den Vorfällen bei den Dreharbeiten zu *The Contract* geschrieben worden waren. Kennedy stieß auf höchst interessantes Material, und langsam begannen die Puzzleteile sich zusammenzufügen. Sie schrieb eifrig Notizen und fertigte Kopien an. Als sie nach Hause zurückkehrte, wartete Rosa schon in der Vorhalle.

Sie stiegen gleich in den Wagen, und unterwegs berichtete Kennedy von allem, was sie herausgefunden hatte: »Ich habe richtig gelegen. Alle vier Frauen haben an diesem

Film mitgewirkt. Und irgend jemand hat sie der Reihe nach umgebracht.«

»Wer?«

»Wenn man den Presseberichten glauben darf, handelt es sich bei ihm um einen gefährlichen Irren. Er heißt Zane Marion Ricca und war Schauspieler in New York, bis er nach L. A. kam und eine Rolle bei *The Contract* bekam. Der Mann hat sich offenbar in die Hauptdarstellerin verliebt, und als die seine Gefühle nicht erwiderte, hat er sie erwürgt. Sechs Frauen sind vor Gericht als Zeugen gegen ihn aufgetreten. Vier davon hat er bislang ermordet.«

»Wer sind die beiden anderen?«

»Typische Hollywood-Kids, reich und privilegiert.«

»Was meinst du damit?«

»Zwei verwöhnte Hollywood-Mädchen, die nur bei dem Film mitgewirkt haben, weil ihre Väter wollten, daß sie in der Schulferien arbeiten gingen. Die eine von ihnen ist Jordanna Levitt, ihr Vater war der Produzent von *The Contract*. Die andere ist Cheryl Landers. Ihrem Vater gehört das Studio.«

»Also hat Zane – wenn er tatsächlich der Täter ist – sich die ausgesucht, an die er leichter herankommt.«

»Ich habe so ein Gefühl, als wolle er mit allen sechs abrechnen und habe sich die beiden schwierigen Fälle bis zum Schluß aufgehoben.«

»Das müssen wir unbedingt den Detectives berichten, die den Fall bearbeiten. Ich habe schon ein Interview mit ihnen arrangiert.«

Kennedy studierte die Aufnahme von Zane. Sie hatte sie von einem Zeitungsbild kopiert. Seine Augen blickten so kalt drein, daß einem dabei das Frösteln kommen konnte. So konnte nur ein Mörder starren. Sie holte ihr Notizbuch aus der Tasche und fing an zu schreiben.

»Was machst du denn da?«

»Ich bereite mich auf das vor, was ich sagen werde.«

»Gut. Je eher dieser Mistkerl hinter Gittern sitzt, desto besser fühle ich mich.«

»Geht mir genauso.«

Luca saß auf der Terrasse seiner Penthouse Suite und frühstückte Speck und Rühreier. Nicht gerade das Beste für seinen zu hohen Cholesterinspiegel, aber der scherte ihn jetzt wenig.

Von hier hatte er eine großartige Aussicht auf L. A., und er lächelte schon die ganze Zeit. Diese Bambi gestern hatte es ihm wirklich angetan. Sie hatte nichts von einer gewöhnlichen Nutte an sich und war genau so, wie er Frauen liebte. In ihrer unwiderstehlichen Art mußte er sie unbedingt wiedersehen, besonders wenn sie sich wie eine Krankenschwester zurechtmachte und unter dem Kittel Strapse trug. Er spürte, wie es in seinem Innern schon wieder zu brodeln begann.

Als Reno und Bosco ein paar Minuten später auf die Terrasse traten, lächelte er immer noch.

»Was ist denn mit dir los?« fragte Bosco und schob sich eine Scheibe Speck in den Mund.

»Bambi, die war wirklich einsame Klasse.«

»Tatsächlich? War sie scharf?«

»Ich sehe sie heute abend wieder.«

Bosco grinste. »Was ist passiert, die große Liebe?«

»Sie ist wirklich ein wunderbares und ganz außergewöhnliches Mädchen.«

»Eher ein wunderbar teures Mädchen«, bemerkte Reno.

Luca wechselte das Thema: »Was habt ihr denn letzte Nacht gemacht?«

»Ich habe mit einer alten Freundin diniert«, antwortete Reno.

»Und, bist du bei ihr auf deine Kosten gekommen?« fragte Bosco.

»Wenigstens habe ich dafür nichts bezahlen müssen.«

»Ich will euch beiden mal was über das Thema Frauen und Geld erzählen,« unterbrach Carlotti seine Kumpane, und sie lauschten ergeben seinen Worten der Weisheit. »Man legt ein Bündel Scheine auf den Tisch und kriegt dafür das Beste. Letzte Nacht habe ich das absolut Beste bekommen. Ein gute Nutte tut alles, was man von ihr verlangt. Ach, wenn doch nur jede Frau so wäre ... Und das wirklich Angenehme daran ist, daß sie den Mund nicht aufmacht, außer für, ihr wißt schon was ich meine.«

»Da hättest du aber mal die sehen sollen, mit der ich gestern zusammen war«, prahlte Bosco und verdrehte genießerisch die Augen. »Eine Blondine mit Riesentitten und einem Arsch zum Verstandverlieren.«

Luca erhob sich abrupt. »Es ist Zeit, meine Herren. Wir wollen uns um diesen Blödmann kümmern, solange ich noch bei guter Laune bin.«

Ein völlig zerknirschter Tyrone hockte wie ein Häufchen Elend im Büro, als Bobby hereinkam. »Himmel, ich weiß gar nicht, was ich sagen soll. Anscheinend habe ich zuviel getrunken und dann vollkommen die Kontrolle über mich verloren.«

Rush schüttelte den Kopf. »Das kann man wohl sagen. Welche Laus ist dir eigentlich über die Leber gekrochen?«

Tyrone zuckte die Achseln. »Weißt du, normalerweise rühre ich Alkohol kaum an, und jetzt fühle ich mich wie ein Riesentrottel.«

»Gut so«, sagte Bobby und ging die Post durch.

»Können wir die ganze Geschichte vergessen?«

»Nur, wenn du etwas für mich tust.«

»Und was?«

»Den Vertrag für Jerry aufsetzen und abschließen. Mein Vater hat zugesagt, bei uns einzusteigen, aber wir müssen die Sache noch heute unter Dach und Fach bringen. Sichere ihm an Honorar zu, was er verlangt. Wenn er eine Beteiligung will, soll er die auch haben. Und wenn er drauf besteht, daß sein Name auf den Plakaten erwähnt wird, meinetwegen. Aber egal was passiert, regle das alleine, und komm damit nicht zu mir. Außerdem möchte ich die Szenen mit Jerry so rasch wie möglich drehen. Füg das bitte in den Zeitplan ein.«

»Wird gemacht.« Tyrone klang dankbar.

Bobby überflog ein paar Schreiben. »Was läuft überhaupt zwischen dir und Jordanna?«

»Ich mag sie. Aber ich hatte keine Ahnung, daß sie dir

auch gefällt. Wir hatten eine Verabredung, sie hat sie abgesagt. Dann habe ich euch beide zusammen gesehen und kam mir ziemlich verarscht vor.«

»Zwischen Jordanna und mir ist nichts. Sie hatte mir nur bei einer Angelegenheit geholfen, und da habe ich sie als Dank zum Essen eingeladen. Das ist die ganze Geschichte.«

»Von nun an komme ich nicht einmal mehr in ihre Nähe«, versprach Tyrone.

»Wegen mir mußt du das nicht tun.« Insgeheim gestand er sich aber ein, daß ihm das doch nicht so ganz gleichgültig war.

Später rief Rush in der Vertragsabteilung an. »Wie kommt ihr mit der Barr-Sache voran?«

»Ihr Agent macht einen Riesenaufstand, aber die Auslösung ist ins Rollen gebracht.«

Als nächstes ließ er sich mit Mac verbinden, der sich auf dem Set befand. »Jerry spielt mit, die Barr ist draußen, und wenn du nichts dagegen hast, würde ich es gern mit Jordanna versuchen. Ich glaube, sie hat das Zeug dazu.«

»Prima«, sagte Brooks, »ich bin immer schon für sie gewesen.«

Nun war Barbaras Agent an der Reihe. Der Mann hielt sich für den Größsten und war an guten Tagen nur arrogant. Heute hatte er eine Stinkwut.

»So kann man Schauspieler nicht behandeln. Barbara war die Rolle fest zugesagt worden. Was ist eigentlich bei Ihnen da draußen los? Sie können doch nicht jemanden feuern, der noch nicht einmal mit seiner Arbeit angefangen hat!«

»Wir haben sie nicht gefeuert, sondern lediglich den Vertrag aufgelöst. Wenn Sie unbedingt einen Grund hören wollen: Wegen künstlerischer Differenzen.«

»Kommen Sie mir nicht so.«

»Alles Finanzielle wird zu Ihrer Zufriedenheit geregelt.«

»Toll, das nutzt mir überhaupt nichts, wenn ich eine in Tränen aufgelöste Schauspielerin beruhigen muß.«

»Da kann ich nur kurz, aber trocken lachen.«

Der Agent verstand den Wink. »Warum rufen Sie überhaupt an, Bobby?«

»Barbara hat gestern meine ganze Wohnungseinrichtung zertrümmert.«

»Das glaube ich nicht.«

»Sie hat sich auf meinem Spiegel verewigt.«

»Und was habe ich damit zu tun?«

»Ich möchte, daß Sie mit der Dame mal ein Wörtchen reden. Sagen Sie ihr, daß ich keine Anzeige erstatten werde, aber wenn Barbara noch einmal nur in meine Nähe kommt, wird sie ihr blaues Wunder erleben.«

Michael gab Quincy telefonisch Bescheid, daß sie sich nicht wie vereinbart treffen konnten. »Hat mit Bella zu tun. Da scheint sich etwas zu entwickeln.«

»Brauchst du Hilfe?«

»Nein. Ich melde mich wieder.«

Wenig später verließ er mit Marjory das Haus. Sie trug einen schicken roten Anzug und hatte sich das Haar hochgesteckt. »Ich habe bei der Bank angerufen. Sie legen die Summe bereit.«

»Großartig«, sagte er und bekam Schuldgefühle. Aber wie hätte er sonst das Geld aufbringen können?

Marjory hakte sich bei ihm ein. »Was hättest du lieber? Möchtest du zu Hause essen, oder soll ich in einem Restaurant einen Tisch reservieren?«

Michael wußte nicht, was furchtbarer war: mit ihr den ganzen Abend in dem Mausoleum zu hocken oder sich mit ihr in der Öffentlichkeit zu zeigen, damit sie vor allen mit ihm angeben konnte. Letzteres erschien ihm dann doch als das kleinere Übel. »Laß uns ausgehen.«

»Hast du ein Lieblingslokal?«

»Ich kenne hier nur das Hamburger Hamlet's.«

»Dann suche ich uns etwas Schnuckeliges aus.« Sie lehnte sich an ihn. »Michael, ich bin ja so glücklich, daß du dich an mich gewandt hast, um Hilfe zu bekommen.«

Er wußte nicht, was er sagen sollte. Außerdem war er zur Zeit in Gedanken viel zu sehr mit Bella beschäftigt.

In der Bank wurde Marjory wie eine Königin behandelt. Der Kassierer zählte ihr das Geld genau vor und legte es dann in einen Umschlag. Marjory nahm ihn entgegen und reichte ihn an Michael weiter. Der schob ihn in seine Jakkentasche.

»Ist auch alles in Ordnung, Miß Sanderson?« fragte der Chefkassierer mit Seitenblick auf ihren Begleiter.

»Ja, alles bestens, danke. Ich muß mich für die prompte Erfüllung meiner Wünsche bedanken.«

Draußen blieben die beiden noch einen Moment stehen, und sie küßte ihn auf den Mund. »Viel Glück. Und ruf mich gleich an, wenn du etwas herausgefunden hast.«

»Ja, tu' ich«, entgegnete er gepreßt.

Michael fuhr gleich zu der angegebenen Tankstelle und wartete in der Telefonzelle. Um sich die Zeit zu vertreiben, zündete er sich eine Zigarette an und beobachtete die Umgebung.

Punkt zehn Uhr klingelte das Telefon.

»Michael Scorsini?«

»Ja.«

»Haben Sie das Geld?«

»Ja.«

»Dann fahren Sie jetzt in die Mall Century City.«

»Wohin genau?«

»Erst stellen Sie den Wagen im Parkhaus ab, und dann begeben Sie sich in Brentano's Bookstore. Vergessen Sie nicht, daß man Sie die ganze Zeit beobachtet. Wenn Ihnen jemand folgt, ist die ganze Sache abgeblasen.«

»Ich bin allein gekommen. Wo ist Bella?«

»Das erfahren Sie im Austausch für das Geld.«

»Ich will Bella.«

»Die bekommen Sie nur, wenn Sie kooperieren.«

»Was soll ich tun, wenn ich die Buchhandlung erreicht habe?«

»Dann wandern Sie in dem Laden herum. Wir nehmen mit Ihnen Kontakt auf.«

Die Frau legte auf, und er stand noch einen Moment da und starrte auf den Hörer. Was, wenn er das Geld aushändigte und nichts geschah? Wenn hier nur jemand versuchte, sich an ihm zu bereichern?

Vielleicht hätte er doch die Polizei einschalten sollen.

Nein, viel zu riskant. Zu leicht konnte etwas schiefgehen und damit alles auffliegen. Diese Geschichte mußte er alleine durchstehen.

Ihm blieb nichts anderes übrig, als sich an die Anweisungen zu halten. Wenn er sich nur nicht so verdammt hilflos gefühlt hätte.

Rosa ließ den Blick über die Menge wandern, die sich zur Pressekonferenz eingefunden hatte. »Aufregend, was?« flüsterte sie.

»Das kannst du wohl sagen«, entgegnete Kennedy.

»Sobald wir das hier hinter uns haben, zeichnen wir draußen eine Live-Schaltung.«

»Alles klar.«

Dann betraten der Polizeipräsident und der Bürgermeister den überfüllten Raum.

Zum zweiten Besuch in dem Haus brachte Reno ein Stemmeisen mit, um die Tür zu Zanes Zimmer aufzubrechen.

»Diesmal packen wir den blöden Sack«, versprach Carlotti.

»Gehen wir alles noch mal durch«, sagte Bosco. »Du sagst ihm, er soll mit uns kommen, weil du mit ihm über seine Zukunft reden mußt.«

»Genau.«

»Und was ist mit der Haushälterin und dem Gärtner?«

»Meinst du, sie vermissen ihn, wenn er nicht mehr da ist? Wir setzten Zane in die Limousine, fahren mit ihm in die Wüste und lassen ihn dort irgendwo liegen.«

Als sie auf das Haus zufuhren, sagte Luca: »Das sieht hier ja gar nicht schlecht aus. Wenn man das Haus herrichten würde, könnte ein Palast draus werden. Hier ließe sich meine Geliebte gut unterbringen.«

»Hast du denn wieder eine, Boß?«

»Bambi.«

Reno lachte ungläubig. »Du willst eine Nutte in das Haus setzen?«

»Wenn Sie nur noch für mich da ist, warum denn nicht, verdammt noch mal!«

»Willst du ihr das Haus schenken?« fragte Bosco.

»Wer hat denn was von schenken gesagt. Sie wohnt hier, in unserem kleinen Liebesnest, und wann immer ich möchte, fliege ich zu ihr. Vielleicht sollte ich sowieso mehr Zeit hier verbringen.«

»Dann müßtest du dir aber eine neue Garderobe zulegen«, bemerkte Reno.

»Was hast du an meinen Sachen auszusetzen?«

»Nichts. Aber mit den Seidenanzügen fällst du in L. A. auf wie ein bunter Hund. Du mußt dich lässiger kleiden. Wir fahren nachher zum Rodeo Drive und sehen uns in ein paar von diesen schicken Läden um, wo sie einem fünfhundert Dollar für eine Krawatte abknöpfen.«

»Fünfhundert für einen verdammen Binder?« rief Bosco empört.

»Okay, das machen wir. Sobald wir diese Nervensäge erledigt haben«, entschied Carlotti.

Die Kumpane liefen direkt auf Zanes Wohnungstür zu.

»Klopft wenigstens erst an«, mahnte Luca. »Wenn keiner antwortet, könnt ihr es immer noch mit Gewalt versuchen.«

Reno klopfte an. Und noch einmal.

»Keiner da.«

»Dann los«, befahl der Boß.

Reno bearbeitete die Schlösser mit dem Stemmeisen, und nach ein paar Minuten flog die Tür auf.

»Mann, stinkt das hier!« Luca hielt sich ein Taschentuch vor die Nase, während sein Blick über das ungemachte Bett, den Abfall auf dem Boden und eine Küchenschabe wanderte, die eine Big Mac Schachtel hinaufkrabbelte.

»Der Vogel ist ausgeflogen«, bemerkte Reno.

»Jemand muß ihn gewarnt haben, und da hat er die Fliege gemacht«, sagte Bosco.

»Scheiße!« schimpfte Carlotti. »Das heißt ja wohl, daß ich mich jetzt auch noch auf die Suche nach diesem Arschloch machen muß!«

»Wir hätten gestern länger bleiben und auf ihn warten sollen.«

»Und warum ist dir das nicht gestern eingefallen, Schlaukopf?«

Sie suchten die Haushälterin auf. »Wo steckt er?«

Eldessa zuckte die Achseln. »Keine Ahnung. Gestern war er irgendwann hier. Aber ich habe nicht mitbekommen, wann er wieder verschwunden ist.«

»Haben Sie eine Ahnung, wohin er gefahren sein könnte?«

»Nein, mir hat er doch nie was gesagt.«

»Was für einen Wagen fährt er?«

»Einen schwarzen Ford.«

»Und das Kennzeichen?«

Die Frau schüttelte den Kopf.

Luca druckte ihr einen Hunderter in die Hand. »Wenn der Junge zurückkehrt, finden Sie heraus, wo er sich jetzt aufhält. Das erzählen Sie mir dann, und anschließend gibt's noch mehr davon.«

Die drei Männer fuhren zurück.

Shelley blieb die ganze Nacht fort. Der Mann lief unruhig im Haus herum und wurde mit jeder Stunde, die verstrich, wütender.

Wie konnte dieses Luder es wagen, so lange fortzubleiben?

Wie konnte sie ihm das antun?

Shelley mußte mit jemandem ins Bett gegangen sein, und damit hatte sich sein früherer Verdacht bestätigt: Sie war eine Hure. Jede Frau, die er bislang kennengelernt hatte, hatte ihn irgendwann verraten. Das schien ein Naturgesetz zu sein.

Der Mann kochte vor Wut, als es draußen hell wurde und Shelley sich immer noch nicht blicken ließ. Wegen ihr geriet sein ganzer Zeitplan in Gefahr.

Er ging in die Küche und setzte Kaffeewasser auf.

Vielleicht sollte er schlafen. Aber wie konnte er ein Auge zubekommen, wenn er nicht wußte, wann Shelley zurückkehrte?

Der Mann brauchte nicht viel Schlaf. Drei bis vier Stunden in der Nacht reichten ihm vollauf.

Schließlich setzte er sich gegenüber der Haustür auf einen Stuhl.

Shelley konnte etwas erleben, wenn sie endlich nach Hause kam.

Shelley öffnete die Augen, und schlagartig wurden ihr drei Dinge bewußt: Erstens – sie war nicht allein; zweitens – sie lag nicht in ihrem Bett; drittens – sie hatte nichts an. Erst dann setzte die Erinnerung an die vergangene Nacht ein. Sie hatte wie gewöhnlich die Schauspielklasse besucht und war mit einem jungen Kollegen ins Gespräch gekommen, der sie und ein paar Freunde schließlich zu einer Pizza bei sich zu Hause eingeladen hatte. Sie hatten viel erzählt und Wein getrunken, bis sie schließlich allein mit ihm gewesen war. Und das war das Letzte, was ihr Gedächtnis preisgab.

Shelley hatte Kopfschmerzen. Ihre Kleider lagen auf dem Boden verstreut. Sie glitt leise aus dem Bett, sammelte ihre Sachen auf und verschwand im Bad.

Während sie sich anzog, überkamen sie heftige Schuldgefühle. Bevor sie nach Hollywood gekommen war, hatte sie nur einen Freund gehabt. Und seit sie hier lebte, hatte es mit den Männern noch nicht so recht geklappt. Der Einzige, mit dem sie überhaupt ins Gespräch gekommen war – und den sie mochte –, war John Seagal. Ein merkwürdiger Bursche, der sich nicht anmerken ließ, ob er an einer ernsthaften Beziehung interessiert war. Dabei hatte sie ihm eine ganze Reihe recht deutliche Hinweise gegeben.

Als sie angezogen war, fühlte sie sich schon etwas besser. Sie stand vor dem Spiegel und fragte sich, ob sie sich aus diesem Apartment hier schleichen und nach Hause fahren sollte. Viel besser wäre doch wohl, ihren neuen besten Freund zu wecken. Das Dumme war nur, daß sie sich nicht daran erinnern konnte, ob etwas zwischen ihnen stattgefunden hatte. Peinlicherweise wollte ihr nicht einmal sein Name einfallen.

Sie kehrte ins Schlafzimmer zurück und sah ihn intensiv an, in der Hoffnung, daß ihr sein Name wieder einfiele.

Er wachte auf und streckte sich. »Du bist schon auf?«

Shelley lächelte nervös. Er hatte braunes Haar, eine dicht

behaarte Brust und muskulöse Arme. »Soll ich einen Kaffee machen?« fragte sie zögernd.

»Ja, den könnte ich jetzt gebrauchen.« Er stand auf und trottete nackt ins Bad.

»Ich wollte eigentlich nicht die ganze Nacht bleiben«, rief sie aus der Küche.

»Ist schon okay.«

»Es ist nur, na ja, ich glaube, ich habe etwas zuviel getrunken.«

»So wie sich mein Kopf anfühlt, war es bei mir genauso.«

»Dann trinke ich jetzt noch eine Tasse mit und mache mich auf den Weg.«

»Okay«, sagte er und kam aus dem Badezimmer.

Wollte er sie denn gar nicht fragen, wie es für sie gewesen war?

Nicht vorschlagen, sich möglichst bald wiederzusehen?

»Nimmst du Milch und Zucker?« rief sie.

»Nur Milch, keinen Zucker.« Er zog sich seine Jeans an.

Shelley kam mit dem Kaffee aus der Küche. »Wo stammst du her?« fragte sie, um ein Gespräch mit ihm zu beginnen.

»Arkansas.«

»Und wie lange besuchst du schon die Schauspielklasse?«

»Was soll das, spielen wir hier ›Was bin ich‹?«

»Na, wir haben doch die Nacht miteinander verbracht, und ich weiß so gut wie gar nichts von dir.«

Er lachte laut. »Müssen wir jetzt Lebensläufe austauschen, bloß weil es im Bett zwischen uns geklappt hat?«

Wie hat es zwischen uns geklappt? Gut oder sehr gut? wollte sie schon fragen, weil sie sich immer noch an nichts erinnern konnte.

»Nein, aber es wäre doch nett, wenn wir uns etwas besser kennenlernen würden. Vor allem nach einer solchen Nacht.«

»Jetzt hör mir mal zu, Kleine.« Er stellte die Tasse ab. »Ich habe nicht vor, mit dir Streit anzufangen. Immerhin bist du diejenige gewesen, die unbedingt mit mir ins Bett wollte. Außerdem kommt meine Freundin gleich. Du mußt also verschwinden.«

»Deine Freundin?« Sie war wie vor den Kopf geschlagen.

»Ja. Stört dich was daran?«

»Und warum hast du dann mit mir geschlafen?«

»Weil du es unbedingt wolltest. Mann, du hast es vielleicht dringend nötig gehabt.«

»Du hast mir nichts von deiner Freundin erzählt«, entgegnete sie vorwurfsvoll.

»Tu uns beiden bitte einen Gefallen und verzieh dich sofort.« Er verschwand im Bad.

Shelley floh aus der Wohnung, warf sich in ihren Wagen und brach in Tränen aus.

Der Mann mußte doch noch eingeschlafen sein, denn plötzlich wachte er abrupt vom Knallen einer Autotür auf.

Er war hellwach. Die Nutte war nach Hause gekommen und würde jetzt die Begrüßung erhalten, die sie verdient hatte.

Als Shelley zur Tür hereinkam, war sie immer noch ganz durcheinander und bemerkte Zane nicht gleich. Als ihr Blick dann auf ihn fiel, zuckte sie zusammen. »Oh Gott, John! Was machen Sie denn hier?«

»Ich wollte Sie besuchen kommen. Immerhin haben Sie mich hierher eingeladen.«

»Ja, habe ich, aber ... Wie sind Sie denn überhaupt hier hereingekommen?«

»Ich kam letzte Nacht hier an, und niemand war da. So habe ich mir eben selbst Einlaß verschafft.«

»Soll das heißen, Sie haben die Nacht hier verbracht?« Shelley freute sich zwar über seinen Besuch, aber irgendwie störte es sie, daß er ohne ihre Erlaubnis einfach hier eingedrungen war. Davon abgesehen war das nicht einmal ihr Haus, und der Lehrer hatte ihr deutlich eingeschärft, niemanden über Nacht einzuladen.

»Wo haben Sie die ganze Zeit gesteckt?« fragte Zane kalt.

Das verwirrte sie noch mehr. »Wie bitte?«

»Ich habe gefragt, wo Sie die ganze Nacht gewesen sind.«

»Hören Sie, John, ich glaube nicht, daß Sie das etwas angeht.«

»Von jetzt an schon.«

Shelley wußte überhaupt nicht mehr weiter. Vor ihr stand der Mann, dessen Aufmerksamkeit sie schon seit Monaten suchte, und jetzt führte er sich auf wie ein eifersüchtiger Macker. Wenn sie nicht vom Ausgang der Nacht mit dem Kollegen so bestürzt gewesen wäre, hätte sie ihn bestimmt gleich vor die Tür gesetzt.

»Ich verstehe nicht, warum Sie sich so aufregen. Vielleicht sollten Sie jetzt besser gehen.«

»Nein. Sie haben mich eingeladen. Und das nicht nur einmal. Außerdem sind Sie seit Monaten hinter mir her.«

Shelley lief rot an. Langsam hatte sie wirklich genug. »Das bin ich gar nicht.«

»Oh doch. Sie haben mich in Ihr Zimmer eingeladen, haben mir erzählt, wie einsam Sie sind, und auch sonst noch einiges getan. Nun, jetzt bin ich hier.«

»Ich will Sie aber nicht hier haben.«

»Das läßt sich nicht mehr vermeiden.«

»Was läßt sich nicht mehr vermeiden?«

»Daß Sie und ich zusammengehören.«

Allmählich machte er ihr Angst. »Wenn Sie jetzt nicht gehen, sehe ich mich gezwungen, die Polizei zu rufen.«

Er hielt sie fest, ehe sie das Telefon erreichen konnte.

»Sie tun mir weh!«

»Und mir paßt Ihr Verhalten nicht. Außerdem kann ich es nicht gutheißen, wenn Sie eine ganze Nacht wegbleiben. Waren Sie mit einem Mann zusammen?«

»Das geht Sie überhaupt nichts an!« schrie sie. »Lassen Sie mich endlich in Ruhe!«

»Waren Sie mit einem Mann zusammen?«

Shelley versuchte, sich von ihm loszureißen, aber das schien ihn nur in seiner Entschlossenheit zu bestärken, sie festzuhalten.

»Wenn Sie mit einem Mann zusammen waren, werde ich es erfahren. Spätestens wenn wir zwei es miteinander tun.«

Sie bekam Panik, und ihr wurde klar, daß sie sich in großen Schwierigkeiten befand.

Der Mann sah sie mit kalten, leidenschaftslosen Augen an.

»Bitte«, wimmerte Shelley, »lassen Sie mich los. Ich werde auch niemandem sagen, daß Sie hier gewesen sind.«

»Wem könnten Sie denn davon berichten? Etwa meinem Onkel? Haben Sie mit Luca gesprochen?«

»Nein. Ich weiß ja nicht einmal, wer das ist.«

»Aber Sie haben mir gerade damit gedroht.«

»So habe ich das doch nicht gemeint.«

Er hatte Kopfschmerzen. Eigentlich hatte er nicht vorgehabt, sie zu töten, aber nun blieb ihm wohl keine andere Wahl. Offenbar stand sie mit Luca in Verbindung, und wenn er sie nicht beseitigte, würde sie ihn hinter seinem Rücken verraten.

Außerdem mußte sie aus dem Weg geräumt werden, damit er Platz für Cheryl und Jordanna hatte.

Kapitel 39

In Brentano's Bookstore herrschte nicht viel Betrieb. Michael wanderte durch die Reihen und blieb endlich vor dem Zeitungsständer stehen. Er zog eine Ausgabe des *Rolling Stone* heraus und fing an, darin zu blättern.

Wer immer sich ihm hier nähern würde, er sollte kein Geld erhalten, solange Michael keinen hieb- und stichfesten Hinweis erhielt, wo Bella zu finden war.

Er schob die Zeitschrift in den Ständer zurück und schlenderte zu den Musikkassetten. Nach einer Weile spürte er, daß jemand hinter ihm stand.

»Nicht umdrehen.« Die Frauenstimme, die er vom Telefon kannte.

»Wo ist meine Tochter?« Er starrte geradeaus und mußte vor innerer Anspannung an sich halten, seinem Drang nicht nachzugeben, die Frau zu packen und niederzuschlagen.

»Die Sache verhält sich etwas kompliziert.«

Bleib ruhig. Vermassel jetzt nicht alles.

»Wo ist Bella?« fragte er mit gepreßter Stimme.

»Wir beide werden einander vertrauen müssen. Ich sage Ihnen schon, wo sie steckt. Aber zuerst will ich das Geld.«

»Nichts da.«

»Legen Sie es vor sich auf das Regal, und kommen Sie dann mit mir. Mein Partner wird es an sich bringen, und wenn er mir das vereinbarte Zeichen gibt, können wir beide uns unterhalten.«

»Woher kann ich wissen, daß Sie überhaupt etwas zu sagen haben?«

»Würde ich dann so etwas hier durchziehen? Sie sind ein großer starker Mann und könnten mir Gott-weiß-was antun.«

In seinem Kopf überschlugen sich die Gedanken. Was sollte er tun? Erst nach einer Weile wurde ihm klar, daß ihm nichts anderes übrig blieb, als sich der Frau zu fügen. Er schob den Umschlag neben eine Tom-Clancy-Kassette ins Regal, drehte sich abrupt herum, packte die Frau am Arm und zog sie mit sich fort.

Jetzt hatte er Zeit, einen Blick auf sie zu werfen. Sie war Mitte dreißig. Ihr kurzgeschnittenes Haar war blondiert. Die Sonnenbrille verdeckte den Großteil ihres sonnengebräunten Gesichts. Sie trug ein blaues T-Shirt, einen Jeans-Minirock und weiße Halbstiefel. Die Frau hatte eine gute Figur, wirkte aber billig. Er bemerkte an ihrer zitternden Unterlippe, wie nervös sie war. Würde er sie jetzt loslassen, würde sie bestimmt schreiend das Weite suchen.

»Wer sind Sie?« fragte er auf dem Weg zur Tür.

»Das ist nicht wichtig.«

»Für mich aber schon.«

»Drohen Sie mir nicht, sonst erfahren Sie gar nichts. Glauben Sie mir, ich weiß genau, wo Ihre Kleine zu finden ist.«

»Vorher muß ich wissen, wer Sie sind.«

»Eine Freundin von Rita. Als sie von New York hierher kam, haben wir uns bei der Arbeit kennengelernt.« Sie deutete auf ein Restaurant im Mall-Komplex. »Sobald ich das Signal erhalten habe, erzähle ich Ihnen alles.«

Seine Fingernägel bohrten sich in ihr Fleisch, aber er ließ sie nicht los. Er fürchtete viel zu sehr, daß sie ihm dann davonlaufen würde.

»Warum haben Sie so lange gewartet, bis Sie sich bei mir gemeldet haben?« Er suchte mit seinem Blick alles ab, um ihren Komplizen zu entdecken.

»Ich habe Sie im Fernsehen gesehen, und da haben Sie mir leid getan.«

»So leid, daß Sie für Ihre Informationen gleich einen Haufen Geld haben wollten, was?«

Sie zuckte die Achseln. »Meine Schwester ist sehr krank. Mit den zehntausend kann sie operiert werden.«

»Mir kommen gleich die Tränen.«

»Ich bin doch gekommen, oder etwa nicht?«

»Sie sind wegen des Geldes gekommen. Geht es Bella gut?«

»Das Mädchen erfreut sich bester Gesundheit.« Sie griff in ihre Handtasche aus Lederimitat und holte eine Zigarette heraus.

Michael hätte sich am liebsten auch eine angezündet, aber dazu hätte er die Frau loslassen müssen.

»Wir setzen uns hier hin.« Sie deutete auf einen Tisch ganz vorn.

»Nein, lieber hinten in die Ecke. Und Sie setzen sich mit dem Rücken an die Wand.«

»Ich laufe Ihnen schon nicht weg.«

»Und ich traue Ihnen genausoviel wie Sie mir.«

Als sie sich niedergelassen hatten, sagte die Frau: »Okay, ich vertraue Ihnen. Sie sind alleine gekommen, und niemand ist Ihnen gefolgt.«

»Woher wollen Sie wissen, daß ich kein Aufnahmegerät am Körper trage?«

»Sie möchten doch Bella wiedersehen, oder?«

»Worauf warten wir denn noch?«

»Ich muß erst wissen, ob Sie auch zehntausend mitgebracht haben.« Sie paffte nervös an ihrer Zigarette. Nach ein paar Minuten sagte sie: »Okay, es kann losgehen.«

Sie drückte die Zigarette aus und zündete sich gleich die nächste an. »Machen Sie sich auf etwas gefaßt. Was ich Ihnen zu sagen habe, wird Sie schockieren.«

Er stellte die Frage, die ihm am meisten Angst bereitete: »Hat man meine Tochter für Kinderpornografie mißbraucht?«

»Nein, nein, nichts dergleichen. Am besten fange ich ganz am Anfang an.«

»Bitte.«

»Wie gesagt, Rita und ich haben uns bei der Arbeit kennengelernt. Wir haben in einer Oben-ohne-Bar am Flughafen bedient. Glauben Sie mir, ein Mädchen kann da eine Menge Dollars machen. Rita kam bei den Kunden gut an. Sie hat auf ihre Flaxereien schlagfertig reagiert. Jedenfalls sind viele nur wegen ihr gekommen. Damals hatte ich ein kleines Apartment und suchte nach einer Mitbewohnerin. Rita lebte mit ihrem Kind noch im Hotel, und nach ein paar Tagen sind die beiden dann bei mir eingezogen.«

Michael beugte sich vor, um kein Wort zu verpassen.

»Alles lief wunderbar, bis der Mann, dem der Laden gehörte, Schulden machte. Die Bar mußte bald darauf schließen, und wir beide standen ohne Arbeit da. Wir haben angefangen, Männer mit hochzunehmen. Ich kann Ihnen sagen, die Miete haben wir damit locker zusammenbekommen. Schließlich kannten wir eine Menge Männer aus der Bar, die uns immer schon Angebote gemacht hatten.«

Michaels Magen verknotete sich. »Und was war mit Bella? Hielt sie sich währenddessen in dem Apartment auf?«

»Die Kleine hat nichts davon mitbekommen. Rita hat die Freier erst geholt, wenn ihre Tochter eingeschlafen war. Auf ihre Weise war sie eine gute Mutter.«

»So was nennen Sie eine gute Mutter? Eine Frau, die die Schwänze erst reitet, wenn ihre Kleine eingeschlafen ist?«

»Wir müssen alle überleben. Als Frau hat man es nicht

einfach mit einem Kind, und Sie haben Ihr ja keinen Cent Unterstützung geschickt.«

»Was habe ich nicht? Seit sie ausgezogen ist, hat sie regelmäßig Alimente von mir bekommen!«

»Na ja, Rita war nicht unbedingt immer ehrlich ... zu niemandem. Nun, eines Tages war sie fort. Sie hat ihre Sachen gepackt und ist raus, ohne mir zu sagen, wohin sie wollte. Ich habe etwas später herausgefunden, daß sie in eines der Sunset Views Apartments gezogen ist. Irgendein Freier hat wohl die Miete gezahlt. Dann hat sie Heron Jones kennengelernt, und der hat sie mit Daly Forrest zusammengebracht.«

»Kommen Sie bitte zum Punkt.«

»Nun, das nächste, was ich hörte, war, daß Rita beim Pornofilm gelandet war. Es wäre nett von ihr gewesen, wenn sie mich dort auch untergebracht hätte, aber es war wohl noch nie Ritas Art, etwas für ihre Freunde zu tun.

Nach ein paar Monaten bin ich sie in ihrer neuen Wohnung besuchen gegangen. Rita schuldete mir noch Geld, und das brauchte ich dringend. Sie war nicht gerade entzückt, mich zu sehen.«

»Hat Rita Sie denn hereingelassen?«

»Ja, und mir fiel gleich auf, daß das Kind nirgends zu sehen war. Also habe ich sie nach der Kleinen gefragt. Rita sagte, Bella sei bei ihrem Vater. Ich darauf: ›Ich dachte, den haßt du wie die Pest?‹ – Wissen Sie, Rita hat nie sehr nett von Ihnen gesprochen. Und da hat sie entgegnet: ›Michael ist nicht ihr Vater, sondern Sal.‹ Ich wollte wissen, wer Sal sei, und sie meinte lachend: ›Sein Bruder.‹«

Michael drehte es den Magen um. Oh Gott, konnte das denn wahr sein?

»Und dann hat sie mir erzählt, wie sie schon schwanger gewesen ist, als Sie beide geheiratet haben. Dabei war es Sals Baby. Da er sie jedoch nicht ehelichen wollte, hat er Sie mit Rita bekannt gemacht. Sie hat alles daran gesetzt, daß Sie sie vor den Traualtar führen, und das haben Sie dann ja auch brav getan.«

Die Frau zündete sich schon wieder eine Zigarette an.

»Nach einer Weile ist sie dann nach L. A., und als sie Daly kennenlernte, war ihr die Kleine lästig. Die ganze Zeit über hatte sie mit Sal in Verbindung gestanden. Irgendwann hat er ihr erzählt, daß seine Frau keine Kinder bekommen könne, und da hat Rita ihm Bella überlassen. Ich habe sie gefragt, ob Sie etwas davon wüßten. ›Da kommt der doch niemals hinter‹, antwortete sie, ›außerdem interessiert er sich überhaupt nicht für das Kind.‹ Dann habe ich gesagt: ›Wenn er aber mal nach New York kommt, wird er es doch herausfinden, oder?‹ Sie hat nur gelacht und gesagt: ›Um seine Familie schert er sich auch nicht.‹«

Das war fast mehr, als Michael ertragen konnte. Diese Frau hier hatte ihm gerade mitgeteilt, daß seine Tochter nicht seine Tochter sei, daß sein Bruder Sal der Vater sei und daß Bella in der ganzen Zeit, in der er halb krank vor Sorge nach ihr gesucht hatte, gesund und munter in New York gewesen war.

»Woher weiß ich, daß Sie mir die Wahrheit gesagt haben?« brachte er nach einer Weile hervor.

»Wer würde sich denn schon so etwas ausdenken?« entgegnete sie. »Und selbst wenn ich alles nur erfunden hätte, woher würde ich dann so viele Einzelheiten wissen?«

Michael hatte immer noch das Gefühl, ein Preßlufthammer habe ihn in den Magen getroffen. »Wissen Sie auch, wer Rita ermordet hat?«

»Daly Forrest hatte sich mit der Mafia eingelassen. Er hat gewissen Leuten eine Menge Geld geschuldet, und die haben ihn bedroht. Nachdem Rita umgebracht worden war, habe ich mich erst einmal nirgends blicken lassen, weil ich nicht ebenso enden wollte.«

»Was war das denn für ein Band, das Sie mir vorgespielt haben. Darauf war doch Bella zu hören.«

»Nein, das war die Kleine von meinem Cousin. In dem Alter hören sich alle Kinder gleich an.« Sie drückte die Zigarette aus. »So, jetzt muß ich aber gehen.«

»Nein.« Er hielt sie wieder fest. »Erst will ich wissen, wer Sie sind.«

»Ich muß Ihnen gar nichts mehr sagen. Fahren Sie nach

New York. Dort finden Sie Bella. Aber wozu eigentlich noch? Sie ist ja doch nicht Ihr Kind.«

Instinktiv wußte er, daß sie die Wahrheit gesagt hatte. Alles paßte so gut zusammen. Rita und Sal. Wie mußten die beiden hinter seinem Rücken über ihn gelacht haben?

Plötzlich fiel ihm ein, daß seine Mutter auch Bescheid wissen mußte. Trotzdem hatte sie nichts gesagt und ihn monatelang leiden lassen. Und was Sal anging, so würde er ihn umbringen.

Die Frau erhob sich und verließ den Tisch. Michael hielt sie nicht auf – wozu auch?

Er blieb noch lange da sitzen und stützte den Kopf auf die Hände. Plötzlich erhob er sich abrupt, stieg in seinen Wagen und fuhr zum LAX.

Am Airport von Los Angeles angekommen, rief er Quincy an. Amber kam an den Apparat, weil ihr Mann gerade unterwegs war.

»Hör zu, Amber, es hat eine ziemlich wichtige neue Entwicklung bei Bella gegeben. Ich muß dringend nach New York. Sag Quincy bitte, daß ich nicht anders kann.«

»Hast du sie gefunden? Ist mit ihr alles in Ordnung?«

»Ich glaube, ja«, antwortete er zögernd.

»Michael, du weißt nicht, wie erleichtert ich bin. Wo können wir dich erreichen? Bei deiner Familie?«

»Nein, ruft da bitte nicht an. Ich melde mich bei euch.«

In einer halben Stunde ging ein Flugzeug der American Airlines nach New York. Er buchte einen Platz.

Kapitel 40

Detective Carlyle starrte Kennedy wütend an. Sie war mit ihrer Fernsehfreundin hereinstolziert und hatte ihm einen Stapel neuer Informationen auf den Tisch geknallt. Das hatte ihm den ganzen Tag versaut. Die blöde Kuh ließ ihn wie den letzten Idioten aussehen. Mit welchem Recht mischte sie sich überhaupt in die Ermittlungen ein. In seinen Augen waren die beiden zwei ausgesuchte Emanzen von der schlimmsten Sorte, die sich einbildeten, mehr von Polizeiarbeit zu verstehen als die Polizei selber.

Ihm blieb als Trost nur, daß die beiden Schlampen zu spät gekommen waren. Boyd Keller war zum Leidwesen von Carlyle zum Chef der Sondereinheit ernannt worden (der Detective hatte sich selbst Hoffnungen auf diesen Posten gemacht) und alles schon herausgefunden, was diese Ladys in ihrer hochnäsigen Art für Informationen hielten. Keller war sogar noch einen Schritt weitergegangen und hatte Untersuchungen von DNS-Proben und Fingerabdrücken angeordnet, um zweifelsfrei herauszufinden, ob Zane Marion Ricca ihr Mann war. Zur Zeit warteten sie noch auf die Laborergebnisse, aber eigentlich ging hier jeder davon aus, daß binnen vierundzwanzig Stunden eine Großfahndung nach diesem Zane eingeleitet werden würde.

Zane Marion Ricca, was für ein bescheuerter Name.

Carlyle rülpste vernehmlich.

Kennedy sah ihn entrüstet an. Die Frau brauchte definitiv einen Mann, der sie an die Kandarre nahm. Die Fernsehschlampe auch. Was die Moderatorin anging, wäre der Detective nicht abgeneigt. Sie hatte eine tolle Figur, und zu solch glühenden Augen und einladenden Lippen hätte er niemals nein gesagt. Aber was diese Chase anging, da ließ er lieber die Finger davon. Sie war kälter als ein Kühlschrank. Bei der fror sich jeder Mann die Eier ab.

Carlyle wünschte, die beiden würden endlich verschwinden. Er hatte es satt, von ihnen zum Narren gemacht zu werden, und die Frauen schienen es genau darauf angelegt zu haben, als sie mit ihrem Papierhaufen hier aufgetaucht waren.

Zu blöd, daß zwei der Morde in seinem Revier geschehen waren. Er hatte auch nur zwei Hände und war keine verdammte Maschine.

Irgendwann erhob sich Kennedy und verließ mit ihrer Freundin den Raum. Wenn er nicht so sauer gewesen wäre, hätte er die Titten der beiden bewundert.

Kaum waren Kennedy und Rosa draußen, brachen beide in schallendes Gelächter aus.

»Hast du die Gesichter von diesen Typen gesehen?« prustete Rosa. »Was für eine traurige Ansammlung von Trotteln!«

»Da kann ich dir nicht widersprechen.«

»Und erst dein Detective Carlyle!«

»Er ist nicht *mein* Detective«, unterbrach Kennedy sie indigniert. »Schon als ich zum ersten Mal bei ihm war, wußte ich gleich, daß er ein Idiot ist. Ich habe ihn darauf hingewiesen, daß zwischen den Morden eine Verbindung bestehen muß, aber das hat ihn gar nicht interessiert. Was muß das für ein Detective sein, der keine Ermittlungen durchführt?«

»Ein besonders dummer Detective.«

Sie liefen zum Wagen. »Ich kann mir nicht helfen«, sagte Kennedy. »Wenn ein anderer als Carlyle mit dem Fall betraut gewesen wäre und rechtzeitig etwas unternommen hätte, hätte vielleicht das eine oder andere Leben gerettet werden können.«

Rosa nickte. »Wenigstens scheint der Leiter der Sondereinheit sein Fach zu verstehen. Er wußte schon über alles Bescheid, bevor wir ihm unsere Neuigkeiten überreicht haben.«

»Dem Himmel sei Dank.«

»Er ist ziemlich sexy, was?« schmunzelte Rosa.

»Wer?«

»Boyd Keller.«

»Rosa, du bist so gut wie verlobt.«

»Aber noch nicht tot. Hast du seinen Hintern gesehen?«

»Nein.«

Sie stiegen in den Wagen. »Ich muß zugeben, was du nach der Pressekonferenz zu sagen hattest, war wirklich gut«, meinte Rosa. »Du solltest dir ernsthaft überlegen, ob du nicht fürs Fernsehen arbeiten willst.«

»Nein danke. Ich habe schon einen Job, und den liebe ich sehr. Jetzt fahre ich nach Hause und schreibe eine Geschichte, an der Phil seine Freude gehabt hätte.«

»Worüber denn?«

»Über Zane Marion Ricca. Was ist das für ein Mensch? Niemand scheint viel über ihn zu wissen, außer daß er eines Tages von New York gekommen ist und hier eine Rolle in *The Contract* erhalten hat. Selbst vor Gericht ist nicht viel über sein Vorleben bekannt geworden. Er hatte exzellente Anwälte, aber wer hat ihr Honorar bezahlt? Und aus welchem Grund? Ich glaube, es lohnt sich, hier etwas tiefer zu graben.«

»Wenn du an etwas arbeitest, das dich wirklich interessiert, verbeißt du dich wie ein Bullterrier, was?« bemerkte Rosa. »Das ist für dich noch besser, als mit einem Mann zusammen zu sein.«

»Was du natürlich überhaupt nicht verstehen kannst.«

»Paß bloß auf, daß du nicht noch als Nonne endest.«

»Ich muß dir etwas gestehen«, sagte Kennedy und lächelte verlegen.

»Heraus damit!«

»Kannst du dich erinnern, daß du mich einmal mit Michael Scorsini zusammenbringen wolltest?«

»Ja, und du hast es vermasselt. Dabei war er wirklich super.«

Kennedy lächelte. »Wir beide haben vorgestern nacht ein Glas zusammen getrunken, und ... ich muß zugeben, es war sehr angenehm mit ihm ... sogar mehr als das ...«

Rosa, die am Steuer saß, wäre beinahe einem Cadillac in die Seite gefahren, der gerade aus einer Parklücke kam. »Das glaube ich nicht.«

»Doch, es stimmt. Zum ersten Mal hast du recht behalten. Michael ist ein sehr interessanter Mann.«

»Wann seht ihr euch wieder?«

»Wir sind für heute abend zum Essen verabredet.«

»Ich komme mir ja vor wie eine Kupplerin.«

»Ich habe nicht gesagt, daß ich ihn heiraten werde. Wir gehen nur zusammen aus. Keine Bange, ich erzähle dir später, wie es gelaufen ist.«

»Ich sage dir jetzt, was laufen sollte.«

»Was denn?«

»Ihr landet im Bett und verbringt die ganze Nacht mit wildem, ungezügelten Sex.«

»Ist das alles, woran du denken kannst?«

»Nur wenn ich scharf bin.«

Bobby verließ das Büro, um zu einem Drehort zu fahren. Auch wenn er mit den Szenen nichts zu tun hatte, war er doch gerne dabei und schaute Mac über die Schulter, auch wenn den das in den Wahnsinn trieb.

Tyrone kam ihm auf dem Flur entgegen. »Alles erledigt. Ich bin mit deinem Vater und seinem Agenten handelseinig geworden. Und es ist mir gelungen, den Drehplan entsprechend umzubauen. Mit ein bißchen Glück können wir schon morgen Cedrics Szenen mit Jerry wiederholen. Die Garderobe ist schon auf dem Weg zu ihm.«

Rush nickte. Großartig, jetzt mußte er mit seinem Vater drehen. Tief in seinem Innern hatte er gehofft, Jerry würde wieder Schwierigkeiten machen und damit den Deal zum Platzen bringen.

»Gute und vor allem schnelle Arbeit, Tyrone.«

»Na ja, ich hatte ja auch einiges wiedergutzumachen.«

»Was verlangt Jerry? Einen Arm und ein Bein? Oder bloß eine Niere?«

»Eigentlich war er ganz vernünftig. Er bekommt unverschämt viel Geld und ist zufrieden.«

»Also steht morgen der große Tag an.«

»Gary und ich sind alles durchgegangen. Wenn Jerry seinen Text gelernt hat und keinen Trouble macht, sind wir vielleicht bald wieder im Zeitlimit.«

»Wenn du einmal dran bist, leistest du auch gute Arbeit.«

»Ich bemühe mich.«

»Dann kümmer dich als nächstes bitte um Jordannas Vertrag. Wir nehmen sie als Siena. Das ist jetzt amtlich.«

»Ich habe schon entsprechende Gerüchte gehört. Wer ist denn ihr Agent?«

»Sie hat noch keinen. Ich möchte, daß sie sich Freddie Leon nimmt.«

»Freddie Leon, was?« Tyrone pfiff durch die Zähne. »So weit ich weiß, nimmt er keinen Nachwuchs.«

»Ich habe so ein Gefühl, als ob er bei Jordanna eine Ausnahme machen könnte. Freddie liebt Herausforderungen.«

Bobby kam auf seinem Weg an Jordannas kleiner Kammer vorbei. »Guten Morgen. Fühlst du dich schon etwas besser?«

»Abgesehen davon, daß mir jemand mit einem Hammer auf den Kopf geschlagen zu haben scheint, geht es mir prächtig.«

Er trat zu ihr ein und schloß die Tür hinter sich. »Ich habe mit Mac und den anderen gesprochen. Es wird dich sicher freuen zu erfahren, daß alle einverstanden sind.«

»Womit?« fragte sie und kaute auf ihrem Bleistift herum.

Er ließ sie einen Moment zappeln, ehe er antwortete: »Daß du ab jetzt im Film bist.«

Sie brachte für einen Moment keinen Ton hervor. Dann strahlte sie und keuchte: »Oh, Bobby ... ich ... ich weiß gar nicht ... das ist ja fantastisch!«

»Du brauchst jetzt nichts zu sagen.«

»Nicht einmal danke?«

»Zuerst müssen wir einen Vertrag mit dir zustande bekommen. Ich bringe dich mit Freddie Leon zusammen.«

»Der will mich bestimmt nicht. Ich habe doch noch nie gespielt.«

»Freddie ist ein guter Freund von mir. Ich mache für heute nachmittag einen Termin mit ihm aus.«

»Ehrlich?«

»An deiner Stelle würde ich fest davon ausgehen.«

Jordanna stand auf und zitterte am ganzen Leib. »Eigentlich wollte ich jetzt etwas essen gehen. Ich bleibe aber gern, wenn du noch etwas für mich hast.«

»Nein, geh ruhig. Aber erzähl niemandem davon. Wir geben das öffentlich bekannt, wenn die Zeit dafür gekommen ist. Du suchst heute noch den Schneider auf und läßt dich mit der passenden Garderobe eindecken. Später lesen wir dann gemeinsam das Drehbuch.«

»Das ist doch alles wirklich, oder?«

»Ich denke schon.«

»Na gut, wenn du es sagst«, grinste sie.

»Ich habe heute eine Reinigungskolonne im Haus. Die dürfte bis zum Abend fertig sein. Hast du Lust, zum Dinner zu mir zu kommen?«

Sie legte den Kopf schief. »Wir beide ganz allein?«

»Ich kann ja noch ein paar von den Putzfrauen dazu bitten.«

»Bobby ...«

»Nein, nur du und ich. Es sei denn, du hättest etwas dagegen.«

»Och, ich möchte eigentlich schon.«

»Komm nach der Mittagspause raus zum Drehort. Da fahre ich jetzt nämlich hin.«

Auf dem Weg zu ihrer Verabredung mit Cheryl im Ivy schwebte sie wie auf Wolken. Endlich war ihr Traum in Erfüllung gegangen. Aber irgendwann kamen ihr Bedenken. Bobby setzte so viel Vertrauen in sie. Wenn sie ihn nun enttäuschte? War sie gut genug für die Rolle? Würde es ihr gelingen, dem berühmten Namen Levitt alle Ehre zu machen?

Cheryl saß schon an einem Tisch draußen auf dem Patio.

Jordanna winkte ihr zu und lief zu ihr. »Hi«, grüßte sie atemlos.

»Du siehst großartig aus«, lobte die Freundin.

»Du auch.«

Die beiden lächelten und fühlten sich gleich in der Gesellschaft der anderen wohl. »Einen Banana Daiquiri?« schlug Cheryl vor.

»Ich muß zwar gleich wieder zur Arbeit, aber warum eigentlich nicht.«

Nachdem Cheryl die Bestellung aufgegeben hatte, fragte Jordanna: »Und, wie läuft das Callgirl-Geschäft?«

»Erweist sich als sehr lukrativ. Grant arbeitet jetzt übrigens für mich.«

»Tatsächlich? Was macht er denn?«

»Er sieht nach den Mädchen, führt mir die Bücher und organisiert alles. Den Agentenjob hat er aufgegeben.«

»Um für dich zu arbeiten?«

»Ich sage dir, Jordy, wir machen soviel Geld, daß man es nicht glauben mag. Die Kerle geben sich bei uns die Klinke in die Hand.«

»Wie schön, daß du ihnen so gern weiterhilfst.«

Cheryl hatte keine Lust, sich eine Moralpredigt anzuhören und wechselte das Thema: »Wie geht's Marjory?«

»Sie hat sich bis über beide Ohren in den Privatdetektiv verknallt, der auf sie aufpaßt. Eigentlich eine ziemlich traurige Geschichte.«

»Wieso? Patty Hearst hat schließlich auch ihren Aufpasser geheiratet.«

»Du weißt doch, wie dringend Marjory es nötig hat. Und dieser Privatdetektiv, er sieht übrigens gar nicht schlecht aus, hat nichts für sie übrig.«

»Muß ja ziemlich deprimierend sein, dort zu wohnen.«

»Ich suche mir so bald wie möglich eine eigene Wohnung.«

»Und wie läuft die Arbeit mit Bobby Rush?«

»Sensationell!« antwortete Jordanna. Sie konnte nur mit Mühe an sich halten, der Freundin nichts zu erzählen. Aber Bobby hatte ihr geraten, darüber den Mund zu halten.

»Nachdem, was über ihn in *Style Wars* steht, muß er ja ein ziemliches Arschloch sein.«

»Überhaupt nicht. Diese Schreiberin hat überhaupt nichts begriffen.«

»Und was macht Jordan? Hast du ihm gesteckt, daß seine Neue mal als Callgirl gearbeitet hat?«

»Warum sollte ich ihm weh tun? Wenn er je von selbst dahinterkommt, ist das allein seine Angelegenheit. Davon abgesehen ist Kim schwanger. Also sollten wir ihre Vergangenheit ruhen lassen.«

»Jordy, es gibt da etwas, das ich unbedingt loswerden muß«, begann Cheryl zögernd.

»Dann mal los.«

»Na ja, ich habe da neulich etwas Verrücktes gemacht ...«

»Das ist ja kaum etwas Neues, oder?«

»Nein, das hier ist wirklich ... völlig irre. Grant hat mich dazu überredet ... aber das Sonderbare daran ist, daß es mir zum Schluß wirklich Spaß gemacht hat.«

»Was hast du jetzt schon wieder angestellt?«

»Ich habe angeschafft ... Die Rothaarigen waren uns ausgegangen, und Grant meinte, dann solle ich eben einspringen. Der Freier hat so unverschämt viel bezahlt, daß ich ... Na ja, es war ein Kick für mich, und ich bin zu ihm hin ...«

»Du hast mit ihm geschlafen?«

»Nicht direkt ... Ich bin nur in seiner Hotelsuite vor ihm auf und ab gelaufen, habe ihn angemacht und ihm dann einen geblasen ... Und was soll ich dir sagen, es hat mich wirklich angemacht.«

»Das hört sich nicht gut an«, meinte Jordanna. »Du solltest deinen Hintern schleunigst wieder zum Seelenklempner bewegen.«

»Dem Freier hat es auch was gebracht.«

»Was war das denn für einer?«

»Irgendein alter Knacker aus New York. Aber er war richtig süß.« Sie spielte für einen Moment mit ihrem Glas. »Und er will mich wiedersehen.«

»Dank der großen Nachfrage kommt es zu einer Wiederholung, was? Jetzt hör mal gut zu, Cheryl. Ich bin sicher die Letzte, die dir sagen kann, was du tun und lassen sollst, aber ich möchte dich warnen: Du bewegst dich da auf gefährlichem Parkett.«

»Das könnte sein.«

»Nein, es ist so! Wach endlich auf, Cheryl, und mach nicht solchen Scheiß mit, sonst nimmt es mit dir wirklich noch ein schlimmes Ende.«

»Ich werde drüber nachdenken.«

»Unbedingt – und zwar rasch.«

Quincy war sauer, weil Michael ihm davongelaufen war. Er hatte alle Hände voll zu tun, und da setzte sich sein Freund und Partner ohne Vorwarnung einfach ab. Aber wie Amber gesagt hatte, schien das etwas mit Bella zu tun zu haben, und in dem Fall konnte er Michael verstehen.

Der Mann hatte wirklich viel durchgemacht, und es war schon ein echtes Wunder, daß er nicht wieder zur Flasche gegriffen hatte.

Quincy fuhr ins Studio, um mit Mac Brooks zu sprechen. Er hatte erfahren, daß die Polizei eine Großfahndung nach Zane auslösen wollte, und damit brauchte man sich um die Levitt und die Landers keine Sorgen mehr zu machen.

Er hatte gerade anderen Ärger hinter sich: Das Studio wollte von ihm wissen, warum Barbaras Name auf der Titelseite des Enquirer stand. Weil die Frau so unbeherrscht sei, hatte er geantwortet, und es unweigerlich früher oder später passieren mußte.

Quincy traf Mac an, und der war erleichtert. »Wenigstens müssen wir uns jetzt um die beiden Frauen keine Sorgen mehr machen.«

»Die Polizei wird sich um sie kümmern.«

»Ich möchte, daß mein Name weiterhin aus dieser Sache herausgehalten wird.«

»Hm, Sie haben *The Contract* gedreht. Da läßt es sich kaum ganz vermeiden, daß Ihr Name früher oder später auftaucht.«

Verdammt noch mal, dachte Brooks, wann habe ich diesen Alptraum endlich hinter mir? »Tun Sie Ihr Bestes, ich zähle auf Sie.«

Mac sorgte sich, daß jemand früher oder später eins und eins zusammenzählte und die Zusammenhänge erkannte. Als er Sharleen alles erzählt hatte, hatte sie verständnisvoll und klug reagiert. »Du hast doch nichts Schlimmes getan und kannst nichts dafür, daß Luca Carlotti dein Vater ist. Aber vergiß nicht, daß du deinen Erfolg dir selbst und nicht ihm zu verdanken hast.«

Manchmal war Sharleen gescheiter, als man ihr auf den ersten Blick zutraute.

Er hatte ihr Zane verschwiegen. Nur nichts überstürzen. Eins nach dem anderen.

Jordanna stand vor dem Ivy und wartete ungeduldig darauf, daß der Parkjunge mit ihrem Porsche vorfuhr. Warum dauerte es bloß immer so lange, bis man seinen Wagen zurückerhielt? Cheryl war auf der Toilette, und Jordanna machte sich große Sorgen um sie. Was sie getan hatte, war eindeutig Grants schlechtem Einfluß auf sie zu verdanken. Cheryl hatte zwar nie zugegeben, daß sie für den Jungen eine Menge übrig hatte, aber Jordanna spürte es schon seit langem.

Ein Bekannter spazierte aus dem Restaurant und winkte ihr zu. Jordanna winkte zurück, und im selben Moment brauste ein Cherokee Jeep heran. Barbara Barr saß am Steuer, bremste kurz vor ihr ab und schleuderte den Inhalt eines Farbeimers auf sie. Jordanna stand genau in der Schußlinie.

Der Jeep sauste davon, und Barbaras irres Lachen war zu vernehmen. Die Passanten blieben stehen und starrten auf Jordanna, von der rote Farbe tropfte.

Cheryl kam jetzt heraus und lief gleich zu ihr. »Grundgütiger! Was ist dir denn passiert?«

Jordanna duschte eine Viertelstunde lang und rief dann Bobby auf dem Set an. »Deine Freundin hat eben ein Attentat auf mich verübt.«

»Wie bitte?«

»Ich stand vor dem Restaurant, als Barbara Barr vorbeigekommen ist und rote Farbe über mich gegossen hat. Ich bin jetzt zu Hause und versuche, mich wieder sauber zu bekommen. Die Rechnung von der Reinigung kannst du übernehmen. Ich schwöre dir, die Frau wird mir dafür bezahlen.«

»Das tut mir furchtbar leid.«

»War ja nicht deine Schuld. Aber ich wünschte, du würdest in Zukunft vorsichtiger sein, mit wem du ins Bett steigst.«

»Ich komme gleich zu dir.«

»Nein, nicht nötig. Sobald ich fertig bin, fahre ich zum Set.«

»Wir haben um vier Uhr den Termin bei Freddy.«

»Toll. Ich hoffe, er hat etwas für Indianerinnen übrig.«

Als Cheryl nach Hause kam, lag Grant auf der Couch, zappte durch die Kanäle und gönnte sich ein Glas Wodka. »Dein Liebster hat angerufen«, teilte er ihr mit.

»Und wer soll das sein?«

»Mr. Nanni. Er möchte dich um neunzehn Uhr in seinem Zimmer sehen.« Grant erhob sich, sah sie aber nicht an. »Gehst du hin?«

»Was meinst du denn?« übertrug sie ihm die Verantwortung.

Er schlurfte zur Bar, um sein Glas aufzufüllen. »Das mußt du entscheiden.«

»Vielleicht mache ich ihm die Freude.«

»Ganz wie du willst.«

»Ich tue immer, was ich will.«

»Wie war dein Essen mit Jordy?« Grant kehrte leicht schwankend zur Couch zurück. Er wirkte mitgenommen und nicht allzugut drauf.

»Schön. Abgesehen vielleicht davon, daß sie jemand vor dem Restaurant mit einem Eimer Farbe übergossen hat.«

»Wahnsinn.«

»War eine echte Schau.«

»Und wer hat das getan?«

»Barbara Barr, unser Stadt-Original.«

»Ich war mal mit ihr aus. Die ist echt daneben.«

Cheryl legte den Kopf schief: »Ich dachte, du stehst nur auf blonde Cheerleaderinnen mit großem Vorbau.«

»Du scheinst ja wirklich alles von mir zu wissen«, gab er gereizt zurück.

»Da kannst du dich drauf verlassen!« entgegnete sie schnippisch.

»Bild dir bloß nicht zuviel ein.«

»Ich weiß, daß du zuviel trinkst, zuviel kokst und zuviel herumvögelst.«

»Das mußt ausgerechnet du mir sagen.«

Die beiden sahen sich wütend an, und Cheryl wurde immer zorniger. Warum erkannte er nicht, daß sie sich nur um ihn sorgte – und das, weil er ihr viel bedeutete?

»Ich gehe jetzt.«

»Und wohin?«

Mal sehen, ob das ihn eifersüchtig machte. »Ich muß mir für heute abend eine Schwesterntracht besorgen. Und Strapse.«

»Aha, jetzt bekomme ich doch einige Details zu hören.«

Sie schien ihm wirklich vollkommen egal zu sein. »Mehr aber nicht, ist zu persönlich.«

Die fünf Stunden Flug waren die längsten in Michaels Leben. Er war völlig durcheinander und wußte nicht mehr, was für ihn noch wichtig war. Eben noch hatte er verzweifelt seine Tochter gesucht, und jetzt hatte davon nichts mehr Bestand. Der einzige Trost, den er besaß, war die Gewißheit, daß Bella noch lebte. Sie mochte zwar nicht seine Tochter sein, aber er würde sie immer lieben, mochte da kommen, was wollte.

Nur eines war ihm klar: Er würde Sal noch einmal gegenübertreten müssen, wenn er mit diesem Kapitel endgültig abschließen wollte.

Hatte sein Bruder wirklich geglaubt, er würde damit durchkommen? Dann war er noch blöder, als Michael gedacht hatte. Er mußte doch ganz einfach davon ausgehen, daß Michael eines Tages in New York auftauchte, um die ganze Wahrheit zu erfahren.

Und was hatte seine Mutter sich eigentlich gedacht? War er ihr denn so egal, daß sein Kummer sie absolut nicht berührte?

Tja, er würde sich dieser Wahrheit wohl stellen müssen: Seine Mutter interessierte sich nicht für ihn, hatte das wahrscheinlich noch nie getan.

Eine hübsche Stewardeß blieb neben seinem Sitz stehen. Sie hatte sich schon die ganze Zeit über auffällig um ihn gekümmert. »Möchten Sie vielleicht einen Drink?«

Oh ja, jetzt etwas, um den ganzen Ärger hinunterzuspülen. Ein doppelter Scotch mit Eis wäre da genau richtig. Und wenn der nicht reichte, dann eben zwei. Oder drei. Er konnte sich jetzt nach Herzenslust vollaufen lassen. Für wen trug er denn noch Verantwortung?

»Ich nehme einen Scotch.«

»Kommt sofort«, lächelte sie.

Er spürte den Geschmack schon auf der Zunge.

Als der Mann noch ein Kind gewesen war, hatte seine Mutter ihn einmal auf sehr merkwürdige Weise geküßt. So wie sie das sonst nur bei seinem Vater tat.

Der Mann hatte das nie vergessen. Dabei war zwischen ihm und seiner Mutter eine Nähe entstanden, die er nie für möglich gehalten hätte.

Danach hatte er seinen Vater als Feind angesehen und sich ihm gegenüber auch so verhalten.

Sein Vater war ein großer, schwerer und brutal aussehender Mann, der leicht hinkte. Er überschattete seinen Sohn in jeglicher Hinsicht und behandelte ihn wie einen Taugenichts.

Dann war da noch Onkel Luca gewesen. Er kam nicht oft zu ihnen, aber wenn sein Besuch anstand, wirbelte seine Mutter im Haus herum, als gebe es nichts Wichtigeres auf der Welt.

Mit sechzehn hatte er seine Mutter nach dem Onkel gefragt: »Was macht er eigentlich?«

»Luca ist ein berühmter Mann.«

»Und warum gehen wir ihn nie besuchen?«

»Weil er doch zu uns kommt.«

Damals war ihm der Verdacht gekommen, daß seine Mutter mehr als nur ein geschwisterliches Verhältnis zu Luca hatte.

»Wenn du alt genug bist, wird er dir einen Job in einem seiner Unternehmen geben.«

»Was für Geschäfte betreibt er denn?«

»Er handelt mit verschiedenen Arten von Waren«, antwortete sie vage.

Der Mann starrte sie an. Für wie blöde hielt sie ihn eigentlich? Er hatte längst herausgefunden, daß sein Onkel ein großer Mafiaboß war.

Als er die High School abgeschlossen hatte, kam sein Vater wegen bewaffneten Raubüberfalls ins Gefängnis. Das machte dem Jungen nicht viel aus. Seine Mutter bestimmte, daß er nun der Mann in der Familie sei, und ließ sich von ihm unterstützen.

Sie bedrängte ihn immer häufiger, so daß er froh war, aufs Col-

lege entfliehen zu können. Onkel Luca kam für seine Studiengebühren auf.

Als er dort fertig war, bestand seine Mutter darauf, daß er für seinen Onkel arbeitete. Sie regte sich furchtbar auf, als er erklärte, er wolle nach Hollywood und Filmstar werden.

Aber er blieb hart, nahm Schauspielunterricht, bekam sogar eine Rolle in einem Off-Broadway-Stück und konnte sie schließlich davon überzeugen, daß er zum Darsteller geboren sei. Schließlich wandte sie sich an Luca, und der versprach ihr seinen Beistand.

Etwas später war der Mann nach Hollywood geflogen und hatte dort eine Rolle in dem Film The Contract *erhalten.*

Dort hatte er sich in das Mädchen verliebt und sie endlich erwürgt, als sie seine Gefühle nicht erwidern wollte.

Er hatte sie auch umgebracht, weil sie alles repräsentierte, was er an Frauen verabscheute.

Das alles lag nun lange zurück.

In gewisser Weise hatte Shelley ihn an das Mädchen erinnert. Irgendwie tat sie ihm leid. Selbst als er sie gefesselt, entkleidet und vergewaltigt hatte, verspürte er ein leises Bedauern.

Und als er dann seine Hände um ihren Hals legte und zudrückte, hatte er dafür gesorgt, daß es schnell mit ihr zu Ende ging. Shelley war so erschrocken gewesen, daß sie nicht einmal geschrien hatte.

Das gefiel ihm nicht. Sonst schrien die Frauen doch immer. Shelley umzubringen, war lange nicht so befriedigend gewesen wie bei den anderen.

Am Nachmittag hob er hinter dem Haus ein Grab für sie aus, legte sie hinein, faltete ihre Hände auf der Brust und deckte sie dann mit Erdreich zu.

Jetzt gehörte das Haus ganz ihm.

Er konnte jeden hierher bringen.

Vor allem Jordanna Levitt und Cheryl Landers.

Es wurde Zeit, auch diese beiden zu bestrafen.

Kapitel 41

Die Besprechung mit Freddie verlief gut. Zumindest gewann Jordanna diesen Eindruck, obwohl sie nicht sicher sein konnte, weil dem Agenten nicht anzusehen war, was er hinter der freundlich lächelnden Miene wirklich dachte. Er trug den Spitznamen »die Schlange«, und das wegen seiner Fähigkeit, sich in jeden Vertrag hinein- und auch wieder aus ihm herauszuwinden.

»Sie werden das bestimmt nicht bedauern, Freddie«, sagte Bobby gerade. Er rührte kräftig die Reklametrommel für Jordanna. »Aus dieser jungen Lady wird bald die neue Julia Roberts geworden sein.«

»Ich habe nicht vor, der Nachfolger von irgendwem zu werden«, unterbrach Jordanna ihn empört, störte sie doch nicht nur der Vergleich. »Ich werde Jordanna Levitt sein – und sonst niemand.«

Freddies Lächeln wurde breiter. Offenbar gefiel ihm ihr selbstbewußtes Auftreten. »Die Original-Jordanna-Levitt …«

»Ganz genau.«

»Nun, Jordanna, wie wär's denn mit einem kleinen Testlauf?«

»Joggen, Springen oder Langlauf, ich bin dabei, Freddie«, entgegnete sie keck.

»Wenn ich mir überlege, ob ich einen Künstler in meiner Agentur aufnehmen soll, lasse ich ihn vorher gründlich durchchecken.«

»Und was haben Sie über mich herausgefunden?«

»Daß Sie viel zu oft durch die Clubs ziehen, in ihrem Leben noch kein rechtes Ziel gefunden haben und Ihrem Vater nicht gerade nahestehen.«

»Blödsinn!« rief sie. »Jordan und ich verstehen uns prächtig.«

Freddie lachte laut. »Bobby, Sie hatten recht. Diese junge Lady ist wirklich eine Herausforderung. Hoffentlich hat sie auch genug Talent, denn ich werde sie vertreten.«

»Sie werden es nicht bereuen«, sagte Rush erleichtert.

»Dafür aber vermutlich Sie. Da ich Jordanna jetzt repräsentiere, werde ich Sie und Ihre Produktion auch tüchtig bluten lassen.« Er wandte sich an die junge Frau: »Sieht so aus, als seien wir jetzt im Geschäft. Ich lasse entsprechende Verträge aufsetzen und Ihnen heute noch zukommen. Ich brauche nur Ihre Adresse.«

»Zur Zeit wohne ich bei Marjory Sanderson. Aber ich will mir eine eigene Wohnung suchen.« Sie grinste schief. »Wenn Sie genug für mich herausholen, kann ich mir sogar eine hübsche Wohnung nehmen.«

Freddie erhob sich und zeigte damit an, daß die Besprechung beendet war. »Sie bekommen einen Vertrag, der sich sehen lassen kann, das garantiere ich Ihnen.«

Auf dem Weg zurück ins Studio meinte Rush: »Du scheinst ihm gefallen zu haben.«

Aus einem Impuls heraus drehte sie sich zu ihm um und küßte ihn auf die Wange: »Danke, Bobby.«

»Wofür?«

»Für alles.«

Er hielt den Blick lieber auf die Straße gerichtet.

Es war bestimmt nicht gut, wenn er mit ihr etwas anfing. Sie waren gute Freunde, und dabei sollte es bleiben. »Ich setze dich an der Garderobe ab. Sorg dafür, daß die Siena toll aussieht.«

»Ich werde mir alle Mühe geben.«

»Und heute abend kommst du dann zu mir.«

»Bobby, auch auf die Gefahr hin, mich zu wiederholen, aber ich bin dir wirklich dankbar.«

»Hör mal, wenn ich nicht davon überzeugt wäre, daß du eine Sensation wirst, hätte ich dich nicht in meinen Film genommen.«

»Das weiß ich.« Sie schaute kurz zum Fenster hinaus und wandte ihren Blick dann wieder ihm zu. »Hast du schon einmal darüber nachgedacht – ich meine, wir beide haben soviel gemeinsam–, daß wir uns vielleicht in einem früheren Leben begegnet sind?«

»Nee, nie.«

Er reagierte nicht so, wie sie es erhofft hatte.

»Ich glaube, zwischen uns besteht eine ziemliche Seelenverwandtschaft.«

Bobby lächelte in sich hinein, als nehme er sie nicht ernst. »Tatsächlich?«

»Wir beide sind an der Seite von großen Stars aufgewachsen. Du mit Jerry und ich mit Jordan. Deswegen glaube ich, daß ein besonderes Band zwischen uns besteht. Ich weiß auch nicht, wie ich das besser erklären soll.«

»Ich öffne mich anderen nur selten«, antwortete er etwas zu rasch.

Warum machte er es ihr so schwer, wenn sie doch nur versuchte, offen zu ihm zu sein? »Das war eigentlich mein Text. Die einzigen Menschen, denen ich mich wirklich öffnen konnte, waren meine Mutter und mein Bruder. Beide haben sich umgebracht. Erst seit kurzer Zeit gebe ich mir nicht mehr die Schuld an ihrem Tod.«

Jetzt drehte er sich zu ihr um: »Darüber sollten wir wirklich ausführlich reden, Jordanna, aber nicht jetzt. Vielleicht besser heute abend.«

»Das würde mir wirklich gut gefallen.«

Ihre Blicke fanden sich. Beide wußten, daß sie sich auf Kollisionskurs befanden, und weder er noch sie wollte auf die Bremse treten.

»Du willst also wirklich noch einmal zu ihm?« fragte Grant.

»Das hast du mich schon mehrmals gefragt, und die Antwort lautet immer noch ja.« Sie öffnete ihren Mantel und präsentierte sich in ihrer Aufmachung für Mr. Nanni. »Na, was sagst du dazu?«

Er betrachtete sie lange. Sie trug nur einen BH mit Viertelschalen, schwarze Strümpfe, einen Strapsgürtel, darüber einen schwarzen Slip und einen offenen Schwesternkittel.

»Ich hätte nie gedacht, daß du das ein zweites Mal durchziehst«, murmelte er schließlich säuerlich und drehte sich weg.

Cheryl wünschte sich nichts mehr, als seine Aufmerksamkeit zu bekommen: »Gegen das Geld hast du aber nichts einzuwenden, oder? Ich bekomme mehr als jedes unserer Mädchen. Und ihm muß meine Vorstellung gefallen haben, sonst hätte er nicht noch einmal nach mir verlangt.«

»Verdammt, red nicht so. Du hörst dich schon an wie eine Hure.«

»Willst du das denn nicht, Grant? Immerhin warst du es, der mich dazu überredet hat.«

»Ich dachte, das würde dir einen besonderen Kick verschaffen. Ganz gewiß wollte ich nicht, daß du das zu einer Gewohnheit werden läßt.«

Cheryl versuchte etwas Neues und zeigte sich ihm von ihrer verletzlichen Seite: »Wenn du nicht willst, daß ich zu ihm gehe, lasse ich es.« Sie wünschte sich inständig, daß er sie zurückhielte.

»Das ist nicht mein Bier.«

»Was soll das? Jetzt willst du auf einmal nichts mehr damit zu tun haben? Werd dir mal darüber klar, was du eigentlich willst!«

»Nerv mich nicht, Cheryl.«

»Dann fahr mich zum Hotel.«

»Nein, ich werde dich nicht in das verdammte Hotel fahren.«

»Gut, dann nehme ich eben meinen Wagen.«

»Ja, tu das.«

Wie sie ihn haßte, wie furchtbar sie ihn haßte. Wie konnte er nur zulassen, daß sie sich zu so etwas herabließ? Cheryl eilte aus dem Haus.

»Sie haben Ihren Drink ja gar nicht angerührt«, sagte die Stewardeß, als sie wieder neben Michaels Sitz auftauchte.

»Stimmt.«

Sie leckte sich mit einer kleinen Zungenspitze über die Lippen – pinkfarbener Lippenstift. »War zuviel Eis drin?«

»Nein, ich war wohl doch nicht so durstig, wie ich dachte.«

»Wir landen bald. Darf ich Ihnen das Glas abnehmen?«

»Gern.« Er hatte es geschafft. Während der letzten Dreiviertelstunde hatte er vor dem Glas gesessen und es nicht angerührt. Michael hatte einen großen Sieg errungen. Möglicherweise nur ein Augenblickstriumph, aber er durfte stolz auf sich sein.

Michael legte den Gurt an und schaute aus dem Fenster. Der Pilot hatte eben durchgegeben, daß es in New York schneie und bitterkalt sei.

Michael hatte sich einen Plan zurechtgelegt. Er würde gleich am Flughafen in ein Taxi steigen, auf direktem Weg zu Sal fahren, dem Mistkerl ein paar unangenehme Sachen sagen und dann Bella zum letzten Mal sehen.

Tiefe Traurigkeit beherrschte ihn, mit der er nicht umgehen konnte. Allmählich wurde ihm bewußt, daß er nicht der Vater war. Das Verlustgefühl drohte ihn zu zerreißen.

Er erinnerte sich an die Nacht, in der Bella zur Welt gekommen war. Um Mitternacht war er mit Rita zum Krankenhaus gerast, und sie hatte die ganze Fahrt über geschrien. Er wollte im Kreißsaal bei ihr sein, aber sie stieß ihn fort und bedachte ihn mit Ausdrücken, die man von einer werdenden Mutter nicht erwartete.

Später hielt er Bella in den Armen und konnte es nicht fassen, so ein zartes und perfektes kleines Wesen geschaffen zu haben. Eine einmalige Erfahrung, die er nie mehr vergessen würde.

Als Rita aus dem Krankenhaus gekommen war, war sie in tiefe Depressionen gesunken. Nach drei schlaflosen Nächten weigerte sie sich, dem Baby weiterhin die Brust zu geben. Michael hatte von da an dem Säugling die Flasche gegeben. Und wenn er nicht gerade Dienst hatte, übernahm er auch die Aufgabe, Bella in der Nacht zu füttern, weil Rita lieber weiterschlief. Das machte ihm auch nicht das mindeste aus, er freute sich sogar darauf, dem Baby das Fläschchen zu geben. Die Momente, die er allein mit dem Kind verbringen durfte, das er für seine Tochter hielt, waren ihm sehr wertvoll und teuer.

Aber nun bedeuteten ihm diese Augenblicke gar nichts mehr.

Gottverdammter Sal! Er war der letzte Abschaum. Eine Kreatur ohne Gewissen.

Michael wußte, daß er unter allen Umständen die Kontrolle über sich behalten mußte, und das würde nicht leicht werden. Ohne Quincy an seiner Seite fürchtete er, die Beherrschung zu verlieren. Aber verdammt noch mal, er würde es auch allein schaffen.

Auf dem Flughafen herrschte wie üblich großes Gedränge. Da Michael keine Koffer mitführte, konnte er rasch den Terminal verlassen und draußen ein Taxi besteigen.

»Wohin fahren wir, mein Freund?« fragte der Fahrer, ein Araber mit Akzent.

Sollte er nicht doch zuerst bei seiner Mutter vorbeischauen und sie zur Mitfahrt zwingen? Nein, damit konnte er nichts gewinnen. Er nannte dem Mann Sals Adresse.

Der Mann beobachtete, wie Cheryl aus dem Haus kam. Er hätte sie jetzt gleich überwältigen und entführen können – aber das Timing erschien ihm nicht richtig. Im Leben kam alles auf das Timing an. Das hatte er als Schauspieler gelernt.

Steven Seagal war auf diesem Gebiet ein Meister, der seine Karriere zielstrebig Film um Film aufgebaut hatte, von denen jeder erfolgreicher als die vorangegangenen gewesen war.

Cheryl fuhr eine gewundene Hügelstraße hinab. Der Mann fädelte sich hinter ihr in den Verkehr ein. Er hatte es nicht eilig. Die ganze Nacht stand ihm zur Verfügung. Der Moment würde schon rechtzeitig kommen, in dem er sie in seine Gewalt bekäme.

Sie bog auf den Sunset Boulevard ein und erreichte schließlich das Hotel St. James. Dort ließ sie den Wagen stehen und gab einem Parkjungen die Schlüssel.

Der Mann hielt auf der gegenüberliegenden Straßenseite. Er würde warten, das fiel ihm nicht schwer.

Während er in seinem Wagen hockte, fielen ihm seine Mutter und ihr neuer Mann ein. Als er im Gefängnis gewesen war, hatte sie wieder geheiratet. Der Mann konnte es nicht fassen. Nicht daß er jemals viel von seinem Vater gehalten hatte, aber der Kerl, den sie jetzt genommen hatte, war es nicht wert, ihr auch nur die Schuhe zu putzen. Ein brutaler Grobian, der es schlimmer trieb als sein Vater und fünfzehn Jahre jünger als seine Mutter war.

Sein ganzes Leben lang hatte die Mutter ihm nichts als Schwierigkeiten bereitet und ihn für alle anderen Frauen gründlich verdorben. Sie war die Oberschlampe von allen.

Der Mann liebte sie.

Der Mann haßte sie.

Manchmal wußte er nicht, welches von beiden Gefühlen stärker war.

Aber das spielte auch keine Rolle mehr. Sobald er hier in Kalifornien alles geregelt hatte, würde er auch ihren weißen Hals zudrücken, und nachdem kein Leben mehr in ihr war, würde er feiern.

Der Mann war davon überzeugt, daß dies sein Recht war und daß er mit seinen Taten der Gerechtigkeit zum Sieg verhalf.

Sie hatte ihm das Leben geschenkt.

Er würde ihr dafür den Tod geben.

Kapitel 42

Jordanna verbrachte einen aufregenden Nachmittag in der Garderobe, wo sie zusammen mit dem Kostümschneider Sienas Kleidung zusammenstellte. Als sie später zum Sanderson-Haus zurückkehrte, fand sie dort Marjory in finsterer Stimmung vor. »Was ist denn los?«

»Michael Scorsini«, beschwerte sie sich. »Ich habe ihm Geld geliehen, und jetzt ist er auf und davon.«

»Was meinst du damit?«

»Wir waren für heute abend zum Essen verabredet. Du hast ihn nicht zufällig gesehen, oder?«

»Nein.«

»Dann geht's dir so wie mir.«

»Er wird schon wieder auftauchen. Warum hast du ihm überhaupt Geld geliehen?«

»Weil er es gebraucht hat.«

Jordanna sagte sich, je eher sie hier raus war, desto besser. Marjorys Launen waren nicht mehr zu ertragen.

Sie fragte sich, ob Bobby sie heute abend zum Bleiben

überreden würde. Für alle Fälle packte sie ihre Zahnbürste in die Handtasche, nahm sie aber gleich wieder heraus. Nein, das war viel zu offensichtlich. Vielleicht wollte er ja gar nichts von ihr. Womöglich war sie ihm als Frau schnuppe.

Blöder Mist! Warum ging sie ihn nicht auf die Art an, wie sie ihre Cowboys immer herumgekriegt hatte?

Nein, bei Bobby würde das nicht funktionieren. Er war ganz anders als die Midnight-Cowboys und etwas ganz Besonderes.

Auf der Fahrt zu ihm mußte sie an Cheryl denken. Ihre Freundin hatte nicht gut ausgesehen. Offenbar kokste sie und nahm Gott weiß was sonst noch zu sich. Grant schien wirklich keinen guten Einfluß auf sie auszuüben.

Bobby öffnete ihr die Tür. Er trug Jeans und ein kariertes Hemd und sah großartig aus.

Jordanna schaute sich im Haus um. »Super, sieht alles frischgeputzt aus.«

»Genau wie du.«

»Wie bitte?«

»Von Barbaras Farbe ist nichts mehr zu sehen.«

»Im ersten Moment hatte ich wirklich vor, diese Irre zu verklagen. Aber dann habe ich mir gesagt, warum ihr die Publicity verschaffen. Ihr schlechtes Karma wird sie schon früh genug zugrunde richten.«

»Unsere Miß Levitt ist ja so gescheit«, lachte er und nahm sie an der Hand. »Komm mit, ich bin gerade dabei, das Essen zuzubereiten.«

»Hältst du mich wirklich für gescheit?« Sie ließ sich widerstandslos von ihm in die Küche führen.

»Ganz ehrlich? – Ja.«

»Da hättest du mich aber mal in meiner wilden Zeit erleben müssen.«

»Wann hat die denn aufgehört?«

»Vor ein paar Wochen.«

»Als du mit Charlie zusammen warst?«

»Ich war nie richtig mit Charlie zusammen.«

»Aber du hast mit ihm geschlafen.«

»Mit jemandem zu schlafen, hört sich das nicht nett und kuschlig an?«

Er sah sie mit seinen unglaublich blauen Augen an: »Hattet ihr was miteinander?«

»Was meinst du denn damit?« fragte sie betont unschuldig, obwohl sie es natürlich genau wußte.

»Ob du mit ihm geschlafen hast?«

»Ich glaube, ja. Das muß so um die gleiche Zeit gewesen sein, als du mit Barbara ins Bett gestiegen bist.«

»Nur zweimal. Eine flüchtige Affäre in des Wortes wahrster Bedeutung.«

Sie nahm ihre Lederjacke ab. Darunter trug sie ein weißes T-Shirt und ausgewaschene Jeans. Ganz normale lässige Kleidung, bei der man nicht gleich voreilige Schlüsse ziehen konnte. »War sie denn gut im Bett?«

Bobby holte Tomaten, Salat und eine Salatgurke aus dem Kühlschrank und legte alles zum Schneiden auf die Anrichte. »Wie war Charlie denn?«

»Was soll das werden?« lachte Jordanna. »Ein Wettbewerb, wer am weitesten pinkeln kann?«

Er schnitt den Strunkrest vom Kopfsalat. »Wenn du das gerne möchtest.«

»Nein, bestimmt nicht.« Sie schob sich ein Stück Tomate in den Mund. »Kann ich helfen?«

»Nein. Soweit ich sehe, habe ich hier alles unter Kontrolle. Warum gehst du nicht in mein Arbeitszimmer und nimmst dir das Drehbuch vor?«

Warum nehme ich mir nicht dich vor, wäre es fast aus ihr herausgeplatzt. Dieser Mann machte sie unglaublich an, aber aus irgendeinem Grund konnte sie sich nicht dazu bringen, den ersten Schritt zu machen. Ha! So etwas war ihr ja wirklich noch nie passiert.

»Ich wußte gar nicht, daß du auch kochst«, sagte sie, um seine Aufmerksamkeit nicht zu verlieren.

»Es gibt Hamburger aus Tofu und Salat«, erklärte er mit einem schiefen Grinsen. »Ist zwar nicht gerade Nouvelle cuisine, schmeckt dafür aber.«

Jordanna begab sich in sein Arbeitszimmer und sah sich

alles an. Natürlich war sie nicht neugierig, aber es interessierte sie sehr, so viel wie möglich über ihn in Erfahrung zu bringen.

Die zerrissenen Fotos lagen mitten auf dem Schreibtisch. Sie fand zwei zusammengehörige Teile, auf denen Jerry mit Bobby als kleinem Jungen zu sehen waren. Was für ein süßes Kind er mit seinem langen blonden Haar und den großen blauen Augen gewesen war. Jordanna fand in der Schreibtischschublade eine Rolle Tesafilm, klebte es wieder zusammen und schob es dann aus einem Impuls heraus in ihr Portemonnaie. Das Bild war eben beim Aufräumen weggekommen. Er brauchte es ja nie zu erfahren.

»Dinner!« rief Rush aus der Küche. »Wir essen draußen auf dem Patio.«

Sie saßen an einem Tisch neben dem kleinen Pool mit dem schwarzen Grund. »Hm, lecker«, log sie, während sie auf dem merkwürdig schmeckenden Hamburger herumkaute und sich sehnlichst ein saftiges Steak wünschte.

»Hast du dir das Script angesehen?«

»Brauchte ich gar nicht. Ich kenne es auswendig.«

»Ehrlich?« Das schien ihn wirklich zu verblüffen.

»Als ich mit den Vorsprechern gelesen habe, hat sich mir das meiste eingeprägt.«

»Und als Barbara dann die Rolle bekommen hat, warst du sicher enttäuscht.«

»Sagen wir eher, am Boden zerstört.«

»So schlimm?«

»Schlimmer.«

»Mit der Rolle trittst du ins Rampenlicht. Glaubst du, du wirst mit all der Publicity fertig?«

»Warum sollte ich nicht?«

»Weil es einige Umstellungen mit sich bringt, berühmt zu sein.«

»Welche denn, zum Beispiel?«

»Zum Beispiel, wie die Menschen einen sehen und behandeln. Sie haben gewisse Erwartungen an einen Star, und wehe, man erfüllt nicht jede einzelne davon.«

»Lebst du denn nach ihren Erwartungen?«

»Ich versuche es wenigstens.«

Das möchte ich sehen, wollte Jordanna sagen, schob sich aber lieber ein großes Stock Tofu in den Mund.

»Der Ruhm hat mir enorm bei meinem Selbstwertgefühl geholfen. Bevor ich es geschafft hatte, war ich für alle immer nur Jerry Rushs Sohn. Glaub mir, nichts kann ein Ego mehr beeinträchtigen.«

»Da erzählst du mir nichts Neues«, seufzte sie. »In der Schule ging es nie um Noten oder so, sondern immer nur darum, wessen Vater den tollsten Film gemacht hatte und wessen Mutter auf dem Titel von *People* abgebildet war.«

Er nickte. »Ich weiß genau, was du meinst. Einmal, ich war gerade auf der High School, hatte Jerry so etwas wie einen Flop hingelegt. Sein erster Film, der die Kinokassen nicht zum Klingeln gebracht hat. Mann, war er sauer! Ich mußte einen anderen Jungen verprügeln, dessen Vater ein großer Star in der ersten Baseball-Liga war – und das bloß, weil der Bengel jetzt der King in der Schule war, während man mich nach Jerrys Fiasko kaum noch beachtete.«

»Aber es muß doch auch gute Zeiten gegeben haben«, wandte Jordanna ein.

»Ja... die Partys. Statt normaler Geburtstagsfeiern traten bei mir Elefanten und Tiger auf. Der ganze verdammte Zoo von Los Angeles tummelte sich auf unserem Rasen.«

»War damals sicher gerade angesagt. An meinem sechzehnten Geburtstag hat Jordan die gesamte Kapelle der UCLA angeheuert. Und jeden Freitag durfte ich alle meine Freunde zu einer Privatvorführung einladen. Da gab es dann Filme zu sehen, die noch nicht im Kino angelaufen waren. Na, das kannst du wohl kaum überbieten!«

»Ach, sind wir jetzt wieder beim Wettpinkeln?«

»Aber heute bist du doch glücklich, oder?«

Er betrachtete ihr Gesicht. »Was ist Glück, Jordanna?«

»Keine Ahnung«, zuckte sie die Achseln. »Ich weiß nur, daß ich mich in den vergangenen Wochen besser gefühlt habe als in meinem ganzen bisherigen Leben.« Verdammt!

Warum war ihr das jetzt über die Lippen gekommen. Seine Gefühle zu zeigen, war absolut uncool.

»Das freut mich zu hören.«

Wieder trafen sich ihre Blicke, und diesmal drehte keiner von ihnen den Kopf weg. Eine unwiderstehliche Macht schien sie zueinander hinzuziehen. Jordanna legte Messer und Gabel ab, weil sie in diesem Moment keinen Bissen hinunterbekommen hätte.

»Du hast ja kaum die Hälfte gegessen«, bemerkte Bobby. »Schmeckt meine Küche dir nicht?«

»Ich stehe nicht so auf Tofu«, murmelte sie.

Er beugte sich vor und legte seine Hände auf die ihren. »Ich möchte keinen Fehler machen, Jordanna.«

»Was meinst du damit?« fragte sie, abermals betont unschuldig, obwohl sie genau spürte, was er damit sagen wollte.

»Du wirst der Star in meinem Film, wir beide arbeiten zusammen und zwar täglich. Ich habe mit Barbara einen schlimmen Fehler begangen ... Laß uns einfach Freunde sein, ja?«

Das war so ziemlich das Letzte, was sie wollte, aber sie nickte, als wäre sein Vorschlag eine wirklich gute Idee.

»Und wenn Charlie, mein Lieblingsvorbild, eines Tages den Set besuchen sollte, habe ich auch keinen Grund, eifersüchtig zu sein.«

»Was soll dieser Charlie-Mist? Warum kommst du immer wieder auf ihn zu sprechen? Willst du unbedingt erfahren, wie er im Bett ist? Ist es das, worauf du hinauswillst?«

»Nein.«

»Doch.«

»Unsinn.«

»Er ist ein ganz passabler Liebhaber, wenn auch ein wenig eigennützig.«

»Er könnte dein Großvater sein.«

»Nein, höchstens mein Vater.«

»Er sieht aber älter aus.«

»He, eben noch war er dein Vorbild, und jetzt stellst du ihn als Tattergreis hin.«

Bobby erhob sich und ging ins Haus. »Eiscreme gefällig?« rief er über die Schulter.

»Ist das alles, was du mir bieten kannst?« Sie räumte das Geschirr zusammen und folgte ihm.

»Willst du mich anmachen?« Er war stehengeblieben und sah sie an.

Das Herz schlug ihr bis zum Hals, und sie war unglaublich nervös. »Ja«, antwortete sie kühn.

»Sind wir nicht gerade zu dem Schluß gekommen, daß das vielleicht nicht so gut wäre?«

Sie schob das lange schwarze Haar zurück. »Du hast den Vorschlag gemacht. Ich habe nie zugestimmt.«

»Weißt du, Jordanna, ich halte ihn immer noch für richtig.« Er öffnete den Kühlschrank und suchte nach dem Eis.

»Weißt du, Bobby, ich halte ihn für falsch.«

»Guten Abend, Mr. Nanni.«

»Wie geht es dir, Bambi?« Er glaubte, es sei an der Zeit, ihr seinen richtigen Namen zu sagen. »Warum nennst du mich nicht Luca?«

»Ich bleibe lieber etwas formell.«

»So, so.«

»Heute abend hätte ich mein Honorar gern vorab.«

Luca strich sich über das zurückgekämmte Haar. »Du traust mir also nicht?«

»Doch. Ich hätte nur gern das Geld in meiner Tasche, bevor ich Ihnen vorführe, was ich mir für Sie habe einfallen lassen.«

»Wie soll ich dann aber wissen, was für ein fürstliches Trinkgeld ich dir geben soll?«

»Dazu kann ich nichts sagen, das hängt ganz von Ihnen ab.«

Carlotti nickte. Sie sollte ihr Geld haben. Er verschwand im Schlafzimmer und kehrte mit einem dicken Umschlag zurück, den er ihr in die Tasche schob. »Du kannst deinen Mantel jetzt ablegen.«

»Erst muß es mir noch ein bißchen wärmer werden.«

Er grinste. »Was möchtest du denn heute trinken?«

»Pernod.«

»Habe ich nicht.«

»Dann lassen Sie vom Zimmerservice welchen bringen«, befahl sie streng. »Und während ich warte, nehme ich etwas Kaviar zu mir.«

»Du stellst heute ganz schöne Ansprüche.«

»Das macht Ihnen doch sicher nichts aus, oder?«

»Überhaupt nicht. Ich muß übrigens etwas mit dir bereden.«

»Was denn?«

»Zieh endlich den verdammten Mantel aus.«

»Wenn Sie unbedingt wollen, dann können Sie ihn mir doch abnehmen.«

Luca trat zu ihr, zog den Gürtel auf und schob den Mantel über ihre Schultern zurück, bis er zu Boden fiel. Als er sah, was sie ihm zu bieten hatte, fielen ihm fast die Augen aus dem Kopf. »Gott, du bist mir ja 'ne heiße Braut!«

»Ich habe mich extra für Sie so fein gemacht.« Cheryl spürte wieder die Macht, die sie über alles zu haben schien, und darunter wurden ihre Knie weich.

»Lauf ein bißchen für mich durchs Zimmer, Süße.« Er ließ sich auf der Couch nieder. »Zeig mir alles, was du hast.«

»Ja, Mr. Nanni«, entgegnete sie, »alles, was Sie wünschen.«

Kennedy sah auf ihre Uhr und stellte überrascht fest, daß schon zwanzig Uhr vorbei war. Sie hatte auf einen Anruf von Michael gewartet, um das Dinner heute abend festzumachen. Aber er hatte sich nicht gemeldet, und sie war ziemlich enttäuscht.

Während der letzten Stunden hatte sie fleißig an ihrem Schreibcomputer gearbeitet und den Mordartikel für *Style Wars* zusammengestellt. Kennedy benötigte aber noch eine Menge Informationen über Zane Ricca. Was sie und ihre Zuträger bislang über seine Herkunft zusammengetragen hatten, war doch recht dürftig. Sie hatte Bekannte in New York gebeten, für sie zu recherchieren.

Kennedy überlegte, ob sie Michael anrufen sollte, um herauszufinden, was eigentlich los war. Soweit sie wußte, war die heutige Verabredung ziemlich definitiv gewesen.

Er hat dich versetzt, teilte ihr eine innere Stimme mit.

Hat er nicht.

Oh doch.

Kennedy wehrte sich dagegen, in ein solches Stimmungsloch zu fallen. Schließlich war sie kein Teenager mehr, der nervös der ersten Verabredung entgegenfieberte. Kurz entschlossen nahm sie den Hörer ab und wählte seine Nummer. Natürlich erwischte sie nur seinen Anrufbeantworter. »Äh, hier spricht Kennedy Chase. Es ist jetzt viertel nach acht, und ich habe noch nichts von Ihnen gehört ... Ich gehe mal davon aus, daß das Essen heute abend ausfällt.«

Hätte sie sonst noch etwas sagen können? Nein. Nun war er an der Reihe, und wenn sie nichts mehr von ihm hörte ... na und? Kennedy war froh, für die Verabredung nicht allzuviel Aufwand betrieben zu haben. Allerdings hatte sie, bevor sie sich an den Computer setzte, die Haare gewaschen und ein Duftbad genommen.

Das Telefon klingelte, und sie stürzte zum Hörer.

»Hier ist Nix.«

»Wer?«

»Kein gutes Gedächtnis, was?«

»Äh, ach so, du, Nix.« Ja, jetzt erinnerte sie sich. Groß, sehr begabt und vierundzwanzig. Etwas zu jung für sie, aber nicht ohne Reiz.

»Ich bin heute abend in der Stadt, und da dachte ich, wenn du gerade nichts vorhast ...«

»Tut mir leid, ich habe keine Zeit«, unterbrach sie ihn gleich.

»Ich hätte ja früher angerufen, aber L. A. hat sich ganz kurzfristig ergeben.«

»Tatsächlich«, entgegnete sie desinteressiert, weil ihr gerade eingefallen war, daß er sie nach der leidenschaftlichen Nacht vor ein paar Monaten nicht mehr angerufen hatte. Bislang hatte ihr das eigentlich nichts ausgemacht, aber wenn sie jetzt darüber nachdachte, ärgerte es sie immer mehr, daß er zu glauben schien, er brauche sich nur irgendwann zu melden, und schon würde sie springen. Sie beendete das Gespräch rasch.

Männer!

Wer brauchte die schon? Die meisten von ihnen waren zu blöd, um gleichzeitig Kaugummi kauen und telefonieren zu können. Das hatte ihr Vater einmal gesagt, als sie noch ein Teenager gewesen war und ein Junge mit ihr Schluß gemacht hatte.

Plötzlich wurde ihr klar, daß ihr ein ganzer Abend zur Verfügung stand, mit dem sie nichts anzufangen wußte.

Verdammter Michael Scorsini. Er weckte Gefühle in ihr, die sie längst begraben geglaubt hatte.

Nach einer Weile sagte sie sich, daß es keinen Sinn hatte, hier herumzusitzen und über ihn zu grübeln. Kurz entschlossen rief sie Charlie Dollar an.

Er schien sich zu freuen, von ihr zu hören.

»Vielen Dank für den gestrigen Abend. Ich habe mich sehr wohl gefühlt.«

»Sie hätten noch mit in den Club kommen sollen. War schwer was los.«

»Darf ich mich revanchieren und Sie heute abend zum Essen einladen?«

Er grinste, weil sie ihm anscheinend nichts vormachen konnte. »Okay, Grünauge, was ist passiert? Wer hat Sie versetzt?«

»Niemand.«

»Das können Sie Ihrer Oma erzählen.«

»Möchten Sie nun eingeladen werden oder nicht?«

»Gut, wenn Sie schon bezahlen wollen, können Sie mich auch gleich abholen. Sagen wir – um neun?«

»Einverstanden.«

»Und lassen Sie Ihren Weltschmerz zu Hause.«

»Ich habe nicht die geringste Ahnung, wovon Sie reden.«

Charlie kicherte wieder. »Aber klar. Versuchen Sie nie, jemandem etwas vorzuspielen, der mit allen Wassern gewaschen ist. Ich habe mehr von den Höhen und Tiefen des Lebens mitbekommen, als Sie vielleicht ahnen.«

Vielleicht war Charlie Dollar jetzt genau das, was sie brauchte.

»Ich habe etwas nachgedacht«, sagte Luca.

Ich auch, wollte Cheryl entgegnen, und zwar darüber, ob das wirklich eine so gute Idee ist, wieder hierher zu kommen.

Das Machtgefühl hatte nur bis nach dem Sex angehalten. Und mit Luca war das nicht etwas, an das man sein Leben lang zurückdachte. Er verlangte nicht mehr, als daß sie vor ihm auf und ab paradierte, und wenn er scharf genug geworden war, mußte sie ihm einen blasen. Zweimal war endgültig genug. Noch mal würde sie nicht herkommen.

Sie ärgerte sich über Grant. Warum hatte er sie dazu gezwungen? Warum interessierte er sich kein bißchen für sie? Höchste Zeit, aufzuwachen und sich klar zu machen, wie selbstsüchtig und selbstzerstörerisch er war.

»Hörst du mir überhaupt zu?« fragte Carlotti ungehalten.

»Ja.«

»Okay, Kleines, dann paß auf: Ich buche dich fest.«

»Wie bitte?«

»Mir gehört hier in der Gegend ein hübsches, großes Haus, und dort ziehst du ein. Den Callgirl-Beruf hängst du an den Nagel, Bambi, und bist nur noch für mich da. Es soll dir an nichts fehlen.«

»Das ist doch wohl nicht Ihr Ernst!«

»Aber sicher. Du wohnst in meinem Haus und kannst es nach deinen eigenen Vorstellungen einrichten. Ich besorg' dir sogar einen Innenarchitekten und was du sonst noch willst. Du bekommst von mir regelmäßig einen Scheck und gehörst dafür mir. Na, was hältst du davon?«

»Ich stehe nicht auf sowas. Und ich lasse mich auch nicht kaufen.«

»Das habe ich doch gerade getan, oder?«

»Sie können mich für ein oder zwei Stunden buchen, aber nicht ein Leben lang.«

»Willst du denn etwa immer Prostituierte bleiben? Das ist doch nichts für ein Mädchen wie dich.«

»Ich habe noch nie in Erwägung gezogen, jemandes … man sagt wohl, Geliebte, zu sein.«

»Hast du einen festen Freund?«

»Nein.«

»Eigentlich hätte ich erwartet, daß du jetzt vor Freude auf und ab springst und dein Höschen ganz feucht wird.«

Sein Angebot war so bizarr, daß sie fast laut gelacht hätte. Aber sie unterließ das lieber, weil sie ihn nicht böse machen wollte.

Ha! Was würde Grant sagen, wenn sie ihm davon erzählte? Sie hätte nie erwartet, einen solchen Treffer landen zu können.

»Ich lasse es mir durch den Kopf gehen, Mr. Nanni, und gebe Ihnen dann Bescheid.« Sie packte ihre Sachen zusammen und war fest entschlossen, sich nicht ein weiteres Mal als Callgirl zu versuchen.

Cheryl versprach ihm, ihn morgen früh anzurufen, und verließ das Hotel. Als wenn sie auch nur eine Sekunde darüber nachdenken würde!

Kaum war sie aus dem Zimmer, befahl Carlotti schon Bosco, sich an ihre Fersen zu heften.

»Ich bin gerade sehr beschäftigt«, beschwerte sich der Mann.

»Vergiß es. Du und Reno, ihr bewegt euch sofort nach unten und folgt ihr mit der Limousine.«

Luca wollte alles über Bambi herausfinden. Ob ihr das schon bewußt war oder nicht, sie würde sein werden, und da wollte er lieber keine unangenehmen Überraschungen erleben.

Kapitel 43

Michael hatte ganz vergessen, welcher Alptraum einen erwartete, wenn man sich in ein New Yorker Taxi setzte. Er vergaß über der Fahrt alle seine Sorgen und bangte nur noch um sein Leben.

»Oh Gott, können Sie denn nicht etwas langsamer fahren!« rief er.

»Wenn Sie meine Rechnungen bezahlen, Mann, bremse ich auf zwei Meilen in der Stunde ab.«

Blöder Idiot, dachte Michael.

Kurz vor achtzehn Uhr kam das Taxi mit quietschenden Reifen vor Sals Haus zum Stehen. Der goldfarbene Cadillac, von dem Michael so viel gehört hatte, stand am Bürgersteig.

Er dachte an seinen Bruder. Dieser Kriminelle. Dieses Schwein, das ihm seine Tochter gestohlen hatte. Dieser verlogene Drecksack.

Höchste Zeit, mit ihm abzurechnen und ihn windelweich zu prügeln. »Wollen Sie warten?« fragte er den Fahrer. »Ich muß hier nur was erledigen und will dann wieder zurück zum Flughafen.«

»Ausgeschlossen.«

»Sie kriegen auch was extra.«

»Ich habe jetzt Feierabend.«

»Wäre aber eine Hilfe für Ihre Rechnungen.«

»Nerven Sie nicht, Mann, ich habe doch schon gesagt, daß es nicht geht.«

Kaum war Michael ausgestiegen, brauste das Taxi auch schon davon. Er blieb einen Moment vor dem Haus stehen. Würde Bella sich an ihn erinnern? Oder hatte man ihr bereits beigebracht, daß er nicht ihr Vater war?

Er klingelte. Nach ein paar Momenten öffnete Pandi. Sie trug einen gelbgrünen Jumpsuit, gefütterte weiße Stiefeletten und Straß-Ohrringe. Das gefärbte blonde Haar hatte sie sich hochgebunden, und mit ihrem dick aufgetragenen Make-up sah sie aus wie eine Barbie-Puppe, die in die Jahre gekommen war.

»Mikey!« rief sie und erbleichte unter der dicken Schminkschicht.

»Ja, ich bin's.«

»Oh Gott, Michael. Weiß Sal, daß du kommen wolltest?«

»Nein. Aber ich wette, er freut sich, mich zu sehen.«

Pandi geriet in Panik. »Wir, äh, haben nicht mit dir gerechnet.«

»Das glaube ich gern, aber innerhalb einer Familie sind Überraschungen doch etwas Nettes, oder?«

»Weiß ... weiß deine Mom, daß du in der Stadt bist?«

»Nein, ich dachte, ich überrasche euch alle. Ich wollte mir euer neues Haus und euren neuen Wagen ansehen. Und, Mensch, ich habe gehört, du hast jetzt eine Tochter.«

»Wer hat dir das erzählt?« Sie hielt die Tür fest, um ihn nicht hereinzulassen.

»Ach, ist doch egal. Soviel ich weiß, habt ihr jetzt ein kleines Mädchen. Wie seid ihr daran gekommen, etwa durch Adoption?«

Pandi mochte zwar nicht die Hellste sein, aber sie spürte, daß Michael etwas im Schilde führte. »Darüber solltest du wohl besser mit Sal reden.«

»Wo steckt er denn?«

»Sal ist unterwegs. Komm doch ein anderes Mal wieder.« Er wußte, daß sie log.

»Zu dumm, ich bin nur ein paar Stunden in der Stadt. Ich würde ihn wirklich gern jetzt sehen.«

»Ich habe dir doch gerade gesagt, daß er nicht da ist.« Damit versuchte sie, die Tür zuzuschlagen.

Michael schob rasch seinen Fuß dazwischen. »Schluß mit dem Scheiß, Pandi. Ich will ihn sprechen, und ich werde ihn sprechen.«

»Du hast kein Recht, hier einzudringen!«

»Das glaubst du ja wohl selbst nicht.«

»Sal!« schrie sie nach hinten.

Michael schob sie beiseite und verschaffte sich Einlaß.

Pandi wich vor ihm zurück. »Ich habe mit allem nichts zu tun. Das ist vor meiner Zeit passiert. Mach mir deswegen keine Vorwürfe.«

»Weswegen soll ich dir keine Vorwürfe machen?«

»Sprich mit deinem Bruder darüber.«

Sal polterte die Treppe herunter und schob sich das Hemd in die ausgebeulte Hose. »Was willst du denn hier?« grunzte er und kratzte sich am Schritt.

»Ich wollte meinen Bruder sehen. Du hast doch wohl nichts dagegen, oder?«

Sal sah Pandi an, und sie schüttelte den Kopf, um ihm anzuzeigen, daß sie nichts verraten habe.

»Weiß Ma, daß du hier bist?«

»Was sorgt ihr euch alle so um unsere Mutter?«

»Weil sie die erste ist, die du besuchen solltest.«

»Warum denn das?«

»Weil sie deine Mutter ist, verdammt noch mal. Sie liebt dich doch.«

»Klar, ungefähr so intensiv wie du, du dreckiges Arschloch.«

»He, das geht jetzt aber zu ...«

»Was hast du denn geglaubt, wie lange es dauern würde, bis ich dahinterkäme?«

»Pöbel mich nicht an«, schnauzte Sal, als habe er nichts zu verbergen.

»Komm mir nicht so.«

Sal wandte sich an seine Frau: »Wo ist das Kind?«

»Bei einer Freundin«, antwortete sie und nagte heftig an ihrer Unterlippe.

»Sorg dafür, daß sie da bleibt.«

»Mach dir nicht ins Hemd, Sal, ich bin nicht gekommen, um sie mitzunehmen.«

»Weswegen denn dann?«

»Vielleicht um dir die Fresse einzuschlagen.«

Sal starrte ihn mit funkelnden Augen an. Er hatte ziemlich Fett angesetzt. »Das möchte ich sehen.«

»Ich dulde keine Schlägereien in meinem Haus«, mischte sich Pandi ein.

»Warum hast du das getan, Sal?« fragte Michael und schüttelte den Kopf. »Warum hast du mir all das angetan?«

»Du denkst wohl keine Sekunde an die arme Rita, was? Das arme Ding ist erschossen worden, und du hast nichts als deine eigenen Wehwehchen im Kopf.«

»Rita spielt keine Rolle mehr. Die Sache geht nur noch dich und mich etwas an. Du hast mir mein Kind weggenommen.«

»Es war nie dein Kind.«

»Doch, in gewisser Weise schon. Und du hättest den Mut haben sollen, mir Bescheid zu geben, statt sie wie ein Dieb in der Nacht zu stehlen.«

»Mach, daß du raus kommst, Scheißkopf!«

»Erst, wenn ich Bella gesehen habe.«

»Sie heißt nicht mehr so«, wandte Pandi ein. »Das Mädchen hat jetzt einen neuen Namen und ein neues Leben. Laß du deine Finger von ihr. Sie ist glücklich bei uns.«

»Halt die Klappe!« knurrte Sal sie an.

»Wie kannst du so etwas zu mir sagen?«

»Ich sage dir, was ich will!«

»Und ich bin nicht gekommen, um Zeuge eures trauten Ehelebens zu werden.« Michael mußte immer noch an sich halten, die Beherrschung nicht zu verlieren, und war erstaunt, wie gut ihm das bislang gelungen war. »Ich möchte Bella nur noch einmal sehen, dann verschwinde ich für immer.«

»Was bildest du dir eigentlich ein? Kommst hierher und stellst Forderungen!«

»Du kannst von Glück sagen, wenn ich dir nicht jeden einzelnen Knochen im Leib breche.«

»Ach so? Du hast doch gar nicht den Mumm, jemanden zu verprügeln. Der hat dir immer schon gefehlt.«

»Er darf sie nicht sehen!« schrie Pandi hysterisch. »Das regt sie nur unnötig auf.«

Sal drehte sich zu ihr um. »Wie oft muß ich es dir denn noch sagen? Halt endlich deine blöde Klappe!«

»Wie redest du denn mit mir? Ich bin keiner von deinen Kumpels, sondern deine Frau, also behandle mich mit etwas mehr Respekt.«

Michael bekümmerte es, daß Bella in einer solchen Atmosphäre aufwachsen mußte. Aber was hätte er schon tun können.

Pandi brach in Tränen aus und floh in die Küche.

»Warum hast du mir das angetan, Sal?«

Sein Bruder zuckte nur die Achseln, so als wisse er wirklich nicht, was er denn Schlimmes verbrochen haben sollte. »Rita war schwanger und hat mich genervt, sie zu heiraten. Damals hatte ich auf solchen Scheiß keinen Bock. Aber du warst ja noch da, immer der doofe Einfaltsspinsel, wenn es um Pussys ging. Also habe ich mir gedacht, laß Michael sie heiraten, dann bleibt das Kind wenigstens in der Familie. Nachdem Rita dir dann abgehauen und nach L. A. gezogen war, bekam sie irgendwie Hummeln im Hintern. Sie wollte Filmstar werden, sie hat ja auch das Aussehen dafür gehabt, und da war ihr das Kind im Weg. Also haben wir dir einen großen Gefallen erwiesen.«

»Diese Scheiße glaubst du ja wohl selbst nicht, oder?«

»Nein, Mikey, du bist Scheiße. Du warst immer Alkoholiker und ein lausiger Cop, und daran wird sich auch nie etwas ändern.«

»Ja, ich war Alkoholiker, aber ich stehe dazu. Und wenn ich morgens aufwache, habe ich ein reines Gewissen. Wie steht es da mit dir?«

»Ich habe alles, was ich immer wollte«, prahlte Sal.

»Tatsächlich? Kindern Drogen zu verkaufen, hast du dir das immer gewünscht? Oder ein paar Nutten auf den Strich zu schicken?«

»Mach, daß du aus meinem Haus kommst!«

»Ich habe dir doch schon gesagt, daß ich zuerst Bella sehen will.«

»Muß ich dich erst rausschmeißen?«

»Kannst es ja mal versuchen.«

Die beiden nahmen eine drohende Haltung ein. Als Kinder hatten sie sich oft geprügelt. Und Sal als der Größere hatte fast immer gewonnen.

Sal holte aus, um ihm einen Kinnhaken zu verpassen. Michael wich aus, packte den Arm und drehte ihn seinem

Bruder auf den Rücken. Im selben Moment rammte er ihm das Knie in die Eier.

»Scheiße!« stöhnte Sal.

Pandi kam aus der Küche gelaufen. »Ich habe gerade deine Eltern angerufen. Mutter kommt mit Eddie her.«

»Du blöde Fotze!« fuhr Sal sie an und ließ sich schwer auf den Stufen nieder. »Was müssen die denn da noch ihre Nase reinstecken?« Er wandte sich an Michael. »Ich könnte dich umbringen lassen, Mikey, dich ein für alle Mal plattmachen.«

»Meinst du, ich hätte Angst vor dir und deinen schießwütigen Kumpanen? Paß lieber auf, daß ich dich nicht verhaften lasse.«

»Weswegen denn? Weil ich mein eigenes Kind zurückgeholt habe?«

»Wollt ihr zwei jetzt endlich aufhören!« kreischte Pandi.

Michael sah sie mit bohrendem Blick an. »Weißt du eigentlich, was ich in den letzten Monaten durchgemacht habe, als ich nicht wußte, ob Bella überhaupt noch lebt? Was bist du nur für eine kaltherzige Schlange?«

»Läßt du es zu, daß er so mit mir redet?« schrie sie Sal an.

»Halt doch endlich die Fresse.«

Einige Minuten später kam Eddie. Virginia folgte ihm auf dem Fuß. Seine Mutter sah alt und verbraucht aus. Sie tat ihm sofort leid, aber er versuchte, dieses Gefühl zu unterdrücken. Er und seine Ma hatten sich nichts mehr zu sagen.

»Was machst du hier, Mikey? Warum hast du nicht angerufen?«

Er sah seine Familie der Reihe nach an. Was bedeuteten ihm diese Menschen noch? »Ihr habt es die ganze Zeit gewußt«, antwortete er seiner Mutter. »Warum habt ihr mir kein Wort davon gesagt?«

Eddie zuckte die Achseln. »Warum unnötig für Ärger sorgen?«

»Ich gehöre nicht mehr zu euch«, erklärte Michael und war erstaunt, wie ruhig ihm das über die Lippen kam. »Sobald ich mich von Bella verabschiedet habe, kehre ich nach Kalifornien zurück, und ihr werdet nie wieder etwas von mir hören.«

»Sei doch nicht so, Mikey«, jammerte seine Mutter. »Ich habe doch nur getan, was Sal mir gesagt hat. Und er hat mir versichert, so sei es für alle Seiten am besten.«

»Tja, kommt mir irgendwie bekannt vor. Zuerst kam immer Sal, dann lange nichts und endlich ich. Aber ich bin jetzt erwachsen, Ma, und ich gebe mich nicht mehr mit dem zweiten Platz zufrieden.«

»Ich habe euch beide immer gleich lieb gehabt.«

Michael nutzte die Gelegenheit, ihr noch ein paar andere Dinge klarzumachen. »Erinnerst du dich daran, wie du einfach zugesehen hast, wenn Eddie mich als Kind versohlte? Du hast ihn nie aufgehalten. Warum, Ma?«

»Ich konnte doch nichts dafür.«

»Doch, weil du nicht einmal den Versuch unternommen hast.«

Virginias Finger legten sich auf seinen Arm. »Ich bin deine Mutter, Mikey, und ich war immer für dich da.«

Er schüttelte traurig den Kopf. »Nein. Du warst nie für mich da und wirst es auch nie sein. Das ist mir endlich bewußt geworden.«

Der Mann sah, wie Cheryl aus dem Hotel kam und stehenblieb, um auf ihren Wagen zu warten.

Verdammtes, verwöhntes reiches Luder!

Sie hatte dabei mitgeholfen, ihn ins Gefängnis zu bringen, wo er mit Verbrechern, Perversen und anderen Kranken zusammenhocken mußte. Diese Schlampe hatte das Schicksal verdient, das sie nun erwartete.

Er zwang sich dazu, nicht an die Jahre hinter Gittern zu denken. Manchmal trieb das eine oder andere an die Oberfläche seines Bewußtseins, und dann mußte er an die tagtäglichen Demütigungen, die Schläge und die brutalen Vergewaltigungen zurückdenken.

Eines Tages würde er in der Lage sein, all diese hassenswerten Erinnerungen aus seinem Kopf zu verbannen.

An dem Tag, an dem er all die Frauen, die dafür verantwortlich waren, ihrer gerechten Strafe zugeführt hatte. Wenn er seine Hände um ihre Kehlen gelegt hatte.

Cheryl bekam ihren silberfarbenen BMW ausgehändigt und fuhr los.

Der Mann folgte ihr in einigem Abstand. Er wußte, daß sie nicht weit kommen würde, weil ihr dann das Benzin ausgegangen war. Es war ihm nicht schwergefallen, den Tank zu leeren. Die Parkjungen waren nicht sehr aufmerksam gewesen.

Er fragte sich, ob sie wohl einen Blick auf die Anzeige werfen und merken würde, daß sie bereits auf Reserve fuhr. Nein, wahrscheinlich nicht. Frauen kümmerten sich nicht um so etwas. Wenn aber doch, würde sie eine Tankstelle ansteuern, und dann würde sein anderer Plan zur Geltung kommen.

Sie fuhr den Sunset hinab, bog auf die Alpine ab und erreichte die Lexington. Dort blieb ihr Wagen nach zwei Blocks stehen.

Der Mann hielt hinter ihr an, während sie verbissen versuchte, den Motor wieder zu starten. Er setzte sich die getönte Sonnenbrille auf, damit sie ihn nicht gleich wiedererkannte. Außerdem würde ihm das Dunkel der Nacht zugute kommen.

Er stieg aus und klopfte an ihr Seitenfenster. »Probleme, Miß?«

Sie drehte sich kaum zu ihm um. »Mein Benzin scheint alle zu sein.«

»Ich habe einen leeren Reservekanister im Kofferraum. Wenn Sie möchten, fahre ich Sie zur nächsten Tankstelle und dann wieder hierher.«

»Das wäre wirklich nett von Ihnen, aber ich möchte Ihnen keine Umstände machen. Ich werde einfach dort anrufen.« Sie nahm ihr Handy vom Beifahrersitz. Das Gerät war nicht funktionsbereit – auch dafür hatte der Mann gesorgt.

»Sie können gern das Telefon in meinem Wagen benutzen«, bot er ihr an.

Cheryl wollte nur nach Hause. Der leere Tank war ein echtes Ärgernis und paßte ihr überhaupt nicht. »Danke«, sagte sie, stieg aus und dachte in diesem Moment nicht an die Warnungen der Polizei, sich nächtens mit keinem Fremden einzulassen.

Der Mann öffnete ihr die Beifahrertür, und sie stieg ein.

»Wo haben Sie denn das Telefon?« fragte Cheryl.

»Es ist ein Handy, und ich verstecke es meistens. Man will ja keine Verbrecher anlocken, nicht wahr?« Er lief um den Wagen herum und nahm hinter dem Steuer Platz. Dann setzte er das Spezialverriegelungssystem in Gang.

Nun war sie sein. Triumph rauschte in ihm empor.

»Das Telefon«, erinnerte sie ihn.

Der Mann sah sie ganz ruhig an. »Ich halte eine Waffe auf Sie gerichtet. Schreien Sie nicht. Tun Sie am besten überhaupt nichts. Wir unternehmen nun eine kleine Fahrt, die Sie nie mehr vergessen werden, das verspreche ich Ihnen.«

Kapitel 44

Lange nachdem Cheryl das Haus verlassen hatte, rief die Polizei an.

»Ich möchte gern Miß Landers sprechen.«

»Vielleicht kann ich Ihnen ja weiterhelfen«, erbot sich Grant, der den Mann für einen Freier hielt.

»Wer sind Sie?«

»Ihr Mitarbeiter. Und Sie?«

»Detective Carlyle.«

Grant braucht ein paar Sekunden, um das zu verdauen. Wenn ein Detective hier anrief, konnte das nur Ärger bedeuten. Das letzte, was er jetzt brauchen konnte, war ein Skandal wie der von Heidi Fleiss, der berühmten Leiterin eines Callgirl-Rings in Hollywood, die aufgeflogen war.

»Sie ist zur Zeit nicht da. Kann ich etwas ausrichten?«

»Wir haben ein paar Fragen an Miß Landers. Es geht um einen Fall, den wir gerade bearbeiten. Sind Sie ein Verwandter?«

»Nein, nur ein Freund.«

»Und wie heißen Sie?«

»Shep«, log er, weil er es für klüger hielt, seinen Namen nicht zu nennen.

»Gibt es eine Möglichkeit, Miß Landers jetzt irgendwo zu erreichen?«

»Nein.«

»Wann wird sie denn zurück sein?«

»Um zehn, oder um elf, so genau weiß ich das auch nicht.«

»Gut, Shep. Wenn sie wieder da ist, möchte sie mich unbedingt anrufen. Es ist wirklich dringend.«

Grant fragte sich, was die Polizei von Cheryl wollte. Wenn man vorhatte, sie festzunehmen, wollte er nicht mit ihr zusammen erwischt werden.

Er mußte ganz sicher gehen. Grant sprang auf und leerte sein Drogenversteck. Am besten nahm er alles mit und fuhr dann so rasch wie möglich in sein eigenes Apartment.

Rasch schrieb er ihr eine Notiz und legte sie auf den Küchentisch.

Ruf mich sofort an, wenn du wieder da bist.

G.

Oh Gott! Er stellte sich das Gesicht seines Vaters vor, wenn herauskam, daß man ihn wegen Zuhälterei verhaftet hatte. Die Presse würde sich wie die Geier auf diese Geschichte stürzen:

SOHN VON BEKANNTEM FILMSTAR BEI
DROGENRAZZIA IN BEL AIR VERHAFTET

Warum war er nicht Agent geblieben – weil die Arbeit mit den Mädchen viel mehr Spaß machte.

Er sah sich noch einmal gründlich um, lief dann zu seinem Wagen und fuhr so schnell wie möglich zu seiner Wohnung.

Charlie Dollar öffnete die Tür und bat Kennedy mit theatralischer Geste herein. »Wie wär's mit einem Drink? Oder lieber einen Joint?«

»Ich habe im Orso's einen Tisch bestellt. Da können wir draußen auf der Terrasse sitzen.«

»Dann habe ich also vorhin richtig gehört, und Sie übernehmen die Rechnung?«

»Ja.«

»Dinner an zwei Abenden hintereinander. Man könnte fast meinen, daß Sie etwas ganz Besonderes mit mir vorhaben.«

»Nicht unbedingt«, entgegnete sie lächelnd. »Vergessen Sie nicht, daß ich mich nicht von Ihnen ausführen lasse.«

»Dann muß ich wohl später *Sie* erhören«, grinste er.

»Ach, Charlie«, seufzte Kennedy. »Es dreht sich doch nicht immer alles nur um Sex. Außerdem dachte ich, wir wollten eine platonische Freundschaft pflegen.«

»Danach steht Ihnen doch gar nicht der Sinn. Jemand hat Sie heute abend versetzt, und jetzt sind Sie zu mir gekommen, um es ihm heimzuzahlen. Das macht mir nichts, ich stehe Ihnen dennoch zur Verfügung.«

»Ihnen kann man wirklich nichts vormachen.«

»Wer war er?«

»Einer, der vielleicht in Frage gekommen wäre.«

»Wofür?«

»Wenn er den Erwartungen entsprochen hätte, wäre er unter Umständen Bestandteil meines Lebens geworden. Aber er hat ihnen ja nicht entsprochen.«

»Sollen wir nicht langsam du zueinander sagen?«

»Einverstanden.«

»Du und ich würden sehr gut zueinander passen. Denn du bist eine sehr kluge und empfindsame Frau, und das ist genau die Sorte, mit der ich mein Leben teilen möchte.«

»Du hast doch schon so etwas wie eine verständnisvolle Frau. Ihr beiden habt sogar ein Kind miteinander, falls du das schon vergessen haben solltest.«

»Ich fahre eben auf diese, wie soll ich sagen, Stammesbräuche ab, wo der Mann vier Frauen hat, alle wunderbar miteinander auskommen und es nie Zoff gibt. So sollte es für alle Menschen sein.«

»Du bist wirklich ein Kavalier alter Schule, was?«

»Mensch, jetzt hast du mein tiefstes Geheimnis entdeckt!«

»Können wir jetzt los, Charlie?«

Er nahm ihren Arm und geleitete sie nach draußen. »Grünauge, hast du den Artikel über mich schon fertig?«

»Ja.«

»Wird er mir gefallen?«

»Interessierst du dich überhaupt dafür?«

»Nicht sehr.«

»Ich habe dich als recht attraktiven, unberechenbaren Exzentriker hingestellt. Gefällt dir das?«

»Hast du auch erwähnt, wie schlank ich bin?«

»Nein.«

»Miststück.«

Kennedy mußte schmunzeln. Ein Mann und sein Ego, das wäre die perfekte Überschrift gewesen.

Er wollte zu seinem Rolls, aber sie zog ihn zu ihrem Wagen. »Das ist meine Verabredung, und deswegen fahre ich.«

»Bist du dir sicher, daß du nicht lieber hierbleiben und dich von meinem Filmstar-Charme verwöhnen lassen willst?«

»Ich hatte mir den Abend eigentlich etwas anders vorgestellt.«

»Dann sollte ich dich wohl warnen, weil ich einen kapriziösen Geschmack habe: Ich treibe es niemals auf dem Rücksitz, und ich esse alles auf, was in Sichtweite kommt.«

»Du weißt, wie man Frauen rumkriegt, was?«

»Danke, du hübsche Journalistin. So liebe Worte lösen bei mir immer die große Verführungsnummer aus.«

»Rechne mal nicht zu fest damit.«

Die Küsse, die sie austauschten, waren heiß und lang, schnell und aufregend. Soviel Spaß hatte ihr das Küssen schon lange nicht mehr gemacht.

Bobby dachte nicht länger darüber nach, auf was er sich hier einließ. Die Gelegenheit schien gekommen zu sein, auf die er sein Leben lang gewartet hatte.

Jordanna begriff, daß das, was sie für Bobby empfand, sich fundamental von dem unterschied, was andere Männer in ihr ausgelöst hatten. Er war ihr wirklich wichtig, auch wenn sie keine logische Erklärung dafür fand.

Die Verbindung zwischen ihnen schien zu mächtig zu sein, als daß einer von ihnen sie hätte brechen können.

Sie betasteten und küßten sich auf der Couch wie Teenager, und Jordanna wollte gar nicht mehr damit aufhören, seine Lippen zu spüren.

Als dann immer eindeutiger wurde, wo dieses Schmusen enden sollte, mußte sie ihre ganze Kraft aufbieten, um ihn von sich zu stoßen.

Bobby war schon so in Fahrt geraten, daß ihre Reaktion ihn zutiefst verwirrte. »Was ist denn los? Ich dachte, genau das hättest du gewollt.«

»Tu ich ja auch«, keuchte sie. »Aber erst sollten wir uns unterhalten.«

»Oh Gott, Jordanna, worüber denn?«

»Über Safer Sex.«

Er mußte lachen. »Du willst mit mir über Safer Sex diskutieren?«

»Na ja, hört sich sicher komisch an, aber wir beide haben vor kurzem mit Hochrisiko-Partnern geschlafen, und ...«

»Du hörst dich an wie das Gesundheitsamt.«

»Ich versuche nur, mich verantwortungsvoll zu benehmen.«

»Weißt du«, grinste er, »es ist nicht leicht, über Verantwortung zu reden, wenn man so einen Mordsständer hat.«

»Führ mich nicht in Versuchung. Die Sache ist mir nämlich ernst. Was ist überhaupt sicherer Sex?«

»Vollkommene Enthaltsamkeit.«

»Meinst du damit, daß nur Latex unsere Körper berühren darf?«

»Na ja, ein Kondom reicht eigentlich schon.«

»Hast du denn welche?«

»Nein, du?«

»Die liegen noch bei Marjory.«

»Großartig. Dann kann ich jetzt zum nächsten Drugstore laufen.«

»Irgendwie ein Stimmungstöter, was?«

»Jordanna, glaub mir, du hast die Stimmung bereits zunichte gemacht.«

»Jetzt hältst du mich bestimmt für blöd.«

»Nein, du hast nur weise gedacht.« Er erhob sich und breitete die Arme aus. »Komm zu mir.«

Sie fiel ihm in die Arme, als gehöre sie nur dorthin.

Er hielt sie fest. »Weißt du was, vielleicht haben wir beide das gefunden, wonach wir immer gesucht haben.«

»Ja, eine wirklich großartige Beziehung, nur du, ich und eine Packung Kondome.«

Beide brachen in Lachen aus.

»Ich fahre dich jetzt nach Hause.«

»Nein!« Alles in ihr wehrte sich dagegen.

»Doch. Ich muß morgen früh um sechs Uhr am Set sein. Mein erster Drehtag mit Jerry. Da will ich fit sein.«

»Bobby ...«

»Hör mal, morgen abend fangen wir beide früh an und hören erst ganz spät wieder auf. Und bis dahin habe ich genug Kondome beisammen, daß sie mir aus den Ohren wachsen.«

»Da trägt man sie aber eigentlich nicht.«

Er nahm sie an der Hand und führte sie zur Tür. »Wenn wir es beginnen, fangen wir auch richtig an.«

»Ja, genau das denke ich auch.«

»Fein.«

»Fein.«

Sie standen in der Tür und fingen wieder an, sich zu küssen. Ihre Körper preßten sich aneinander, und die Hitze wuchs.

»Hat dir schon einmal jemand gesagt, daß du ungeheuer sexy bist«, keuchte sie etwas später und fragte sich verwundert, was um alles in der Welt sie vorhin dazu gebracht hatte, ihn zu stoppen.

»Nein, noch nie«, lächelte er.

»Na komm. Mindestens von jeder Frau in Amerika hast du das schon einmal gehört. Du kriegst doch sicher eine Milliarde Fanbriefe in der Woche.«

»Sie sehen in mir nur eine Illusion.«
»Und was sehe ich?«
»Den wahren Bobby.«
»Ich freue mich schon auf den ganzen wahren Bobby. Auf jeden Zentimeter von ihm.«
»Soll das heißen, du willst mit einem Maßband bewaffnet ins Bett kommen?«
»Traust du mir so etwas zu?«
»Ja.«
»Würde es sich denn lohnen?«
»Nein.«
Sie küßten sich wieder.
»Komm, du Wildfang, ich fahre dich jetzt nach Hause.«
»Brauchst du nicht. Mein Wagen steht vor der Tür.«
»Ich lasse dich nicht gern allein fahren.«
»Hey, Bobby, ich bin schon ein großes Mädchen und durchaus in der Lage, allein von A nach B zu finden.«
»Das glaube ich dir.«
»Ich ruf dich an, sobald das Mausoleum mich wiederhat.«
»Kommst du morgen mittag zum Set?«
»Klar!«
»Ich warte auf dich.« Er zog sie wieder an sich. »Hör mal, Jordanna … ich bin nicht besonders gut darin, etwas Bedeutsames zu sagen …«
»Ich auch nicht«, entgegnete sie beschwingt.
»Aber ich habe irgendwie den Verdacht, daß du recht haben könntest: Wir sind füreinander bestimmt … Ich freue mich schon auf morgen abend.«
»Ich mich auch.«
»Aber nicht so sehr wie ich.«
»Noch viel mehr, wetten?«
Voller Hochgefühl fuhr sie zurück. Die Liebe war in ihr Leben getreten und hatte sie vollkommen überrumpelt. Und das Verblüffendste daran war, daß Liebe und Sex überhaupt nicht gleichzusetzen waren. Der Sex zwischen ihnen würde sicher irgendwann anstehen, und sie wußte, daß es unvergleichlich werden würde.

Sie schob eine Kassette ein und sang mit, als Salt 'N' Pepa mit ihren sexy Stimmen »Whatta Man« von sich gaben. Jordanna trat aufs Gas.

Der morgige Tag konnte ihr gar nicht schnell genug kommen.

Der Mann hatte keine Ahnung, wann Jordanna zum Sanderson-Anwesen zurückkehren würde. Er hatte bereits überprüft, daß sie nicht dort war, und so blieb ihm nichts anderes zu tun übrig, als zu warten.

Wenn er Jordanna richtig in Erinnerung hatte, würde es mit ihr nicht so einfach werden wie mit Cheryl. Sie war viel ungebärdiger und wilder als die anderen gewesen. Aber er wußte, daß er auch mit ihr fertigwerden würde. Immerhin hatte er das nicht zu unterschätzende Überraschungsmoment auf seiner Seite.

Cheryl in seine Gewalt zu bekommen, war wirklich simpel gewesen. Sobald ihr klar geworden war, daß sie nicht mehr aus seinem Wagen herauskam, hatte sie ganz still dagesessen.

Dann war ihr die Idee gekommen, daß er sie kidnappen wolle. »Bitte tun Sie mir nichts, mein Vater wird jede Summe bezahlen.«

»Dein Vater ist mir wirklich egal. Mir geht es nur darum, dich für das zu bestrafen, was du mir angetan hast.«

»Kennen wir uns? Ich habe Sie noch nie zuvor gesehen.«

»Schickst du jeden Tag Leute ins Gefängnis und vergißt sie dann gleich?«

Sie schwieg für einen Moment.

»Zane?«

»Kluges Mädchen.«

»Allmächtiger …«

Jetzt, als sie wußte, in wessen Händen sie sich befand, versuchte sie verzweifelt zu fliehen. Aber sie konnte natürlich die Wagentür nicht öffnen.

Der Mann fuhr mit ihr zu dem abgelegenen Haus in den Hügeln über dem Laurel Canyon, wo niemand etwas von dem mitbekam, was er trieb.

Er stieß sie ins Haus und warf sie auf die Couch. Der Mann hatte vor der Abfahrt eine Tasse Tee vorbereitet, in der sich etliche Schlaftabletten aufgelöst hatten. »Trink das«, befahl er rauh.

»Ich rühre nichts an.«

»Trink, sonst kannst du was erleben.«

Cheryl sah ihn erschrocken an und gehorchte zögernd.

Der Mann wartete, bis seine Gefangene in einen tiefen Schlaf gefallen war. Dann trug er sie in den Keller und legte sie auf eine Decke. Ihr Mantel ging dabei auf und zeigte ihm, wie nuttig sie darunter angezogen war.

Er starrte auf ihre Brüste, die so gut wie frei lagen. Seine Hand strich über die Innenseite ihrer Schenkel, und er wurde erregt. Aber jetzt durfte er seiner Lust nicht nachgeben. Dazu war später immer noch Zeit. Der Mann legte ihr die Handschellen an, die er in einem Sex-Shop gekauft hatte, und führte die Kette um ein freistehendes Rohr, das an der Wand hinauflief. Danach fesselte er ihre Füße mit einem kräftigen Strick.

Er überlegte, ob er sie auch knebeln solle, aber das schien ihm nicht notwendig zu sein. Hier draußen würde niemand ihre Schreie hören. Und nach dem starken Schlafmittel würde sie frühestens am Morgen wieder aufwachen.

Zum Schluß schloß er den Mantel, um ihre Blöße zu bedecken, und verließ den dunklen und feuchten Keller.

Jetzt wartete er auf Jordanna und verspürte ein starkes Hochgefühl. In all den Jahren im Gefängnis hatte er sich überlegt, was er tun würde, wenn er wieder in Freiheit wäre. Und nun hatte er in wenigen Monaten bereits vier Frauen bestraft.

Vier Verräterinnen.

Vier Nutten.

Wenn die beiden letzten auch noch tot waren, würde er nach New York zurückkehren und alle beseitigen, die jemals versucht hatten, ihn zu ruinieren.

Die Vorstellung, seine Mutter zu erwürgen, erfüllte ihn mit solch brennender Intensität, daß er sie kaum ertragen konnte. Seine Mutter war eben auch nur eine Frau, und alle wußten doch, wie verlogen, betrügerisch, treulos und hinterhältig Frauen waren.

Er erinnerte sich wieder an die ersten Wochen, die sie ohne seinen Vater hatten auskommen müssen, weil der ins Gefängnis geworfen worden war. Der Mann war damals gerade sechzehn und in ein siebzehnjähriges Mädchen aus seiner Schule verliebt – nur wollte sie nichts mit ihm zu tun haben.

Eines Tages kam er aus der Schule und begab sich gleich auf sein Zimmer, um die Hausaufgaben zu machen. Gegen zwanzig Uhr hatte seine Mutter in einem durchsichtigen pinkfarbenen Negligé in der Tür gestanden. Sie mußte sich am Türpfosten festhalten, weil sie wieder getrunken hatte, und ihr Gesicht war gerötet. »Ich brauche deine Hilfe, Scheißerchen«, sagte sie mit ihrer Kleinkindstimme, die sie bei bestimmten Gelegenheiten einsetzte.

»Ich muß noch für die Schule arbeiten, Mom.«

»Komm zu mir, Scheißerlein, deine Mommy braucht dich.«

Widerwillig folgte er ihr ins Schlafzimmer, einen bedrückenden Raum voller spitzenbesetzter Kissen, Filmzeitschriften, Plüschtiere und diverser Einkaufstüten voller Kleider, die sie stets nur einmal trug und dann mit irgendeiner Beschwerde zurückbrachte.

Seine Mutter schwankte zum Bett und ließ sich drauf fallen. »Komm zu mir, Scheißerchen«, lockte sie ihn. »Setz dich her, und sprich mit deiner Mommy.«

Er konnte es nicht ertragen, wenn sie ihn ›Scheißerchen‹ oder ähnliches nannte, und er haßte sie, wenn er ihr zur Verfügung stehen mußte.

Sie breitete ihre dünnen Arme aus. »Mommy hat einen ganz furchtbaren Tag hinter sich und ist gar nicht glücklich.«

»Was ist denn passiert?« fragte er und fühlte sich gegen seinen Willen zu ihr hingezogen.

»Ich habe einen Brief von deinem Vater erhalten. Er schreibt ganz gemeine Sachen über mich. Richtig widerliche Sachen.«

»Na ja …«, sagte er und machte sich daran, sie zu trösten.

Doch bevor er noch etwas tun konnte, schlang sie schon die Arme um seinen Hals, zog ihn auf sich herab und küßte ihn auf den Mund.

Der Mann roch Alkohol, Zigarettenrauch und etwas klebrig Süßes. Ihre Zunge suchte und tastete in seinem Mund … Plötzlich kroch ihre Hand zwischen seine Beine, und zu seiner ewigen

Schande bekam er tatsächlich eine Erektion. Und als sie dann seinen Reißverschluß öffnete …

Er riß sich mit einem Ruck aus der furchtbaren Erinnerung und stellte fest, daß er in Schweiß gebadet war.

Was seine Mutter in jener warmen New Yorker Nacht mit ihm angestellt hatte, war nicht recht, gehörte sich nicht. Dennoch war er nicht aus dem Zimmer geflohen, sondern hatte zugelassen, daß sie alle möglichen Dinge mit ihm trieb.

Der Mann bemerkte Autoscheinwerfer, die den Hügel heraufkrochen. Er rollte mit seinem Wagen auf den Eingang zum Sanderson-Grundstück zu, hielt sich aber in sicherer Entfernung von dem Wächterhäuschen.

Ja, das war Jordanna. Ihr weißer Porsche war unverkennbar.

Noch eine verwöhnte reiche Göre, die er sich greifen würde.

Es war ihm nicht leicht gefallen, ihren momentanen Wohnsitz festzustellen. Aber dann war es ihm doch gelungen, und hier brauste sie in seine Falle.

Der Mann startete den Motor. Als Jordanna nahe genug heran war, trat er aufs Gas, schoß aus dem Schatten und rammte den Porsche seitlich.

Nicht mehr lange, dann befand sich die kleine Levitt bei Cheryl, und er würde der allmächtige König sein.

Kapitel 45

Mac saß in seinem Arbeitszimmer und verfolgte am Fernsehschirm, wie Rosa Alvarez sich lang und breit über die Sondereinsatztruppe ausließ, die von der Polizei aufgestellt worden war, um den L. A.-Würger zur Strecke zu bringen. Wenn man ihr so zuhörte, konnte man leicht den Eindruck gewinnen, als sei ihr Sender im allgemeinen und sie selbst im besonderen für diese Maßnahme verantwortlich.

Brooks wartete ungeduldig darauf, daß endlich der Name Zane Marion Ricca fallen würde. Aber Rosa nannte ihn nicht, und das verwunderte ihn. Schließlich rief er

Quincy an. »Was ist denn los? Ich dachte, heute würde der Mistkerl der Öffentlichkeit bekanntgegeben?«

»Wahrscheinlich erfolgt das erst morgen«, antwortete der Privatdetektiv. »Die Polizei hat eine Fahndung nach ihm eingeleitet, aber manchmal bitten sie die Presse, den Namen der Betreffenden noch nicht preiszugeben.«

»Oh Gott! Und was ist mit den Mädchen? Hat man sie wenigstens gewarnt?«

»Das glaube ich schon.«

»Also sind sie sicher?«

»Ich habe heute nachmittag mit Detective Carlyle gesprochen, und er versicherte mir, daß alles in die Wege geleitet sei.«

»Okay.« Mac fühlte sich nicht wohl in seiner Haut. Erst wenn Zane gefaßt war, würde er wieder ruhig schlafen können. Die bloße Vorstellung, daß der Schurke ein Blutsverwandter von ihm war, bereitete ihm Übelkeit.

Brooks fragte sich, ob er sich an Luca wenden sollte. Möglicherweise wußte sein Vater mehr darüber, ob man Zane schon auf den Fersen war. Vielleicht hatte Carlotti sich längst selbst um ihn gekümmert.

Mac hielt sich für einen aufgeschlossenen, liberalen Mann, aber in diesen Zeiten mußte er feststellen, daß er von ganzem Herzen hoffte, Luca würde Zane beseitigen.

Großer Gott! dachte er, ich bin wirklich Carlottis Sohn.

Eine erschreckende Vorstellung.

»Wir folgten also Bambi«, erklärte Bosco gerade, »und plötzlich fuhr sie rechts ran. Ein Wagen hielt direkt hinter ihr. Ich hatte den Eindruck, er war ihr auch gefolgt. Ein Mann steigt aus ...«

»Was für ein Mann?« wollte Carlotti gleich wissen.

»Keine Ahnung. Aber die beiden müssen sich gekannt haben, denn gleich darauf kam sie heraus und stieg in seinen Wagen. Und dann sind sie zusammen fortgefahren. Wir haben die ganze Szene von der anderen Straßenseite aus beobachtet.«

»Weiter.«

»Wir sind ihnen gefolgt. Der Mann hatte einen Affenzahn drauf, ist den Sunset hinuntergebrettert, dann zum Laurel Canyon abgebogen und die Hügel hinauf. Wir sind ihm so lange gefolgt, wie das möglich war, ohne Verdacht zu erregen. Sie haben schließlich vor einem verlassenen Haus gehalten.«

»War er ihr Freund?«

»Woher soll ich das wissen?« entgegnete Bosco.

»Haben die beiden denn den Eindruck gemacht, als würde zwischen ihnen was laufen?«

»Da bin ich überfragt.«

»Okay«, sagte Carlotti ungeduldig. »Habt ihr wenigstens die Adresse?«

»Nein.«

»Dann fahrt ihr morgen noch mal hin und besorgt sie euch.«

Als das Flugzeug in Los Angeles landete, hatte Michael das Gefühl, nach Hause gekommen zu sein. Seine Erleichterung war groß gewesen, als er endlich Sals Haus verlassen hatte.

Seine Familie hatte schließlich klein beigegeben und ihn Bella sehen lassen. Zu seinem großen Kummer hatte sie ihn kaum wiedererkannt. Dieses Mädchen war wirklich nicht sein Kind gewesen; Sal und seine Frau mußten ihm eine tüchtige Gehirnwäsche verpaßt haben.

Pandi führte sie schließlich ins Wohnzimmer. »Das ist dein Onkel Mikey.«

Und Bella sagte: »Guten Tag, Onkel Mikey.« Sie hielt einen Teddybär im Arm und sah ihn aus Augen an, die genauso blau wie die von Rita waren.

»Erinnerst du dich an mich, Liebes?« fragte er.

»Weiß nicht ...«, antwortete sie verlegen.

»Wir haben zusammen in New York gewohnt, als du noch ganz klein gewesen bist.«

»Weiß nicht.« Sie fing an, sich mit ihrem Plüschtier zu beschäftigen.

Er ging in die Hocke und nahm ihre Hand. »Ich will dir

etwas sagen, hör gut zu. Wenn du jemals Kummer hast oder etwas brauchst, kannst du immer zu mir kommen.«

»Okay, Onkel Mikey.« Sie blies eine Kaugummiblase.

Michael hatte das Gefühl zu sterben. Aber was konnte er tun? Das Sorgerecht beantragen? Er hätte nicht die geringste Chance gehabt.

Nachdem er sie ein letztes Mal umarmt hatte, ging er aus dem Haus und drehte sich nicht mehr um. Nun erwartete ihn ein ganz neues Leben, das er in Kalifornien aufbauen wollte.

Er rief Quincy vom Airport in New York an.

»Himmel noch mal, was ist denn geschehen?« fragte sein Freund und klang außer sich. »Wie ist es dir ergangen? Hast du Bella gefunden? Geht es ihr gut?«

»Weißt du was, Q, das ist eine sehr lange Geschichte, und die erzähle ich dir, wenn ich wieder zu Hause bin.«

»Bringst du die Kleine gleich mit? Amber könnte ein Bett für sie machen.«

»Nein, Bella bleibt hier, bei meiner Familie.«

»Warum hast du sie denn dort gelassen?«

»Wie gesagt, das ist eine lange Geschichte.«

Im Flugzeug fiel ihm ein, daß er die Verabredung mit Kennedy verpatzt hatte. Marjory wartete sicher auch schon dringend auf Nachricht von ihm. Sie würde bestimmt rasend vor Zorn sein, vor allem, weil sie ihm zehntausend Dollar gegeben und dann nichts mehr von ihm gehört hatte.

Er mußte ihr das Geld unbedingt so rasch wie möglich zurückzahlen.

Als erstes rief er vom Flugzeug aus Kennedy an und sprach ihr eine Nachricht aufs Band.

Dann war Marjory an der Reihe. Er bekam den Butler an den Hörer, der ihn darüber informierte, daß Miß Sanderson sich bereits zur Nacht zurückgezogen habe.

Er fühlte sich müde, schlummerte ein und träumte von Bella, Rita, Sal und seiner Mutter.

Michael war stolz auf sich, weil er sich beherrscht und seinem Bruder nicht das Gesicht eingeschlagen hatte. Für ihn bedeutete es einen enormen Fortschritt, seinen Hang zur Gewalt endlich in den Griff zu bekommen.

Die alte Zeit war endlich vorüber.

»Sie verdammter Idiot!« schrie Jordanna, stieg sofort aus dem Porsche und sprang vor Wut auf und ab. »Sehen Sie sich nur an, was Sie hier angerichtet haben! Mein Wagen ist Schrott! Ich glaube es einfach nicht. Stehen Sie unter Drogen oder was?«

Zornig begutachtete sie den Schaden.

Zane kam aus seinem Auto und lief gleich zu ihr, so als sei er von dem Vorfall zutiefst betroffen.

»Sind Sie besoffen?« fuhr Jordanna ihn an. »Ich rufe die Polizei.«

»Es tut ... tut mir leid«, gab er sich zerknirscht.

Sie bückte sich und ruckte an der verbogenen Zierleiste.

Zane trat rasch hinter sie.

»Gott, was für eine Scheiße – » begann sie und hob den abgebrochenen Seitenspiegel auf.

Er nahm sie von hinten in den Würgegriff und hielt ihr mit der freien Hand ein chloroformgetränktes Tuch vor Nase und Mund.

Jordanna trat mit unvermuteter Stärke um sich.

Bei der ging es nicht so leicht wie bei den anderen. Er mußte seine ganze Geschicklichkeit aufbieten, um das Tuch an seinem Platz zu belassen. Sie wehrte sich wie ein Tier, aber der Mann war viel stärker als sie. Bald ließen ihre Bewegungen nach, und sie sackte bewußtlos zusammen.

Der Mann zog sie zum Heck seines Wagens, öffnete den Kofferraum und hievte Jordanna einfach hinein.

Dann sah er sich um. Die Straße lag dunkel und verlassen da. Er holte die Taschenlampe aus dem Auto und besah sich die Vorderfront des Leihwagens. Der Schaden war gering, wohingegen der Porsche tatsächlich nur noch Schrottwert hatte. Gut so. Es hatte ihm gefallen, der Schlampe in ihre Angeberkarre zu krachen.

Der Mann fuhr zum Laurel Canyon zurück. Er hielt sich strikt an die Geschwindigkeitsbegrenzung und sah weder nach rechts noch nach links. An einer roten Ampel rollte ein Streifenwagen neben ihn. Der Mann starrte weiter stur geradeaus. Seiner wie üblich leeren Miene war nichts anzumerken.

Am Haus angekommen, öffnete er gleich den Kofferraum. Jordanna befand sich in einem Zustand zwischen Schlaf und Bewußtlosigkeit. Sie murmelte Unverständliches vor sich hin. Die blöde Kuh blieb nicht einmal lange genug ohnmächtig.

Er hob sie heraus, warf sie sich über die Schulter, schloß mit einer Hand den Keller auf und stieg mit ihr die Treppe hinab.

Sein Taschenlampenstrahl erfaßte Cheryl. Sie hing noch genauso an dem Rohr, wie er sie zurückgelassen hatte, und schlief.

Der Keller war nicht groß, vielleicht zweieinhalb Meter im Geviert, feucht und sehr dunkel.

Er ließ Jordanna einfach auf den Boden fallen und band sie dann ähnlich wie Cheryl mit Handschellen an das Rohr. Natürlich vergaß er auch nicht, ihr die Füße zu fesseln.

Als er den Sitz der Stricke überprüft hatte, nickte er zufrieden und ging nach oben.

Jordanna stöhnte. »Was … was ist denn los?« murmelte sie. »Wo steckt Bobby? Bobby …« Sie öffnete die Augen und stellte fest, daß sie nichts sehen konnte.

Im ersten Moment glaubte sie, in ein Krankenhaus eingeliefert worden zu sein. Jemand war in ihren Porsche gefahren, und offenbar hatte sie dabei Verletzungen davongetragen.

Sie versuchte, sich aufzurichten, und mußte erkennen, daß ihre Hände irgendwo angebunden waren.

Großer Gott! kam ihr die Erkenntnis, ich bin gekidnappt worden!

Panik stieg in ihr hoch. Ihr schlimmster Alptraum war Wirklichkeit geworden. Sie war ein reiches Hollywood-Kid, und ihr Vater würde kräftig für sie bezahlen dürfen.

Jordanna roch Chloroform. Sie nieste und schüttelte den Kopf, um den Gestank loszuwerden.

Dann hörte sie neben sich flaches Atmen und erkannte, daß sie nicht allein war. Doch in der Dunkelheit konnte sie niemanden ausmachen.

»Wer ist das?« rief sie. »Verdammt noch mal, geben Sie sich zu erkennen!«

Keine Antwort.

Sie schob sich an der Wand hoch und versuchte verzweifelt, in der Finsternis etwas zu erkennen. Dabei stellte sie fest, daß sie auch an den Füßen gebunden war. Aber wenigstens konnte sie die Beine bewegen.

Sie streckte sie aus und stieß gegen einen Körper.

»He! Wachen Sie auf, wer immer Sie sind!«

Doch der Betreffende regte sich nicht.

Schon als kleines Mädchen hatte sie sich in der Dunkelheit gefürchtet.

Reiß dich zusammen. Denk nach, sonst kommst du hier nie raus.

Also, was war geschehen. Jemand hatte sie auf der Straße gekidnappt und in dieses Loch geworfen – vermutlich ein Keller. Außerdem hatte er sie gefesselt. Kein Grund zur Panik. Sie würde schon freikommen und am Leben bleiben.

Mit diesem Gedanken im Kopf zog sie die Beine an, legte den Kopf auf die Knie und machte sich auf eine lange und kalte Nacht gefaßt.

Nach zwei Stunden wurde Kennedy klar, daß sie einen Fehler gemacht hatte. Charlie war charmant wie immer, aber sie entschied, daß sie endgültig genug von seiner Gesellschaft hatte. Bloß weil Michael sich nicht gemeldet hatte und sie darüber wütend gewesen war, hätte sie nicht gleich zum nächstbesten Mann laufen dürfen. Irgendwie fand sie hier keinen Trost, und was noch viel schlimmer war, Charlie glaubte ernsthaft, bei ihr Chancen zu haben.

»Weißt du was, Charlie, ich habe ganz furchtbare Kopfschmerzen. Macht es dir etwas aus, wenn wir auf den Kaffee verzichten und den Abend beenden?«

»Du bist die Fahrerin und führst mich aus«, erinnerte er sie.

Sie versuchte, die Situation mit einem Lächeln zu lösen. »Dann fahre ich dich als erstes nach Hause, und dann kannst du dich auch nicht beschweren.«

»Ich dachte, du wolltest noch mit ins Homebase kommen.«

»Geh du ruhig alleine, ich bin heute wirklich nicht in der Stimmung dafür. Weißt du, ich sitze immer noch an dieser Geschichte über den L. A.-Würger, und meine Rechercheure in New York haben bestimmt schon Neuigkeiten für mich. Wenn du an einem Film gearbeitet hast, ist es dir doch sicher ähnlich ergangen: Man geht ganz in seiner Arbeit auf.«

Charlie verzog das Gesicht. »Okay, die Botschaft ist angekommen. So was nennt man, einem Filmstar einen Korb geben. Ist mir wirklich noch nicht oft passiert.«

»Das glaube ich gern.« Sie hoffte, er würde keine Schwierigkeiten machen und sich erheben.

Aber er blieb sitzen. »Du willst mir also nicht sagen, wer der Knabe ist. Vielleicht kann ich dir ja einen Rat geben. Mein Erfahrungsschatz ist schon legendär.«

»Es geht nicht um einen Mann.«

»Schluß damit, Grünauge, laß es endlich heraus.«

Kennedy seufzte. »Okay, ich habe jemanden kennengelernt. Wir haben was zusammen getrunken und waren für heute abend zum Essen verabredet. Aber er hat nicht angerufen. Ende der Geschichte.«

»Was hat er denn, wovon ich nicht viel mehr besitze?«

»Weiß ich nicht. Und offen gesagt interessiert es mich auch nicht mehr. Der Kerl ist gestrichen.«

»Frauen!« stöhnte Charlie und verdrehte die Augen.

»Wie bitte?«

»Täubchen, sicher ist dir doch schon aufgegangen, daß wir Männer nie anrufen, wenn wir sagen, wir melden uns.«

Kennedy hatte keinen Nerv, sich jetzt Charlies Ausführungen über die Beziehungen zwischen Männern und Frauen anzuhören, aber er ließ sich nicht stoppen. »Bevor ich Filmstar geworden bin, gab es viele Frauen, denen ich es nicht wert war, mir die Uhrzeit zu sagen. Ist sicher schwer vorstellbar, entspricht aber der Wahrheit.«

»Und deswegen bist du dann Filmstar geworden, um es ihnen zu zeigen.«

»Nein, so weit hatte ich damals nicht gedacht. Doch es stimmt. Rockstars behaupten, sie seien Musiker geworden, weil sie die Musik lieben. Alles Blödsinn. In Wahrheit sind sie Rockmusiker geworden, um mit möglichst vielen Frauen zu schlafen. Das gleiche trifft auf Filmstars zu. Was glaubst du denn, warum jeder geile Jüngling auf der High School in die Theaterklasse geht? Natürlich, um jemanden fürs Bett zu bekommen.«

»Willst du damit andeuten, daß auch Sir Laurence Olivier nur aus diesem Grund Schauspieler geworden ist?« wandte sie ironisch ein.

»Nein ... Engländer sind ganz anders. Die haben so oft von ihren Kindermädchen und Internatslehrerinnen den Hintern versohlt bekommen, daß sie ihren Arsch nicht mehr von einem Loch im Boden unterscheiden können.«

»Wie gewählt du dich doch ausdrücken kannst, Charlie.«

»Ich sage nur, wie es ist.«

Der Kellner brachte die Rechnung, und sie gab ihm ihre Kreditkarte. Charlie schien kein Problem damit zu haben, daß sie bezahlte.

»So, nun haben wir also festgestellt, daß du nur Schauspieler geworden bist, um möglichst oft Sex zu haben.«

»Na ja«, grinste er. »Zuerst habe ich es mit anderen Sachen probiert.«

»Die dann aber nicht den gewünschten Erfolg gebracht haben?«

»Wenn man ein berühmter Star ist, kann man neunundneunzig Prozent der Frauen im Lande haben. Kaum eine sagt nein. Du gehörst zu den ganz wenigen Ausnahmen.«

»Soll ich mich jetzt geschmeichelt fühlen?«

»Nicht, daß du da was in die falsche Kehle bekommst.«

»Ich würde lieber deine Freundin als deine Gespielin sein.«

»Warum nicht beides?«

Kennedy erhob sich. »Vielen Dank für das Angebot, aber die Antwort bleibt nein.«

Sie fuhr ihn nach Hause, und er gab immer noch nicht

auf. Vor der Tür lud er sie zu einem Kaffee oder einem Joint ein. Kennedy lehnte beides ab.

»Okay, Grünauge, aber eines gar nicht zu fernen Tages bekomme ich dich doch.« Er drohte ihr mit dem Zeigefinger.

»Hoffentlich wird dir das Warten nicht zu lang, Charlie.«

»Keine Bange«, grinste er wölfisch.

Er blieb auf der Vortreppe stehen und sah ihr hinterher, wie sie davonfuhr.

Kennedy fragte sich, ob Dahlia ihm schon das Bett warm hielt.

Im Hause angekommen, rief Kennedy als allererstes Rosa an, um sich auf den neuesten Stand bringen zu lassen.

»Die Polizei wird Zanes Namen wahrscheinlich morgen bekanntgeben. Sie haben die Fingerabdrücke überprüft, und es bestehen keine Zweifel mehr an seiner Täterschaft.«

»Wissen sie denn auch, wo sie nach ihm suchen müssen?«

»Die Kripo läßt nichts heraus. Aber morgen wird sein Foto der Presse übergeben. Und dann dauert es nicht mehr lange, bis ihn einer erkennt. Mein Produzent will, daß du eine Live-Reportage machst. Du weißt schon, Leute auf der Straße ansprechen und ihnen das Bild zeigen. Wir werden vermutlich auch einen der Morde von Schauspielern nachstellen lassen. Solche Sendungen sind echte Einschaltraketen.«

»Nein, Rosa, ich mache kein Boulevard-Fernsehen.«

»Auch nicht, wenn wir den Mistkerl damit kriegen?«

»Das ist einfach unter meinem Niveau.«

»Okay«, gab Rosa gereizt zurück, »dann muß ich wohl ran.«

Kennedy ließ den Anrufbeantworter ablaufen und hörte erfreut Michaels Nachricht. Deswegen hatte sie also nichts von ihm gehört. Natürlich hätte er sich auch früher melden können, aber zumindest hatte er sie nicht versetzt.

Nun schaltete sie den Computer ein, um festzustellen,

was die Rechercheure ihr übermittelt hatten. Die Mitarbeiter hatten einiges über Zane ausgegraben:

ZANE MARION RICCA
geboren am 10. Januar 1958
in einem New Yorker Krankenhaus
Sein Vater – Bruno Ricca (sitzt zur Zeit eine einundzwanzigjährige Haftstrafe wegen bewaffneten Raubes ab)
Seine Mutter – Phyllis Ricca (Schwester von Luca Carlotti).

Na, das war ja wirklich höchst interessant.

Kennedy überflog den Rest – Schulen, Arbeit, Krankengeschichte und so weiter –, stieß dort aber auf keine Sensation mehr.

Luca Carlotti – einer der berüchtigtsten Mafia-Bosse in New York – war der Onkel von Zane.

Kein Wunder, daß der Junge die besten Anwälte bekommen hatte.

Kennedy spürte, daß sie an einer wirklich großen Geschichte dran war.

Kapitel 46

Hubert Potter war seit fast acht Jahren als Sicherheitswächter auf dem Grundstück der Sandersons beschäftigt. Er schob hier eine ruhige Kugel. Selten tat sich etwas, wenn man von den gelegentlichen Drohbriefen, einigen Touristen, die am Tor auftauchten und dumme Fragen stellten, und den zweimal im Jahr stattfindenden Dinner-Parties absah.

An fünf Tagen in der Woche hatte Hubert um sieben Uhr morgens Dienstschluß. Er fuhr jetzt in seinem alten Packard die gewundene Auffahrt hinunter und war auf dem Weg nach Hause.

Hubert verließ das Grundstück. Nach einigen hundert Metern versperrte ein demolierter Porsche die Fahrbahn. Er hielt seinen Wagen an, stieg aus und inspizierte das Auto.

Der Porsche sah ganz so aus wie der von Jordanna Levitt. Das war ihm schon ein rechtes Früchtchen. Sie kam und ging, wie es ihr beliebte, sie fuhr viel zu schnell, und sie mußte ihre Musik immer auf volle Lautstärke aufdrehen. Anscheinend hatte sie einen schweren Unfall gehabt. Er hatte immer gewußt, daß es mit ihr einmal schlimm enden würde.

Hubert fragte sich, warum er sie gestern nacht nicht gesehen hatte. Nun gut, hin und wieder wurden ihm im Dienst die Augen schwer, und dann nickte er kurz ein. Aber sie mußte doch zu Fuß gekommen sein, oder?

Er öffnete die Beifahrertür und entdeckte zu seiner großen Überraschung Jordannas Handtasche auf dem Sitz.

Merkwürdig, Frauen taten doch keinen Schritt ohne ihre Handtasche.

Hubert nahm sie an sich und suchte darin nach Papieren. Er fand den Führerschein. Ja, das war der von Miß Levitt.

Für einen Moment überlegte er, ob er die Tasche nicht zurückstellen und einfach nach Hause fahren sollte. Aber Hubert war ein pflichtbewußter Mann.

So nahm er die Handtasche mit und fuhr zu den Sandersons zurück.

Michael rollte sich um halb sieben aus dem Bett. Sein Flugzeug war gegen Mitternacht gelandet, und er war um halb zwei Uhr zu Hause gewesen.

Wie gut es doch tat, wieder in Los Angeles zu sein, besonders an einem der seltenen Morgen wie diesem, an dem keine Smog-Dunstglocke den Himmel trübte.

Den Besuch bei der Familie hatte er schon halb vergessen. Wenigstens hatte Bella einen recht zufriedenen Eindruck gemacht. Vielleicht entwickelten sich Sal und Pandi ja doch noch zu halbwegs guten Eltern.

Vom heutigen Tag an begann sein neues Leben. Er würde die Vergangenheit Vergangenheit sein lassen.

Eigentlich war es noch etwas früh, um Kennedy anzurufen. Er tat es trotzdem.

Auf dem Weg zum Studio dachte Bobby über die vergangene Nacht nach. Die Stunden mit Jordanna waren wunderbar gewesen, und eine Frau wie sie hatte er noch nie kennengelernt. Doch bei Tag besehen kamen ihm Zweifel, ob er wirklich mit dem Star seines Films etwas anfangen sollte. Er hatte sich mit Barbara Barr eingelassen, und auf eine solche Erfahrung konnte er in Zukunft gern verzichten.

Allerdings ließen sich die beiden Frauen in keiner Weise miteinander vergleichen.

Ein wenig ärgerte es ihn, daß Jordanna ihn nach ihrer Rückkehr nicht angerufen hatte. Irgendwann hatte er es nicht mehr ausgehalten und die Sandersons angewählt. Der Butler hatte ihm versichert, daß alle längst zu Bett gegangen seien. Und er wünsche doch wohl nicht, Miß Levitt zu wecken.

Also gut, sie hatte vergessen, ihn anzurufen. Machte nichts, er würde sie ja zum Mittagessen wiedersehen.

Bobby hatte sowieso etwas anderes, das ihm viel mehr auf der Seele brannte. Heute würde er zum ersten Mal mit seinem Vater drehen, und zwar nicht als Kind, sondern als erwachsener Mann. Das letzte Mal hatte er im zarten Alter von acht Jahren mit ihm vor der Kamera gestanden. Die Erinnerung schmerzte ihn heute noch. Das ganze Team, sein Vater eingeschlossen, hatte ihn nur »der kleine Jerry« genannt und über alles gelacht, was er tat.

Nun, heute war er nicht mehr »der kleine Jerry«, sondern der Produzent und damit derjenige, der die Regeln aufstellte.

Wenn man heute wieder über jemanden lachen sollte, dann sicher nicht über ihn.

Das erste, was George Randall morgens zu tun pflegte, war zu joggen. Er wußte, daß die Bewegung gut für ihn war, aber er haßte jeden einzelnen Meter, den er laufen mußte. Der einzige Grund, warum er diese Strapaze überhaupt auf sich nahm, war seine Frau. Sie zählte siebenundzwanzig Jahre, er sechsundfünfzig.

Sie sagte zwar nie etwas über den Altersunterschied, aber George war sich der Tatsache dennoch sehr bewußt. Immerhin hatte er mit der Verlängerung der Jugend zu tun, war er doch einer der erfolgreichsten Schönheitschirurgen Hollywoods.

Er lief die Auffahrt seines drei Millionen Dollar schweren Anwesens hinunter und öffnete mit der Fernbedienung das Tor. Dort angekommen, erwartete ihn eine unangenehme Überraschung: Ein silberfarbener BMW blockierte die Ausfahrt.

Was sollte der Unsinn? Wie sollte er in ungefähr einer Stunde mit seinem Rolls das Grundstück verlassen?

George beschloß, das Joggen für heute sein zu lassen und die Polizei zu rufen. Schließlich war sie immer rasch dabei, ihm einen Strafzettel zu verpassen, wenn er mal irgendwo falsch parkte. Mal sehen, ob die Beamten nicht auch einmal etwas für ihn tun konnten.

Kennedy brauchte mehr Informationen. Sobald etwas Neues auf dem Bildschirm eintraf, ging sie es sofort durch und suchte nach Details, die ihre Story auf Trab bringen würden.

Wie nah mochte Luca Carlotti seinem Neffen stehen?

Da sie im Moment damit nicht weiterkam, kümmerte sie sich um die Vorgänge in Hollywood. Was hatte Zane nach Hollywood getrieben, und wie hatte er dort gleich eine Rolle in *The Contract* bekommen – ein kleiner Schauspieler aus New York, den niemand kannte? Hatte Luca am Ende auch Verbindungen zum Film?

Die Besetzungs-Direktorin damals war Nanette Lipsky gewesen, und Regie hatte Mac Brooks geführt. Nanette war auch bei Macs neuestem Projekt dabei – dem Film *Thriller Eyes.* Sie würde unbedingt mit dieser Frau sprechen müssen.

Kennedy hätte gern die Szenen zwischen Zane und der Schauspielerin gesichtet, die er ermordet hatte. Aber die waren allesamt herausgeschnitten worden. Man hatte die Szenen sogar mit anderen Schauspielern neu gedreht – aber irgendwer mußte die Filmschnipsel doch noch aufbewahren.

Hm … am besten redete sie auch mit Brooks. Das würde allerdings einige Unannehmlichkeiten mit sich bringen, weil auch Bobby Rush am Set war. Wie würde der Mann wohl reagieren, wenn er erfuhr, daß sie Mac Brooks interviewen wollte?

Luca hatte den eigentlichen Grund seiner Reise nach L. A. über Bambi beinahe vergessen. Sie war so sehr in seinen Gedanken, daß ihm Zane fast entfallen wäre. Er nahm sich fest vor, die Sache zu ihrem Ende zu bringen und seinen verblödeten Neffen zu beseitigen, ehe der noch mehr Unheil anrichten konnte.

Bambi war wirklich etwas Besonderes. Sie mochte zwar vom Gewerbe sein, aber sie besaß eindeutig Klasse. Wenn sie nur noch für ihn da sein wollte, würde er großzügig über ihre Vergangenheit hinwegsehen. Luca pflegte sein Herz nicht leichtfertig zu verschenken.

Seit Priscillas Tod war er sehr einsam gewesen. Natürlich hatte er Frauen kennengelernt, aber keine von ihnen hatte seine Säfte so in Wallung bringen können wie Bambi. Vielleicht war sie etwas jung für ihn, aber sie war gewiß die Richtige. Dabei hatte er noch nicht einmal mit ihr geschlafen. Er wollte seinen Leibarzt nach L. A. einfliegen lassen, damit der Bambi gründlich untersuchen konnte. Erst dann wollte Luca mit ihr bumsen.

Doch erst stand Zane auf dem Plan. Er mußte ihn eliminieren, um danach all seine Aufmerksamkeit auf Bambi richten zu können.

Luca zweifelte nicht im geringsten daran, daß sie sein Angebot annehmen würde. Und wenn doch, nun, er würde ihr kaum eine Wahl lassen.

Detective Carlyle hatte nicht gerade seinen besten Tag. Der verdammte Mordfall lag ihm schwer im Magen, und Boyd Keller, dieses eingebildete Arschloch, das an der Spitze der neugebildeten Einsatzgruppe stand, nervte ihn zusätzlich. Die Gruppe hatte in seinem Revier ihr Hauptquartier aufgeschlagen, und Keller schickte ihn hierhin und dorthin. Gestern hatte er ihm aufgetragen, die beiden übriggebliebenen Zeuginnen aufzusuchen, die damals gegen Ricca ausgesagt hatten, sie zu warnen und ihnen Polizeischutz anzubieten.

Carlyle hatte es wirklich versucht. Zuerst hatte er beiden eine Nachricht zukommen lassen, aber weder die Landers noch die Levitt hatten sich die Mühe gemacht, ihn zurückzurufen.

Nun blieb ihm wohl nichts anderes übrig, als sich persönlich zu den kleinen Schätzchen zu begeben.

Das alles machte ihn richtig sauer. Wenn ein Polizei-Detective anrief, sollte man doch eigentlich meinen, daß die Betreffenden nichts Dringlicheres im Sinn hatten, als sich bei ihm zu melden. Tja, wenn den beiden Frauen etwas zustieß, war das doch eigentlich ganz allein deren eigene Schuld.

Das Problem daran war nur, daß man in einem solchen Fall ihn dafür verantwortlich machen würde.

Seit die Einsatzgruppe eingezogen war, verschlechterte sich sein Leben zusehends. Boyd hatte ihn vor versammelter Mannschaft niedergemacht. »Zwei dieser Morde sind in Ihrem Revier geschehen!« hatte er ihn wie auf dem Kasernenhof angeraunzt. »Wieso haben Sie nicht die nötigen Schlüsse gezogen und festgestellt, daß beide Taten miteinander in Zusammenhang standen?«

Fick dich doch selbst, hätte er ihm am liebsten geantwortet.

Und was diese beiden jungen Dinger anging, wie sollte er sie denn unter Polizeischutz stellen, wenn sie noch nicht einmal Lust hatten, sich bei ihm zu melden?

Verdammt, ihm blieb wirklich nur noch das eine übrig. Er würde sie heute morgen persönlich aufsuchen.

Mißmutig stieg er in seinen Wagen und gönnte sich erst einmal eine Dröhnung Howard Stern.

Vielleicht sollte er vorher eine Rast einlegen und sich Kaffee und Teilchen gönnen. In dem Laden in der Third gab es eine neue Bedienung, die ihm immer so einladend zuzwinkerte.

Schließlich brauchte auch ein Polizist hin und wieder etwas Spaß.

Kapitel 47

Jordanna schlief schlecht und unruhig bis zum Morgengrauen. Gegen sechs Uhr drangen die ersten Sonnenstrahlen durch einen kleinen Rost unter der Decke herein. Erst jetzt erkannte sie, daß es sich bei ihrer Mitgefangenen um Cheryl handelte.

Erleichtert, mit ihrer Freundin zusammenzusein, rollte sie sich so nah wie möglich an Cheryl heran und trat sie mit den gebundenen Füßen. »Aufwachen! Ich bin's, Jordy. Komm schon, wir beide stecken in großen Schwierigkeiten.«

Cheryl rührte sich.

»Los, die Augen auf, mach schon!«

»Oh Gott!« stöhnte die Freundin. »Ich fühle mich nicht so besonders. Vielleicht hat er mich vergiftet.«

»Keine Panik. Man hat uns Handschellen angelegt und in einen Keller gesperrt. Ich glaube, man hat uns gekidnappt.«

»Viel schlimmer«, sagte Cheryl matt.

»Wie meinst du das?«

»Kannst du dich erinnern, daß wir einmal vor Gericht gewesen sind und gegen den Irren ausgesagt haben, der Ingrid Floris ermordet hatte?«

Jordannas Magen sackte nach unten. Sie spürte, daß ihr das, was sie jetzt zu hören bekommen würde, bestimmt nicht gefiel.

»Ja, ich erinnere mich.«

»Er hat uns in seine Gewalt gebracht: Zane Ricca.«

Himmel, dann befanden sie sich wirklich in den allergrößten Schwierigkeiten. »Woher weißt du das?«

»Er hat es mir gesagt.« Cheryls Stimme klang schriller. »Zane hat uns nicht bloß entführt, er will uns für damals bestrafen!«

»Von wegen«, entgegnete Jordanna. »Wir sind zwei gegen einen. Keine Bange, wir kommen hier schon wieder raus.«

»Du hast leicht reden. Wie willst du das denn anstellen?«

»Gerat mir bloß nicht in Panik, Cheryl. Vor allem dürfen wir unsere Kraft nicht verlieren.«

»Ist dir entgangen, daß wir hier gefesselt sind? Er kann mit uns tun, was immer er will!«

»Wie bist du überhaupt hierher geraten?«

»Ich war auf dem Weg nach Hause, als plötzlich mein Benzin alle war. Er hat hinter mir gehalten und mir angeboten, das Telefon in seinem Wagen zu benutzen. Ich bin bei ihm eingestiegen, und da hat er mich mit einer Pistole bedroht, hierher gebracht und mich gezwungen, irgendeinen Tee zu trinken. Das ist das Letzte, an das ich mich erinnern kann. Und wie steht's mit dir?«

»Zane hat meinen Porsche gerammt. Ich Idiotin bin gleich ausgestiegen, um mir den Schaden anzusehen. Und da hat er mich chloroformiert.«

»Er muß das alles von langer Hand geplant haben.«

»Wir kommen schon heil aus der Sache raus«, versicherte Jordanna ihr und dachte fieberhaft nach. »Irgendwann muß er uns ja mal auf die Toilette lassen oder uns etwas zu essen geben. Wart's nur ab, irgendeine Gelegenheit wird sich schon ergeben, und dann überwältigen wir ihn. Hast du je Selbstverteidigungsunterricht genommen?«

»Nein.«

»Aber ich. Man hat mir dort beigebracht, in einer Notlage vor allem ruhig zu bleiben und auf Fenster der Möglichkeiten zu achten.«

»Worauf?«

»Das ist so ein asiatischer Ausdruck und bedeutet, die Schwachstellen des Gegners ausfindig zu machen. Wie zum Beispiel bei einer Vergewaltigung: In dem Moment, in dem er seinen Gürtel aufzieht, ist er am verwundbarsten. Genau dann muß man zuschlagen.«

»Oh Gott ...« stöhnte Cheryl. »Ich glaube, ich muß mich übergeben.«

»Die beiden verwundbarsten Punkte bei einem Mann sind seine Augen und seine Eier. Wir nehmen uns am besten beides vor.«

»Mensch, ich fürchte, er hat mich wirklich vergiftet.« Cheryl kam mühsam hoch und schrie entsetzt auf, als eine Küchenschabe über ihr Bein krabbelte.

»Wenn man entführt oder als Geisel genommen würde«, fuhr Jordanna fort, »kommt es vor allem darauf an, dem Gegner freundlich zu begegnen und Kontakt zu ihm herzustellen. Wir müssen ihn zum Reden bringen und so tun, als wären wir seine Freundinnen.«

»Wie bitte?« entfuhr es Cheryl. »Das kann doch wohl nicht dein Ernst sein!«

»Doch. Den meisten fällt es schwer, jemanden zu verletzen, mit dem man befreundet ist.«

»Das kannst du ja gerne tun, ich will hier nur so schnell wie möglich raus.« Ihr Mantel öffnete sich.

»Wie hast du dich denn da ausstaffiert?«

»Starr mich nicht so an«, schimpfte Cheryl verlegen. »Das ist mein Sexy-Outfit.«

Wenn sie sich nicht in einer so verzweifelten Situation befunden hätten, hätte Jordanna jetzt laut gelacht. »Toll. Ich kann mir keine passendere Bekleidung für eine Entführung vorstellen.«

»Vielen Dank. Als ich das hier angezogen habe, bin ich auch nicht davon ausgegangen, gekidnappt zu werden.«

Jordanna sah auf ihre Uhr. »Ich sage dir jetzt, was wir tun. Es ist noch früh, und er wird wohl kaum vor sieben oder acht zu uns kommen. Am besten schlafen wir jetzt, um Kräfte zu sammeln. Wenn er dann erscheint und uns die Handschellen abnimmt, schlagen wir zu. Vergiß nicht:

die Augen und die Eier. Wir müssen zusammen angreifen, Cheryl, und uns gegenseitig decken.«

»Ich fühle mich hundeelend. Wer weiß, was er mir verabreicht hat?«

»Du hast wahrscheinlich nur eine allergische Reaktion.«

»Ich weiß nicht ... so furchtbar ist es mir noch nie gegangen.«

»Kopf hoch, wir kommen hier schon raus«, ermutigte Jordanna die Freundin, obwohl sie sich dessen gar nicht so sicher war.

Der Mann schlief volle sieben Stunden. Er wußte, wie wichtig es war, ausgeruht zu sein. Das hatte seine Mutter ihn gelehrt. Sie hatte ihm auch eine Menge anderer Dinge beigebracht, die er aber lieber nicht beherzigen wollte.

Jetzt, da er die beiden letzten Mädchen sicher im Keller eingesperrt hatte, wußte er nicht so recht, was er mit ihnen anfangen sollte. Natürlich mußte er sie töten, aber vorher durfte er sie noch etwas quälen. Die Vorstellung gefiel ihm, erst ein wenig mit ihnen zu spielen.

Ja, sie sollten vor ihm auf die Knie fallen und winseln. Er würde ihnen schon den hochnäsigen Gesichtsausdruck von verwöhnten reichen Schlampen nehmen.

Doch wie war das am besten zu erreichen? Vielleicht indem er sie einfach gefesselt im Keller schmoren ließ. Sicher erwarteten sie, daß er irgend etwas mit ihnen anstellte. Aber wenn er einfach gar nichts tat. Er könnte sie auch wie wilde Tiere angekettet lassen, bis sie vor Hunger und Durst zugrunde gegangen waren.

Eine tolle Idee.

Grant pflegte nie vor zwölf Uhr aus den Federn zu kriechen, und dann hatte er meistens einen tierischen Kater. Doch am heutigen Donnerstag wurde er schon um zehn Uhr wach und konnte einfach nicht mehr einschlafen.

Warum hatte Cheryl sich nicht gemeldet? Er hatte ihr doch eine Nachricht hinterlassen. Der Gedanke peinigte ihn so lange, bis er zum Telefon griff und ihre Nummer wählte.

Ihr Anrufbeantworter meldete sich. Er haßte diese Apparate und sprach aus Prinzip nie etwas darauf.

Manchmal konnte Cheryl einem schon gehörig auf die Nerven gehen. Sie hätte sich bei ihm melden sollen, wenn er ihr doch schon einen Zettel hingelegt hatte. Schließlich interessierte sich die Polizei für sie, und da mußte er sie doch warnen. Ihr Vater besaß einigen Einfluß und konnte vielleicht ein paar Dinge regeln.

Er rief noch einmal bei ihr an. Wieder antwortete nur die Maschine. War Cheryl denn die ganze Nacht bei ihrem Freier geblieben?

Nein, so blöd konnte nicht einmal sie sein.

Grant fing an, sich zu fragen, ob es wirklich eine gute Idee gewesen war, sie zu diesem Mr. Nanni zu schicken. Aber warum hatte sie auch unbedingt ein zweites Mal hingewollt? Nun gut, beim ersten Mal hatte er sie mehr oder minder überredet, aber für das zweite Mal trug sie allein die Verantwortung.

Ihm blieb wohl nichts anderes übrig, als nach ihr zu suchen. Er schob sich aus dem Bett, betrachtete sich im Badezimmerspiegel und beschloß, bei ihr vorbeizufahren.

»Kann ich kurz vorbeikommen?«

»Wie bitte?« fragte Kennedy.

»Ich bin's, Michael. Erinnern Sie sich an mich? Ich würde gern zu Ihnen kommen und bringe auch etwas zu essen mit.«

»Ich frühstücke eigentlich nie.«

»Dann machen Sie doch mal eine Ausnahme.«

»Es ist noch reichlich früh.«

»Sie waren doch schon auf, oder habe ich Sie geweckt?«

»Ich arbeite an einem Artikel.«

»Worüber?«

»Zane Marion Ricca, den L. A.-Würger. Er soll mit Haftbefehl gesucht werden.«

»Ehrlich?«

»Ich recherchiere über seine Herkunft. Es gibt da ein paar interessante Verbindungen.«

»Warum erzählen Sie mir nicht davon, wenn ich bei Ihnen bin?«

»Haben Sie nicht zugehört, Michael, ich frühstücke nicht.«

»Dann nennen wir es doch ein frühes Mittagessen.«

»Sie sind aber sehr hartnäckig.«

Er nahm allen Mut zusammen: »Ich habe Sie gestern vermißt, Kennedy. Gut, ich weiß, ich habe nicht angerufen, aber ich mußte dringend nach New York. Es ging um meine Tochter.«

»Haben Sie sie etwa gefunden? Geht es ihr gut?«

»Ja, es geht ihr gut.«

»Das ist ja großartig!«

»Ich muß einfach mit jemandem darüber reden ...« Er hielt kurz inne. »Und ehrlich gesagt, Sie sind hübscher als Quincy.«

Kennedy lächelte leise, entgegnete aber streng: »Mit Komplimenten kommen Sie bei mir nicht weiter, aber ich habe eigentlich auch nichts dagegen, mit Ihnen über Mr. Ricca zu diskutieren. Sie können meinetwegen vorbeikommen.«

»Ihre Adresse würde mir dabei ziemlich weiterhelfen.«

»Junge, wenn man Ihnen nur den kleinen Finger reicht ...«

»Tja, so bin ich nun einmal.«

Jerry Rush betrat mit dem Gefolge, das ihm als großem Star zustand, den Set. Hinter ihm erschien Darla – die perfekte Hollywood-Gattin, perfekt frisiert und geschminkt – dann sein persönlicher Coiffeur – ein wahrer Zauberkünstler, der für jeden alternden Prominenten das passende Toupet fand – und endlich die Schminkmeisterin seines Hauses – ein hübsches Mädchen, an dem als erstes der Riesenbusen auffiel.

Bobby beobachtete diesen Zirkus mit gemischten Gefühlen. Er hoffte, die Zusammenarbeit mit seinem Vater ohne neue Narben zu überstehen.

Mac bestand darauf, jede Szene vorher zu proben, ehe sie abgedreht wurde. Als er das Jerry mitteilte, brach der alte Star in schallendes Gelächter aus. »Proben? Sind wir denn hier im Theater oder was?«

»Nein, aber ich pflege nun einmal so zu arbeiten.«

»Tatsächlich?«

»Ja, das tut er«, mischte sich Bobby ein, der rasch hinzugetreten war.

Spürbare Spannung lag in der Luft, als sie auf Jerrys Reaktion warteten.

Bobbys Vater überlegte sich statt dessen, ob er sich wie eine Diva aufführen sollte. Aber Darla trat zu ihm und legte ihm eine Hand auf den Arm. Er wußte, daß sie ihm die Hölle heiß machen konnte, und danach stand ihm heute nicht der Sinn. Außerdem war sie seine Finanzministerin. Eigentlich übte sie ganz schön viel Kontrolle über ihn aus. Aber er war eben alt und konnte nicht mehr alles ausleben, was ihm an Nichtsnutzigkeiten in den Sinn kam.

»Gut, dann proben wir eben«, erklärte er großherzig. »Ich habe meinen Text gelernt und das Drehbuch studiert. Und ich habe heute noch keinen Tropfen zu mir genommen.«

Er klopfte seinem Sohn auf die Schulter. »Entspann dich, wird schon schiefgehen.«

Bobby nickte und wünschte, Jordanna würde bald auftauchen. Er hatte sich so an ihre Anwesenheit gewöhnt, und gerade jetzt brauchte er ihren Beistand dringender denn je.

Aber sobald sie mit den Proben begannen, ging er ganz in seiner Rolle auf. Und das gleiche galt für seinen Vater. Nach nur wenigen Momenten waren sie als Profi-Schauspieler perfekt aufeinander eingespielt.

Nachdem sie die Szene dreimal geprobt hatten, rief Brooks: »Ich bin zufrieden damit. Was meint ihr?«

Jerry nickte und drehte sich zu seinem Sohn um. »Du bist ziemlich gut, weißt du das?«

Bobby glaubte, sich verhört zu haben. Ein Lob von seinem Vater? »Äh, äh, danke, du warst aber auch nicht schlecht.«

Jerry strahlte wohlwollend. »Das ist ja wohl selbstverständlich, oder?«

Zum ersten Mal hatte Bobby das Gefühl, daß die Zusammenarbeit mit Jerry nicht notwendigerweise seine Nerven zerrütten mußte. Und eines mußte man seinem Vater lassen: Er war ein absoluter Profi, der genau wußte, was von ihm verlangt wurde und wie er seine Rolle anlegen mußte.

Früh am Morgen fuhr Luca mit Reno und Bosco zu seinem Haus und wandte sich an die Haushälterin, die gerade die Diele aufwischte: »Haben Sie Zane gesehen oder etwas von ihm gehört?«

Sie hielt in der Arbeit inne und schüttelte langsam den Kopf.

»Wie war doch noch gleich Ihr Name?« Carlotti wippte ungeduldig auf den Schuhen.

»Eldessa, Sir.«

»Okay, Eldessa. Auf denjenigen, der mir sagen kann, wo mein Neffe steckt, wartet eine saftige Belohnung: Fünftausend Dollar – in bar. Haben Sie mich verstanden?«

Die Frau stellte sich bereits all die Dinge vor, die sie mit einer solchen Summe kaufen konnte. »Ja, Mr. Carlotti.«

»Wie lange arbeiten Sie schon für mich?«

»Viele Jahre, Sir.«

»Okay, dann bedenken Sie gut, wem Sie Loyalität schulden und wem nicht.«

»Dessen bin ich mir durchaus bewußt.«

Er wandte sich an Bosco. »Sieh dich noch mal in seinem Zimmer um. Und find etwas, verdammt noch mal! Wir haben mit dieser Geschichte schon genug Zeit verloren.«

Zusammen mit Reno durchstöberte er den Raum und stieß auf wenig bis gar nichts, was sich als Hinweis verwenden ließe: ein paar Filmzeitschriften, meist mit Steven Seagal auf dem Cover, ein Reklamezettel von einem Heimwerkermarkt in Santa Monica und ein schmutziges altes Paar weißer Halbschuhe.

Luca wußte, daß Zane nicht weit sein konnte, weil er zu wenig Geld hatte. Er hatte ihn finanziell stets am kurzen Zügel gehalten. Der Bengel konnte nur an eine größere

Summe gekommen sein, wenn er sich wie sein nichtsnutziger Vater auf Raubüberfälle verlegt hatte. Aber dafür fehlte es dem Neffen entschieden an Mumm.

Zurück im Hotel erwartete ihn eine Nachricht von Mac. Carlotti rief ihn auf dem Set an.

»Ich telefoniere von meinem Handy«, warnte Brooks gleich.

»Ja und?«

»Ich weiß nicht, wie ihr es in New York handhabt, aber hier bei uns werden solche Gespräche gern abgehört.«

»Verstehe.«

»Hast du dich um unseren gemeinsamen Freund gekümmert?«

»Komisch, daß du das gerade jetzt fragst.«

»Wieso?«

»Weil unser gemeinsamer Freund einen Tauchkurs belegt hat und abgetaucht ist.«

»Können wir uns unter vier Augen unterhalten?«

»Ich komme gern zu deinem Set. Schon immer wollte ich miterleben, wie ein Film gedreht wird.«

»Das halte ich für keine gute Idee.«

»Dann eben nicht. Komm in mein Hotel, wenn du fertig bist.«

»Okay, so gegen neunzehn Uhr.«

Luca war immer noch etwas verschnupft. Eigentlich hatte er mit einer anderen Reaktion gerechnet, als er Mac offenbart hatte, sein Vater zu sein. Aber dieser Mistkerl schien auf seine Familie keinen großen Wert zu legen.

Aber warum sich aufregen, er hatte ja jetzt Bambi. Vielleicht würde er ja sie als Haupterbin in sein Testament setzen.

Was für eine blöde Idee! Er hatte ihr ein Haus und einen monatlichen Scheck geboten, doch statt ihm aus Dankbarkeit die Eier zu küssen, hatte sie nur entgegnet, sich das zu überlegen und ihm dann Bescheid zu geben. Wenn sie nicht soviel Klasse gehabt hätte.

Er mußte bald zu einer Einigung mit ihr kommen, denn ewig konnte er sich nicht hier an der Westküste aufhalten.

Kapitel 48

Sie saßen zusammen am Küchentisch, und Michael streckte sich wohlig. »Ich fürchte, ich habe zuviel geredet.«

»Nein, hast du nicht«, entgegnete Kennedy. Sie hatten sich inzwischen aufs Du verständigt. Während sie langsam an einem Glas Orangensaft nippte, beobachtete sie ihn. Er hatte tatsächlich fast eine Stunde lange ununterbrochen erzählt – von Bella, seiner Familie und seinen früheren Alkoholproblemen –, aber das störte sie nicht; denn sie hatte den starken Eindruck gewonnen, daß Michael sein Leben lang darum gerungen hatte, endlich das wahre Glück zu finden. Kennedy konnte es sich nicht erklären, aber sie verspürte das starke Bedürfnis, ihn in den Arm zu nehmen und alles für ihn besser zu machen.

»Tut mir leid, ist eine schlechte Angewohnheit von mir«, lächelte er schief und fühlte sich in ihrer Gesellschaft überaus wohl.

»Du mußtest es einfach loswerden, und ich bin froh, daß du dich für mich entschieden hast.«

Da er einmal mit seinen Sorgen und Problemen angefangen hatte, mußten sie auch alle heraus, und das fiel ihm um so leichter, als es sich bei Kennedy um eine wunderbare Zuhörerin handelte. »Ich habe Bella über alles geliebt und tue das wahrscheinlich immer noch. Aber du hast recht, ich muß sie loslassen und mich bemühen, nicht mehr an sie zu denken.«

»Das ist richtig, Michael. Und wenn sich alles so zugetragen hat, wie du es mir erzählt hast, dann hast du dich als wahrer Held bewiesen.«

»Glaubst du das wirklich?«

»Absolut.«

»Deine Meinung ist mir nämlich sehr wichtig.« Er goß sich Kaffee nach. »Macht es dir etwas aus, wenn ich rauche?«

»Nur zu.«

Er zündete sich eine Zigarette an und erzählte weiter: »Mein Bruder hat mir immer nur Ärger bereitet, aber ich hätte es nie für möglich gehalten, daß er mir so etwas antun könnte. Und was meine Mutter betrifft ... Nun, sie hat eigentlich nie zu mir gehalten. Wenn mein Stiefvater Lust dazu verspürte, mich übers Knie zu legen – und die überkam ihn oft –, hat sie nie eingegriffen. Manchmal, wenn er sauer war, hat er mich mitten in der Nacht geweckt und mich angeschrien.«

»Das war sicher keine angenehme Kindheit.«

»Als ich dann älter geworden bin, habe ich mich in den Alkohol geflüchtet, und ob du mir das glaubst oder nicht, damit bin ich wirklich eine Weile ganz gut zurechtgekommen.« Er lachte humorlos. »Tja, meine Kindheit war wirklich kein Zuckerschlecken. Wahrscheinlich habe ich deswegen auch immer große Schwierigkeiten gehabt, eine feste Bindung einzugehen.«

»Du bist emotional mißhandelt worden, Michael«, erklärte sie verständnisvoll. »Es dauert eben seine Zeit, bis man über so etwas hinwegkommt.«

»Und wie soll ich das anfangen?« Er stützte die Ellenbogen auf den Tisch, betrachtete ihr Gesicht und kam zu der Feststellung, daß sie nicht nur schön war, sondern auch Leidenschaft, Seele und die verführerischsten Lippen besaß, die er je gesehen hatte.

»Indem du zu Menschen Beziehungen eingehst, die nicht nur an der Oberfläche bleiben. Mach dir bewußt, daß du ein guter und liebenswerter Mensch bist, der viel geben kann: Zuneigung, Liebe und noch vieles mehr. Nicht alle Menschen, denen du begegnest, sind so wie deine Mutter oder dein Stiefvater. Eines Tages wird dir jemand über den Weg laufen, bei dem du spürst, daß eine gute Beziehung tatsächlich möglich ist.«

Er sah ihr direkt in die Augen. »Vielleicht habe ich ihn schon gefunden.«

Kennedy beschloß, diese Geste zu ignorieren. Sein eindringlicher Blick machte sie ganz unruhig. »Also«, sagte sie und errötete leicht, »das Frühstück war ja doch ganz interessant: Bananen, Croissants und Teilchen. An diesem Überangebot an Zucker werde ich noch den ganzen Tag zu leiden haben.«

Er lachte warm. »Das ist der Bulle in mir. Wenn wir jemanden observieren mußten oder so, haben wir uns von nichts anderem ernährt.«

»Wie ungesund.«

»Da solltest du erstmal meinen Partner Quincy sehen. Seine Frau versucht ständig, ihn auf irgendeine Diät zu setzen, aber die schlägt nie bei ihm an.«

Kennedy sagte sich, daß Michael geradezu unverschämt gut aussah. Wahrscheinlich konnte er sich vor Frauen kaum retten. Und sie hatte bestimmt nicht vor, sich in diesen Zug einzureihen. »Hmmm ...«, murmelte sie und wunderte sich, warum ihr jegliches Interesse an der Arbeit abhanden gekommen war.

»Weißt du was, ich möchte, daß du Quincy und Amber bald kennenlernst. Das sind ganz wunderbare, wirkliche Menschen. Du wirst sie bestimmt mögen.«

»Na hör mal, glaub' ja nicht, daß ich keine normalen oder wirklichen Menschen kenne«, wehrte sie sich.

Er lächelte und drückte die Zigarette aus. »Ich wollte dir nicht zu nahe treten.«

»Das weiß ich.«

Ihre Blicke fanden sich. Kennedy brach den Kontakt schließlich ab und stand auf. Wenn sie nicht aufpaßte, war sie bald nicht mehr Herr ihrer selbst. Sie mußte dem dringend einen Riegel vorschieben. »Äh, die Geschichte, an der ich gerade arbeite, Michael, ich glaube, ich habe da etwas Interessantes herausgefunden.«

»Erzähl es mir«, sagte er und folgte ihr ins Wohnzimmer.

»Ich bin darauf gestoßen, daß Zanes Onkel Luca Carlotti ist. Hast du je von ihm gehört?«

»Hör mal, mein Privatleben mag sich zu einem Scherbenhaufen entwickelt haben, aber deswegen weiß ich trotzdem noch, was draußen in der Welt vor sich geht.«

»Das freut mich zu hören.«

»Weiß die Polizei davon?«

Kennedy trat vor ihren Computer. »Keine Ahnung. Meinst du, ich soll sie informieren?«

Michael stand direkt hinter ihr. »Nun, wenn sie schon nach ihm suchen, finden sie ihn vielleicht eher über Luca.«

Sie drehte sich um und vermied es, ihm in die wunderbaren Augen zu blicken. »Die *L. A. Times* bringt meinen Artikel morgen. Damit informiere ich die Behörden doch auch, habe aber meine Geschichte vor allen anderen auf dem Markt.«

Er betrachtete sie schon wieder so wie vorhin. »Bedeutet dir das soviel, als erste mit einer Story da zu sein?«

»Könnte man so sagen.«

Michael trat noch etwas näher. »Ist sicher aufregend, was?«

Ihre grünen Augen erwiderten seinen Blick und wichen nicht mehr aus. »Ja, Michael, sehr aufregend.«

»Genau wie du, Kennedy.«

Als sie sich küßten, wußte sie nicht mehr, was sie so lange zurückgehalten hatte.

Grant betrat Cheryls Haus und stellte bald fest, daß sie nicht hier gewesen war. Alles sah so aus, wie er es gestern verlassen hatte, und das Bett war nicht benutzt worden.

Er lief im Wohnzimmer auf und ab, weil er nicht wußte, was er nun tun sollte. Ob sie tatsächlich so dumm gewesen war, bei dem Freier zu bleiben?

Nein, Cheryl mochte schon manche Verrücktheit angestellt haben, aber so etwas nun doch nicht. Andererseits war sie gestern in einer merkwürdigen Stimmung gewesen …

Höchste Zeit, daß jemand sie zur Vernunft brachte. Widerstrebend wurde ihm klar, daß er derjenige sein mußte. Sie hörte ihm zwar nie richtig zu, aber wenn er sie wiedersah, würde er sie dazu zwingen.

Er setzte sich mit einem Glas Wodka auf die Couch und wartete auf Cheryls Rückkehr.

»Ich glaube, ich höre ihn kommen«, flüsterte Jordanna. »Erinner dich daran, was ich dir eben gesagt habe.«

»Wir können ja doch nichts gegen ihn ausrichten«, jammerte Cheryl. »Er hat uns in seiner Gewalt, und wir kommen hier nicht mehr lebend raus.«

»Red nicht so«, ermahnte Jordanna sie mit zusammengebissenen Zähnen. »Ich werde kein dummes, wehrloses Opfer sein.«

Die Tür oben an der Treppe öffnete sich, und Schritte ertönten.

Jordanna fing an, sich psychisch auf die Auseinandersetzung vorzubereiten.

Augenkontakt herstellen. Ihn zum Reden bringen. Freundlich zu ihm sein.

Sie mußte dringend auf die Toilette und litt schlimmen Durst. Cheryl erging es nicht anders. Aber sie durften nicht vor ihm betteln. Vor allem anderen mußten sie die Kontrolle bewahren.

Jordanna erinnerte sich gut an Zane Ricca. Sie hatte mit eigenen Augen gesehen, wie er Ingrid erwürgt hatte. Cheryl und sie hatten sich dann mit allen Mitteln gegen die Bedenken ihrer Väter durchgesetzt und waren vor Gericht als Zeuginnen aufgetreten, um den jungen Mann für seine Tat ins Gefängnis zu bringen. Am Tag seiner Verurteilung hatten sie eine große Party gefeiert.

Und nun war er nach so vielen Jahren frei und nach Beverly Hills gekommen.

Als er jetzt auf den unteren Stufen erschien, erkannte sie ihn im ersten Moment nicht wieder. Damals war er ein schmächtiges Bürschchen gewesen. Aber dieser ganz in Schwarz gekleidete Mann sah größer und stärker aus. Muskeln bedeckten seine Arme, und er hatte sich das Haar modisch zum Zopf zurückgebunden.

Doch dann entdeckte sie seine Augen und hatte keine Zweifel mehr. Derselbe tote und vollkommen emotionslose Blick.

Er blieb an der Treppe stehen und betrachtete sie kalt.

Jordanna verspürte den starken Drang, ihm Beschimpfungen entgegenzuschleudern. Doch es gelang ihr, sich zu beherrschen, und dem Ratschlag zu folgen, den sie vorhin ihrer Freundin gegeben hatte.

»Ich …« begann sie stockend, »ich weiß nicht, warum wir hier sind. Aber ich glaube, daß wir gemeinsam eine Lösung finden können.«

Er schwieg.

»Hören Sie, nehmen Sie uns die Handschellen ab, dann können wir reden.«

Er öffnete nicht einmal die Lippen.

»Okay, dann reden wir jetzt nicht. Aber wir beide müssen dringend auf die Toilette.«

Seine Zombieaugen wirkten völlig leblos.

»Ich muß was trinken«, heulte Cheryl. »Meine Kehle ist schon ganz ausgetrocknet … ich bin krank … bitte.«

Zane drehte sich um, marschierte die Treppe wieder hinauf und schloß hinter sich ab.

»Oh Gott!« machte Jordanna sich jetzt Luft. »Er ist wirklich ein geistesgestörter Irrer!«

»Ich habe dir doch gesagt, daß wir nichts tun können.«

»Oh doch! Wir kommen hier raus. Das verspreche ich dir!«

Es war nicht ganz leicht, die Polizei dazu zu bewegen, den silberfarbenen BMW vor seiner Einfahrt zu entfernen, aber George Randall beschwerte sich so ausgiebig, daß die Beamten ihm, allein um endlich Ruhe zu haben, das Gewünschte zusagten.

George triumphierte.

»Ich weiß gar nicht, warum du einen solchen Aufstand machst«, meinte seine exquisite sechsundzwanzigjährige Frau. »Wir haben doch noch das Tor auf der anderen Seite.«

Sie war eben noch zu jung, um das perverse Vergnügen nachfühlen zu können, das er dabei empfand, die Polizei zu etwas gezwungen zu haben, was eigentlich nicht in ihrem Aufgabenbereich lag.

Da er jetzt ohnehin schon zu spät kommen würde, und der Termin mit Taureen Worth, der gut fünfzigjährigen ehemaligen Sexgöttin, die von ihm das Aussehen einer Zwanzigjährigen erhalten wollte, geplatzt war, konnte er doch genausogut ein luxuriöses Frühstück mit seiner aufregenden Frau genießen.

»Ich fahre mit dir zum Peninsula und lade dich dort zu Champagner und Orangensaft ein«, verhieß er ihr und sagte sich, daß aus dem romantischen Morgen leicht ein aufregender Nachmittag werden konnte.

»Tut mir leid, Schatz«, entgegnete sie und suchte fieberhaft nach einer Ausrede, weil sie sich gleich mit ihrem Liebhaber treffen wollte, einem neunzehnjährigen Verkäufer, der die großartigste Zunge auf der ganzen Welt besaß und damit umzugehen wußte. »Ich habe Therapie und bin schon spät dran.«

»Du willst zum Seelenklempner?« ereiferte er sich. Doch bevor er fortfahren konnte, sah er, daß der Abschleppwagen eingetroffen war. Da er sich für überaus wichtig hielt, konnte er den Vorgang natürlich nicht vom Fenster aus verfolgen, sondern mußte persönlich ans Tor.

Alles entwickelte sich so natürlich und selbstverständlich. Weder Kennedy noch Michael hatten damit gerechnet, daß das Frühstück im Bett enden würde.

Sie hatten sich lange geküßt, bis er so erregt gewesen war, daß er mehr wollte. Und ihr war es nicht anders ergangen. Sie begaben sich gemeinsam ins Schlafzimmer und befreiten sich auf dem Weg dorthin von ihren Kleidern. Nichts schien das Unausweichliche noch aufhalten zu können.

Sie sehnte sich nach seiner Berührung und danach, ihn in sich zu spüren. Und er zögerte keine Sekunde, denn diese Frau war sein Schicksal.

Als sie sich dann liebten, geschah das so intensiv, wie sie es beide nicht für möglich gehalten hatten. Michael spürte, daß das mehr als nur Sex war – vielmehr etwas ganz Besonderes, von dem er nicht wollte, daß es jemals endete.

Kennedy empfand das gleiche. Sie hatte bestimmt nicht geplant, mit Michael Scorsini ins Bett zu steigen. Doch jetzt war es geschehen, und zum ersten Mal seit Phils Tod stellte sie in Gedanken keine Vergleiche an, sondern ließ sich gehen und ritt vollkommen ungehemmt auf dieser unfaßbaren Woge der sinnlichen Leidenschaft.

Sie waren wild, und sie waren zärtlich zueinander. Michael war wirklich ein aufregender Liebhaber und nahm sie mit einer Innigkeit, die ihr den Atem nahm. Er schien alles zu sein, was sie sich je gewünscht hatte, und noch viel mehr. Als beide den lange hinausgezögerten Höhepunkt erreichten, stöhnte sie laut und ungebremst.

»Das ist ja der Wahnsinn«, murmelte sie erschöpft, als es vorüber war.

»Ja, absolut verrückt.«

»Aber auch schön.«

»Nur schön?« Er grinste und schüttelte den Kopf. »Wie wäre es mit sensationell? Oder unfaßbar? Oder …«

»Okay, schon gut«, lachte sie. »Ich gebe zu, es war besser als schön.«

»Wie cool du doch bist.« Er fuhr mit den Fingerspitzen über ihre nackten Beine. »Ganz Dame, was?«

»Habe ich mich eben auch damenhaft benommen?«

»Du warst eine Wucht.«

»Ich zeige dir mal, was eine Wucht ist.« Sie richtete sich halb auf und griff nach seinem Glied.

»He, Moment mal, ich brauche ein paar Minuten, um mich zu …«

»Nichts da«, ließ sie ihn nicht ausreden und fing an, die Innenseiten seiner Schenkel zu lecken.

Michael bekam augenblicklich eine neue Erektion.

Er legte die Hände auf ihren blonden Haarschopf, drückte ihn nach unten und stöhnte.

»Habe ich es dir nicht gesagt«, murmelte sie. »Du solltest wirklich lernen, mir zuzuhören.«

Dann verschwand sein Schwanz zwischen ihren Lippen, und er ließ sich ins Meer der reinen Freude hinabsinken.

Die zwei Frauen im Keller eingesperrt zu wissen, stimulierte den Mann mehr als alles andere in seinem Leben. Er besaß die absolute und vollkommene Kontrolle über das Leben der beiden und konnte mit ihnen anstellen, was immer ihm beliebte.

Er wünschte, auch seine Mutter wäre dort unten. Ja, genau, seine Mom, die sich immer so gern mit hübschen und schönen Dingen umgab – die Schlampe, die ihn immer ›Scheißerchen‹ genannt und ihm jeden einzelnen Tag seines Lebens ruiniert hatte.

Was für eine angenehme Vorstellung, sie dort unten an das Rohr zu fesseln und dann Ratten auf sie loszulassen, die ihr die Beine hinaufliefen und ihr Fleisch fraßen.

Der bloße Gedanke erregte ihn so sehr, daß er sich schon selbstbefriedigen wollte. Aber nein, dazu war später immer noch Zeit.

Der Mann fragte sich, ob es da unten wohl Ratten gab. Wozu lange nachsinnen, fragte er sich, das kannst du doch auch selbst erledigen.

Frauen fürchteten sich vor den pelzigen Nagern. Wenn er oben an der Kellertreppe einen Rekorder aufstellte, konnte er die Schreie der beiden aufzeichnen und sich immer wieder vorspielen.

Er war glücklich und mit sich zufrieden. Vier der Verräterinnen waren tot, die restlichen beiden gefangen.

Bald würde seine Mission in Kalifornien beendet sein, und dann konnte er nach New York zurückkehren, um dort die Frau zu bestrafen, die mehr als alle anderen den Tod verdient hatte.

Kapitel 49

Detective Carlyle klingelte an Cheryls Haustür.

Grant, der vor dem Fernseher hockte, hörte das Läuten, reagierte aber nicht darauf.

Carlyle nahm den Finger nicht mehr von der Klingel.

Notgedrungen mußte Grant zur Tür und öffnete sie. »Ja?«

»Ich muß mit Miß Landers sprechen.«

»Die ist nicht da.«

»Ich habe sie gestern angerufen, aber sie hat sich nicht gemeldet.«

»Wer sind Sie?«

»Detective Carlyle. Habe ich gestern mit Ihnen gesprochen?«

»Nein, nein, das war ich nicht«, widersprach Grant sofort.

»Können Sie mir vielleicht sagen, wann Miß Landers zurückkommt?«

Grant fuhr sich durch das ungekämmte Haar. »Wollen Sie mir nicht sagen, worum es eigentlich geht?«

»Wer sind Sie?«

»Ihr Bruder.«

»Vor einigen Jahren hat Ihre Schwester in einem Mordprozeß ausgesagt. Der Mann, der daraufhin ins Gefängnis kam, ist wieder auf freiem Fuß. Ich möchte Miß Landers warnen. Sie soll sich vorsehen.«

»Steht denn etwas zu befürchten?«

»Nur, wenn er nach ihr sucht.«

»Und warum sollte er das tun?«

»Weil er bereits vier andere Zeugen aufgesucht hat, und die sind jetzt tot.«

»Oh Gott! Warum sind Sie nicht früher gekommen?«

»Weil wir gerade erst herausgefunden haben, wer der Täter war. Wenn Ihre Schwester glaubt, Polizeischutz zu benötigen, soll sie mit uns in Kontakt treten.« Er reichte Grant seine Karte. »Sorgen Sie bitte dafür, daß sie mich anruft.«

Grant war froh, als der Polizist fort war. Wenigstens ging es nicht um Zuhälterei und Kuppelei, dachte er erleichtert. Doch dann fing er an, in ihren Papieren nach dem Namen des Freiers zu suchen, den sie im St. James's besucht hatte. Endlich fand er den Block, auf den er vor ein paar Tagen den Namen gekritzelt hatte: Bosco Nanni.

Er rief sofort im Hotel an, erhielt aber zur Antwort, daß in Mr. Nannis Zimmer niemand abhebe.

Mit einem Mal machte er sich Sorgen. Es sah Cheryl nicht ähnlich, die ganze Nacht fortzubleiben, und dieser Detective hatte etwas von einem Verrückten erzählt, der Menschen nachstellte, die einmal gegen ihn ausgesagt hatten.

Wenn er Cheryl schon in seine Gewalt gebracht hatte?

Das war natürlich kaum vorstellbar ... aber wenn doch?

Grant beschloß, zum St. James's zu fahren.

Eldessa beendete die Hausarbeit und ließ sich dann am Küchentisch nieder, um ihren Füßen eine Pause zu gönnen. In dem großen Haus gab es nicht mehr allzuviel zu tun. Alle waren ausgezogen. Aber sie hielt trotzdem alles sauber, weil Mr. Carlotti ja jederzeit hier auftauchen konnte.

Ihr Boß war ein feiner Mann. Auch wenn er sich in den vergangenen Jahren nur selten hatte blicken lassen, empfand Eldessa doch höchsten Respekt für ihn. Als sie hier angefangen hatte, wohnte eine Schauspielerin im Haus, seine Geliebte.

Eldessa erinnerte sich noch wie gestern an den Tag, an dem Mr. Carlotti unangekündigt hier erschienen war und die Schauspielerin mit einem anderen im Bett erwischt hatte. Es hatte viel Geschrei und Gebrüll gegeben. Dann hatte er beiden eine tüchtige Tracht Prügel verabreicht und sie aus dem Haus geworfen.

Seitdem waren hier Menschen ein- und wieder ausgezogen. Eldessa hatte allerlei mitbekommen und aufgeschnappt, aber sie hatte sich ihrem Boß gegenüber stets loyal verhalten.

Als Zane gekommen war, hatte sie gleich geahnt, daß es sich bei ihm um Mr. Carlottis Neffen handelte. Für so etwas besaß sie ein untrügliches Auge.

Dummerweise wußte sie nicht, wohin er gegangen war. Während sie darüber nachdachte, fiel ihr ein, daß Shelley wahrscheinlich seinen neuen Wohnort kannte. Diese Shelley, ständig hatte sie ihm schöne Augen gemacht, das dumme Ding.

Eldessa hatte das Mädchen oft genug gewarnt, sich Zane aus dem Kopf zu schlagen, denn er sei böse und nicht gut für sie. Auch für so etwas besaß sie einen untrüglichen Blick.

Aber sie hätte genausogut gar nichts sagen können. Schließlich war Shelley nicht ihre Tochter, und die jungen Dinger heutzutage ... bei denen konnte man sich den Mund fusselig reden, sie glaubten doch, alles besser zu wissen.

Als Shelley gegangen war, hatte sie Eldessa ihre neue

Adresse auf einen Zettel geschrieben und ihr gesagt, sie solle sie doch einmal besuchen kommen.

Angesichts der hohen Belohnung, die Mr. Carlotti in Aussicht gestellt hatte, erschien es ihr vernünftig, Shelley den versprochenen Besuch abzustatten. Vielleicht wußte sie ja, wo Zane sich aufhielt.

Am Vormittag erhielt Luca von seinem Manager die Nachricht, daß Zane den letzten Scheck gefälscht und aus den sechstausend sechzigtausend Dollar gemacht hatte. Carlotti wurde darüber sehr zornig und rief gleich Reno und Bosco zu sich. »Ihr beide habt lange genug meine Zeit vertrödelt«, maßregelte er sie. »Ihr fahrt jetzt los und treibt mir diesen Wichser auf. Wagt es ja nicht, ohne ihn zurückzukommen!«

»Wo sollen wir denn nach ihm suchen?« wollte Bosco wissen.

»Das ist jetzt euer Problem.«

»Wen sollen wir denn zuerst finden?« fragte Bosco mit unglücklicher Miene. »Bambi oder Zane?«

»Wir müssen Zane kriegen, bevor die Bullen ihn haben. Ich möchte nämlich das Vergnügen nicht missen, ihm persönlich den Schädel einzuschlagen und seine Überreste den Koyoten vorzuwerfen.«

Der Butler des Sanderson-Anwesens und Hubert Potter stritten sich. Ersterer beharrte stur darauf, daß Miß Levitt in ihrem Zimmer schlafe und nicht gestört werden dürfe. Hubert hingegen verlangte ebenso hartnäckig, sie zu sprechen, um zu erfahren, warum ihr Wagen schwer beschädigt auf der Straße herumstand.

Der Butler hatte einen ruhigen Morgen genossen, und langsam dämmerte ihm, daß es mit der Beschaulichkeit für heute vorbei war. Hubert ließ einfach nicht locker. Der Butler hatte immer schon etwas gegen Sicherheitsleute gehabt, und er empfand es als unter seiner Würde, einem Haushalt vorzustehen, der so ungehobelte Burschen beschäftigte. In seiner Jugend hatte er das große Glück gehabt, im Buckingham Palace tätig sein zu dürfen. Für einen amerikanischen Milliardär zu arbeiten, ließ sich in keiner Weise mit der Tätigkeit für Ihre Majestät vergleichen.

Widerwillig rief der Butler in Jordannas Zimmer an. Wie zu erwarten, hob niemand ab.

»Miß Levitt ruht noch«, erklärte er und gestattete sich ein leises triumphierendes Lächeln.

»Ich habe sie aber nicht hereinkommen sehen«, widersprach Hubert. »Hier stimmt etwas nicht.«

»Ich darf Ihnen versichern, daß sich alles in schönster Ordnung befindet.«

»Dann lassen Sie mich wenigstens mit Marjory Sanderson sprechen.«

»Unmöglich!«

Hubert kratzte sich am Kopf und wußte nicht mehr weiter. Die Türglocke erlöste ihn aus seinem Dilemma. Der Butler eilte zum Eingang und ließ Detective Carlyle ein.

»Kann ich Ihnen helfen?« fragte der Butler von oben herab.

»Man hat mich darüber informiert, daß Jordanna Levitt hier wohnt.«

»Miß Levitt darf nicht gestört werden. Darf ich fragen, mit wem ich die Ehre habe?«

»Detective Carlyle, und die Levitt kann sehr wohl gestört werden.« Dem Polizisten reichte es allmählich. Er rechnete es nicht zu seinen Aufgaben, durch Beverly Hills zu laufen und irgendwelche verwöhnten Gören aufzusuchen, um ihnen mitzuteilen, daß sie auf der Hut sein sollten. »Sagen Sie ihr, daß ich sie sprechen muß.«

Hubert grinste leise. Der Detective war keinen Moment zu früh erschienen.

Der Butler zögerte kurz und stolzierte dann zu Jordannas Zimmer.

»Sie hatte einen Autounfall«, sagte Hubert.

»Was meinen Sie damit?« fragte Carlyle.

»Der Wagen steht ein Stück die Straße herunter. Sie müssen ihn doch auf dem Weg hierher gesehen haben.«

»Ein weißer Porsche?«

»Genau.«

»Wie ist ihr denn das passiert?«

»Ach, sie ist eine Wilde, die es immer schon arg getrieben hat.«

»Tatsächlich.«

»Wenn Sie mich fragen, ihre Familie hat einfach zuviel Geld. Weswegen wollen Sie sie denn sprechen?«

»Das geht Sie nichts an.«

Hubert blähte sich vor ihm auf. »Das denke ich aber doch. Immerhin bin ich hier der Leiter der Sicherheitsabteilung.«

»Abteilung?«

»Seit acht Jahren arbeite ich schon für die Sandersons.«

»Der ist doch dieser Fernseh-Zar, oder?«

»Richtig.«

»Ist die Arbeit schwer?«

»Iwo.«

»Gute Bezahlung?«

»Ich kann nicht klagen.«

Der Detective seufzte. »Manchmal habe ich das Gefühl, als würde ich mir den Arsch für nichts und wieder nichts aufreißen. Ich sollte mir so einen kuscheligen Sicherheitsjob besorgen, wie Sie ihn haben.«

Der Butler kehrte zurück, und seiner Miene war nichts anzumerken. »Miß Levitt ist nicht zugegen.«

»Ich habe es Ihnen doch gesagt!« triumphierte Hubert.

»Wo könnte sie denn dann sein?« wollte Carlyle wissen.

»Vermutlich im Studio«, antwortete der Butler.

»Aber ihr Wagen liegt doch ein Stück weiter auf der Straße.«

Hubert konnte sich nicht länger zurückhalten: »Das ist Jordannas Wagen, hundertprozentig. Ihre Handtasche lag noch auf dem Beifahrersitz, und ich kenne keine Frau, die ohne ihre Handtasche auch nur einen Schritt weit geht.«

»War ihr Bett benutzt?« fragte der Detective.

»Nein«, entgegnete der Butler.

Carlyle hatte das unangenehme Gefühl, daß dieser Umstand ihm noch mehr Scherereien einbringen würde.

»Wie spät ist es?« murmelte Cheryl.

»Kurz vor elf. Wie geht es dir?«

»Furchtbar. Ich habe das Gefühl, in meinem Bauch brennt ein Feuer. Wie lange ist es her, seit er zum letzten Mal bei uns war?«

»Knapp drei Stunden.«

»Meinst du, man vermißt uns schon?«

»Sie haben bestimmt längst meinen Porsche gefunden. Wo steht denn dein Wagen?«

»Auf der Lexington – und versperrt jemandem die Einfahrt.«

»Wenn sie auf unsere Autos stoßen, werden sie sicher bald darauf kommen, daß uns etwas zugestoßen ist. Wahrscheinlich sucht man uns schon. Cheryl, Zane hat uns gekidnappt, und so etwas ist ein Fall fürs FBI.«

»Ich wünschte nur, mir ginge es besser. Wenn ich doch nur aufwachen und feststellen könnte, daß das alles nur ein schlimmer Alptraum war.«

»Es ist ja auch so etwas wie ein Alptraum, aber wir kommen hier schon wieder raus, verlaß dich drauf.«

»Er läßt uns nicht auf die Toilette und gibt uns nichts zu trinken. Ich könnte für einen Schluck Wasser zur Mörderin werden.«

»Irgend etwas wird sich tun«, versuchte Jordanna ihr Mut zu machen. »Zuerst müssen wir versuchen, diese Handschellen loszuwerden.«

»Ohne Schlüssel haben wir keine Chance.«

»Ruhig! Ich höre etwas. Zane kommt wieder.«

Die Tür oben ging auf, und im ersten Moment tat sich nichts. Dann polterte etwas auf der Treppe.

»Zane, ich muß mit dir reden!« rief Jordanna. »Ist wirklich wichtig.«

Keine Antwort.

Laß nicht locker. Versuch, seine Aufmerksamkeit zu erwecken. Bring den Dreckskerl dazu, mit dir zu reden.

»Wußtest du, daß Ingrid ziemlich viel von dir erzählt hat? Sie hat mir sehr viel anvertraut. Und das möchte ich dir gern mitteilen.«

Die Tür wurde geschlossen.

Quieken und Fiepen ertönte.

»Was ist denn das?« fragte Cheryl bang.

Schon tauchten zwei Ratten auf, gerieten in Panik und sausten ziellos in dem kleinen Keller hin und her. Eine knabberte an Cheryls Knöchel.

Cheryl stieß einen markerschütternden Schrei aus. »Oh Gott! Oh mein Gott, Jordy, tu doch etwas!«

»Du mußt nach ihnen treten, hörst du, tritt zu. Wir können sie töten!« Sie zog die Beine an und ließ sie dann mit aller Kraft vorschnellen. Einer der Nager kreischte und flog gegen die Wand.

»Ich kann nicht, Jordy, ich kann es nicht«, wimmerte Cheryl.

»Doch, du kannst es«, fuhr Jordanna sie an. »Los, tritt zu!«

Cheryl zog sich in eine Ecke zurück und erbrach sich.

Der Mann stand hinter der Tür und lauschte den Schreien.

Im Gefängnis hatten ihn einmal ein paar Mithäftlinge gepackt und ihm eine lebende Ratte in die Hose gesteckt. Das Tier hatte ihn in die Hoden und in die Oberschenkel gebissen, und die Schmerzen waren unvorstellbar gewesen. Die Wächter hatten ihn ins Gefängnisspital gebracht, und dort hatte man ihm eine Tollwutspritze verpaßt.

Der Mann hatte sich an den anderen gerächt.

Als er einige Wochen später zum Küchendienst eingeteilt wurde, hatte er ihnen Rattengift ins Essen getan. Der halbe Zellenblock war eine Woche lang krank gewesen.

Er hatte nicht vor, mit den gefangenen Frauen auch nur ein Wort zu wechseln. Aber Jordanna hatte da etwas über Ingrid gesagt, und das interessierte ihn doch. Was hatte Ingrid über ihn erzählt?

Der Mann wollte unbedingt alles erfahren. Dummerweise mußte er dazu mit dieser Levitt-Schlampe reden.

Er hatte ihre Schreie jetzt lange genug angehört. Immerhin hatte er ja alles auf Band und konnte es später wieder abspielen, und zwar so oft er wollte.

Der Mann öffnete die Tür wieder. Eine der Ratten kam ihm sofort entgegengerannt und verschwand irgendwo im Haus.

Er leuchtete mit der Taschenlampe in den kleinen Raum. Cheryl hatte sich in einer Ecke verkrochen. Jordanna saß wie vorher da.

Kaum wurde sie seiner ansichtig, fing sie gleich wieder an zu reden. »Willst du hören, was Ingrid von dir gehalten hat? Wir sollten unbedingt darüber reden.«

Diese Jordanna schien ziemlich zäh zu sein. Er entdeckte die Ratte, die sie trotz der gebundenen Füße totgetreten hatte.

Der Mann zögerte, aber dann siegte die Neugier.

Bobby hatte gerade die Schlüsselszene mit Jerry abgedreht, als Mac ihn zu sich rief. »Das ist Detective Carlyle«, stellte er ihm einen korpulenten Mann vor.

»Wenn es um Barbara Barr und das geht, was sie aus meinem Haus gemacht hat, dann seien Sie versichert, daß ich keine Anzeige erstatte.«

»Ich fürchte, wir haben es mit etwas Schlimmerem zu tun«, sagte Mac. »Hast du Jordanna heute schon gesehen?«

»Sie muß gleich kommen.«

»Waren Sie letzte Nacht mit ihr zusammen?« fragte der Polizist. Carlyle wußte, daß seine Geliebte einen Orgasmus haben würde, wenn er ihr erzählte, daß er mit ihrem Idol Bobby Rush gesprochen habe.

»Ja, ich habe sie gestern abend gesehen. Warum?«

»Nun, ich fürchte, sie ist verschwunden.«

Michael lag im Bett, hatte die Hände hinter dem Kopf verschränkt und war mit sich und der Welt zufrieden.

Kennedy schlief mit dem Kopf auf seinem Bauch. Der Duft ihrer Haut verzauberte ihn. War es möglich, sich nach so kurzer Zeit in einen Menschen zu verlieben?

Anscheinend ja. Immerhin war er der lebende Beweis dafür.

In seinem Leben hatte es viele Frauen gegeben. Meist One-night-stands oder kurze Affären. Aber so jemand wie Kennedy war nie darunter gewesen. Sie erfüllte ihn auf allen Gebieten, und so weit er das beurteilen konnte, paßten sie beide perfekt zusammen, auch wenn sie aus verschiedenen Welten stammten.

Er streichelte ihr Haar, bis sie aufwachte. »Bist wohl letzte Nacht nicht viel zum Schlafen gekommen, was?«

»Nur ein paar Stunden.« Sie streckte sich wie eine Katze. »Ich habe zu lange an meinem Artikel gesessen.«

»Du scheinst ja eine harte Arbeiterin zu sein.«

»Hmmm ...« machte sie zögernd. »Ich fürchte, ich muß mich bald wieder dransetzen.«

»Ja, und ich sollte mich bei Quincy melden. Er fragt sich bestimmt schon, wo ich stecke.«

Ihre Finger wühlten in seinem dichten Haar.

»Du machst mich an.«

»Genau das habe ich vor«, sagte sie leise.

»Wirklich?«

»Ja, wirklich.«

»Ich dachte, wir wollten aufstehen.«

»Nein, aber deiner steht schon auf.«

Er fuhr mit den Lippen sanft über ihre Brustwarzen.

»Das ist wirklich irre.«

»Ja.«

»Ich bin nicht zu dir gekommen, weil ich mit dir ins Bett wollte.«

»Bist du doch.«

»Okay, ich habe gelogen«, grinste er.

Das Telefon klingelte. Sie streckte eine Hand aus dem Bett und zog den Stecker heraus.

Dann fanden sich ihre Lippen, und sie vergaßen vollkommen aufzustehen.

Kennedy wußte, daß sie von nun an nie wieder allein sein würde.

Kapitel 50

»Wir müssen diesen kleinen Scheißer finden, ehe Luca durchdreht«, sagte Reno. »Er ist schon nahe dran.«

»Ich weiß«, meinte Bosco. »Wo sollen wir anfangen?«

»Wir fahren zum Haus und nehmen sein Zimmer von oben bis unten auseinander.«

»Das haben wir doch schon mal getan.«

»Diesmal machen wir es auf meine Weise.«

Sie ließen sich von dem Chauffeur dorthin bringen und hießen ihn, draußen zu warten.

»Jetzt geht's los«, sagte Reno, dem die Vorstellung, ein Zimmer zu zertrümmern, außerordentlich gefiel. »Wir schlitzen die Polster auf, reißen die Tapeten von den Wänden und lösen die Bodendielen. Ich bin nicht nach L. A. gekommen, um meine Zeit mit der Suche nach diesem Froschficker zu vergeuden, sondern um mich zu erholen.«

Bobby und Mac standen mit Detective Carlyle am Rand des Sets zusammen.

»Wenn dieser Mann aus der Haft entlassen worden ist, hätte man dann nicht gleich Jordanna und Cheryl warnen müssen?« fragte Bobby, der sich nur mühsam beherrschen konnte.

»Wir haben erst in den letzten vierundzwanzig Stunden herausgefunden«, antwortete der Polizist, »daß es sich bei dem Mörder um Zane Ricca handelt.«

»Wollen Sie damit sagen, daß vier Frauen ermordet worden sind, und Sie die ganze Zeit keine Ahnung hatten, wer dahinter steckt? Mac, ist so etwas möglich?«

Brooks starrte auf seine Schuhe. Sein schlimmster Alptraum schien wahr zu werden. So weit hätte es nie kommen dürfen. Er machte sich die schlimmsten Vorwürfe, sich an Luca gewandt zu haben und nicht gleich zur Polizei gegangen zu sein.

»Wir müssen Jordanna finden«, erklärte Rush grimmig. »Was gedenken Sie zu unternehmen?«

»Alles, was in unseren Kräften steht«, antwortete Carlyle und fragte sich, warum jeder darauf aus war, ihm die ganze Schuld in die Schuhe zu schieben.

»Wo ist denn Cheryl?«

»Ich bin bei ihr vorbeigefahren«, sagte der Detective. »Aber nur ihr Bruder war da.«

»Sie hat keinen Bruder!« rief Mac. »Vielleicht war das Zane.«

»Nein, ich habe ein Foto von ihm. Er war es nicht.«

»Wird er eine Lösegeldforderung stellen?«

»Wenn ja, wendet er sich vermutlich an den Vater.«

»Ist Jordan schon verständigt?«

»Ich wollte gerade zu ihm.«

»Dann komme ich mit!« erklärte Bobby.

»Du kannst doch nicht einfach den Set verlassen«, wandte Brooks ein.

»Mach für heute Schluß. Wenn Jordanna in Gefahr schwebt, werde ich alles Erdenkliche tun, um sie zu retten.«

Grant lief in der Lobby des St. James' Hotels umher. Er hatte bereits an der Rezeption nach Mr. Nanni gefragt und erfahren, daß er sein Zimmer verlassen habe. Danach hatte Grant sich zu den Parkjungen begeben und herausgefunden, daß Cheryls Wagen nicht mehr hier abgestellt war. Einer der jungen Männer erinnerte sich, ihr den BMW gestern abend gegen zweiundzwanzig Uhr zurückgebracht zu haben.

Zum ersten Mal in seinem Leben wurde Grant sich bewußt, daß er sich nicht nur um sich selbst, sondern auch um einen anderen Menschen sorgen konnte. Cheryl und er hatten sich immer nahegestanden, und die Vorstellung, sie könne in Gefahr sein, erfüllte ihn mit Angst.

Er zog die Visitenkarte des Detectives aus der Tasche.

Sollte er ihn anrufen und ihm mitteilen, daß Cheryl verschwunden war?

Dann würde er aber auch eingestehen müssen, daß sie letzte Nacht einen Freier besucht hatte.

Na und? Wenn Cheryls Leben bedroht wurde, hatte alles andere dahinter zurückzustehen.

»Wenn wir uns unterhalten wollen, mußt du uns zuerst auf die Toilette lassen«, beharrte Jordanna. »Und du siehst ja selbst, wie schlecht es Cheryl geht. Das Zeug, das du ihr in den Tee getan hast, hat sie vergiftet. Vielleicht eine allergische Reaktion. Warum läßt du sie nicht gehen. Fahr sie einfach zu einem Krankenhaus und setz sie davor ab. Cheryl weiß ja nicht, wo wir hier sind, und kann dich deswegen nicht verraten. Außerdem hast du dann ja immer noch mich.«

Er ging gar nicht darauf ein. »Was hat Ingrid über mich gesagt?«

»Ich möchte es dir erzählen, Zane, wirklich, aber gib Cheryl wenigstens etwas zu trinken. Dann berichte ich dir alles, ganz ehrlich.«

»Was gibt es denn zu berichten?«

»Ingrid hat fast nur von dir gesprochen, denn sie hat dich wirklich sehr gern gehabt. Das, was dann passiert ist, war entsetzlich, aber ich weiß, daß es nur ein Unfall war.«

»Halt mich nicht zum Narren. Du warst doch eine von denen, die mich hinter Schloß und Riegel gebracht haben!«

»Mein Vater hat mich dazu gezwungen. Mir blieb gar keine andere Wahl.«

»Dein Vater hat dich zu gar nichts gezwungen. Du bist nichts weiter als eine reiche und verwöhnte Fotze.«

»Nein, Zane, das hast du alles falsch mitbekommen. Glaub mir, Ingrid und ich hatten keine Geheimnisse voreinander.«

»Was hat sie dir denn anvertraut?« fragte er mißtrauisch. »Wenn du es mir nicht bald sagst, lasse ich euch hier im Dunkeln schmoren. Die Ratten waren eine unangenehme Überraschung, was? Warte nur, was ich noch für euch vorbereitet habe.«

Cheryl stöhnte. Obwohl Jordanna wußte, daß es ihr nicht gut ging, wünschte sie sich, daß ihre Freundin endlich still wäre. Zane schien sich an ihrer Furcht und Schwäche zu weiden.

»Ingrid hat mir gesagt, daß sie dich für einen außerordentlich gut aussehenden Mann hielt«, log Jordanna und hoffte, damit auf der richtigen Fährte zu sein. »Das hat sie mehr als einmal geäußert.«

In Wahrheit hatte Ingrid natürlich nie dergleichen von sich gegeben. Sie hatte überhaupt nie über ihn gesprochen, bis auf einmal, als sie über ihn als furchtbar aufdringlichen Kerl schimpfte.

So etwas wie Leben leuchtete in seinen Augen auf. »Ehrlich?«

»Aber ja.« Jordanna nickte zur Bekräftigung.

Zane ließ sich auf der vorletzten Stufe nieder. »Wann hat sie das gesagt?«

Jordanna schwieg, und das machte ihn wütend.

»Ich habe dich gefragt, wann sie das gesagt haben soll!«

Sie gab immer noch keinen Ton von sich.

»Spiel keine Spielchen mit mir, Nutte, sonst wirst du das noch bitter bereuen.«

»Warum beleidigst du mich immer?« fragte Jordanna und versuchte es auf einem neuen Weg. »Ingrid hat mir gesagt, du wärst so ein netter und höflicher Mann. Das hat großen Respekt in ihr ausgelöst. Wenn sie wüßte, wie du uns hier behandelst, würde sie das bestimmt nicht glauben können.«

»Ingrid hat mich wie einen Trottel behandelt.«

»Du hast sicher nie verstanden, was in ihr vorging, aber sie hatte sehr viel für dich übrig.« Jordanna schwieg für einen Moment, um seine Reaktion zu beobachten. Ja, sie hatte ihn am Haken, aber sie mußte die Leine sehr vorsichtig einrollen, sonst verlor sie ihn wieder. »Und in dem Zusammenhang hat sie mir Dinge von dir erzählt, die dich bestimmt interessieren dürften …«

»Was für Dinge?«

»Komm, sei ein netter Junge, und laß Cheryl gehen.«

»Sie bleibt.«

»Gib ihr wenigstens etwas zu trinken.«

»Ich muß gar nichts tun.«

»Das weiß ich doch.«

»Ich könnte euch beide auf der Stelle umbringen.«

Jetzt schwiegen beide, und er dachte angestrengt nach, was er tun sollte.

»Michael?«

»Ja, so heiße ich.«

»Das alles ist so unglaublich schnell gegangen. Normalerweise lege ich mich nicht morgens mit Männern ins Bett, wenn ich eigentlich arbeiten sollte.«

»Gleich mit Männern, Mehrzahl?«

»Nur mit dir«, lächelte sie.

»Vielen Dank.«

»Gern geschehen.«

»Du hast doch irgend etwas auf dem Herzen?«

»Na ja … ich möchte nicht, daß das zwischen uns nur so etwas wie eine Frühstücksaffäre wird.«

»Verstehe«, grinste er, »du möchtest also auch zum Abendessen ausgeführt und eingeladen werden?«

»Wäre doch nett.«

»Okay, wenn du das möchtest«, er richtete sich halb auf und fischte nach einer Zigarette, »dann gehen wir eben groß mit Quincy und Amber aus. Was hältst du davon?«

Sie richtete sich ebenfalls auf und bedeckte ihren Busen mit dem Laken. »Du meinst, ich soll mich mit normalen, wirklichen Menschen gemein machen?«

»Sehr komisch.«

»Wenigstens bringe ich dich zum Lachen.«

»Du bringst mich noch zu ganz anderen Sachen.«

»So? Welche denn?«

Er packte sie mit beiden Händen. »Soll ich es dir zeigen?«

»Wie wäre es mit einer Pause?« Sie löste sich von ihm.

»Bei dir weiß man manchmal nicht, woran man ist.«

»Und du rauchst zuviel.«

Er nahm noch einen Zug und drückte die Zigarette dann aus. »Also gehen wir beide richtig offiziell aus.«

»Und wann?«

»Wann du willst.«

»Um ehrlich zu sein, ich möchte dieses Bett nie mehr

verlassen, wenigstens so lange nicht, wie du auch drin bist.«

»Mir geht es genauso.« Er sah sie verliebt an. »Weißt du, schon als ich dich zum erstenmal gesehen habe, war mir klar, daß es so weit kommen würde.«

»Tatsächlich?«

»Ich wollte es mehr als alles andere, aber ich sagte mir, zuerst mußt du dein Leben in Ordnung bringen. Und soll ich dir was sagen, ich glaube, das habe ich halbwegs geschafft, und jetzt sind wir tatsächlich zusammen im Bett.«

»Jaaa …«, seufzte sie.

»Du bedauerst es doch nicht, oder?«

»Nein, Michael. Und du?«

»Du bist das Beste, was mir je passiert ist.« Er beugte sich zu ihr und küßte sie.

Sie schob ihn sanft von sich fort. »Ich hasse mich dafür zu fragen, aber wieviel Uhr ist es?«

Er warf einen Blick auf seine Armbanduhr. »Gott, schon halb zwölf. Quincy ist sicher stinksauer.«

»Hm, dann wollen wir endlich aufstehen.«

»Richtig, tun wir das.«

Keiner von beiden rührte sich.

»Wir arbeiten für Marjory Sanderson, weil sie Drohbriefe erhält. Sie sagt, der Unbekannte habe gedroht, sie zu ermorden. Ich weiß aber nicht, ob ich ihr das glauben soll …« Er schwieg einen Moment. »Da ist etwas, das ich dir wohl erzählen sollte.«

»Nur zu, ich bin in Zuhörlaune.«

»Ich mußte mir Geld von ihr borgen.«

»Wieviel?«

»Zehntausend. Soviel hat es mich nämlich gekostet, Informationen über Bella zu bekommen.«

»Das ist aber ziemlich viel.«

»Stimmt, und ich muß es Marjory zurückgeben.«

»Und wie willst du das anstellen?«

»Keine Ahnung … vielleicht suche ich mir einen Zweitjob. Als Nachtwächter. Oder ich verkaufe meinen Körper.«

»Michael!«

»Na ja, es sei denn, du bist bereit, mir auszuhelfen.«

»Hilft dir ein Dollar weiter?«

»Täubchen, ich spreche von zehntausendmal soviel«, stichelte er.

»Was kriege ich denn dafür?«

»Komm her, dann zeige ich es dir.«

»Schon wieder?«

»Tja, wenn ich noch siebzehn wäre …« Er legte den Arm um sie und zog sie zu sich heran.

Kennedy kuschelte sich an ihn. »Weißt du, seit Phils Tod habe ich nie geglaubt, daß ein anderer Mann einmal seinen Platz einnehmen könnte. Und jetzt bist du hier.«

»Könnte man so sagen.«

»Du bist wie eine Explosion in mein Leben gekommen.« Sie strich mit der Fingerspitze über die Linien seines Gesichts. »Ich hoffe, du bleibst auch bei mir.«

»Bei dir bleiben, Schatz? Ich ziehe bei dir ein!«

»Wer hat dir das denn erlaubt?«

»Kennedy, ich fürchte, du mußt dich einer unangenehmen Wahrheit stellen: Wir haben uns gefunden, und wir bleiben zusammen … oder möchtest du lieber doch nicht?«

Sie kuschelte sich noch näher an ihn. »Ich will.«

»Soll ich dir was sagen?«

»Ja.«

»Du hast mein Herz geöffnet und bist hineinspaziert.«

»Du lieber Himmel, was für eine Offenbarung! Unter der rauhen Detektivschale verbirgt sich ein echter Romantiker.«

»Mit dir kann ich alles sein.« Er fing an, sie wieder zu streicheln.

Und sie fingen an, sich zu küssen, als wäre es das erste Mal.

Eldessa stieg unten im Laurel Canyon aus dem Bus. Sie preßte die schwarze Handtasche an sich und begann den langen Aufstieg.

Die Haushälterin ging viel zu Fuß, und das machte ihr nicht viel aus. Ihr Wagen hatte vor einem Jahr den Geist aufgegeben, und sie hatte sich keinen neuen besorgt. Das Auto war schon sehr alt gewesen und hatte ihr mehr Kummer als Nutzen bereitet.

Beim Aufstieg dachte sie an ihre Familie. Fünf Kinder, von denen jedes an einem anderen Ort lebte. Sie bekam sie nicht oft zu sehen, nur hin und wieder meldete sich eines, weil es Geld brauchte. Sie half stets, soweit es ihre Mittel zuließen.

Fünftausend Dollar. Mit einer solchen Summe konnte sie sich zur Ruhe setzen, zu ihrer Kusine nach Santa Monica ziehen und ihre alten Tage genießen, nachdem sie ein Leben lang nichts anderes getan hatte, als hinter anderen Leuten aufzuräumen.

Eldessa rechnete sich aus, daß ihre Chancen gar nicht so schlecht standen, an diese Belohnung zu kommen. Shelley wußte bestimmt, wo Zane zu finden war.

Dafür war ihr keine Anstrengung zuviel.

»Sieh mal hier«, sagte Reno.

»Was gibt's denn?« Bosco schwitzte heftig unter der heißen Sonne Kaliforniens.

»Der Beleg vom Autoverleih. Er hatte ihn unter der Matratze versteckt.«

»Damit haben wir also sein Autokennzeichen, na und?«

»Begreifst du denn nicht? Damit haben wir auch ihn. Komm, wir müssen los!«

Kapitel 51

Bobby spazierte durch Jordans Zimmer, während Detective Carlyle die Situation darlegte.

Jordan Levitt war ein großer, gut aussehender Mann, der wahrscheinlich Jordanna in ihrer Kindheit mehr als nur beeindruckt, viel eher sie eingeschüchtert hatte. Bobby kannte dieses Gefühl gut, und in gewisser Hinsicht waren sich Jordan und Jerry sehr ähnlich.

Als Jordan sich dann zu Wort meldete, hörte man ihm an, daß er seiner Verärgerung am liebsten Luft gemacht hatte. »Warum wurde meine Tochter nicht gewarnt. Warum hat man sie nicht unter Polizeischutz gestellt?«

Carlyle trat unruhig von einem Fuß auf den anderen. Da stand er endlich einmal Hollywood-Stars von Angesicht zu Angesicht gegenüber, und was geschah: Man hieb von allen Seiten auf ihn ein, als sei er persönlich für Jordannas Verschwinden verantwortlich. Wenn sie sich gleich bei ihm gemeldet hätte, wäre es nie so weit gekommen.

»Wir haben versucht, sie zu warnen«, begann er lahm.

»Unfug!« Jordan hieb mit der Faust auf den Schreibtisch. »Nehmen Sie sofort den Hörer ab, und verbinden Sie mich mit demjenigen, der in Ihrem Haufen etwas zu sagen hat!«

»Ich glaube, ich habe gerade die Türglocke gehört«, sagte Michael.

»Sag ihm, er soll verschwinden.«

»Wir sollten uns ernsthaft Maßnahmen überlegen, um aus diesem Bett zu kommen. Es ist längst zwölf Uhr durch.«

»Wenn es unbedingt sein muß.«

»Soll ich an die Tür gehen?«

»Nein, du stellst dich unter die Dusche. Ich sehe nach.«

Michael küßte sie und sprang aus dem Bett. »Wir treffen uns in sechzig Sekunden im Bad. Wenn du dich verspätest, werde ich sehr ungeduldig.«

»Wenn ich zu dir unter die Dusche steige, kommen wir nie mehr zum Arbeiten.«

Er grinste. »Wenn ich es mir recht überlege, wer braucht schon die Arbeit?«

»Wir beide.« Sie zog sich einen Morgenmantel an, ging zur Tür und rief: »Wer ist da?«

»Kennedy?«

Als sie Rosas Stimme erkannte, öffnete sie die Tür einen Spalt weit. »Hi, was führt dich denn her?«

»Was mich herführt?« schnaubte Rosa. »Seit zweit Stunden versuche ich, dich zu erreichen. Wo hast du gesteckt?«

»Ich war beschäftigt«, antwortete Kennedy ausweichend. »Läßt du mich jetzt rein oder nicht?«

»Ja, klar, gleich.«

»Was ist eigentlich mit dir los? Und warum bist du nicht angezogen?«

Widerwillig trat Kennedy einen Schritt zurück, und Rosa stürmte gleich in die Wohnung. »Jetzt sag mir endlich, warum du noch keine Kleider am Leib trägst.«

»Ich habe mich nach dem Aufstehen gleich an den Computer gesetzt.«

Rosa legte den Kopf schief und betrachtete sie merkwürdig. »Du siehst aus wie frisch gevögelt.«

»Wie bitte?«

»Du hast mich genau verstanden.«

»Ich war die halbe Nacht auf und habe an meinem Artikel geschrieben.«

»He, ich bin's, Rosa, mir kannst du es doch sagen. Also, wer ist bei dir?«

»Niemand.«

»Und warum läuft im Bad das Wasser?«

»Ich wollte gerade duschen gehen.«

»Aha!« rief Rosa und hob ein Kleidungsstück vom Boden auf. »Und wem gehört diese Hose?«

»Bist du Geheimagentin oder was?«

»Nun mach mich bloß nicht an. Ich freue mich doch für dich. Wer ist es?«

»Michael.«

»Mannomann! Du gehst ja noch schneller ran als ich. Nur eine Verabredung, und schon zur Sache?«

»Er ist einfach unbeschreiblich, Rosa«, lächelte sie selig.

»Kennedy, ich erkenne dich ja kaum wieder! Es freut mich festzustellen, daß du doch eine richtige Frau bist.«

»Da du jetzt alles weißt, kannst du ja auch wieder gehen.«

»Nein, kann ich nicht. Es hat sich nämlich was in unserem Fall getan.«

Kennedy machte sich bewußt, daß trotz allem das wirkliche Leben weiterging. »Okay, dann schieß los.«

»Man hat es noch nicht offiziell bekanntgegeben, aber ich habe es trotzdem erfahren: Jordanna Levitt wird vermißt.«

»Oh Gott! Woher weißt du das?«

»Man hat ihren Wagen gefunden, mitsamt ihrer Handtasche.«

»Und was ist mit Cheryl Landers?«

»Von der hat man noch nichts gehört.«

»Ist ja schrecklich. Du, ich habe übrigens auch ein paar Kleinigkeiten herausgefunden. Wußtest du, daß der berüchtigte Mafia-Boß Luca Carlotti Zanes Onkel ist?«

»Willst du damit andeuten, daß die Geschichte eine viel größere Dimension gewinnen könnte?«

»Wer weiß? Ich denke mir, das Ganze hat sich so abgespielt: Luca hat Zane eine Rolle in *The Contract* verschafft. Der Neffe ist hierher gekommen, hat Ingrid ermordet, mußte dafür ins Gefängnis und ist seit kurzem wieder auf freiem Fuß. Und seitdem will er sich an den Frauen rächen, die damals gegen ihn ausgesagt haben.«

»Hast du schon Kontakt zu Carlotti aufgenommen?«

»Was? Du spinnst wohl.«

»Jemand sollte das aber tun. Außerdem müssen wir das der Polizei mitteilen.«

»Das wollte ich auch, aber dann wurde ich abgelenkt oder habe einen Schlag auf den Kopf erhalten. Vielleicht wurde ich auch von einem Zug überrollt ... Am besten hörst du gar nicht zu, Rosa, ich schwebe auf Wolke sieben.«

»Das ist mir auch schon aufgefallen.«

»Ich weiß, daß ich mir dafür einen schlechten Zeitpunkt ausgesucht habe.«

»Wenn es um die Liebe geht, wird alles andere egal.«

»Wer hat denn was von Liebe gesagt?«

»Wirf mal einen Blick in den Spiegel. Du leuchtest so sehr von innen heraus, daß man damit ganz Cleveland mit Licht versorgen könnte.«

»Ach was.«

»Aber sicher.«

»Ich sage Michael Bescheid. Du kannst ja Kaffee machen. Ich bin gleich wieder bei dir.«

»Möchtest du nicht, daß ich mitkomme?«

»Rosa, den Anblick von Michael unter der Dusche verkraftest selbst du nicht.«

»Himmel, du hörst dich fast schon so an wie ich.«

»Niemals!«

Zane befreite Cheryl von ihren Fesseln und führte sie nach oben. Sie durfte das Badezimmer benutzen und bekam ein Glas Wasser.

Cheryl war viel zu schwach, um einen Fluchtversuch zu unternehmen. Er schleppte sie zurück in den Keller, weil sie aus eigener Kraft kaum laufen konnte.

Jordannas Herz schlug schneller. Ihrer Freundin ging es wirklich schlecht, und sie konnte ihr nicht helfen. Zane fesselte ihr die Füße, doch als er auch die Handschellen wieder anlegen wollte, sagte sie rasch: »Das brauchst du nicht. Siehst du nicht, wie dreckig es ihr geht.«

»Du redest zuviel.«

»Ich dachte, du wolltest von mir einiges über Ingrid erfahren.«

»Was denn zum Beispiel?«

Hurra, ihre Saat ging auf.

»Sehr vertrauliche Dinge.«

Zane ließ Cheryl liegen und hockte sich wieder auf die vorletzte Stufe. Die Handschellen schien er vergessen zu haben.

»Ingrid hat mich nicht richtig behandelt«, beklagte er sich. »Sie hatte keinen Respekt vor mir.«

»Ich weiß, was du meinst«, sagte Jordanna mit falschem Mitgefühl.

»Anfangs tat sie so, als würden wir miteinander gehen, aber das war gelogen.«

Verdammt, was sollte sie ihm jetzt erzählen?

»Du konntest es natürlich nicht wissen, aber Ingrid wurde unter Druck gesetzt«, fabulierte Jordanna drauf los und hoffte, der Rest würde ihr auch noch einfallen.

»Von wem?«

»Von Mac Brooks, dem Regisseur. Er ... er hatte sich

nämlich in Ingrid verliebt. Als er dann herausfand, daß sie dich viel lieber hatte als ihn, hat er sie gezwungen, auf Abstand zu dir zu gehen. Er hat sie massiv bedroht, und jetzt verstehst du sicher, daß alles gar nicht ihre Schuld war.«

Der Mann bebte vor Zorn. Stimmte das? Steckte wirklich Brooks dahinter, daß Ingrid ihn abgewiesen hatte?

Er starrte Jordanna an und haßte sie genauso sehr wie die andere, die krank geworden war. Das machte bestimmt keinen Spaß, ihr beim Sterben zuzusehen.

Jordanna war das genaue Gegenteil. Sie war viel zu stark, und er würde sie demütigen und ihren Willen brechen müssen.

Vielleicht sollte er sie gleich auf der Stelle erwürgen. Ihr die Hände um den Hals legen und zusehen, wie das Leben aus ihren dunklen Augen wich.

Nein, später. Erst wollte er mehr erfahren.

Schweiß tropfte von Eldessas Stirn, während sie sich weiter den Hügel hinaufmühte. Shelley hatte leider zu erwähnen vergessen, daß das Haus so weit oben stand.

Eldessa blieb stehen, um einen Moment zu verschnaufen. Sie wischte sich mit einem Taschentuch durchs Gesicht. Wenn Shelley nun nichts wußte? Eigentlich war Eldessa schon zu alt, um sich umsonst auf einen solchen Weg zu machen.

Aber sie schritt tapfer weiter aus. Fünftausend Dollar winkten. Jeder Schritt brachte sie dem Ziel näher.

»Wir sehen uns später«, sagte Michael und küßte Kennedy auf den Mund. »Ich muß zu Quincy. Vergiß du nicht, die Polizei anzurufen und alles zu berichten.«

»Wenn die Kripo nur halbwegs was taugt, ist sie längst selbst dahintergekommen«, bemerkte Rosa.

»Regel Nummer Eins«, erklärte Michael: »Geh niemals davon aus, daß ein anderer auch nur etwas weiß.«

Als er aus dem Haus war, stieß Rosa einen Pfiff aus. »Das ist ja mal wirklich ein Prachtkerl. Und dabei nicht einmal Schauspieler. Du hast wirklich unverschämtes Glück.«

»Du hattest deine Chance, Rosa.«

»Eigentlich nicht. Er war nie hinter mir her. So was spüre ich.«

Kennedy seufzte glücklich. »Ist er nicht ein Traum?«

»Hör sich einer mal die an. So redet nur ein liebeskranker Teenager.«

»Ich fühle mich auch wieder wie siebzehn.«

»Oh Gott, jetzt hat sie endgültig den Verstand verloren.«

»Habe ich nicht! Aber Michael ist eben etwas Besonderes.«

»Bekomme ich denn einen Finderlohn?« lächelte Rosa.

»Du darfst bei unserer Hochzeit gern Brautjungfer sein.«

»Hochzeit? Hat er dir etwa schon einen Antrag gemacht?«

»Ich habe nur Spaß gemacht«, strahlte Kennedy.

»Mit dir ist ja überhaupt nichts mehr anzufangen. Das gefällt mir gar nicht.«

»Warte, bis ich angezogen bin, dann fahren wir gleich aufs Revier. Ich möchte doch dabei sein, wenn es losgeht.«

»Wo um alles in der Welt hast du gesteckt?« erregte sich Quincy.

»Bei einem ganz besonderen Menschen«, antwortete Michael und war nicht in der Lage, sein Lächeln einzustellen.

»Was soll das heißen? Sprich nicht in Rätseln, Mann.«

»Du wirst sie noch kennenlernen.«

»Sie kennenlernen?« Er kratzte sich am Kopf. »Soll das etwas heißen, während ich die ganze Arbeit allein erledigen durfte, hast du dich von einer ins Bett locken lassen?«

»Nein, das war mehr als nur eine Bettgeschichte.«

»Und was, wenn ich ganz bescheiden fragen darf?«

»Können wir nicht später darüber reden? Es gibt da nämlich etwas, das Brooks uns nicht erzählt hat. Deswegen werden wir ihm jetzt einen Besuch abstatten. Zane hat nämlich einen Onkel, und bei dem handelt es sich um keinen Geringeren als Luca Carlotti.«

»Worauf warten wir dann noch?«

Reno hatte Freunde in L. A. Er bat sie, für ihn Zanes Wagen ausfindig zu machen, und ließ sich dann am Pool der Hotelsuite nieder.

»Bis Einbruch der Nacht haben wir ihn«, versicherte er Luca. »Der Junge ist schon so gut wie erledigt.«

»Woher willst du das wissen?« knurrte Luca. Er trug Versace-Shorts, ein passendes Hemd und goldbesetzte Halbschuhe von Gucci.

»Wollen wir wetten?« fragte Reno und spielte lässig mit seiner Sonnenbrille.

Luca ging nicht darauf ein. Er konnte dem Mann auch so vertrauen.

Bosco trat heraus. Er schwitzte mit jeder vergehenden Stunde mehr.

»Ich habe einen Auftrag für dich«, sagte Carlotti. »Setz dich in die Limousine und fahr nach Beverly Hills. Bei Cartier suchst du dann ein hübsches Diamantarmband aus. Laß es als Geschenk einpacken und eine Karte dazulegen, aber nur mit meinem Vornamen drauf. Das bringst du Bambi dann in das Haus, zu dem sie gestern nacht gefahren ist, und sagst ihr, ich erwarte sie heute abend um acht.« Er reichte ihm einen prallen Umschlag. »Du bezahlst natürlich bar.«

»Kommt Reno nicht mit?« fragte Bosco.

»Der hält am Telefon Wache.«

»Kann ich nicht vorher was essen?« Sein Magen knurrte.

»Nichts da, du wirst auf deine alten Tage weich, Mann.«

»Wen nennst du hier alt?«

Grant kam zu der Einsicht, daß ihm keine andere Wahl blieb, als Detective Carlyle über Cheryls Verschwinden zu informieren.

Er begab sich aufs Revier und wartete dort so lange, bis Carlyle hereinkam. Grant trat auf ihn zu und erzählte ihm, daß Cheryl letzte Nacht einen Freund im St. James' besucht habe. Nach Aussage eines Parkjungen sei sie dort vor zweiundzwanzig Uhr wieder gegangen, und seitdem fehle jede Spur von ihr.

»Warum haben Sie mir das nicht früher gesagt?«

»Weil ich davon ausgegangen bin, daß sie die Nacht bei ihrem Freund verbracht hat.«

Der Detective sah ihn mißtrauisch an: »Haben Sie mir nicht erzählt, Sie seien ihr Bruder?«

»Ja.«

»Soweit ich weiß, hat Miß Landers keinen Bruder.«

»Biologisch nicht, aber wir sind zusammen aufgewachsen und waren einander immer wie Bruder und Schwester.« Er hatte sich alles gründlich zurechtgelegt.

»Und wer sind Sie dann?«

»Grant Lennon junior.«

»Etwa der Sohn von Grant Lennon?« Carlyle wurde sofort höflicher.

»Richtig.«

»Ich brauche den Wagentyp und die Kennzeichen von Miß Landers Auto, dann schicke ich das durch den Computer. Und den Namen von ihrem Freund im Hotel möchte ich auch hören.«

Grant gab ihm alles und kehrte dann in Cheryls Haus zurück.

Kapitel 52

Jordanna fiel bald nichts mehr ein, was sie ihm noch erzählen konnte, aber wenigstens hatte sie seine ganze Aufmerksamkeit gewonnen. Zane saugte gierig alles von dem in sich auf, was Ingrid angeblich gesagt oder getan hatte.

Sie erfand einen ganzen Lebenslauf von Ingrid, obwohl sie die Frau bestenfalls flüchtig gekannt hatte. Und das Ganze würzte sie an den richtigen Stellen mit Ingrids Bewunderung und Liebe für Zane.

Der Schurke in ihrer Geschichte war eindeutig Mac Brooks. Ingrid stellte die reine Prinzessin dar, und Zane wurde zum unglücklichen Liebhaber, dem widrige Schurkereien sein Glück verwehrten.

»Ja, ich habe sie wirklich geliebt«, sagte er.

»Ich weiß. Aber es gibt noch mehr zu berichten.«

»Ich muß alles erfahren.«

»Das hast du auch verdient. Aber erst bringst du mich nach oben. Ich muß dringend auf die Toilette und will etwas zu trinken.«

Sie spürte sein Zögern. »Bitte, ich will ganz bestimmt nicht fliehen. Dafür ist es mir viel zu wichtig, daß die ganze Wahrheit endlich ans Licht kommt.«

Diese Levitt war vielleicht doch keine verräterische Nutte. Eigentlich war sie die erste Frau, die es ehrlich mit ihm meinte.

Alles, was sie ihm gesagt hatte, ergab Sinn. Er hatte sich damals nicht getäuscht: Ingrid hatte ihn wirklich geliebt.

So viele Frauen hatten ihn in seinem Leben belogen und betrogen. So oft war ihm das Herz gebrochen worden, bis er eines Tages dahinter gekommen war, daß er sie bestrafen mußte, um den Schmerz zu überwinden.

Vor Ingrid hatte es eine Reihe anderer gegeben. Die erste war siebzehn gewesen ... Sally, ein Mädchen, das ihm viel versprochen, aber nichts davon eingehalten hatte.

Es war nie herausgekommen, daß er ihre Bremsen manipuliert hatte.

Danach war eine junge Dänin in sein Leben getreten, die wenig später während eines Picknicks im See ertrunken war. Warum hatte sie ihn auch so schwer enttäuschen müssen!

Der Mann hatte den Tod dieser Frauen nie bedauert. Schließlich hatten sie ihn verdient.

Dabei war es ihm leicht gefallen, sich zu rächen und nicht erwischt zu werden.

Bis zu Ingrid.

All die Jahre im Gefängnis hatte er es nicht abwarten können, endlich die Hände um die Kehlen der sechs Verräterinnen zu legen, die ihn hierher gebracht hatten.

Er dachte an Ingrid und an Brooks, der alles zunichte gemacht hatte.

AUCH MAC BROOKS MUSSTE STERBEN!

Zane band Jordannas Füße los und zog sie hoch. Ihre Beine waren taub, und sie fiel gegen ihren Peiniger.

Während er die Handschellen löste, warf sie einen raschen Blick auf Cheryl. Sie lag zusammengekauert in ihrer Ecke.

Zane schloß die freie Schelle um sein Handgelenk, damit sie keine Möglichkeit zur Flucht erhalten sollte. Aber wenigstens würde sie aus dem Keller herauskommen. Möglicherweise bot sich oben ein Ausweg. Wenn nötig würde sie schreien, um einen Nachbarn aufmerksam zu machen.

Er ging voran und zog sie hinter sich her. Jordanna spürte, wie hungrig und durstig sie war. Sie beschloß, weiter sein Vertrauen zu gewinnen Ja, das war die einzige Möglichkeit für sie und ihre Freundin, hier zu überleben.

Oben warf er die Tür nur ins Schloß, drehte aber nicht den Schlüssel herum. Dann führte er sie durch einen engen Flur zu einem kleinen Badezimmer.

»Geh rein.«

»Aber doch nicht mit dir«, entgegnete sie entgeistert. »Du nimmst mir die Handschellen ab und wartest draußen.«

Der Mann hatte nicht vor, ihr auch nur einen Fingerbreit entgegenzukommen. Sie befand sich unter seiner Kontrolle, und er würde sie wie einen Hund an der Leine halten.

Gut, sie war ehrlich zu ihm gewesen, aber Frauen durfte man nie dauerhaft trauen, das wußte selbst der größte Trottel.

Jordanna funkelte ihn wütend an, öffnete dann aber mit der freien Hand ihre Jeans, zog ihren Slip herunter und hockte sich auf die Schüssel.

Der Mann wußte, daß er sie damit demütigte. Und das bereitete ihm große Befriedigung.

Ihr Ende würde nicht rasch kommen. Außerdem mußte sie ihm vorher noch alles von Ingrid berichten.

Und dann sollte sie ganz langsam sterben.

Wenn sie jetzt eine Pistole gehabt hätte, hätte sie ihn niedergeschossen, ihm direkt zwischen die toten Augen gezielt.

Verdammter Dreckskerl! wollte sie ihn anschreien. Elendes perverses Schwein!

Zane hatte ihr ihre Freiheit genommen, und dazu hatte er kein Recht. Und er war ein Mörder und hatte deswegen keine Chance verdient.

Als sie fertig war, zog sie so rasch wie möglich die Jeans wieder hoch.

Ob Bobby sie vermißte? Suchte er vielleicht schon nach ihr?

Und Jordan? War er bereits informiert? Machte er sich überhaupt Sorgen um sie?

»Kann ich bitte etwas zu trinken haben?« fragte sie bewußt unterwürfig, um ihn in einem falschen Sicherheitsgefühl zu wiegen.

Er grunzte etwas und führte sie in die Küche.

Wo befanden sie sich hier? fragte sich Jordanna und warf einen Blick aus dem Fenster. Nur Bäume und Grün waren zu sehen. Das war keine Hilfe. Sie konnten irgendwo zwischen Malibu und dem Valley stecken.

Zane zog sie an einen Wasserkühler und füllte ihr einen kleinen Pappbecher.

Sie leerte ihn in einem Zug. »Mehr«, verlangte sie durstig.

»Nein, es gibt nicht mehr.«

»Und warum nicht?«

»Weil ich dich dann bald wieder zum Badezimmer hinaufführen muß.«

Jordanna war noch nicht bereit, sich wieder in den Keller einsperren zu lassen. »Dann wenigstens etwas zu essen.«

»Nein.«

»Für Cheryl, damit sich ihr Magen wieder beruhigt.«

»Nein.« Zane zog sie zur Tür.

Jordanna warf noch einen Blick aus dem Küchenfenster. Freiheit – man vermißte sie erst, wenn man sie nicht mehr hatte. Was konnte sie nur unternehmen, um hier herauszukommen?

Dann nahm sie kurz etwas wahr, das sie sofort mit neuer Hoffnung erfüllte. Cheryl war vor dem Haus – stolpernd und taumelnd versuchte sie zu entkommen.

Kapitel 53

Mac verließ gerade mit seinem Wagen das Studiogelände, als Quincy ihn entdeckte und sofort wendete.

Michael sprang aus dem Auto und winkte heftig, bis Brooks auf ihn aufmerksam wurde. Dabei lief er auf seinen Rolls zu und klopfte an die Seitenscheibe. »Warum haben Sie uns nie erzählt, daß Luca Carlotti Zanes Onkel ist?«

Mac dachte kurz nach. Sollte er bluffen oder endlich mit der Wahrheit herausrücken? Jordanna wurde vermißt, also war es höchste Zeit, mit den Spielchen aufzuhören.

»Ich habe es verschwiegen. Ich hatte meine Gründe.«

»Hören Sie, wenn Sie uns von Anfang an ...«

»Genug jetzt. Was geschehen ist, ist geschehen. Nun kommt es darauf an, Jordanna zu finden.«

»Haben Sie mit Luca in New York gesprochen?«

»Er ist hier in L. A., ich bin gerade auf dem Weg zu ihm.«

»Weiß er, wo Zane sich aufhält?«

»Nein, soweit ich weiß, nicht. Aber er wird ihn vermutlich eher aufspüren als die Bullen.«

»Wir kommen mit Ihnen.«

»Ich glaube nicht, daß Carlotti davon sehr begeistert sein wird.«

»Meinen Sie, das kratzt mich? Hören Sie, Mac, wir arbeiten für Sie als Privatdetektive und nicht als Kriminalbeamte. Vielleicht können wir ja helfen.«

»Okay, folgen Sie mir. Wir fahren zum Hotel St. James'.«

Als Kennedy und Rosa im Polizeirevier eintrafen, erfuhren sie gleich, daß mittlerweile auch Cheryl Landers vermißt wurde. Man hatte ihren verlassenen BMW auf der Lexington entdeckt und abgeschleppt.

Detective Carlyle saß bis zum Hals in der Scheiße. Dank Jordan Levitt bezog er von allen Seiten Prügel. Der Filmstar hatte sich an die obersten Stellen gewandt, und von dort bekam Boyd Keller Druck, den er natürlich an seinen Untergebenen weitergab. Carlyle kam sich vor wie sein Prügelknabe.

Und nun tauchten auch noch Rosa Alvarez und Kennedy Chase auf, die beiden Frauen mit den Haaren auf den Zähnen, und präsentierten den Beamten neue Informationen. Rosa schmiß sich geradezu an Boyd ran. Sie war ständig in seiner Nähe und lachte die ganze Zeit mit ihm. Dem Wunderkind von einem Kripobeamten schien das auch noch zu gefallen. Kennedy hingegen schien etwas gegen Carlyle persönlich zu haben und machte ihm das Leben schwer.

Irgendwo in seinem Hinterkopf machte sich der leise Verdacht breit, daß er tatsächlich nicht die beste Arbeit geleistet haben mochte. Wenn er sich doch nur früher und gründlicher mit den beiden Morden befaßt hätte …

Nein, sagte er sich entschieden, es war nicht seine Schuld. Als Detective hatte er von morgens bis abends mit einer Unzahl von Fällen zu tun: Morde, Schlägereien, Messerstechereien, Schießereien, Zuhälter, Nutten, Drogen, Pornografie, Kindesmißhandlung, Vermißte, ausgerissene Kinder, Autodiebstähle, Raubüberfälle, Einbrüche, Vergewaltigungen – es wollte kein Ende nehmen.

Keller stürmte aus seinem Büro, zeigte mit einem ausgestreckten Finger auf Carlyle und schnauzte: »Kommen Sie sofort zu mir!«

Der Detective seufzte. Sein Entschluß stand fest, hier zu kündigen und in einen privaten Sicherheitsdienst einzutreten. Schließlich hatte auch er ein Anrecht auf menschenwürdige Behandlung.

Bosco stolzierte in das Cartier's am Rodeo Drive, als wenn ihm der Laden gehören würde. Natürlich versuchte er, Luca nachzuahmen, dem es nie schwerfiel, andere für sich springen zu lassen.

Dummerweise wollte das Bosco nie so recht gelingen, obwohl er die auffällige Stretch Limousine direkt vor dem Eingang hatte parken lassen.

Eine Verkäuferin kam auf ihn zu. Er marschierte direkt auf den Glaskasten im Zentrum zu und zeigte auf ein Diamant-Armband. »Das da möchte ich mir gern mal ansehen. Sieht ja ganz hübsch aus.«

»Alle unsere Armbänder sind hübsche Stücke«, belehrte sie ihn.

»Dann zeigen Sie mir mal ein paar.«

Bosco wußte zwar nicht, wieviel Geld sich in dem Umschlag befand, aber wie er Luca kannte, dürfte er damit in jedem Fall hinkommen.

Die Verkäuferin warf dem Sicherheitsmann einen Blick zu, bevor sie den Schaukasten aufschloß, zwei Pretiosen herausnahm und sie auf der Theke auf Samt ausbreitete.

Bosco betrachtete die Armbänder, als sei er Schmuckexperte. Schließlich zeigte er auf das mit den größten Steinen. »Ich schätze, ich nehme das Prachtstück da.«

»Bezahlen Sie bar oder mit Karte?« fragte die Verkäuferin, die offenbar nicht im mindesten von seinem Auftreten beeindruckt schien.

»Natürlich bar«, antwortete er und lachte zu laut. »Ist doch wohl selbstverständlich, oder?«

Die Verkäuferin verzog keine Miene.

Eingebildete Schnepfe, dachte er. Wenn er sie erst einmal im Bett hatte, würde sie ihre Meinung bald ändern und jauchzen.

»Packen Sie es bitte als Geschenk ein.« Er zog den Umschlag mit dem Bündel Hunderter heraus.

»Gern, Sir. Möchten Sie darauf warten, oder soll Ihr Fahrer es später abholen kommen?«

»Ich warte.« Wenigstens war ihr die Limousine nicht entgangen.

Michael berichtete Quincy von seinen Erlebnissen in New York, während sie Macs Rolls den Sunset hinunter folgten.

»Du hast das Richtige getan«, sagte Quincy schließlich. »Wo man nichts mehr verloren hat, sollte man sich auch bald verabschieden.«

»Ich weiß, aber es tut immer noch weh«, nickte Michael.

»Das glaube ich gern«, murmelte Quincy und folgte Brooks über eine rote Ampel. »Dein vermaledeiter Bruder hört nie auf, anderen Schwierigkeiten zu machen.«

»Ja, aber etwas anderes ist jetzt viel wichtiger.« Michael zündete sich eine Zigarette an. »Wenn dieser kranke Perverse die beiden Mädchen in seine Gewalt gebracht hat ... Verdammt, ich habe gewußt, daß wir schon früher etwas hätten unternehmen sollen!«

»Haben wir doch. Wir sind davon ausgegangen, daß die Kripo eins und eins zusammenzählt und selbst aktiv wird.«

»Diesmal hat sie aber großen Mist gebaut.«

Quincy riß das Lenkrad herum, um einem Fußgänger auszuweichen, der ohne nach links oder rechts zu schauen, einfach auf die Straße gelaufen war. »Das St. James' ist übrigens das Hotel, vor dem ich auf die Landers gewartet habe.«

»Sie wird wohl kaum bei Carlotti gewesen sein.« Michael gähnte herzhaft.

»Hast du eine harte Nacht hinter dir?«

»Eher einen harten Morgen.«

»Was hast du eigentlich getrieben? Was war so wichtig, daß du nicht einmal deinen Partner anrufen konntest? Schließlich arbeiten wir für dieselbe Firma, und da gibt's jede Menge zu tun.«

»Was willst du lieber hören: eine Ausrede oder die Wahrheit?«

»Die Wahrheit wäre zur Abwechslung nicht schlecht.«

»Ich habe jemanden kennengelernt.«

»Wo? Am Flughafen? Im Flugzeug? Hat die Stewardeß dir einen Drink spendiert?«

»Wieso glaubst du, ich hätte was getrunken?«

»Weil du schon die ganze Zeit wie jemand lächelst, der angeheitert ist.«

»Hör mal, wenn ich wirklich Alkohol getrunken hätte, würde ich jetzt bestimmt nicht glücklich aussehen.«

»Verdammt noch mal!« fluchte Quincy, als Brooks schon wieder eine rote Ampel überfuhr. »Der Mann hat sie ja nicht mehr alle!«

»Was hast du erwartet? Er fährt schließlich einen Rolls.«

»Ja, ja, ich weiß, die haben die Vorfahrt serienmäßig eingebaut.«

»Ich dachte, wir vier gehen gemeinsam essen.«

»Welche vier?«

»Ihr beide, ich und Kennedy.«

»Du bringst einen toten Präsidenten mit?«

»Nein, sie heißt so. Kennedy ist die Frau, die ich kennengelernt habe. Sie ist übrigens Journalistin.«

»Da sollte man lieber die Finger von lassen.«

»Sie wird dir gefallen, Q. Kennedy ist intelligent und schön.«

»Anscheinend hast du dich bis über beide Ohren verliebt.«

»Du hast mich doch schon mit einer Menge Frauen erlebt. Habe ich jemals so über eine Frau gesprochen?«

»Ja, an dem Tag, an dem du Rita geheiratet hast.«

»Da war ich betrunken und geil. Jemand hätte mich aufhalten sollen.«

»Hast du schon mal versucht, einen Mann mit einem Steifen in der Hose aufzuhalten?«

»Du hättest es wenigstens versuchen können.«

Quincy schüttelte den Kopf.

»Also abgemacht, wir vier gehen zusammen aus. Ich übernehme die Rechnung.«

»Oh Gott, mit dir steht es ja noch schlimmer, als ich dachte.«

Eldessa war schon vor einer Weile auf einen Seitenweg gelangt. Die Füße taten ihr weh, und sie fühlte sich erschöpft. Mehrmals nahm sie sich den Zettel vor, den Shelley ihr gegeben hatte. Sie mußte sich die Brille aufsetzen, weil sie sonst nichts von dem Gekrakel erkannt hätte.

Shelley hatte ihr eine kleine Karte gezeichnet. Soweit Eldessa erkennen konnte, befand sie sich noch auf dem richtigen Weg. Nur schien ihr noch ein ganzes Stück bevorzustehen.

Sie dachte für einen Moment daran, das ganze Unternehmen aufzugeben. Aber jetzt war sie schon so weit gekommen, da wäre es doch töricht gewesen, wieder umzukehren.

Ganz zu schweigen von den fünftausend Dollar, die ihr dann entgangen wären.

Cheryl mühte sich, soweit es ihre Kräfte zuließen, immer weiter. *Du kannst es schaffen, und du wirst es schaffen. Ich muß Hilfe holen. Das ist unsere einzige Chance.*

Als Zane Jordanna aus dem Keller geführt hatte, hatte Cheryl sich sofort aufgerichtet. Ohne Handschellen fiel es ihr nicht zu schwer, die Fußfesseln zu lösen. Sie schleppte sich die Treppe hinauf, gelangte ungehört zur Haustür und dann nach draußen.

Die Schmerzen in ihrem Bauch waren so schlimm, daß sie sich mehrere Male zusammenkrümmte, aber sie ließ sich nicht davon abhalten weiterzulaufen. Ihr blieb auch nicht viel anderes übrig. Wenn Zane sie entdeckte, würde sie seine ganze Wut zu spüren bekommen.

Sie erreichte das Ende der Zufahrt und gelangte auf einen Feldweg, der durch die Hügel führte. Verzweifelt sah sie sich um, ob hier nicht irgendwo ein Haus stand, zu dem sie sich wenden konnte. Aber da war nichts. Nur Sträucher, Bäume und hohe Gräser.

Cheryl schlug sich ins Unterholz und lief neben dem Weg her. Immer wieder blickte sie über die Schulter und befürchtete, ihn jeden Moment hinter sich zu sehen.

Das Herz schlug ihr bis zum Hals, und die Furcht lähmte ihren Körper.

Ich darf mich nicht im offenen Gelände zeigen. Da entdeckt er mich sofort.

Sie wußte nicht, wohin sie gelangen würde. Ihr war nur klar, daß sie so rasch wie möglich von hier fort mußte.

Bobby lief rastlos in Jordans Arbeitszimmer auf und ab. »Es macht Ihnen doch hoffentlich nichts aus, wenn ich hier warte?« fragte er schließlich. »Wenn der Gangster Lösegeld verlangt, wird er sich zuerst an Sie wenden.«

»Natürlich«, sagte Jordannas Vater. »Sie dürfen sich auch einen Drink nehmen.«

Rush goß sich ein tüchtiges Glas Wodka ein. »Möchten Sie auch etwas?«

»Einen Scotch.«

Die beiden Männer schwiegen, bis Bobby ihm seinen Drink brachte.

»Haben Sie und meine Tochter etwas miteinander?«

»Wir sind gute Freunde, und sie wird in meinem Film die Hauptrolle spielen.«

»Aber Jordanna ist doch keine Schauspielerin!« rief Jordan.

»Wir haben sie getestet, und sie hat sich ganz wunderbar angestellt, das können Sie mir ruhig glauben.«

Jordan runzelte die Stirn. »Sie sehen mich überrascht.«

»Darüber, daß sie wunderbar ist?«

»Ich bin angenehm überrascht.« Er trank einen Schluck. »Im Moment weiß ich auch nicht, was ich dazu sagen soll … Ich bin sicher nicht immer der beste Vater auf der Welt gewesen. Wenn ich sie heil zurückhabe, werde ich das ändern, ganz gewiß.«

»Sie liebt Sie«, sagte Rush. »Jordanna spricht sehr oft von Ihnen.«

Ein Lächeln erschien auf seinem Gesicht. »Ehrlich?«

»Ich weiß, daß Sie beide einige Probleme miteinander hatten. Aber Sie kennen ja Ihre Tochter. Jordanna ist nicht dumm, und mit den Jahren hat sie gelernt, Sie besser zu verstehen. Und ich kann Ihnen noch etwas verraten: Sie freut sich riesig auf das Kind, das Ihre Frau erwartet.«

»Das macht mich sehr glücklich, Bobby.«

»Freut mich zu hören.«

»Als Jordannas Mutter gestorben ist, stand mir eine schwere Zeit bevor … und dann auch noch mein Sohn …« Er senkte den Kopf und konnte nicht fortfahren.

»Es wird bestimmt alles gut.« Bobby hatte sein Glas schon leer. Er wünschte, er wäre sich dessen wirklich sicher. »Hören Sie, es muß doch etwas geben, das wir unternehmen können. Vielleicht sollten wir zum Revier fahren.«

Jordan nickte. »Ja. Ich lasse meine Anschlüsse dorthin durchstellen.«

Bobby war schon halb durch die Tür.

Reno flirtete mit einer kurvenreichen Frau mit weißem Hut und Sommerkleid, die unter einem gestreiften Sonnenschirm saß und sich von einem Teller mit dünn geschnittenen Melonenscheiben bediente.

»Na, das ist vielleicht mal eine tolle Puppe«, teilte er Luca mit, ohne den Augenkontakt mit ihr zu unterbrechen.

»Nein, so etwas nennt man eine Lady«, korrigierte ihn der Boß.

»Quatsch, für mich ist das eine Puppe.«

»Wenn du sie unbedingt willst, dann nimm sie dir doch.«

»Vielleicht werde ich das auch gleich in Angriff nehmen. Ich warte nur ab, was sie tut. Wenn sie den ganzen Teller leer ißt, ist sie ein Schwein. Wenn sie etwas liegen läßt, ist sie womöglich doch eine Lady.«

Luca grinste. »Suchst du dir die Bräute nach solchen Kriterien aus?«

»Ich habe meine Prinzipien.« Reno setzte die Sonnenbrille auf. »Sieh mal, wer uns besuchen kommt. Mac Brooks, und er ist nicht allein.«

Carlotti schaute hin und strich sich automatisch über das Haar. »Die beiden bei ihm sind Bullen.«

»Woher willst du das wissen?«

»Das sieht man ihnen immer gleich an. Sie haben so eine gewisse Art an sich.« Er betrachtete sie länger. »Ja, definitiv Bullen. Warum bringt der Blödmann sie her?«

»Er ist dein Blödmann, nicht meiner«, entgegnete Reno, nahm die Sonnenbrille ab und trat wieder in Augenkontakt mit der Frau vor dem Melonenteller.

Während Bosco hinten in der Limousine saß, stellte er sich vor, was er sich auffahren lassen würde, wenn er erst wieder im Hotel war. Einen Hamburger. Nein, lieber ein Steak. Aber unter gar keinen Umständen einen gemischten Salat, von dem sich halb Kalifornien zu ernähren schien. Wie jemand Appetit auf einen Haufen Grünzeug mit etwas Dressing darüber verspüren konnte, würde ihm wohl immer ein Rätsel bleiben.

Ja, es würde ein Steak sein müssen. Ein großes, saftiges. Dazu ein Glas Rotwein. Und zum Nachtisch eine dicke Scheibe Schokoladentorte mit ordentlich viel Sahne oben drauf.

Wenn sie noch eine Nacht in L. A. verbrachten, würde er sich eine Spitzen-Nutte kommen lassen. Die Blonde, die man ihm neulich geschickt hatte, war eine ziemliche Enttäuschung gewesen. Blond und große Titten, aber langweilig. Diesmal würde er es mit etwas Exotischerem probieren. Mit einer Chinesin oder einer Malaiin.

Er wog das Cartier-Päckchen in der Hand. Diese Bambi war wirklich ein Glückskind. Bosco hatte seinen Boß schon seit sehr langer Zeit nicht mehr so erlebt.

Die Limousine bog von der Straße ab und fuhr einen verlassenen Weg hinauf.

»Sind Sie sicher, daß das hier richtig ist?« fragte er den Chauffeur.

»Neulich nachts sind wir dem Wagen hierher gefolgt«, entgegnete der Fahrer.

»Okay.« Bosco stellte sich die Überraschung auf Bambis Gesicht vor, wenn sie Lucas Geschenk ausgepackt hatte.

Der Boß wußte, wie man das Herz einer Frau zum Schmelzen brachte. Aber er selbst hatte auf seine Weise auch ein paar durchaus erfolgreiche Tricks auf Lager.

Kapitel 54

Zane zog sie in Richtung Kellertür.

Jordanna wußte, daß sie ihn unbedingt von dort fernhalten mußte, um zu verhindern, daß er Cheryls Flucht bemerkte. Je länger sie ihn davon abhalten konnte, den Keller zu betreten, desto besser für ihre Freundin.

Sie tat einen kurzen Sprung, um ein Stolpern vorzutäuschen und fiel schwer zu Boden. »Au, mein Knöchel!« schrie sie auf und täuschte Schmerzen vor. »Ich glaube, ich habe ihn mir verstaucht.«

Er hielt abrupt inne. »Steh auf«, befahl er schroff.

»Ich kann nicht.«

»Tu es.«

»Ich würde ja, wenn ich könnte, aber ich kann nicht stehen.«

»Du steckst voller Tricks, was?«

»Nein, nein, das stimmt nicht«, versicherte Jordanna schnell, »ich will deine Freundin sein. Genau wie Ingrid es sein wollte.«

»Ingrid ist nicht hier«, sagte er mit angespannter Stimme. »Ingrid hat bekommen, was sie verdient hat, und dir wird es ebenso ergehen.«

»Ihr zwei hättet ein gutes Paar abgegeben«, unterbrach Jordanna ihn schnell. »Sie wollte keine oberflächliche Beziehung mit dir ... sie sprach von Heirat und davon, Kinder mit dir zubekommen.«

»Du lügst.«

»Warum sollte ich lügen?« fragte sie unschuldig.

»Weil alle Frauen lügen«, antwortete er und zerrte grob an den Handschellen.

»Wieso fällt es dir nur so schwer, mir zu glauben, daß Ingrid sich wirklich etwas aus dir gemacht hat? Du bist ein attraktiver Mann. Du erinnerst mich an ...«

»Wen?« fragte er sofort und starrte sie an.

Sie hatte einen Nerv getroffen. Oh Gott, sie hatte einen Nerv getroffen und mußte in der Richtung weitermachen. Ihm schmeicheln. Sein Ego kitzeln.

Jordanna folgte ihrem Instinkt. »Äh, hmm ... ein ... ein ... Filmstar.«

»Welcher.«

»Jemand Starkes«, sagte sie, sich vorsichtig vorwärtstastend.

»Ein Action-Star?«

»Ja, richtig. Du erinnerst mich an ...«

Steven Seagal. Sag Steven Seagal, Nutte!

Der Mann stierte sie an, versuchte sie zu dieser Aussage zu zwingen.

Natürlich sah er besser aus als Steven Seagal, aber sie mußte die Ähnlichkeit bemerkt haben.

»Jean Claude van Damme«, sagte sie schließlich.

Sie war nicht so schlau, wie er gedacht hatte, aber natürlich war niemand so schlau wie er.

»Steven Seagal«, korrigierte er sie kalt. STEVEN SEAGAL, NUTTE!

»Den habe ich gemeint«, sagte Jordanna und schnippte mit den Fingern. »Genau den habe ich gemeint.«

»Ich hätte ein großer Star wie er werden können, wenn die Dinge anders gelaufen wären.«

»Bist du deshalb nach Hollywood gekommen, um ein Star zu werden?«

»Ich bin gekommen, weil sie mich angerufen haben.«

»Wer hat dich angerufen?«

»Mac Brooks. Er wollte mich für seinen Film.«

»Ich vermute, er hat nicht gemerkt, wie sehr Ingrid sich zu dir hingezogen fühlte.«

»Alle Frauen fühlen sich zu mir hingezogen«, sagte er und beobachtete ihre Reaktion. »Selbst wenn ich sie töte – ich kann es in ihren Augen sehen. Shelley wollte mich. Sie hat mich wochenlang verfolgt.«

Die Nutte reagierte nicht, wie er gehofft hatte. Jordanna Levitt war nicht leicht einzuschüchtern.

»Wer ist Shelley?«

»Geht dich gar nichts an.«

»Mein Vater ist Produzent«, platzte sie heraus, »ich bin sicher, er hätte gerne einen Schauspieler wie dich in einem seiner Filme. Sie suchen gerade nach einem neuen Action-Helden. Arnold und Sly werden langsam alt – Bruce scheint jetzt mehr auf Komödien zu stehen. Hast du dir schon mal überlegt, wieder im Film zu arbeiten?«

Er war nicht sicher, ob sie wirklich meinte, was sie sagte. Vielleicht. Vielleicht nicht.

Der Mann wußte, wer ihr Vater war – der Erfolgsproduzent

Jordan Levitt. Natürlich wäre er die Sensation als neuer Action-Held. Aber die Tatsache, daß er im Gefängnis gewesen war, könnte gegen ihn sprechen.

»Ich muß im Hintergrund bleiben«, sagte er geheimnisvoll.

»Dafür gibt es gar keinen Grund. Du könntest einer der Großen werden, wenn du nur wolltest.«

Diese Frau redete entschieden zu viel, typisch Jordanna Levitt. Und manchmal sogar etwas Vernünftiges. Es irritierte ihn, daß sie nicht vor Furcht zitterte, wie die andere. Er zog sie auf die Füße. »Wir gehen jetzt runter.«

»Mein Knöchel«, protestierte sie und humpelte.

»Entweder du gehst, oder ich schleife dich hinunter.«

Der Mann öffnete die Kellertür, und sie stiegen in die Dunkelheit.

Sie hielt den Atem an und wartete auf den Moment, in dem er bemerkte, daß Cheryl fort war. Zane schien es zuerst gar nicht zu registrieren. Er sah sich um, knipste dann seine Taschenlampe an, sah sich ein zweites Mal im dunklen Keller um und konnte offensichtlich nicht glauben, daß Cheryl sich nicht dort befand.

»Wo ist sie?« fragte er schließlich. Die Schärfe in seiner Stimme ließ sie frösteln.

»Ich ... ich weiß nicht«, antwortete Jordanna.

»Ihr habt mich reingelegt!« schrie er und verlor die Kontrolle über sich.

Bevor sie sich schützen konnte, hatte er bereits ausgeholt und sie ins Gesicht geschlagen. Blut tropfte aus einem Riß in ihrer Lippe.

Jordanna versuchte, die Hände hochzureißen, um sich gegen einen zweiten Angriff zu wehren, aber da sie immer noch mit den Handschellen an ihn gefesselt war, gelang es ihr nicht.

Zane zerrte ihre Hände herunter und schlug erneut zu.

Sie trat aus und versuchte seinen Unterleib zu treffen, aber er bewegte sich rasch zur Seite und ließ die Faust herabfahren.

Einen Moment lang war sie betäubt. Er ergriff die Gelegenheit, die Handschellen zu öffnen und zusammenzuschließen. Sie sammelte ihre Kräfte und trat nochmals zu. Das machte ihn nur wütender.

»Du willst Spielchen spielen?« brüllte er. »Du willst gottverdammte Spielchen spielen?« Damit zog er eine Pistole aus dem Gürtel und zielte direkt auf sie.

Still sprach sie ihre Gebete, da sie annahm, daß es jetzt gleich mit ihr zu Ende sein würde. Er würde ihr das Gehirn aus dem Schädel pusten, und nichts würde ihn stoppen können.

Aber er tat nichts dergleichen. Er starrte sie einen Moment lang an, die Pistole im Anschlag. Seine Augen versprachen den Tod.

Jordanna leckte sich die Lippen und schmeckte ihr eigenes Blut. Oh ja, sie mochte starr vor Schreck sein, aber sie würde ihm nie die Genugtuung verschaffen, sie betteln zu sehen.

Er entsicherte die Waffe und starrte sie weiterhin an.

Sie hielt seinem Blick stand und weigerte sich, die Augen abzuwenden. Wenn es denn so kommen sollte – sie war bereit.

Nach einigen Sekunden senkte er die Waffe. »Ich muß sie finden«, murmelte er mehr zu sich selbst.

Jordanna sagte kein Wort. Sie wußte, wann es an der Zeit war, den Mund zu halten.

Er schob die Waffe in den Gürtel.

Fenster der Möglichkeit.

Sie ergriff sie. Jordanna riß die Handgelenke hoch und schmetterte sie gegen sein Kinn. Er wurde völlig überrascht zurückgeschleudert. Sie sprang auf, verpaßte ihm einen heftigen Tritt gegen den Kopf und rannte zur Treppe.

Aber Zane war zu schnell für sie. Er griff nach ihrem Knöchel, drehte ihn um, und sie fiel mit einem dumpfen Knall zu Boden.

»Fotze!« schrie er. »Dreckige, stinkende Fotze!«

Sie versuchte aufzustehen, aber bevor es ihr gelang, warf er sich auf sie und hielt sie am Boden fest. Zane legte die Hände um ihren Hals und begann zuzudrücken.

Er war stark, viel stärker als sie. Sie war vollkommen hilflos, unfähig sich zu bewegen.

Der Mann war ihr so nahe, daß sie seinen Übelkeit erregenden Atem auf dem Gesicht spüren konnte.

Das ist nicht gut, dachte sie benommen. Das ... ist ... nicht ... gut ...

Zane fuhr fort, sie zu würgen. Jedes Geräusch, jedes Gefühl verschwand, bis schließlich alles schwarz wurde und Jordanna das Bewußtsein verlor.

Kapitel 55

»Ich habe gedacht, wir waren um sieben verabredet«, beschwerte sich Luca übellaunig, als Mac näherkam. »Es ist noch nicht sieben.«

»Ich hatte gehofft, daß du früher hier sein würdest«, sagte Brooks. »Wir mußten heute eher mit dem Drehen Schluß machen.«

»Was war denn?«

»Jordanna Levitt und Cheryl Landers werden vermißt.«

»Wer ist denn das?«

»Sie haben beide in der Verhandlung gegen Zane ausgesagt.«

»Was meinst du damit?«

»Ich meine, daß er sie wahrscheinlich hat.«

»Verdammt!« preßte Luca hervor und hieb sich mit der Faust in die Handfläche. Dann blickte er zu Quincy und Michael. »Stellst du mir deine Freunde vor?«

»Das sind Privatdetektive, die für mich arbeiten.«

»Warum bringst du sie mit?«

»Weil wir mit ihnen reden müssen. Und sie können uns helfen.«

Michael trat vor. Jetzt stand er doch tatsächlich Auge in Auge mit dem berüchtigten Luca Carlotti, und der Mann sah aus wie jeder andere alternde, gut gepflegte Gangster.

»Die Bullen wissen, oder werden es bald wissen, daß Sie Zane Riccas Onkel sind«, sagte er.

»Ja?« Woher wollen Sie das wissen?« fragte Luca angriffslustig.

»Ich habe eine Freundin, die Journalistin ist und einige Recherchen durchgeführt hat. Sie hat es herausgefunden und wird es den Bullen sagen.«

»Oh, Mann!« jammerte Luca. »Wird das alles durch die Presse gehen?«

»Wie weit stehen Ihre Bemühungen, Zane ausfindig zu machen?« fragte Michael dringlich.

»Ich rede nicht mit den Bullen«, warnte Luca.

»Das brauchen Sie auch nicht«, beruhigte ihn Michael. »Es bleibt alles unter uns. Jedenfalls im Moment. Aber bald wird es hier von Bullen wimmeln.«

»Woher sollen die wissen, daß ich hier bin?«

»Das finden die schon raus, es ist kein Geheimnis«, mischte sich Quincy in das Gespräch ein. Er hatte da so eine Ahnung. »Wer ist Bosco Nanni?«

Luca sah in mißtrauisch an.

»Cheryl Landers hat ihn vorletzte Nacht in seinem Hotel besucht.«

»Bosco besucht?« fragte Reno.

Quincy nickte. »So ist es.«

Luca ließ ein tiefes Lachen hören. »Der einzige Besucher, den Bosco hatte, war eine Nutte.«

»Also kennen Sie ihn?«

»Ist das verboten?« fragte Luca ungehalten, weil er gezwungen war, Fragen zu beantworten.

»Können wir ihn sprechen?« wollte Michael wissen.

»Sobald er zurück ist.«

»Wo steckt er?«

»Er hat etwas für mich zu erledigen.«

»Wir werden warten«, sagte Mac.

Bobby und Jordan kamen zur gleichen Zeit im Revier an wie Ethan und Estelle Landers, Cheryls Eltern.

Estelle rannte auf Jordan zu. Ihre Unterlippe zitterte.

»Mein kleines Mädchen!« rief sie dramatisch aus. »Sie haben mein kleines Mädchen. Ich habe immer gewußt, daß so etwas passieren würde. Ständig habe ich Ethan gewarnt, daß wir uns vor Kidnappern in acht nehmen müssen.«

»Wir wollen hoffen, daß es nur das ist«, sagte Jordan grimmig. Er versuchte, sein Gesicht so weit wie möglich aus Estelles Dunstkreis zu bringen, denn sie roch wie eine ganze Flasche schalen Weins.

Ethan Landers trat vor, um Jordan zu begrüßen. Die beiden umarmten sich – eine theatralische Geste, die sie beide zu genießen schienen. Ethan war ein untersetzter Mann mit dichtem roten Haar und ebensolchen buschigen Augenbrauen. Er und Jordan waren alte Widersacher.

»Was weißt du über die Sache?« fragte Ethan und rieb seine Wurstfinger aneinander.

Jordan schüttelte den Kopf. »Nicht viel. Sie glauben, daß es ein Schauspieler sein könnte, gegen den die Mädchen einmal ausgesagt haben. Er ist aus dem Gefängnis raus, und soweit ich es verstanden habe, hat er bereits die vier anderen Zeuginnen umgebracht, die gegen ihn aufgetreten sind. Gott allein weiß, was er mit unseren Töchtern tun wird, wenn er sie hat. Nur Gott allein.«

Bobby reichte Mrs. Landers die Hand. Er kannte sie seit seiner Kindheit, denn die Landers waren gute Freunde von Jerry. »Bobby Rush«, frischte er ihr Gedächtnis auf.

Sie sah ihn aus alkoholgetrübten Augen an. »Oh, Bobby, mein Lieber, was machst du hier?«

»Jordanna und ich sind gute Freunde.«

»Es ist alles so schrecklich«, sagte Estelle und rang ihre perfekt manikürten Hände.

Sag lieber unfaßbar, dachte Bobby. Oder versuch es mit: ›Wie konnte das uns passieren‹?

Und wieder überkam ihn dieses dumpfe Gefühl der Hilflosigkeit, weil es wirklich absolut nichts gab, was er tun konnte.

Die Polizei hatte einen Raum für die Verwandten und Freunde bereitgestellt, in dem sie sich aufhalten konnten. Von oben war die Anweisung gekommen, diese Leute bei Laune zu halten. Bei ihnen handelte es sich um die Spitzen der Gesellschaft in Hollywood, und daher mußten sie wie Könige behandelt werden.

Ethan Landers warf einen Blick auf das magere Angebot an Erfrischungen – eine Schüssel Frito's und ungekühlte Cola-Dosen – und bestellte bei Nate 'n' Al's eine ansprechendere Verpflegung.

»Wir müssen doch sicher nicht hierbleiben?« fragte Estelle wehleidig. Sie sehnte sich nach den Annehmlichkeiten von Bel Air und einer Flasche Gin, damit sie sich einen anständigen Martini machen könnte.

»Eine Weile schon«, antwortete Ethan und wünschte, er könne sie in eine Limousine setzen und nach Hause schikken.

Estelle kam mit Krisensituationen nicht gut zurecht. Genausowenig wie er.

Der Butler entdeckte Marjory Sanderson am Mittag. Sie lag, kaum noch bei Bewußtsein, auf dem Boden ihres Badezimmers und hatte sich die Pulsadern mit einer glücklicherweise recht abgenutzten Rasierklinge aufgeschnitten.

Der Bedienstete besaß die Geistesgegenwart, Mr. Sandersons sehr diskreten Privatarzt zu verständigen, der sie sofort mit einem privaten Krankenwagen in eine verschwiegene, exklusive Klinik beförderte, wo man in der Lage war, sich um Marjory zu kümmern, ohne daß die lästige Presse davon Wind bekam.

Es war schließlich nicht das erste Mal.

»Schau mal da rüber«, sagte Rosa, als sie sich auf dem Weg hinaus befanden.

»Und was sehe ich da?«

»Bobby Rush, Jordan Levitt und die Landers.«

»Bobby Rush verfolgt mich«, stöhnte Kennedy. »Wo immer ich hinkomme, taucht er auch auf.«

»Warum ist er hier? Ich rieche eine Story.«

»Laß uns gehen, Rosa. Ich habe eine eigene Geschichte zu beenden.«

»Würdest du nicht gerne die verzweifelten Eltern interviewen?«

Kennedy ging an die Decke. »Du bist echt krank, weißt du das? Bisher haben sie noch keinen Grund, verzweifelt zu sein. Und ich hoffe, daß sie den auch nie haben werden.«

»Nun, ich würde sie gerne vor die Kamera kriegen und fragen, wie sie sich jetzt fühlen.«

»Genauso wie alle Eltern in dieser Situation. Laß sie in Ruhe.«

Rosa nickte bestätigend. »Ja, ich komme mit einer Crew zurück. Das ist ein Knüller, und ich habe die Chance, da dranzukommen.«

»Warum läßt du nicht deinen prestigeträchtigen Job als Moderatorin einer seriösen Nachrichtensendung sausen und gehst zu *Hard Copy*? Ich bin sicher, sie hissen die Flagge, um dich an Bord zu begrüßen.«

»Eine Story ist eine Story. Tu doch nicht so scheinheilig.«

Kennedy schüttelte den Kopf. »Es gibt Dinge, die tut man, und Dinge, die tut man nicht. Die Eltern von zwei Mädchen interviewen, die auf bestialische Weise umgebracht worden sein könnten, tut man *definitiv* nicht.«

Rosa seufzte. »Ich hasse es wirklich, wenn du verliebt bist.«

Drei Dinge ereigneten sich gleichzeitig.

Der Fahrer der Limousine bemerkte endgültig, daß er sich verirrt hatte, und scherte aus, um mitten auf der zerfurchten Straße anzuhalten und herauszufinden, wohin er sich wenden mußte.

Eldessa trottete hinter dem Wagen über die Straße und mühte sich mit ihren schmerzenden Füßen um ihn herum.

Und Cheryl starrte von Panik erfüllt aus den Büschen und hielt krampfhaft den Mantel um sich geschlungen.

Sie sah die Limousine und konnte sich nicht entscheiden, ob sie um Hilfe bitten sollte oder nicht. Das Auto könnte Zane gehören. Es war besser, sich versteckt zu halten.

Eldessa ging weiter, die Augen nach vorn gerichtet. Sie wollte die Limousine schon hinter sich lassen, doch Bosco hatte sie bereits entdeckt. Er öffnete die Autotür und stieg aus.

»Hey«, schrie er, »sind sie nicht die Haushälterin von Mr. Carlotti?«

Eldessa hielt an und überlegte, was sie antworten sollte. Hatten sie Zane schon gefunden? War Shelley bei ihm? Wenn das der Fall wäre, würde sie keine Belohnung bekommen und ihr langer Weg war umsonst gewesen.

Sie starrte den dicken Mann wütend an. »Ich hatte vor, Mr. Carlotti anzurufen«, sagte sie aufgeregt, »wollte aber erst sichergehen.«

»Wobei?« fragte Bosco verwirrt. Was hatte Lucas Haushälterin an diesem gottverlassen Ort verloren?

»Daß er mit Shelley zusammen ist«, antwortete Eldessa.

Bosco hatte keine Ahnung, wovon sie redete. Er wollte sie gerade fragen, als Zane Ricca auftauchte. Lucas Neffe, vollkommen in Schwarz gekleidet, kam die Straße entlang. In der Hand hielt er eine Uzi, mit der er direkt auf die beiden zielte.

Bosco fühlte, wie sein Magen sich verkrampfte. »Scheiße!« murmelte er. »Gottverdammte Superscheiße!«

Aber es war zu spät für ihn, um noch irgend etwas zu tun.

Kapitel 56

Jordanna verlor immer wieder das Bewußtsein und versuchte verzweifelt, es zurückzuerlangen. Sie rollte sich auf dem kalten, harten Boden herum, öffnete die Augen, fing an, sich zu übergeben und erstickte fast an ihrem eigenen Erbrochenen.

Das Wichtigste war, daß sie noch lebte. Sie hatte noch eine Chance, und die würde sie ergreifen. Verdammt, sie hatte schon vieles durchgestanden, und sie mußte nach jedem Strohhalm greifen. Andernfalls würde sie Bobby nie wiedersehen. Oder ihren Vater. Und sie wollte für ihren neuen Stiefbruder oder ihre Stiefschwester da sein.

Steh auf! schrie eine Stimme in ihrem Kopf. *Steh auf und verschwinde! Beweg dich schon! Tu es!*

Sie taumelte auf die Füße. Keine Handschellen, keine Fesseln, die sie behinderten.

Es dämmerte ihr, daß er sie für tot gehalten hatte.

Der feige Scheißkerl hatte gedacht, er habe sie fertiggemacht.

Sie konnte immer noch seine Hände um ihre Kehle fühlen, die zudrückten ... zudrückten ... zudrückten, bis das Leben aus ihr wich.

Zane Ricca. Du hast einen großen Fehler gemacht. Ich bin nicht tot. Ich bin hier. Und du wirst für alles bezahlen, was du mir und all diesen anderen Frauen angetan hast.

Schwindlig begann sie, die Kellertreppe hinaufzutaumeln. Als sie oben angelangt war, mußte sie zu ihrem Entsetzen feststellen, daß die Tür abgeschlossen war.

Einen Augenblick gab sie sich der Verzweiflung hin.

Nur einen Augenblick. Sie würde sich etwas ausdenken. Schließlich gab Jordanna Levitt niemals auf.

Steven Seagal kann abstinken. Ich bin der Größte. Ich bin der Beste. ICH BIN DER GRÖSSTE FILMSTAR DER WELT.

Der Mann dachte schöne Gedanken, während er die Uzi auf die drei Leute abfeuerte.

Drei Ratten in der Falle. Er war die Falle, und er war tödlich.

Sie legten sich besser nicht mit ihm an, sonst würde er sie beseitigen.

Der Mann hatte niemals zuvor jemanden erschossen. Und natürlich hatte er noch nie einen Mann getötet, obwohl er im Gefängnis oft genug den Wunsch danach verspürt hatte.

Frauen zu erwürgen, schien so ein sanfter Weg zu sein, DEN ABSCHAUM VON DER WELT ZU TILGEN.

Er beobachtete, wie Bosco nach etwas griff, das eine Kanone zu sein schien.

Der Mann bog den Finger um den Abzug und durchlöcherte ihn mit Kugeln.

Bosco fiel nicht sofort um. Einen Moment blieb er noch stehen, und das Blut spritzte aus den soeben entstandenen Löchern in seinem Körper. Seine Augen waren vor Erstaunen weit geöffnet, dann kippte er nach vorn, und Luft entwich zischend aus seinem geöffneten Mund.

Der Fahrer der Limousine entschied sich für einen schnellen Fluchtversuch.

Das gefiel dem Mann. Die Ratten verließen das sinkende Schiff. Lauf, Ratte. Lauf, Hase. Lauf, lauf verdammt noch mal.

Der Mann zielte und drückte ab. Der Rücken des Fahrers wurde mit einem nett verteilten Muster von Einschußlöchern versehen.

Eldessa rührte sich nicht vom Fleck. Ihre knorrigen Hände umklammerten das hölzerne Kreuz, das um ihren verwelkten Hals hing.

Er wußte, wer sie war, und er haßte sie. Neugierige alte Schachtel. Immer hatte sie ihn beobachtet und auf eine Gelegenheit gelauert, in seinem Zimmer hinter ihm herzuschnüffeln, nachdem er die Sicherheitsschlösser angebracht hatte.

Er senkte die Uzi, zog eine Pistole aus dem Gürtel, trat ein paar Schritte vor und schoß ihr mitten ins Gesicht.

Sie fiel wie ein schwerer Mehlsack um.

Was jetzt? Der Mann war verwirrt. Er war nicht gekommen, um diese drei Leute zu treffen – er war gekommen, Cheryl zu finden und sie dahin zurückzubringen, wohin sie gehörte.

Hexe! Sieh sich einer nur an, was sie aus ihm gemacht hatte.

Jordanna meinte, in einiger Entfernung Schüsse zu hören.

Ich muß nachdenken. Sei logisch. Versetz dich in seine Gedanken. Erkenne, was er tun wird, noch bevor er es weiß.

Zane hatte vielleicht gedacht, sie getötet zu haben. Also kam er vielleicht nicht zurück. Andererseits könnte er zurückkehren, um ihre Leiche zu beseitigen. Sie schauderte bei diesem Gedanken.

Was würde er tun?

Sie hoffte, daß er zurückkäme. Wenn er es nicht tat, wäre sie in diesem Keller gefangen und ohne Aussicht auf eine Flucht. Und wenn niemand sie finden würde …

Der Gedanke, für immer hier unten eingeschlossen zu sein, verursachte ihr eine Gänsehaut.

Obwohl es sicher nicht für immer sein würde, folgerte sie. Irgend jemand würde schließlich nachsehen kommen.

Wie viele Tage könnte sie es ohne Essen und Trinken aushalten? Fünf, sechs?

Cheryl wird vorher Hilfe geholt haben, dachte sie zuversichtlich.

Es sei denn … Cheryl … ist … tot.

Oh Gott. Das war doch sicher nicht möglich. Sie hatte Schüsse gehört. Vielleicht hatte er Cheryl erwischt und sie wie einen Hund erschossen.

So darfst du nicht denken. Bleib positiv. Bleib stark. Die Kraft des positiven Denkens besiegt alles.

Das Wichtigste war, zu überlegen, was sie tun würde, wenn er zurückkam. Wie konnte sie sich verteidigen?

Verzweifelt fing sie an, in dem kleinen, dunklen Keller nach etwas zu suchen, was sie als Waffe verwenden könnte. Schließlich stieß sie auf ein langes Stück Holz, das unter dem Heizkessel verklemmt war. Sie strengte sich an, es freizubekommen.

Es war nicht viel, aber besser als gar nichts.

Der Mann zerrte die Leichen an den Straßenrand und häufte sie aufeinander. Es war eine schweißtreibende, schmutzige Arbeit. Seine Kleider waren bald von Blut durchtränkt, aber das störte ihn nicht.

Einmal, als er zwölf war, hatte er eine lebende Katze gehäutet und seine blutigen Kleider tagelang versteckt, nur damit er sie ab und zu hervorholen und an ihnen riechen konnte. Die Kleider hatten eine bessere Wirkung als die Schmutzhefte, die sein Vater sammelte – Hefte voll von Frauen mit gespreizten Beinen, die rasierte Mösen und ein aufforderndes Lächeln zur Schau stellten.

Die körperlich anstrengende Arbeit, die unbarmherzige Nachmittagshitze und der Geruch von Blut taten ihre Wirkung. Er fühlte, daß er einen Steifen hatte, der einem Bullen alle Ehre gemacht hätte.

Er hielt einen Moment inne und dachte an Jordanna – gerade erst tot … ihr Körper kaum erkaltet.

Cheryl war fort. Es war mehr als wahrscheinlich, daß sie Hilfe holte und Leute hierher brachte. Er mußte weg, aber zuerst zu Jordanna …

Sie hatte ihm eine Falle gebaut, für den Fall, daß er zurückkäme. Angeekelt hatte sie eine tote Ratte, die sie gefunden hatte, auf halber Höhe auf die Treppe gelegt. Wenn sie Glück hätte, würde er darüber stolpern und sich das Genick brechen. Des weiteren hatte sie Staub und Dreck auf dem Boden zusammengekehrt und in eine rostige Dose gefüllt, die sie neben sich auf den Boden stellte, wo er sie zurückgelassen hatte. Danach hatte sie das Stück Holz unter sich auf den Boden gelegt.

Wenn er zurückkäme, war sie vorbereitet.

Kapitel 57

Cheryl setzte ihren Weg den Hügel hinunter fort und strebte auf den Verkehrslärm zu. Sie blieb immer in der Nähe des Gebüschs, da sie viel zuviel Angst hatte, sich zu zeigen. Ihr Gesicht und Hals waren total zerkratzt, ihre Strümpfe zerfetzt und ihre Schuhe längst verlorengegangen. Das bohrende Gefühl im Magen wurde immer schlimmer, aber sie ging weiter – gejagt von der Erinnerung an Zanes Anblick, wie er ganz in Schwarz gekleidet mit dunkler Sonnenbrille, die seine Augen verbarg, diese armen Menschen niedergeschossen hatte, ganz so, als würde er sich mit Zielübungen ein wenig die Zeit vertreiben.

Es war offensichtlich, daß er verrückt war, und sie hatte Angst um Jordanna.

Der Gedanke, Hilfe zu suchen, trieb sie stolpernd voran, so schnell es das dichte Unterholz zuließ.

Das erste Mal in seinem Leben war Grant stocknüchtern. Er saß in Cheryls Haus und versuchte, sich ums Geschäft zu kümmern. Aber er war unfähig, sich zu konzentrieren. Grant hatte keine Lust, Verabredungen für ihre Heerschar von kostspieligen Callgirls zu arrangieren. Er wimmelte zukünftige Kunden ab, inklusive der Stammkunden, und erklärte den Mädchen, sie sollten sich einen Tag frei nehmen. Einige von ihnen wurden ernsthaft sauer – sie waren an das Extrageld gewöhnt, das ihr Einkommen als Schauspielerinnen und Models aufbesserte. Einige drohten, sich anderweitig zu engagieren. »Nur zu«, entgegnete er.

Schließlich schaltete er den Anrufbeantworter ein und fuhr zum Polizeirevier.

Scheiß aufs Geschäft. Alles, was zählte, war Cheryls Sicherheit.

Luca kehrte, gefolgt von Mac, seinen zwei Privatdetektiven und Reno, in seine Suite zurück. Er schloß sich im Schlafzimmer ein und rief Cartier an. Eine Verkäuferin versicherte ihm, Bosco habe ein Diamant-Armband erworben und das Geschäft vor mehr als einer Stunde verlassen.

Luca war zutiefst verwirrt. Warum hatte Cheryl Landers – ein reiches Hollywood-Mädchen – jemanden wie Bosco besucht? Hatte Bosco etwa Geheimnisse vor ihm?

Carlotti verzog das Gesicht, er mochte es nicht, wenn jemand Geheimnisse vor ihm hatte, besonders nicht bei Bosco. Etwas Merkwürdiges ging hier vor, und er hatte keine Ahnung, was es sein konnte. Das machte ihn wütend, denn Bosco war nicht auf den Kopf gefallen, weniger als alle seine anderen Leute.

Alles hatte mit diesem Scheißkerl von einem Neffen zu tun. Wenn er Zane fände, würde es ihm großes Vergnügen bereiten, ihn persönlich zu entsorgen.

Aber wo zum Teufel steckte Bosco?

Er ging ins Wohnzimmer zurück, gerade rechtzeitig, um die Ankunft von Detective Carlyle zu erleben.

Oh, Mann! Was für ein Timing! Wenn er nur einen Tag früher an die Küste gekommen wäre, hätte er diesen Hundesohn gekreuzigt und müßte sich nicht in diesem Hotel mit Privatdetektiven, einem vertrottelten Bullen und seinem Regisseur-Sohn abgeben, der sich in die Hosen machte vor lauter Angst, ihre Beziehung zueinander könne an die Öffentlichkeit dringen.

Wenn das Timing erst einmal schief lief, lief alles schief.

Michael rief Kennedy aus dem Hotel an.

»Wo bist du?« fragte sie.

Er sagte es ihr.

Es entstand eine lange Pause. Dann sagte sie: »Äh ... Michael, hab' ich irgend etwas verpaßt? Ich hatte keine Ahnung, daß du so viel mit der Sache zu tun hast.«

»Wir haben für Mac Brooks gearbeitet«, erklärte er und fühlte sich schuldig, weil er es ihr nicht früher mitgeteilt hatte. »Er brachte uns mit Carlotti zusammen.«

In ihrem Kopf läuteten die Alarmglocken. Wie Rosa war sie in der Lage, sofort eine Story zu riechen – wie ein Drogenhund den Stoff.

»Woran habt ihr gearbeitet?« fragte sie neugierig.

»Äh ... das ist vertraulich.«

Hmm ... das von einem Mann, mit dem sie den Morgen im Bett verbracht hatte.

»Mac Brooks war der Regisseur des Films, in dem Zane mitgespielt hat«, sagte sie. »*Wußte* er, daß Zane raus war und weitere Morde begangen hat? Und in welcher Verbindung steht er zu Carlotti?«

»Können wir später darüber sprechen?«

Sie haßte es, wenn jemand eine Frage mit einer Gegenfrage beantwortete. »Nein, ich will jetzt reden. Weiß Carlotti, wo sein Neffe ist?«

»Anscheinend nicht.«

Ihre Stimme wurde schrill: »*Anscheinend* nicht? Hier steht das Leben von zwei Mädchen auf dem Spiel, Michael.«

»Glaub mir, das ist mir nur zu bewußt.«

»So hört sich das aber nicht an.«

»Kennedy, ich kenne Jordanna. Es liegt mir sehr am Herzen, sie zu finden. Also, laß die Finger von meinem Fall.«

»Von *deinem* Fall? Ich wußte nicht, daß es *dein* Fall ist.«

Michael hatte sie angerufen, um ihr zu sagen, daß er sie vermißte. Und jetzt fing sie an, mit ihm zu streiten. Das hatte ihm gerade noch gefehlt. »Ich muß gehen.«

»Halt mich mit allem auf dem laufenden«, sagte sie, ganz Journalistin. »Ich gehe ins Präsidium zurück.«

»Kennedy …«

»Ja?«

»Ach … nichts.«

Sie hängte ein und fühlte sich enttäuscht und zornig. Michael wußte mehr, als er ihr sagte, und das störte sie. Was, wenn er eine Information zurückhielt, und die beiden Frauen deshalb sterben mußten?

Nein. So etwas würde Michael nie tun.

Oder doch?

Plötzlich wurde ihr bewußt, wie wenig sie von Michael wußte.

»Ich will Fotos von den beiden Mädchen auf jedem Fernsehsender, in jeder Zeitung – alles, was wir erreichen können«, erklärte Boyd Keller den versammelten Polizisten. »Bis jetzt haben wir noch keine Leichen entdeckt. Wenn diese beiden Frauen noch am Leben sind, wird die Öffentlichkeit uns helfen, sie zu finden. Und glauben Sie mir, wir brauchen jede Hilfe, die wir kriegen können. Perry«, fügte er hinzu und schnippte mit den Fingern in Richtung eines eifrigen Beamten, »bringen Sie die Fotos zu Carlyle im St. James' Hotel. Er wartet darauf.«

Boyd verließ das Büro und betrachtete seine VIP-Gäste durch ein Fenster. Sie waren im Konferenzraum versammelt: Produzenten, Filmstars, Prominente, wohin er blickte.

Das war kein Fall, den man in den Sand setzen durfte –

er mußte alles erdenklich Mögliche tun, diese zwei Mädchen ausfindig zu machen.

Um ehrlich zu sein, hatte er nicht viel Hoffnung, sie lebend zu finden.

Detective Carlyle saß unbehaglich in Luca Carlottis Suite. Er rutschte unruhig auf der Couch herum. Informationen aus dem New Yorker Gangster herauszubekommen, erwies sich als ausgesprochen mühselig. Carlotti schien keine seiner Fragen beantworten zu wollen.

»Ich habe den Jungen nicht gesehen, seit er aus dem Gefängnis entlassen wurde«, sagte Luca, verärgert darüber, daß er sich gezwungen sah, Fragen zu beantworten.

»Wo hat er in L. A. gewohnt?« fragte Detective Carlyle in einem nicht gerade freundlichen Ton.

»Was soll diese ganze Fragerei?« brauste Luca auf und verlor für einen Moment die Kontrolle über sich. »Ich brauche keine Fragen ohne meinen Anwalt zu beantworten.«

»Wozu sollten Sie einen Anwalt brauchen?«

»Weil ihr Ärsche überhaupt nicht an der Wahrheit interessiert seid. Ich kenne meine Rechte, und ich muß mit niemandem reden.«

Michael schaltete sich ein, was Detective Carlyle verdroß, da er der Meinung war, selbst alles im Griff zu haben.

»Mr. Carlotti«, sagte Michael, »was wir hier tun, soll uns helfen, die beiden Mädchen zu finden, bevor Ihr Neffe ihnen etwas zuleide tun kann. Also, wenn Sie etwas wissen, müssen Sie es der Polizei sagen. Alles, was wir wollen, ist Ihre Hilfe.«

»Oh Mann, wenn ich nur das Geringste wüßte, glauben Sie, ich würde es diesem hirnlosen Irren erlauben, durch die Gegend zu rennen und das anzurichten, was er tut? Ich bin nicht stolz auf meinen Neffen.«

Es klopfte an der Tür. Reno öffnete. Perry brachte den Umschlag mit den Fotos und gab sie Detective Carlyle.

»Was ist das, eine Vorladung?« fragte Luca rauh. »Wenn es keine ist, machen Sie, daß Sie hier rauskommen. Ich beantworte keine Fragen mehr.«

Detective Carlyle verspürte den Wunsch, Luca Carlotti in die Mangel zu nehmen. Wenn er etwas haßte, waren es Leute, die sich von der Tatsache, daß er Polizeibeamter war und eine Autorität darstellte, nicht beeindrucken ließen. Er öffnete den Umschlag und gab Luca die Bilder. »Jordanna Levitt und Cheryl Landers«, sagte er und bemühte sich um einen neutralen Tonfall.

Widerwillig warf Luca einen Blick darauf. »Das ist nicht Cheryl Landers«, erklärte er stirnrunzelnd, »das ist Bambi.«

»Wer ist Bambi?« fragte Mac und wünschte sich, an einem anderen Ort zu sein.

»Eine Freundin von mir«, antwortete Luca vorsichtig.

»Ich wüßte gern etwas mehr über Ihre Freunde, denn dieses Mädchen ist Cheryl Landers«, verlangte Detective Carlyle.

»Hey, Reno«, rief Luca und winkte ihn heran, »wirf doch mal einen Blick auf das Foto, und sag denen, wer das ist.«

Reno betrachtete das Bild. »Bambi«, sagte er, »kein Zweifel.«

Es war frustrierend. Seit Bobby ein Filmstar war, war er daran gewohnt, daß die Dinge so liefen, wie er es wollte. Er haßte es, in diesem Polizeirevier sitzen zu müssen und nichts tun zu können.

Grant Lennon jr. erschien auf der Bildfläche. Er setzte sich deprimiert in eine Ecke.

»Wir können hier nichts tun«, stellte Ethan Landers zu Bobby gewandt fest. »Ich bleibe in ständiger Verbindung mit dem Polizeichef. Er wird es mich wissen lassen, wenn etwas passiert. Wir gehen nach Hause. Das solltest du auch tun.«

»Nein«, entgegnete Bobby, »ich bleibe.«

Jordan ging nicht. Was immer Jordanna über ihn sagen mochte, es war offensichtlich, daß er seine Tochter aufrichtig liebte.

Bobby setzte sich neben ihn. »Warum gehen Sie nicht

nach Hause, ich benachrichtige Sie, wenn sich etwas ergibt.«

Jordan schüttelte den Kopf. »Ich bleibe doch lieber hier.«

»Was ist mit Ihrer Frau? Sollten Sie nicht bei ihr sein?«

»Nein, ich sollte genau hier sein.«

Beide wurden von Charlie Dollars Ankunft überrascht, der zwei Gehilfen mit Tabletts voller Sandwiches und Erfrischungen mitbrachte.

»Ich bin gekommen, um zu sehen, ob ich behilflich sein kann«, sagte Charlie, »ich habe einen sechsten Sinn, und ich sage euch, den beiden geht es gut.«

Bobby nickte. Er wollte ihm nur zu gerne glauben, aber das war nicht leicht. Die Mädchen waren schon seit letzter Nacht fort – jetzt war es fast zwei Uhr nachmittags.

Ihre Überlebenschancen wurden von Minute zu Minute geringer.

Cheryl setzte sich auf den Boden, um einen Moment auszuruhen, Schwindel und Übelkeit überwältigten sie. Die junge Frau wagte sich nicht auf offenes Terrain heraus. Besser, sie blieb im Gehölz.

Jordanna. Ich muß Hilfe für Jordanna holen. Der Gedanke trieb sie an.

Je weiter sie den Hügel hinabstieg, desto lauter wurde der Verkehrslärm. Gott sei Dank, sie näherte sich der Zivilisation.

Cheryl versuchte, sich zusammenzureißen. Es war wichtig, daß sie es schaffte, solange auszuhalten, bis sie der Polizei jedes noch so kleine Detail mitgeteilt hatte.

Kennedy kehrte zum Polizeirevier zurück. Sie mußte es tun. Sie beschäftigte sich immer noch mit Michael und der Tatsache, daß er ihr etwas verschwiegen haben könnte.

Er wußte von Anfang an, daß sie an dieser Story arbeitete, also hätte er doch etwas sagen müssen.

Es wimmelte draußen von Reportern, aber Rosa gelang es, die Freundin durch die Menge ins Innere des Gebäudes zu lotsen. »Boyd Keller und ich entwickeln eine besondere Freundschaft«, sagte sie und zwinkerte ihr anzüglich zu.

»Was ist mit Ferdy?«

»Alle guten Basketballspieler verpassen schon mal einen Wurf.«

»Heißt das, daß es vorbei ist?«

»Im Moment sitzt er sozusagen auf der Bank.«

Detective Carlyle brauchte nicht lange, alles zusammenzufügen. Wenn es darauf ankam, konnte er sehr schnell sein. Luca Carlotti nahm an, daß Cheryl Landers Bambi sei. Bambi war eine Nutte. Könnte es sein, daß Cheryl Landers und ihr Freund Grant Lennon jr. einen Callgirl-Ring betrieben? Und daß Cheryl Landers gegen einen kleinen Nebenjob nichts einzuwenden hatte?

Er rief Boyd Keller an und unterrichtete ihn über die neue Entwicklung. Boyd bestellte Grant in sein Büro und begann, ihn zu befragen. Grant packte aus.

Luca, der erkannte, daß Bambi/Cheryl in Gefahr war, berichtete, wie Bosco und Reno ihr in der vorigen Nacht gefolgt waren.

Also ... wenn Cheryl wirklich Bambi war, und Bosco und Reno Bambi nach Hause gefolgt waren, war daraus zu schließen, daß der Mann, den sie für ihren Freund gehalten hatten, Zane gewesen sein mußte.

Luca sackte in einen Sessel. Er stand unter Schock. Kein Wunder, daß er auf die Nutte abgefahren war. Sie war ein reicher Hollywood-Sproß, und er hatte gedacht, daß sie ein einfaches Mädchen sei. Man konnte nur den Hut ziehen vor jemandem, der das zuwege brachte. Besonders ihm gegenüber, denn niemand hatte ihn je für naiv gehalten.

»Können Sie das Haus finden?« fragte Detective Carlyle Carlottis Mitarbeiter.

»Es war dunkel«, sagte Reno, »aber ich weiß, wo es steht.«

»Dann gehen wir«, forderte Detective Carlyle sie auf. »Ich rufe Verstärkung.«

Rosa erfuhr die Neuigkeit zuerst, denn sie hatte sich an Boyd Keller gehängt, dem das überhaupt nichts auszumachen schien.

Als Boyd das Revier verließ und in einen zivilen Streifenwagen stieg, befand sich Rosa bereits mit ihrer Crew und Kennedy im Kamerawagen.

»Folgen Sie der Limousine«, sagte sie dramatisch. »Wir haben eine Story. Wollen wir hoffen, eine mit Happy-End.«

Kapitel 58

Der Mann fühlte sich mächtig und war voller Triumph. Er schwebte hoch über allem – wie ein Adler.

Zane war ein Rächer. Ein wahrer Held. Noch viel besser – ein ACTION-HELD.

Er marschierte zum Haus zurück und bewegte sich dabei mitten auf der Straße, denn er brauchte sich vor niemandem mehr zu verstecken. Die Tage im Verborgenen waren vorüber. Er war der HERRSCHER ÜBER DIE STADT.

Steven Seagal. Wer war Steven Seagal? Oder Arnold, Sly, und alle anderen. Sie waren nichts im Vergleich zu ihm. Das würde die Welt schon bald erkennen.

Er erreichte das Haus, verschloß die Tür zweimal hinter sich und trat die Tür zum Keller auf. Die Nutte wartete da unten auf ihn. Darauf, daß er sie begrub.

Der Mann stolzierte die Treppen herunter, die Uzi in einer Hand schlenkernd und die Pistole in den Gürtel seiner blutgetränkten Hose gesteckt.

Was würde seine Mutter wohl sagen, wenn sie ihn jetzt sehen könnte?

Ob sie glücklich wäre? Ob sie stolz wäre?

Sie würde ihn nicht mehr Scheißerchen nennen. Das würde sie nicht wagen.

ICH BIN DER MÄCHTIGSTE MANN DER WELT.

ICH BIN UNBESIEGBAR UND NIEMAND WIRD JEMALS WIEDER HAND AN MICH LEGEN.

Jordanna hörte, wie Zane die Kellertür auftrat. Ihr Herz schlug so heftig, daß sie es im ganzen Körper spüren konnte.

Obwohl sie furchtbare Angst hatte, war sie nicht vor Schrecken starr. Sie lag auf dem Boden, so wie er sie verlassen hatte und verbarg das Holz unter ihrem Körper. Jetzt hatte sie eine Waffe und konnte zurückschlagen.

Jeden Moment mußte er über die Ratte stolpern, und Jordanna war darauf vorbereitet. Sie hatte einen Plan – zuerst würde sie seine Augen angreifen, dann das Brett in sein Gesicht schmettern und solange weiter zuschlagen, bis er bewußtlos war.

Sie lag wie versteinert da, ihre Kehle war ausgedörrt, und sie war überzeugt, daß die Abdrücke seiner Hände auf ewig in ihren Hals eingegraben sein würden. Jordanna wußte, daß sie es tun *mußte – sie mußte* der Sieger in diesem tödlichen Spiel sein.

Sie hörte, wie Zane stolperte und hinfiel, genauso, wie sie es geplant hatte. Die Uzi fiel ihm aus der Hand und klapperte auf den harten Kellerboden.

Hatte sie genug Zeit, sie an sich zu bringen? Jordanna war sich nicht sicher. Sie mußte vorsichtig sein, durfte kein Risiko eingehen. Eine Prüfung ihrer Stärke. Wenn sie diese bestand, weil Bobby auf sie wartete, den sie auf keinen Fall enttäuschen wollte, war Bobby Rush ihre Zukunft. Kein irrer Psychopath würde ihr diese Möglichkeit rauben.

Sie zwang sich, vollkommen ruhig dazuliegen. Das Timing war entscheidend.

Er stand schimpfend und fluchend auf. Jordanna hörte, wie er näher und näher kam. Bald fühlte sie seine Anwesenheit über sich auftauchen.

Jetzt war es Zeit zu handeln. *Jetzt! Jetzt! Jetzt!*

Sie umschloß fest das Stück Holz, drehte sich um und schlug mit aller Kraft zu.

Das Holz krachte mit einem widerlichen Geräusch auf seinen Schädel, und er wurde zurückgeschleudert.

Sie sprang auf die Füße, griff sich die Dose mit dem Dreck und rannte zur Treppe.

Mit einem wütenden Brüllen kam er hinterher. Blut

strömte ihm über die Stirn in die Augen. Er streckte die Arme aus, und sein muskulöser Arm umschloß wieder ihr Bein. Sie flog herum und schleuderte ihm den Schmutz ins Gesicht und in die Augen.

Zane schrie auf und fiel hintenüber.

Mit pochendem Herzen krabbelte sie die Stufen hinauf und raste durch die Diele zur Vordertür.

Er hatte sie abgeschlossen. Dieser Hurensohn hatte abgesperrt!

Bleib ruhig.

Keine Panik.

Du wirst überleben.

Sie sauste in die Küche, packte sich einen Stuhl und wollte ein Fenster einschlagen. Das funktionierte nicht. Verzweifelt versuchte sie es ein zweites Mal. Das Glas zerbrach, aber die verbliebenen Scherben waren zu spitz, als daß sie hindurchklettern konnte.

Jordanna drehte sich um. Zane stand in der Küchentür, Blut floß über sein Gesicht, und Wut verzerrte seine Gesichtszüge.

»Verfluchte Hexe!« schrie er. »Verfluchte Dreckshexe! Jetzt stirbst du!«

Sie öffnete den Mund und stieß einen Urschrei aus. Dann schleuderte sie den Stuhl nach ihm. Er traf ihn an der Brust und sie rannte ihm ausweichend zur Küchentür.

Zane bekam sie zu fassen und riß sie zu Boden.

Sie kämpften miteinander. Jordanna kratzte nach seinen Augen und riß das Knie hoch, geradewegs in seine Eier.

Er zwang ihre Schulter zu Boden, drehte sie um und versuchte, seine Lippen auf die ihren zu pressen.

Das war grotesk. Sein Blut tropfte auf ihr Gesicht, und zu ihrem Schrecken und Abscheu spürte sie seine Erektion an ihrer Hüfte.

»Du Hurensohn!« brüllte sie und versuchte, ihn abzuschütteln. »Du Dreckstück von einem *Hurensohn!*«

»Du kannst mir nicht entkommen«, brüllte er triumphierend. »Im Gefängnis konnte ich nicht entkommen, und hier kannst du nicht entkommen.«

»Leck mich!« schrie sie. »LECK MICH!« Er fing an, an ihrer Jeans zu zerren.

Jordanna spuckte ihm ins Gesicht und versuchte, ihn wieder mit dem Knie zu treffen.

Zane schlug sie so heftig, daß sie einen Moment lang betäubt war.

Sie lag ganz still und versuchte verzweifelt, sich daran zu erinnern, was sie im Selbstverteidigungs-Kurs gelernt hatte.

Fenster der Möglichkeit!

Fenster der Möglichkeit!

Die Worte hallten in ihrem Kopf wider, als sie bemerkte, wie er versuchte, seine Hose loszuwerden. Aber vorher mußte er die Pistole aus seinem Gürtel nehmen.

Jordanna verfolgte, wie er nach der Waffe griff, um sie auf den Boden zu legen, während er den Reißverschloß öffnete.

Fenster der Möglichkeit!

Geh verdammt noch mal hin, und öffne es!

Mit aller Kraft setzte sie sich auf, überrumpelte ihn und donnerte ihren Schädel unter sein Kinn, was ihm einen Schmerzensschrei entlockte.

Jordanna drehte ihren Körper, und es gelang ihr, ihm die Waffe zu entwenden und gegen ihn zu richten.

»Du wirst es nicht wagen, sie zu benutzen«, verhöhnte er sie.

»Oh ja, das werde ich!« sagte sie und entsicherte, genau wie er es vorhin getan hatte.

Sie waren wieder in derselben Situation, nur daß *sie* dieses Mal die Kontrolle hatte und bereit war, ihn ins Jenseits zu befördern.

Aber sie zögerte einen Moment zu lange, und er nutzte die Gelegenheit, riß die Hände nach oben und schlug ihr die Waffe aus der Hand.

Sie rollten über den Boden, und jeder versuchte, die Waffe zu erreichen.

Dabei wurde die Pistole zufällig zwischen ihren Körpern eingeklemmt, während sie sich weiter einen Kampf auf Leben und Tod lieferten.

Und dann ging die Schußwaffe los.

Ein lauter Knall, und danach nichts als tiefe, tödliche Stille.

Kapitel 59

Bobby trank gerade an einer Cola-Dose, als er Boyd Keller zur Tür eilen sah. Rush wußte sofort, daß etwas in Bewegung geraten war. Er schnappte sich den Detective und sagte: »Wo immer Sie hingehen, ich komme mit.«

»Keine Chance. Das verstößt gegen alle Vorschriften.«

»Die Vorschriften sind mir scheißegal.«

»Wir halten Sie auf dem laufenden – wenn irgend etwas passiert, werden Sie sofort Bescheid bekommen.«

»Vergessen Sie's«, beharrte Bobby. »Wenn Sie nicht wollen, daß ich mitgehe, müssen Sie mich schon einsperren.«

Boyd zuckte die Achseln. Manchmal mußte man die Regeln brechen, und er hatte die ausdrückliche Anweisung vom Chief, die großen Tiere bei Laune zu halten.

»Okay«, willigte er zögernd ein, »solange Sie uns nicht in die Quere kommen und sich im Hintergrund halten.«

»Ist geritzt.«

Cheryl stolperte auf die Straße und versuchte verzweifelt, ein Auto zum Anhalten zu bewegen. Es herrschte mehr als reger Verkehr in beide Richtungen des Laurel Canyon, aber niemand stoppte für sie.

Sie winkte wie wild mit den Armen. Die Fahrer wendeten den Blick ab und fuhren vorbei.

Oh mein Gott, sie denken, ich wäre eine Stadtstreicherin oder betrunken, dachte sie und rannte weiter auf wackligen Beinen den Hügel hinunter.

Cheryl konnte einfach nicht glauben, daß niemand anhalten würde. Einen Moment lang war sie versucht, sich wild entschlossen vor einen Wagen zu werfen. Aber womöglich würde man sie einfach über den Haufen fahren und abhauen. War den Leuten denn alles egal?

Sie schwankte und fiel fast zu Boden, aber dann zwang sie sich weiterzugehen, bis sie endlich ein kleines Geschäft erreichte.

Cheryl rannte zur Kasse, taumelte und schaffte es kaum, zusammenhängende Worte von sich zu geben: »Rufen ... rufen Sie die Polizei. Bitte ... schnell.«

»Was ist los, Liebes?« fragte die Frau erschrocken. »Sind Sie vergewaltigt worden? Was ist passiert?«

Cheryl brach zusammen.

Die Wagen mit Detective Carlyle, Luca, Reno, Mac, Michael und Quincy trafen sich am Fluß des Laurel Canyon mit drei zivilen Streifenwagen.

Boyd Keller und Bobby stiegen in das erste Auto zu Detektive Carlyle, Reno und Luca, und schon brauste der Konvoi den Hügel hinauf.

Der Fernseh-Übertragungswagen mit Rosa, ihrer Crew und Kennedy an Bord folgten direkt dahinter.

Reno saß auf dem Beifahrersitz und gab die Richtung an. Nach einer Weile zeigte er auf die Abzweigung. »Da rauf«, sagte er, »fahren Sie da lang. Es ist oben auf dem Hügel.«

»Wissen Sie die Hausnummer?« fragte Boyd Keller.

»Nein. Aber es steht etwas abgelegen.«

Das Gelände wurde zusehends holpriger. »Sind Sie sicher, daß es hier noch ein Haus gibt?« wollte Boyd ungeduldig wissen.

»Ja, bin ich«, meinte Reno. »Ich habe einen guten Orientierungssinn.«

»Wir sind vor fünf Minuten an dem letzten Gebäude vorbeigekommen.«

»Ich habe doch gesagt, wir kommen noch hin.«

»Michael ist in einem der Wagen da vorne«, sagte Rosa.

»Woher weißt du das?« wollte Kennedy wissen.

»Weil ich in Boyds Büro war, als es losging«, antwortete

Rosa. Ihr Gesicht leuchtete vor Erregung. »Hier sind Mac Brooks, Luca Carlotti, und wenn ich mich nicht irre, ist auch Bobby Rush mit von der Partie. Das ist vielleicht eine Story, und wir haben sie vor allen anderen.«

Kennedy nickte. Sie mußte immerzu an die beiden Mädchen denken; und an das, was wohl mit ihnen geschehen war. Wenn sie dort oben auf eine Katastrophe stießen, war das eine Story, die sie nicht gerne schreiben wollte. Sollte sich doch die Boulevardpresse darauf stürzen.

Das Leben von Menschen stand auf dem Spiel, und so etwas war eine furchtbare Situation – keine Unterhaltung für die Massen.

Das erste Gefährt des Konvoi wurde langsamer.

»Da vorne versperrt ein Auto die Straße«, stellte der Fahrer fest.

»Sieht so aus, als wäre das unsere Limousine«, meinte Reno, der durchs Fenster spähte.

Detective Carlyle griff nach seiner Waffe, als der Wagen zum Stehen kam. »Wie weit ist das Haus von hier entfernt?«

Reno zuckte die Achseln. »Nicht weit.«

Luca hatte eine Antenne für Ärger. Jedesmal, wenn etwas nicht so war, wie es sein sollte, stellten sich seine Nakkenhaare auf. Genau das geschah jetzt.

»Bleiben Sie im Auto«, erklärte Detective Carlyle beim Aussteigen.

Von wegen. Luca war aus dem Wagen, bevor es jemand verhindern konnte.

»Was ist los?« fragte Michael, als sie anhielten.

»Irgend etwas geht hier vor«, antwortete Quincy.

»Ich sehe mal nach«, meinte Michael, sprang hinaus und stellte sich hinter Reno. »Wo ist das Haus?« wollte er wissen.

»Den Hügel hinauf.«

»Danke«, sagte er und spurtete die holprige Straße hinauf.

Sollten sie sich doch mit der Limousine beschäftigen. Er hatte so eine Ahnung, daß das, was im Haus passierte, viel wichtiger war.

»Mein Gott!« seufzte Luca traurig, als sie sich den Leichen näherten, die am Straßenrand aufeinandergestapelt waren. »Das hätte nicht passieren dürfen. Das ist nicht recht.«

Detective Carlyle versuchte, ihn zurückzuziehen, aber Carlotti ließ sich nicht beirren. Er beugte sich zu Bosco herab, um sich zu vergewissern, ob sein alter Weggefährte wirklich tot war.

»Lassen Sie das«, bellte Keller und zu Carlyle gewandt: »Sperren Sie hier alles ab. Das ist ein Tatort und kein verdammtes Picknick.«

Rosa und ihre Begleiter sprangen aus dem Fernsehwagen. Sie bedeutete ihrem Kameramann, sofort mit dem Drehen zu beginnen, bevor es jemand verhindern könne. Er fing gleich an, die grausige Szene auf die Platte zu bannen.

»Schaffen Sie diese Kamera hier weg!« schrie Boyd Keller außer sich.

Michael erreichte das Haus, zog seine Waffe und näherte sich vorsichtig. Zuerst versuchte er es an der Vordertür – sie war verschlossen. Also lief er um das Gebäude herum. Das Küchenfenster war zerbrochen, und Scherben lagen überall herum.

Totenstille herrschte hier. Hitze und Stille und sonst nichts. Eine Fliege summte um seinen Kopf und irritierte ihn.

Michael war nervös. Seit man ihn angeschossen hatte, war es nicht mehr wie vorher. Er war kein Supermann mehr, der mit dem Kopf voran in jede Situation hineinstürmte. Vor einem Jahr wäre er noch durch das Küchenfenster gesprungen. Jetzt war er vorsichtiger und versuchte, den sichersten Weg hinein zu finden. Michael wollte nie wieder diesen brennenden, zerfetzenden Schmerz einer Schußverletzung spüren.

Er schob sich am Küchenfenster vorbei und entdeckte eine Seitentür. Ein heftiger Tritt, und er war im Haus.

Wieder nur Stille.

Michael schwitzte so sehr, daß ihm die Waffe fast aus den Fingern glitt.

Langsam betrat er die Küche. Überall nur Blut und Chaos.

In der Mitte des Zimmers lag ein Körper auf dem Boden ausgestreckt.

Michael hörte ein Geräusch und brachte sofort die Waffe in Anschlag. Schweißtropfen rannen ihm den Nacken hinunter.

Jordanna schwankte im Türrahmen zur Diele. Sie war zerschunden und blutig, aber stand aufrecht, und sie war am Leben.

»Ich habe ihn getötet«, sagte sie leise, »er ist tot.«

Epilog

Die Story lieferte die Schlagzeile in Presse, Rundfunk und Fernsehen: Zwei Hollywood-Prinzessinnen entführt und brutal mißhandelt! Und eine von ihnen hatte auch noch einen Callgirl-Ring geleitet! Gar nicht erst zu reden vom psychopathischen Neffen eines Mafia-Bosses!

Filmindustrie, Crime, Sex und Hollywood – die Traum-Kombination der Medien.

Kennedy schrieb einen vollmundigen Artikel über Gewalt und Besessenheit für *Style Wars.* Er löste eine gewaltige, kontroverse Diskussion aus.

Rosa ergriff die Gelegenheit und zeigte ihr Video mit den Leichen am Straßenrand. Sie wurde dafür vom Boß ihres Senders ernsthaft gerügt, aber die Einschaltquoten schossen in ungeahnte Höhen.

Kurz darauf machte sie mit Ferdy Schluß und begann eine heiße Affäre mit Boyd Keller. Wenn man ihr glauben durfte, war es der beste Sex, den sie jemals hatte.

Nach ihrem Selbstmordversuch schickte Marjory Sandersons Vater sie in eine psychiatrische Klinik in der Schweiz, wo man sie einer Therapie unterzog. Nach einigen Monaten war sie in der Lage zuzugeben, daß sie die Drohbriefe selbst geschrieben hatte, um Aufmerksamkeit zu erregen.

Ihr Therapeut war ein achtundvierzigjähriger Deutscher mit blondem Haar und großen Zähnen. Sehr zum Ärger ihres Vaters heiratete sie ihn heimlich und brachte ihn mit nach Hollywood zurück.

Endlich war sie glücklich. Sie hatte einen Mann für sich alleine, der sie aufrichtig liebte.

Shep hatte endlich sein Coming-Out mit einem europäischen Grafen, der Damenkleider entwarf.

Taureen Worth bekam fast einen Herzinfarkt. Es war

schon schlimm genug, daß sie einen vierundzwanzig Jahre alten Sohn hatte. Aber auch noch einen schwulen?

Das war kein gutes Karma für ein führendes Sexsymbol.

Sie bezahlte ihm und seinem Freund einen Urlaub in Portofino und hoffte, es gefiele den beiden dort so gut, daß sie nie mehr zurückkämen.

Luca kehrte mit Reno nach New York zurück. Vorher ließ er es sich jedoch nicht nehmen, Bambi / Cheryl im Krankenhaus zu besuchen, wo sie sich langsam erholte.

»Mein Angebot gilt noch«, teilte er ihr mit. »Du bist eine verdammt heiße Feder!«

»Wenn du meinst«, entgegnete die mitgenommene Cheryl matt.

Er zwinkerte ihr zu. »Ich weiß es.«

Sie lehnte sein Angebot dankend ab.

»Wann immer du deine Meinung ändern solltest, ich warte auf dich.« Carlotti gab ihr seine Karte. »Hier kannst du mich erreichen. Jederzeit, Baby.«

Grant stand ihr zur Seite – ein irgendwie geläuterter Grant, der ihr zu verstehen gab, daß sie beide doch ein verdammt gutes Team abgeben würden. Daher wäre es doch das Beste, wenn sie ihre Talente zusammenwerfen würden, um etwas Legaleres als einen Nuttenring auf die Beine zu stellen.

War das noch der Grant, den sie kannte und liebte?

Nein, das war ein anderer, respektabler Grant, ein Mann mit Zukunft.

Sie sah ihn sich gut an und entschied, daß es an der Zeit sei, weiter zu ziehen. Grant hatte den Zauber gebrochen, der sie verband. Jetzt war sie bereit für erfülltere Beziehungen. Für jemanden, dem sie wirklich etwas bedeutete.

Vielleicht war das ja Grant.

Vielleicht auch nicht …

Sie wollte einfach nur abwarten und sehen, was geschah.

Ihre berühmten, hoch angesehenen Eltern wurden schier wahnsinnig, als sie hörten, womit ihre Tochter Geld verdient hatte. Estelle weigerte sich schlicht, die ganze unappetitliche Geschichte zu glauben. Und Ethan hielt die übliche Wenn-du-mehr-Geld-gebraucht-hast-hättest-du-doch-nur-zu-mir-zu-kommen-brauchen-Rede.

Glücklicherweise kehrte Donna Lacey aus London zurück, und Cheryl konnte ihr das kleine schwarze Buch wiedergeben.

Damit hatte sie sich endgültig aus dem Callgirl-Gewerbe zurückgezogen.

Mac Brooks gelang es, sein Geheimnis zu wahren. Keine Verbindung zu irgendwem. Keine Publicity.

Sharleen meinte, das sei doch ein interessanter Stoff für einen Film. »Mach doch aus dem männlichen Protagonisten einen weiblichen«, sagte sie und begeisterte sich immer mehr für die Idee. »Ich könnte zum Beispiel die Hauptrolle spielen«, fügte Sharleen hinzu. »Stell dir vor, was wir für einen Spaß in der Mittagspause in unserem Wohnwagen haben könnten!«

Mac überlegte eine Weile und kam zu dem Schluß, daß da etwas dran sein könnte. Gab es einen besseren Ort, Tatsachen in Fiction zu verwandeln, als Hollywood?

Detective Carlyle verließ seine Frau. Oder besser gesagt, sie setzte ihn vor die Tür.

Er zog zu seiner Freundin. Nach zwei Wochen wurde ihm klar, daß er es mit seiner Frau entschieden besser hatte. Carlyle flehte sie an, ihn zurückzunehmen.

Sie weigerte sich.

Er endete schließlich bei der Kellnerin des Imbiß-Ladens, den er regelmäßig zum Frühstück aufsuchte.

Sie machte tolle Spiegeleier.

Jordan Levitts fünfte Frau gebar einen kleinen Jungen. Er wollte dem Kind den Namen Jordan Levitt, jr. geben. Jordanna und Kim machten ihm jedoch klar, daß etwas Schlimmeres für den Kleinen nicht vorstellbar war. Er willigte schließlich ein, und sie nannten den Jungen Sam.

Jordanna war begeistert, wieder einen Bruder zu haben.

Charlie Dollar traf Barbara Barr an einem schicksalsträchtigen Abend im Homebase Central.

Eine Nacht voller Lust, und sie war schwanger.

Sechs Wochen später zog sie bei ihm ein.

Ihre Streitigkeiten bildeten den Stoff, aus dem die Träume der Sensationsreporter bestanden.

Drei Monate nach den Geschehnissen am Laurel Canyon gaben Quincy und Amber eine Party.

»Hilf mir, Michael«, sagte Amber, die mühsam versuchte, eine Platte mit rohen Hamburgern und eine riesige Schüssel in der Balance zu halten und heil in den Garten zu befördern.

»Das ist genau das Richtige, Süße«, grinste er und nahm ihr die Platte ab.

Er würde Quincy und Amber auf ewig dankbar sein. Sie hatten ihre Ersparnisse geplündert und ihm zehntausend Dollar zur Verfügung gestellt, damit er sie Marjory zurückgeben konnte.

»Betrachte es als Vorschuß«, hatte Quincy gesagt. »Ich ziehe es dir von deinem Anteil am Ertrag ab.«

Glücklicherweise schien das Geschäft sehr gut zu laufen. Es würde höchstens ein oder zwei Jahre dauern, bis er schuldenfrei war!

»Quincy und seine Barbecues«, seufzte Amber. »*Ich* mache die ganze Arbeit, und er heimst die Komplimente ein.«

»Es ist sein Geburtstag«, erinnerte Michael sie. »Keine Nörgelei an seinem Geburtstag.«

»Fett und fünfzig«, sagte sie lächelnd. »Ab morgen macht dieser Mann eine Diät, oder ich verschwinde von hier!«

»Sei ehrlich, Amber. Du würdest ihn doch nie im Leben verlassen, oder?«

Ihr Gesicht leuchtete vor Glück. »Noch nicht mal, wenn er drei Zentner wiegen würde, aber das werden wir ihm nicht verraten, oder Michael?«

»Von mir erfährt er es nicht.«

»Dann wollen wir die Party mal in Schwung bringen«, sagte sie entschlossen.

Sie betraten den Garten, wo sich zwanzig Gäste eingefunden hatten. Quincy weihte Kennedy gerade in die Geheimnisse seiner berühmten Barbecue-Sauce ein.

Michael stellte die Platte ab und legte einen Arm um Kennedys schlanke Taille. »Du siehst heute abend umwerfend aus«, flüsterte er ihr ins Ohr. »Obwohl – ehrlich gesagt – kein Unterschied zwischen heute und jedem anderen Abend besteht.«

»Ich habe mir besondere Mühe gegeben«, murmelte sie. »Schließlich habe ich es nicht jeden Tag mit *wirklichen* Menschen zu tun.«

»Jetzt hör aber auf«, sagte er und grinste verlegen, »du wirst mir wohl nie vergessen, daß ich das gesagt habe, oder?«

»Niemals.«

Er zog sie an sich und küßte sie leidenschaftlich. Kennedy schmolz in seinen Armen dahin. Die beiden waren seit zwölf Wochen und einem Tag zusammen, und mit jeder Minute liebte sie ihn mehr. Vor sechs Wochen waren sie zusammengezogen. Alles ließ sich bestens an.

Nach den tragischen Ereignissen hatten sie eine kurze Krise, da Kennedy der Meinung war, Michael hätte ihr alles erzählen müssen, sobald er wußte, daß sie über die Morde schrieb. »Ich habe dich doch noch gar nicht gekannt, Kennedy«, verteidigte er sich. »Ich mußte die Loyalität gegenüber meinen Klienten wahren.«

Grummelnd gestand sie, daß er Recht hatte. »Versprich mir, daß du mich nie wieder anlügst«, drängte sie ihn.

»Das unterschreibe ich mit meinem Blut«, antwortete er.

Was sollte sie tun?

Sie liebte ihn.

Jordanna und Bobby kamen erst spät. Jordanna sah überirdisch schön aus in ihrem kurzen weißen Kleid und mit den weißen Blumen im dunklen, langen Haar.

Bobby trug Jeans, T-Shirt und ein Armani-Sportjacket.

Sein aschblondes Haar ringelte sich über dem Kragen. Sie hielten Händchen und flüsterten miteinander, als wären sie allein auf der Welt.

Alle Anzeichen der Strapazen waren von Jordanna gewichen – die einzigen Narben befanden sich in ihrem Inneren. Sie würde Zane Ricca nie vergessen können. Seine toten Augen, die Kälte, die er verströmte, und die Grausamkeit, die ihm innewohnte.

Jordanna würde sich stets an den Moment erinnern, als die Kugel seinen Körper traf und das Blut aus seiner Brust schoß und sie bespritzte.

Erinnerungen.

Der schlimmen Art.

Vergiß sie und lebe dein Leben.

Die Ermittlungen gegen sie waren rasch eingestellt worden. Sie hatte eindeutig in Notwehr gehandelt.

Die Boulevardzeitungen spielten eine Weile verrückt und verfolgten sie überallhin. Aber dann ereignete sich ein neuer Skandal – Barbara Barr wurde dabei erwischt, wie sie Charlie Dollar mit einem verheirateten Senator betrog – und Jordanna verschwand wieder von den Titelseiten.

Sie fing mit der Arbeit an Bobbys Film an, und das erste Mal tat sie etwas, das ihr wirklich Spaß machte. Die Schauspielerei steckte ihr im Blut.

Jordanna mietete ein Apartment und zog glücklich dort ein. Bobby ließ sie in Ruhe, war aber immer für sie da. Es schien so, als ob er wüßte, daß sie eine Zeit zur Erholung brauchte, und er war bereit, sie ihr zu lassen.

Als Michael anrief und sie zu Quincys Geburtstagsparty einlud, sagte sie sofort zu. Michael war ihr Vertrauter geworden, und sie betrachtete ihn als so etwas wie einen großen Bruder. Sie hatte ein paarmal mit ihm und Kennedy zu Abend gegessen und hatte die beiden wirklich gern.

»Willst du hingehen?« fragte sie Bobby. »Aber ich warne dich, Kennedy Chase wird dort sein. Sie ist jedoch wirklich sehr nett. Und sie hat mir versichert, daß die Story nicht ihre Schuld war.«

»Oh toll«, entgegnete er, »mein schönster Alptraum wird wahr.«

»Bobby!«

Jetzt zog sie ihn hinter sich her zu der Journalistin, und bevor er etwas sagen konnte, erklärte Kennedy auch schon mit einem furchtbar ernsten Ausdruck in den grünen Augen: »Bobby, ich muß mich bei Ihnen entschuldigen. Es war dumm und unprofessionell, was die Zeitschrift getan hat. Das war nicht mehr meine Story. Sie haben alles umgeschrieben. Bitte … verzeihen Sie mir.«

Es gab nichts, was einen Mann mehr aus dem Konzept bringen konnte, als eine ehrliche Entschuldigung.

»Vergessen Sie's«, sagte Bobby und schüttelte den Kopf. »Wenn Sie wirklich nichts davon gewußt haben …«

»Das habe ich nicht«, beteuerte sie nochmals. »Und nächstes Mal …«

»Kein nächstes Mal«, lachte er. »Bleiben Sie mir vom Leib – Sie und Ihr Stift!«

Sie lächelte. »Ganz gewiß.«

Das Barbecue wurde ein Erfolg. Quincys Sauce war der Höhepunkt des Abends.

Später am Abend wurde im kleinen Garten getanzt.

Michael hielt Kennedy in den Armen und fragte sie, was sie über ihre Zukunft dächte. »Wer weiß, Michael, wer weiß das schon …«, sagte sie leise.

Aber sie wußten beide, wie ihre Zukunft aussehen würde und waren zufrieden damit.

Kurze Zeit später verließen Bobby und Jordanna die Party. Sie lehnten sich an sein Auto und küßten sich einige zeitlose Momente lang.

»Deine Küsse verzaubern einen«, keuchte sie und staunte, wie gut sie sich dadurch fühlte.

»Hey, du solltest erst mal sehen, was ich sonst noch zu bieten habe«, frotzelte er.

»Vielleicht sollte ich das langsam wirklich mal«, sagte sie leise.

»In dem Fall …«

»Was?«

»Ich habe ein Geschenk für dich. Etwas, das ich für einen solchen Anlaß aufgehoben habe.«

»Zeig's mir!«

Er holte ein großes, sorgfältig verpacktes Paket aus dem Wagen und gab es ihr.

»Was ist das?« fragte sie aufgeregt.

»Mach's auf und sieh nach.«

Ihre dunklen Augen glänzten. »Okay, aber ich hoffe für dich, daß es etwas Tolles ist.«

»Vertrau mir, das ist es.«

Sie riß das Paket auf, nahm den Deckel von der Schachtel und sah sich fünfundsiebzig verschiedenen Kondomen gegenüber.

»Oh, nein!« rief sie und schüttelte sich vor Lachen. »Bobby, du bist unglaublich!«

Er zog sie an sich. »Wie kommt es nur, daß du dich so gut anfühlst und so gut riechst? Und wie kommt es, daß ich immerzu an dich denken muß, wenn du nicht da bist?«

»Tust du das denn?«

»Ich kann nicht anders.«

»Genausowenig wie ich.«

Er küßte sie zärtlich.

Sie küßte ihn zurück.

»Und wie kommt es, daß ich mit einem blöden Grinsen durch die Gegend laufe, gegen das ich nichts tun kann?«

»Bobby, mir geht es doch genauso«, sagte sie und streichelte sein Gesicht.

»Das gleiche Grinsen, ehrlich?«

»Bei mir sieht es natürlich besser aus.«

»So spricht eine wahre Schauspielerin.«

»Nun ja ...«, neckte sie ihn, »du hast mich in dieses Geschäft gebracht.«

»Laß uns verschwinden.«

»Jetzt?«

»Genau jetzt.«

»Was immer Sie sagen, Mr. Rush.«

Sie stiegen in seinen Wagen und fuhren in die Nacht. Jordanna wußte, daß sie eine verwandte Seele gefunden hatte und nie mehr allein sein würde. Es war ein wunderbares Gefühl.